尋找素顏

張天福 著

當代文學 01

博客思出版社

變革社會中的「歸去來兮辭」——讀《尋找素顏》

宋明國

阿福（張天福）的長篇小說《尋找素顏》即將出版，要求我這個文學的門外漢而且只是草根階層的讀者寫一篇序，我很惶恐。歷來寫序，都是專家學者，名人教授之輩的事。更何況，一部長篇小說的內在豐富的複雜性以及變革社會中各個個體在閱歷、知識結構、價值、身份地位等種種差異，註定了闡釋和評介它的多元的視角。

讀著書稿，我發現原來這是一種整理自己記憶的探索體驗，因為阿福寫的，都是處於變革社會中的我們在成長經驗中不可或缺不可磨滅的部分。例如我們的欲望、虛榮、孤獨、仇恨、壓抑等感受，我們的愛恨生死等人生閱歷，我們逃離、迷失、尋找、還鄉的精神歷程等，都是我們或多或少經歷過，或多或少都比較熟悉的。究竟選擇什麼樣的視角來闡釋和評介《尋找素顏》這部長篇小說，才是恰到好處的呢？或許正如作者在他在小說中所言：是一部無法簡單歸類的長篇小說。但我隱約感受到，在愛的故事背後是濃濃的精神鄉愁，給我的總體感覺是新時代的「歸去來兮辭」。

從人物來看，小說的人物跨越三個年代，張子墨生母（夏嵐）和養母（四姐：何玉鳳）的父母，阿福的爺爺大約出生於解放前，他們在農村中堅韌地浮沉；而張子墨的生母和養母，何玉鳳的初戀肖凱軍及丈夫張魏民都是改革開放前文革時出生的人物，他們在城市中奮鬥與掙扎；張子墨、阿福、夢琪、素顏、紫若涵等則是與我們同齡的年輕人。

或許包括我在內的讀者在問，這些不同背景的人物在「尋找素顏」的情景中各自扮演著什麼樣的角色，他們在小說的內在秩序中是否有失衡的感覺呢？

小說主人公張子墨和文中的阿福都以各自的方式來尋找他們共同的柏拉圖式的女友「素顏」的故事，然而將這種尋找「素顏」通過三個年代人及家庭的嵌入自然而然地嵌入變革的中國社會歷史文化背景中的時候，「尋找素顏」的動力、出發、尋找以及還鄉的整個歷程在比較宏大的人物關係脈絡中獲得較為深入的歷史透視和現實感，從而獲得了較為自足的解釋。

通過書中人物的敘述及旁觀者的評論中，我們可以近距離窺見處於變革社會中的不同年代的底層人的焦慮，絕望和掙扎，他們懷著夢想、嚮往與期待，一手一腳創造了這個開放而變革的社會，他們經歷了從計畫觀念到市場觀念的變遷，他們的奮鬥軌跡和心路歷程艱辛、淒美而又昂揚。在這個過程中，他們不僅付出了血汗和青春，更付出了精神與理想的迷失，道德和規範的失落。遺憾的是，收穫果實的人卻不是他們。也許，他們至今還活在邊緣，仍在經歷精神上的流浪甚至物質上的匱乏。

對變革社會中個人追求各自的素顏只是精神鄉愁的一個層面，更值得讀者關注的是阿福在平靜如水的敘述中時而露出的批判鋒芒，其基本的思考和追問在於：在這劇烈變化的時代，我們得到了什麼？我們失去了什麼？書中始終瀰漫著一種在躁動時代中的傷感，以及對於愛情，對於真誠的人際關係，對於富裕、和諧、安寧生活的渴求，並不時抒發著小人物彷徨無依的愁悶。小說中反覆出現自由而飽滿的「白鴿」，阿福所隱居的瀰漫蜜的花香，均是撼動讀者心靈的筆墨。這些，也可以解釋為「時代的鄉愁」。

阿福以樸實而又激情的文字，關注社會變遷，關注生活現實，關注底層小人物的命運與悲歡，其文筆蒼涼至深，三代人在鄉村的出生與奮鬥、在城市中的掙扎和結局令人扼腕，他們的命運浮沉扣人心弦。主人公張子墨的祖輩和父輩們的故事帶有濃厚的悲劇意味，這是無法用傳統或者常規的價值體系來評判的一代人，也可以視為轉型時期精神史上未被命名的精神時刻。張子墨及其朋友們在變革社會的浮世繪中給我們帶來了新的希望。

在「尋訪阿福」中，小說中的阿福說：「其實，你已經找到答案了，因為答案就藏在你尋找的那個過程中。有些人是因為記憶的負累，有些人是因為現實的困境，還有些人是因為辨不清方向，而更多的人是受欲望的驅使……所以每個人都很容易陷入泥沼，因此我們時刻都需要去尋找一種叫做『解脫』的智慧。記得幾年前我去北國的時候，你母親跟我說：『去哪裡都行，千萬別去深圳，那裡最容易迷失自我。』我說：『沒有哪個地方能讓我迷失的』。幾年後再想想自己當年的這句話，未免有些大言不慚。身處凡塵，使我們迷失的不僅僅是某個具體的地方，更是我們內心執著的欲望。正視欲望是件很困難的事情，可是，只有當我們駕馭欲望、拋棄執念，我們才能把自己、把對方、把世界看得更清晰。」

張子墨又習慣性地掏出一根阿爾卑斯：「我不知道自己算不算清晰，只是在石潭裡，看著自己在水裡面的倒影的時候，我才意識到，大千世界，茫茫人海，最難找的恐怕並不是素顏，而是我自己吧！我念念不忘的，恐怕也是那個早已過去了的我吧。」

「素顏」是每個人的理想的初戀，也是每個人的夢。張子墨和阿福在各自尋找素顏的過程中逐漸成長起來，並且正走在歸鄉的途中——因為他們明白了「那些遺憾和執著，留在記憶裡就好了，不一定要把它帶到生活中來的」。

「四姐」和「紫若涵」的女性形象應該是能夠得到更多讀者認同的人物形象。她們一直都在成長，在挫折和困惑中成長出有希望的女性。她們能夠認真承擔傳承的歷史感，又是能夠承擔現實的果敢的女性。在這一點上「紫若涵」似乎從「四姐」得到傳承，同時又發展出更加豐富的新的內涵。這不僅是張子墨的出路，也是未來的希望。

紫若涵：「你對她，更像是一種仰望，而不是愛。愛是要靈與肉相互交融的，你對她只有精神上的仰望，而拋棄了欲望的層面，至少算不得是完整的愛吧！」

張子墨：「我沒有恨啊！不過有時候確實也會想，如果那時候我退學了就好了，我就不會遇見她，也就不會形成我現在的性格，也就不會讓我深陷孤獨……遇見一個人，也會漸漸把自己的生活給束縛起來。」

紫若涵：「你為什麼不反過來想呢？如果不遇見她，你就不會發現這個世界有多大，你就不會知道有蠍子樂隊，也就不會喜歡上搖滾；如果不遇見她，你就不可能體會到一個人的靈魂可以這樣純粹高潔，也就不會知道愛的力量可以這樣持久；如果不遇見她，你恐怕也不會再跑來找阿福，也不會看到原來人還可以有另一種生活；更重要的是，如果不遇見她，你就不會有這次出走，也就不會遇到我啊……」

紫若涵抬頭望著天上的月亮，又看看月色中這一片油菜地：「記不記得我跟你提起過的，兩個陌生人之間只有五個人的距離。這句話裡面也有另一層意思，那就是我們每個人都承載著很多故事，那些故事裡不斷地穿插著很多人，將我們同那些素不相識的人緊緊聯繫在一起。而有幸遇見一個人，有時候就像是在心裡打開了一扇窗，陽光照進來的時候，我們的世界也豁然開朗！所以，每個人都很重要，因為少了他，將會有很多故事變得殘缺不全，將會有很多人深陷黑暗之中。因此，我們才不斷地傾訴，不斷地和身邊的人分享，為的是把這些故事都傳承下去，為的是讓別人的世界更寬敞。生命有限，總有一天我們會老會死，可是那些故事——也就是我們在世界上留下那些的痕跡，永遠不會被死亡帶走！這也是我從智企的死得到的啟示。」

關於寫作，關於文學，阿福也有自己的見解，他在小說中常說：「我寫的大多是我自身的經歷或是一些未做完的夢」、「寫作的目的在哪裡？我想應該要像那卡片上的字一樣，永遠懸而未決才好。儘管最純粹的寫作是無目的的，但需要動力。它的源動力來自於傾訴的需要——就像閱讀的源動力是來自對死亡和孤獨的恐懼一樣。傾訴是一種本能，它和性欲一樣，是會被反覆喚醒的。當然，傾訴的方式有很多種，我只是更多地選擇了寫作，僅此而已。」

我們期待阿福關注更多人的經歷和未做完的夢，繼續傾訴在資本和權力的剝奪下普通中國人連最基本的夢都無法完成的悲痛，以及那些湧動在身心深處的濃濃的精神鄉愁。一本好書的價值是啟發我們更深的疑問，啟發我們走向更遠的地方。雖然阿福有著相當多的東西需要學習和反思，但是我堅信《尋找素顏》無疑是一本能夠帶領我們走向更遙遠的未來的好書。書的迷亂深處有著無限的創作空間和闡釋空間，有著極為豐富而不確定的變形金剛元素。似乎，我們都能看到那飽滿的白鴿在我們頭頂的天空自由飛翔，引領我們走到充滿蜜和花香的地方。

尋找——小艾

一首樂曲在光輝裡前進
單調的光明純粹得讓人懷疑
屬記憶還是夢想？
竟讓人如此奢望！
她那存在引誘著一切
彷彿幽暗處脆亮的清泉
一隻飛螢打著燈往前……

目錄 CONTENTS

第一章 出發

「素顏……素顏……」

張子墨滿頭大汗，從夢中坐起，看著眼前的世界一片黑暗，他順手打開床頭的燈。突如其來的燈光讓他的眼睛很不適應，不禁擠出淚來。他習慣性地轉過頭，看到身邊一個女人驚恐的眼神。那是和他一起生活了四年的女友，名叫夢琪。

四年前，張子墨在醫院的大門口遇見了剛參加工作的夢琪，那時的她還只是個實習護士。現在，她和他在同一張床上睡了近四年。

夢琪看著一臉驚恐的張子墨，很平靜：「剛才……我聽到你一直在喊一個陌生女人的名字。」

張子墨：「對不起。」

夢琪的聲音有些淒婉：「你一定很愛她吧，要不然不會連做夢都喊著她的名字。原來……真的有同床異夢這麼一說。」

張子墨：「我……」

「我終於明白你為什麼一直不肯跟我結婚了。你一直都忘不了那個人，對吧？她對你真的有那麼重要，還是……你已經對我厭倦，有了新歡了？」

子墨沉默著，只是用雙手蓋住自己的臉，擦乾剛剛在夢裡因驚恐而留下的汗。他自己也不知道還可以對夢琪說些什麼。他對夢琪是有愧疚的，這種愧疚讓他不敢直視她的眼睛。他開始害怕看到她，害怕被她銳利的目光審問。

「我跟了你四年，從你一窮二白到現在小有成就，我有沒有向你要過什麼？我圖什麼啊我？我不過是想你給我一個名分，難道連這都很難嗎？你已經快三十歲了，你還在等什麼？人這一輩子有多少個三十年？」

子墨：「我……我不知道，事情未必像妳想的那樣。」

夢琪：「那是怎樣？你還在等她回來？那我現在算什麼？你以為那個叫素顏的女人會回來？你為什麼到現在還是這麼天真！」

子墨：「妳還不是和我一樣天真！妳以為結了婚，我們就瓜熟蒂落了嗎？妳就可以高枕無憂嗎？妳只是想滿足妳可憐的佔有欲罷了！我給不了妳什麼的。」

夢琪的右手停在空中，她想狠狠地砸他，可是又下不了手。張子墨對她沒有誤解，她恨的是對方把話說得這麼冷酷無情。處心積慮地要嫁給一個人，有錯嗎？她的眼神停留在昏暗的天花板上，不知所措！

子墨：「我昨天向醫院遞交了辭呈。」

夢琪：「你是不是瘋了？你馬上就要升職考核了，卻在這關鍵時刻提出辭職？你做決定之前怎麼就不先問問我啊？」

子墨有些不耐煩了，為什麼自己每個決定都要先經妳的同意啊？為什麼就沒有人問過我為什麼要辭職？

但他沒有對她說，只是淡淡地回了一句：「我不想當醫生了。」

夢琪：「你不當醫生，那你能幹嘛？賣大力丸嗎？」

子墨很不喜歡這個諷刺，不當醫生難道就會活不下去嗎？

夢琪並不知道，對張子墨來說，這幾年的醫生生涯並不開心。

然而夢琪是世俗的，她只知道，要想在這個競爭殘酷的社會中活得有頭有臉、春風得意，就一定要不顧一切地往上爬。她覺得，空談理想和情感的年齡和時代早就過去了，只有獲得體面的社會地位才是最務實的，她嚮往那種被人膜拜的感覺，她那些可憐的虛榮來自於那些仰望的頭顱和千萬羨慕的眼神。

世俗並沒有錯，這種務實的精神是社會進步的動力——至少夢琪還有一個方向。只有明白生活的真義的人才有這種可貴的世俗和務實，從這個角度看，夢琪是難得的，可以說是百裡挑一。

可是張子墨並不喜歡她這種強烈的功利心。他是個閒散的人，漸漸地有點厭倦對方不肯花半點時間多做一些看起來沒有意義的事，甚至連做愛時的前戲她都無限壓縮。他更厭倦了她用自己的標準去衡量和干涉他的生活——他的空間已經被她滲透得所剩無幾了。

張子墨看著床頭的這張臉，終於說：「這個用不著妳管！」

夢琪一臉錯愕，她突然為自己的一夜纏綿而感到羞愧，赤裸著身子和一個對自己不管不顧的男人躺在同一張床上，頓時覺得那麼不自然。她迅速起身，很熟練地套上胸罩，穿上內褲，披上大衣……

她對眼前這個男人「恨鐵不成鋼」，縱使她知道張子墨內心的種種聲響和矛盾，卻仍是感到絕望。是的，「朽木不可雕也，糞土之牆不可圬也」。她當初怎麼會選擇這樣一個胸無大志的男人呢？真可笑！

「你想幹什麼就去做吧，我不會再干涉你了。」

說完，夢琪便關上門走了，昏暗的房間裡只留下張子墨一個人。

張子墨坐在床上不知所措，現在他仍能感受到夢琪留在床上的體溫，但他不敢確定下一秒這份溫度是否還在。世事如浮雲，變幻莫測，很多事他都不想再做過多的想像。

張子墨是在十年前認識素顏的。那一年，他們都剛好十八歲。兩顆稚嫩的心，兩個不安的靈魂在那個一切都尚不確定的時空裡相遇、交會，所有的希望和憧憬都充滿色彩，那樣絢麗奪目、那樣讓人迷戀。

然而，十年就這樣過去了。人在時間的細流中漂泊，改變的不僅僅是彼此的容顏，還有各自的軌跡和心境。可是，縱使心境和處境再怎麼浮沉變幻，張子墨的心裡仍藏著「素顏」這個名字。而這個名字，因為長期的壓抑，他也只能在某個夜裡輕輕喚出！

也許，對於每個男人來說，永遠都是這樣：「得不到的東西永遠是最美的」，就像張愛玲筆下的紅玫瑰和白玫瑰一樣，長遠地留在心中的，必定是那些遙遠的記憶。美存在於非理性中，它永遠是保持距離的。

現在的張子墨才發現，原來有些東西是自己告別不了的，她出現了，印在了心裡，就註定了要一輩子帶著這段故事往前走。他努力創造一個全新的自我，卻沒辦法在心中擺脫對素顏的追隨。

或許，每個人心裡都會有這樣的一個人，她的出現純粹只是為了喚醒你，喚醒你之後，剩下的路還是要靠自己孤獨地走！或許，每個人的生命中都會有一道永遠無法跨越的彼岸。岸的這一邊，是日益憔悴、日漸老去的自己；岸的那邊，是漸行漸遠的青澀記憶。所不同的是，留在心中的這條記憶之河，有些人的是顯性的，而有些人的是隱藏著的，甚至那個隱藏著的秘密，有時連自己也不曾察覺。

張子墨點了根煙，獨坐在角落裡。他一直在很努力地追尋著，不斷地尋找素顏在她生命中留下的印跡。終於，他在書桌下的小木盒裡找到了一疊信，以及幾張發黃的相片。那些信，是他在素顏離開後寫的，從沒寄出去過。

他拆開第一封，這一封是自己很久以前在大學時寫的……

尋找素顏

素顏：

每次在心裡喚起妳的名字，都難以克制住那份悸動。妳就這樣緩緩地朝我走來，像一朵白雲從頭頂飄過，留下一片稱心的陰涼，讓我看到天空澄清的藍。

因為妳的到來，一直以來，我都對世界心存感激。妳那樣美，每一個表情都讓我沉醉，每一次言語都值得我反覆回味推敲！妳的沉默，妳的跳躍，我都看在眼裡，漸漸地在夢裡化作一道美麗的風景。妳讓我看到一顆潔淨的心，晶瑩透亮！妳讓我知道，這個世界原來還有很多值得我去追尋的東西。

無意間，妳成了一種尺度，讓我更理性地去衡量存在於世間的美，還有看似形形色色的異性。我有很多話想跟妳說，有很多疑惑想從妳那裡得到答案。妳是我唯一想要傾訴的人。

長久以來，我都陷入深深的孤獨之中。

一直想問妳一個問題：人在孤獨的時候會做些什麼？阿福說他會用那些時間去畫很多的畫。我知道，他的畫裡只有妳——就像我的心裡也只有妳一樣。

我相信，像妳這樣永遠忠於自我的人，一定會有很多孤獨的時候。而那時妳會做些什麼呢？幸虧我們還有一個相同的愛好：閱讀！

我知道妳是喜歡閱讀的！妳看書時的樣子是最安靜的！

孤獨的時候，我會很希望妳就像以前一樣在我身邊！我知道這樣的想法很自私，所以，我只是想想罷了，希望妳不要介意！

我知道，我們是永遠都回不去了！有妳在身邊的日子，我總是非常充實！在妳的身上，我看到了方向。現在，妳走了，方向沒有了，我不免彷徨起來！

在彷徨的時候，而又沒有人能讀懂，就難免孤獨了！

王小波說：「愛情就是遇見了，然後愛上了，然後就再沒有辦法了！」我想我們之間，有的，不只是愛情！妳對我的影響，是愛情的力量遠不能達到的！

我一直都在念著妳——雖然感覺妳已經越走越遠了！

曾經有人跟我說過：「你的一生還這麼長，你怎麼知道將來還會遇上怎樣的人呢？你不應該這樣！」

是啊！現代人的生活已經和以前很不一樣了！我們的一生很長，會遇到很多人，會有很多段感情在我們的經歷中繁衍！我們的人生竟有那麼多種可能性！我們都要在各自的旅途上一直走到淚流滿面！可是，就算有再多的誘惑，妳依然還在我生命的某一個地方！

時間可以推移，人也可以離開！可是關於妳的回憶，仍然停留在那個時間和空間！這是我戰勝時間的唯一方式！

也許正是因為有了對妳的懷念，我才會排斥其他的可能性，才會這樣安於一種寂寞的生活方式，於是就更能品味「孤獨」這杯苦酒！它是痛苦的，我卻在這份痛苦中昇華了自己！

我也知道，孤獨是人與生俱來的本能。只要是一個社會性的動物，只要在一個群體中穿梭而又不能融入那個群體，就有孤獨的可能。只是因為妳的出現，只是因為妳留給我的回憶，我越發感到不能融入這個世界！妳讓我看到了自己和這個世界的聯繫——是那麼薄弱！現實無法因我而改變，而我也不願就這樣隨波逐流！我想像妳一樣，在逆境中堅守！可是這樣薄弱的堅守是如此的無助和孤獨。

突然想到妳喜歡的那部電影《蘇州河》裡的一段對話：

——如果有一天我突然不見了，妳會找我嗎？

——會！

——會一直找嗎？

——會！

——會一直找到死嗎？

——會！

——你撒謊！

可能你曾經也是相信愛的存在的吧？只是，妳也和其他人一樣，因為很多複雜的原因，所以就不再相信它的生命力了！也許妳正是因為相信它的生命力，但又知道它的生命力不僅僅是由一段感情維持的，才這樣的吧？

晚上去教室點到的路上，看到初升的月亮很圓，很黃，有一種無言的、冷清的美！

子墨

這封信與其說是寫給素顏的，還不如說是寫給十年後的張子墨自己的。他把這封信看了很多遍，往日的那些記憶在昏黃的燈光中來回穿梭。直到朝陽升起，他才從那段記憶中回到現實來。他整理了一些出行的衣物，跟那些相片和書信一起，往旅行背包裡塞。

鎖了門，他來到不遠處一條小巷的水果店。老闆娘是他母親，大家都叫她四姐。母親看見他，喜出望外，趕忙站起來：「你來啦？」

子墨掏出鑰匙交給她：「這是我房間的鑰匙，妳先拿著，有時間的話……去看看我爸。」

子墨的母親看了看他的背包：「你這是要去哪？」

「我也不知道，出一趟遠門吧，可能一時半會兒也回不來。」

「那醫院的事怎麼辦？」

「我已經辭職了。」

「你……」

母親還想再說些什麼，可惜子墨已經走遠了，他總是那麼固執，固執到可以輕易拋棄母親關切的目光。

離開這個熟悉的城市之前，張子墨來到公園內的一個小廣場，他想再次感受一下這個城市的氣息，於是來到了它的心臟地帶。

站在廣場上，他看到一位年過七旬的老人在練書法。老人身旁站著一個小孩，提著一個小水桶跟在他身後。桶裡裝了些水，那便是老人的「墨」，這個廣場便是他的「紙」。

張子墨認得那老人是同社區的街坊，年輕一輩的人都叫他徐老太爺，稍微上了些年紀的則叫他徐老，他旁邊那個小孩是他最小的孫子。徐老太爺是個慈祥友善的人，晚年的他愛書法，也愛孫子。

張子墨走上前去，看到地上徐老太爺留下的蒼勁有力的「墨寶」，赫然寫著「一切有為法，如夢幻泡影，如露亦如電，應作如是觀」。老人寫完後，左手掏出手帕擦汗，右手提著那根大毛筆，站在一旁欣賞起自己的傑作來。

張子墨知道，徐老太爺寫的那段話出自《金剛經》，是釋迦牟尼在該書中綱領性的結語。沒想到他這把年紀了還能寫出這力透「紙」背的好字來，而更重要的，是這字裡流露出「性空」的意境。也許，只有像眼前的徐老太爺那樣，飽嘗塵世的辛酸，才能真正體會釋迦牟尼靈魂深處的虛無，才能斷世間一切法，斷一切痛苦，脫離苦海，超越生死而度智慧之彼岸。

張子墨自然沒這個天分去獲得參禪頓悟的智慧，但他對徐老太爺的書法卻是由衷地讚歎：「好，徐老太爺這字寫得真是好啊！」

老人自鳴得意，但還是謙虛地說：「不行啦，都老了，手腳不太聽使喚了，天冷的時候連提筆都困難。」

「怎麼會？看您在字裡流露出來的鋒芒和力道，倒像是正值年盛時寫出來的，一點也不顯老啊。哪怕是老，那也是老當益壯。看您這字，真讓我們這些年輕人慚愧啊！像我們這一代的人，連幾個字都寫不像，哪還能談得上什麼書法啊！」

徐老喜形於色，這才回過頭，一看有點眼熟，可就是認不出來：「這不是那誰來著？」

「張子墨。」

「哦，對對，就是張醫生。你背著個包，是準備去哪裡旅行嗎？」

「嗯，想出去散散心。」

「年輕就是好啊，有大把的青春可以用來做自己想做的事，像我這把老骨頭就不行了。」

張子墨剛想接話，徐老太爺旁邊的小孩急了：「爺爺，我們回家吧，出太陽了，我要回家和朋友玩遊戲了。」

「好啦好啦，再等一會兒，你過去看看在公園那邊你奶奶的秧歌排練完了沒有，我們跟她一起回家去。」

這時，另一個老人拿著一副象棋過來了。「徐老，今天就別那麼早回去了，昨天一不小心輸給你，我總覺得不服氣，敢不敢跟我再戰幾十回合？」

「我有什麼不敢的？今天我興致來了，正好想找個地方讓你心服口服！」

「到底誰心服口服還說不定呢！」

說話間，兩位老人和那小孩已經走了，只留下張子墨一人。當他想再欣賞那些字時，它們早已被曬乾了，真是可惜，逝者如斯夫，珍貴的東西總是這樣稍縱即逝——其實，從未擁有過，又何談失去呢？於是，張子墨認識到自己該出發了……

第二章　煙

我怕別人發現自己，怕自己認清自己，我想把筆帶回農村，那裡有一種喧鬧近於無聲，只有聽見的人才覺得美妙。控制自己太難了，走過去像是放任，一種友好的存在。

——小艾

一

在很多地方，你都可以看到抽煙的人。街上、廁所、公園、客廳、麻將桌、餐桌，甚至是公車內、辦公室……在大部分的煙民的意識裡，「禁煙區」的概念就像處女的膜一樣，薄弱到一戳就破。「煙都不讓抽了，這還有王法嗎？」殊不知，你一抽煙，對旁邊的人而言，反倒覺得這世上真的沒了王法了。

幾乎所有人都知道吸煙的害處，連煙盒上都註明：「吸煙有害健康，儘早戒煙有益健康。」可吸慣了的人仍是視若無睹，該怎麼吸就怎麼吸。「『有害健康』怕是那些貧弱而又貪生怕死的人的擋箭牌，我早將生死置之度外，區區幾根香煙能奈我何？」頗有大無畏的氣度。我有時會想，這些人要是擱在亂世，興許早造反了，於是感歎人民之幸，國家之幸，讓他們生在那麼好的時代，可以安安分分地抽煙，沒人干涉。

而且，儘管吸煙有害，倒也沒聽過有多少家煙草公司倒閉了的。

很久以前，我是很反感別人在我面前抽煙的。瀰漫在空氣中的煙霧，時常讓我作嘔。尤其是在公車上，每當有人吸煙，我都會提醒對方不要肆無忌憚，「我跟你無冤無仇，大家出來混都不容易，好歹心存一份善念，沒必要坑害無辜。」當然，也有朽木不雕、頑固不化者，這時我只好安靜地提前下車——懦弱的我，從來沒想過要勇敢地留下來與他共赴黃泉。

我小時候住在農村，記憶中爺爺就很喜歡吸煙。吃完飯要抽，喝杯茶要抽，上廁所要抽，幹農活時也要常常停下來抽一兩根。他抽的常常是那種自製卷煙。弄點煙絲，自己拿煙紙卷上，完全沒有任何過濾措施……這種煙味道很濃，焦油量很高，沒有資歷的人是受不了的。他偶爾也會吸水煙，只是沒過兩天，煙壺裡的水就渾濁不清了，顏色跟醬油似的。但我爺爺畢竟是個感情專一的人，沒過多久就放棄水煙，重新自己卷煙。有時，我父親還有兩個叔叔也會給他買煙，我也勸過他，要吸的話，吸那些有過濾嘴的——自己卷畢竟寒磣了點，但他總是說：「味太淡了！」

爺爺就這樣一根接一根地吸，長年累月，他的牙齒和手指都被熏黃了，連舌苔也是那種很黃的顏色……

因為習慣不了爺爺身上那種讓人作嘔的煙味，他每次走近我時，我都習慣性地主動和他保持距離。他進我房間時，我總要囑咐他：「別吐痰，別往地上扔煙頭。」現在想想，這種「慘無人道」的囑咐，好像是鐵了心要和他劃清界限似的。

煙對呼吸系統的傷害是最大的，所以抽多了帶來的一個極不好的習慣便是咳嗽吐痰。每次在廁所裡都能看到爺爺熄滅的煙頭和腥臭的濃痰。有些煙頭浸了水，連地板上的水都變成了醬油色，這讓我覺得噁心。所以，實在忍無可忍的時候，我會跟爺爺說：「你就不能少抽點煙啊？」

而爺爺總會說：「小平同志會見外國元首的時候都可以抽煙，而且還是專屬的『大中華』。有時他還遞給對方一兩支呢。」這說的叫什麼話兒？好像國家元首抽煙，他就一定要效仿似的。

但是，他把已故的偉人都搬出來給他撐腰了，我自然沒什麼話說——跟死人較勁不是我的風格。

可也就是因為煙，我和爺爺總保持著那份微妙的距離。而如今回過頭想想，我未免冷漠了些。

煙代表的是他的生活方式和態度。現在網上不是流傳著一句話──「哥抽的不是煙，是寂寞」嗎？這句話被後來篡改成很多版本：「哥唱的不是歌，是寂寞」「哥發的不是短信，是寂寞」「哥回的不是帖，是寂寞」，甚至還有「哥做的不是愛，是寂寞」「哥嫖的不是妓，是寂寞」……這麼簡單的一句話都能整出這麼多花樣，看來真是有一大批人寂寞到快抽風了。

當然，我可以對燈發誓，我爺爺抽的絕對是煙，不是寂寞──到了他那「從心所欲」，連死都不怕的心態和境界，想寂寞恐怕都比較難！

每個人都會在生活中選擇一個或若干個形影不離的「伴侶」，這是處在一個寬容的社會應有的權利，無可厚非。有人選妻子，有人選小秘、小三，有人選朋友，有人選酒，有人選股票，有人選古董，有人選金錢，也有人選擇養花種草……而我爺爺選擇了煙。只是他的這個選擇影響了他身邊的很多人，最典型的是，我奶奶為此和他分居。

至於我爺爺抽了多少年的煙，我並不知道，當然，也沒人無聊到去調查這種事的地步。我只知道，打我記事起，煙就沒離開過他的食指和中指。估計他的煙齡比我的年齡都要大。

煙成了他生活中不可或缺的一部分。如果要找出什麼東西是伴隨他最久的、感情最深的，我想那就只有煙了。

爺爺是個歷經滄桑的人，一出生沒幾年就趕上大躍進，年少時運氣背，碰上文革，遇上饑荒，討過飯，愣是沒把他給餓死，最後還糊里糊塗地娶了我奶奶。家徒四壁時，連過年都吃齋。

他現在給我們講當年那些故事時，仍是很有感觸，常常是老淚縱橫，說到動情處時更是把話哽在喉嚨裡。但是，最令他驕傲的並不是他頑強的生命力，而是他養活了他那四個孩子──我爸、我兩個叔叔以及我姑姑。

在那個多災多難的年代，有很多艱難都漸漸被人遺忘了，年輕的一代是很難體會到的。不要以為把幾個孩子養活是一件很容易的事，這不同於那些富家子弟養貓養狗，看到它們餓了就扔幾塊肉或兩塊骨頭了事。

就像每當有人說：「那時，我們窮得連一碗稀飯都很難喝得到啊」，而總有小孩會天真地問：「既然沒有，那為什麼不吃麥當勞呢？」這種「何不食肉糜」的笑話，更像一則黑色幽默，折射出來的是一個群體或時代的悲哀。

當然，過多地指責他們也是沒用的，每個時代都有屬於那個時代的難處——現在的孩子肩上背負的責任比那時更重，他們面臨的變革和衝擊，他們在物質包圍下喪失的歸屬感，也是老一輩人無法想像的。

我想說的只是，當貧窮和災難落到我們肩上的時候，我們是沒有選擇的，只能去承受。也只有承受了，才能看到生命可貴的堅韌。

還有一點就是，我們怎樣定義「感恩」這個詞。不僅僅是要銘記那些給你帶來關愛的人，更多的是，當我們享受安逸和幸福時，應該緬懷那些給我們帶來這一切的人，同時也要想到，還有一群人正處於風雨飄搖的苦難和貧窮中。是他們的努力和犧牲，才使得我們可以「心安理得」地品人生、尋理想、講品位、聽音樂、看電影、談戀愛；是他們的沉默，才使我們可以無病呻吟地高喊「自由萬歲、理解萬歲」；也是他們起早貪黑、任勞任怨，才使我們可以無所事事地陷入寂寞和空虛……英雄紀念碑底下壓著成千上萬的先烈，可是，更多的先烈其實在那一片廣袤的土地上。年輕一代有足夠的空間和時間去追求個性、釋放自我，是因為我們的手上沾滿了無數沉默者、苦難者的血和淚。

而我的爺爺，便是這無數沉默者、苦難者中的一員。他的肩膀，扛起了家裡所有的重擔。他像一棵大樹，為家人擋住了所有的風雨。在這漫長的歲月裡，面對生活的艱難，人心的反覆，世事的浮沉不定，他唯一的傾訴物件或許就只有煙了。

當然，後來的生活好了許多，他一個不小心當上了村支書，一幹就是幾十年，直到退休。童年的我，印象最深的便是在深夜，那個瀰漫著煙霧的房間裡，看我爺爺藉著微弱的燈光在辦公。白天他大抵是沒多少時間可以折騰那些公文的，因為還有很多農活等著他，耽誤不得。及至後來，他的兒女們也都各奔前程了……而這時，家裡就只剩下爺爺和奶奶了——當然，差點忘了還有我這個不太懂事的孫子。

人越老，便越不愛走動了。吃完午飯，爺爺會泡上一杯茶，一坐就是一個下午。偶爾有從田裡幹活累了的同村人會坐下來，和他一起聊聊天。只要你願意坐下來聽，爺爺有很多話可以對你說。那些話裡頭有幽默，有冷峻，有激情，有悲憤……但最重要的是，有在生活中凝練的智慧，有經歷風雨之後超然物外的淡然！同鄉人走之後，往往是一地的煙頭……

當然，爺爺也有安靜的時候。有時看著年邁的他坐在長板凳上一言不發，安靜地抽煙，點了一根又一根……我會想，一生的風雨或許都化在這一片雲霧中了吧！他的沉思，他的安詳，他在這一片雲霧中找出了自己……

我討厭爺爺高頻率地抽煙的最直接原因便是不健康。但細細地想一下，我們這一代人的生活方式又有多少是健康的？每天朝九晚五，酒池肉林，繃緊的神經一彈就斷，高分貝的音量幾乎要把耳膜都給震破，放縱的生活沒有一點節制。稍微和緩一點的，也要加班熬夜，疲於奔命，幾乎都在超負荷地生活。

曾經聽一位老人說：「你們現在是拼命掙錢，而我們是花錢賣命。」拼命掙錢倒是沒什麼可指責的，人生苦短，能拋開一切去奮鬥的歲月沒有多少年。可沒事瞎折騰就不合適了，糜爛的生活不僅危害一個人的身體，更摧殘他脆弱的靈魂。

所以現在我對爺爺的態度也寬容了許多，孔子曾經說過：「見賢思齊焉，見不賢而內自省也。」「內省」之後，認識了自己，也就諒解了別人，更何況他還是我的親人呢！

二

我是什麼時候開始吸煙的？應該是在寫第二部長篇小說期間吧。

也許有人會問：「既然你那麼討厭別人吸煙，為什麼自己又吸呢？」我要說的是，有些習慣就跟女人和膠水一樣，一旦黏上了，你便甩也甩不掉了。而且，人都是會變的，以前討厭的人和物，在不知不覺中就喜歡上也說不定。

我在寫那部小說期間很痛苦，這種痛苦並不是源自情感，而是思慮過甚帶來的沉重和疲倦。創作的過程不僅僅是自我解剖的過程，也是與他人對話的過程。最為難的是，這些傾訴的對象在現實中是不存在的，可他們又存在於我的意念中，所以他們有時又是無所不在的。我逃避不了自己，也逃避不了他們。將自我分離出來的時候，人急需一個出口，慶幸的是，處在困境中的我有四姐。

我那時並不知道四姐原名叫什麼，她比我大二十多歲。我上高一的時候，她在學校附近開了一家水果店。起初關注那家水果店，只是因為她超凡脫俗的氣質。

當然，我並沒有愛上她，只是敬畏她寧靜的不落凡塵的姿態。當時青澀的我並不知道什麼是愛，只是幻想用一種朦朧的視角去審視女性，企圖揭開女性神秘的面紗罷了。

那時的她，已近中年。可是我仍能想像出她年輕時的容貌：水靈的眼睛，飄逸的長髮，清秀的面容，高挑的身材，舉手投足之間散發出芬芳而迷醉的氣息……她的美，遠遠看去，有一種親和力，讓人忍不住想要走近。可真要走近了，那種美又立刻轉化成一種威懾力，讓人不得靠近。

可我並不喜歡想像中的年輕的她，而更欽慕眼前飽嘗生活滋味的她。我突然想起瑪格麗特・杜拉斯的小說《情人》裡的那句話：「與你那時的面貌相比，我更愛你現在備受摧殘的面容。」是的，我重新見到她時，她依舊是長髮飄逸，依舊有高挑的身材；可她的眼睛不再像一汪清泉，而是深藏著對生活的閒淡與平靜；她臉部的輪廓也改變了不少，也褪去了那一層光澤，有很多表情都不可能再在她的臉上呈現了。

我覺得，也就只有這種美，才更能沉澱出內涵。年輕的她肯定是驚世駭俗的，而浮華過後便脫顯出一種從容。那時的我，總覺得她彷彿來自另外一個時間和空間，在人間走過之後，與凡俗的我相遇。於是我感受到她作為一個平凡的「人」的共性，卻也能強烈地從人群中聞到她的傲骨清風。

而高中時的我，靦腆得要命。也許是太敬畏她的緣故吧，我從不敢走近她和她的水果店，只能偶爾在路過的時候，回頭看看安靜地坐在店門口的她以及滿店的水果。

有一次，我終於鼓起勇氣走進她的水果店，挑了幾個蘋果，因為太緊張，我扔下錢就頭也不回地走了。第二天我經過的時候，她站在店門口把我叫住了：「小夥子，你昨天買蘋果的錢我還沒找給你呢？」

捏著找回來的錢，我又鼓起勇氣問她叫什麼名字，她說：「你就叫我四姐吧！這一帶的人都叫我四姐。」

就這樣，我知道了她叫四姐。

時間推移到我大學畢業以後，在一線城市的高強度生活使我身心疲憊，甚至會害怕某一天我會莫名其妙地死在地鐵站，於是我回到了那個小縣城，一邊做兼職一邊安心地寫作。我在高中學校附近租了個房間，也許是隱藏在我心裡的記憶太深刻，也許是有意為之，我租的那個房間正好在四姐水果店的樓上。

五六年了，這個縣城比以前更乾淨了，也更大了，建了很多新的住宅區，大片的商品房拔地而起。整個世界都在變，連這個學校的大門都滄桑了許多。而四姐，記憶中的四姐卻還在守著那個水果店，只是她和店都老了些。而且不知在什麼時候，她學會了抽煙……

遺憾的是，五六年過去了，我也長大了，容貌也變了許多，很難做到「原汁原味」——她已經不認得我了。但這一切都很自然，從她的店門口走過的人牽著手不知道要繞地球多少圈，紛繁複雜的世界裡，誰能把誰永久地刻在記憶裡？

五六年後的我，不再像以前那樣畏畏縮縮，不再懼怕那些記憶中的影像，因為我知道，我真正面臨的是我的生活，而不是單純的幻想。

於是，我得重新認識她。偶爾下班後，我會在她的店裡買些蘋果上樓。我是個懶散的人，每天早上都起得很晚，不太習慣吃早餐，便只好以蘋果充饑。時間長了，我和她也就熟了。她的店一直到很晚才關門，閒來無事，我也會在她的店裡坐坐，和她聊聊天。

我似乎已經懂得人與人之間應該要維持怎樣的距離，所以我從來不問跟四姐個人有關的問題。她有一個怎樣的家庭，她年輕時經歷過什麼，她為什麼會被「流放」到這個小縣城來……這些對我來說毫無意義。我不是悲天憫人的釋迦牟尼，我只是個自私的人，只關注她在我內心早已成形的影像。所以很長一段時間來，我只是隱約地知道她還有個剛畢業的兒子在醫院工作，卻從來沒見過他。

而我和四姐，能成為某種特定意義上的朋友，最大的原因便是我們之間沒有利害關係。沒有利害關係，也就不必相互提防，於是便能坦誠；坦誠之後，才能純粹；純粹之時，便不會再理會旁人的流言蜚語。

每次和四姐聊天的時候，她都會抽煙。點煙的時候，她會習慣性地遞給我一支，而我總是拒絕。

有一次，我問她：「妳是什麼時候開始學會抽煙的？」

她反問我：「這很重要嗎？」

我說：「我記得妳以前是不抽煙的，妳以前只是安靜地坐在店門口，偶爾站起身子處理那些爛掉的水果。」

「誰說我以前不抽的？我以前也抽的，只是不習慣在公眾場合抽罷了。」

「原來是這樣啊！」

她驚奇地問我：「你以前認識我？」

我指了指不遠處的校門口，說：「我高中就是在那裡讀的，不過那是五六年前的事了。」

她笑了笑：「這邊的學生太多了，好多都記不起來了。」

我說：「嗯，我知道。」

接著，我跟她講起高中時對她的印象，聽完我的回憶，她又點了一根煙：「可惜我現在已經老了很多了，一定讓你感到很失望吧？」

我沒有回答她，只是說：「曾經一直想寫一篇和妳有關的小說，可是關於妳的一切，我總感覺很模糊，於是就一直都沒動筆……我不能單純靠想像，我得有必備的材料。」

她說：「我有什麼好寫的，滿大街都是像我這樣的人。」

我說：「妳確實和別人不同，只是妳自己不願意承認罷了。」

她熄滅煙頭，望著街對面，陷入一陣沉默……過了很久，她才跟我說：「你知道這些水果和煙的區別嗎？水果的保質期很短，很容易就爛掉，可它們還是要被顧客挑來挑去。煙可以放很久都不會過期，可一旦點著了，很快就燒完了。開這間水果店並不容易，店面的房租自是不用說，還要承擔很多風險。可我還是要勇敢地活下來——讓這個店活下來。我知道，有一天，我也會像這些賣不出去的水果一樣，慢慢爛掉。但我相信，我可以撐到他回來。」

我並不知道四姐說的那個「他」指的是誰，可我也不願意問。那可能是她男人吧，在這個「重利輕別離」的時代，似乎不應該承擔太多的守候。

她又說：「其實，有時候水果和煙對人的作用是一樣的，而煙要承擔更多的罵名。」

我也不知道在我認識她之前，她承擔了什麼罵名，更不知道她有沒有因此而後悔過。那些故事把她的臉刻得滄桑，而我讀不出來——我的經歷有限，找不出詞來與她對接。

住在樓上的那段時間，我並沒有記錄下她的故事，而是在寫我的第二部長篇小說。小說寫到一半的時候，我迷失了自己……

思索陷入了莫名的痛苦，卻找不到存在的意義。我常常問自己為什麼要寫作，是為了我自己，還是別人？我為什麼一直擺脫不了陷入空洞地思考的困境？我為什麼一直這麼懦弱，衝不破意識的枷鎖？我是不是一直在複製別人早已成文的故事？

我一直以為只有在寫作的時候，自己才是最真實的，可突然發現自己在想像的世界裡編織的謊言最多，我躲在自己創造的人物背後，像個小丑，不停地做著在現實世界中沒有完成的夢。原來一直以來，我都在自欺欺人。我厭惡這種「意淫」的生活，我無法再坦誠，無法再面對自己，更看不起自己。

幾乎要將自己撕碎的時候，我找到四姐。那是在一個天很冷的晚上，我踉踉蹌蹌地走下樓，來到她的店門口。她本來準備關店門的，見到我來了，便招呼我進去坐坐。

她看了看我，關切地問道：「出什麼事了，把自己弄成這樣？」

我說：「我不知道，我什麼都不知道，我快控制不住了！」

她問我：「不知道什麼？控制不了什麼？你有沒有想過，每個人都要為自己的『不受控制』付出代價的？」

我說：「我知道，我控制不了我自己，我快要分裂了。我不知道一個人的坦誠應該到什麼程度才算合適。我突然發現自己做什麼都沒有意義了。我的小說，我寫的那些……都是廢話，起不了任何作用，救不了別人，也救不了我自己。我為什麼要寫作？我突然感覺寫作就是在編織一個個謊言！」

「你為什麼這麼說呢？」

「我覺得總有一批人在看著我，他們能輕易地從我的語言裡、小說裡把我看透。我總覺得他們對我的期待很高，我不想讓他們失望，所以我要不停地對自己說謊，才能騙得過他們。我不想一直這樣，我想逃避他們……逃避我自己。我想要一個屬於我自己的空間……可以讓我緩口氣，可以讓我靜一靜……我好想安靜地睡一覺！可是……只要我一有聲響，那些人便能找到我，太恐怖了！為什麼我的世界會是這樣子？」

四姐沒有回答我，只是點了根煙，遞給我。我像往常一樣拒絕她：「我不吸煙的，這妳知道。」

她沒有理會我：「你試一下，沒準對你有幫助。這種煙很淡的，抽起來很舒服——你四姐不喜歡太濃的東西。」

我接過煙，她又給自己點了根。她問我：「你知道抽煙有什麼好處嗎？」

我說：「提神？我現在思想亢奮，需要的是平靜。」

她說：「不是，應該是掩飾。當你還沒找到寫作的意義時，當你還無法真誠地面對自己的時候，最好的方法便是掩飾——吸煙是掩飾自己最好的方法。不僅女人需要掩飾自己，你們男人同樣需要。在煙霧背後，你可以隱藏每一個表情。你所有的痛苦，都會在煙霧下變得模糊，從此以後，便不會有人再發現真實的你。不信你可以試試！」

我重重地吸了一口，一股暖流直入胸中，吐出來的時候，舌頭上麻麻的感覺，那種感覺一直停留很久……

接著，我端詳她吸煙的姿態。她把煙霧吐出來的時候，我彷彿看到一個遊動的靈魂，那樣美，讓人陷入奇妙的幻想。有人說：「吸煙的女人是最寂寞的。」從她的煙霧背後，我很明確自己看到的不僅僅是寂寞，可究竟還有什麼，我又說不上來。

我終於看到吸煙的益處：人不可能赤裸裸地活著，無論是誰，都無法直面毫無掩飾的坦誠，甚至有些時候，我們也要把自己麻醉。

四姐說：「像你這樣的年輕人還有很多，你們隨時都有可能迷失自己，陷入困境。有些人被別人一語驚醒，有些人靠自己的毅力走出來了，還有一些人比較不幸，一輩子困在裡面見不得光。我知道抽煙會加速衰老，尤其對我的皮膚傷害很大，但我更害怕別人看到完全真實的我。像你這樣，毫不設防，又怎麼能堅強呢？」

我說：「從沒想過，妳居然能悟出一套香煙哲學！」

四姐笑了笑：「這哪是什麼哲學啊！我只是一個賣水果的中年婦人，不懂什麼哲學。每時每刻都會有人窺探我們，光逃避是沒有用的，你一逃避，追趕你的人就越多，很多苦惱都是自找的。幹嘛一定要把姿態擺得這麼高不可攀？幹嘛一定要覺得自己和別人不一樣呢？你這樣孤傲地作繭自縛，到最後吃虧的肯定是你自己。你要學著去淡化自己的痛苦，如果淡化不了，就一定要學會掩飾。也要學著去看他們，看你自己。我一直把你當做是我的孩子，我希望有一天，我可以把你領回家……」她把我的頭擁進她的懷裡。

那晚之後，我便迷戀上了煙。只要一開始寫作，開始面對想像中的他們、面對自己時，我便會點上一根煙。我習慣了自己雲霧背後的這張臉——七分的真，剩下三分假。那個世界，讓我獲得了少許平靜。漸漸地，我吸煙的頻率越來越高，等我發現的時候，我已經離不開它了。同時，我慢慢地淡忘了那些最初的痛苦——我慶幸自己沒有分裂。

雖然自己也抽煙，可除了四姐，我還是適應不了別人在我面前抽煙，還是不習慣那種味道。原來有些習慣，是與生俱來，永遠都改不過來的。

寫完我的第二部長篇小說後，我便搬走了，打算去北方，開始我的新旅程。也許一次出走能讓我找到生的意義，寫作的意義！

臨走時，我向四姐告別，但並沒有告訴她我要去哪裡。她也沒問，只是送我一袋新鮮的紅富士蘋果：「你一個人出門在外，要懂得怎麼照顧自己。去哪裡都行，千萬別去深圳，那裡最容易迷失自我。」

我笑著說：「沒有哪個地方能讓我迷失的。」

「你有這樣的自信，我就放心了。」

人在不同的階段，會遇到不同的導師，現在的我，仍是感激她帶領我走出那個困境……

三

張子墨是一名內科醫生，我認識他是在醫院的門診部。

那時，吸煙已經成了我的習慣。生活中的一些習慣跟內心的情感一樣，有時候明知道它有害，卻還是戒不掉。無法根除一些陋習，是因為惰性。無法約束自己的情感，則是因為靈魂的孤寂和依賴。人處在這個廣袤的世界，有太多的侷限！

我跟爺爺不同，我不是一個專一的人，連抽煙也不太專一，我會換著牌子抽，大中華、廬山、七匹狼、金聖、紅河、紅塔山、紅梅、黃鶴樓、雲煙、芙蓉王、紅雙喜、利群、白沙、阿詩瑪、嬌子……我都抽過，只是粗心的我並沒有發覺它們有什麼區別。有一次抽雪茄，竟是把我的眼淚都嗆出來了——我想我還是不太適應過於濃烈的生活。可是對煙的依賴，使我不能自拔了，我早已習慣了躲在面具背後生活，害怕別人看到痛苦的自己……

有一段時間，爺爺一直說胸很不舒服，感覺老有東西壓著，很悶。我便帶他去看醫生。

中國是個感性社會，很多狀態都要靠人情關係去維繫，一遇到困難就要找熟人、走門路——不像西方有理性的制度去保障。我對醫院的體制從來沒抱什麼好感（其實我對整個社會都沒抱什麼好感），對醫生很難有充分的信任，不太情願在沒有任何保障的情況下把人命交給他們折騰。更為難的是，我在醫院裡並沒有什麼熟人，於是我又想到了四姐……

那天，給我爺爺看病的便是張子墨——四姐的兒子。

可能是剛參加工作，他對我們出奇地熱情，親自陪我們去照X光。也因為他是四姐的兒子，我對他有一種莫名的親切感。在放射室牆外等的時候，我遞給他一根七匹狼。他像以往我拒絕別人一樣地拒絕了我：「我不吸煙的。」

我說：「這樣真好……以前我也不抽。不過好像你媽都會抽的啊！」

他有些不滿：「我媽抽煙是她自己的事，跟我無關。你知道一年有多少人因肺癌而死嗎？你知不知道，那些死於肺癌的人，80%的人都有吸煙史。」

我本想點燃那根煙，聽他這麼一說，只好將它塞回煙盒。我倒不是被他的話給嚇到了，只是覺得應該尊重他的意願。在醫院裡待久了的人，看到的生死太多，大多已經冷漠了，難得他能保持這份對不相干的人的熱忱。

X片出來以後，張子墨在燈光下看了很久。他指著片子跟我說：「你看這裡，肺部已經發生了實質性病變，不住院不行。」

我著急地說：「我不知道什麼叫做『實質性病變』，也不想知道。我只想知道我爺爺他大概要住多久？」

他說：「這個得看他的康復情況。他的病不可能完全治癒的，只能好轉。出院以後也還要注意療養。煙肯定是不能再吸了，否則怎麼治都沒用。你知道什麼叫「阻塞性肺氣腫」嗎？他得的就是這種病。」

我說：「這個我不懂。太專業了！」

他有點不滿，貌似恨鐵不成鋼的樣子：「所以你就跟著吸煙？」

真拿他一點辦法都沒有！我又不是你什麼人，我抽不抽煙是我自己的事，在民主社會連這你也管？再說了，我好歹比你多吃幾年乾糧，沒大沒小！

人有的時候真的很怪，很容易犯賤，我步入社會這麼多年，四處漂泊，向來沒人約束，突然有個人會對自己說你這樣不行，那樣也不行的時候，反而感覺對方挺可愛的。於是，爺爺住院的那段時間，我和張子墨經常往來。我想他肯定是個寂寞的傳教士，每次來查房的時候都會和我聊聊。他一如既往地苦口婆心地勸我戒煙，而我則一如既往地頑固不化地吸煙。

「其實吸煙跟吸毒沒什麼區別，尼古丁這玩意兒是很容易上癮的。所不同的是，吸煙在中國是合法的，而毒品是被禁止的。什麼時候真應該讓國家把煙也給禁了。」

「你不要以為吸煙真的能放鬆，告訴你吧，這都是騙人的，實際上吸煙會使血壓上升，呼吸興奮，心率加快，開始的時候確實是爽了，可之後又使人更緊張。」

「你肯定沒看過長期吸煙的人的肺吧？那一大片的焦油和殘留物，別提多噁心了。X片上呈現出來的影像也和正常人的肺有很大的區別。你要是看得懂片子就好了，你就會相信我說的話了。」

「吸煙的危害不僅僅在肺和呼吸道，幾乎對全身都有影響。像那些癌症啊，高血壓啊，冠心病啊，糖尿病啊，動脈粥樣硬化啊，骨質疏鬆啊，胃潰瘍啊……甚至連性冷淡都有可能跟吸煙有關。還有更噁心的，它對生育也有影響，你也不希望將來你的孩子出什麼問題吧？所以，你……你要好自為之啊！」

聽得不耐煩的時候，我會嘲諷似地鼓動他：「既然你那麼反感別人抽煙，那你為什麼不去搞一次禁煙遊行啊，告訴他們，吸煙不僅僅是在自殺，也是在殺人。」

沒想到他還是一臉嚴肅，面露難色：「在中國……行不通！中國人太冷漠了，他們會以為我是神經病，就知道瞎胡鬧！而且，政府肯定不允許──穩定壓倒一切，他們害怕我折騰。再說了，煙草業的稅收很高的。」

漸漸地，不知道是對我絕望了還是怎麼的，他也不太排斥我抽煙了。開始會跟我討論一下他的生活。他說有一段時間經常失眠，弄得他每天上班無精打采的，像個遊魂。

我說：「你們醫生難道連自己的失眠都治不了嗎？那也太滑稽了。」

他說：「沒辦法，這是心病啊……其實那段時間，我有吃安眠藥的，可惜沒什麼作用。」

看他年紀輕輕，我十有八九猜到他為什麼失眠了。處在他那樣的年齡，工作也有了，生活也穩定下來了，如果不是為了女人，也沒有多少事能讓他這麼操心了。「你不會是得相思病了吧？」

他沒有否認，拿出錢包，取出一張相片給我，相片裡有一個留著長髮的女孩，長得很清秀。

「她叫素顏……我們在大學時就認識了。」他又把相片從我手中拿回去，停了停，「可是我知道，她是不可能喜歡上我的。而且，愛上她，對我也沒什麼好處，徒增煩惱罷了。」

「那就放手唄，還想那麼多幹嘛？你要是捨不得，就應該放手一搏，好男兒當戰死疆場，何須馬革裹屍？擺在你面前的就這兩種選擇，沒別的路了。你都這麼大了，應該有獨立處理自己感情問題的能力了。」

「要是真像你說的那麼簡單就好了，那古往今來也不用死那麼多人了……現在，我滿腦子都是她，偶爾晚上能迷瞪一小會兒，夢裡都是她……我上癮了，戒不了她了。」

我看看他，原來真的有熊貓眼。我勸他說：「我為煙上癮，你為女人上癮。其實，你跟我是一樣的，你以前根本就沒資格說我。四姐──也就你媽，曾跟我說『感情不受控制是要付出代價的』。你……你也要好自為之啊。」

張子墨笑了笑：「其實最難處理的還是我內心的欲望。我雖然信誓旦旦地說自己有多麼愛她，但愛的只是我自己罷了。我只想佔有她，我太自私了，我……我配不上她。可是……我又控制不了我自己，真的很矛盾，有時候真想把自己給弄死算了……明知道這樣對自己很殘忍，卻還是陷進去了。」

我說：「我能理解，就像有時候我停不了寫作一樣……但是，大丈夫何患無妻，你沒必要在一棵樹上吊死的。等你有事業了，還怕沒女人嗎？到時候就怕你應付不過來。」

他說：「那不一樣的，那只是露水情緣，我不想自己像他們那樣墮落。而且……如果沒有她，我會有多孤獨，你知道嗎？我真的戒不了這種依賴……你知道我為什麼會經常勸別人不要抽煙嗎？因為……因為她也會吸煙，我總想讓她戒了。可是……我又不能做得太暴露……有時候掩飾不住，便只好在醫院勸你們了。」

「於是你就把對她說的那些話，都轉移到我們身上來了。」我顯然有些不滿。

「這對你們也沒什麼不好啊，至少你們能認識到吸煙的害處，沒準你們之中有人就會下定決心戒了呢。」

「那……你那位戒了嗎？」

張子墨顯然很為難：「沒……沒有！」

我不知道該說什麼好，我也有年輕的時候，可我那時似乎也沒像他這樣苦惱過。也許是太久了吧，都沖淡了。

我跟他說：「你現在的重心是工作，是事業。要緊抓一個中心不放手，不要多想其他的事。感情這事可以放到以後再說，一輩子還那麼長，什麼人都可能遇到，說不定你會找到更好的。」可話一說出口，我就後悔了。我們總以為很多事可以放到以後去做，可是真到了那個時候，很多事都變了，於是便空留下遺憾。這個世界上，所有的哲學都是相悖的，我們所能做的，無非也就是在適當的時候，取其所需罷了。

於是，我拍拍他的肩：「你……你有時候真是太可愛了，可感覺你還是像個倒楣孩子。」

一個月後，我爺爺吵著要出院：「這在病房裡整天只能躺在床上看電視，連煙都不能抽，待得實在是太難受了，這樣每天還得交住院費，還不如回家躺著舒服呢。」其實我們知道，他是長期以來沒煙抽，實在憋得不行了。

這樣吵了幾次，我爸和兩個叔叔也就都同意他出院了。老人自己的意願，我們做晚輩的攔也攔不住，再說也不想白白搭進去一大筆醫藥費。而且，我爺爺他本來就不是一個太安分的人。

爺爺出院後，我再次見到張子墨大概是在半年後了。

這次倒不是陪我爺爺看病，而是我自己的身體出了點小毛病。可能是吸煙吸得太頻繁了，我經常會感到一陣眩暈，起初倒沒怎麼在意，以為是勞累過度。像我們這種以碼字為生的人，腦細胞死亡的速度本來就比正常人快，有點小毛病似乎也是應該的。直到後來我在強烈的陽光下不省人事……

醒來的時候，我躺在擔架上，第一眼看到的便是披著白大褂的張子墨……

很殘酷的消息：我，一不小心住院了。

查房的時候，張子墨半開玩笑地跟我說：「沒想到你又進來了。」

我很尷尬：「其實，我也不想的。」

他遞給我一根白沙。我接過煙：「你不是不抽煙的嗎？」

「偶爾也會試一試。」接著張子墨走過去把房門關上，「原則上病房裡是不准吸煙的，所以……」

他走回來，在我病床上坐下：「原則上，醫生也不能坐在病人的床上。」他給自己點了根煙：「她走了。」

我過了好久才想起來，張子墨說的「她」，指的是那個讓他夜不能寐，叫素顏的女孩。我問他：「那……她去了哪裡？」

「我不知道。我找不到她，我把她給丟了……很久以前就丟了。」他的表情很痛苦，他咽了口煙，「以前出於對她的健康考慮，老是跟她說，妳不要抽煙不要抽煙。在我身邊的時候，她也確實會適當地克制自己……可是，我知道她一直都很不開心。」

「所以你就放手讓她走了？」

「其實，在上次咱們認識之前她就走了，只是這些年我都不願意承認罷了……我一直都沒有考慮過她的感受，只是以我的標準在約束她罷了。我從來沒問過她喜歡不喜歡這樣。現在我已經想通了，健不健康在每個人心裡都有不同的標準，最重要的是，她開心就好了。如果她一直活得很糾結，那長命百歲對她來說反而是一種煎熬。」

「可是，你真的就放得下她嗎？我懷疑！」

「她剛離開的時候，我確實很難受，適應不了……要我戒掉身邊的人，就像要她戒煙一樣困難。在有些時候，我太依賴她了……很想她的時候，我會躲到廁所，學著她的樣子抽煙，幻想著她還在我身邊……」

而這時，我也不知道該說什麼了！我覺得張子墨會好起來，但應該不是現在，這需要一個過程，只能讓時間慢慢去撫平它。我只好用一些不太見效的詞安慰他：「她雖然離開了，卻把一些習慣刻在了你的身上，這樣不是挺好嗎？這沒準是你們之間最好的相處方式。」

「可能是吧。我應該學著上進的，不應該困在這種處境中……我要接著去查房了，要不然等一下主任看到我在這裡，年終獎金可就飛了。」他把煙頭扔進垃圾桶，起身整理了一下白大褂就走了。走時，他還習慣性地跟我說：「沒事少抽點煙，你那病就是讓煙給害的，相信醫生的話，準沒錯。」

我當然沒聽他的話，但沒多久，我就出院了。

可能是最初那段時間和張子墨接觸太頻繁了，老聽他講那些吸煙的危害，又在我耳邊嘮叨了那麼多他的個人感情問題，使我總擔憂有一天我會得肺癌死掉。要是年輕時想到那些，我一定會很恐慌，一定會覺得就這樣死掉了未免太淒涼太無奈太沒面子。可是，那時我並沒有覺得自己的死有多陰暗，反而把它想像得很浪漫，而且清晰可見。

我死前應該會在醫院裡住一段時間，在我的病房裡，偶爾會有一些老朋友來看我，他們有些能說能笑，有些則哭喪著臉，可無論怎樣，我都歡迎——我最怕的並不是死神，而是寂寞。我會提前寫一份很長很長的遺囑，把我生前的事都交代完畢。我也會告訴他們，我是多麼愛他們。然後，我會在眾人的圍觀下坦然地死去，就像一個歡快的告別晚會……原來我終究是個害怕安靜的人。

看來，我真的不適合和煙走得太近，更不適合和醫生走得太近……

第三章　信

一

在童年的記憶中，我寫的第一封信是給父親的。那時我連字都還沒認全，很多字壓根就寫不出來，就只好用拼音代替。結果，寫完後發現那封信裡有一半以上是拼音。

那時的父親遠在廣東打工，他每年也就只有過年的時候才回一趟家，於是我成了當時村裡眾多留守家中的一個。家裡也沒有電話，唯一的聯繫方式便是書信。還好，那封信只是向他彙報了一下當時的考試成績。要是讓我寫別的，我也寫不出來，因為「父親」這個概念，在我的意識中總是神秘而又陌生的。

從改革開放以來，就有大量的農村剩餘勞動力湧入城市。以前，城裡人稱他們為打工仔；現在，換了個叫法，叫農民工；其實，怎麼換，還不都是弱勢群體中最薄弱的環節？我的父親便是構成這個最薄弱環節中的一份子。

改革開放三十多年來，那麼多的成就，那麼多的革新，引來世界各國對我們那麼多的關注，但犧牲最大的還不就是那些無依無靠的弱勢群體？還不就是徘徊在農村與城市之間滿臉茫然的農民工？

這種犧牲，不同於戰士在戰場上被炸毀一兩條腿、一兩隻胳膊那樣觸目驚心而又有憑有據。這是一種隱性的退讓與忍耐，他們犧牲的不僅僅是自己生存的基本權利，也犧牲了他們子孫成長的環境。

這樣的家庭，因為生存的壓力，必須要背井離鄉，總是聚少離多的。在這種環境下，他們自身孤獨而飄零，而在背後牽掛著他們的親人，也一樣忍受著煎熬。沒人能想像得出，小時候的我是多麼盼望寒假、盼望過年，多麼盼望父親從世界的那一頭——廣州回到家裡來。

過了這麼多年，我依然記得自己點著煤油燈，在家人的圍觀下寫完那封信的情景。母親就在旁邊看著我，輕輕地撫摸我柔弱的肩，爺爺依舊坐在角落吸著他的煙……

我現在寫這些，並不是在向誰控訴，即使要控訴，也輪不到我，我的聲音太微弱，難以上達天聽；而是想告訴那些自認為是「垮掉的一代」：還有你們視而不見的一群人，以這樣一種方式，在頑強地生存著。

二

我記得自己收到的第一封信，是一封很純情樸實的情書，裡面只有寥寥幾個字：「我喜歡你，你喜歡我嗎？」字很雋秀，典型的女孩子的筆跡。

那一年，我上小學五年級，坐在她前排。信是經過有心人的指點，在我課桌的抽屜裡發現的。看完信，我轉過頭，偷偷看了看她。原來……坐在最後一排的她也在看著我。我驚慌失措，趕緊轉過頭去看老師。

過了很多年，這個畫面依然清晰……卻不知道現在的她忘了沒有？不知道當時她是怎樣的心情？

之後，有人告訴我，她嫁人了；之後，又有人告訴我，她做母親了；再之後，我便沒了她的音訊，也不知道該怎麼打聽——在朋友面前開不了口去問……

三

記憶中，最讓我感動的一封信，是我在高一時收到的。

我是作為擇校生進入縣重點中學的。高一那年，是我求學生涯中最昏暗的一年。從初中的「驕子」淪落到一個高中的差生，期間多少失落和苦悶可想而知。我身材矮小，更加劇了我自卑的情緒。（要知道，在青春年代，身高幾乎成了男生自信的一切來源，也是女生對美的衡量標準）再加上班主任的勢利眼—對我不屑一顧，更使我的性格開始變得很內向。

那一年，我不愛與人交流，獨自學習，獨自生活，閒時便自己看看小說，在我以外的世界對我來說幾乎是一個噩夢。

那一年，我不但沒什麼朋友，反而經常和班上的同學鬧矛盾。漸漸地，我開始遠離他們，把自己置於那個群體的角落裡。那一年，被隔離的孤獨，幾乎使我崩潰，成了我內心記憶中一片難以抹去的陰霾。

而就在那年，我收到了那封信，那是我一個初中同學寫的，那時的她在另一所中學上高中。

信很長，時間相隔太遠，信裡具體寫了些什麼，我早已忘了。只記得讀信時，眼睛很酸痛，腦海裡總是浮現出初中時，上完晚自習兩人在教室裡促膝長談的情景。那時的窗外很黑，教室熄燈了，我們點著蠟燭，她的微笑隔著燭光不停地晃動著，就像記憶的片段在生活中不斷閃回一樣。

讀完那封信，我在被窩裡哭了一夜……

後來，我去了一個陌生的城市上大學。有一年，她被分配到那個城市實習，夏天的某個傍晚，她和朋友來學校看我。一見到我，她就用老家的方言和我說話，完全不管旁人聽不聽得懂。

她說：「一見到家鄉的人總感覺特親切。」

我說：「我也是。」

接著她又喋喋不休地說了很多，關於我們記憶中共同存在的那部分，關於她的男朋友，關於她的實習生活，關於同伴們的種種勾心鬥角……我從來沒有看到一個女孩子在我面前有這麼多話要講，她嬌小的身材在我面前不停地跳耀著，像一團藍色的火焰，給那座黑暗而冷漠的城市增添了少許光亮和溫暖。

之後，我去她實習臨時住的地方看她。她端著一碗銀耳蓮子湯下來，湯很暖很甜，從喉間到胸口，從胸口到腹中，清澈而透明……

我的生命中並不乏晦澀而陰暗的經歷，但那些美好的事物和情感，一直深藏在我的記憶中，一如她善良而真誠的心。

四

曾讀過一本很讓我感動的書，歌德的《少年維特的煩惱》。歌德用一封封信堆砌起來，講訴了一個明亮而又憂傷的愛情故事，讓我漸漸感受到精神之愛的純粹和高潔。

那些信樸實而真誠，它們不像莎士比亞筆下的世界那樣熱情洋溢，卻也難掩心中的悸動。

在我的眼裡，維特就只是一個善良的孩子。對鄉村生活的陶醉，對自然的敬愛，對美的崇尚，構成了這個孩子的精神世界。起初，他的世界是如此閒適而平靜。只是，當他遇見那個善良美麗的夢中情人時，他的世界為之改變，他滿懷激情，陶醉在對她的幻影中，卻又無可奈何地要接受她即將嫁人的消息。於是，他糾結、矛盾，陷入沉重的憂傷與煩惱中。最終，維特還是死了……

故事中的維特死了，卻使他的形象更鮮明更崇高地活在了我們的心中。從那一封封的長信中，我看到了他的單純和真摯——以及一切成年人早已喪失了的氣質。

曾看過一部很讓我感動的電影，岩井俊二導演的《情書》。兩個長相一模一樣的人，共同承載著一段埋藏在歲月中的暗戀。

那一片白茫茫的雪，那一個溫柔的擁抱，那一句「你好嗎？我很好！」，那一份讓人無法釋懷的執著……

我反反覆覆看了那部電影很多遍，每次看到最後，女主角從書的扉頁取出那張畫著她飄逸長髮的卡片時，我總會跟著她一起掉眼淚。那句遲到的告白，比那一片茫茫白雪還要純淨。

還有什麼比內心懷著一段真摯而樸實的愛情更讓人嚮往，更讓人感動？

想起魯迅寫給許廣平的書信。魯迅的信，沒有他的雜文那樣鋒芒畢露、鞭策時弊，也沒有他的小說那樣寓意深遠、滿懷民族道路之擔憂；他的信，平淡無奇，就像兩個老朋友之間的談話。

可是，在這些樸實無華的文字背後，埋藏了他多少激蕩的熱情啊！他要衝破多少封建禮數的束縛，才能真正坦然地正視許廣平給予他的真誠？

只是，每讀到那些信，我總會不自覺地想起朱安那淒涼的背影，可她最後都還在說：「周先生對我很好。」……我們在歌頌一份真情的時候，往往會忘了還有另一雙渴望的眼睛，在那個陰暗的角落無聲地哭泣。朱安的命運代表的是一個群體的淒涼，在拋棄落後制度的同時，我們無情地將那些被制度迫害的無辜者也一併拋棄了……

不知道應該要歸於時代的進步還是個人的魅力，王小波和李銀河之間的書信卻是另一種風格。

李銀河的作品我接觸的比較少，只看過她的一本《福柯與〈性史〉》，她是搞性學研究的，裡面很多描述都很客觀，看不出她的個人風格。

王小波的書我倒看過一些，小說如《革命時期的愛情》、《尋找無雙》、《黃金時代》、《青銅時代》、《白銀時代》等；也看過他的一些雜文，如《特立獨行的豬》、《沉默的大多數》、《我的精神世界》、《知識份子的不幸》等。感覺他是一個理性與激情並存的人，他的文字總是流露出思想的尖銳和光芒，這是一種思辨哲學。

可是，看他們之間來往的書信，我的感覺就只有兩個字——肉麻。當然，再怎麼肉麻，也是一種真情流露。從那些書信裡，我看到王小波與李銀河不一樣的一面。

王小波寫給李銀河的信裡頭，偶爾會夾雜著一些他原創的詩。客觀地說，這些詩很粗糙，也很拙劣，只能歸於打油詩一類。但是，戀愛中的人大抵都是幼稚的，愛著一個人的時候，總是企圖把自己的整個世界都與對方分享——如此睿智的王小波竟也逃不出這個侷限，會做出這些「傻事」來。當然，正因為這些「傻事」，才讓我們看到了一個人流露真性情時的可愛。原來，在兩個人的世界裡，可以摩擦出那麼多的光和熱！

不禁想到了我自己當年陷入愛情時做的那些「傻事」。我曾在數十天之內，給一個可愛的女孩寫過一大疊的信，而且，我自信我寫得比王小波好——因為我是個很有條理的人，很少在筆端語無倫次，更重要的是，我從不寫詩。不過，我比張子墨勇敢，我親手把那些信交給了那個女孩。

大概兩個月之後，那女孩告訴我，那些信被她媽媽發現了。

我問她：「那後來怎樣了？」

她說：「我媽媽一個勁地問是誰寫的。我說，你要再問，我就哭，哭給你看！」

五

有幸讀到張子墨寫給素顏的那些信，是在一個寒冷的深夜。那時的我依然漂泊在北方，內心依然彷徨，並不知道自己的文學之路還可以走多長，也曾一度想過要放棄。可我也知道，如果我真放棄，我會活得更痛苦！

讀張子墨的信那晚，窗外鋪著厚厚的一層雪，我裹著厚厚的被子半躺在床上，熱淚盈眶。看完信的時候，天漸漸亮了，窗外白茫茫一片，刺骨的寒冷夾雜著聖潔和純淨……

那晚，我終於發現自己和張子墨最大的共同點，便是孤獨。寒冷能讓人產生擁抱的欲望，孤獨也一樣！

信的內容很多都是張子墨的內心獨白，其實本不需要固定的傾訴物件，只不過是因為素顏在他心中的份量太重，於是他才不自覺地選擇了素顏。就像虔誠的信徒選擇向上帝懺悔和禱告一樣，素顏無意中成了常駐在張子墨靈魂中的耶穌。

從那些信裡，我洞察到他靈魂深處的那份孤獨。他的孤獨源於他靈魂中遺落的那一部分。

就像一個人由謙卑的孩子逐漸成長一樣，成長的路越長，他生命中那些可貴的氣質就失去得越多。沉迷於俗世的人並不能清醒地察覺自己身上的這些變化，所以當他們看著一個孩子的童真時，他們臉上只會流露出那種嘲笑的神情。只有像張子墨這樣的人——察覺到自己靈魂中失去了那些可貴氣質的人，看到一個孩子真誠的微笑，他才會無限悲憫。他聯想到眼前的這個孩子，最終也會像現在的自己一樣變得粗俗不堪，於是他內心生出無限的憂傷與失落。他是悲觀的，一眼就看到生命的盡頭……

張子墨靈魂中失去最多的那部分，便是素顏。最初，是因為愛情，素顏的存在，使張子墨體會到了生命中燃燒出來的所有光與熱。經歲月的錘煉和洗滌，它又超越了愛情，成了張子墨生命中一道永遠的缺口。

起初，張子墨以為可以用另一個實體去填補這個缺口，於是他選擇了夢琪。不過，很快他就發現，有一種孤獨是填補不了的，他失去的那一部分，只能從「失去的意義」中尋找。可他又不甘於這樣的孤獨，於是，他選擇了出走，選擇了尋找。

可惜，尋找的過程也是孤獨的——就像我的寫作一樣。我們從一個路口轉向另一個路口，解開一副枷鎖之後又套上了另一副，卻始終走不出俗世的迷宮，更聽不到上帝在空中的冷嘲熱諷。難道這真是西西弗斯的徒勞？

我呢？我生命中失去了什麼？就像多年前的素顏喚醒了張子墨一樣，張子墨的那些信喚醒了我，我發現自己一直以來都很少擁有真正的快樂。

這些年，走了很多地方，看到過一些人間的溫情，也體驗到一些無辜者的苦難，酣暢淋漓地讀過幾本書，自我陶醉式地寫過幾部小說，卻始終沒有找到屬於我自己的精神家園，我只是像浮萍般在漫無目的地漂泊著。

張子墨比我幸運，他至少知道自己孤獨的來源，於是他的流浪有一個方向。而我，找不到「意義」的出口。尼采說：「上帝死了。」我不禁想問一句，上帝真的曾經存在過嗎？如果他真的存在，我想寫封信去問問他：「我們苦苦追求的那些『生的意義』，真的就有意義嗎？」

羅素說：「對愛情的渴望，對知識的追求，對人類苦難不可遏制的同情，是支配我一生的單純而強烈的三種感情。」我真羨慕他有這樣的激情和執著，更羨慕他有這麼強大而高尚的力量在支撐著！他是個理性的人，一個理性的人仍具有這樣執著的激情實屬難得。

我經常會想起當年在醫院裡，張子墨苦口婆心地勸我戒煙的情形，想起他在素顏離開後那種略帶懦弱的失落，想起他曾說過：「其實最難處理的還是我內心的欲望。我雖然信誓旦旦地說自己有多麼愛她，但愛的只是我自己罷了。」

然後他又說「其實……我一直都沒有考慮過她的感受，只是以我的標準在約束她罷了。我從來沒問過她喜不喜歡這樣。現在我已經想通了，健不健康在每個人心裡都有不同的標準，最重要的是，她開心就好了。如果她一直活得很糾結，那長命百歲對她來說反而是一種煎熬。」

當年，我在心裡嘲笑他的反覆無常，現在想想，倒是有些臉紅，真正應該被嘲笑的，其實是我自己……

六

我在小說裡運用最多的文體，應該就是書信了。我對書信有一種難以名狀的情愫，這種不自覺的依賴是自童年就植根在我的筆端。

在那個樸素的時代，書信成了人與人聯繫非常重要的紐帶。鴻雁、錦書、尺素……藏在詩詞曲賦中的那些優雅的書信代名詞，成了無限思念、牽掛和溫情的承載物。

隨著資訊技術的發展，我們不斷有更加便捷的溝通方式。電報、電話、短信、E-mail、MSN、QQ、微信……各種各樣的資訊工具，使我們的思念和牽掛變得如此廉價，如此容易被摧毀、被化解。從此，再沒有了「長亭連短亭」，再沒有了「肝腸寸斷」；從此，紅豆也只是用來熬熬八寶粥，再沒有了「寄相思」的特權！

可是，通訊技術在給我們帶來便捷的同時，也埋下了不少隱患。其中最不易察覺的後果，便是自我的迷失。作家劉震雲曾說：「手機改變了一部分中國人的性格。」他是說，資訊的氾濫對人性的滲透，使我們喪失了農業文明時代那些樸實和真誠的品質，於是我們漸漸變得複雜、狡黠、奸詐、虛偽……將自己置身於傳統美德淪喪的荒野中找不到歸宿。其實，使我們喪失那些可貴氣質的，又何止是那些氾濫的資訊呢？

或許，現在很少有人有端坐在書桌前寫一封信的經歷了吧？是時代的變遷加速了這種交流方式的喪失，還是浮躁的我們根本就支付不起這樣的平靜？

可能我是保守的、懷舊的，我始終覺得書信是人與人內心交流最好的方式。

一封真誠的書信是可以承載很多的，因為他在寫這封信之前，做的最重要的工作便是坦誠地面對自己、解剖自己，然後再在筆端推誠置腹。一個偽善的人在這個速食時代是害怕寫這樣的信的，更不幸的是，他也不需要寫這樣的信。

基於這個原因，我在小說裡大量地運用書信，甚至於到了氾濫的地步。我總是覺得，我應該真誠地將那些心儀的角色全方位地展現在讀者面前。我不希望我的讀者讀到的僅僅是一兩個故事，我希望他們讀到的是許許多多鮮活的靈魂。（可能我不具備這樣的天賦，表達上總有欠缺，但我一直在朝這個方向努力著）

想要呈現一個故事人物的靈魂，看到他們內心的掙扎、痛苦與快樂，最好的方式便是那一封封真誠的書信。通過那些書信，我努力讓自己和角色之間可以毫無保留地對話，同時也希望可以完成角色和讀者之間的交流。

我曾經說過，寫作便是一種傾訴。這是對於像我這種不善言辭、習慣了沉默的人而言的，一種難以自拔的享受孤獨的方式。如果可以，我希望我的讀者也可以將我的小說當做一封封真誠的書信來讀，因為在那裡——也只有在那裡，才能看到一個最真實最坦誠的自我。

第四章　賭碼

一、守候

何玉鳳自己也記不起這樣的等待是從什麼時候開始的，也沒有想過還可以堅持多久，因為她根本就沒想過要停下來。可她一直記著肖凱軍的那句話：「等我回來！畢業後，我就回來娶妳！」那是兩年前，肖凱軍離開這個小山村去C市上大學時對玉鳳說的。

玉鳳不得不承認，這句話很有殺傷力。女人很輕易就相信從男人口中說出的一些美好的東西，因為美本身就是一種誘惑。對於像玉鳳這樣一個女人而言，任何承諾都是充滿誘惑的，更要命的是，她還那麼年輕，才十八歲。而相信這樣的一個承諾，就像賭博一樣，需要付出沉重的代價。玉鳳似乎不在乎這些，她只是時刻計算著自己的賭碼夠不夠。畢竟在那個恢復高考還沒多少年的時代，大學生就跟國寶一樣，總是很吃香的。

但她並不是單純地看重肖凱軍頭上「天之驕子」的光環，她是愛他的，全身心地愛，跟他是什麼身份並沒有太大的關係，至於別人會怎麼想，她也置之不理。

這一點，玉鳳自己最清楚，所以她要努力向肖凱軍證明自己的愛。而證明的唯一方式，就是等待。支撐她度過漫長歲月而沒有讓信念動搖的，便是肖凱軍臨行前的承諾。這是一種古老的愛和執念的延續，就像千百年前守在家門口等候丈夫進京趕考歸來的採桑女一樣。

肖凱軍這個虛無縹緲的承諾，其實更像一個詛咒，時時出現在玉鳳的夢裡。這一次，夢做到一半的時候，她被門外的女人吵醒了。那是她的繼母。

「妳好歹是個女孩子家，不想妳為家裡做些什麼，整天就知道關在房間裡。供妳吃，供妳住，還讓妳讀書。只在小學當個代課老師，妳都二十好幾了，難道還要我們做父母的養妳一輩子啊？」

父親何老爹剛從農田裡回來，就聽到老婆在那邊吵，有些不耐煩：「妳就少說兩句。這孩子也長大了，自己也懂事了。」

那女人依舊不屈不撓：「是啊！懂事了！你總覺得她懂事了。可是她現在做了什麼？」

「兒孫自有兒孫福啊，她自己知道該怎麼為自己打算的！」

「她自己當然知道該怎麼為自己打算，可是她有沒有為我們打算過啊？養了她那麼多年，我們圖什麼？」

「圖什麼？圖一份清靜唄！還能有什麼？」父親吸了口煙。

「你總想著護著她，我又有什麼辦法？將來誰為我們送終啊？她弟弟玉鑫現在才十幾歲，以後還要上學的。這家這麼大，我們都這把年紀了，還能經得起她折騰多少年啊？你也不看看，像她這個年紀還守在家裡啃老的有幾個？」

「車到山前必有路，現在想這麼多幹嘛？」

「我知道，你想扮關公嘛，這個白臉只好我來做了！我是不怕沒臉的，反正在她眼裡，我從來就什麼都不是！」

「你想多啦！我們的女兒沒什麼的。」

「她是你女兒，可未必是我的。我只是後母罷了！從來後母在別人眼裡就要低一等的。名不正言不順，她喜不喜歡我有什麼要緊，反正這輩子我都翻不了身了。臉都不顧了，還顧得了其他？」

「唉！這家啊……」父親也有些不耐煩了。

玉鳳的母親在她很小的時候就去世了。在玉鳳八歲那年，何老爹從幾百裡外的另一個村子裡娶了另一個女人回來，這就是玉鳳現在的繼母。

繼母來到這個家之後沒幾年，就為玉鳳生下一個同父異母的弟弟玉鑫。繼母基本上把所有的愛和寄託都放在了她的親生兒子玉鑫身上。

久而久之，這份母愛也就變成了私愛。有時候，父親看著眼前的這個女人，竟也想不起來自己當初為什麼要娶她了。一輩子還那麼長，下半輩子要孤苦伶仃地過，也的確淒涼。只是，沒想到娶了她回來之後，自己會更孤獨。為了彌補女兒缺失的母愛？看來就連這個動機也有些適得其反。

現在，何老爹已經五十多歲了，五十多歲在農村來說並算不得老，可臉上卻也刻滿了皺紋。他是個老實木訥的人，平時的話並不多，習慣了沉默，有時候只是因為對生活懷有少許無奈。

改革開放也有些年頭了，在中國的南方，外面的世界一天變換一個模樣，區域發展的不平衡，城市的瘋狂擴張，使城鄉的距離越來越大。沒有多少人願意去瞭解那樣一個封閉而又貧窮的農業世界，更沒有多少人願意回到那個社會，它就像一個被遺棄的孩子，承擔著國之重任，卻忍受著無人問津的寂寞與煎熬。所以，城市居民對農村的誤會也越來越深。也許，在城市的溫室裡泡慣了的孩子們並不知道，這個世界上還有些地方可以窮到什麼地步！所幸的是，在那條崎嶇的山路裡延伸進去的封閉小山村，它並不是中國最窮困的。而玉鳳家裡，也算不上是村裡最窮的。

人的處境沒有走到一個極限，生活也就可以給人一個喘氣的機會。活不好的時代雖然還在，活不下去的時代應該已經過去了吧？我沒有趕上最好的年頭，卻總不至於是最壞的吧？這是何老爹經常安慰自己的話，他不會對別人說，他只對對面那沉默的山說。因為他知道，只有山是最包容的。

農家人習慣了早起，因為早上幹活有精神勁兒，早上的太陽不會那麼毒，早上也容易從那一片禾苗裡看到少許希望。在田裡忙了一早上後，便回家吃早飯。農家人沒有城市裡的人那麼有講究，早上非得喝牛奶吃麵包，農家人一日三餐都是白米飯加小菜！

從農田裡回來後，何老爹經常一個人坐在庭前的石板凳上，點上一杆煙——無論是在早上還是傍晚，這個習慣他維持了很多年。

很多年前，坐在庭前的何老爹看著門前那片靜默的遠山，他總覺得眼前的世界豁然開朗，因為一切都是那樣清晰，那樣充滿生機。可十幾年下來，卻不知為何身邊的瑣碎事物一年比一年多，總沒個消停。漸漸看得多了，他才明白，山還是那座山，千百年來如一日地沉睡著，都沒有變。而自己呢，已經一日不如一日了。他的生命是短暫的，他總歸是要回到那片山坡上去，要化作一方淨土的，所以，對他來說，什麼都無所謂了。自己的命運尚且左右不了，又何必去操心後代呢！

他活了大半輩子，該操心的不該操心的，他都操盡了心，到頭來也只落得個心力交瘁。人生已半百，他才恍然明白什麼叫做「徒勞」！等明白之後，所有的事也就由他去了！

僅五十多歲，就要活得像一個智者，著實不是件容易的事……

二、出走

終於，何玉鳳含著淚寫信向肖凱軍訴苦，關於繼母的逼迫，關於父親的沉默，關於弟弟玉鑫的無理取鬧，關於自己對山那頭的世界的強烈渴望……她希望能在這些傾訴的話語中，尋找到一種支撐自己繼續等下去的力量。

肖凱軍似乎很有默契，在信中沒有再提到叫她等他這樣的話了。他知道何玉鳳的難處，愛的堅韌確實是要抵抗時間的煎熬，只是誰來承擔那些傷痕？他如果是憐惜她的，就要像愛護一株嬌嫩的花一樣，不讓她在流言蜚語中葬送自己的眼淚。

漸漸地，肖凱軍的信也來得比以前少了。他說，現在的學習很忙，為了生計，還要在課餘時間去打工，畢竟家裡也不是很寬裕，他不想花父母太多的錢，所以就沒有太多時間寫信了。

終於，何玉鳳決定要出逃了，如她繼母所願永遠地離開這個地方。

村裡比玉鳳年長幾歲的玩伴夏嵐從深圳回來了。這個遠道歸來的女人，她的臉白得像冬天蓋在草地上的霜；她的手很嬌嫩，彷彿一碰就會融化；塗很濃的口紅，畫很細很彎的眉毛，穿高肩長裙，高跟鞋在崎嶇不平的山路上磕磕碰碰，發出奇怪的聲音……那一身打扮，就彷彿是從另一個世界憑空砸下來的一個陌生人，和這個淳樸的村莊格格不入。時而口中還唱幾句玉鳳聽不懂的歌。

「妳經常唱的都是些什麼啊？陰陽怪調的。」

夏嵐提了提眉毛：「〈萬水千山總是情〉啊，電視劇裡的主題曲。香港歌星汪明荃唱的，妳知道汪明荃嗎？她在香港老火了。這首歌在深圳幾乎每個人都會唱的。對了，還有鄧麗君，妳聽過她的〈甜蜜蜜〉嗎？甜蜜蜜……你笑得甜蜜蜜，好像花兒開在春天裡……」

玉鳳不知道汪明荃是誰，鄧麗君她倒是好像聽過，只是那首「甜蜜蜜」從夏嵐口中唱出來，總覺得不是那個味兒。可究竟該是怎樣的，她倒也說不上來。

「下次吧，下次我把四大天王、譚詠麟和周華健他們的磁帶拿回來給妳聽。可惜……我們村裡沒有電，光買電池也聽不了多久。要不這樣吧，妳跟我一起去深圳，那裡老漂亮了，什麼都有。我以前認識一個大老闆，他還說要帶我去香港的紅館看張國榮的演唱會呢！妳別老窩在這窮地方了，這樣的日子什麼時候才是個頭啊？在這種鬼地方，鳥見了都要繞著飛，是金子都要被碉成爛屎的。」

玉鳳不知道夏嵐說的紅館在哪裡，她只能想像那是一座紅色的房子。只是，玉鳳看著夏嵐穿得那樣花枝招展，又聽著她把那個世界描繪得天花亂墜，不由地動了出走的心思。

當她把這個想法告訴坐在門前的父親的時候，父親抽了杆煙，看了看門梁上的那窩燕子，不久前還是一個個嗷嗷待哺的樣子，沒幾個月就長齊羽毛了，差不多也該學飛了。

過了很久，何老爹敲乾淨煙杆裡的煙灰，才慢吞吞地說：「出去走走也好，年輕人不能老憋在家裡，不憋出病來，也要憋出是非來……走之前，去妳媽墳前拜拜吧。妳也有些時候沒去看她了。」

走之前，玉鳳寫了封信給肖凱軍，把決定去深圳的事告訴他。一大早，她就踏著露水走了十幾里的山路，終於把信送到了鎮上的郵電所。把信投進那個綠色的大郵箱的時候，她戀戀不捨地摸了一下它，心裡咯噔一下。此去經年，她也不知道深圳那條路有沒有踏錯，只是說自己會在那邊繼續等他。是的，只要他沒有變心，玉鳳就會一直等下去，這是一種執念……

信投完之後，她往回走，卻感覺腳步是那麼沉重……

從母親墳前回來的路上，何老爹對玉鳳說：「這些年來，妳第一次出那麼遠的門。我知道妳很懂事，其他的我也就不多說了，只交代一句：做人要實誠，看人要多留個心眼。」

何玉鳳說：「我知道，有夏嵐姐在呢。怕什麼！」

何老爹臉色沉下來：「夏嵐那孩子我從小看著她長大的，她的心野著呢！妳要自己有個分寸才好……家裡的事妳就不用操心了，妳爹我筋骨還算強勁，這個家我還能撐些年月。」

何玉鳳：「爹，你就放心吧！我又不是小孩子。」

「我還要跟妳交代一句，妳和肖凱軍那孩子的事，我多少也知道一些。聽爹一句話，能忘就把他忘了吧。國家恢復高考後，我們村，不，我們整個鎮這些年也就只出了他一個大學生，這樣的高枝我們攀不起啊！我們這種窮地方，就是條龍都能被憋成蟲，他飛出去了，是不可能再飛回來的。我知道，妳心氣也挺高的，一般人妳看不上。可妳總該想想我們是什麼出身啊！不是爹有意讓妳打退堂鼓……」

何玉鳳打斷他：「行了，爹，我知道了。」她不是不相信有這種可能，只是，固執的她，寧願相信最好的。村裡唱過那麼多的社戲，都唱到古有范蠡和西施泛遊西湖，有司馬相如琴挑卓文君，有紅拂朝李靖夜奔，有白娘子為許仙水漫金山寺……憑什麼單就我沒資格做這樣的夢？我何玉鳳還這麼年輕，一輩子還那麼長，憑什麼就不能為肖凱軍等這些年月？蹉跎就蹉跎，哪怕是徒勞我也心甘情願！

三、征途

一條路可以分岔成很多條路，和其他無數條路組成一張張交錯的網。人的一生在這條路上走，也會看到很多風景，也會遇到很多艱難的選擇。

踏上南下列車的何玉鳳這一路上都很興奮，偶爾看看車上擁擠的人群，偶爾看看窗外流動的風景，應接不暇！這一切對她來說都很新奇，像個做不完的夢。而最重要的是，她終於可以不用再面對家裡那個老女人了。可是對於深圳，這個最近才頻繁在耳旁響起的名詞，卻有一份陌生感……

坐在旁邊的夏嵐拍了拍玉鳳：「妳看到沒有？斜對面那個男人，他手裡拿著的是大哥大欸。」

玉鳳回過頭：「什麼是大哥大啊？」

夏嵐臉上流露出輕蔑的表情：「真是一個鄉下土包子，連大哥大都不知道。這麼跟妳說吧，有了那東西，妳就可以給妳家人打電話。在很遠的地方也能聽到妳爸媽的聲音，根本就不用電話線。」

何玉鳳：「那大哥大對我又沒什麼用，我才不要聽到那個老女人的聲音呢！」

「那妳爸呢？妳就不會想妳爸？」

玉鳳無言以對，只得朝窗外看風景。

夏嵐：「妳別亂走動啊！我去去就來。」

夏嵐離開座位之後，何玉鳳打量了一下剛才那個男人。他大概有30歲的樣子，穿著西裝，頭髮流油，應該是個暴發戶，他拿著大哥大在耳邊，一口的山西口音，飛揚跋扈的樣子，真讓人討厭！

不經意間，那男人也往何玉鳳這邊瞟了一眼。玉鳳嚇了一跳，趕緊轉過臉去。接著，更讓人討厭的事情來了，那男人往她這邊走過來了。「妳好，我叫張魏民。山西來的，去深圳做生意，真巧啊！在這裡碰上妳。」

何玉鳳低著頭，臉紅得不敢說話。她倒不全是害羞，只是不太喜歡這個粗野男人的習性。她在想，要是肖凱軍，肯定不會這麼冒冒失失地跑過來跟人搭訕。「這……這個位置有人的。」

哪知張魏民臉皮跟砧板一樣厚，並沒有要走的意思：「哦！沒關係，我只是在這裡坐坐，等他來了我就走。」

夏嵐去了很久都沒回來，何玉鳳只得很遭罪地聽這個男人用自己聽不太懂的口音喋喋不休……

不知道過了多久，夏嵐終於回來了，她看到張魏民坐在自己的位置上，不禁眉開眼笑。她並沒有趕這個男人走的意思，反而和何玉鳳擠在一個座位上，饒有興致地和他侃侃而談。

天快黑時，張魏民終於意識到自己有點餓了，於是去另一個車廂吃東西去了。臨走時，他還給了夏嵐一張名片。夏嵐拿著那張名片，如獲至寶，幾次三番從兜裡拿出來瞧。

何玉鳳：「妳看夠了沒有啊！不過是一張名片罷了，至於那麼了不起嗎？」

夏嵐：「妳懂什麼啊？這個男人可不簡單啊！別看他滿嘴的山西口音，他在深圳老有錢了，經營著好幾家公司呢。」

何玉鳳：「不就是有幾個臭錢嗎？除了錢，他身上還有什麼？」

如果不是從那個樸素的大山裡走出來，如果不是長年累月忍受家裡那個滿身銅臭的老女人的嘮叨，如果不是從小受父親淡泊名利的情操薰陶，何玉鳳斷沒有這樣的氣魄和傲骨說出這樣的話來。她的清高是帶著堅定的信念和刻骨的仇恨的。

但是夏嵐不一樣。她的家境雖也和何玉鳳一樣貧困，但父母親都待她很好。於是，出於那份恩情，她過早地扛起了家庭的重擔，在深圳經歷過那些物質的誘惑，對金錢、對生活自有一份現實的體會。所以，夏嵐會說：「妳現在當然可以討厭他、罵他、瞧不起他，等到日後妳就知道了，這個世界上沒有錢妳哪兒都去不了。以後的社會更是這樣。等到大家都在拼命撈錢的時候，我看妳還能這樣坐著不動？假正經！」

何玉鳳說：「妳是不是還要告訴我：女人如果不找個有錢的男人，就哪兒也去不了？」

夏嵐笑著說：「沒有啊！妳清高，可以自己掙。我這種人呢，沒什麼骨氣的，到時候就只好靠那些臭男人的錢養活了。」

從夏嵐的話中，何玉鳳隱約感覺出：哪怕到了深圳，她們也必將分道揚鑣。「道不同，不相為謀」，只是現在她還離不開夏嵐……

火車到站是凌晨兩點。

拎著行李從車廂中出來，跟隨著湧動的人流經過地下通道，看到車站廣場的那一幕時，何玉鳳目瞪口呆……

這是個很大的廣場，周圍的燈光籠罩著，把柔和的月光無情地抗拒在廣場外。而廣場裡面是一大群拖著行李的旅人。何玉鳳不停地來回張望，那都是一些陌生的面孔，他們的表情很乾淨，沒有任何胭脂水粉的矯飾。他們的衣著很樸素，和玉鳳家鄉的人穿得差不多。可他們說話的口音魚龍混雜，分不清南北東西。有四川口音，有山東口音，有山西口音，有標準的普通話，也有客家話，甚至有東北口音……

不同口音的人，七零八落地聚在這個廣場上，有的乾坐著，有的裹著破毛毯在熟睡，有的拖著行李漫無目的地閒逛，有的靠在電燈杆上吸煙，看著廣場正中央的大鐘一秒一秒地劃過……

原來，從山裡跑出來的何止何玉鳳一個人！原來還有一大批人，放棄家鄉寧靜的生活跑到這個新興城市來「謀生存，求發展」。他們來這裡，其實也無非是想找回一點活著的尊嚴。可現實是，為了家鄉親人們的牽掛，為了順應時代和政策的變遷，他們只得千里迢迢、跋山涉水來到這個廣場，拋棄尊嚴，將自己暴露在燈光下。他們沒有足夠的錢住旅館，他們的左肩扛著沉重的行李，右肩扛著孩子、妻子以及守在老家的父母，他們的每一分錢都要用在刀刃上。又或者，他們肩上的這些重量，大概就是他們活著的尊嚴吧。

不幸的是，深圳不僅有這一個廣場，還有很多的廣場在興建，還有更多的人將不斷地湧向這裡；更不幸的是，這裡僅僅是深圳，深圳之外還有很多個新興的城市，每個城市的廣場都會越建越多，越建越大。翻開地圖，我們還可以看到北海、湛江、珠海、汕頭、廈門、福州、溫州、寧波、連雲港、青島、秦皇島……

孔雀東南飛，她只是這股洪流中一朵小小的浪花。人海如潮，如果她不夠清醒，入海之後，無論她處在哪個廣場，都隨時可能在那一片汪洋中被湮滅。這就是歷史的殘酷與無情，大浪淘沙之後的中流砥柱，只能屬於極少的一部分人……

夏嵐拍了一下何玉鳳的肩：「妳發什麼呆啊？這麼早就到站了，也沒有去工廠的車，看來我們只得在這廣場上過夜了。」

就這樣，何玉鳳化作一朵浪花，湧進那片人海，和夏嵐一起睡在廣場上。已經凌晨兩點了，廣場的地板上還是有白天被太陽烤過的餘溫，而且燈光又太耀眼，周圍又太嘈雜，她翻來覆去就像烙燒餅，怎麼也睡不著。她在家裡從來沒有遇到過這種環境，家鄉的月亮有一份靜美，可以讓人睡得很安心很舒適。可是在這裡，她眼前的世界是黃色的、動盪的。她嬌弱的身體，就這樣暴露在橘黃色的燈光下，使她感到很不安。

原來這就是征途，這就是城市，只是用無數火車將四面八方的人聚集在一起，然後再用不同的溫度使之沸騰……

第五章　白鴿

嬰兒第一次睜開眼看到的世界，很可能會決定他一生的軌跡。何玉鳳驚慌失措地來到深圳，其實也像嬰兒的覺醒一樣，每一眼看到的事物都會印在她的記憶裡。她東張西望，看著這個光怪陸離的世界，不知所措。如果不是夏嵐牽著她，她真的不知道該何去何從。

夏嵐把何玉鳳帶到了一個服裝廠，和自己一起做縫紉工。那個服裝廠設在郊區，她們有幸不用過多地去體驗城市的繁華。其實在那時，深圳的底子還很薄，並沒有那麼興盛，不可能有像東北那樣結構完整的重工業基地，有的只是一些小型的外資企業和民營企業，靠廉價的勞動力換取馬克思所說的「剩餘價值」。但對何玉鳳而言，那些拔地而起的建築，就已經讓她大開眼界了。

剛開始上班的時候，她感到很新奇。以前她就很好奇，為什麼一塊剪碎的布輕易就可以拼湊成一件漂亮的衣裳。原來，這道程式是那麼複雜。當她終於完成第一件成品的時候，她的內心充斥著成就感，拿著那件衣服左看右看，就像一個母親憐愛地抱著剛生下來的孩子一樣，愛不釋手！她很想穿上這件親手做的衣服試一試，看看這衣服有多美，看看套在衣服下的自己有多美，但她又怕不小心把衣服弄髒了會挨老闆的罵，又怕衣服不合身穿起來很彆扭！

但很快這種新奇感就消失了，她開始感到對這裡的生活並不是很適應。她不習慣那邊的飲食風味，不習慣那邊的氣候，不習慣過那種幾個女人擠在一個大房間裡的宿舍生活，也不習慣那種漫無天日的工作制度……她開始有點後悔就這樣冒冒失失地跑出來。

這裡根本就沒有所謂的法定假日，每天都是工作日，每天都有人「無怨無悔」地加班，車間的白熾燈總是要到凌晨一兩點才會熄滅，人們總是要睡到第二天上午將近十點才起床，慌亂地洗漱完之後又要走進車間。就這樣一天結束了，一天又在慌亂中開始了。很少有人想到要吃早餐（卡年累月，這是一筆不小的開銷），但電縫紉機的轟鳴會把何玉鳳的胃因饑餓產生的蠕動聲給掩蓋下去。

深圳的夏天很長，長得讓人急切地盼望冬天，可這冬天又像肖凱軍對何玉鳳的承諾一樣，虛無縹緲，遙遙無期！電風扇在頭頂吱吱呀呀地搖轉著風葉，不遺餘力地攪動著車間內蒸騰悶熱的空氣，可她們的汗水還是止不住地往外滲！單薄的衣服黏著柔弱的身軀，一天下來，何玉鳳的身上總是黏糊糊的，完全是接近於虛脫的狀態。

來到那個服裝廠的第一個月後，她的經期就開始不穩定了，老是不守時。大概因為伙食太差，營養跟不上，儘管有時量很多，可血色總是很淡。

因為大部分時間都在室內，很少接觸陽光，漸漸地，何玉鳳的皮膚也跟夏嵐一樣，被蒸得很白皙了，完全褪去了進城前時那一臉的枯黃，只是略少些血色罷了。對著鏡子打量著自己，感受著這份漸進的變化的時候，她才明白為什麼那時的夏嵐出去一兩年回來之後就跟換了個人似的，原來那嬌容竟是這樣練出來的。很多人都以為這是養尊處優的結果，卻不曾想過這是另一種苦難的形式。

可何玉鳳畢竟和夏嵐不一樣。何玉鳳掙的錢大部分都寄回家去了，還有一些寄給肖凱軍，能留下給自己用的其實也只有一小部分，她清貧、恪守、堅強，迎風獨立而不屈……宛若一個歐洲中世紀的修女。

夏嵐也把自己的工資寄回家，可她有很多額外的收入。隔三差五就會有人給她買時髦的化妝品、衣服以及一些女性用的營養品。她周圍總是有好幾個男人圍著她轉，就像是她的後勤部隊，為她源源不斷地輸送著「戰備物資」。她也常跟那些男人進市區玩，有時一去就是好幾天。在那個風氣未曾完全開化的年代，夏嵐提前把自己蛻變成了一隻無所謂的花蝴蝶，遊弋於百花亂叢之中，用青春和浮華填補她的虛榮。

一開始的時候，每次夏嵐回來，何玉鳳總是會提醒她說：「那些男人對妳是有企圖的。」

而這時的夏嵐總會說：「有企圖有什麼不好？我就喜歡他們對我有企圖的樣子。我喜歡有人在乎我，我更喜歡讓很多人在乎我。我才不要跟妳一樣假正經，多累啊！」

「我假正經？到時候妳就知道後悔了。」

「放心啦，我心裡有數，不會吃虧的。」

何玉鳳知道，夏嵐這樣不顧一切地玩火，遲早有一天會引火上身，可說了幾次她也不聽，於是就懶得說了。漸漸地，她們的關係也就疏遠了……

服裝廠的周圍是一片很大的樹林。

每天早上起來刷牙洗臉的時候，何玉鳳都會看到一群白鴿從樹林中飛出來，向北方飛去。每看到這個場面，何玉鳳心中都會生出很多憧憬……沿著白鴿的方向飛去，便是她的家鄉……再繼續一路向北，便是肖凱軍所在的C市。

就為了看這些白鴿，她常常會比其他員工早起半個鐘頭。她總是習慣性地抬起頭，看著它們一個個展翅飛翔的樣子。它們渾身潔白，羽翼豐滿有力，一定可以飛到她想要的地方吧？

以前在家鄉的時候，她對飛禽並沒有太好的印象，因為它們會經常破壞田裡的莊稼，為此何玉鳳和父親還得經常紮稻草人去驅趕它們。而現在，這群自由的白鴿卻成了她難以釋懷的寄託。她的軀體停留在這暗無天日的服裝廠，可她的心卻隨著它們，跨越時間，跨越空間，跨越人與人的間隙，跨越「聰明的」人類創造出來的所謂的文明……飛向那片蒼勁的大地，柔弱的所在！

傍晚時分，借著夕陽，透過車間的窗戶，何玉鳳可以看到那群白鴿歸巢。車間裡的空氣依然悶熱，可只要看到它們，她的心就能平靜下來，好像這漫長的一天，她什麼也沒做，就只是在天空中飄蕩，待到日落便疲倦地歸巢修養。或許這就是幸福吧？如果有一天她真的倦了，還有一個地方可以收留她。只是她現在還不能回去，再苦再累也不能回去！

幾個月之後，她寫了封信給肖凱軍，這是她來深圳寫的第一封信。

凱軍：

你好。我來深圳已經好幾個月了，一切安好，勿念！你呢？你在C市的大學裡還好嗎？學習忙嗎？生活怎樣？那邊的天氣怎樣？

深圳這邊的發展速度好快啊！我剛來這個服裝廠的時候，周邊好多地方都還是農田和荒地，現在也開始新建很多工廠了。推土機、鏟車、起重機轟轟亂響，煙塵滾滾，好不熱鬧！隔三差五地就會聽到同事們說他們來這邊當建築工的同鄉在哪塊工地撞倒一座土墳，挖起一具白骨，挖出來的白骨就那樣堆在一起燒掉！又說他們在哪塊工地挖出一窩蛇，幾百條蛇纏繞在一起……儘管這些都是傳聞，是那些男同事用來嚇唬我們的，可聽了還是讓人發寒！

剛來這邊的時候，這附近還有一片樹林，樹林裡還有一群白鴿，很漂亮的，自由自在地飛來飛去。我每個禮拜總會去那片小樹林裡走走，聽聽鳥叫，就好像回到了家鄉一樣。然後坐在樹林裡回憶我們小時候在山上玩的情形，那感覺真好。我還記得你帶我到一座很高的山上看過一條柏油馬路，來到深圳之後我才發現，這裡到處都是新修的柏油路。

可是現在，那片樹林再也看不到了。幾個月前，一個建築隊幾百號人，帶著電鋸開著鏟車，三兩下就把這片樹林給砍沒了，那群白鴿就再也沒飛回來過了。折騰了好久，那裡終於建起了一個飛機場。他們說建起了這個機場就更方便了，將會有更多的港澳和海外華僑到深圳來投資。

我討厭強制蓋在那片樹林上面的飛機場，飛機每天都要起飛降落，它們發出的噪音像打雷一樣，總讓人害怕！也不知道是誰想出來的餿主意，用飛機取代白鴿！聽說坐飛機很貴，可我不知道那麼貴的東西能不能帶我去我想要的地方！

這裡的變化真的好快！我並不常去市區，可每去一次，都會發現那裡又新建了好多高樓大廈和街道，又多了很多車。總會有很多我看不懂的東西，總會有很多我聽不懂的話，總會有很多衣著奇怪的人朝我迎面走來……這些很陌生的東西，總是讓我不知所措。我也想著去學、去接觸，然後儘快融入這邊的生活，可它走得太快，我總是趕不上。你說我該怎麼辦才好啊？

前幾天到市區買了幾本書回來看。我想既然我趕不上這個城市的步伐，至少要努力趕上你的腳步。你在大學裡靜心地學習，我在這邊也要不斷地給自己充電。將來的時代可能走得還要快，如果現在還不知道去學些技能，可能就要把我們淘汰了。到時候你也會嫌棄我了，是吧？

買完書回來的路上，天已經黑了，我經過一個建築工地，看到那裡搭起了很多凌亂的帳篷。帳篷裡面和外邊都聚集了好多人。有些三五成群，借著燈光在露天下打牌；有些橫七豎八地躺在席子上睡覺；還有一些可能是因為天氣太熱了，乾坐著吸土煙或是拿個扇子扇涼、趕蚊子！

我只知道他們白天在那片工地上砌牆、挑磚或是攪拌混凝土，卻從來不知道他們晚上也在那裡，像幽靈一樣！剛來深圳的時候，我在火車站也看到很多人帶著幾大包的行李躺在廣場上睡覺、等車，那時候一直不知道這些人流向哪裡了，原來他們竟是以這種方式在城市裡生存的！

我小心翼翼地從他們身邊走過，生怕會踩到他們，生怕他們一碰即碎。他們有些人回過頭看一看我，接著又做他們自己的事情，可是那些一瞥而過的眼神，那些漫不經心的動作，那些昏黃而孤立的燈光，都讓我不敢直視，都在催促著我加快腳步逃離那個世界……

這裡幾乎每天都在變，越來越多的工廠和高樓大廈在深圳拔地而起，有越來越多的人從四面八方湧向這裡，這個城市將來也一定會變得更繁華。可是不知道為什麼，這些每天頂著烈日酷暑把高樓大廈建起來的人，卻沒有一個容身之處，只能睡在工地上！

誰來安置他們？

凱軍，你能不能告訴我，怎樣定義貧窮？如果每個人都過著跟他們一樣的生活，也許就感受不到他們的苦難吧？貧窮是不是對比出來的？每次在市裡看著那些暴發戶紅光滿面、趾高氣揚地從我面前走過，我就感到噁心！

凱軍，你能不能告訴我，他們會走向哪裡呢？那些只能睡在露天工地的人！那些穿著西裝革履的人！

可是我們呢？我和你會走向哪裡？那麼多掙扎在工地上的人都沒人在意，誰會在意我們？會不會有一天，連你也變了？真等到你畢業了，我們還認得對方嗎？這個世界變化那麼快，我們真守得住嗎？這種巨變像洪水猛獸，那麼澎湃地奔湧而來，憑什麼我們就可以獨善其身？憑什麼我們就可以倖免於難？凱軍，我怕！我怕會有那一天！我怕我們最終也要被這些光舞迷亂的城市給吞噬掉！

凱軍，我好想見你，就算真的被吞噬，就算真的難逃命運，我也要和你一起！哪怕真的是刀山火海，只要有你在，我也就可以欣然赴死了。

玉鳳

已經入秋了，何老爹和妻子在半山腰的梯田裡割稻子。已經忙活了大半天，他的確是很累了，停下來坐在田埂上卷一杆煙抽。借著煙霧，看著田埂上沉甸甸的金黃的稻穗，看著山下河邊的村落炊煙嫋嫋，他的心裡倒是美滋滋的。

何老爹眼前是片如波紋狀的山丘，這片山丘下零星地點綴著一些村落。這個村莊在這裡繁衍了一千兩百多年，他們的祖先，最早可以追溯到安史之亂。那場大動亂之後，很多無家可歸的中原人為躲避戰亂被迫進行了一場聲勢浩大的人口大遷移。他們便是在這兵荒馬亂的年月一路南下，拖著沉重疲憊的身軀，找到了這個小山溝，然後背靠大山，依水而居。

這一方山水，厚重、沉實、靈動、博大，千百年來，不知道養活了多少人！千百年來，不知道有多少人，在這一方山水的庇護下遷徙、繁衍、爭鬥、融合、流亡……一頭頭耕牛在這片山丘上死去，一批批農具在這片山丘上被磨碎，一代代的孩子在這塊土地上有了皺紋和白髮……千百年過去了，他們形成了新的語言，更換了不同的服裝，築起了一座又一座墳墓，修建了一個又一個大宗祠，編寫了一本又一本族譜……時間的不平衡，使得變遷和堅守的矛盾不斷對峙著、溶解著！就這樣，這片寧靜的村落——這個橫向的切面，如流水般，緩緩地承載著一段縱向的歷史！

現在這一股清泉，終於流到了何老爹這一代。只是他這一代，卻莫名地產生了一些恍惚。它不再像是之前那般寧靜，而是隱約流淌著一種淒清的色調。

一個新事物的橫空出世，會在潛移默化中改變很多人的生活，也會因此滋生出新的不安分的欲望。自從山外不遠處新修了那條國道之後，村裡很多年輕人都不甘於安守在這片大山裡了。還沒等到年壯，他們就效仿他們的祖先，紛紛背上背包，沿著新修的國道一路往前走，急切地想要走出這個村莊，走向那片更廣闊的世界。他們以為這樣背井離鄉、長途跋涉，在一條條國道上，在城市與村莊之間穿梭來回，就是真正的浪漫，就能真正揚眉吐氣一把，他們覺得這就是他們這一代人應該有的生存方式！

文明！欲望！不斷發展的文明不斷地催生出新的欲望！新的欲望又促使文明更集中地堆砌在那些狹小的空間裡！這一批批新生的力量，被這些遙遠的文明和欲望牽引著，走向了一個鬼神莫測的世界……

於是，這個村莊只剩下小孩在河邊撒野，只剩下老人坐在門檻上等日落，只剩下垂老的耕牛和野狗，只剩下空蕩蕩的房子，只剩下門前瘋長的衰草，只剩下靜靜流淌著的河水，只剩下越來越多的荒地，只剩下生銹的鐵農具，只剩下蒙上灰塵的祠堂和靈位，只剩下一條條蜿蜒的山路和孤獨的背影，只剩下這片沉默的夕陽與遠山……

一杆煙抽完了，所有關於這個村莊的遐想也該結束了，唯有生活還得繼續。何老爹從田埂上起身，拍拍屁股上的土，準備繼續割稻子。這片土地，自己不去打理，還能指望誰呢？而年邁的何老爹，又還能打理多少年呢？

這時，何老爹看到一群白鴿從夕陽那邊飛過來，飛過這片山丘，飛過他的頭頂，落在不遠處的樹林裡……

在何老爹年少的記憶中，也有一群白鴿從這片樹林裡飛出去。幾十年過去了，它們最終還是飛回來了。它們依然羽翼豐滿有力，一定飛了很遠才找到回家的路吧？

那幫走失了的孩子，他們會像這群白鴿一樣飛回來嗎？

白鴿隱沒在那片樹林中，何老爹想起自己的女兒去深圳已經有一段時間了。她就像這群白鴿一樣，隱沒在一個他全然不知的世界裡。面對這片沉默的山、靈動的水，何老爹只能安慰自己，從這個村莊走出去的，不僅僅是他的女兒何玉鳳一個人，何玉鳳也不僅僅是從這個村莊走出去的，還有無數個村莊，還有無數個何玉鳳正承受著相同的命運！

就像他們的祖先也不可能在安史之亂中安守著那片蒼勁的中原故土一樣，沒人可以在這個時代的變遷中置身事外，流淌著的歷史重重地壓在這片土地上，總要有人流血，總要有人要忍受淒清與孤寂。只是，在這個新的變遷和文明到來之前，我們能不能找到一個柔軟的地方去安放自己？我們能不能永久地保留一片樹林，讓這群白鴿不用再驚慌失措、跋山涉水？

第六章　杜冷丁

那天中午吃完飯，夏嵐神情慌張地把何玉鳳拉到廁所：「怎麼辦？我的那個三個月沒來了。」

何玉鳳不明所以：「什麼那個啊？什麼三個月沒來了？」

夏嵐急了：「還能有什麼啊！就是那個啊！月經啊！我的月經三個月沒來了……而且最近胃裡老泛酸。」

「那要不要緊啊？是不是生病了？要不要找大夫看看？」

這時，旁邊一個年長些的女同事經過，打趣地說：「玉鳳，妳別理她。她這哪是生病啊，八成是有了。」

何玉鳳滿頭霧水，盯著夏嵐：「有了？有什麼啊？孩子啊？」

夏嵐臉上流露出驚恐之色，對那個女同事說：「妳別嚇我啊！我怎麼可能有？」

那女同事更不依不饒，笑著說：「要我說呀，可不可能有，妳自己心裡最清楚了，別人怎麼曉得？」她這話，明眼人都聽得出是幸災樂禍的嘲諷。

夏嵐一時無語，等那女同事走後，她和何玉鳳兩人又陷入了沉默。

對何玉鳳而言，她還太年輕、太單純，根本就沒意識到什麼叫懷孕，根本就沒想到一個孩子從無到有、一天天在自己肚子裡長大意味著什麼。她一直以為這些事離她很遠，卻沒想到離夏嵐這麼近。她突然覺得眼前的夏嵐很陌生，彷彿不是一起長大的玩伴。她看著夏嵐，眼神中充滿了失望，那種恨鐵不成鋼的怨，幾乎要把對方灼燒……

晚上，凌晨三點多，等大家都熟睡了，夏嵐爬到何玉鳳的床上。「妳說我該怎麼辦？」

「妳真的有了？」

「我也不知道啊！」

「那就去醫院檢查一下。」

「我怕！萬一真有了該怎麼辦？我還沒結婚呢，我家裡人會打死我的。」

「妳在外面瘋的時候怎麼沒想過妳家裡人會打死妳啊？」

「都怪那沒天良的混蛋……」猶豫了好久，夏嵐才開口央求道，「要不，妳陪我一起去吧？」

「我不去，我討厭聞醫院裡的那種味道，噁心死了。」其實何玉鳳倒不是真就那麼討厭那些藥味，只不過不願再與這件事有什麼瓜葛罷了。

夏嵐知道何玉鳳性子倔，沒有辦法，只好一個人去了醫院。從醫院回來，何玉鳳倒是一反常態，關切地問：「怎麼樣？」她盼望著聽到一個否定意義的詞，好證明眼前的夏嵐並沒有墮落到不可挽留的地步。

夏嵐無精打采地點點頭，表示默認了肚子裡還沒成形的孩子。「我現在很煩，我想一個人待一會兒。」話音剛落，她便靠在何玉鳳肩上哭了起來。

何玉鳳：「是誰幹的，妳去找他啊！總不能一天天看著肚子越來越大吧？」

「別再提那個混蛋，一開始的時候還說得好好的，說什麼要帶我去香港，占盡了便宜連鬼影都找不到了……」

「那現在怎麼辦啊？」

「我想把孩子拿掉……」夏嵐的聲音很細，彷彿這聲音就要被風颳走似的。

「怎麼拿啊？這可是妳肚子裡的一塊肉啊！」

「做人流吧，只能這樣了。我在醫院都打聽好了。就是……有點痛。」夏嵐說這句話的時候，面如死灰，充滿了絕望。

何玉鳳看著這個淚人，不知該如何是好。她以前根本就不知道有人流這回事，現在這個詞從夏嵐口中流出來，讓她隱隱感覺到一種陰森乖戾之氣。可不知道是出於憐憫還是同情，她還是說了句：「好吧，下次我陪妳一起去醫院。」

夏嵐聽到何玉鳳的這句話，抱著她，哭得更厲害了。在她最脆弱無助的時候，何玉鳳最終還是沒有對她不管不顧！

那天，醫院婦科室裡人很多，好不容易辦完手續之後，何玉鳳和夏嵐在長廊上坐了很久。對於何玉鳳而言，這是很輕鬆的，反正也請了一天的假，時間過得快慢對她來說沒什麼意義，這一天怎麼過都不可能拿到工資，所以來之前她就準備了幾本書看。

可何玉鳳在長廊上靜心地看書的時候，卻是夏嵐最煎熬的時候。她看到旁邊也有幾個年輕婦女，拿著單子，面無表情地端坐著等傳達室那邊叫自己的名字。

這些婦女大多是被計生辦強制送到這裡來做引產的，不到萬不得已，誰願意跑來醫院做這種事啊？她們一個接一個地走進手術室了，可是出來的時候全都臉色萎黃，雙唇蒼白，頭髮凌亂，額頭上擠滿了汗，表情痛苦不堪，連走路都很艱難，一步一步扶著牆向前緩慢地挪動，有的褲襠上還留有鮮紅的血，沒走幾步就忍不住小聲地哭了起來。

所幸的是，這些女人出來的時候，基本上都有個男人趕緊上前攙扶著，沒有男人攙扶的，大多也有母親或是年長一些的婦女在身邊。

可是夏嵐呢？夏嵐身邊沒有這樣一個男人，母親也還遠在鄉下！看到從手術室走出來的一張張痛苦的臉，她心生恐慌！可想到那個往自己身上播完種撒腿就跑的懦夫，她又恨得咬牙切齒！

這條長廊似乎長年累月都是那麼安靜，很適合看書。可來這裡的人大多「心懷鬼胎」，極少有心思看書，只有何玉鳳和她們不一樣。從傳達室裡傳出的一個個名字在這條長廊上久久回蕩，這些名字無論怎樣飄蕩，對何玉鳳而言也沒有任何意義。可能是一心看書的她從沒有意識到，每傳出一個名字，就意味著有一個苦命的女人臉色慘澹地從手術臺上下來，艱難地沿著長廊走出醫院；就意味著有一個生命還沒見到陽光就被扼殺在子宮裡；就意味著又會有另一個不幸的女人拖著沉重的腳步，沿著長廊走上這個手術臺……

當那邊終於傳出了夏嵐的名字，何玉鳳才感覺到有一點點特殊，她的視線很不捨地離開書本，抬起頭，微笑著對夏嵐說：「妳去吧。我在這裡等妳！」然後，又把注意力收回到書本上，好像那只是一個插曲。

夏嵐這才緩緩起身，走向手術室。每抬一步都很沉重，彷彿在她白皙的腿上裹著十幾個大鐵球一般；她甚至感到有點眩暈，每踏一步，都像踩在厚厚的海綿上。長廊好像被意念拉長了，總感覺怎麼也走不到盡頭……推開手術室的門的那一刻，一道強光射過來，她看不清門後的世界是天堂還是地獄……

夏嵐看到手術臺下有一個垃圾桶，裡面扔了很多帶血的棉簽和棉紗。護士已經準備好了跟這場手術有關的一切工具：麻醉劑、陰道擴張器、手術鉗、藥水、注射器、酒精、棉簽、棉紗、一次性手套，等等。醫生是個四十多歲的禿頂男人，身上白大褂的邊角已經有些磨損了，一副很有臨床經驗的樣子，不知道有多少還沒成形的胎兒慘死在他這雙手上。

醫生冷冷地命令道：「躺到手術臺上去。」

夏嵐只好聽命，怯怯地躺到手術臺上。來之前，她就已經考慮到要做什麼，所以她穿了一條連衣裙來，這樣方便些。躺在手術臺上，她又聽到醫生發話了：「把腿張開。」

她極不自然地把腿張開，慢慢地褪去自己的內褲。年輕的護士取出棉簽，沾滿了酒精和消毒水……夏嵐暴露在燈光下的整個陰部在被棉簽擦拭之後，感到一陣陣清涼──那是酒精揮發產生的效果。這種突如其來的清涼，讓夏嵐不自覺地把兩腿夾了起來。

「叫妳把腿張開，妳又夾起來做什麼？妳到底想不想做啊？都到這份上了，害什麼臊啊？早知今日，何必當初啊！」醫生有點不耐煩了！

夏嵐只好不情願地又張開腿。她看到醫生已經戴好了一次性手套，拿起陰道擴張器，向她的兩腿間靠近……

鋼質的陰道擴張器在燈光的照射下閃閃地發出銀光，彷彿一把出鞘了很久的嗜血的劍，一股凌寒之氣向夏嵐逼來，好像要吞滅的不僅僅是她肚子裡未成形的孩子，還包括她自己！難道他真的要把這麼一個龐大的東西伸進去嗎？還有他那雙套著消毒手套的手，他要在我身上幹什麼？

陰道擴張器上反射出來的銀光流向夏嵐眼中的時候，她驚恐極了！好像有成千上萬兇神惡煞的東西撲向她。她奮不顧身地坐起來，從手術臺上跳下來，不顧一切地跑出了手術室……

從手術室出來，夏嵐看到何玉鳳還在長廊上低頭看書。驚魂未定的她，這才意識到自己的下半身空蕩蕩的，只好彎下腰慌忙地把內褲穿好。

長廊的那頭又傳出了另一個女人的名字，何玉鳳這才合上書，朝手術室的方向望去。她看到夏嵐呆呆地站在長廊的盡頭，一動不動。她以為夏嵐和其他手術後的女人一樣虛弱得都沒力氣走動了，她趕緊放下書，跑過去攙扶。

滿頭大汗的夏嵐在長廊的條凳上坐了好久，才擠出一句話：「嚇死我了，真是九死一生啊！」

「手術怎麼樣？成功嗎？」

過了好一會兒，夏嵐才支支吾吾：「孩子……還在我肚子裡。」

「什麼？妳沒做就跑出來啦？那妳和肚子裡的孩子怎麼辦啊？」

「什麼怎麼辦啊？大不了生下來，我就不信那混蛋敢不回來，讓我一個人受苦！我就不信，我天不怕地不怕的夏嵐，會連一個孩子都養不起！」

她們一路無言，從醫院回到服裝廠。剛踏進寢室，一個同事跟她們說：「妳們知道嗎？我們廠要換老闆了。那個老闆把這個工廠給賣了。」

「怎麼回事啊？這個廠辦得好好的，幹嘛突然要賣掉啊？」

「聽說是生活作風有問題吧，又在外面欠了一屁股債還不起，就只好把工廠給賣了。」

「那我們怎麼辦啊？我們上個月的工資還沒發呢。」夏嵐向來不怎麼關注工資的問題，她總覺得光靠在服裝廠上班的這點兒錢肯定養不活她，不知道為什麼這次卻這麼在意！大概也是想到從今以後再也不可能有一群男人圍在她左右了吧？

「明天就知道了，聽說明天召開全體職工大會。」

第二天，職工大會上，夏嵐和何玉鳳隨幾千號人坐在臺下。夏嵐左顧右盼，忍不住對何玉鳳說：「妳看，主席臺中央坐著的那個不就是我們在火車上碰見的那個人嗎？他好像還跟咱們聊了挺久的天呢。真沒想到他竟然這麼財大氣粗，一口氣就把這個廠買下來了。」

何玉鳳看著夏嵐一臉新奇的表情，打量了一下主席臺上那個新來的老闆，確實是那天在火車上不得已遇見的那位。「誰知道他的錢怎麼來的？這年頭，像他們那樣的資本家，哪一個不是手上沾滿了血的？」

「妳不要這麼說嘛！文革都過了好些年了，早過了以階級鬥爭為綱的年月了，現在要牢記小平同志說的，要以經濟建設為中心。什麼叫以經濟建設為中心啊？還不就是死命掙錢，養家糊口唄！我們現在是討厭所謂的資產階級，過不了多少年，那些資產階級沒準就會反過來討厭我們了。對了，他叫什麼名字來著？」

何玉鳳還沒來得及接上話，就聽到臺上有個聲音傳過來：「接下來，我們有請我們的總經理張魏民同志為我們講話。」

夏嵐好像突然間大腦過了電一樣：「對，就是張魏民，他就叫張魏民！」

何玉鳳壓低了聲音：「妳至於這樣嗎？好像人家認識妳一樣！」

西裝革履的張魏民對著話筒開始講話了，會場上一片安靜。他只是很籠統地說了一下企業的管理和發展問題。在當時而言，企業的概念並沒有深入人心，而他有這樣的遠見已實屬不易，只是可惜得很，臺下那些員工除了何玉鳳以外，都沒什麼文化，他們坐在板凳上按捺不住，倒寧願聽臺上的人講一兩個下流笑話。而通過自學懂點筆墨的何玉鳳，又對他擺出愛理不理的樣子。張魏民也覺得沒勁，只得草草收兵。

散會後，不知道是巧合還是有人有意為之，夏嵐和何玉鳳隨人群離開會場的時候，卻迎面撞到了張魏民。夏嵐眉開眼笑，盡顯嫵媚之態：「張……張總經理啊！真不好意思，撞到您了。」

「沒關係！何玉鳳，真沒想到妳也在這裡上班啊！」

何玉鳳低聲應了句：「嗯！」

夏嵐看張魏民把注意力全都集中在何玉鳳身上了，有點不服氣：「張總經理，我叫夏嵐啊！你不記得我啦？我們在火車上聊過的。」

張魏民敷衍了兩句：「記得記得，玉鳳當時也在呢。妳們生活上要是有什麼困難儘管跟我說，我能幫上的一定盡力啊！」

何玉鳳對他這番殷勤的言語不但不動心，反而有點反感，唯一令她驚訝的是，在火車上聽他滿嘴的山西口音，沒想到才幾個月就能說一口流利的普通話，有時候為了和人套近乎，還插幾句廣東話。

夏嵐趕緊迎上去：「那敢情好啊！以後有張總經理關照我們，我們就好過多了。」

張魏民跟何玉鳳握了一下手就上了一輛小轎車。那個時代，轎車是個稀罕物件，張魏民也因為這輛新的轎車而有了一個新的身份，也因為這個身份而吸引了更多人的目光。

轎車揚著灰塵遠去了，夏嵐卻還伸長脖子觀望著這一片「塵埃落定」……

從那以後，張魏民經常會去工廠宿舍視察，而且總是在何玉鳳的寢室停留較長時間。女人總是敏感的，她當然能感覺得出男人像動物一般按捺不住的欲望。為此，玉鳳總是有意躲避他，沒有什麼要緊事，總是很少回寢室。可是現在整個服裝廠都成張魏民的了，她又如何在這種環境下置身事外呢？

張魏民對何玉鳳過分的關注，自然引來了夏嵐的嫉妒。她一直覺得，如果沒有何玉鳳，這個總經理沒準會正眼看一下自己，只是因為有了何玉鳳的存在，她莫名其妙地就成了可有可無的空氣，甚至是遭人厭的嘈雜的蒼蠅。她從不覺得自己的姿色會比何玉鳳差，卻不知道為什麼每個男人在她身上停留的時間都沒有足夠的長。

這樣一天天地看在眼裡，她對何玉鳳的排斥也與日俱增了。「聽說總經理對妳挺好的！」

「妳聽誰說的？」何玉鳳一聽到那個名字就很反感。

「他們啊！」

「妳說的他們是誰啊？」

「妳管他們是誰呢。他對妳有意思，難道妳看不出來嗎？」

「妳知道我不喜歡他。」這是何玉鳳的態度，那樣堅決，那樣落地有聲，從沒想過有任何迴旋的餘地。

夏嵐有點不服氣：「妳當然可以不喜歡他。妳有妳的大學生肖凱軍嘛！怎麼會看上一個總經理呢？可是妳也不想想，妳就這麼肯定妳那大學生不變心？那裡有那麼多女學生，個個養尊處優的，有文化又有姿色，妳能跟她們比？」

「妳別再說了！」

夏嵐還是不依不饒：「我要說，我還要說！我把妳帶出來，相依為命，沒有功勞也有苦勞吧？可妳呢？妳什麼時候把我放在心裡了？陪我去趟醫院還帶兩本書看！看什麼啊？看了又能怎麼樣？我老實告訴妳吧，就算再怎麼補，也是補不回來的，我們這輩子都不可能當女大學生了，我們只有縫衣服的份。有些人，妳高攀不起的！」

「那個所謂的張總經理妳就能攀上嗎？」

「攀不上那又怎樣？我知道！我知道妳看不起我。可是我這麼做，還不是為了肚子裡的孩子嗎？我不想他一生下來就沒父親，我不想他一輩子受別人歧視，我不想他懂事以後帶著一連串的問題來質問我……我怕，我怕我一個人養不活他……我知道這個孩子沒落到妳身上，妳可以什麼事情都不用想，可是我不行啊！」

說著說著，夏嵐便忍不住哭了起來。何玉鳳聽著夏嵐的那些話，句句都像針刺一般，讓她糾結、難受。母親去世得早，長期感受不到母愛的她，何嘗不能理解那些酸楚呢？現在，年歲稍大一些了，她也更能體會當年父親娶繼母的心情了。一個家，無論是缺了男人還是女人，都是一種嚴重的失衡。

她看著夏嵐哭得這麼淒涼，也忍不住落淚了。從這時起，她對夏嵐的態度也有了些改觀。如果不是因為生活，如果不是因為那些本不該有的錯誤，如果不是因為肩上沉重的責任，其實很多人都可以很清高，可以活出自己獨特的個性來，用不著卑躬屈膝，用不著苟延殘喘，更用不著滿懷嫉妒地折磨自己！

轉眼間又過了幾個月，夏嵐的肚子也已經大了許多，很多人都回家過年了。可是夏嵐不能回去，她不能讓家人看到這個圓鼓鼓的肚子，她害怕承受那些責備的目光，所以，她只能躲在這個異地他鄉，只能錯把他鄉當故鄉。既然夏嵐都沒有回家，何玉鳳自然也回不去了，在這個為難時刻，她不得已地要仗義一點。

深圳本就是一個外來人口繁雜的城市，長江以南，幾乎每個省都有大量的勞動力向它湧入。可是那些從四面八方趕來的人，一到春節，又都回他們老家去了。這座蘊含著無限生機的新興城市，在瞬間變成了一座空城。

大年三十，夏嵐和何玉鳳，就在這座空城裡遊蕩，她們本想在市區買點年貨，卻沒想到越逛越沒勁，只買了些吃的，沒走多遠就回來了。這是她們第一次在異鄉過年，雖然深圳的氣溫並不算太冷，但她們還是強烈地感受到了這份冷清與孤寂，這跟天氣無關，所有的情緒都是環境反襯出來的。空蕩蕩的寢室與車間，隱沒在黑暗中的高樓大廈，家家戶戶張燈結綵，街上卻看不到幾個人，如果不是那耀眼的紅色，真像一座染了瘟疫的死城……

煙花！又是煙花！在這個特殊時節在空中飄散開來，恰如女人的容顏那般易逝，曇花一現，只留下一陣唏噓，滿地紙屑！

煙花，又是煙花！在這兩個女人最惆悵的時候，最想家的時候，賭氣般地在空中飄散開來，故意製造那些虛幻的熱鬧，彷彿在說：「妳們就不應該留在這裡！」

可是再怎麼不應該，這兩個女人還是孤零零地留下來了。相對坐著吃晚飯的時候，何玉鳳低著頭說：「真不知道我爹在家怎樣了。今年沒回去，他們一定很擔心我，家裡一定很淒涼……他都這麼老了，還得每天下地裡幹活。」

「我也想我爸爸媽媽！玉鳳……對不起，因為我肚子裡的孩子連累妳了。」說話間，夏嵐突然感到自己的乳房有些脹痛。

「哪有什麼連累不連累的，前段時間我有寫信回家的，已經跟我爹說了不回去了。可是這大過年的，還是有些想他們……」

「現在這城裡人好多都裝上了電話，要是什麼時候我們村也能裝一兩部電話就好了。想他們的時候就可以聽一下他們的聲音，也用不著寫信這麼麻煩……」

「也是啊！我爹的眼睛有些老花了，看信都很吃力，擠得眼淚都會不停地掉……」

這樣說著說著，何玉鳳一滴滾燙的眼淚不小心掉在了飯碗裡，很快就被融於無形。

吃完飯，夏嵐執意要去深圳灣，何玉鳳沒辦法，擔心她一個孕婦在外面會發生什麼意外，只得陪著她一起去。站在海灘上，遙望著岸對面燈火輝煌，夏嵐很興奮。「妳知道嗎？那邊就是香港！聽說那邊有好多明星，有好多轎車，那裡的高樓大廈，比深圳還多呢。真想有一天，我也能去那邊，哪怕只是看一眼也好。」

何玉鳳倒是不太關心什麼香港，雖然並沒有見過香港，可她隱約覺得按照現在的速度，用不了多少年，深圳沒準就是第二個香港。何玉鳳局外人似的旁觀著夏嵐的興奮，沒說什麼，也不知道該說什麼，只是靜靜地陪她走著。

不斷有鞭炮聲在黑暗中響起，不斷有煙花在空中綻放，不斷有海潮從天的盡頭湧來，夏嵐內心的聲音也不斷地一浪賽過一浪……

「他說過會帶我去香港的！他說過會讓我當歌星的！他說過會讓我跟梅豔芳同台演出的！他說過會帶我去見鄧麗君的……他都說得好好的，為什麼要騙我啊？為什麼啊？！」夏嵐又哭了，這幾個月她都不知道哭了多少回了。

「最近還是沒有聯繫上那個男人？他有沒有說什麼時候回來啊？」何玉鳳問出這話的時候，又後悔了。

夏嵐冷冷地說：「還聯繫什麼呀？人都偷渡去香港了，哪能那麼容易就回來？也許早就把我們給忘了。」

「那怎麼辦？過不了多久妳就要生了啊！」

夏嵐擦乾眼淚，摸了一下隆起的肚子：「還能怎麼辦？生下來了要是實在養不活的話，大不了我把他送人！」一陣海風吹過來，把她的頭髮吹亂了，露出一張虛胖的臉，「孩子的名字我都想好了。無論是男是女，我都叫他張子墨，那是他父親留下來的名字，我要讓他一輩子都記得他父親！」

這也是何玉鳳第一次聽到那個素未謀面的男人的名字——張子墨。她覺得這個名字其實挺好聽，更難將其與一個始亂終棄的男人聯繫在一起。不知道為什麼，關於「始亂終棄」，她能聯想到的反而是張魏民，她總覺得這個賊眉鼠眼的男人更適合擔當這樣的角色。更令她費解的是，既然夏嵐對那個遠去香港的男人恨之入骨，為什麼又執意要將那個名字賦予自己的孩子呢？

也許夏嵐恨的並不是那個男人，而是恨那個男人的離去這樣一個事實。她恨的是生活，恨的是自己的軟弱與虛榮，恨的是自己的不安分……

與夏嵐初相識時，那個男人極盡浮誇之能事，把香港描繪得天花亂墜，如置身於天堂一般，好像資本主義的一切都是為他一個人創造的。那個男人說他有個舅舅在香港，是個大老闆。他說好多電影都是他舅舅投資拍的。他說好多唱片公司都在他舅舅名下。他說他舅舅還有很多房地產。他說他舅舅沒有孩子，想讓他將來過香港去接管事業，順便繼承遺產……

他又問夏嵐：「妳知道什麼叫房地產嗎？」

夏嵐只得搖搖頭，然後他便煞有介事地跟她解釋什麼叫「房地產」。

他還跟夏嵐談論那些她根本就不懂的所謂國家大事，他說將來我們國家也會把資本主義這一套全學過來，他說與其現在苦等著我們國家變成資本主義，還不如儘早投向它呢。

這飄落的一連串的「天花」，比「深圳速度」還快，瞬間就在夏嵐眼前建起了一個空中花園，那是個一碰即碎的夢。這個誕生在光天化日之下的夢，像一劑千百年前遺留下來的屢試不爽的迷藥，再加上那男人的處心積慮，輕易地就把夏嵐哄上了床，輕易地就讓她寬衣解帶……

而夏嵐她是一個窮瘋了的人！窮瘋了，便迷失了方向，便滿世界嗷嗷亂叫！她以為攀上了那個男人，從此就可以不用再汗流浹背地給人縫衣服了；她以為從此就可以漂洋過海去香港——那個在她眼中比深圳更繁榮的大都市；她以為從此就可以走上星光大道，受萬眾矚目，一呼百應；她以為從此就可以枕著鈔票入睡，錦衣玉食，紙醉金迷……

只要是夢，總是會醒的。夏嵐的夢醒來的時候，那個男人早已披上衣冠，像空氣一樣消失了。他姍姍而來，悄然而去，卻把她夢想中未來的世界都席捲一空。她曾經懷疑過他到底有沒有在自己的生命中出現過，但當她摸著日益隆起的肚子，感受著一個新的生命在她體內慢慢成長時，她才確信有這麼一個男人在她體內留下了難以磨滅的痕跡。

站在海灘上，清醒的夏嵐還記得那個離去的男人叫張子墨。就像那個一碰即碎的夢一樣，也許有關那個男人的點點滴滴最終都會被時間沖淡，了無痕跡，但是這個名字應該會永遠刻在她的記憶裡。於是，她義無反顧地把「張子墨」三個字留了下來，留在他們共同的「痕跡」上……

很多人都說孩子是愛的結晶。其實，確切地說，大多數的孩子是愛和性的結晶。有了愛，便賦予了性更多的內涵。很多人都認為純粹的愛是高尚的，因為它使我們區別於動物，使我們為擁有豐富的情感和果斷的理智而沾沾自喜。與此同時，也就有很多人認為純粹的性是不道德的，因為自視甚高的人類不願再將自己劃歸為動物一類，不願承認我們也有難以控制的欲望和本能。所以，更多的人習慣了選擇中庸的態度，將愛和性交織在一起。

但這個還在胎盤中成長的張子墨承載的並不只是愛和性這麼簡單，他身上凝結的還有怨，還有失望，還有恐慌，還有自責……浸泡在羊水中的他，濃縮了一個漫長的故事。這個故事，可以追溯到他不知蹤跡的父親，可以追溯到這個新興的深圳，可以追溯到那個寧靜的小村莊，可以追溯到一千多年前的安史之亂，也可以追溯到人類的誕生，甚至還可以追溯到宇宙的起源……

夏嵐在轉世前大概是喝過孟婆湯的，自然記不得那麼久遠的故事，她只記得自己和那個男人發生的一切。自從決定要把這個孩子留下來之後，她的生活也改變了很多。她在老家的時候，並不是沒見過村幹部為了計劃生育工作幹那些上房揭瓦或是挑缸搬鍋的事。所以，為了躲避不必要的流言蜚語，也為了不讓計生辦的人注意，她變得深入簡出，穩重平和，沉默不語，哪怕偶爾說一兩句話，低調也得如空氣一般，讓人感覺不到她的存在！很多時候，她只是靜靜地端詳著自己的過去，靜靜地回憶著那個男人的身影，然後暗自神傷，潸然淚下！

但她始終相信自己和還未出生的張子墨是心意相通的，於是，只要一坐下來，她便會一遍一遍聲情並茂地跟孩子講那些故事。故事的末尾，她總是要偷偷摸摸地鼓勵孩子將來要有出息，要安守本分，要敢於承擔責任，要努力掙錢，要蓋很多高樓大廈，要去經營房地產，要帶她去香港……

其實大家都很容易理解她這種母以子貴的心情，一個母親，一個失意的母親，一個被男人遺棄的失意的母親，她的未來，她的寄託，她生活的勇氣……全都在這個未出生的張子墨身上。她總覺得，那個離去的男人承諾過的事，她肚子裡的孩子會幫她去完成；她甚至覺得，還有那些自己沒有能力實現的夢，她肚子裡的孩子也會努力去完成。只有這樣，她才不算被欺騙、被遺棄。只有這樣，她才不算被生活打敗，被自己的虛榮打敗。也只有這樣，她才有可能重新挺起腰杆，在眾人環繞的目光中昂首闊步！

於是，這個孩子註定了會活得很累，因為從他將要誕生的那一刻起就承載了太多期待的目光！母親寄託在他身上的那些奢侈的使命和沉重的責任，一個心智完備的成年人尚且承受不來，更何況是孩子呢？人們常用「前途無量」來形容一個年輕人，那是因為他們生命的路還很長，一切都還尚未成形，有很多可能性。可是因為父母的期待，那些「很多可能性」都被無情地拋棄掉了，剩下的只擰合成一種必然，於是在每個人的記憶中，年少的時代總是充斥著那麼多不自由。

夏嵐自然沒有意識到這一點，但十月懷胎也使她認識到一個更重要的事實：這個孩子是自己的——是自己心口的一塊肉。也是因為這個認識，決定了她悲壯的命運。

張子墨的出生其實充滿了兇險。夏嵐是在上廁所的時候發現自己羊水破了的，當時何玉鳳在車間上班，無暇照顧到她，她蹲在廁所裡起不來，過了好久才有人發現……

被發現的時候，她的褲管裡已經留了好多血，情況很危急。何玉鳳知道後，從車間跑出去，急急忙忙在附近人家叫了個接生婆過來。可是因為胎位不正，接生婆來了也束手無策，只好去醫院。夏嵐聽到救護車停在工廠門口的時候，死活不肯上車。她說她害怕去醫院，以前有個親戚就是在醫院生孩子，結果孩子被醫生給弄死了。她說絕不會讓自己的孩子進醫院。

同事說：「沒事的。現在的醫院不會這麼做了。」

她說：「誰敢保證？我這也是計畫外生產，就算不弄死，生出來了也是要罰款的。罰了那麼多錢，我拿什麼養活孩子啊？」

何玉鳳急了：「都到這時候了，還想這麼多幹嘛，趕緊把孩子生下來再說。再這麼拖下去，妳和孩子都恐怕保不住。」說著，便使喚幾個人把她抬上了救護車。

進了醫院，夏嵐在產房裡叫翻了天，一個勁地數落撇下她不管的張子墨，言辭下流骯髒之極，讓人不敢相信這是一個女人能說得出口的話，就跟潑婦罵街一樣：「你個騙子，我操你大爺……你爽過一把，你汗流浹背地騙了我的身子……也就算了。你幹嘛要跑啊？幹嘛要我一個人吃這麼些苦頭啊？你怕什麼……你怕我會找你算賬，你怕我會割了你的雞巴！你走了……我這一輩子可怎麼過啊？哎喲……疼死我了，我真一點力氣都沒了……早知道生孩子要吃這些苦頭，我當初就不跟你幹那事了。哎喲……我不生了……大夫，大夫求求你……別再扒我的腿了……別再叫我做深呼吸了，我不生了還不行嗎？你個死雜種，我……我上輩子肯定欠你的，你是向我討債來了啊。哎喲……你可折磨死你媽了，你媽的盆骨都……都要撐斷了……」

站在產房外的何玉鳳聽了這些話也膽顫心驚，手心直冒汗。她沒想到生孩子竟是這麼殘忍的一件事，那一刻，她就下定決心，寧死也不懷孕，寧死也不踏進產房半步……

大約過了半個鐘頭，何玉鳳總算是聽到了孩子的哭聲，她這才鬆了口氣。總算是出生了，真好！這將近十個月來，她也著實陪夏嵐受夠了，現在總算可以告一段落了。可是，對於夏嵐來說呢，這或許只是另一個開始！

不料，突然裡面傳出了夏嵐驚恐的聲音：「你……你們要幹什麼？這是我的孩子，你們不能碰他。」

何玉鳳聽到夏嵐的聲音，急切地推開產房的門，卻看到一個醫生和幾個護士正圍著夏嵐。夏嵐已經被逼到了牆角，左手拿個一個帶針頭的注射劑，右手抱著孩子（是個男孩）。她滿頭大汗，頭髮凌亂，寬鬆的產服上沾滿了羊水，被長褂遮住的大腿下還在流血。天哪！孩子的頭髮都還是濕的，連接著胎盤的臍帶都還沒剪呢！

何玉鳳看到這場景，嚇壞了，呆了好幾秒才問：「這到底是怎麼回事？」

一個護士小聲地說：「這個孩子是計畫外生產，我們醫院不能留他的，必須要人道處死。」

何玉鳳聽到這個護士荒謬的解釋，更是滿頭霧水：「什麼叫不能留他？什麼叫人道處死？這是哪門子規定？」

一個醫生說：「現在計劃生育查得緊，上面規定的，我們也沒辦法。」

「上面？我就不信上面會讓你們無緣無故地去殺人！你們這樣做就是殺人犯，是要槍斃的。」

另一個護士解釋道：「這不叫殺人，是人道處死。」她拿出一支注射劑，「妳知道這個嗎？這是杜冷丁，本來是一種鎮痛劑，人長期使用會產生依賴性。但是只要從孩子的囟門注射下去，用不了幾分鐘孩子就死了，一點痛苦都沒有的，就跟人道處死一隻貓一隻狗一樣。妳是她家屬，麻煩妳過去跟她解釋一下，她可能會聽妳的。」說話間，這個天真的護士已經成功地把杜冷丁抽到注射器裡頭了。

「我解釋你大爺！還有臉談什麼人道！簡直就是在光天化日之下謀殺！你們就不怕遭報應？」一怒之下，何玉鳳推開醫生和護士，走到夏嵐面前……

這時的夏嵐兩腿內側還在不停地流血，她已經分不清敵我了。見何玉鳳想要靠近她和孩子，更緊張了。「妳別過來啊！都別過來！我會拿針頭扎你們的啊！」

「我是玉鳳啊！有什麼話妳跟我說。」

「我當然知道妳是玉鳳……我還不知道妳是玉鳳？我早就知道妳不是什麼好人，妳跟他們一樣，都想著謀害我兒子……我告訴你們，誰也不准碰他……誰也不准碰他，誰要是敢碰他，我就跟他拼命……你們別逼我，我什麼事都做得出來的。」

「妳冷靜點，我不逼妳！」

突然間，早已精神失常的夏嵐怒喝：「退後……全都退後啊！」

醫生提醒何玉鳳，剛出生的孩子是要在無菌環境下的，他還沒消毒，也活不了太長時間。再說孩子的臍帶還沒剪，連胎盤都還有一半在母親肚子裡，她下面又還在流血。這樣耗下去，別說孩子，兩個都保不住。

何玉鳳這時也亂了分寸，不知道該怎麼辦。

醫生倒是顯得很鎮定，估計這種場面他經歷多了，自然有經驗。「妳這樣下去也是沒用的。上面有政策，我們只能按政策行事。妳再這樣耗下去，連妳自己都會有生命危險的。妳好好想清楚，這個孩子沒了沒關係的，大不了等妳結婚後，再合法地生一個嘛！都是妳自己的孩子，哪一個不是這樣生這樣養呢？」站在醫生的角度，這席話自然在理，在他們眼裡，每一個生命都是生命——川流不息，繁衍不止，一律平等！鐵打的醫院，流水的產婦，個體的生死受制於那些或人為或偶然的因素實在太多，哪怕是醫生，他們掌握的生殺大權也畢竟有限——雖然能夠讓一個孩子死，卻未必有辦法讓他活下來！

「我不要再生一個，我就要這個。這是我的孩子，我就要這個！」

這時房間門口已經圍滿了看熱鬧的人。一個護士見這場面，趕緊把門關上。連她也看不下去了，低聲地跟醫生說：「要不就算了吧……」

醫生板著臉反問道：「算了？這個責任妳負啊？妳一個小小的護士負得起嗎？」

護士見自己微弱的請求被醫生強硬地頂了回去，便不再敢說話了。突然，夏嵐撲通跪倒在地，死命地磕頭：「我求求你們，讓他活下來，讓他活下來，好不好？好不好啊？他還沒長大呢，他還不會掙錢，他還沒建高樓大廈，他還沒帶我去香港……我把他帶到這個世上來，什麼都還沒做呢，他不可以就這樣走了，好歹讓他多活幾天，就幾天也行啊……求求你們，他真的不可以就這樣走了！」

何玉鳳也急了：「醫生，你倒是說句話啊！」

醫生仍是一臉沉默……

夏嵐抱著張子墨，把臍帶咬斷，迅速地打了個結。她緩緩地站起來，剩下的一截連接胎盤的臍帶就這樣在她胯下吊著。「實在不行的話，要不這樣！要不這樣！你們再把他放回去……把他放回去，放回我肚子裡。就當什麼事都沒發生過……我……我去別的地方生，這樣就大家都沒責任了。我也不連累你們，好不好？好不好？」

何玉鳳：「她都這樣了，你們到底還想怎樣？」

醫生仍是一臉沉默……

夏嵐又哭了：「你們怎麼可以這樣……我說過不在這裡生的！我說過不來這裡的！誰叫你們幫我接生了？！我又沒叫你們幫我把孩子生下來，是你們非得多管閒事！現在孩子生下來了，你們又要弄死他。哪有像你們這樣的？如果你們的父母也在一出生的時候就把你們弄死，你們現在還能當醫生嗎？他都已經來到這個世上了，你們就高抬貴手，放過他吧？放過他，好不好？我以後吃齋念佛，我給你們燒香，我求菩薩保佑你們長命百歲，保佑你們多福多壽，多子多孫！」

有幾個護士都哭了，醫生仍是一臉沉默……

夏嵐還是不死心：「要不這樣，我們一命換一命！用我這條命換他的命，這樣總可以了吧？反正這個世界也不會多出一個人來，這樣你們就好交代了。」她伸長了脖子，兩眼靈光閃現地對著醫生，似乎是在為自己腦筋轉得這麼快而高興，又似乎急切地想要醫生同意她這個天才般的提議，「你點點頭啊！你只要點點頭就好了。我現在就可以死在這裡的，怎麼個死法都行，只要你們答應不傷害我的孩子。」

有個護士受不了這種場面，已經捂著臉跑出房間去了，醫生仍是一臉沉默……

那位曾經受很多人敬佩的從業多年的醫生，像一具硬邦邦的屍體立在聯接著生與死的大門上，一動不動！已經沒有人分得清他是猶豫不定還是壓根就麻木到動彈不得了……人們依舊在期待著這位救死扶傷的醫生能有一點點反應，可盼來的只有失望。

最終，夏嵐也絕望了。她死死地抱著張子墨，左顧右盼，好像在尋找什麼。就在大家都還沒來得及捕捉住她這份飄忽不定的眼神的時候，夏嵐不知道突然從哪裡爆發出了一股力量，奪門而出！結實的木門在她面前就如泡沫一般，被撞出一個人形的洞。門外圍觀的好幾個人都被她撞倒了！

她以前是那麼柔弱！那麼嬌嫩！一個連一桶水都提不起的女孩子，竟能把一扇木門給撞出一個洞，竟能把迎面而來的一個陌生人給撞成骨折！誰都沒有想到她竟學會了突出重圍！

這就是母親，為了懷裡的孩子，她可以下跪，可以沒有尊嚴，可以卑賤地活著！當活不下去時，她也可以奮不顧身地為了孩子去死！無論愛與恨，無論存在還是滅亡，她總是在不停地創造著奇跡！

最終，何玉鳳還是沿著一路血跡找到了夏嵐。奄奄一息的夏嵐，大概是因為失血過多，冷得渾身發抖，神經失控，痙攣抽搐，半躺在河邊的一棵大榕樹下。榕樹寬大的胸懷包容著她和張子墨，想要讓她平靜下來。可她還在反覆念叨著：「讓他活下來！讓他活下來！讓他活下來！」

這時，夏嵐身旁的草地上，飛落下來一隻白鴿。白鴿的羽翼豐滿有力，一定飛了很遠的地方才會想到要歇一下吧？

何玉鳳彎下腰，把夏嵐手中的孩子抱起來，白鴿受驚，撲通一聲便飛到河對岸去了……

是的，張子墨奇跡般地還活著！何玉鳳接過張子墨，憐惜地抱在懷裡，夏嵐也終於平靜地閉上了眼睛……

那支開了封卻沒能派上用場的杜冷丁，最終被護士扔到了垃圾箱裡，張子墨得以倖免於難！但令人百思不得其解的是，它本是一服鎮靜劑，卻為何無端地使人的大腦和血液亢奮到活不下去的地步！

其實，要扼殺一個生命，何須用杜冷丁呢？冷漠、麻木、狹隘、偏見、流言、貧窮、欲望、權力、戰爭、仇恨……哪一樣不能輕而易舉地摧毀一個人？也許我們應該慶幸，我們的生命不需要用父母的生命來換取；也許我們更應該慶幸，在這個處處暗藏著兇險的世界裡，我們頑強地活了這麼久——而且還將繼續活下去。想想吧，我們聽了那麼多聲響，我們學了那麼多文字，我們說了那麼多話，我們走過那麼多地方，我們享受過那麼多的浮雲流水，我們從身邊的眼神中承受了那麼多的愛和期待……我們是多麼的幸福——能轟轟烈烈地在塵世間走一遭，便是上帝的饋贈！原來，每個人的一生，都是一部漫長而細膩的史詩！可是，夏嵐的這一頁，就這樣輕描淡寫地描繪完了……

所幸的是，夏嵐的最後一頁才剛剛書寫完，張子墨的第一頁就這樣繼往開來地翻開了！

據說，夏嵐這個事件發生以後，社會反響很大，那位向來習慣了沉默的醫生也頂著巨大的輿論壓力在婦產科行走，但最終還是被醫院給開除了。後來，他老婆因為嫌棄他沒有生育能力，也跟他離婚了。臨走時，那女人跟他說：「我知道你並不是不喜歡孩子，可是……你自己都治不了你的病，我有什麼辦法？」

後來，他還是瘋了。每天一到晚上就抱著一個布娃娃，哄它睡覺，哄著哄著就把布娃娃撕得粉碎。被送進精神病院之後，他的聲音越來越像女的，有心人一聽才發現，跟當年夏嵐在醫院的聲音和口吻竟有幾分相似！有人說，那是多重型人格分裂症……

最後，這位神經錯亂的醫生在半夜上吊自殺了……

其實，夏嵐的死在文學史上就算不上什麼大事，在醫學史上也只是驚鴻一瞥，在倫理學史上也很難稱得上是插曲，那麼，她在整個人類文明史上充其量也就只能算是窗簾上的一抹蚊子血——輕易就能擦乾淨的那種。

在這個小醫院的小角落裡上演的這一幕，真的只能算是一件小事！這件小事，很快就會被時間沖淡，恐怕也只有何玉鳳和在場的那個醫生才會念念不忘！可禍患常積於忽微，從這件小事上，我們卻能看到一條漫長的河流。

早在1957年，北大校長馬寅初就在最高國務院會議上提出「控制人口」的問題，並著書《新人口論》，系統地闡述了控制人口的必要性和緊迫性。那本書的一些見解是否全都正確暫且不提，但他好歹也是公認的新中國第一個提出要實行「計劃生育」政策的人。

可惜的是，在當時的歷史環境下，《新人口論》被全盤否定了，而馬寅初自己也受到了批判。這個有著遠大預見性的聲音，直到多年後才被真正重視起來——多年後，「計劃生育」政策在全國刻不容緩地嚴厲地實行了！

指向性的大政策要得到普遍群眾的理解、認可與支持，最終得以全面地貫徹和實施，其實需要一個相對漫長的過程，而要讓它的作用顯現出來則需要更漫長的時間，並非一件立竿見影的事情。這便是為政之難，難於上青天！

在以階級鬥爭為綱的那個時代，正因為對人口問題的錯誤估計，對馬寅初的強烈批判，才使得「計劃生育」政策實施得有些姍姍來遲，才導致那些年人口的急速膨脹，才有了那一句膾炙人口的「錯批一人，徒增幾億」。

直到很多年以後，當我們縮著身子擠公交、擠火車，當我們爭先恐後地插隊，當我們絞盡腦汁地走後門，當我們挑燈夜戰去應付各種考試，當我們苦心孤詣地教導孩子們努力去拿學歷、評職稱，當我們站在人山人海的廣場上無奈地將自己隱沒時……我們才發現，我們獨立的空間已經被擁擠的人群傾軋得不成樣子了！

是什麼導致了我們的貧窮和愚昧？是落後的生產和龐大的人口！是什麼使我們的生存越來越艱難？是落後的生產和龐大的人口！是什麼使我們越來越不敢面對愛和責任？還是落後的生產和龐大的人口！

人性是複雜的，社會是由無數的個人組成的，所以它更是複雜。哪怕是一個利國利民、關係到子孫萬代的政策，也總還是需要有人為之流血。馬寅初是第一個為之流血、為之忍受詬罵的人，而夏嵐和那位醫生則是那一大灘血泊中微小的一兩滴。

事後，人們很公正地為馬寅初平反，歷史也貌似很公正地記住了馬寅初這個人，卻忘了還有個夏嵐，忘了還有個「忠心耿耿」的醫生……

所幸的是，還有張子墨，那支杜冷丁的被遺棄，使他最終倖免於難，活了下來——他滾燙的血液裡還流著夏嵐的故事！

可是，張子墨奇跡般地還活著這件小事，對於何玉鳳來說，又意味著什麼呢？她抱著這個嬰兒，站在榕樹下，一臉茫然，不知所措……

第七章　男兒之志

一、年少的啟蒙

肖凱軍的少年時期是過得極單純而又快樂的，物質的匱乏並沒有影響他的成長。生性頑劣的他，依然生龍活虎，活潑亂跳地穿越在山林間。

父親是村裡的村長，而他便是這山溝裡的孩子王。

少時頑劣未必是壞事，肖凱軍至少在玩樂中學到了不少生存的本領。他明察秋毫，知道哪個窟窿裡有野豬，也能算準鄰家的母雞什麼時候下蛋；他身手敏捷，上樹掏鳥蛋、下水摸魚如探囊取物；他心靈手巧，能用點著的乾牛糞把偷來的雞蛋悶熟；他能急中生智，考試不及格或是在外闖了禍被父親關在柴房，便鑽木取火烤白薯；他更有領袖之風，總是有幾個年齡相仿的孩子追隨著他……

他的世界有很多聲響，很多音符，也有很多想像。集體在露天下看完《小兵張嘎》和《地道戰》之後，他就一直把自己定義為一個正直的戰士。為此，他給自己砍了根竹子，用家裡那把生鐵菜刀給自己做了根標槍。每天下午帶著其他孩子上山放牛時，他就得意洋洋地扛著這杆標槍，好不威風！人倒是威風了，可鬼子和漢奸在哪裡呢？於是只得委屈幾個相對弱小的倒楣孩子充當一下鬼子漢奸了，於是經常晚上村裡就有家長領著孩子往肖凱軍家裡跑，數落他把自己的孩子刺得遍體鱗傷！唉！有什麼辦法呢？做戰士總是要流血的，而肖凱軍身上流出的血，多半拜父親所賜！

當然，豪情萬丈有時也敵不過柔情似水，這個正直的戰士偶爾也憐香惜玉，對比自己年輕幾歲的何玉鳳總是關愛有加，容不得有哪個孩子欺負她。每次有好吃的都願意跟她分享。每次玩過家家時，如果自封為皇帝，而她總會被封為皇后；如果自封為高官大員，她總是誥命夫人，使得其他孩子鬱悶得很，無奈在他的淫威下不敢言而敢怒……

如果一輩子都能這樣倒也不錯，只是每個孩子都會長大，都要慢慢地去面對生活。把年少的肖凱軍從夢中喚醒的那個人叫程穆。

程穆是響應黨的號召，從遙遠的C市下鄉來的知識女青年，她被下放到這個小山溝的時候，剛好是十七歲，比肖凱軍大四歲。而村長剛好把她安排到了自己家裡住。

其實所謂的「回應」只不過是一種無奈，誰叫自己出身不好呢？如果有去處，誰願意到這種窮鄉僻壤裡來？誰不願意進部隊參軍？但她怎麼也想不明白，為什麼極力主張把自己送到這個山溝裡來的，竟是自己的父親。

她自然不知道，在C市，那如火如荼的文化大革命，從文鬥到武鬥，從一張張大字報演變到武裝奪權，這裡隱藏著多少不為人知的兇險！人心的深淺與險惡，豈是她一個17歲的小姑娘能看得明白的。父親輾轉把她送到這裡來，其實是一種保護。只是，他不能把這層意思說得太直白。

既然程穆看不透人心的深淺與險惡，自然不會留戀鄉下樸素的生活，自然想著有朝一日還能回到風雨飄搖的C市去。

可是，程穆的出現卻使肖凱軍的心激起了波瀾。從他們初次見面，程穆遞給肖凱軍一顆大白兔奶糖時起，他的世界便不再平靜了。奶糖的甜味在他的舌間慢慢融化，比他吃過的任何一根甘蔗都要甜——這是他第一次品嘗到那個不曾接觸過的城市的味道。

程穆從天而降以後，肖凱軍就漸漸地遠離村裡那些野孩子了，無論白天黑夜，他總是纏著程穆，讓她講城裡的世界。

「C市？C市就那樣啊，有什麼好講的？你又沒去過，講什麼你也不懂的。」

「妳講嘛！不講的話，我就叫我爸扣妳工分。妳表現不好的話，就別想再回城裡去了，就留下來給我當媳婦兒吧。」

「你這孩子，人小鬼大的！」

日子就這樣過去，漸漸地，肖凱軍知道了城裡不僅有大白兔奶糖，還有冰棒、棉花糖，還有電影院、公園、溜冰場，還有很多自行車，很多寬闊的柏油大馬路，還有很多樓房和工廠，還有很多車站和鐵路，還能聽廣播，坐在家裡就能聽毛主席的指導……

程穆向肖凱軍描繪的，大多是C市光鮮豔麗的一面，至於那裡正在進行的「文鬥」「武鬥」，到處張貼的大字報，政治和權力之爭對平民生活的滲透，她則含糊其辭。她倒不是有意欺騙肖凱軍，可能是因為自己也不太願意想起那些吧。一想起那些，就會想到自己的父母都還在那座牢籠裡；一想起那些，她的心就靜不下來！

儘管C市那般兇險，可她也還是經常會對肖凱軍說：「我以後一定還會回城裡去的。我不要待在這裡，我不要待在農村。我全家人都在城裡，我一定會回去的。」

作為回報，肖凱軍也教了程穆很多東西，對她的生活也很照顧。

冬天天冷，他會主動給她提熱水泡腳，會教她怎樣防寒，怎樣防止手上長凍瘡。

夏天來了，天太熱，一到日暮，他就會帶程穆去山後面的小河裡洗澡，而自己則在一旁替她把風。等她下水了，就轉過身來和她聊天。

只是，總會有一些小意外。有一次，程穆遊在湖裡給肖凱軍描繪城裡電影院的時候，她突然站起來，尖叫道：「啊……有蟲子！不是，是蛇。」

接著程穆不顧赤身裸體便跑上岸來了。面對這突如其來的場面，肖凱軍措手不及。他眼睜睜地看著程穆胸前那兩個碩大的乳房不斷地在晃動著，全身的血液都被夕陽給燃燒起來了，頓時滿臉通紅。等他反應過來的時候，程穆已經躲到樹背後去了。

「你傻站著幹啥啊？快幫我把衣服遞過來。」

肖凱軍撿起程穆之前扔在草地上的衣服，卻發現她的內褲上有幾點血。「妳怎麼啦？妳衣服上怎麼會有血啊？」

「什麼血啊？」

「褲衩上的。」

「啊？那是……你們男孩子不懂的，沒事別亂多問。別磨蹭了，趕緊把衣服遞給我啊，我都說兩遍了。」

回家的路上，他們的關係好像發生了微妙的變化，兩人都沉默著。肖凱軍的腦海裡一直重播著她上岸的那個場面，連河水都被夕陽染紅了，而程穆的腦海裡則是肖凱軍那被夕陽染紅的臉……

晚上回到家，吃完晚飯，肖凱軍溜進廚房問他母親：「程穆是不是有什麼病啊？我發現她衣服上有血？」

「血？怎麼會有血啊？哪件衣服啊？」

肖凱軍的臉又漲紅了，摸了摸後腦勺說：「褲衩上。」

母親看著這個傻孩子，笑著說：「這怎麼是病呢？等你以後長大了，做男人了就知道了。」

那晚，肖凱軍躺在床上，感覺天氣從來沒有像今天這樣悶熱，他搖著蒲扇，輾轉難眠。過了好久，他才掙扎著起來，走到程穆房間門口，忐忑不安地推了一下門，卻發現門是拴著的——她以前睡覺從不拴門的。

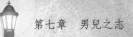

拴著的門「吱呀」地響了。這聲音使本就不平靜的程穆內心更加不安。今晚本應該發生點什麼，可是肖凱軍還太小，他畢竟還只是個孩子。而程穆自己呢，她是要回到城裡去的，當她走時不應該帶走一點雲彩，更不應該留下這一份孽緣。今晚就不應該發生點什麼，可那禁果的誘惑又一直在召喚著自己！

「是小軍嗎？」程穆像往常一樣喊他小軍。

「嗯。天太熱了，我睡不著，出來散散步。外面太黑，不小心碰了一下。」

程穆站起身，走到門邊，卻口是心非：「哦！我已經睡了。」你睡沒睡跟他有什麼關係，他又沒說他要進來。說完這句話她又後悔了，如果不拴那扇門會怎樣呢？如果他順利地進來了會怎樣呢？

「妳……睡了啊！那就算了。」

接著，房門外回歸到一片寂靜，只有角落裡的蟋蟀很不識趣，一夜叫個不停。程穆面對著這份她本不想要的寂靜，心裡好一陣失落。那你想讓他怎樣呢？他真的還只是個孩子，小兵張嘎只教過他怎麼打鬼子，沒教他怎麼更全面地認識女人；毛主席也只教過他怎麼革命，革命之外那力拔山兮的勇氣，肖凱軍是不懂的。

肖凱軍就這樣帶著忐忑和遺憾回房睡覺去了。半夜，他做夢了，夢裡又回到了那條小河。只是這次肖凱軍也在河裡，而赤身裸體的程穆則站在他的上游。他想逆流而上游過去，抱著程穆。可是，夕陽把河水染得一片血紅，他撥不開那湍急的水流。程穆依舊在上游屹立不動，可是水流越來越急，情急之中，肖凱軍不知從哪裡抱住一個大柱子。他緊緊地抱著，直到感覺胸口一陣潮熱，他醒了……

醒來時，他才發現自己兩手握著的是自己發脹的陰莖，手裡還黏糊糊地沾滿了乳白色的液體。他第一次接觸這種液體，自然不知道它是什麼，之前也沒人跟他提起過這東西。但他知道，這東西是程穆召喚出來的。於是，他犯了錯似地陷入深深的自責與愧疚中。

這或許是一件好事，程穆的出現，特別是她的「坦誠相見」，打開了肖凱軍心理與生理相通的那扇大門。那晚之後，他知道這個世界上不僅有男孩和女孩，還有男人和女人。

性和性別的意識其實從出生時就潛藏在我們的頭腦中，只待合適的時機將它喚醒。程穆將肖凱軍喚醒了，性啟蒙的開始，也是他從男孩慢慢走向男人的標誌。從此，他的世界多了一種色彩，他將用新的充滿好奇的眼光去審視他周邊的男男女女。從此，他的生命也多了一種元素，人們也將用一種全新的眼光去審視這個蛻變中充滿朝氣的少年。

只是，沒過多久，文化大革命就結束了，國家重新恢復高考，程穆有幸回C市參加高考。臨走時，程穆對肖凱軍說：「有機會就到C市來吧，來考大學吧。到城裡來看看那個你從來就沒有接觸過的世界，你還這麼你年輕，應該多出去走走看看，這樣才會知道這個世界到底有多大，這樣才會在更廣闊的天地裡找到屬於你自己的位置。窩在這山溝裡是不會有出息的。別再想著玩了，有空多讀讀書，對你沒壞處的。」

「可我不想出去，聽說外面很亂，那麼多牛鬼蛇神，一直在家裡多好。不用擔心害怕，還有那麼多夥伴陪著，還有玉鳳。」

「你真是個傻瓜，男兒之志，豈在紅粉之間？你要有大志向，要不斷地往前走，不斷地尋找屬於自己的世界。」

程穆就這樣走了，卻把她的話留在了肖凱軍的心裡。她走了之後，肖凱軍經常會帶著比自己年輕的何玉鳳爬上山頂。站在山頂上，看著那一片青色的山巒將自己的視線堵得一塌糊塗，他一片迷惘：

「程穆說的C市到底在哪裡啊？」

何玉鳳：「也許她是騙你的呢！」

「不，程穆姐姐不會騙我的，那顆大白兔奶糖的味道不會騙我的。總有一天，我也會走出這片山，到C市去。我要像她那樣去考大學，然後一直生活在那裡。」

「那我呢？我怎麼辦？」

「傻丫頭，那時候我會回來接妳一起出去的嘛。」

程穆的離開打開了肖凱軍的另一扇大門，從此他的生活有了一個明確的方向，不再只留戀於山水之間。他想像的世界裡，從此不再是小兵張嘎，不再是毛主席的好戰士雷鋒，而是那一條條寬闊的大馬路，而是電影院裡的流光飛舞……這是人生意義和理想的啟蒙，他嚮往著程穆描繪的那個世界，這份渴望，恐怕比程穆自己當年盼望著回城的心情還要強烈。

從那以後，他變得沉穩了許多。家裡世代務農，並沒有多少文化基礎，他便讓父親從縣城買來很多教科書，幹活之餘便停下來看書，在學校就更是如此。

「萬般皆下品，唯有讀書高」，這是千百年來身處社會底層的農家人根深蒂固的思想，「自古華山一條路」，要想光宗耀祖，就必須登堂入室。文化大革命埋葬了那麼多寶貴的遺產，卻始終沒有剪斷這根腐朽思想的辮子。父親見他如此好學，自然欣慰，從此全家人的生活都圍著這個考生轉……

二、滄桑的古城

古語云：「讀萬卷書，行萬里路」，這是說「知」與「行」要相輔相成，走多遠，看多遠，想的才更遠……

在肖凱軍年輕的那個時代，要考上大學並不是那麼容易，光靠天資聰穎是遠遠不夠的。為了走出那個小山溝，為了尋找年少時程穆描繪的那個世界，肖凱軍可謂是十年寒窗苦讀，一刻也沒得鬆懈。

在那個淳樸的小山溝裡，肖凱軍的學識應該是最廣的，也算是滿腹經綸了吧。可是，進了城，去了C市的那所大學，他的世界才真正豁然開朗。他才發現，原來讀那麼多書，自己的經歷倒還遠不如進一次城、上一次大學來得真切。他看到的、聽到的、觸摸到的……這一切，都是枯燥的書本給不了的。文字的魅力只停留在想像，而書以外的世界，都呈現在C市。

這一切，也遠比程穆描繪的世界要大得多。因為C市擁有的不僅僅是大白兔奶糖、冰棒和棉花糖，不僅僅有電影院、公園和溜冰場，不僅僅有自行車、柏油大馬路、樓房和工廠……更為重要的是，C市是個歷史和文化氛圍很濃厚的歷史古城，它像一個飽經滄桑的老人，千百年來一直屹立在血雨腥風中。

在幾千年的封建時期，它經歷無數次的朝代更迭：城門關了又開，城內萬家燈火熄滅了又燃起來，農民起義軍湧進來又退出去，一個個不怒自威的君主高坐在城樓上遙望白雲深處的「可憐無數山」，一個個「只識彎弓射大雕」的草莽英雄慘死在城牆下，一具具白骨把這座城圍得水泄不通……可存留下來的依然是C市這座古城。

對於我們這些活著的人而言，千百年的歷史只不過是看幾頁書的時間，可那些早已化作白骨的古人無休止的折騰，卻也給這座城市劃下了一道道傷疤。那些傷痕，有些寫在經文上、史書上，有些刻在城牆上，有些被帶進墳墓，有些隨歲月凝結在一件件古董上，被一代代傳承下來……

後來，帝國主義列強湧入C市，他們天資聰穎，成功地化身成商人、傳教士、遊客、買辦等光鮮豔麗的身份。有著高尚信仰的他們，在耶穌的指導下，撬開墳墓，闖進民宅，捲走了那一堆堆經文、史書、古董……卻給城內留下一片血污和眼淚。可是這座城他們搬不動、帶不走；這座城裡的人，他們也殺不完。

後來，日本人駕著機槍、開著摩托來了。城裡好多人都稱他們為鬼子。鬼者，鬼魅也，人間之至陰，飄忽不定，嗜血無情，實為不祥之物。有仇恨不祥之物的人，自然也就有寄生在「不祥之物」身上的可憐蟲，那些認賊作父者，在墮落成哈巴狗之後，就親切地稱這些鬼魅為「太君」，為了討一兩根骨頭吃，也不忘經常搖著尾巴給他們舔腳丫子。

可是這群哈巴狗忘了，這些骨頭是怎麼來的？他們留著口水啃這堆骨頭的時候是不會哭的，可是這座城會哭，日後的C市也會哭！

恍惚間，又好像這群日本人比我們還愛這座城市。他們興師動眾在城市周圍探測、取材，小到一條小溪、一個石潭，大到一個礦場、一個油田、成片森林，再大到這座城幾千年的歷史與文化……可是，只有這座城知道，他們的「愛」夾雜著多少殘忍！他們的野心和欲望，像一團團毒氣，膨脹在這座城的上空，使城內長期以來暗無天日……

日本人在C市的夢就像一個不斷上升的氣球，脆弱的他們因為承受不了強大的壓力差，在半空中無奈地破裂了。最終，他們還是垂頭喪氣地走了，緊接著從城門開進來的是裝備精良的國民黨軍。那是一個陽光燦爛的日子，豔陽下，部隊所到之處是有很多人夾道歡迎的，繁花似錦，一路飄香，給這座沉悶已久的古城帶來了不少失而復得的喜悅與熱鬧。他們戴著從美國運過來的白手套，穿著從美國運過來的軍裝，坐著從美國運過來的吉普車，扛著從美國運過來的機關槍，風光無限，儼然千百年前騎著高頭大馬榮歸故里的狀元郎。（聽說這座城古時候是真的出過很多狀元呢！只是不知道，從農民群體中脫穎而出升級而成秀才、舉人，再到甲子登科、高堂危坐之後，這幫「狀元狼」又會變成怎樣的一副嘴臉！）

可終究是曇花一現，黃粱一夢，是非成敗轉頭空——短短幾年間，兵敗如山倒，江山易主。當他們的蔣委員長一聲令下退守臺灣時，有多少軍官，在離去前捧起城牆根上的那一抔黃土，含著淚將它們裹在夾著黃金的懷裡！

再後來進城的是人民解放軍，腰纏小米袋，背扛破步槍，一手拉驢車，一手向路邊的群眾揮手示好。穿的衣服五花八門，當然，也少不了美國運過來的軍裝和武器。路邊眼神稍微犀利一點的群眾也可能會發現，進軍的隊伍中，有些還很眼熟！過了好久才想起來，上次國民黨軍進城的時候，他們就在那隊伍中。只是不明白，同樣的笑容，為什麼這次就感覺那麼親切！

再後來，這座城也鬧出過很多笑話……

例如有人在城牆上寫下這樣的標語：「肥豬賽大象，就是鼻子短。全社殺一口，足夠吃半年」「人有多大膽，地有多大產」「對黨無限忠誠、無限熱愛、無限敬仰、無限崇拜」「讀毛主席的書，聽毛主席的話，按毛主席的指示辦事，做毛主席的好戰士」「毛主席是我們的紅太陽，我們是毛主席的小紅衛」。

人民公社時期，城牆下也曾搭起過爐灶，燒大鍋水，吃大鍋飯，熱火朝天。砸鍋融鐵，練出一堆鐵渣子。那一大堆的鐵渣子，形狀像極了一坨巨型的牛糞。可令現代的人百思不得其解的是，為什麼一坨牛糞上面還得披上一塊大紅的綢子供奉在神壇上，日日朝拜，天天上香。這在歷史上大概也是一種創舉吧！莫非這是對農耕文化的一種崇拜？要是鎖在暗格裡的老黃牛知道了我們這麼待見它的排泄物，肯定是會樂瘋的。後來才知道，原來這堆酷似牛糞的鐵渣子，是要送到遙遠的北京給偉大領袖毛主席當生日賀禮的。

可是，牛糞尚且能做肥料，不知道這堆鐵渣子在賀完禮之後還有什麼別的用處沒有？有這種想法的人其實是杞人憂天，存在的事物就一定有它的容身之處，在C市的博物館，不是還有個陰暗的角落在等著它嗎？它可是象徵著C市人民對黨、對毛主席的無限忠誠、無限熱愛、無限敬仰、無限崇拜啊！我們的毛主席是要萬歲萬歲萬萬歲的，那用和氏璧刻成的傳國玉璽，恐怕也遠遠抵不上這堆鐵渣子的價值吧！

緊接著，文化大革命轟轟烈烈地來了，面對這股洪水猛獸，就連這座飽經滄桑的古城也變得戰戰兢兢，誠惶誠恐。這樣驚天地泣鬼神的事業來得太突然，城裡的很多人都還不敢確定這是屬於文化的重新繁榮還是進一步衰亡，於是那些迷迷糊糊站錯了隊的倒楣孩子，就這樣不明不白地被當做牛鬼蛇神給糊弄沒了。

除了一個個像動物那樣相互廝殺，文革中做得很重要的一件事便是「除四舊」，這不同於新文化運動時的「打倒孔家店」，它本質上是對傳統文化的全盤否定。於是，C市這座古城裡，當年帝國主義列強拿不動的，日本鬼子搬不走的，國民黨軍還沒來得及運去臺灣的，基本上都在文革時期被糟蹋殆盡了。那些作了古的名人雅士，這座城的人們之前還以他們為榮，對他們的事蹟津津樂道，可在轉眼間就被他們從墳墓里拉出來鞭屍，真沒想到連做鬼都有旦夕禍福。至於那些不幸活下來的人，也未必就有多好過，他們每天都要向遠在北京城的毛主席彙報思想，他們每天都要擔心自己會不會被陷害成「黑五類」，每天都要在水深火熱中泯滅人性，拋棄私欲，嚮往共產……

最後，這座城的人們才漸漸覺醒過來，這不僅僅是一場有關文化的爭鬥，更是一場人心的考驗，一場對自由思想和意識的強姦。在這場浩劫中，人性的醜惡與崇高都暴露出來了。

可是，我們總是好了傷疤忘了疼，在那一頁頁史書中只是蒼白地記錄了一些可歌可泣的崇高靈魂，而那些真正的牛鬼蛇神卻漸漸地被人遺忘了，以至於當這場浩劫終於結束時，人們卻扭起了秧歌，慶祝林彪的不幸身亡，慶祝「四人幫」的垮臺。可四人幫從沒來過這個城市，僅憑他們那四雙纖弱的手，如何能將這一座生命力旺盛的歷史古城折騰得鼻青臉腫？

每一段不願被人提及的歷史，當它不得不被後人翻開的時候，總會有一兩個倒楣的替死鬼在前面做擋箭牌的。就像古時候起義或造反總要名正言順，不敢罵威嚴的皇帝昏庸無能，只好抱怨天子旁邊的小人進獻讒言，於是便有了「清君側」，於是晁錯為漢景帝死了，秦檜替趙構死了，嚴嵩替嘉靖爺死了，和珅替乾隆爺死了，李鴻章替老佛爺死了……而四人幫呢？他們替那無數擅權獨裁、利慾薰心的自戀鬼永遠地被人釘在了恥辱柱上。但四人幫之後呢？欲望如洪水猛獸，喪心病狂的人永遠都殺不完，可是恥辱柱還在嗎？地獄尚且有轉輪王和生死判官，可人間呢？人間的是非善惡誰來評定？當是非善惡都隱去了，也許就只留下這座沒有靈魂的空城了吧。這久違了的自由，自由得讓人不禁覺得有些淒涼！經歷那場浩劫，如果你還有心的話，這份淒涼也會讓你心寒！

當然，這座城並不每次都只是接納那些來客，它偶爾也會歡送一些人出城。在文革時期，一大批的知識青年戴著紅袖章、披著大紅花，從這裡出發，深入廣大的農村，逃避城中的血雨腥風。這一大片的紅花當中，就有一個年輕的女孩，便是程穆。也就是她，給了肖凱軍一個方向，讓他跋山涉水，從那個小山溝中走向這座城市。

C市這座城，是世間百態的縮影，也是一個國家一個民族千百來歲月變遷的凝結。肖凱軍從書本中走出來，走進這座城，與那些凝結的歷史融合，俯視著那些前仆後繼的靈魂，他的世界再一次豁然開朗。

三、自卑的孩子

肖凱軍滿懷希望地闖進C市，全身每個細胞都在感受著這個凝結了漫長歷史與滄桑的古城，以為這就是他要找的世界。可是，沒過多久，他就發現，C市的人未必都歡迎他，他從旁人的眼神和言辭中，甚至聞到了輕蔑和歧視的味道。

是的，C市是座中外聞名的古城，可正是它那悠遠的歷史，使地地道道的城裡人滋生了一種傲慢的習性。他們從骨子裡瞧不起農民，甚至於以歧視農民的方式來彰顯自己的高人一等。也有人受到這種歧視時，會高喊一句：「城裡人有什麼了不起？上溯三代還不都一樣是農民？」可地地道道的C市人不一樣，那裡有很多家庭哪怕你上溯八代、十代，也未必能翻出一個農民出身的人來。這種來自祖宗的虛榮，讓他們可以理直氣壯地傲視一切從城外湧進來的人。

這也算是C市一種特殊的文化吧，有時就連罵人也就兩字：「農民！」然後對方也肯定不會善罷甘休，總要狠狠地回一句：「你他媽才農民，你全家都農民，你家祖宗全農民！」這樣的詛咒，在C市人看來，可比刨祖墳還惡毒。

在來到C市之前，肖凱軍並不羞於做一個農民，因為在他看來，是那一方山水養育了他，那裡曾是他成長的樂園，藏著他很多澄淨的回憶。那一方山水，培養了他誠懇憨厚的品質，那是從泥土中散發出來的樸實無華。

早年以階級鬥爭為綱，肖凱軍和他的父親都曾以自己是中下貧農的高貴出身而自豪，而且這出身也成了他們的保護傘，使他們在那場視人命如草芥的文革運動中得以倖存下來。雖然那時的肖凱軍年齡還不算大，可那淡淡的記憶卻是真實的。而現在，令他想不明白的是：為什麼動亂過後，在這麼個平靜的時代，這個高貴的出身在C市反倒就一落千丈了呢？

「三十年河東，三十年河西。」歷史是動盪的，像江河中的水，滾滾向前。階級鬥爭至上的時代結束以後，經過了幾年的整頓，轉向以經濟建設為中心，整個國家百廢俱興，都在努力求發展，似乎早就無心爭鬥。發展之後，便漸漸誕生了新的以經濟為杠杆去衡量的社會階層。

佛洛依德說：「人有生存的本能，同時也有死亡的本能。」從他這句話我們可以解釋歷史上很多為了自我的生存而自相殘殺的戰爭。

於是，仗著一夜間掠奪過來的財富，自視甚高者總是這樣不安分，總是想方設法地去鬥爭，在和平時代是沒辦法再明火執仗了，便也只好用相對平和的方式去排擠、去歧視他人。他，一個微不足道的肖凱軍，就像河岸邊樹上飄落在江中的一片枯葉，被各種排擠和歧視的力量推推搡搡。他以為來到C市之後，他的世界就真的寬敞了，沒想到只是由河東游向了河西——那個艱難的令他陌生的世界。

來到C市後，他開始厭惡自己的誠懇憨厚——因為它被城裡人稱之為傻、稱之為木訥。也正因為這份傻和木訥，使他長時間無法融入這座城市，使他一直懷著極自卑的情緒徘徊在人群的邊緣。

是的，他不愛說話，對人也好像不是那麼和善，長久以來，在人群中就好像感受不到他的存在。而且，和C市的人相比，他的確是邋遢了一些，他的腳板比一般人寬，手也比別人粗壯，他不願意洗澡，經常忘記要洗臉刷牙，他的頭髮經常很亂，衣服上也有很多補丁……總之，他身上的一切，都和這個歷史悠久的古城格格不入，也和這些傲慢的城裡人格格不入。於是，人們開始討厭他隨地吐痰，開始聞不慣他身上的汗臭味，開始聽不懂他夾雜著濃厚方言味道的普通話……於是，他的世界又開始變小了。

值得敬佩的是，在這樣的困境中，肖凱軍並沒有退卻，依然頑強地生活在C市。這份難得的堅持，有一半的功勞要歸於他當時的同班同學——姜玉。姜玉在班上是宣傳委員，其中一項很重要的工作便是替同學收發信件。她家世顯赫，出身於書香門第，曾祖父是晚清的舉人，到了他父親這一代，便是軍人。聰明伶俐的姜玉，自幼跟隨父親，見識也廣，自然閱人無數，加上書卷之氣的薰陶，也使她的眼光比一般人要獨到許多。

她一眼就相中肖凱軍，自然是看重他身上少了那份傲慢之氣。班上很多人都仗著自己有多硬的後臺，而不拿正眼瞧別人一下，只有肖凱軍表現得那般泰然，自然很能博得這位大小姐的好感。再加上肖凱軍少時讀書也不算少，兩人自然有些共同語言。只是，那時的感情太隱晦，不到萬不得已，誰都不敢向前走一步，而且肖凱軍還有個何玉鳳在前面擋著。

其實，促成他們走得越來越近的還有另一個原因，那便是何玉鳳的頻繁來信。每次姜玉把何玉鳳寄來的信交給肖凱軍時，她都異常興奮。可興奮之餘，她又徒增了失落——那信畢竟是另一個女人寫過來的，沒準是他老家的媳婦兒呢。農村家的孩子，成家早的畢竟不在少數。

有一次，她終於忍不住開口：「你看信的時候，從來都不看我。」

肖凱軍收起信跟她說：「玉鳳說要去深圳了，叫我以後不要再把信寄到家裡。」

姜玉：「你們村裡很多人去深圳那邊打工嗎？」

「這些年漸漸多了起來。窮日子過膩了，大家都急得像熱鍋裡的螞蟻，不願在那個小山溝裡待著。其實玉鳳也不想去那種地方的，只是家裡的壓力太大了，也是沒辦法啊！」

「你到現在還喜歡何玉鳳？」

肖凱軍想了想，不知道該說些什麼。來到C市以後，他的視野確實是寬廣了許多，看到了很多風景，也遇見了很多人，更重要的是，他告別了以前的生活，與此同時，跟何玉鳳的距離也就越來越遠了。這不僅僅是空間上的距離，年少時的農村生活雖然很單純，卻讓他在C市更自卑，讓他不敢提起自己的過去和出身。他是愛何玉鳳的，這份愛也和那個小村莊一樣真摯淳樸，只是當人心開始變得複雜的時候，真摯和淳樸就反而成了一種罪過。於是，長居在C市的肖凱軍開始不太願意向人提起何玉鳳，不太願意收到她的來信，不太願意聽她講那些家鄉的事（那些瑣事格局太小，胸懷廣闊的他怎會放在心上？）。一個人的夢做得太大了，要想飛起來，就難免要拋棄一些負累，何玉鳳和他的故鄉，在他眼裡，現在就是沉重的負累。

只是，由於良心和道德的約束，內心充斥著矛盾的他，並沒有將這份感受告訴姜玉。連他自己都覺得心裡漸漸萌生的這些「討厭」很可恥、很忘本，連他自己都要極力克制這些想法，又怎麼好意思跟眼前的姜玉講呢？

於是，姜玉只好又試探性地問：「那你以後呢？有沒有想過你以後會在哪裡？」

「我也不知道啊！我是一心想留在C市的，離開家鄉之前，我答應過玉鳳一定會帶她出來的。只是，畢業後學校有嚴格的分配制度，沒有特殊的原因，就要回到原籍去。去留問題不是我一個人說了算的。」

「你就沒想過要去改變什麼嗎？」

「我當然有想過，可是……怎麼改變啊？我一沒家世，二沒背景，又找不到關係，敲破鐵牆也沒人應啊！」

要慣了大小姐脾氣的姜玉可沒那麼多耐性去開導肖凱軍，她當場就急了：「你怎麼會笨成這樣？」說完，扔下一本書就走了。

肖凱軍拿起那本書，正是美國作家梭羅寫的《瓦爾登湖》。他自然不懂得姜玉的用意，於是只好從那本書裡找答案。

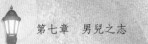

該怎麼去評價肖凱軍的天資聰穎呢？那本書讀到一半的時候，他好像突然發現，其實那些地地道道的C市人也是很自卑的。他們除了看不起城外湧進來的人，也看不起自己居住的這座城市。於是，他們個個都夢想著往城外飛，去一個更遙遠的國度，那就是美國。不知道是在什麼時候，肖凱軍突然發現宿舍的牆上居然貼著印有自由女神像的海報，而且有那麼多的人在咿咿呀呀地學英語，這種風氣與當年人們瘋狂學俄語時的情景相比，真是有過之而無不及。（遺憾的是，自掀起打擊「帝修反」的運動之後，俄語風就此銷聲匿跡了。）不知不覺，托福考試也悄無聲息地在校園中遍地開花。

原來，每個人都不安分，每個人都在向著更高更遠的地方爬，每個人都在尋找一個讓自己不再自卑的理由，家鄉人的「孔雀東南飛」是這樣，C市大學城中這幫國之棟樑做的「美國夢」也是這樣！從此，肖凱軍的世界又打開了另一扇門。

看著那群知識份子蠢蠢欲動、咿呀學語的樣子，肖凱軍有些恐慌，他不知道自己這樣的覺醒是不是來得太晚……

四、惱人的紅粉

《瓦爾登湖》快看完的時候，肖凱軍才真正開始憧憬美國的生活。他不禁會想，連美國的鄉村生活都充滿了那麼多的樂趣，要是去美國的那些大都市，肯定是另一番風景。

肖凱軍會有這種誤解也是很自然的，在C市的生活使自卑的他不敢再回首落後封閉的農村，可是他的根、他的精神發源地又恰恰是中國廣袤農村中的一隅。以他一人之力無法改變農村當前的面貌，可要他徹底斷了自己的文化之根又不可能，以這種矛盾的心理行走在校園裡，看著每個人都在起早貪黑地學英語、考托福，他又豈能不動心呢？因為當他讀到梭羅描繪的那個和諧靜美的鄉村世界的時候，交織在他心裡的這份矛盾正在慢慢地被融合：他幻想著在那裡，既可以不用面對農村的落後與封閉，又可以安放自己的鄉愁。

其實肖凱軍是真的誤解了《瓦爾登湖》和美國，也誤解了梭羅。《瓦爾登湖》描繪的世界，並不能代表美國，它只能代表梭羅的精神追求。梭羅是個精神潔淨的人，所以可以在瓦爾登湖過著這種隱逸的生活，於是他也用這種隱逸的情懷描繪瓦爾登湖的一切——這是帶有很強烈的個人主觀色彩的。

但是誤解了又能怎樣呢？誰都沒去過，誰能說得清美國到底是什麼樣子的呢？大家都在朝著那個方向擠，在這個大環境下，也難免推動了後知後覺的肖凱軍。

只是這時，討厭的何玉鳳又來信了。這些信很囉唆，說了很多她在深圳的情況，一會兒說不遠處要建飛機場了，一會兒說同事之間怎麼勾心鬥角了，一會兒又說自己怎麼怎麼想家了，一會兒又說想起小時候他帶她爬到山頂找村外的柏油馬路……

肖凱軍想極力忘記的那些事情，都寫在何玉鳳的信裡，他又怎能不討厭呢？可是，厭惡之餘，他還是隱隱地感到內疚，畢竟自己曾向她許過承諾的！如果就這樣撇下她不管，豈不是讓自己做了陳世美嗎？他不可以留罵名的，他不想讓自己一輩子遭受良心的譴責。於是，何玉鳳的信來得越勤，他的內心就越矛盾。

他把這種矛盾的心情說給姜玉聽。姜玉說：「男兒之志，豈在紅粉之間。你是個胸懷大志的人，人中龍鳳，怎麼能讓一個鄉下來的女人給束縛住呢？再說了，小時候不懂事，那些所謂的許諾都算不得真的。你來這邊上大學之前，也沒想到這邊的世界是怎樣的啊！」

肖凱軍聽到「男兒之志，豈在紅粉之間」時，忽覺似曾相識，過了好久他才回憶起當年程穆也跟他講過這句話。也正是這句話把他帶到C市來的。現在這句話又從姜玉口中說出來，但這一次它會把自己帶往何處呢？

其實，肖凱軍並不完全同意姜玉的這種論調，卻也一時找不到什麼話來反駁她，畢竟很多事都不是自己能決定得了的。

從此，姜玉便暗暗地把何玉鳳寫來的信給扣下了。

有一天，肖凱軍在完全沒有準備的情況下，被姜玉帶到了家裡。

第一次見到姜玉的父親，那一身綠軍裝就給了他極大的威嚴。不過在伯父的威嚴下，還是藏著一份和藹可掬的性情。老人一見家裡有客人到，便張羅著泡茶遞點心。當然，也少不了要對這個未來的女婿考察一番。

其實，所謂未來的女婿，也多半是姜玉一家人的一廂情願，肖凱軍雖然也想過，卻沒想到發展這麼快。來到C市之後，在很多事情上他都是被推著往前走的，完全失去了自己的主見。

而且，作為年輕人，最害怕的就是被老人家打量來打量去的。特別是姜玉的父親，這號角色最難對付，論修養和學問，肖凱軍自然比不過，畢竟老人的閱歷廣，在生活中凝練的都是智慧。再加上又是個軍人，明察秋毫，肖凱軍的一舉一動都會被他看在眼裡。所以，可憐的肖凱軍在老人面前，就像一個透明人，這種無所遁形的感覺讓他渾身不自在。

可是不自在又能怎樣呢？還不是一樣地要應付。這不，伯父發話了：「聽姜玉說，你會下圍棋。時間還早，陪我下盤棋吧。」

「我哪能算會啊，不過是上大學之後懂了些皮毛罷了，不敢在伯父面前獻醜的。」肖凱軍當然不是在謙虛，他知道伯父醉翁之意不在酒，這是對他一種見微知著的考察（老人就喜歡用這種招數——真討厭），所以能推就推。

「沒關係，隨便下下，打發一下時間也是好的。」

肖凱軍推脫不掉，只好硬著頭皮上，這可真苦了他了，摸著棋子，舉棋不定……

棋下到一半的時候，伯父終於說話了：「這圍棋啊，在中國可謂源遠流長，蘊含了很多高深的哲學在裡頭呢，也算是中華傳統文化的結晶吧。這人生啊，就好比下棋。特別是圍棋，你的視野有多廣，你的格局和胸懷有多大，全都顯現在你下的每一著棋上。做人啊，視野要廣一些，胸懷要大一些，不計較一兵一卒的得失，才能長久地立於不敗之地！」

肖凱軍自踏進姜玉的家門起，就隱約感到這肯定是一場別開生面的鴻門宴，於是他也就有了視死如歸的決心。於是當姜玉的父親開始訓導的時候，他只得低著頭沉默地聽下去。

伯父又說話了：「你的棋路有一股鋒芒之氣，年輕人有這種闖勁是好的。聽我家玉兒說你想和她去美國留學，這很好啊！」

肖凱軍抬起頭，一臉錯愕。我什麼時候跟她說過要一起去啊？「我……可是……」

伯父容不得肖凱軍說什麼可是，很權威地打斷了他的話：「只要你和玉兒有這個決心，其他的問題我都會解決。有我出面，留學還需要花多少錢嗎？不過你們要早做決定，用不了幾年我就要退休了，到那時候，我就有心無力了。廉頗老矣，尚能飯否啊！你說是不是？」

肖凱軍點點頭說是，但接著又搖頭：「不是，不是！」

這時，姜玉說該吃晚飯了。伯父也停下來：「解決溫飽才是首當其衝的問題啊！我們吃飯去吧，別說來我家還讓你餓著了。」

肖凱軍這才如釋重負。吃完飯，他便迅速逃出了那個「狼窩」。可姜玉還是下樓來送他。

走在路上，肖凱軍頗有微詞：「妳怎麼事先不跟我打個招呼就跟妳爸說我想要出國留學啊？」

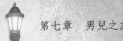

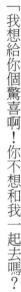

「我想給你個驚喜啊！你不想和我一起去嗎？」

「我沒說不去，只是……」

「只是什麼？你說啊！」

肖凱軍又不知道該說什麼了。他確實做夢都想去美國——每天都像燒香拜佛一樣仰望著室友貼在牆上的自由女神像！他村裡的人連美國是不是一個國家都還不知道，而他現在就有這個機會踏上那片土地，這樣光宗耀祖的事他怎會不想？只是，他覺得這樣很窩囊——在遇到這種人生決定性的大事的時候，他多希望能自己做一回主啊！

於是，他開始懷疑自己對姜玉的這份感情。如果沒有那個顯赫的家世，如果沒有她給自己提供的這個機會，他還會忍受她嗎？還會愛著她嗎？還會因為她而遠離何玉鳳嗎？這樣算不算是對自己的一種出賣？

對於這些問題，肖凱軍不敢多想，只要一想他就要面對何玉鳳，只要一想他就會動搖自己的意念——他害怕拷問自己的靈魂，害怕那些從小就附在他身上的道德規範。

可是肖凱軍內心的這份沉重與孤獨，身處城中央的姜玉又怎會懂呢？哪怕有一天她真的懂了，也不見得就知道該怎麼去安撫！姜玉這顆紅粉，其實也未見得就比何玉鳳好！

在嚴重缺乏監督的社會中，把國家和人民賦予的公權力轉化為個人的私權力是一個很普遍的現象，特別是在中國這種重人情和倫理的國家，體制性的腐敗已經是一個公開的秘密。當校園裡一大批學生還在拼命準備托福考試的時候，姜玉的父親沒花多少時間就給他們辦好了出國留學的一切手續。對於這種捷徑，旁人看了只會嫉妒得罵娘，罵完了之後，還是無奈得低著頭應付那些繁雜的考試。

面對這個求之不得的機會，肖凱軍有點手足無措。伯父的速度讓他心生恐慌，但也正因為這件事，使他認識到權力給人帶來的方便——輕易地就實現了自己留學美國的夢想。只是他不知道，這些手續的背後，牽涉到一張多麼大的關係網！萬一有朝一日，這張網被人提溜出水面，倒下的肯定不止姜玉的父親一個人。

姜玉見狀，問道：「你是不是又不想去了？」

肖凱軍面露難色：「沒有啊……我只是覺得太突然了，我在這邊還有很多事都沒處理完呢。而且，這麼快就辦妥了，我怕這裡頭有問題。」

「能有什麼問題？我爸這些年從來沒做過什麼『有問題』的事。你是不是還想著那個鄉下的何玉鳳啊？」

「老實跟妳說吧，不想是不可能的。如果真的要走，我怎麼著也要給她一個交代。」

「你給她交代了，那我呢？我為你做了這麼多，你怎麼向我交代？我不要你去找她，你是我的，我要你乖乖聽我的話，不要去找她了，好嗎？」

面對姜玉的無理取鬧，肖凱軍只好迎刃而上：「那好吧，不見就不見，大不了我這一輩子都把她放在心裡，大不了去美國以後我天天給她寫信說對不起……」

姜玉氣得青筋暴突：「你……你給我滾。」

五、遙遠的國度

辦好出國的那些手續之後，肖凱軍還是不顧姜玉的反對，回了老家一趟。那時正值春節，因為肖凱軍的緣故，村裡這個年過得與往常很不一樣。他一踏進村門口，就有一條大橫幅擋在眼前：「熱烈慶祝肖凱軍同志赴美留學。」

這條橫幅令他百感交集——他自己知道這個赴美留學的機會是怎麼得來的。可又能怎樣？村裡的人，有幾個知道C市是一副怎樣的面貌？有幾個知道他在C市的生活有多艱難？有幾個知道美國在哪裡？有一個更大的世界等著他，他憑什麼不迎上去？難道要他和村裡的人一樣，一輩子困在這個小山溝裡，守著這幾畝薄田過活？

自古以來都是這樣——人們只會記得你光芒萬丈、威儡四方的那一刻，誰會計較你是怎麼取得這些成功的？如果計較那些手段，劉邦早被馬車壓死了。如果計較那些手段，哪來英明神武的女皇帝武則天啊？如果計較那些手段，當年我們怎麼把鬼子趕跑，又怎麼跟著偉大領袖打江山啊？肖凱軍這隻野鳳凰，既然從山溝裡飛出去了就不會再飛回來，哪怕是回來，那也必須是榮歸故里，衣錦還鄉！把他一步一步往前推的，不僅僅是嬌生慣養的姜玉，也是那個時代的潮流與形勢，但歸根到底還是他心底膨脹的欲望。

村頭早就有一大批人在等著肖凱軍了，連縣委書記都屈駕來了。這麼多年來，這個危坐在府衙的縣委書記，沒準是第一次知道有這麼一個小山溝吧。

縣委書記走在人群前頭，迎上去跟疲憊的肖凱軍握手。他的手很溫暖很有力，讓在C市受盡歧視和排斥的肖凱軍受寵若驚。但是，肖凱軍很快就清醒了：這次歷史性的握手使自己成了縣委書記手上的一張牌。這些年，受地理環境和省財政政策的影響，這個縣的經濟一直沒有起色，使得縣委書記和縣長都羞於談政績。現在好了，肖凱軍橫空出世了（赴美留學的消息傳開之前，他們都不知道還有肖凱軍這隻野麻雀），經濟搞不上去，可以用教育來彌補嘛。百年大計，教育為本，從長遠利益出發，教育肯定比經濟更重要。畢竟那時候，國家對西方的大門才剛打開沒多少年，一年輸出的留學生也沒多少，肖凱軍在縣裡以至於在省裡都是個稀罕物件。這樣一來，他們自然可以拿著「留學生」這張牌向省裡邀功了。即使這功邀不了，至少也可以提高省裡對這個小縣的重視，將來在財政上給予適當的傾斜就順理成章了。對於縣委書記和縣長而言，有了那筆錢，政績一出，離升遷也就不遠了。這還僅僅是肖凱軍想到的，成年人的想像力畢竟有侷限，他們拿著「留學生」這張牌，可以做的文章之大豈是一個書呆子能預見的。由此可見，雖然我們中國大陸的選舉不用去街頭演說拉票（臺灣的選舉很辛苦的），但最早深諳宣傳和炒作之道的，肯定不是商家，而是政客。

所以，握著縣委書記的手時，肖凱軍就像握著一個燙手的山芋，渾身不自在。沒有哪個陌生人會給你毫無理由的愛，縣委書記的熱情必有所圖。他不願自己被人利用，心虛的他也害怕有朝一日會被人揭老底，可赴美之後，這些別有用心的人會拿著他的名片怎樣折騰，又是自己左右不了的。

肖凱軍這時才意識到，一個人的存在可以牽動到很多人。那些平時潛藏著的聯繫，會在某一天全都浮出水面，而這裡面的利與害，他又還沒有足夠的智慧分辨開來。這就是處世最難的地方，春風得意時，要想不被那些歡呼聲掩蓋自己的理智，恐怕只有聖人才做得到。

這不，家裡又興師動眾地辦了好幾十桌酒席，不僅僅是親朋好友，有很多素不相識的人也都送來了賀禮。這個世道總是這樣，我們不願雪中送炭，卻習慣於錦上添花。

觥籌交錯之時，酒桌間上演了一段插曲，那便是不合時宜出現的何玉鳳。她眼睛紅腫，懷裡抱著年幼的張子墨，站在肖凱軍家的籬笆牆外，看著牆內的熱鬧，既沒有進去，也沒有想要離開的趨勢。

過了好久，酒席上的肖凱軍才看到籬笆外的何玉鳳。他掙脫眾人的糾纏，跨過那道籬笆牆，迎面而來的是含恨的目光……

何玉鳳先開了口：「聽說你要出國留學了，還是和城裡的一個姑娘一起去。」

肖凱軍不敢看何玉鳳的眼睛，只好看看她懷裡的孩子。他沒有正面回答她：「今天剛好熱鬧，進來坐坐吧。」

何玉鳳捨不得罵肖凱軍，只好在心裡暗暗地罵那個沒見過的女人「婊子！破鞋」，嘴上卻答道：「不了，孩子發高燒，我得帶他去村衛生所。經過的時候看到這裡在辦酒席，就停下來看看。現在沒事了，你回去陪你那些客人吧。」

「這孩子是……」

何玉鳳搶說著：「孩子是我的啊！連我自己都沒想到會比你先結婚生子呢。」她笑得很僵硬。

肖凱軍百感交集，不知道該說些什麼，只得很禮貌地說了句：「還是進來坐坐吧。」

「不了，走了。」

何玉鳳抱著孩子很平靜地走了，只留下肖凱軍望著她離去的背影。他的一舉一動，現在足以牽動全縣人，卻奈何牽動不了一個倔強的何玉鳳！

晚上，客人散去後，肖凱軍旁敲側擊地向年邁的父親打聽了一下何玉鳳的事情。當然，他最關心的還是她懷裡抱著的那個孩子。

父親說：「唉！玉鳳這孩子啊，別說了。去了一趟深圳，整個人就變了，都是外面的大城市給害的。一兩年都不回來，一回來就領著個野種。現在村裡說她閒話的還少嗎？」

肖凱軍：「那夏嵐呢？她不是和夏嵐一起去的嗎？」

父親：「夏嵐？聽何玉鳳說夏嵐死在深圳了，回來還說什麼那孩子是夏嵐的。誰知道她說的是真是假啊？這不，前段時間還抱著孩子跑去人家家裡鬧了一場。夏嵐的父母硬是死都不肯承認那孩子是夏嵐的。」

肖凱軍：「指不定那孩子還真是夏嵐的。」

「有什麼辦法？就算真是夏嵐的，他們也不敢養啊！兩老兒年歲都那麼大了，不指望有人給自己送終，還添一個累贅，這不活受罪嗎？鬧了幾天，村裡上下也勸了幾天，玉鳳也就不鬧了。總得和和氣氣過完這個年再說！」父親警惕地看了肖凱軍一眼，「你現在是有身份的人了，可別再像小時候那樣不懂事了啊，別跟她走得太近！」

肖凱軍歎了口氣：「我知道了，爹。可是……玉鳳她……怎麼就攤上這麼個事兒啊？那她結婚了沒啊？」

「像她這樣的，跑出去之後還能沒一兩個男人？你再瞧瞧村裡其他幾個年輕的姑娘，跑出去還不都一樣，哪個回來之後不是『脫胎換骨』啊？把自己打扮得不倫不類的，連祖宗都認不出來了。真想不通，他們哪還有臉進祠堂？」父親停了停，語重心長地說，「凱軍啊，爹跟你說句話，你要老實聽著……美國那麼遠，我們也都不認得，連聽也是頭一回聽過，你能去那麼遠的地方留學，我們聽著都高興。但你出去以後可不能忘本啊！要記著自己是從哪裡來的，可不能像那些個年輕人一樣，看到那些花花綠綠的東西就忘了自己姓什麼了。無論走到哪裡，做人都要本分，要對得起祖宗！」

肖凱軍連聲應「是」，心裡卻一點底氣都沒有。連玉鳳那麼好的一個姑娘都會變，自己又能有幾分底氣啊？

告別了父老鄉親之後，肖凱軍又回到C市，這一次他去拜訪了多年不見的程穆。

當年，是程穆召喚著肖凱軍走進C市的。進了C市之後，他還沒來得及摸清這裡的水到底有多深，就被人迫不及待地推向另一個更廣闊的陌生世界。面對這些頻繁的變故，他心裡難免有些發慌，不知道那個未知的世界到底會有多少兇險在等著他。於是他想到了程穆，或許這個當年讓他睜眼看世界的人能給他指點迷津。

可是，當肖凱軍再次見到程穆的時候，他意識到自己錯了。這時的程穆早已嫁作他人婦，她模樣倒沒什麼大變化，只是那年的瀏海兒不見了，胸脯也比以前更豐滿了，儼然一個成熟的女人。同樣是那張臉，同樣是那個聲音，可看著這曲線優美的身姿，看著豐滿的胸脯在眼前晃動，肖凱軍有一種錯亂的陌生感，這根本就不是自己年少時認識的那個程穆。歲月帶走了一個人，肖凱軍的記憶卻還停留在程穆離開那個村莊時的情景。

丈夫和孩子都不在家，程穆給肖凱軍泡了一杯茶。肖凱軍端著茶杯，低著頭，一直看著程穆裙子下的那兩條腿。這兩條腿白淨、圓潤。多年來，這兩條白淨圓潤的腿，頻繁地在肖凱軍的夢裡走來走去！

程穆看了看肖凱軍，沒想到這個當年傻愣愣小夥子居然長得這麼魁梧了。她指著桌上的相片說：「我已經嫁人了，相片左邊那個就是我丈夫，他姓郝；右邊那個是我女兒。」

肖凱軍打量了一下那張全家福，守得住的是回憶，守不住的是年輪，沒想到她連女兒都有了。

「妳女兒跟妳一樣，長得真好看。」

「這麼多年不見，你比以前更會說話了。還好你是今天來，要是過段時間來，我就不在C市了。」

「啊？不在這裡？妳要出國嗎？」

「出國？我女兒都這麼大了，還出什麼國啊？在哪兒還不是都一樣？」

肖凱軍記得，當時的程穆可不是這麼跟自己說的，她說人要有大的志向，要不斷地往前走，不斷地尋找屬於自己的世界。

「那妳這是要去哪兒啊？」

「我們一家人要搬到吉林去了。」

「吉林？聽說那邊冬天很冷的，妳適應得了嗎？」肖凱軍不明白，難道程穆當年說的「屬於自己的世界」就是吉林？

「時間久了就好了。鄉下那邊還好吧？我這些年比較忙，也沒抽空回去看看，心裡怪過意不去的。」程穆開始象徵性地詢問一些村裡的情況。

「都還好。有了家庭聯產承包責任制，村裡人現在的生活好多了，不再像以前那樣窮了。」

「你父親身體還好吧？」

「比以前老多了。他現在也不當村長了，都退下來好幾年了。」

「聽說你在這邊上大學，你父親辛辛苦苦繳你上學不容易啊。出來以後，可不能忘本啊！」

「不能忘，一定不能忘的。」肖凱軍本來想跟她說自己就要出國留學了，卻不知怎地冒出這樣一句話來。

直到最後，肖凱軍也沒勇氣告訴程穆自己將要出國的事。走時，程穆把他送到門口，可能是離別的事實太容易讓人恐慌，也可能是多年來那個夢境一直纏繞著他，他竟一把抱住了程穆，雙手在她身上胡亂摸索，頭也埋進了她的胸中。更沒想到的是，程穆竟一點兒也沒反抗，只是仰著頭站在那裡，呼吸急促。

也許，從進門的那一刻起，程穆就知道肖凱軍為什麼會在相隔多年後又找到自己，這份清醒，是源於女人的敏感和自信，也是她對男人準確無誤的判斷。肖凱軍把頭埋進她懷裡的時候，她彷彿聽到了很多年前的心跳——還有當年游離在門外響徹心扉的腳步聲。只是這一次，她沒有半點忐忑的悸動——婚後的她早已蛻變成了一個老練的女人。雖然她並不知道肖凱軍從此就要背井離鄉，可她一直沒忘記多年前那個黑燈瞎火的晚上——在那晚就該發生的事，推遲了那麼多年才上演……

可隔著裙子摸到程穆濕潤的內褲的時候，肖凱軍停下來了，漸漸恢復理智的他羞愧難當。他是保守而穩重的，這種懦弱而謹慎的性格，與那根植在童年記憶中封閉的村莊一脈相承。和姜玉在一起那麼久了都沒做過一次出格的事，怎麼能在這個時候就亂了方寸？

他鬆開手，不敢再看程穆，更不敢再看多年前的自己，就這樣逃走了。

和姜玉一起踏上船離開祖國的時候，他回頭看著漸漸遠去的海岸，不禁落下淚來。何玉鳳在村中抱著孩子含恨地看著他的畫面，不停地閃現在眼前。他在心裡不停地跟自己說：「男兒之志，豈在紅粉之間？」可是，若沒有這些點綴凡塵的紅粉，男人的世界又能走多遠呢？肖凱軍明白，從此以後，中國又多了一個負心人；從此以後，他遙望的故鄉又多了一雙仇恨他的眼睛；從此以後，他的鄉愁永遠地蒙上了一層愧疚的色彩……他轉過頭看著姜玉，不知該是喜還是悲！

可世間本就鮮有兩全其美之事，「不負如來不負卿」，談何容易？

第八章　愛的徒勞

一

泰山崩於前的那一刻，永遠是驚心動魄的！可是崩裂了之後，還剩下些什麼？是煙塵滾滾，還是平淡如水？

夏嵐便是這一座泰山，她為了張子墨，轟轟烈烈地死了，聞者無不震驚落淚，感慨萬千。但很快人們便會將她的名字淡忘，唯獨何玉鳳不一樣……

在榕樹下的那天，當何玉鳳從垂死的夏嵐手中接過沉甸甸的張子墨時，她那驚恐失措的表情，就已經預示著那段坎坷正在升級……

張子墨呵，你沐浴著母親的鮮血來到這個娑婆世界，卻是這樣一個脆弱的小生命！該怎麼養活你呀？你成長得那麼慢，要經歷多少難熬的歲月，才能讓你羽翼豐滿，最終把你推向那一片廣闊的天空呀？

太突然了，這一切都來得太突然了。何玉鳳從來沒有想過這麼長遠的事，她自己都還沒有完全長大，她臉上的嬰兒肥還沒有完全退去，還時而流露出孩子般的稚氣，有誰會把她定義成一個女人？她還停留在那個談性色變的少女時代，對男人雖有著隱晦的期待，卻又是那般敬畏；她還不知道什麼叫受孕，從未體驗過懷胎十月是什麼心情，從不知道一個小生命在自己子宮裡慢慢成長有多新奇，從未想過這麼快就要走進這種生活。哪怕和夏嵐在一起時，玉鳳也總是在回避著這些問題，她總是說：

「你們大人的世界離我太遠了。」

可是現在不行了，這個沉甸甸的孩子就在她懷裡，她想躲也躲不開了。夏嵐用自己的生命換來了孩子的未來，把張子墨交給了她，這份臨終托孤的責任，她是無論如何也不能轉手再交給別人了。

何玉鳳總也忘不了在產房裡發生的一切（任何一個人親身經歷過那個場面，都不可能輕易地在記憶中抹去），那些圍觀的人群，那支晶瑩透亮的杜冷丁，那扇被撞得粉碎的木門……那個場面不斷地在她的記憶裡閃現。

何玉鳳以前一直對夏嵐有成見，一直抱怨夏嵐自甘墮落，可醫院那一幕上演之後，夏嵐在她心裡的形象便瞬間高大起來。與此同時，她也好像在一夜間就突然長大了，直接從一個亭亭玉立的少女變成了一位柔弱的母親。母親這個角色，她註定了要一輩子扮演下去……

可是，心智的成熟並不代表生理的成熟。她沒有懷過孕，那麼年輕的她，不可能分泌足夠的孕激素和催乳素——她的乳房還沒有發育完全。那些剛萌芽分化的乳腺和脂肪，只是在她胸前微微突起，連乳頭都小得有些可憐，像這樣的南瓜蛋子根本就分泌不出乳汁來。可她又沒有那麼多錢給自己買補品去豐胸催乳，更沒那麼多錢給孩子買奶粉和葡萄糖。

可孩子餓了就會哭！哭得她滿頭大汗、來回走動，哭得她撕心裂肺、肝腸寸斷，哭得她最後只能跟著一起哭，哭得她最後只能一次次地解開衣領，讓他往自己的乳頭上咬……

孩子生病了也哭！大概是出生時沒有接受系統的護理，受到的感染太多，張子墨的抵抗力比其他嬰兒要差得多，老是發燒或是夜驚風，有時候還消化不良。帶上張子墨，何玉鳳就沒睡過幾次好覺，孩子總是喜歡在半夜裡把她哭醒，哭得她輾轉反側、怒從中來，哭得她撕心裂肺、肝腸寸斷，哭得她最後只得一次次地穿上衣服、拿上手電筒、拽著錢、背著他往小診所跑……

總有那麼多的尿布要洗，總有那麼多的提心吊膽，總有那麼多的不眠之夜，總有那麼多的汗淚俱下……

張愛玲說：「女人總是要拼了命的。」夏嵐的一失足，把自己的一條命賠了進去，卻換來了一個新的脆弱的生命，而何玉鳳呢？何玉鳳現在就是在拼命──別無選擇地在為這個本不相干的小生命在拼命！

這樣的苦難日復一日，車間裡的同事也看不下去了。起初，他們會遞幾包葡萄糖或是奶粉過來，偶爾也有一兩個雞蛋或是幾塊肉……

可這世界有日復一日的困難，卻未必有日復一日的同情，任何一種情感在時間的摧殘下都會變得乏味、空洞，從而讓人感到厭倦，不願直視！於是，瀰漫著的同情開始轉變成漫延著的冷漠。況且，在那車間的都是一些和夏嵐、玉鳳同樣苦命的鄉下人，每個人身上都攬著一個沉重的家庭，誰還有多少心思去關心一個不太相關的人的死活？久而久之，何玉鳳又變得孤立無援了。

當然，偶爾也有些婦人在她耳邊嚼舌頭，這不，食堂的李大媽又來了。

李大媽是山西人，快50歲的人了。大概跟張魏民有些沾親帶故的關係，這個紡織廠建成後，她便跟著張魏民千里迢迢跑到深圳來了。到了那個年紀，身上的很多潛能都退化了，車間裡的那些活她也學不來，便被安排在食堂了。出於同情，她每次總會給玉鳳多留一兩塊肉，有些湯湯水水的，也經常往玉鳳宿舍裡端……

「妳一個年紀輕輕的女孩子，孤零零地帶著這麼個吸血的小傢伙，這日子可怎麼過啊？」

玉鳳語氣堅定地說：「這是夏嵐的孩子，是她臨終時託付給我的！」

「我們當然知道是夏嵐的孩子啦，廠裡上下都知道是她的……她出了這檔子事，真是造孽喲！我說句不好聽的話啊，廠裡的人都知道這孩子不是妳親生的，這沒錯！可是……可是走出這個廠就很難說了。」

玉鳳看看懷裡的孩子，又看看那個滿臉橫肉的老婦人：「妳想說什麼啊？」

「那啥，我也沒別的意思……一個婦道人家，名聲是最重要的。我跟妳這個年紀的時候，我奶奶就常跟我說『餓死事小，失節事大』。」

「我沒失節！我哪兒失節了？你們憑什麼就認為我不是一個正經女人？不怕你們說，我到至今也還是黃花閨女！」

「我們自然是知道的，可是妳抱著一個娃兒跑到街上去，就算是有一百張嘴也解釋不清啊！要我說啊，妳也沒欠夏嵐什麼，犯不著為她這孩子受這般罪！」這老婦人見玉鳳低著頭，沒什麼反應，便大著膽子投石問路，「我也做過母親，像我們這樣做母親的都命苦。我家丈夫，孩子三歲的時候，就壓在煤洞裡頭，沒再起來過……我還不是一樣，一把屎一把尿地把孩子拉扯大？長到五歲的時候，那孩子就……」

李大媽掏出手帕，不停地擦眼淚……

玉鳳：「那孩子怎麼啦？」

「送人了唄！」不知道是怕玉鳳會責備她，還是長久以來源自母性的愧疚與思念，她極力想要解釋些什麼，「你以為我想啊？我那時候也是沒有辦法，親生骨肉啊！哪個做母親的願意做那樣的事，可你叫我怎麼辦？那個天殺的，那麼早就走了，扔下我們孤兒寡母的……在那個年代，到處都鬧災荒，連城裡都能餓死人，他要是再跟著我，指不定哪天就餓死了。」

何玉鳳沒有多說什麼，只是靜靜地聽她哭。這個世道就是這樣無理取鬧，自己哭膩了，還要靜下心來聽別人哭。

李大媽擦乾眼淚：「孩子啊！妳還年輕，還有很長的路要走。妳要真為夏嵐好，真為妳自己好，為這娃兒好，就抱去給大戶人家養好了，好歹還有口飽飯、還能換幾張尿布，妳說不是？年紀輕輕地，這母親不好當啊！」

何玉鳳含著淚說：「李大媽，多餘的話妳就別說了。我知道妳是個好人，有一副熱心腸，可是……夏嵐要是泉下有知，非啃了我的骨頭不可！再難再累，還不就這樣走下去唄，誰叫這就是咱的命呢？」

「這話也在理，一個女人終究不是個事啊……找個靠得住的男人才是最實在的。」

一提到這個，玉鳳又想到肖凱軍已經有好久都沒回信了。那時的她並不知道肖凱軍已經和姜玉好上了，還在猶豫著要不要將夏嵐的事告訴他。

何玉鳳很想將她和肖凱軍的情況告訴李大媽，可她不知該從何說起，只得支支吾吾：「我……我……」

李大媽以為何玉鳳是害羞，畢竟一個女孩子家，談婚論嫁的事，不像吃飯喝水那樣能輕輕鬆鬆地拿到檯面上來說。「都這樣了，還害什麼羞啊？我知道，妳是擔心帶著一個孩子，人家會不會嫌棄。說實話，我也一直想問妳來著，這孩子家裡還有沒有親人啊？爺爺奶奶，外公外婆，叔叔舅舅，姑姑姨媽什麼的。好歹也算是沾親帶故的，不可能不管吧？把孩子寄養在他們家，每個月寄點生活費過去，也算對得起夏嵐了。」

何玉鳳：「李大媽，妳別說了。我會自己想辦法的。」

李大媽只得知趣地走出了宿舍……何玉鳳畢竟是個倔強的孩子。

二

幾個月後的一個晚上，喝得醉醺醺的張魏民來宿舍看望何玉鳳。這是建廠以來，難得的一次有高層領導視察基層員工的住處。

張魏民環顧這間寢室，上下鋪鐵床，破舊的蚊帳，斑駁的牆，凌亂的臉盆和牙刷，掛在窗戶上的尿布，角落裡若隱若現的蜘蛛網……多虧了何玉鳳，張魏民才看到了某種生的艱難。可惜的是，他看到的也只是何玉鳳和她懷裡的孩子的生之艱難，至於這個房間裡其他員工的處境，他仍是視而不見！

寢室裡的其他人見張魏民坐在床上，自然猜到是衝何玉鳳來的，都很識趣地找各種離奇的藉口出去了……

「孩子生活在這種環境中，不哭不鬧才怪呢！玉鳳，我不在廠裡的這幾個月，真是委屈妳了……」

何玉鳳一邊哄孩子，一邊回應張魏民：「也沒什麼，我本就是一個鄉下人，命賤！吃這點苦算不得什麼。」

「千萬別說這樣的話，什麼命賤不賤的。前段時間，我老家山西那邊出了點事，我老婆去世了，趕回去料理喪事，昨天才回到廠裡。好端端的一個人，說沒就沒了……我也是剛聽說妳和夏嵐的事。怎麼說呢，我們能在火車上遇見也算有緣……」

「張總，我……」

張魏民打斷她，這些年，他已經習慣了打斷別人正在說的話：「妳以後有什麼打算？」

「實在對不起，因為夏嵐和這孩子的事，給廠裡添了那麼多麻煩。您放心吧，我……我……過了這個月，我就走，絕不再給您添麻煩。」

何玉鳳說這些話的時候，強忍著眼淚，她本能地以為張魏民找她，是來給她下逐客令的。她自己也不知道這些奇怪的念頭是怎麼來的，也不知道離開了這個廠，她還可以去哪裡。天地之大，如何容得下一位年輕的母親和一個羸弱的孩子？

「不不不，妳誤解我了，我從沒有要趕妳走的意思。相反，我是想說，妳要是遇到什麼困難，直接來找我……」

「張總，我……我現在沒什麼困難，真的！」

「前段時間回老家料理喪事，我想了很多……我二十歲的時候娶的她，跟妳現在也差不多的年紀，只是長得沒妳漂亮。我們那時候還不能正兒八經地談戀愛，都是通過相親認識的……剛娶她回來的時候，我們家很窮，她就陪我過了十幾年的苦日子，沒吃過幾頓飽飯，沒睡過幾次安穩覺……後來，我們兄弟幾個承包了一個小型的露天煤礦，發了點財。後來，又聽說深圳開放成經濟特區了，聽他們說這邊現在到處都是發財的機會，滿地都是黃金，我膽子比較大，就跑到這邊來了。那時，我母親和幾個哥哥都反對我，說在自己老家有個煤礦就該知足了，日子過得下去就行了。我偏不信，妳看我現在，也算闖出個小天地來了，在深圳這邊房也買了，車也有了……可是，正當可以享福的時候，她卻撒手西去了。命啊！玉鳳，妳說是不是命啊？」

孩子又哭了，玉鳳顧不得聽張魏民在旁邊嘮叨，一個勁地哄著他睡覺。張魏民看著一臉專注的玉鳳，她身上散發出一種久違了的母性氣息。這氣味，讓張魏民迷醉，他不禁想：如果她是我的，如果她懷裡抱著的孩子也是我的骨肉，該有多好！

張魏民情不自禁地摸了摸張子墨那圓圓嫩嫩的小臉蛋：「孩子都是這樣的，哭一會兒就好了，哭累了他就睡了……玉鳳，妳知道嗎？她直到剩最後一口氣的時候都還在跟我說，沒能給我生個一兒半女，她這輩子有愧於做我老婆……」

孩子終於不哭了，慢慢地睡著了。何玉鳳把孩子放到搖籃裡，可還是不知道該對張魏民說些什麼，只得敷衍了句：「張總，您節哀。生死有命，有些事情強求不來的。」

「玉鳳，給我生個孩子吧！」

何玉鳳也沒想到好端端的，他嘴裡怎麼就冒出這麼一句話，不過，憑著本能，她感覺出這句話有些不妙。「張總，您……您喝醉了。」

「我沒醉，我哪有醉啊？給我生個孩子吧，我是說真的，妳要什麼我都給妳。我知道妳缺錢，我可以給妳很多錢，給妳請奶媽，給妳房子住，給妳買很多很多漂亮的衣服……只要妳給我生個孩子。」張魏民一把抱住了何玉鳳，雙手在她身上亂摸。人的噁心之處就在這裡——人性和獸性總是交替著出現，讓人措手不及！

何玉鳳極力掙扎，想要擺脫他，可自始至終只聞到刺鼻的酒氣……

幸虧這時宿舍裡有個人回來了，她推開門，正看到張魏民壓在何玉鳳身上……

張魏民聽到開門的聲音，回過頭，看了看那個人，喊了一句：「滾！聽到沒有？滾！」

何玉鳳還在掙扎，還在苦苦哀求：「張總，我求求你，放了我吧，不要啊！我真的不行啊，你別這樣！」

一不小心推開門的那個人估計是被嚇傻了，目瞪口呆地站在那裡一動不動。張魏民看到門口那個人堅若磐石，一點動靜都沒有，沒辦法，只得放了手，慢慢鬆開何玉鳳，搖搖晃晃地出了宿舍……他再怎麼無賴也不至於當著第三個人的面給何玉鳳寬衣解帶。走時，他扔下一句話：「我一定會得到妳的，不管用什麼方法！」

何玉鳳一邊整理衣裳，一邊無助地抽泣。如果那個人再遲兩分鐘推開門，這塊玉就碎了！

三

沒過多久，何玉鳳便辭職了。出了那檔子事，她確實沒有辦法再待在那個狼窩裡，可繼續留在深圳，她又不知道該去哪裡。這裡一片欣欣向榮，卻舉目無親。

冬天早就來了，在深圳看不到成堆的落葉，只是氣溫稍微有點涼……

在最無助的時候，她想到了回家。去年過年留在深圳陪夏嵐，沒能回家，今年是該回去一趟了，順便看看肖凱軍也好。可能那個村莊早已不是原來的模樣，可能很多孩子都長高了，可能自己並不太受歡迎，但是管它呢！只要父親還是她的，只要村裡那條路還是她的，只要那個房間還是她的，只要母親那座墳還在山頭，只要能看看凱軍……就行了！

相隔兩年，抱著張子墨，重新回到老家，何玉鳳如夢初醒。確實，在深圳的那段日子，就像是一場曠日持久的噩夢。可是懷裡抱著的這個孩子，卻告訴她，這不是一場夢——有些事是實實在在地發生過的。

回來以後，村裡人都用異樣的眼光看著她，就跟當年他們用同樣的眼光看回鄉的夏嵐一樣。只是這一次，更多的人把目光聚集在了張子墨身上。

村裡人都在背地裡議論，這個孩子到底是從哪裡來的。

「還能從哪裡來的？從城裡帶回來的野種唄！你們又不是不知道，現在的這幫孩子出去啊，回來一個個都學壞了。吃喝嫖賭，哪樣他們不會啊？女孩子還不是一樣？」

「你知道外面亂，幹嘛還讓你兒子出去啊？」

「這不家裡窮嗎？我要像你家那樣，我早就把兒子鎖起來了，還讓他出去瞎胡鬧？」

「也是啊！瞧瞧玉鳳這孩子，打小看著她長大的，多好多懂事的孩子啊！出去一趟回來，就變成這樣了，造孽啊！她還敢把孩子帶回來……真的是……」

何玉鳳並不怕村裡這些流言蜚語，打定主意回來之前，她就知道會遭遇這些——最讓她痛心的是家人的態度。

繼母：「我們本來希望妳在外面能掙幾個錢回來養養家，這倒好，錢沒看到，倒讓妳折騰出個野種回來了。現在，全村人都看著我們家呢，真是光宗耀祖了啊！妳見過世面，什麼都不怕，什麼都能豁出去，可我和妳爸怎麼辦？我們以後出去怎麼見人？」

何老爹倒吸一口氣，借著煤油燈點了一根煙，一句話不說。要是以前，他肯定會攔著這個長舌婦，不讓她再嘮叨。可這次，他什麼都沒做——有時候，沉默就是一種無聲的縱容！

繼母：「妳既然連這野種都敢帶回來，為什麼不敢把那男人也一起帶回來啊？八成是那男人不要妳了吧？妳怎麼就這麼不自重啊！這麼多年，我和妳爸都白教妳了。」

何玉鳳：「妳教我什麼了？！妳教我什麼了？！整天有一搭沒一搭地數落我，妳有什麼資格來數落我？妳是我什麼人啊？」

繼母：「問得好，我是妳什麼人！我知道，我不是妳親生母親，沒有生過妳。可我好歹養過妳啊！妳能長這麼大，靠誰？靠我啊！」

「那倒是，我差點都忘了，我能有今天，全是拜妳所賜啊！」

繼母：「妳這說的什麼話，什麼叫拜我所賜？我教妳出去偷男人了？！我教妳出去給別人生野種了？！」

「誰偷男人了?!誰生野種了?!妳倒是給我說清楚!」

「搖籃裡躺著的那個不是野種是什麼?」

玉鳳一時無語，終於堅持不住，哭了起來。這時，何老爹把煙抽完了，開始說話了。「玉鳳，妳說老實話，這孩子到底是怎麼回事?」

玉鳳:「爹，我……我……這孩子是夏嵐的。」

「那妳為什麼一直都不告訴我們。」

「因為夏嵐她……她死了。」

「死了?怎麼死的。她死了，妳至少要告訴她家人啊!妳想就這麼瞞著他們一輩子?」

玉鳳只好一五一十地講了自己這兩年在深圳的遭遇，以及張子墨的來龍去脈。

何老爹又陷入一陣沉默，過了好久才說:「那這孩子怎麼辦?妳總不能養著他一輩子吧?妳以後還得嫁人呢。」

「我……我不知道!」

大概是剛到一個陌生的地方，張子墨還不太適應新的環境，從後半夜開始就一直哭到天亮。第二天一大早，何老爹就把玉鳳叫起來。

「起來，抱上孩子，我們走……」

玉鳳抱著孩子被何老爹拉到夏嵐家門口。夏嵐的父母都老了，夏老爹骨質疏鬆，早已駝背了，半弓著身子開了門;夏嵐的母親在廚房裡燒火做飯。家裡陳設得也很簡單，沒有多餘的幾樣東西。

何老爹說明來意，夏老爹坐在石板凳上一動不動，過了好久才回過神來，說:「夏嵐不在啦?也好……這些年，我早就當她不在了!」說完，不禁擠出眼淚來，臉上的皺紋太多，眼淚一直順著溝壑流到了耳背。

何老爹：「夏老爹，我知道這很難。可是這孩子，我和玉鳳總不能幫夏嵐養到大吧？我是想……」

夏老爹：「何老爹，我們家現在怎麼個樣子，你也看到了。你叫我拿什麼養他啊？」

何老爹：「可是……」

也不知道受了什麼刺激，夏老爹突然間拍案而起：「可是什麼？你憑什麼就一口咬定這孩子是我們家夏嵐的？你拿出證據來啊！別什麼屎盆子都往我們家扣！誰落下的種，你帶著你女兒找他去啊！找我家來這算什麼事啊？我是老了，走也走不快了，聽也聽不太明白了，可我這雙眼睛還沒瞎，我心裡跟玉皇大帝的明鏡兒似的。你說她死了就死了啊，憑什麼？！」

何老爹：「夏老爹，你別這樣，你冷靜點。我們都是上了年紀的人，說什麼話做什麼事，都要問問我們的良心。」

可是，任何老爹怎麼說，夏嵐的父母就是一口咬定這孩子跟他們沒關係。何老爹最終也絕望了，只得領著玉鳳回家。

抱著孩子從自己家門口出來，再抱著孩子從夏嵐的家門口出來，再重新回到自己家裡的這段過程中，何玉鳳一句話都沒說。她父親和夏嵐的父母掌握著絕對的對話權，而她有的只是沉默。從夏嵐家門口出來的時候，玉鳳一直在想，如果夏嵐還活著，看到這場景，會作何感想！寒心？內疚？悔恨？還是解脫？

到底是什麼力量，使得玉鳳對父親唯命是從，抱著孩子跟著他來到了夏嵐的家門口？又是什麼力量，使得夏嵐的父母不敢直面玉鳳懷裡這個羸弱的孩子？

回到房間，張子墨又開始哭了，整夜整夜地哭！繼母又接著嘮叨了，整天整天地嘮叨，說出的話一天比一天難聽！

何老爹幹完農活回來後，依舊坐在院前，看著眼前那片沉默的遠山，不知不覺自己也凝固成了一座雕塑，只是，他抽煙比以前更凶了，咳嗽也比以前更厲害了，笑容卻比以前少了！他急需一種從容的智慧，帶領他走出現在這個泥潭，卻不知該往何處去尋！

終於，何玉鳳還是受不了了。又是一個早晨，她抱著孩子再次來到夏嵐家門口。開門的依舊是夏老爹，一看到玉鳳懷裡的孩子，他又把大門關得死死的。

「夏伯伯，你開開門啊？這孩子真是夏嵐的。你是他外公，你不要他，就沒人要了！」

「妳回去吧！我是不會相信妳這鬼話的，長這麼大了，好的不學，盡學些歪門邪道的東西。」

「我真沒有騙你！你是從小看著我長大的，我幾時拿這種謊話來騙過長輩啊？」

「玉鳳啊！我們老兩口求求妳，別再來我們家了，這都快過年了，大家先和和氣氣地過個好年再說吧。」

無論玉鳳怎麼苦苦哀求，門還是死死地關著。可她這次和上次不一樣，她沒那麼容易退縮。她索性就坐在門口，起初只是靜靜地坐著，漸漸地，她開始哭，開始撒潑，開始捶門，開始歇斯底里，開始破口大罵……潑婦式的叫罵聲在整個村子裡回蕩，引來全村人的圍觀和議論……

可大門依舊是死死地關著，就像當年的夏嵐怎麼努力也喚不回那個一夜間消失了的男人一樣……可是有一個事實，是門外的何玉鳳和村民們都不曾意識到的：夏嵐的父母躲在屋裡掩面哭泣……

也許，最重要的並不是相不相信別人的陳述，而是有沒有能力去相信它。要不然，伽利略也不會有那麼悲慘的命運，哥白尼也不會遲遲才肯發表《日心說》，達爾文的《物種起源》最初也不會遭到焚燒……要不然，橫在何玉鳳面前的這扇門早就打開了。

更可惜的是，這個不爭氣的何玉鳳，還沒等到那扇門打開，自己就因體力不支先暈倒了。還是圍觀的村民七手八腳地把她和孩子弄回去的。這場鬧劇，最終以何玉鳳的失敗收場……

四

沒過多久，縣裡面就傳來消息，說是肖凱軍要從C市回來了。這個消息確實足以讓何玉鳳喜出望外，以為凡事都有峰迴路轉的那天。

但這個消息並不能讓村裡的其他人振奮，因為肖凱軍每年過年都要回家，這本不是什麼稀奇的事。真正讓他們彈冠相慶的消息是後來傳過來的：肖凱軍要去美國留學了。

「聽說是和部隊首長的千金一起去呢！這肖凱軍，好傢伙，一不小心成了人家的乘龍快婿了。讀過書的人就是不一樣啊！」

「聽說那首長的千金長得確實漂亮呢！水靈靈的大眼睛，鼓鼓的奶子，紮兩個小辮子，還能說一口流利的美國話……難怪我們家凱軍會看上人家！」

「凱軍小時候不是挺喜歡玉鳳的嗎？怎麼會看上城裡的女孩子呢？」

「你這笨得跟冬瓜一樣的驢腦袋，小時候的事情有多少是能算數的？你想想肖凱軍現在什麼身份，再看看玉鳳現在什麼模樣，還帶著一個野種，這樣的女人你敢要啊？凱軍會看上她？再說了，他攀上首長的千金，以後要風得風，要雨得雨，還能去美國，下半輩子還愁啥啊？」

這樣的言論像無形的瘟疫一樣，在肖凱軍回來之前就已經在村子裡傳遍了，自然也就傳到何玉鳳的耳朵裡了。她才意識到，這一路的「峰迴路轉」，竟是把她轉到了陰溝裡，並沒有看到什麼「柳暗花明」！可她依然是倔強的，那些道聽塗說，她終究是將信將疑，總決心要等肖凱軍回來當面問清楚：他到底是不是要去美國，和誰一起去。現在的她其實和夏嵐的父母一樣，都沒能力去相信某種陳述！

肖凱軍終於回來了，村裡敲鑼打鼓，異常熱鬧。而他的左右，總是有那麼多趨炎附勢之徒尾隨其後，那麼多的光環，那麼多的應酬和讚譽，使得他分身乏術，也使得何玉鳳的心越來越寒！

他們終於見面了，一個抱著孩子被阻擋在籬笆牆外，一個背負著全村人的榮耀被囚禁在籬笆牆內……

自從那次在籬笆牆外見過肖凱軍之後，何玉鳳就徹底死心了。再多的愛，再無私的付出，也終究是徒勞……

她還記得自己剛到深圳的時候，曾寫信問過肖凱軍「以後我們會不會變」。可肖凱軍的回信中並沒有正面回答這個問題，那時她心裡就察覺出有些不妙，只是沒想到這個潛伏在心裡那麼久的「地雷」，最終還是被引爆了——那些曾經擔心過的事情最終還是發生——這跟宿命論無關！

抱著孩子從村衛生所回來後，何玉鳳躲在房間裡哭得天昏地暗……

她連做夢都沒有想到，從踏出這個家門起，她的軌跡就此偏離了，就再也找不到回來的路了。是的，從她跟隨夏嵐坐上火車、走進深圳起，就註定了她會把自己弄得面目全非……她恨她的繼母，她恨那該死的南下的火車，她恨懷裡的這個孩子，她恨肖凱軍，她甚至恨她自己……

過完年，肖凱軍在全村人的歡送下，告別了父母，離開了這個村莊，離開了那個縣城，離開了中國，開始了飄洋過海的生活。就像一根純潔的羽毛，從白鴿的翅膀上剝離下來，在藍天下隨風飄蕩，風托著他單薄的身軀，走向一個未知的世界……

是的，他從何玉鳳的心裡徹底剝離出來了。她不再對他有憧憬，不再對他抱有任何幻想，甚至都不太願意聽到他的名字，她曾經看到的那個充滿光明的未來世界突然間變得暗淡無光！本來以為可以攜手一起走的路，現在只剩下她一個人，她覺得沒勁，索性就不走了……

把生活所有的希望和責任都壓在另一個人身上，本就是錯誤的——無論這個人對你而言有多麼重大的意義。這跟你依賴的那個人值不值得信任毫無關係，因為沒有一個人能把另一個人的生活扶起來，人除了自立，別無選擇！從這個角度看，何玉鳳和夏嵐犯的是同一個錯誤。而更可悲的是，在這個混亂的時代，有多少人正犯著同一個錯誤啊！

五

幾天後，村口停了一輛轎車。轎車門開了，出來一個戴墨鏡的男人，手上拿著一個大哥大，抬頭就看見那條有點褪色的橫幅：「熱烈慶祝肖凱軍同志赴美留學。」

一個村民第一次見這東西，他猜他應該是找肖凱軍的，因為他覺得，除了肖凱軍，這個村裡也沒人配有坐這麼高檔的轎車的人來找。他迎上去：「先生，你是找我們家凱軍的吧？」自從肖凱軍要赴美留學的消息在村裡傳開了之後，全村上下都稱肖凱軍為「我們家的」。

那男人四處張望一番，看都沒那個村民：「啊？」

「你來的真不是時候，我們家凱軍去美國留學了，剛走沒幾天。估計好幾年才回來呢！」

「哦！我不找你們的什麼肖凱軍。對了，你們村裡是不是有一個叫何玉鳳的人？」

那個村民用異樣的眼光重新打量了一下這個戴墨鏡的男人。「你……你找她幹嘛？」這個村民本能地認為，像眼前這個有身份的男人，是不應該千里迢迢跑來找一個帶著野種的何玉鳳的。

「她是不是住在這附近？」

「是啊！」村民指向遠處山腳下的一片房屋，「就在河對岸那邊，怎麼啦？」

「麻煩您帶我去找她吧。」

說完，戴墨鏡的男人從錢包裡抽出一張鈔票給那個村民，他大概習慣了把所有的行為都解釋成公平合理的交易。見那村民眉開眼笑地接過錢，便讓他拎著車上的奶粉和補品走在前面帶路。

「你找何玉鳳幹啥啊？這樣的女人，真是不知天高地厚，帶了個野種回來還想嫁給我們家凱軍。你可別被她這種女人給騙了啊！」

戴墨鏡的男人在心裡暗罵：「多讀了幾本書，就有多了不起啊？」

村民把那個男人帶到何玉鳳家門口就走了。這個西裝革履的男人到的時候，恰巧何玉鳳正在院子裡和繼母吵架。

「妳是不是一定要把我逼死了妳才開心？我不死妳心裡是不是就不踏實？」何玉鳳坐在院子裡哭得不成樣子！

屋裡傳來她繼母的聲音：「到底是誰要逼死誰啊？誰要逼死誰啊？妳帶這麼一個吸血的野種回來，是妳在逼我！我本以為妳找個好點的男人嫁了就算了，現在倒好，帶著這麼個野種，哪個男人敢要妳啊？」

「沒人要，我也用不著妳來養，妳操哪門子心啊？大不了我上尼姑庵打雜去！」

戴墨鏡的男人推開院子裡的柵欄。何玉鳳轉過頭，看到他，趕緊擦乾眼淚。「張……張總，您怎麼找到這裡來了。」

張魏民放下手上的奶粉和補品，笑了笑說：「過完年了，我去車間問過，見妳還沒來上班，就過來看看妳最近過得好不好，有什麼能幫到妳的。」

「有什麼好不好的，又讓您看笑話了。」

「家家有本難念的經，沒什麼。」

繼母從屋裡出來了，看到這個西裝革履的男人和整個院子的環境是如此格格不入，但她立刻從這男人看何玉鳳的眼神中明白過來了。「哎呀，您是玉鳳的朋友吧？什麼風把您這貴人吹來了？」

「伯母您好，我叫張魏民，是玉鳳的老闆，剛開車從深圳過來！」

「玉鳳，妳也真是的，妳老闆要來也不提前跟我們打個招呼。」

玉鳳覺得一陣噁心，別過臉去，不想看她繼母那副嘴臉……

「你們聊，你們聊！我去給你們泡茶。」

繼母進屋後，何玉鳳直截了當地問張魏民：「為什麼跑到這裡來？你是不是一直想我嫁給你？」

「……」張魏民坐在何玉鳳對面，不說話。

「要我嫁給你也可以，但我有幾個條件，你得先答應我。」

「妳說吧，只要我能辦到的，我都答應妳！」

「第一，我要帶上夏嵐的孩子，他以後就是我跟你的兒子，你不准歧視他。第二，我要一場體面的婚禮，但不要在這裡辦，也不要在你老家辦，我要在深圳辦。還有，除了我父親，村裡的人你一個也不准請，包括屋裡的那個女人。」

「嗯！這些我都答應妳。」

何老爹以身體不適、不想坐太遠的火車為由，沒有去深圳參加玉鳳的婚禮，只交代了幾句話：

「一輩子走什麼路，全看個人的造化。有個家，總歸好點！」

從小到大，玉鳳最希望的就是父親能參加自己的婚禮，就是能看著他坐在高堂上，然後牽著丈夫的手給他老人家磕頭。那時的她，把未來都想得很完美，有一個稱心如意的丈夫，有一個自己的孩子，有一個慈祥安逸的父親……可是現在，卻不知道怎麼搞的，弄成了這樣一個支離破碎的局面。

婚禮上，玉鳳穿著一身大紅的衣服，看著臺下一桌桌前來祝賀的人，聽著耳旁不斷傳來的「舉案齊眉、恭賀新禧、早生貴子」之類的場面話，不禁悲從中來。

席間，不知道是哪個傻愣頭說了句：「什麼早生貴子啊？你不知道我們張總有多能耐，他可是向來都是先上車再買票的，人家這是奉子成婚！」

玉鳳只得陪笑臉，張魏民卻再也笑不出來……

婚禮結束後，張魏民醉醺醺地走進裝飾一新的臥室，臉上略顯出得意的神色。良宵一刻值千金，千辛萬苦，乘風破浪，終於到達彼岸，等待著他的將是一片未開發的土地——張魏民所有的努力，到這裡或許就算是一個終點了吧？

「玉鳳啊！妳瞧，咱們這就算是結婚了！以後啊！妳就是我的人了！我費了九牛二虎之力……總算是得到妳了。」

玉鳳沒有說話。一個男人，苦心孤詣地要得到一個女人，本不是什麼可恥的事情。只是，她覺得噁心，因為躍躍欲試要得到她的，偏偏是這滿身酒氣與銅臭的張魏民。這個世界最糟糕的諷刺，便是無可奈何的造化弄人，陰錯陽差。

「妳怎麼不說話呢？今天婚禮上妳一直沒怎麼說話。我就知道妳不開心，妳是不是後悔了？」

「我沒有後悔！」玉鳳冷冷地回了句！是的，她是沒後悔，她只是死心了！

「我就知道，妳還在想著那個小白臉，他有什麼好，要錢沒錢，要權沒權，就一個窮書生。」

張魏民扒開玉鳳的婚紗，在她的身上胡亂倒騰一番，似乎只有這樣才算解氣。男人總是這樣，動輒惱羞成怒，在事業上他都沒遇到過那麼難啃的骨頭，自認為女人也不會例外，他只是不知道，玉鳳妥協的只是現實，而不是他。「我叫妳想，我叫妳想……」

玉鳳沒有反抗，也沒有迎合，就這樣面無表情地躺在床上，活像一個僵硬了的死屍。張魏民那副皮囊趴在她上面的每一次深入，都可以讓她痛到心尖裡，痛到骨髓裡。漸漸地，這痛也感覺不到了……

事情只做了一半，張魏民便覺得沒多大意思，他要的是一個活生生有血有肉的人，而不是一塊乾巴巴的鹹魚片。他坐起來，點了根煙，獨自抽了起來。

煙霧嗆得玉鳳淚珠直打轉，她轉過頭，帶著疲憊的身軀從床上爬起來，看了看窗外。

窗外橫貫著一條街道，兩排路燈孤零零地立在那裡，街道被燈光染成了橘黃色。也許是太晚了，街上顯得異常冷清，只有幾個失了魂的人，因為找不到回家的路，在街上遊蕩。

她抬頭，看看天空。星星已經很少了，月亮還在，只是被林立的大廈擋住了。她突然發現，這裡的月色其實和家裡的一樣冷……

第九章　歲月如歌

不知道過了多少年，再沒人叫她何玉鳳了，大家都叫她四姐。歲月能把所有的情感都熬成一杯杯濃烈甘醇的酒，而她，終於也把自己熬成了四姐。

我在小縣城裡認識四姐的時候，並不知道她原來還有另外一個名字——何玉鳳。關於她的那些往事，有一些是從張子墨那裡聽來的，而有一些是在我認識她之後，和她交流日久，根據她的敘述拼湊出來的。

其實張子墨很少向別人提起他的家事——就連對夢琪也不例外，卻不知道為什麼樂意跟我說這麼多。也許，他只是需要一個朋友。他把所有不願提及的往事託付在我這裡，希望有一天，我能把它們都帶走，然後找一個合適的地方安放好，永遠不再被人觸碰。

而四姐呢？她換了一個名字，好讓歲月把她的歷史都沖洗乾淨。可是，真就能洗乾淨嗎？你的名字變了，「何玉鳳」的稱謂消失了，可是你作為有思想有靈魂的「人」的意念就不存在了嗎？佛家講「一入佛門，四大皆空」，說的是要剪斷那三千煩惱絲，與過往的自己劃清界限。可是，「空」的只是我們眼中的世界，卻未必是我們自己。所謂的「無我」，只是將自我消融於浩瀚的天地和歷史長河中罷了，而並不是消滅了「我」……

你且看，她端坐在水果店門前的姿態，歲月刻在她臉上的皺紋，她那被煙熏黃的手指，門前來回閃動的過客，飄蕩在空中的浮雲……都在洩露她過往的秘密。有什麼辦法呢？人本來就是從漫長的時間荒涯中走過來的，本來就是一部流動著的凝結的歷史。（流動，是因為她的生命尚存，必將會把這些歷史傳承給新的人；凝結，是因為她還承載者無數先人的歷史）可見，一個人就是一座城，只要是有心人，隨時都能在城內找到歷史遺留下的痕跡。

我以前說自己無意於打探四姐的隱私，並不是我對她的往事全無興趣，而是因為我最初遇見她時，過於關注她「當下」的狀態，而忘了探尋她流淌著的歷史。當靜下來從各個角度久久地觀察過這層浮動的狀態之後，我也就難免會有「追根溯源」的衝動。

在四姐的故事中，我扮演著一個怎樣的角色？我其實從來就沒有角色，我只是一個孩子，一個天真的記錄者。但這個孩子式的記錄者有著他自己的偏愛和取向，有著對四姐這段經歷的想像與思考，僅此而已！端詳著四姐的容貌和神情，反覆咀嚼著她的話語時，我忽然覺得自己是「徐霞客」。我像他那樣，一路走南闖北，跋山涉水，探尋著四姐留在塵世的痕跡。她的容貌，她的神情，她每一個隱晦的動作，便組合成了這一方山水。而在電腦螢幕面前記錄下四姐的故事的時候，我恍惚又覺得自己是「司馬遷」。我像他那樣，在一大堆「竹簡」和「筆墨」面前，奮筆疾書，藏大義於微言，隱晦地傾吐著自己的幽怨！只是，司馬遷記錄的是王侯將相們的興衰榮辱，而我則傾向於被王侯將相們遺忘了的「平凡的」四姐。

把自己定義為一個作家的我，總是偏執地認為，從一個平民的經歷更能看清歷史前進的普遍規律，更能呈現人性的本來面目，也更能詮釋「存在」這個詞的真實含義。於是我總是親平民而輕王侯。

作家有作家的天真，史學家有史學家的務實，這本就是無可厚非的兩種態度。

法國存在主義哲學家薩特說：「他人即地獄。」

根據這句話，我們確實可以解釋為什麼世界上會存在這麼多的掠奪、廝殺、戰爭、陰謀、冷漠、殘酷……我們習慣於談及愛，談及友誼，談及所有美好的事物，卻忘了我們談及這些美好的同時，還需要忍受那些伴隨著的傷痛。

他人即地獄，人和人之間總是有那麼多的差異，有那麼多的相互約束，有那麼多的糾纏，使得愛也成了一件罪惡的事情。有愛就會有期待，有期待就難免失望，累積的失望便誕生無止盡的煎熬，而如果沒有愛呢？

四姐和張魏民結婚後，便不再回廠裡上班了，她搬進了別墅，一住就是好幾年……

這一切似乎都順理成章，她開始變得深入簡出，躲進牢籠裡，不再過問窗外事。她把李大媽接過來當傭人，在屋裡悶了，偶爾也好陪著說說話。其實也沒什麼話好說，自從婚禮之後，她性情大變，變得不愛與人交談了，也很少看到她笑。

再沒有比這更平淡的生活了，再沒有比這更蒼白的一張臉了，她對未來早已沒了任何期待。她只是看著兒子張子墨一天天長大，從只會在襁褓裡哭，到開始蹣跚學步，再到開始學說話……第一次聽到他叫自己「媽媽」時，她竟恍惚有點錯覺。偶爾，四姐也會想，如果沒有這個孩子，她這一生的軌跡是不是就會有所不同！

而張魏民呢？這幾年，他在深圳的生意越做越大，早已不侷限在紡織業了，還做起了進出口貿易，還有一個化工廠……他的觸角，伸向了更遠的無人敢觸及的領域。

人是會變的，能力越大，他的欲望就越容易膨脹，想要佔有的東西也就越多。男人大部分的榮耀，其實都來源於身邊的女人對自己的認可，而恰恰最讓張魏民耿耿於懷的是，他白手起家，有能力建立起屬於自己的事業帝國，卻征服不了四姐這樣一個女人。

是的，她嫁給了他。可這些年過去了，那一紙文書又能說明什麼呢？他只是把四姐的軀殼鎖在了

這棟別墅裡，可她的心依然飄蕩在外，居無定所！

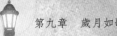

「這幾年來，我有哪裡對不住妳？妳非得要對我一副蠻不在乎的樣子。妳不出去看看，在外面，有哪個人敢對我甩臉色，就連市長、市委書記還不是一樣見了我都要給我陪笑臉。憑什麼我一回家就要受妳的白臉！」

「我不是你在夜總會碰面的那些小姐，見了誰都笑得出來！你跟我結婚是為了跟我過日子的，至於其他的，我們都無能為力。」

「什麼叫過日子，這日子過得還他媽的像日子嗎？」

「那你想怎樣？你想過什麼樣的日子？」

「我想妳愛我！我想妳依賴我，我想妳離不開我！我想成為妳世界的一部分！這不算過分吧？」

「對不起，你找別的女人吧。」

四姐為什麼就不能愛上眼前的這個男人？這還得從張子墨三歲那年的事情說起……

那年的端午節，剛好是張魏民母親的八十大壽。張魏民和四姐帶著三歲的張子墨回山西老家給老人家祝壽。火車一路北上，沿途經過大片的森林，大片的山區，大片的平原，可四姐看到的全是貧窮落後的農村。那一片片綠油油的水稻、小麥、玉米、高粱，欣欣向榮，可那些農家的房屋是如此破敗不堪，雜亂無章，搖搖欲墜……大江南北，漫山遍野的希望和豐收，卻沒辦法改變這些村落的容貌！

終於到山西了，四姐牽著孩子，跟著張魏民坐上回鄉的班車。坐在顛簸的車上，滿路揚起的全是灰色的塵土，把整個天空都染成了灰色。沿途望去，全是一些露天小煤礦。洞口，一群群礦工團坐在一起抽煙，他們個個都帶著黑色的頭盔，鞋、衣服和臉都被煤染黑了，完全辨不清相貌，只有一雙雙眼睛還泛著少許光芒。車從他們身邊經過，那一雙雙眼睛的光都朝向車這邊……

看到這場景，四姐突然想起多年前她南下深圳的情景，也是一群不辨身份的人，也是一雙雙茫然的眼睛，也是那一片如地獄般的深淵……原來這麼多年過去了，那些苦難還沒停止！

終於到了，一切看起來都好像順理成章，張魏民的大哥張魏泉出來接他們，然後是殺豬，請客，拜壽，爆竹聲震耳欲聾，一片熱鬧的場景，大家忙得不亦樂乎！

四姐不太喜歡這種熱鬧，人多的時候，為了躲避那個陌生的歡騰，便帶著張子墨去山上玩了。

令四姐想不到的是，灰濛濛的天空下，光禿禿的山上，一大片全是簡陋的土墳，連墓碑都沒有。問了當地人才知道，這塊山頭埋著的全是在那些煤礦中遇難的人。

「白天還好，晚上這裡基本沒什麼人來。一到晚上，就有很多孤魂跑出來哭，死得不甘心吶！好多才十六七歲就埋在這裡了。」

四姐望著這片山，想起張魏民年輕時也是靠開煤礦發家的。以前，她一直百思不得其解，為什麼張魏民會有那麼多錢在深圳開創那麼大一片事業，原來全是這一座座土墳換來的。可四姐並沒有意識到，在每一段資本原始積累的過程中，主導者都必定要雙手沾滿鮮血，必定要以一大片一大片不知名的土墳為代價，只有先建築地獄，才可通向天堂。死了那麼多人，她只是感到這片土墳很恐怖，不願再看到這淒涼悲催的場景，便匆匆趕緊牽著孩子回家了……

連續好幾天的熱鬧過後，整個家裡又歸於平靜。一天晚飯後，閒聊的時候，張魏泉說：「這幾天，我們家礦上又出了點小事。瓦斯爆炸，裡面壓死了十幾個人！」

「不嚴重吧？上面有沒有派人過來查？那些礦工都處理好了吧？」

「上面都打點好了，無非是花幾萬塊的事。就是……就是那些礦工的家屬比較難對付，嫌賠償金太低，死活要打官司，現在擱那兒跟我鬧罷工呢。現在這事兒，弄得我頭都大了。」

「他們嫌少，每個人多給他們幾千塊不就得了？礦廠一天不開工，我們的損失就更大！」

「我倒不是捨不得那幾個錢，只是，開了這個頭，知道我們好說話，以後再出了這樣的事，他們就會變本加厲，獅子大開口！你說，挖煤哪能不死一兩個人啊？要個個都像他們那樣，我這生意還怎麼做啊？」

「你不走出去看看，這一片有多少煤窯，天天都有多少煤一火車一火車地往外運？難道那些客戶非我們的貨不可嗎？如果我們再不開工，我們失掉的可是一大片的客戶，一大片跪著給我們送錢的人！這些人走了，可就不再回來了。你眼光要放長遠點，看看南方，看看東部沿海的地方，所有的城市都在發展，都需要大量的電，都需要成千上萬的鋼鐵。要發電，要煉鋼，靠什麼？還不是要靠燒煤啊？我們現在不趕緊挖，等他們都把這片山挖完了，我們就喝西北風去吧。」

「你放心，深圳那邊的煤，我短不了你的。」

「哥，要不這樣吧，那幫人要多少錢，都給他們，堵住他們那些人的嘴。把那筆錢算在我賬上就行了。這些年我也很少在家，母親多虧了你照顧，全當我為家裡盡些孝心吧。」

睡前，四姐跟張魏民說：「前幾天在山上，我看到一大片的墳墓，聽說全是礦難上死掉的人。」

「這有什麼？那片墳在我去深圳之前就有了，只是規模沒有現在那麼大罷了。」

「那大哥今晚說的這事嚴重嗎？到底死了多少人？」

「妳一個婦道人家，管那些事情做什麼？中國有那麼多人，天天都有人死，哪管得了那麼多？一條人命值幾個錢啊？只要煤礦能順利營業，能供應我們那邊的需求就行！」

「一條人命值幾個錢？我在你眼裡是不是也不值幾個錢啊？」

「妳不一樣，妳是要給我們張家傳宗接代的。妳不知道，這次我們帶子墨回來，我媽見了不知道有多喜歡！可我心裡總過意不去，她一直以為那是她親孫子。我們都騙了她，子墨再怎麼好，畢竟不是我們親生的，跟我們倆都沒一點血緣關係。玉鳳……妳給我生個兒子吧，只要妳給我生個兒子，讓我媽開心了，妳要什麼我都答應你！」說完，他便摟住四姐，想要親熱一番。

看過那些野墳，再想起他和大哥的談話，四姐突然感到眼前的這個男人比以前更噁心了，於是她一把推開張魏民，不讓他有機會靠近自己……

從山西回來後，四姐便患上了失眠症，經常會夢到那片野墳，夢到那一雙雙茫然的眼睛，夢到很多年前帳篷下的那些面孔……夢裡，那些烏黑的辨不清身份的人群，堆成了一座座巍峨的山，血肉模糊地在地獄的底層吶喊、哀號，讓她膽戰心驚……每次醒來，她都感覺像是從地獄中走過一回一樣，寒熱交加。

醒來後，她經常獨坐在床頭，看著躺在身邊的這個熟睡了的男人，始終想不明白，那一副皮囊下裹著的到底是一顆怎樣的心，非要把一群活生生的人都往地獄裡趕？

其實，四姐的看法是有侷限的，或者說，她的目光太過於狹隘，她只看到了張魏民和他兄弟家族的罪惡，而更深刻更殘忍的罪惡，卻遍佈在這片廣袤的大地上，植根於這個尷尬的時代中！

這是一片肥沃卻兇險的土地。在這片土地上，還有無數的張魏民和張魏泉，還有無數視人命如草芥的一夜暴富者。他們西裝革履、珠光寶氣、肥肉橫生，把自己打扮得儼然像一個悲天憫人的救世主，趾高氣揚地橫行於貧苦柔弱的勞動者之間，卻死皮賴臉地匍匐在朱門肉臭、聲色犬馬的名利場中！是什麼力量造成了這樣一個人間地獄？是人性的虛偽與冷漠！

這是一個動盪的、變革的、急速上升的時代。這個時代的來臨，就像角馬的遷徙一樣，總會有許多相互踐踏的慘劇發生，總會有很多無辜的生命跌落在渾濁的河裡，被殘酷的歷史給清洗掉。角馬的遷徙終究是短暫的，於是要承擔的代價也相對較小，而時代的變革與上升卻不同，它是漫長的、廣泛的、無情的，於是就註定了有些人要在這股滾燙的洪流中犧牲。於是，那些勢單力薄的脆弱者，就順理成章地被道貌岸然者抬上了祭台！是什麼力量造成了這樣一個人間地獄？是時代的車輪的擠壓！

或許每一個覺醒了的人，都應該在黑暗中睜開自己的眼睛，好好地看看埋在煤窯裡的那些無辜的眼睛，看看深夜還在工廠加班的農民工，看看躺在貧民窟病床上的老人，看看藏在地下室裡那些年輕的追夢者，看看那一片廣袤的農村，看看路邊的乞討者和拾荒者，看看新聞上不斷報導的一件件因生存之難而爆發的慘案……然後再好好地看一看自己，看看自己在這條食物鏈中到底處於哪一環！

可惜久居深宮大院的四姐看不到這麼多，她只看到張魏民的雙手上沾滿的鮮血，並為此深惡痛絕！於是，隨著歲月的變遷，她與張魏民的裂痕越來越深，距離也越來越遠；而張魏民也變得越來越肆無忌憚。久而久之，在他們各自眼中，對方儼然成了一座活生生的地獄！

在張子墨八歲那年，曾有一個下午，四姐去學校把孩子接回家，推開客廳的門，卻看見客廳凌亂地扔滿了女人的衣服。地上有某個女人的藍色外套，茶几上有肉色的蕾絲內褲，通往臥室的樓梯有黑色的絲襪，臥室的門上掛著奶白色的胸罩，高跟鞋一隻在樓梯口，一隻在客廳門口；高腳杯被摔得粉碎，灑落在地板上的葡萄酒像女人的經血一樣紅……從臥室裡傳來一浪蓋過一浪的女人的笑聲，以及張魏民的喘氣聲……

四姐聽到那個聲音，趕緊把客廳的門關上，本能地遮住子墨的眼睛：「別看！」

「是不是爸爸回來了啊？我好久沒看到他了。」

她轉過身，笑著對張子墨說：「不是！」

「那是什麼啊？媽媽，妳讓我看看嘛！求求妳，讓我看看嘛。」

她的語氣突然變得很嚴厲：「都說了不是，有什麼好看的！你爸還沒回來呢。玩去吧，客廳比較亂，你別進去了。李媽，妳帶子墨去外面給我買包煙吧，我想抽煙。」

張子墨被媽媽突然轉變的態度嚇得愣在那裡。李大媽聽見吩咐，走過來，想要把張子墨領出去。張子墨疑惑地問：「媽媽，妳不是從不抽煙的嗎？」

「沒什麼，你跟李媽出去吧，叫她給你買根雪糕，跟外面的小朋友玩去吧。」

院子裡就剩下四姐一個人了，她靠著牆，蹲坐在客廳門口，看著院子外的夕陽：一大團燃燒著的火紅的雲，翻滾著、蒸騰著，在夕陽的餘暉面前搔首弄姿！

幾分鐘之後，李大媽一個人拿著一包香煙回來了。「少爺去外面玩去了，一時半會兒回不來。」

四姐拆開包裝，顫抖著給自己點了一根，很平靜地跟李大媽說：「那就好，以後他帶別的女人回來，妳提前跟我說一下，我好帶孩子去別的地方打發時間……這次就算了。」

李大媽愣在那裡，不知道該說什麼。

「客廳很亂，等客人走了之後妳去收拾一下吧，今天辛苦妳了。」

過了很久，四姐才看到一個頭髮凌亂、衣衫不整的女人匆匆忙忙地從臥室跑出來。大概是出於女主人的待客之道，四姐衝那個驚慌失措的女人笑了笑。

臥室裡，張魏民正在鏡子面前打領帶，他頭也不回地跟四姐說：「我晚上要去富國大酒店，張市長的兒子生日，晚上就不回來吃飯了。」

「可是過幾天子墨的生日也快到了……」

「不是有妳在家嗎？」

「可你是他爸爸！」

「是嗎？」

四姐一時無言以對，見他正要動身出門。「你以後能不能不要帶女人回家？」

張魏民回過頭，得意地笑了笑：「為什麼？」

「這樣對子墨不好，他還只是個孩子。」

「可是我喜歡在自己的臥室裡做愛，在外面做很不舒服，什麼東西都不乾不淨的。」

「在家裡就乾淨了嗎？為什麼你總是喜歡這樣逼我？」

「妳要弄清楚，是妳一直在逼我……我再重申一遍，是妳一直在逼我。」

「既然這樣，那離婚吧！」四姐想，這樣好歹可以逃出各自的地獄。

「離婚？哪有那麼容易？時間還早著呢！我還沒玩夠呢，妳這麼快就認輸啦？我倒要看看，最後到底誰能把誰折磨死！」

如果婚姻註定了是男女雙方漫長的角力，那最終誰贏了才算是一個圓滿的結局呢？這原本不該有的契約，何時才能終結？

很多年後，在學校旁的那個水果店裡，四姐跟我講起這些陳年舊事，我記得那時她的表情很平靜，就像在講一個和自己毫無相關的故事一樣。唯一能從她身上看到的隱約的聯繫是，她點了一根又一根的煙。從口中吐出的煙霧或許真的能掩蓋那些真實的不自然的表情，掩蓋苦難烙在如歌歲月中的痕跡吧。

四姐把熄滅的煙頭扔進煙灰缸裡，看著擺在門口的水果：「我還記得以前你說過，你想寫一部跟我有關的小說……其實，我不算是一個高貴的女人，我只是不輕易屈從罷了。」

我說：「如果從一開始就沒有肖凱軍這個人，可能會好一點。」

「算了，不提他吧，這種事情沒得假設的……我一直想問你一個問題，你說，一個人的不幸算不算是苦難啊？」

我想了很久，才回答她：「我比妳年輕很多，也比張子墨年輕幾歲，雖然也出來走了幾年，可經歷的事情還是沒有你們多。我只是習慣了隨處走走、看看、想想。我看到身邊很多年長的人，他們的表情似乎都在告訴我，這幾十年來，他們過得並不幸福。我一直想不明白，為什麼這些年我們富裕了，我是說我們都能吃飽了，有衣服穿了，住進了洋房……可彼此間的矛盾卻越來越多了？看看這幾年，離婚率節節攀升，每年都有成千上萬的家庭在破碎！」

「你說是什麼原因？」

「我不知道。看看街上的那些戀人，穿著情侶裝手牽手在大街上肆無忌憚地來回晃蕩，擁抱著在公共場合接吻，在餐廳相互餵飲料餵飯……多甜蜜的樣子，生怕別人不知道他們在交往。可是……結果又怎樣呢？單就家庭而言，我總是看到身邊的很多夫妻在罵、在打、在鬧、在恨，甚至於要置對方於死地……我甚至都不知道為什麼，為什麼他們的父母，他們父母的父母都能白頭偕老，而他們這一代卻最終勞燕分飛了！早知今日，何必當初啊！」

四姐突然饒有興趣地問我：「你談過戀愛嗎？」

「幾年前有過一段，不過這些年都沒再談了。」

「沒談過戀愛你怎麼寫小說啊？有些事你得經歷了才知道。」

「從別人的經歷中領悟一些真諦，未必就不是經歷啊！」

「我記得有一次子墨失戀後哭著跟我說『我以前一直以為她是整個世界，到最後才發現，原來她也只是這個世界的一部分』。這個時代，我們一輩子那麼長，那麼難熬，會遇到那麼多的人，誰還敢輕易談天長地久啊？」

「與我們的父母輩相比，這個時代變化的速度實在是太快了，使我們感覺一輩子好像越來越長了。我們的世界越來越大，面對的誘惑越來越多，我們想要擁有的東西也就越來越多……於是，我們越來越不滿足於身邊的人。」

「是啊！外面嬌嫩的美人一天比一天多，有哪個男人願意對著床頭的黃臉婆啊？」

「新的《婚姻法》出來了，裡面對婚後財產歸屬權的問題做了很多新的解釋。有些評論家說，它使婚姻看起來更像是一種臨時的契約。」

「像契約並不要緊，我倒是希望所有的事情都能納入某個契約裡面，關鍵是我們缺乏有契約精神的人。」

「是啊，其實，無論是我們的父母，還是我們這一代，都還沒有準備好面對這種物質空前膨脹的生活，我們都需要時間去充實我們的大腦，建立一種新的信仰，或者是尋找一個新的時代方向。」

四姐看著我，笑了笑。我不知道她這笑容裡有什麼內涵，但我感覺到善意的嘲弄。她說：「這是一場革命，需要很長的時間，不是一兩年或者是十幾年、幾十年就能看到的，誰知道以後這個世界會變成什麼樣？這麼長的時間裡，需要做很多的事，也不是我們一兩個人在這水果店裡空談就能實現的。你還太年輕，當下的事情都管不過來！」

我明白四姐的意思是叫我不要替後人擔憂，可我天生就有這毛病——愛琢磨一些不著邊際的事。我問她：「妳經歷了那麼多的事情，現在還相信愛情嗎？」

「為什麼不信啊？其實，無論我們處在什麼時代，經歷過怎樣的苦難，那些最基本的信念一直都在的，諸如愛情、親情、友情、同情、悲憫、奉獻、榮譽、懺悔、理想……只是因為時代的不同，它們變換了不同的形式罷了。」

我說：「沒想到妳這麼豁達！」

學校放學了，一群學生從店門口走過。她又點了一根煙，跟我說：「我幾乎天天都坐在這個水果店門口，看著這群學生從街上經過，只有少數幾個學生的模樣我記得。很多年前，子墨也跟他們一樣大，可轉眼間，他就快三十了。以後，這群學生也會慢慢長大，然後跟你現在這樣大，然後跟我兒子子墨一樣大，而到那時候，我已經老得不能動了，就跟我父親當年一樣……」

「總有一天，我們都會成為歷史，我們承受的那些苦難也會成為歷史！」

「可是……真正寫進歷史的，只是那些空洞的符號。」

我們都陷入了漫長的沉默，只是看著街上紛紛經過的學生……

害怕被遺忘，是源於虛榮，還是自我存在的需要？

第十章　何必有我

年少時，懷著對世界的敬畏之情，作為孩子的我們總是會不自覺地發出這樣的疑問：「我們來自哪裡？」帶著這個疑惑去問父母的時候，不知道是因為涉及到性的話題，還是因為它解釋起來太過複雜，又或者作為父母的他們也存在著同樣的疑惑，總之，他們大多時候也是含糊其詞，漫不經心的幾句話就把我們打發了，全然不顧我們強烈的好奇心。因為萬一他們回答說：「你是我們生下來的啊？」我們又會拋出另一個問題：「那你們是從哪裡來的啊？」

這樣窮溯其源，必然會延伸到人類的起源問題，生命的起源問題，物質的起源問題，宇宙的起源問題……於是就陷入形而上學的困惑中。

深諳宇宙之道的智者們說：「道可道，非常道」「形而上者謂之道，形而下者謂之器」「天道遠，人道邇」，年少的我們，連「人道」尚且還學不夠，又如何去窺測「天道」呢！於是，那個最初的疑惑，便從有意識起，就一直伴隨著我們走完這一生。於是，人類前仆後繼，探索著這個存在的根本問題……

對自我起源的不可知，和對死亡的不可知一樣，容易讓人產生恐懼。追溯不了自我的起源，便無法把握當下的存在（「我們為什麼會生活在這個世界？」「這個世界是虛幻的還是真實的？」）；預見不到死後的世界，便無法參透生命的歸宿（「何謂靈魂？我們的生命將會走向哪裡？」）。信仰的空洞，最終的結果是使人們惶惶不可終日，陷入內心的慌亂……

哈姆雷特說：「人類是一件多麼了不得的傑作！多麼高貴的理性！多麼廣大的能力！多麼優美的儀表！多麼文雅的舉動！在行為上多麼像一個天使！在智慧上多麼像一個天神！宇宙的精華！萬物的

靈長！」莎士比亞如此吹捧人性的價值和意義，可是這萬物的靈長卻連自身的來源和存在的狀態都尚不知曉，這樣渾渾噩噩，又談何高貴，談何廣大，談何優美？

好在這漫長的歷史中，人類的躁動和自卑使得我們不再安守於這些恐慌中。最初為這些疑惑做出解答的便是宗教（又或者說因為它試圖解答這些最根本的困惑而漸漸形成了宗教），然後便是哲學（又或者說，因為它試圖參透這些問題而形成了不同的哲學流派），漸漸地流向科學。科學很大程度上其實是驗證哲學的一種手段，可惜的是，因為科學的侷限，似乎又更使我們感受到自己的渺小。

宗教的本質其實是建立在信仰基礎上的約束。這種約束不僅僅是那些嚴苛的教條對外在行為的管束，它更本質地體現在對精神和靈魂（即世界觀、價值觀）的禁錮上——這是內化作用的結果。宗教能形成這種一致的約束，在於它編造了一個個故事，讓蒙昧的人們在這些故事中揣測自我的存在和起源，使我們暫時拋下那些疑惑，而沉溺在幻想中——似乎這些幻想已經解釋了那些「起源問題」。而恰恰是這種欺騙性，使它產生了另一個作用：它虛構了我們死後的世界，無論是上天堂還是入地獄，都使我們內心的恐慌有了一個歸宿和出口。

這便是對人類的終極關懷，它以超脫的智慧關注人類的去留問題，它像一道光，使人們在惶惶不可終日中望見了方向。於是，在漫長的歷史長廊中，人群匯成江河，朝著光源湧去……從這層意義上看，人類漫長的思考和實踐的過程，其實就是一個探尋的過程——探尋著自我與存在的關係。

當然，也有質疑者。有些不太聽話的孩子，似乎不太願意跟隨大眾的腳步走向那個虛構的光源（也有可能他們根本就沒看到光），而是站在人群之外，安靜地、置身事外地看著人群朝那個方向湧去。他們在懷疑光，懷疑那個方向是否正確，懷疑這樣的長途跋涉意義何在……

這樣一來，這些質疑者似乎又回到了原點，重新思考著光源出現以前的那些困惑：「這些人群來自哪裡，他們為何會存在於這個世界，我是存在於夢中還是現實中，我們感知著的這個世界是否真實。有沒有靈魂？何謂靈魂？這些人群將會走向哪裡？他們會和自己一樣走向同一個歸宿嗎？」

孔子說：「未知生，焉知死？」這是大多數務實者的態度：不問生命的意義，而是用實踐去賦予生命以意義。而這些滿懷質疑的孩子卻在問：「未知死，焉知生？」他們執著地以為只有先參透了生命的本質與意義，才能行之有效地為之流血奮鬥。只是這一次，信仰的再度缺失，使得這些質疑者們陷入了更大的恐慌！因為這些揮之不去的質疑，讓他們無法融入那龐大的人群，無法消融自我的意識，他們似乎獨立於歷史長河之外。而這些人群的存在——他們邁著步伐浩浩蕩蕩前行的姿態和聲響，又無時無刻不在干擾著這些質疑者，使得這些寧靜的思考者不再「心如止水」。就這樣，因為質疑者們的「獨善其身」，使他們被迫從芸芸眾生中區別開來，從而發出更絕望的感慨：「留下來的只有我！」

繼續質疑還是消融自我？生存還是死亡？這裡折射出來的既有內心焦躁的掙扎，更有漫長的孤獨。這是獨屬於質疑者的孤獨：他們發出的「天問」得不到任何回音，而且再也不會有人和他一起發出這樣的「天問」了。這便是孤獨的思想者的痛苦，問而不答，最是尷尬！

但是，如果覺得痛苦是必然的，那我們便能心甘情願地忍受苦難；同樣地，如果覺得快樂是必然的，那我們也能心安理得地享受幸福。這便是一個執著的質疑者和孤獨的思想者本該有的姿態——一個質疑者也需要內向的信仰。他最本質的信仰，便是無處不在的懷疑！

張子墨便是這樣一個質疑者，可惜的是，他雖然忍受了苦難，卻最終沒有成為一個思想者。可能是因為他還太年輕吧——無論是從看似漫長的人類歷史還是個人經歷的角度看，他都還太年輕！

張子墨很小的時候，他的家是深圳某個半山腰上的一棟別墅。經常放學回到家，李大媽都會依著四姐的吩咐，帶著他到山下的商店去買煙。那時候的他總是想不明白，煙是買給他母親抽的，為什麼還要他跟著李大媽一起出去。久而久之，他也就不去想這些問題，每次和李大媽下山，就會買一些零食或玩具，和山下的夥伴們一起玩。

在和子墨玩的那些夥伴中，有一個很特別，他叫小翼，和子墨在同一個學校讀書。

小翼天生就比別人笨，子墨上一年級時，他也上一年級；子墨上三年級時，他還在上一年級。有人欺負他，他也只知道哭，從來不知道還手。經常放學回家時，他都是滿身的泥巴和傷。母親看到他那樣，總會哭著罵他：「你怎麼就那麼笨啊？你不會還手啊？我造了什麼孽，非得生了你這麼個不死不活的到這世上！」

看到抱著自己的母親哭，小翼只會給她擦眼淚。

張子墨開始注意到小翼，是有一次他在小賣部買雪糕時，看到小翼在店門口一直看著他——那一雙渴望的眼睛！張子墨就順便也給他買了一根。

從那以後，張子墨每次跟李大媽下山來，都會給小翼買點東西。有時候，他也會把小翼領上山到家裡去玩。可小翼只是學會了跟著而已，很多子墨玩的東西他都不懂。子墨說什麼，他也只是憨憨地笑笑。

其實，每次放學後，張子墨都不想回家，可是四姐或是李大媽都會定時到學校門口接他，這讓他很煩。於是，只要一有機會下山，他便會在山下玩到很晚。

張子墨不想回家的原因很簡單，他只是不想看到母親受傷或哭泣的臉。經常回到家時，張子墨都會看到母親躲避似地擦眼淚，還有她臉上若隱若現的手掌印。他知道，那是父親打的。

可是，張子墨卻很少有機會接近父親……

張子墨經常看到別的孩子的父親會站在學校門口，而他的父親從沒出現過。他經常會看到別的孩子的父親來學校開家長會，可他的父親從沒來過。他經常看到別的孩子的父親會牽著孩子去逛公園、逛遊樂場，而他從沒有這種經歷。很多夥伴都羨慕張子墨家裡有很多錢，住那麼大的別墅，來回都有車接送，可以隨心所欲地買玩具，可是作為孩子，很多能從父親那裡得到的待遇，他卻沒有。他成長中缺失的，是那些別墅、車、玩具所填補不了的。

有時候回到家，他看到父親蹺著二郎腿坐在院子裡抽煙，便會習慣性地叫一句「爸爸！」可是，張魏民從不回應半句。在張魏民的意識裡，這個稱呼好像從來都不屬於他。

有時候，他會大著膽子跟父親說：「爸爸，明天是星期天，你和媽媽陪我去遊樂場吧。」而換來的卻是張魏民的一句：「滾開，你這狗雜種！吃我的，住我的，用我的，還要跑來煩我！」

後來，子墨花了很多時間才知道父親口中的「狗雜種」到底是什麼意思！

子墨家裡有一個很大的魚缸，裡面養了好多羅漢魚。父親每次回來都會餵養它們，有時候在魚缸前一站就是好幾個小時。

在日後很多的回憶中，子墨印象最深刻的畫面，便是父親端著一盤魚食站在魚缸前的情景：父親是那麼專注地餵魚，卻連看都懶得看他一眼。

年少的張子墨很努力地想要讓父親多看自己一眼，可惜的是，那一眼往往只停留在那些又笨又呆的只會吃食的羅漢魚身上。在這個世界上，他就像個隱形人，他所有的需求，所有的喜怒哀樂，都不會引起父親的重視。他從來沒有從父親的視線裡感覺到一絲絲的存在，他開始覺得自己在這個世界上可有可無、甚至是多餘的。空氣尚有浮力，而他，竟漸漸遁入虛無！

有時候，坐在魚缸前，看著水裡的魚自由自在的樣子，張子墨會想：父親那麼喜歡那些羅漢魚，如果我能把那些羅漢魚餵得飽飽的，那父親會不會開始喜歡我呢？

可惜的是，那些魚食放得太高，他始終沒能夠得著……

他以為在學校裡搗蛋，班主任就會讓父親來把自己接回去，這樣父親就會心平氣和地教育他一頓，可沒想到來學校的是母親。於是，他開始有點討厭這位臉上常含著眼淚和留著手掌印的母親。

或許沒有真正當過父母的人，從來不知道一個人的成長有多麼艱難、漫長，因為關於他們自己成長的記憶，能保存下來的並不多。試問，在不經旁人指點的情況下，有多少人能認得自己幼年時的相片呢？

所以，唯有從那些充滿未來氣息的孩子身上，我們才能更好地探索我們的過去。

在物質並不匱乏的年代或區域，在形體意義上把一個孩子養大並不是一件難事，在那數十年中，張子墨身邊有很多食物，他能很輕易地成為一個體格健全的人。但這遠遠不夠，因為更關鍵的是心智的成長。而「心智的成長」的培養，很大一部分便是存在感、認同感的培養！而這種存在感、認同感，往往是建立在自信的基礎上。而擁有一個健全的、和睦的家庭，正是年少時培育這種存在感、認同感的必備條件。不幸的是，子墨的成長過程中，恰恰缺乏這個必備條件。

他正是在這種環境下和小翼成為朋友的。小翼有了子墨買給他的雪糕或玩具之後，總是會跟著子墨。這讓子墨很滿足，因為他終於感覺到自己被需要，感覺到在這個世界上還有個人能看得見自己，無論這個人有多笨或是多聰明，無論這個人出於什麼原因……父親慷慨地賜予子墨以物質，卻沒有賦予他情感，而聰明的子墨，卻用這些物質從小翼的身上換取情感。

和小翼的關係漸漸好起來之後，他們經常會爬到山頂，借著夕陽，遠眺山下一條渾濁的江。那時的子墨，經常都會問小翼一些很古怪的問題。他並不是真的要從小翼那裡得到什麼答案，很多時候，他只是想知道自己和別人到底有什麼不同。

「你老是被人欺負，有沒有想過為什麼啊？」

「因為……因為我天生就比他們笨……」

「胡說八道，沒有誰是註定了要被人欺負的。下次有人再欺負你，你就還手！」

「我不敢！」

子墨拍拍小翼的肩：「你真傻……對了，你爸爸會打你媽媽嗎？」

「不會啊……我爸爸……每天都躺在床上，媽媽還要給他餵飯換衣服呢。」小翼每次跟別人說話，總是斷斷續續。

「你媽媽會經常躲著你哭嗎？」

「會……」

「我媽媽也會……我知道那是因為我爸爸打了她，他還老是罵我狗雜種……小翼，你說，我們從哪裡來的啊？」

「呵呵……我不知道。」

「你也不知道啊？那你知道我們長大以後會去哪裡嗎？或者，我們長大以後會變成什麼樣子？反正我死也不要變成我爸那樣！」

「呵呵……」

「你怎麼只會傻笑啊？你這樣真好，沒痛沒覺的。」

可是，有一天，當子墨再次下山買完雪糕，去找小翼的時候，小翼卻不見了。他看到小翼的母親坐在門口哭泣。

「阿姨，我找小翼。都放學這麼久了，他還沒回家嗎？」

「小翼……小翼他沒了。」

「沒了？他怎麼會沒了呢？」

小翼的母親擦乾眼淚，站起來跟子墨說：「他不小心滑下江裡，被水沖走了。」

子墨一路沿著江跑，卻再也沒見到小翼。他哭著回到家裡，問他母親：「媽媽，你說小翼會被沖到哪裡去啊？」

母親摟著他說：「他被江水帶到了另一個世界。」

子墨又問：「那另一個世界是什麼樣子的啊？」

母親告訴他：「在另一個世界裡，沒有爭鬥，沒有眼淚，沒有折磨，也沒有誰會再欺負他了，他也不用再挨餓了，他也不用再看著他媽媽哭了。他會像其他小朋友一樣，每天都開開心心地成長！」

那晚，母親一直抱著哭泣的張子墨，那是他兒時記憶中印象最深刻的一次擁抱，因為那一次，母親沒有哭！

在漫長的歲月裡，張魏民似乎都沒有察覺到張子墨的存在，那他到底做什麼去了呢？

他在忙著開拓他新的事業疆域。從沒人敢否認他在這方面表現出的遠見和膽識，因為無論在任何場合下，他總是不忘給自己的下屬灌輸他的那套充滿邪性的理念。

「深圳被劃定為特區以後，你知道每年有多少打工仔從湖南、湖北、江西、廣西、四川那些窮地方往深圳這邊跑嗎？有誰知道深圳最初是什麼樣子？他媽的，就一個落魄的漁村而已，不是我說啊，比我們山西老家還窮。我剛來的那會兒，那邊根本就什麼都不是，一片沒人要的小樹林，現在你們看看，滿大街的人……機場也建起來了，海關也建起來了，高級會所也建起來了，渡假海灘也建起來了……可是你們隨便問問她們，有多少是土生土長的本地人？有多少會說粵語的？什麼么妹兒、湘妹兒、東北妞啊，全他娘的跑這海邊來了。」

「你們再看看那片海……就連著香港的那片啊！你們知道每年有多少人從這邊偷渡過去嗎？你們知道在這過程中，有多少人被海水沖走不知道去了哪裡嗎？你們知道偷渡過去的男人在那邊幹什麼嗎？做苦力啊，勞工啊！還不是跟在深圳一樣？你們知道女人過了那邊做什麼嗎？媽的，做雞唄！天天起來站在街上等著被別人搞！你們想不想自己的老婆日後被別人搞？那你們想不想搞別人老婆啊？告訴我，你們想不想？」

「我告訴你們，以後深圳的世界，一定是屬於房地產和服務業的天下。別看中國地大物博，可是最值錢的還是他媽的土地！土地！更別看中國人口占世界人口的四分之一，可要掙錢還是得靠人！」

於是，張魏民做起了另一樣別出心裁的生意：幫別人從深圳偷渡到香港。同時，他買下了沿海的一塊大地，建起大片的夜總會、賭城、妓院……

有一天，他喝得醉醺醺地回到家：「媽的，開什麼工廠啊，整天累死累活也就掙那麼點錢……現在好了，那些夜總會、賭場和妓院運作起來了，我坐著……坐著就可以收錢了。」

四姐：「你做這些事，就不怕報應？」

「什麼報應啊？她們來了深圳之後，還……還不一樣要賣？為什麼那麼多人喜歡跑來深圳，是因為他們喜歡這裡的骯髒與惡臭，喜歡這裡的擁擠與嘈雜，還是喜歡這裡潮濕悶熱的天氣？都不是，是因為生存！現在我給她們提供住的地方，給她們提供客源，替她們省了多少錢，妳……妳知道嗎？

這樣她們就可以少做幾年，早點寄點錢回鄉下給父母蓋間房子，然後找個人嫁了。一窮二白地跑出來闖，都他媽的不容易，在另一個陌生的地方，誰知道她們的過去？你說……你說我這是害她們，還是在幫她們？」

「我們離婚吧！我真的受夠了。」四姐是受夠了他那套骯髒的理論，還是受夠了現在死氣沉沉的生活？

「離就離，但我告訴妳，別想從我這裡得到一分錢！」

「你到現在還不瞭解我？我幾時是衝著你的錢來的？」

「那妳就瞭解我嗎？妳總覺得我是在做一些喪盡天良的事，妳總覺得我會有報應！以前挖煤也是，現在搞服務業也是！可妳也不看看外面這是什麼世道？是誰給他們活路？是誰給他們活得更好的可能？我不這樣做才會有報應！」

「你的事我從來不過問！以前是這樣，以後也是這樣！」

「可我恨妳不過問。我知道妳心裡厭惡我！我們在一起這麼多年，妳想什麼我會不知道？我就是不甘心，憑什麼我做什麼妳都看不順眼？我不期望妳有多愛我，我只想妳給我生個屬於我自己的孩子，等有一天我死了，到了下面也好對她有個交代，可妳……」

「很晚了，你早點回房睡吧。我先睡了！明天說不定你還要早起呢。」

四姐一個人回臥室了，扔下半醉半醒的張魏民在客廳……

而這一切，都被躲在角落的張子墨聽得清清楚楚！四姐上樓後，燈光漸暗，子墨借著月光端詳著眼前瞌睡的父親。

一直以來，他都覺得父親很高大、很威嚴，很想靠近他，卻又不知道該怎麼靠近。他總是在父親

面前顯得很懦弱，每次都要躲在大人背後才敢遠遠地很無辜地看父親一眼。

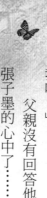

可是，這次看著父親躺在椅子上睡著的樣子，看著魚缸裡半死不活的羅漢魚，看著這個陰森昏暗的客廳，張子墨突然覺得眼前的這個人很可憐。這麼多年來，父親都是一個人，不見天日，沒有朋友也沒有親人，折磨別人也折磨自己。原來，他比母親還要慘！

他想伸手摸摸父親的臉，卻聽到父親在喊：「李媽，水……給我倒杯水。」

這時的李媽早已睡了，子墨給父親倒了杯水。父親奪過玻璃杯一飲而盡，睜開眼看到的卻是子墨。「狗雜種，你……你怎麼在這裡？」

「我……我睡不著！爸爸，你說，我是你親生的嗎？我到底是怎麼來的啊？為什麼你們都不喜歡我啊？」

父親沒有回答他，又呼呼大睡起來！漫長的夜，不知過了多久才等到天亮，可這個謎就一直埋在張子墨的心中了……

幾天以後，四姐便和張魏民辦好了離婚手續。而不幸的是，當張魏民在離婚協議上簽名後不到兩分鐘，公安局的人便找到了他，把他逮捕了。手銬戴在他手上的時候，他還不知道出了什麼事，本能地以為是四姐出賣了他。

「媽的，臭婊子，妳陰我！妳等我回來，我……」話還沒說完，他便被強行押上了警車。

張子墨就這樣躲在四姐後面，看著一臉窘相的父親被人帶走，就像那年小翼被江水沖走一樣……

後來才知道，原來有艘船在運往香港的過程中出了事故，船艙底下那些偷渡的人死了一大半，剩下的那些人都被抓了，警方順藤摸瓜，自然摸到了他這裡來。

商道向來都奉行一套自有的規律：樹倒猢猻散，牆倒眾人推，一榮俱榮，一損俱損！隨著張魏民的被捕，他的陳年舊賬也被翻了出來。短短幾天的時間，他的公司倒閉，賭場、夜總會、妓院統統都關門了，財產也被沒收。十幾年建起來的一座帝國大廈，頃刻間灰飛煙滅！

沒過幾天，報紙上就刊登了一則新聞，大意是說在市委市政府的領導下，在市公安局的大力整頓下，著名企業家張魏民因涉嫌黃賭毒、非法偷渡、偷稅漏稅、行賄等多項罪名而被捕。一個個表彰大會的掌聲，逐漸覆蓋了這個帝國大廈傾塌的聲音。可能張魏民做夢也不會想到，多年來一直習慣了把別人當棋子，這次也不可倖免地成了別人手中的棋子。

「功名富貴無憑據，費盡心情，總把流光誤。」這樣的教訓，原來不僅僅封建社會才有啊。

別墅被查封時，四姐只簡單地收拾了幾件衣服，就帶著張子墨離開了。漫長的折磨終於走到了盡頭，很久以前，她以為自己面臨這一天的時候會很開心，沒想到迎接她的卻是浸入骨髓的疲憊！

而張子墨呢，他把魚缸裡的羅漢魚全撈出來了，小心翼翼地用塑膠袋裝好。那是父親最喜歡的東西。張子墨帶著它們，總希望有一天還可以看到父親餵魚的樣子。

「你帶著這些魚做什麼啊？我告訴你，以後我們沒那麼大的房間去養這些魚。」

「為什麼啊？」

「因為我們要去另一個城市生活了。」

「我們以後就不回來了嗎？」

「還回來做什麼？」

四姐把張子墨帶到了一個賣寵物魚的商店，子墨很不情願地把那袋羅漢魚交給了商店的主人。羅漢魚重新回到魚缸之後，他盯著這些魚看了很久，遲遲不肯離去。

四姐很不耐煩：「走啦，每條魚的記憶只能維持三秒鐘，它們是不會記得你的。」也許四姐從來都不知道，在孩子眼裡，魚，有時候不僅僅是魚。

「那妳說爸爸會記得我們嗎？」

「我怎麼知道？你自己去問問他咯。」

「爸爸說我不是他親生的，是真的嗎？」

「他什麼時候跟你說的？」

「你們吵架的時候我偷聽到的。我到底是不是你們親生的啊？」

「不是！」

「那我親生父母到底是誰啊？他們現在哪兒啊？」

「我怎麼知道？你這麼想知道，去找他們好了。」

聽母親這樣說，他也不好再問什麼。其實，張子墨很想問母親為什麼他們一個個從來不問他心裡在想什麼，可他最終還是沒有問。

四姐帶著子墨上了一列火車。坐在火車上，看著擁擠的陌生的人群，張子墨在想：也許我根本就沒有父母，我就像孫悟空一樣，是從石頭裡蹦出來的；然後被一條流浪狗叼到了現在的父母的家，所以爸爸才會經常叫我狗雜種……

四姐並沒有帶著子墨去另一個城市，而是回到了她的家鄉。那麼多年沒有再回去，家鄉都變了，有了新的公路，建起了新的學校和房屋，人們穿的衣服也五花八門，很多那些曾經不被接受的東西，現在都在這村子裡「安家落戶」了。年輕時經常看到的那些長輩，頭上也多了很多白髮，而有些乾脆就見不到了。

相對於年輕時的記憶，現在這個村莊一切都是嶄新的模樣，可是當四姐回到兒時的家，她看到的卻是破敗不堪。

那棟房子應該有好些年沒人住了，院子裡長滿了雜草，漏水的屋簷也從來沒人修過，門上象徵性地掛了一把鎖。四姐推開門，廳裡的座椅擺設全還是當年的模樣，只是上面鋪了一層厚厚的灰，蜘蛛網東倒西歪地在空中閒晃……

看到這情景，四姐哭了。這麼多年來，這裡的一桌一椅在她記憶中都是那般鮮活，卻沒想到如今回來是這般模樣。父親！父親！你到底去了哪裡？

張子墨問母親：「媽媽，這是哪裡啊？妳為什麼帶我來這裡啊？」

四姐告訴他：「這是你外公家，是我長大的地方。你還很小的時候，我帶你回來過一次的。」

村裡有個稍微年長些的，認出了她是何老爹的女兒：「妳是玉鳳吧？妳回來啦！」他指了指遠處那座山，「妳爹埋在那個山頭了，妳去找找！妳繼母幾年前帶著妳弟弟不知道去了哪裡了，一直都沒回來過。難得妳還想著要回來。唉！」

四姐：「我……謝謝您！謝謝您！」

張子墨：「那……外公去了哪裡啊？」

四姐：「你外公他……他被大水沖走了。」

祭奠完何老爹，幾天後，四姐就帶著子墨離開了這座村莊，踏上了另一列火車。一切都沒有變，車廂外，依然有很多風景，依然是廣袤的田野，依然是狹長的隧道，依然是不斷退後的樹；車廂裡，依然是凌亂的行李，依然是陌生的面孔……變的只是坐在這車廂裡的人和心情。而身邊的張子墨，他也轉眼間從一個嬰兒長成了一個活蹦亂跳的孩子。看著那張稚嫩的臉，四姐突然想起來，夏嵐已經走好多年了，再也不會有個牙縫裡塞著韭菜的人走過來跟自己搭訕了……

「媽媽，我們要去哪兒啊？」

「我也不知道。」四姐自顧自地點了一根煙，完全不顧車廂裡異樣的目光。

「媽媽，我想讀書。」

「嗯，到了下一站我們就下車，給你找個學校讀書。」

就這樣，他們在一個陌生的城市下了車，找了一個陌生的學校，在一條陌生的街道上開了一間水果店。就這樣，子墨小學畢業後上了初中，初中畢業後又上高中。十八歲時，他高中畢業，面臨大學深造的問題。

填報大學志願的時候，四姐跟子墨說：「你還是選對外貿易吧！以後跟外界交流的機會也多一些，見識也會廣一些，說不定還有機會出國呢！」

可是，張子墨沒聽他母親的，他選擇了醫學專業。

「對外貿易有什麼不好？電視上說，中國不久就要加入WTO了，以後說不定你可以去美國，去歐洲，甚至去更遠的地方。」

「為什麼一定要報對外貿易？學醫就不能出國嗎？還有啊，為什麼一定要出國啊？」

「我……」四姐怎麼好跟他說，在大洋的彼岸，藏著她剪不斷的牽掛。

拿到錄取通知書進入大學之前，張子墨還是去監獄裡探望了他父親一次。

張魏民穿著一身藍色的囚服，剃一個光頭，戴著腳銬，蒼白的臉上全無往日的光彩。「難得你會來看我。好些年過去了，你都長這麼大了。你媽還好吧？」

「我考上大學了，是一所醫科大學。」

張魏民臉上露出了久違的笑容：「恭喜你！多讀點書以後總有好處的，我年輕那會兒就是沒條件讀書，才落得今天這地步……醫科大學，以後畢業出來是當醫生吧？醫生是個很受人尊重的職業，有出息啊！」

「我今天來這裡不是為了聽你嘮叨的，我來，是想告訴你，我恨你！我恨你！恨了你很多年！你知不知道？從小，每次看到你和媽媽吵架，我都很害怕！我多想叫你們停下來，可你們都從來聽不到我的聲音。我受夠了那些打鬧聲，受夠了那些摔盤子的聲音，受夠了你的腳步聲……這麼多年來，我連做夢都是那些聲音，可你們，卻把我當成空氣。這些年，無論我在學校成績有多好，得過什麼獎狀，交了多少朋友，我仍是覺得自己是多餘的，仍是覺得這個世界容不下我！既然從一開始我就是個錯誤，那你們又何必把我帶到這個世上來？我恨你！我恨你！」

說完，張子墨便獨自哭了起來，壓抑了多年的積怨終於在那一刻得到宣洩。那種既愛又恨的心情，有誰能懂？

而張魏民呢？他做夢也沒想到，過了這麼多年才來看望自己的兒子，最想對自己說的，竟然是「我恨你！」他只能低著頭，一句話也不敢說……

探監的時間到了，張魏民被獄警帶走時，終於鼓起勇氣對張子墨說：「對不起……你等我出來，等我出來後，我一定好好補償你，一定好好盡一個父親的責任。」

在大學裡，張子墨認識了一個朋友，也是他的室友，叫阿福。起初在校園裡注意到阿福，是因為張子墨覺得他的額頭很像小翼。後來，張子墨才發現阿福是個特立獨行的人，他個子不高，衣著也很沒品味，一點都不像年輕人那樣有朝氣，老是一副很深沉的樣子，卻經常喜歡一個人背著畫框在學校裡晃蕩。

「你這麼喜歡畫畫，為什麼還要選醫學專業啊？」

「你以為我想啊？我爸逼著我報的。其實我喜歡美術、文學還有哲學多一點，可他們都說這種專業在這世道沒什麼用。你呢？你為什麼報醫學專業？」

「我想知道人到底是怎麼一回事。」

阿福忍不住笑了：「哇……好深刻的人生課題啊！」

「很搞笑嗎？看你笑得這麼歡，是不是覺得我很幼稚？」

阿福只好一本正經地說：「沒有啊！其實，我們的前輩們就在這條路上探索了很久。要我說啊，無論哪個領域，都可以探索這個問題的。從不同的角度和領域出發，都可以給『人』這個詞下不同的定義，從醫學這個角度入手，也未嘗不可啊！所以，我覺得你的想法一點也不瘋狂。又或者說，人類歷史上有很多偉大的進步，都源自一些很瘋狂的想法。」

「今天上解剖課的時候，看著擺在試驗臺上的那些屍體，感覺……我也說不上來，感覺好彆扭！以前一個個都是能走能跳，能吃能睡，高談闊論，西裝革履的，怎麼突然就光禿禿地擺在那上面任人宰割了呢？人死以後，是不是真的就什麼都沒了啊？」

「總會留下點什麼的吧！」

「那你說，人死以後，到底去了哪裡？」

「這個……古希臘哲學家蘇格拉底認為，人由肉體和靈魂兩部分組成，這便是二元論。他認為，所謂的死亡，其實就是靈魂與肉體相分離的過程。靈魂離開了肉體之後，就獲得了真正的自由。」

「我小時候有個夥伴，叫小翼，一直跟我很好。可是有一天傍晚他被江水沖走了，就再也沒回來過……既然每個人都要死，那我們為什麼還要活著呢？」

阿福笑了笑：「那你也可以不活啊！」

「拜託，你嚴肅一點好不好？我是在很正經地問你這些問題。人活著到底有什麼意義？」

「我也是在很嚴肅地回答你的問題啊！人為什麼要活著，我叫你去死，你又不敢。這就是人為什麼會活著，因為我們沒能力輕易地選擇死亡……至於人活著有什麼意義，那我告訴你，毫無意義！或許有一天，當你在這個世界上發現有很多值得你留戀的東西的時候，你就不會再問這些所謂『活著的意義』了。生命就是一個過程，關鍵在於這個過程中的各種體驗，有苦難、有幸福、有快樂、有哀愁……所有這些都是寶貴的，因為活著就是要去把握我們認為值得擁有的東西。」

「可是，把握了又能怎樣呢？」

「我不知道，我想有時候，更多的是我們有『把握』它的衝動和欲望，而不是考慮『把握』之後的結果。這樣跟你解釋，你可能會覺得很空洞，等有一天你戀愛了，再回頭想想這些問題，自然就想通了。」

沒想到沒過多久，張子墨就發現了他生命中的「意義」。他是和阿福同時認識素顏的，也同時喜歡上了她，但兩人選擇了用不同的方式與之相處。

認識素顏以後，張子墨才真正明白阿福說的那些話到底是什麼意思。這個世界上有那麼多美妙的事物，有那麼多聖潔的靈魂，有那麼多刻骨銘心的體驗，人們早已沉浸其中，又何必要去追問生命的意義，存在的意義？而當有一些質疑者天真地提出這些問題時，人們早已覺得它們毫無意義。

可惜，美妙的體驗總是太短暫，聖潔的靈魂往往太過於自由。大三開學時，素顏沒再回學校，從此了無音訊，沒人知道她去了哪裡。她的人間蒸發，給阿福和張子墨心裡都留下了一串長長的省略號……

快要畢業的時候，阿福跟張子墨說：「如果有一天我死了，你有膽量解剖我嗎？」

「為什麼要解剖你啊？」

「你知道天葬嗎？藏族和蒙古族的一種習俗。一些德高望重的人死了之後，祭師會把他們的屍體肢解，切成一塊一塊，餵給草原上的禿鷹和烏鴉吃。據說，吃得越快越乾淨，靈魂就越容易得到超度和輪回。」

「這是什麼歪門邪說啊？你還信這個啊？」

「不是我信不信的問題。」

「你真以為人死後靈魂會上天？」

「我要說的重點不在這裡。我是想說，雖然我也不知道這樣做靈魂是不是真的超渡了，但它確實對藏醫學的發展起了很大的推動作用。通過天葬，他們認識了很多疾病。你知道嗎，這比西方的解剖學誕生要早好幾百年呢。」

「那這跟死後解剖你有什麼關係啊？」

「你不是一直想知道人到底是怎麼回事嗎？」

「可我解剖過很多屍體了。」

「可你沒解剖過我的。我身上有很多秘密你都不知道，我不想到時候帶著這些秘密入土。」

張子墨這才發現他的話有問題：「你這是怎麼啦？又哪根筋不對了？素顏都走了兩年了，你也該振作起來了。」其實，張子墨也很低落，只是有時候，他更懂得隱藏。

「不是她的問題，是我自己有問題。我發現最近……我畫不出她了。子墨，我畢業後可能不會去當醫生，我想出家。」

「不是吧？出家？你真看破紅塵啦？」

「我只是……我只是心裡有很多疑惑，一時半會兒解不開。」

「沒想到你這麼深沉的人也有那麼多的疑惑。不管怎麼都好，路是自己選的，但無論怎麼著我們都能走到終點……不是嗎？」

畢業後，阿福果然沒去當醫生，他跟素顏一樣，很長一段時間，都在張子墨的生命中銷聲匿跡了。在同一個學院，在同一間教室，拿著同樣的課本，討論過那麼多的問題……張子墨怎麼也沒想到，那麼多美好的體驗，最終都被「水」沖走了……

幾年後，在醫院裡，張子墨認識了前來實習的護士夢琪，沒想到，在不經意間，他成了別人生命中苦苦追尋的「意義」……

第十一章　夢琪的天空

夢琪在上大學的時候，很喜歡王菲翻唱的那首「天空」。她總是喜歡站在宿舍的陽臺上，閉上眼，反覆聽著這首歌，一直聽到眼淚不自覺地流下來。

王菲的聲音在天空中迴蕩，空靈婉轉，讓人如癡如醉。「天空」的基調是憂傷的，這種憂傷帶有某種期待和吶喊，一如夢琪的心境。

有些音樂能撫平內心的傷痛，有些則能將這種情緒喚醒、渲染。「天空」就是這樣一首能在瞬間使人的情緒如潮水般奔湧的歌。聽著這首歌的時候，夢琪會帶著複雜的情緒想起她的家鄉——C市。對夢琪來說，那是一個遙遠的城市，繁華而冷漠。之所以還會想念，那是因為那裡有她的外婆，也有一群從小和她一起長大的朋友，僅此而已。

剛來這所大學那會兒，當夢琪跟別人提起自己來自C市時，對方總是會報以驚羨的目光。「天吶！是真的嗎？妳真的來自C市嗎？那裡一定很大很繁華吧？」

然後，夢琪總是會很平淡地說：「其實C市也就那樣啊！和你們這裡相比，多了幾條地鐵，多了幾個文化站罷了。」而她這種不屑的強調，更是讓人恨得咬牙切齒。

「妳那是『不識廬山真面目，只緣身在此山中』。妳不知道，有好多人做夢都想去C市呢。」

一座城市的光鮮華麗、濃墨重彩，自然是遙望這座城的人們最能看得見了，朋友會對C市有那麼強烈的憧憬與嚮往，也是人之常情。可是，那些浮華背後的辛酸，那些光鮮豔麗的燈光和帷幕下隱藏著的真實面目，只有身居C市的人才有最深切的體會。

夢琪從小就和外婆一家人生活，從沒見過她的父母。小時候的她，看著一個個夥伴都是由爸爸媽媽送去學校的時候，她總是很羨慕，總覺得自己是個異類。父母之愛的缺乏，造就了她自卑的情緒。而當終於有一天，她鼓起勇氣問：「外婆，我是從哪裡來的啊？我的爸爸媽媽是誰啊？」

這時，外婆總會回過頭，捏著她的小臉蛋，慈祥地說：「我的傻孩子，妳是外婆從街上抱回來的啊！」

這個答案當然不能令她滿意，於是她隔三差五就問，可外婆還是捏她的小臉蛋，還是這樣回答。漸漸地，她問得也倦了，於是便在心裡認定自己是個棄兒。（這樣的疑問和經歷，竟和張子墨有些相似。也許正是這些「相似」的力量，像磁場一樣，把日後的他們凝聚在了一起）

夢琪六歲的時候，舅舅有了自己的第一個孩子，也是個女孩，取名叫夢婷。從此，大人們施與夢琪身上的愛便被剝奪了很多。畢竟自己只是個棄兒，而夢婷血統純正。

夢琪八歲的時候，舅舅有了自己的第二個孩子，是個男孩，取名叫致遠。他的名字裡沒有那個「夢」字，是為了區別與其他兩個女孩的不同，從此，他名正言順地成了這個家的中心人物，成了舅舅和舅媽的小祖宗。從此，夢琪在這個家庭裡就這樣一步步被邊緣化……

夢琪還記得她九歲的時候，有一對夫婦提著大包小包的禮品來到家裡。他們一見到她，就像在動物園看猩猩一樣打量著她。這種眼神，有一種燒灼感，讓夢琪感到恐懼。接著，那對夫婦便忍不住哭起來。哭完之後，便對夢琪說：「快叫爸爸媽媽！快叫啊！」

老師確實是教過「爸爸媽媽」這四個字怎麼讀，可是夢琪從小就不知道這四個字該放在誰身上。她怯怯地看著那對夫婦，一個字都喊不出來。她相信外婆的話，她是外婆在大街上撿回來的，她是個棄兒。

外婆對那對夫婦說：「沒事，這傻孩子，她是怕生呢。」接著又對夢琪說，「還不叫爸爸媽媽。

妳不是一直都問我妳的爸爸媽媽是誰嗎？他們就是妳的爸爸媽媽啊！」

夢琪頂了一句：「不，我是從街上撿回來的，我沒有爸爸媽媽。」

那對夫婦聽到這句話，面面相覷，一臉錯愕，一個九歲的孩子怎麼會說出這麼惡毒的話來？

外婆急了：「說什麼胡話啊？誰不是胎生爹養的？誰都有爸爸媽媽的。」

「不，我沒有。」說完，她便跑出去了。

後來，那對夫婦還是決定把夢琪帶走。外婆抱著她，把她送到火車站。臨走時，外婆老淚縱橫，說不出話來。

那對夫婦領著夢琪上了火車，可看著窗外淚流滿面的外婆，她又從火車上跳下來。「我哪兒也不去，哪兒也不去，我不要什麼爸爸媽媽，我就要跟外婆在一起，我就要跟外婆在一起。」

那對夫婦聽到這句話，也流下淚來。這淚一半是為他們自己流的，如果那些年，如果他們不把自己的女兒寄養在母親這裡，也許就不會有這麼多的事情發生。自己種下的惡因，當然得自己去咽下這惡果。況且，他們怎麼忍心看著自己的母親面對這生離死別呢？既然是錯，那就一直錯下去吧。

於是，夢琪便留在了外婆身邊，留在了C市。

可是生活呢？生活是怎樣一副面貌？

夢琪留下來了，就意味著舅舅和舅媽要同時撫養三個孩子。他們的家境並不富裕，他們住的是簡陋而狹窄的老房子，他們穿的是那些廉價的舊衣服，每個月的收入總有個數，吃飯的人多了，每人能分到的那一口也就少了，壓在舅舅和舅媽肩上的責任也就重了。

如果每個孩子都是舅舅親生的，那他還心甘情願，可偏偏夢琪她不是。於是，當這些生活的煩惱鑽進來的時候，他們首先想到的便是夢琪，是夢琪拖累了他們——至少是夢琪使他們的生活雪上加霜。於是，那些責難，那些難聽的話便不時地向夢琪飛來。

每個人都有偏愛，連孔子都喜歡顏回勝過其他學生。偏愛和私愛是人性中不可泯滅的一部分，聖人都做不到的事情，何必去強求平常人一定要做到呢？

於是，從此以後，夢琪的世界便離不開一樣東西，那就是錢。吃飯的時候，舅媽會提醒她，這一碗飯要多少錢，那一碟菜要多少錢。穿衣服的時候，舅媽會提醒她，這條褲子要多少錢，那件上衣要多少錢。上學的時候，舅舅會提醒他，那些學費要多少錢，那些文具要多少錢……

晚上學習的時候，舅舅也會提醒她，一個燈泡要多少錢，一度電要多少錢。而這時，她也只能忍著淚繼續做作業。曾有一晚，窗外傳來了王菲的那首「天空」。不知道是哪個好事者放的這首歌，好像是有意針對夢琪似的，劣質喇叭的聲音沙啞混沌，歌聲由遠及近，又由近及遠，一晃而過，留下一片悠長的空白，卻讓夢琪的眼淚決堤了，她開始恨這個世界，恨眼前喋喋不休的舅舅和舅媽，恨自己從小就沒有父母，……

從此以後，夢琪眼前看到的所有的事物，都可以轉化成錢來衡量，哪怕是路邊的樹，天上的雲。

每個人最初的生命都是一張潔白的紙，純淨如洗，無奈成長的過程中被人胡亂塗上了那一層不光鮮的色彩。因為那些色彩，夢琪變得早熟。早熟其中的一層含義，便是世俗。她知道錢不是萬能的，但錢可以讓她變得堅強，讓她擺脫那個不安靜的厭惡的世界。

這些年，唯一不變的或許就是外婆對她的愛。如果不是外婆，夢琪骨子裡的世俗，很可能早就墮落成了低俗。可是，外婆會老，會動彈不得，會駕鶴西去，無論她的愛再怎麼偉大，給予柔弱的夢琪怎樣悉心的呵護，她終究逃不出生命的侷限。幾年後，當外婆永遠地離開她的時候，她開始真正地感受到了孤獨。

有時候她會想，如果當年自己隨著那列火車離開了C市，離開了外婆，也許她成長的世界便會不一樣了吧，也許真的有紙醉金迷的生活在等著她呢。當年她選擇留下來，是因為埋怨遺棄自己的父母，也是因為捨不得外婆。現在外婆捨下自己走了，她也要學著長大了……

這些年，C市發展越來越快，城市越來越乾淨，高樓大廈也越建越多，越來越多陌生的富人往這座城市湧來……常年生活在貧民窟的夢琪，看著這個光鮮豔麗的城市，她的心中也幻生出了許多的夢。她夢想著有一天，自己會有很多的錢，不用再為那一碗飯一碟菜一度電而斤斤計較，不用再聽舅舅和舅媽無休止的嘮叨。她夢想著有一天，會遇上一個很愛自己的男人，能給予她最貼心的呵護。她夢想著有一天，能和這個男人組建一個溫馨的家庭，這個家庭裡應該還有兩位老人，可以讓她找回童年不曾有過的父愛和母愛……

但是她知道，這個夢，在C市是不可能實現的。她自然可以在C市掙很多錢，找到一個很愛自己的人，組建自己想要的那個家庭。只是，這個城市給她留下的陰影，會讓她的心永遠得不到寧靜，會讓她所有的夢都變得搖搖欲墜、岌岌可危。

於是，夢琪逃離了C市，來到一個陌生的城市上大學。只要能逃離這個地方，她學什麼、做什麼都無所謂。而那一年，她的成績剛好只能報這所醫科大學，於是她奮不顧身地選擇了護士專業。

來到那所醫科大學以後，夢琪便要學著過自立的生活了。

她的生活比學校裡任何一個貧困生都要拮据。她僅有幾件簡單的、洗得很乾淨的、可供換洗的衣服，胸罩裡的鋼絲都斷了。她吃得很少，一天幾個饅頭加一些素菜。長期的營養不良，導致她連月經的血色都比其他女生要淡。她沒有化妝品、沒有護膚霜，也沒有洗面乳……作為一個女生該有的很多東西她都沒有，甚至連衛生巾都要省著用。

她每天都很忙，除了忙於學業，她還要掙錢養活自己，還要還舅舅和舅媽那些錢。她拿了無數次國家獎學金，可只有夢琪自己知道，她獲得這些錢不是為了那些虛榮，而是為了攢夠下個學期的學費。因為在報這所大學之前，雖然分數上去了，可舅舅和舅媽是反對她深造的。而她一氣之下說：「不就是為了錢嗎？上學的錢我自己會掙，這麼些年來你們養育我成人，欠你們的那些，我也會還給你們。」話都說到這裡了，舅舅和舅媽自然沒什麼好說的。可夢琪賭咒說了那些，等於把自己逼上了絕路，倔強的她只好硬著頭皮熬過這三年。

所以，當同寢室的人在討論哪個男生更有錢更帥的時候，她在校園裡擺地攤，在校門口的小吃店做鐘點工，或者是在大街上做促銷員……大學三年，她沒有像其他女大學生一樣去援交，也沒有給那些富甲商賈、貪官污吏做金絲雀，可正當的行業，她幾乎都做過。她只盼望著快點熬過這三年，到了大四實習了，她可支配的時間就多了，世界也就寬了。

這三年，也有一些男生貌似很瘋狂地喜歡過她。也難怪，當個個女生都打扮得花枝招展、濃妝豔抹以至於面目全非時，她的素面朝天配上堅強爽朗的氣質，倒有一份別樣的清新淡雅之美。於是，當其他女生都在討論用哪種避孕藥更安全更有效時，便有男生拿著鮮花西裝革履地站在樓下向她示愛，揚言要照顧她一生一世。實在推脫不掉，夢琪便會冷冷地回一句：「你連自己都還養不活，拿什麼照顧我啊？」

夢琪確實討厭這些啃老族，連自己的生活都還沒能力料理，就信誓旦旦地要料理別人的生活，這種噁心勾當跟那些無恥的政客有什麼分別？夢琪當然是有夢想的，可她不會像這幫腦殘一樣，盡做些白日夢。她的夢是建立在生活的基礎上的，是建立在童年的陰影與仇恨上的，這種夢很世俗，也很情緒化，但理智的她知道怎樣拋棄空談，奮不顧身地投入……

就這樣，她充實而孤獨地度過了這三年。說她充實，是因為這三年來，她幾乎沒有虛度一天的光陰，日夜都在奔波著，其他大學生的一天，放在她身上就可以做兩天的事。說她孤獨，是因為這三年來，她都孑然一身，她比其他學生更早地接觸社會，深諳世故，卻完全不懂男女之事。也許她並不是不懂，她也希望在脆弱的時候，拼不下去的時候，有人能給她少許的關懷，只是關注生活和現實的她，對校園中那些飄忽不定的男女情感，從來都是報以輕視的態度。她不是不相信有這種男人的存在，只是，連父母都能拋棄自己，還有誰是真正值得依靠的？

所以，實在很難過的時候，她就會聽一聽王菲的那首「天空」，回憶一下小時候在外婆懷裡的情景。她告訴自己，有這些溫暖就足夠了，現在的她還不需要男人，她可以清心寡欲的，沒那麼多情慾需要宣洩！

三年以後，當夢琪將要去醫院實習的時候，她終於把欠舅舅和舅媽的那筆錢給還清了——這是作為他們這麼多年養育夢琪長大成人的回報。也許在很多人眼裡，這些年的恩情單純用錢來衡量未免太過於絕情和冷漠，可是，在夢琪心裡，這都是他們教會她的。一碟菜一碗飯都可以折換成錢，憑什麼養育之恩就不可以？他們極不情願地給了她一個成長的環境，卻沒教會她怎樣在這個環境中感受愛、尋找快樂。所以，當夢琪把最後一筆錢寄給他們的時候，她是沒閒情去想對方會是怎樣的心情的。她只知道，從此以後自己的世界輕鬆了很多，她永遠也不用再背負那個沉重的枷鎖，她自由了！

其實，直到在實習醫院遇見了張子墨，夢琪的世界才算真正地自由了。

又或者說，每個人自來到這個世界起，就一直背負著一個使命，那就是尋找。尋找開啟世界的那道光，尋找內心長久的感動，尋找一個頂天立地的肩膀，尋找靈魂深處的歸宿……只是，因為際遇的差別，每個人尋找的事物投射在生活上的影像都不盡相同，就像哲學家尋找的是精神家園，而商人尋找的是金山寶藏一樣。因此，尋找的結果也因人而異，有人早已享受著精神的充實與滿足，有人卻還在欲望之旅上苦苦攀登……

夢琪是幸運的，張子墨出現了，從此她的天空開始多了一層色彩，她的夢也有了切實的意義，她苦苦追尋的那些東西都變得好像觸手可及的樣子。

夢琪到現在還記得張子墨在醫院給她上的第一堂課。在查房的時候，他指著一個光著身子的疝氣患者，讓她握著那個人的陰莖，體驗一下手感。夢琪聽到這樣的要求，臉紅耳赤，遲遲不敢上前，害得連患者都有些害羞了。

張子墨急了：「做這些很難嗎？在護士眼裡，只有病人，沒有男女之分的。妳在學校的時候沒上過解剖課嗎？死屍都敢碰，為什麼連這個都怕？我實習那會兒，還給人做過陰道內腔檢查呢。」接著，張子墨若無其事地握著患者的陰莖示範給她看。

夢琪這才敢上前去。可她道行畢竟還不太深，握著病人的陰莖時，她分明感受到手中有一股滾燙的熱量，要命的是，這股惱人的熱量讓她內心澎湃如潮。面對著這條罪惡之根，她不知道自己的力度是否適中，也不知道該在什麼時候鬆手，更不知道該用怎樣的表情去面對。

這時，病人尷尬地朝她笑了笑，這一笑更讓她不安。她好像能清晰地感覺到那條略顯黑色的東西在升溫，在膨脹，它慢慢地變得堅硬，挺拔。夢琪意識到，病人陰莖裡的海綿體在外界的刺激下開始充血了……

它不合時宜的勃起讓夢琪羞愧難當，她像觸了電般地趕緊把手縮了回去，而這時病人也趕緊穿上褲子。夢琪頭也不回地跑到洗手間，反覆用肥皂和消毒液洗手。她是不止一次地想像過那東西，甚至在夢裡也出現過，她也在教科書上看過有關那東西的圖片：輸尿管、龜頭、海綿體、睾丸、陰囊……可沒想到第一次觸碰到它竟是在這種場合，更沒想到的是，自己的反應會這麼強烈。

張子墨走到她背後，很平淡地說：「當護士並不只是給人打打針、換換藥、量量血壓這麼簡單的。妳以後還要進手術室，碰到那些血淋淋的場面怎麼辦？如果連這點心理障礙都克服不了，我勸妳還是回學校再學幾年吧。」

不得不佩服張子墨的高明，他第一眼看到這個實習護士時，就知道她不諳男女之事，不可能毫無芥蒂地工作，於是給她上了這一課。當然，夢琪自然也沒有被這些話打倒，反而在內心真正認定了這份工作和責任。只是幾個月後，當她很坦然地含著張子墨勃起的陰莖時，她早已忘卻了自己最初握著它時的心跳。

有一次，他們水乳交融、大汗淋漓之後坐在床上休息時，夢琪講起了她童年的那些往事，關於外婆，關於「天空」，關於舅舅和舅媽，關於她的拜金主義觀……

張子墨靜靜地聽她講完之後，說：「妳搬到我這裡來住吧。我租的這個房子雖然不大，但至少還容得下兩個人。」

夢琪反問道：「為什麼要搬過來啊？你養得起我嗎？」

「可能是因為我們都很寂寞吧，或者說，我們的經歷太相似了。物以類聚，人以群分嘛！我以前老是追求那些虛無縹緲的東西，我想學著像妳一樣現實一點。」

夢琪趴在他身上，再次撫弄他的陰莖：「你還行嗎？如果這次你能堅持二十分鐘，我就搬過來。」

最後，出於貪念，自然是夢琪讓張子墨贏了……

和張子墨同居以後，夢琪也曾一個人回過一次C市。這個曾經熟悉的城市仍是原來那種味道：依舊是行色匆匆的人群，依舊是密佈的高樓大廈，依舊是雜亂無章的汽車轟鳴聲，依舊是無孔不入的看板，依舊是門庭冷落的商店……

可是夢琪回來的時候，卻再沒有找到她以前的那個家。那裡已經被改建成了一片商品房，曾經居住的小屋已經被一個豪華的住宅區給取代了。外婆的遺像不見了，舅舅和舅媽也不見了，和自己一起長大的表弟表妹也不見了……

那個她曾經成長的地方就這樣在人間蒸發了。這一刻，她才意識到自己有多麼想這些人。雖然舅舅和舅媽都曾嫌棄她，百般刁難她，可他們畢竟是自己兒時的依靠。無論那段記憶再怎麼苦澀，可總歸還是記憶。

記憶是一個人的歷史，每個人都是從歷史中走過來的。沒有歷史就沒有身份，沒有身份就沒有歸宿，沒有歸宿便只能無根地漂泊。夢琪厭倦這種漂泊，她怕看到天空中的雲，她不想要這種自由，她不想再佯裝堅強，她只想要一副可以依靠的肩膀，只想要一個溫暖的家，只想找回那段記憶。

可惜，時代走得太快，把夢琪最後那點記憶承載物都給敲碎了。她也沒法想像那個小屋是怎麼被拆的，更沒法想像這些商品房是怎麼拔地而起的。可能舅舅也曾掙扎過，倔強過，像當年的董存瑞高舉炸藥包那樣堅定地做一個釘子戶，可最終還是抵擋不住開發商的圍城策略和軟磨硬泡，於是只得舉家遷徙，去「開發」新的土地……

這裡的車道也改了，變寬了很多，路邊也新栽了很多樹，道路也整潔多了，很少看到有垃圾，也沒人再貼那些治療性病或是辦假證的廣告了，整個空間井然有序，似乎都沒有以前那麼擁擠了。來往進出的車輛也都是光鮮亮麗的轎車，這意味著這裡將不會再住窮人，有能力在這裡買房的，至少都得是中產階級。這裡搖身一變，成了富人的樂園！

一個城市或許就應該這樣，努力成為精英人士的聚居地，集結大部分的生產資料和生活資料供他們任意去揮霍。由於這些優越的條件，再加上自身膨脹的欲望，以及日益焦躁的生存憂慮，於是總會有一大片的人削尖了腦袋往城市裡鑽，而從不問自己有沒有這個需要，從不問自己是不是真的適合這裡。

可是，這個城市無論圈再多的地，鋪再長的路，建再高的樓，無論怎樣把自己吃成一個胖子，拼了命地膨脹，它的容量總歸有個極限。於是那些原本世世代代生活在C市的弱小者，就這樣被擠出了這個城市，擠出了舞臺的中央……優勝劣汰，弱肉強食，這大概也算是資本的原始積累吧？只是有多少人會真正在乎這些被歷史清洗掉的人群呢？

城市永遠是最現實最勢利的，C市這座城可能在很久以前就容不下夢琪這號既貧又弱的人物了。當她再回來看到這幅陌生的場景的時候，她知道，這裡已經沒有屬於她的地方了。於是她決定離開……

沿著新建的街道一直往前走，快到盡頭的時候，她看到不遠處，一群高聳的建築環抱中央，一塊荒蕪的草地上，有一所破舊的房子，她頓時生出一種親切與喜悅。她看到房子周圍好像圍滿了人，出於好奇，她走過去看了看。哎，又是釘子戶，又是拆遷大隊！

「斷網，斷水，斷電，砸鎖，砸玻璃，扔死貓，扔大便，攔路恐嚇，半夜扔斧頭……還有什麼招？你們都使出來吧！媽的，我爸當年也是參加過抗日，打過遊擊的，什麼雕蟲小技我沒聽說過，還怕了你們這些狗腿子不成？告訴你們老闆，不搬，老子就是不搬！」

「大爺，您看這一片地，就剩下你們這一戶人家了，您又何苦這麼倔呢？您要知道，你們這樣多拖一天，帶給國家的損失就多一份！況且，我們又不是不補償你們！」

「補償？你們這也能叫補償？給這麼點錢，你叫我們怎麼活啊？打發要飯的？我告訴你們，我當年要飯那會兒，你們還只是一顆顆精蟲呢！」

圍觀的眾人都笑了。可夢琪總感覺這陣陣笑聲的背後總藏著隱隱的冷漠與悲涼。

拆遷隊的人又說了：「大爺，你再這樣是要吃虧的。中國現在是講法律的，要依法辦事。拆遷是政府下的命令，你這樣做就是和政府對著幹，和法律過不去啊！我勸你還是……」

「吃虧怎麼啦？法律怎麼啦？你見過那條法律規定了可以讓人無家可歸？」

夢琪把視線從那位老大爺身上挪開，打量了一下那座土房子。窗戶上的玻璃確實被打破了，現在只貼了一層紙殼子。牆上也用瀝青寫了一個大大的「拆」字，從門縫裡可以看出屋子裡面已經亂得不行了。

這時，那位大爺的兒子也出來了，「爸，你還跟他們囉唆什麼啊？他們要敢拆，我們就敢打。要我們搬，這不是逼著我們死嗎？我們就偏要好好活著，活得比他們老闆還要長！」

夢琪覺得很沒勁，不想再看下去了，那位大爺一家的言論早就不足為奇了，根本沒什麼看點。這樣的報導在網上比比皆是，也見過不少人為了腳下那塊土地把命都豁出去了，上訪，掛橫幅，寫請願書，自焚，比他更極端的捍衛方式遍佈大江南北，多如牛毛……

她決定離開，走了沒幾步遠，就聽見背後清脆的金屬撞擊的聲音。回過頭再看，原來真的打起來了，依然有很多人在圍觀！夢琪加快了腳步，她倒不是冷漠，只是想快點離開這個讓她煩心、讓她恐懼的地方。

從C市回到張子墨身邊的第一刻，她緊緊地抱住了他，差一點哭出聲來。張子墨不知道出了什麼事，只是輕輕地拍她的肩膀，一句話也沒說。

夢琪拍打著張子墨的後背說：「我再也沒地方可去了，我現在只剩下你了，只剩下你了！」

張子墨說：「我知道，我都知道！」

從此以後，夢琪把自己生命中的一切都寄託在了張子墨身上……

距離是個難以言說的名詞，太遠了，彼此感覺不到那份依賴，以至於喪失安全感；太近了，又容易滋生矛盾，碰撞出裂痕，以至於因愛生恨，相互傷害。對夢琪和張子墨而言，他們都只會享受獨處的哲學，卻不懂得相處的技巧，於是註定了這段感情不可能長期維持。

夢琪把她所有的理想都寄託在這個男人身上，卻發現他和自己的差異實在太大——兩個人的軌跡本就不相同。可夢琪還是不甘心，是張子墨的陰莖讓自己的處女膜破裂的，那些鮮血和疼痛雖然已經被流水和時間洗淨了，可她還是堅持讓他從一而終。

於是，為了構築共同的未來世界，她讓他努力攢錢買房；為了快點還清貸款，她又鼓勵他去考研，這樣他和同事比就高一個級別，幾年後他的工資就可以扶搖直上。張子墨沒有辦法，只得硬著頭皮上——誰叫她把幾十年以後的計畫都描繪得那麼井井有條呢？考研失敗，她又讓他去評高級職稱，他委屈，卻還得硬著頭皮上。她纏著他，要他給自己的陰道多一些充實感，他無奈，也只得硬著頭皮上……

四年下來，夢琪依然情慾高漲，依然在憧憬著那個用黃金堆成的「大同世界」，可是張子墨疲倦了。他開始厭倦了那種弦繃得太緊的生活，這種生活太功利，讓他無所適從——他只是個醫生，又不是商人；他厭倦了所有的事都被人安排好，然後自己就像一個機械的木頭人只負責執行，他有思想，有情感，需要自由和空間，可這些都讓夢琪抹滅了……

他甚至厭倦了和她做愛，他討厭摸到她垂軟的乳房，他討厭看到她濃密的陰毛，他感覺她的陰唇漸漸在變黑。他發現她的陰道越來越鬆弛，早已失去了少女時的柔韌和緊密，裡面散發出來的異味讓他感到噁心；而她總是會命令他把頭伸進她的胯下舔她的陰唇和陰蒂；她總是習慣了自私地享受那份舌尖柔軟的快感，卻忘了那些難聞的異味；她叫床時的呻吟千篇一律，總是喊著「快點……快點……我要……我要……」；她總是把他的背抓得傷痕累累。他像是在例行公事，可是出於責任，他又努力想滿足她，於是他奮不顧身地撫摸、親吻、抽插，他確實盡力了，精液噴湧時，他倒下了，卻常常看到夢琪的手指往自己的陰道裡插，像攪拌機在裡面來回轉動……

在夢琪強大的陰影籠罩下，張子墨總是感到全身上下每個細胞都在嚴重透支。更要命的是，越是在這種情況下，他越是常常會想起早已遠去的素顏。往日有關素顏的點點滴滴告訴張子墨，那年的他是自由的。素顏從來沒有對他有任何的要求和期望，更從來不會反客為主地要去規劃他的未來。他們只是兩顆相互遙望著的獨立的靈魂，彼此尊重，彼此心照不宣，又彼此保持著那份美妙的距離。只是，那些朦朧的歲月，早已風化為塵土，一去不復返了……

終於有一天，張子墨在迷亂的夢裡喊出了素顏的名字。夢琪也終於要接受這個事實：她和張子墨的距離早已越來越遠了。

離開了張子墨之後，夢琪又重新回到了一個人的生活。但她還是會經常想起他，想起他的沉默，想起他發呆時的表情，想起第一次見他時的模樣，想起他那些鮮為人知的興趣與愛好，想起他撫摸自己時的體貼與細膩……

每當想起自己與張子墨做愛時的情景，那些姿勢，那些喘息聲，那些調情時的動作和神情，那種難以名狀的充實感，還有高潮時的迷醉狀態，都會不經意地讓她的胯下重新獲得濕潤——那是他們曾經最好的時光，就這樣在胯下溜走了……

一個人閒下來的時候，她也曾鬼使神差地回到那棟房子溫習他們曾經的甜蜜與哀愁，可那裡早已人去樓空。獨自站在熟悉的空間裡，她開始反思自己和張子墨的關係，可能是早年的陰影籠罩得太深，她很不幸地得出一個錯誤的結論：只有金錢才是最實在的，只有金錢才能保障一個女人所需的安全感。只是，她遠遠沒有意識到，當欲望開始膨脹的時候，她的世俗、她的拜金主義觀也就被她隱藏在深處的虛榮心給掌控了。而她將要付出的代價便是：再也不會有人去同情她了。

衡量一個人對自己的影響，有時候要等對方離開以後，才能有最深刻最持久的體會，這也算是一種後知後覺吧。

夢琪的世界沒有了張子墨之後，她才漸漸意識到其實對方是乾淨的，他艱難地活在俗世中，卻不肯隨波逐流，一心尋找自己想要的那種生活。不幸的是，只要有夢琪在，他就會離那種生活越來越遠……明白這一點之後，夢琪看到了自己的世俗，她在心裡笑著說：「我就那麼差勁嗎？就註定了會把你拉下水？」

其實，這只是愛的侷限，並不是所有的體會都能朝著一個正確的方向展開。而兩個方向不一致的人勉強在一起，只會相互折磨。對張子墨的認識，反而使夢琪從世俗墮落到了低俗。畢竟愛的哲學和相愛的藝術是兩回事，不是所有的愛情都能昇華一個人的，如果自己的修為不夠，哪怕遇到的真的是天使，真的是白馬王子，它也可以把你引向臭水溝。

所幸的是，夢琪還有記憶中的外婆，那是她所有回憶中最溫暖的部分。和張子墨不同，外婆有形的生命雖然離開了，可她的愛、她的慈祥，卻一直在融化著夢琪心中的蒼涼。也是當外婆離開以後，夢琪才恍然體會到，其實她一直尋找的缺失的母愛，早就散發在外婆的笑容中。夢琪所有堆砌在金錢上的夢，外婆都曾毫不保留地給過她。

也正因為是天空中的外婆，才使夢琪只停留在低俗的層面而沒有繼續往下落，才使夢琪沒有喪失最基本的良知而走向反社會的一面。愛，畢竟還是制止了某些罪惡的蔓延。

可是，張子墨和外婆都離開了，從此她就真的孑然一身了。遇見張子墨之前，她並不覺得一個人的生活有什麼不好。遇見他之後，她沉醉於幻想的世界。當他離開之後，這種孤單才被喚醒，在心裡蔓延開來，就像墨汁融化在純淨的水缸中，它的黑浸染了眼前的世界。

對於當代一大批失去信仰的人而言，最煎熬的苦難，莫過於這種漫長的孤單。如果有個人陪著你吃苦，陪著你熬夜，陪著你流浪，陪著你挨餓受凍……那這份苦難也就容易忍受得多，甚至有些還能成為日後美好的回憶。可是，在激情過後，如果只留下你一個人行走在陌生的人群中，一個人享用美味的晚餐，一個人住在空蕩的房間裡，一個人回憶那些美好的歲月，那這份孤單便足以使你的靈魂在驕陽下枯萎凋零。

這便是形單影隻之後，時間對夢琪的懲罰，我們都覺得太殘忍，卻無能為力……

第十二章　我的創作觀

人都難免有不太自信的時候。一碰到這個時候，對自己的身份也就很難認定。大概是年少時不可救藥的心虛，對於「作家」這個詞，我總覺得它神聖不可觸碰，非飽學之士斷配不上這個角色。我一黃毛小子，有何德何能，敢把這個詞往自己頭上扣？

所以，每當有人問我從事什麼職業時，不太習慣撒謊的我，只得悻悻地說：「我是寫小說的。」這時候，對方便會眼前一亮，接著問我寫哪種類型的。玄幻？武俠？純情？耽美？都市？愛情？網遊？軍事？歷史？

然後我只得很尷尬地說：「我自己也弄不清寫的到底是什麼類型的，挺不三不四的那種，估計沒多少個人會喜歡。」

對方還是不依不饒，接著又問：「別氣餒嘛！我覺得你挺有才的。發表沒？還是簽約？在哪個網站？下次有機會我上網去看看。」

這時候，臉皮很薄的我只有跟他們說：「我的文章不太適合放在網上。以前放過幾篇上去，但都沒什麼人看。」

關於這一類的話題往往都是不了了之，弄得自己無比尷尬，也讓對方很掃興。他們一定以為自己遇上了什麼大人物，結果卻是一盤被別人啃剩下了的涼菜，真是「半夜涼初透」！其實我真的不是有意要用表面的謙虛去欺騙他們，我自己也是「人比黃花瘦」，好不到哪裡。

造成這種尷尬的局面，其實也有我自己的原因：我總是分不清什麼場合該嚴肅，什麼場合該隨意，往往把別人不上心的場面話或是交際辭令太當真。這種毛病，說好聽點是實在，難聽點就是缺心眼兒。實在一點好不好，我不太清楚，反正缺心眼兒就讓他們挺噁心的。

就這樣被那些不斷結交的新朋友們問了幾年，臉皮也厚了許多，也就無所謂了，乾脆字正腔圓地跟他們說我是作家。勇敢地說出來了，反倒鬆了口氣，有一種「要殺要剮，悉聽尊便」的大無畏。其實生活就是這樣，自己用很認真的態度對待的東西，在別人眼裡沒準就只是可有可無的消遣（用老北京話說就是「玩意兒」），這對於像我這樣的柔弱者而言，是很淒涼的！

這也算是一種生的艱難，不在於你如何克服這層層阻力，而在於誰會在意你的這份堅韌與努力。

後來我總算明白了，作家算什麼？在很多人眼裡，它跟工人、演員、農民、教授、歌手、教師、官員一樣，也只是一種職業罷了。哪個行業都一樣，既有佼佼者，也有敗類！處在社會中，所謂的「胸懷大志」，其本質就是要努力成為這個行業的佼佼者。只要不傷天害理，就沒必要害羞。於是為了克服這種不自信，我也就經常對著鏡子，理直氣壯地跟自己說：「我是個作家！」

因為我自命為一個作家，於是在工作或者生活中，總難免會有人拿這個稱呼來調侃我一番。

老劉說：「作家，閒著沒事的時候，寫一篇關於我的小說，就說有一天有個叫老劉的好心人幫了你一個大忙，你很感動。」

老趙說：「作家，閒著沒事的時候，寫篇文章，記錄一下我們工作的這一天是什麼情況。」

房東華大媽又跑到樓上找我來了：「作家，閒著沒事的時候，寫篇文章，向黨中央反映一下，說這幾天菜市場的大蒜和綠豆都漲價了，幾天之內翻了一倍呢！跟他們說，是該好好管管了。」

「作家，隔壁那對夫妻又吵架了，你沒事的時候寫封信給他們，好好教導教導他們，讓他們知道該怎麼和睦相處，這三天兩頭地鬧，別弄出人命來了。」

每當他們笑著跟我說這些的時候，我總是哭笑不得：「我選擇寫作並不是因為閒著沒事。」

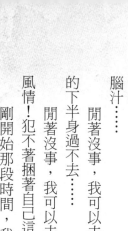

閒著沒事，我可以去郊外散散步，呼吸呼吸新鮮空氣，犯不著整天躲在這烏煙瘴氣的閣樓裡絞盡腦汁……

閒著沒事，我可以去參加社交活動，刮刮鬍子、理理頭髮，一本正經地談場戀愛，犯不著跟自己的下半身過不去……

閒著沒事，我可以去旅遊，親近親近大自然，看看開闊的天空、碧波蕩漾的湖水，領略一下異域風情！犯不著捆著自己這雙老腿……

剛開始那段時間，我還會跟他們解釋一番，只是後來才發現這種事越解釋越覺得可笑：「天天對著這台破電腦寫一兩部無人問津的小說有什麼用？周圍的世界還不是一團糟？」於是，也就隨它去了……

「天要下雨娘要嫁人」，這些是沒辦法的事，在內心認定自己的某一種身份之後，就一定會受到眾人的調侃和質疑，關鍵的是我們自己要足夠地堅定。

於是，我必須很清醒地問自己一個很嚴肅的問題：「我為什麼要選擇寫小說？」但總找不到一個自己認為合適的答案，於是我只得不斷地在腦海裡搜尋跟創作過程中有關的點點滴滴，才最終認定一個事實：我堅持寫作一方面是出於內心傾訴的需要，另一方面是在尋找自我的歸宿。

已經活了二十多年。這二十多年來，見過很多人，忘記了很多人，也喜歡過很多人，甚至也恨過一些人，不過留在心底最多的還是那些往日的溫暖。那些經歷，我無法將它們都原汁原味地呈現在自己的筆端。一方面是時間會將那些往事淡忘，選擇性地刪改；另一方面是害怕心底的秘密會被一些無關的人窺探。於是，我便選擇了寫小說——把那些或明亮或昏暗，或憂傷或沉重的回憶跟隨自己的想像燒錄下來。

王家衛曾說過：「電影是第一個夢，也是最後一個夢。」這是對影視創作者而言的。其實，所有的藝術創作都是這樣——是第一個夢，也是最後一個夢。

而小說，無非是一群懦弱的人編織出來的屬於文字的夢。不善言辭的人，也許在他小說的世界裡，可以長篇大論，指點江山。一個文弱書生，受了欺負沒處發洩，自然也可以在他想像的世界裡，把自己武裝成神功護體的俠士，奮力廝殺，除暴安良，甚至於扛起維護江湖太平的偉大使命。行跡猥瑣者，也可以用他的筆，慷慨激昂，抒發義正詞嚴的滿腔正義。一個完全沒有性經驗的人，自然也可以把床笫之事描繪得香豔離奇，細緻入微，甚至於樂而不淫……這些夢，無非是為了彌補現實中的種種無奈和不足，滿足內心不可告人的欲望罷了。

小說，在客觀描述的基礎上，也難免少不了那些出於虛榮和意淫的粉飾。至於我呢，自然也逃不出這個侷限。我並不擅長編故事，沒有天馬行空的想像，也沒有縱橫古今的學識，我寫的大多是我自身的經歷或是一些未做完的夢。那些內心的堅持，執著的結局……都情不自禁地在我的筆端流出。雖然現實中未必如紙上那般，而那些所有的「真」與「假」，如果連當事人都不在乎，別人又何必操這份閒心呢？

我第一次寫長篇小說，僅僅是想記錄發生在我內心深處的一段愛情，可為日後的記憶尋一個證據。（也許對方並不覺得，但我始終認定那就是愛情。）只是寫著寫著，我便漸漸地背離了自己的初衷。奇怪的是，寫完以後，我反而再沒有去碰過它。

直至今日，我仍是沒有把那篇小說給過她看。並不是因為自己聯繫不上她（我們有一些共同的朋友），也不是因為沒有足夠的勇氣，只是因為找不到一個說服自己的理由。我想像不出她看完後會有怎樣的反應，更不知道自己該如何應對她的那些反應。年少的我，一直堅持著一個信念：最純真的愛

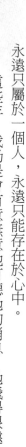

永遠只屬於一個人，永遠只能存在於心中。

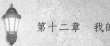

這些年，我仍是會有意無意地打聽她的消息。她飛得很遠，看到很多風景，交了很多新的朋友，有了很多全新的經歷。她的世界越來越大。每聽到這些，我的心也跟隨著她的方向飛了去。

電腦上存了很多她不斷更新的相片，隨著歲月的推移，她的臉由稚嫩而漸漸突顯出清晰的輪廓。漸漸成長起來的她，新添了許多耐人尋味的氣質。而漸漸地，當我再翻看那些相片時，雖然心中仍流淌著那份溫暖，卻感覺如此陌生，竟會懷疑那些小說中的記憶也是憑空想像出來的。

這些年，能與她重逢的機會很少，但還是遇見了幾次。從最初的那份尷尬，到現在的坦然自若，也竟恍如隔世。我也漸漸明白了，在她的心中，那份愛早已石沉大海了。

原來，那麼多的刻骨銘心，有時並不是不願觸碰，而是再也觸碰不到。

我寫完那篇長篇小說以後，也陸陸續續地寫了一些小說，長短不一。拿給朋友看，朋友的第一反應便是，「你還是擺脫不了她的影子。」我淡淡地說：「不算吧。」因為我記得我說過，這些年，我見過很多人，忘記過很多人，也喜歡過很多人。

看完《我是一本讀不完的書》之後，有不少人問我：「那張卡片裡到底寫了些什麼呀？為什麼直到小說結束，還是沒交代？」

我琢磨良久，只得很無奈地說：「我自己也不知道。」

我確實是不知道，很多時候，創作中要表達什麼，作者自己是很模糊的。至於我的小說要表達一個怎樣的主題，我的腦中更是一片空白。就像母親肚中的胎兒，出生前，誰也不知道他是怎樣一副容貌；而出生後，誰也不知道他將會有怎樣的軌跡，經歷怎樣的磨礪；甚至於當他終於走完這一生，軀體化作塵埃，蓋棺定論時，也很難公正地評價他這一生的功與過，得與失。

這些年，我確實也在不停地尋找那卡片上的字，可每次答案都不一樣。（沒想到，寫作竟也成了一個尋找的過程。）

寫作的目的在哪裡？我想應該要像那卡片上的字一樣，永遠懸而未決才好。這樣，給自己多一些空間，也給旁人多一些想像，而不要讓那些俗世的定義把自己束縛住。因為最純粹的寫作本就是無目的的，就像真正的朋友是「無用」的一樣。任何帶著目的的寫作，都是對自己的背叛；任何心存功利的友誼，都存在間隙。至於寫完之後，如何處置，那另當別論。一個孩子出生了，該走怎樣的路，應該由他自己選，當父母的只能祈禱和囑咐。

儘管最純粹的寫作是無目的的，但需要動力。它的源動力來自於傾訴的需要——就像閱讀的源動力是來自對無知和孤獨的恐懼一樣。傾訴是一種本能，它和性欲一樣，是會被反覆喚醒的。當然，傾訴的方式有很多種，我只是更多地選擇了寫作，僅此而已。

選擇純粹的創作之路，必然要忍受漫長的孤獨。在這段過程中，光有信念是不足以支撐這個生命的，就像單相思永遠會在快樂和痛苦的漩渦中糾結一樣。

創作者的孤獨是一種矛盾的情懷。

創作本身需要不斷燃燒激情，而這份激情又源自他對存在與現實的熱愛。而為了培養捍衛自我以及獨立思考的能力，創作者又不能忘我地投入於現實世界中，更不可能完全地將自身融入於這一道德或文化氛圍中。這種游離的狀態和進退兩難的矛盾，註定了他的孤獨是無法自癒的，或者說是自命不凡式的。

每一個作者都或多或少有些自戀情緒。嚴重者，會因為內心執著的優越感而將自己與芸芸眾生區別開來。這種情緒的積累，則註定了他靈魂的高傲與孤獨，當然，有時候也是淒涼的，最典型的例子便是王國維和張愛玲。

對大多數自戀者而言，他們也很希望自己得到社會的認可。這種強烈的認同欲望，移植到一個作家身上，有時會使他們迷失或者背離自我；有時他們也會在讀者面前為自己作一番辯護，以期望和讀者達成某個層面的共識。只是，更多的時候，相對於作品本身，這種辯護顯得更蒼白無力。

但這並不能將責任完全歸結於作者本人，因為對於一部作品，每個讀者都有各自的閱讀角度和欣賞水準。蘇利・普呂多姆就曾說過：「書的命運十分奇怪。一部著作可能是一個嚴肅的人寫的，也可以是膚淺的人或笨蛋寫的；它可能由笨蛋來評判，也可能由膚淺的人或嚴肅的人來評判。把這些不同的特性結合起來，你就會看重名聲的機遇。」

在很長一段時間裡，我也曾迷失過，也曾為自己辯護過（或者說是為作品解釋）。我的這種辯護完全只是「盡人事，聽天意」——比較坦然地接受讀者對我的態度，畢竟過度地渴求認可只會適得其反。而為了防止自己再度迷失，我做的最多的是尋找。比較不幸的是，這件事我做得並不是很好——我仍是不夠清醒，很容易迷惘。

當我知道張子墨告別現有的生活，背上行囊出去尋找素顏的時候，我是很感動的。有時候，在記憶中遠遠地看著他，是那樣親切。因為我總會從他身上看到我自己的影子。

每個人都會不自覺地與自身以外的事物做出一些比較，以區別彼此，愛慕虛榮的人尤其如此。我沒法否認我的虛榮心，不過慶幸的是，我的參照物是張子墨——這樣一個幾乎被理想化了的人。

我沒有任何預知未來的能力，所以不知道他能不能找到素顏。即使找到了，也不知道會不會是他意念中希望的那個。可我仍是嫉妒他，因為至少他選擇了這樣做……在迷失中發現了自己，然後拋棄負累，不顧一切地忠於自己。

而我沒有像張子墨那樣做。我沒有這樣的勇氣，也就缺乏這種堅毅的力量，於是，我依然在現實的泥沼裡掙扎著，困守在這裡看著背著行囊漸漸遠去的張子墨。有時候真希望他也能回過頭來看一看我啊！

對於一個作家來說，最重要的便是忠實於自我。張子墨雖不是作家，但他做了我做不到的事。不得不承認，他比我有天分。柏拉圖說：「合格的統治者應該是一個哲學家。」那麼，張子墨能夠統治的領域究竟有多廣？有太多的人，學到的是處世的哲學，而極少有像張子墨那樣，是一個用生命去實踐忠實於內心的哲學的人。

我有時候會不自覺地去想像張子墨的行囊，除了那些能夠喚醒對素顏的記憶的物件，還有些什麼？他這一生已經夠充實了，還需要背負哪些身外之物呢？

雖然人生本是無意義的，再熱烈的燃燒也逃不過永恆的死亡，可是，他那顆執著的心，使他生命的軌跡有了一個明確的方向。

其實想想也覺得荒唐可笑，每個人都有自己的軌跡，有自己作為個體存在特有的狀態，何必要嫉妒？何必要勉強自己成為另一個張子墨呢？難道我寫出來的作品只是為了複製前人？何況我對人生的態度本來就是悲觀的，或者說是接近於虛無。我的身軀應該是游離的，我的人生應該像一場漫無目的的流浪，我永遠不可能像張子墨一樣走一條積極而執著的路。只是，現實往往是這樣，池中的魚羨慕天空中鷹的自由，而鷹則羨慕魚的安逸。

如果有一天，我可以選擇另一種生活，那麼，就讓我在有關張子墨的夢中一直沉睡吧！它是我的第一個夢，也是最後一個夢！

第十三章　傳奇

我總是在搜尋，又怕看見你的身影。我總是在訴說和祈禱，又沉默。我總是看著天，總是看見你，你的笑臉調皮美麗。我總是錯把別人當做了你。

——小艾

你坐在車窗旁，看著鐵路兩邊不斷退後的風景，心裡平靜了許多。有多久沒見過韓思菱了，半年？一年？還是很多年？時間的概念對你來說不具備任何意義，因為思念早已把這份牽掛拉長。

還記得上一次見她的情景嗎？當然記得！為什麼要這樣問自己？其實，你是如此地珍惜每一次與她四目相對的場景，她的長髮、瀏海兒、柳月眉、眼眸、笑靨，以及她的衣著，她身體的線條，她輕盈的步履，都曾印在你的記憶裡，刻在你的心裡。也因為那份長留心間的記憶，你方能抗拒著外界令人窒息的誘惑而守身如玉。

鐵路旁的風景伴著鐵軌摩擦的聲音不斷退去，就像記憶的滾軸不斷向前推移。你看了看座位旁邊的行李——那個沉重的大箱子。這幾年來，它一直跟著你，它承載了你太多的夢、太多的聲響與寄託。你生活的點滴印記，都塞在那個箱子裡。在別人看來，它確實太大了，但對你而言，它實在太小了——裝不下你那些陳舊的回憶。你知道你不是潘朵拉，你只是個普普通通的人，卻遇見了如此超凡脫俗的她。你帶著那份沉重的記憶感恩，只要有她，也就不再追尋生命的意義了。

你看著窗外，腦海裡卻在想像與她見面的情景。你會在哪裡看到她？她願意見到你嗎？她會用怎樣的表情和姿態迎接你？她還會那樣笑嗎？還會在遠處對你招手嗎？她會穿怎樣的衣服？她身邊會不會有其他的人？見了她之後怎麼辦？能見一面就足夠了，馬上就離開吧！

那些想像和往日的畫面交織在一起，你有難掩的欣喜也有莫名的恐懼。你始終不明白，以前你面對任何人的時候都可以像湖水般平靜，為什麼面對她就不行？一輩子這麼長，還有很多事要做呢，怎麼可以就因為她而改變自己的軌跡？可是，沒有了她，你又尋找不到自己存在的意義。很矛盾吧，很糾結吧，或許這就是愛情，那種燃燒的激情總讓你無法掌控局勢。

其實，你應該慶幸自己還年輕，還可以再愛一回。只要有愛，你就不會老！

你翻開隨身攜帶的那本《聖經》。你不信教，它只是你們共同喜歡的一本閒書而已。你平靜地看著耶穌從耶路撒冷漂泊到客西馬尼，最後在十字架中死去又復活。你看到他的博愛，看到他的寬容，看到他身上的光。然後，你看到了自己的狹隘。你無法像耶穌那樣，愛全部的人，你只能愛她，而且只侷限於男女情愛——帶著強烈的情慾。你始終想不明白，為什麼夏娃是耶和華用亞當的肋骨做成的，為什麼女人成了男人骨中的骨，肉中的肉？你只知道，你這一生都在尋覓，漂泊了那麼久，只想回到屬於你自己的伊甸園……

暮色漸近，車廂的燈亮了，你以為火車就要到站了，短短的幾個小時，卻像跨越了幾千年。

對你而言，確實比幾千年還長，你的思緒飄向了那個樸素而悠遠的時代，想到了舉案齊眉的司馬相如和卓文君，想到了深居冷宮的陳阿嬌，想到了臨終都不欲見帝的李夫人，想到了唐明皇為楊貴妃招魂，想到了雙雙化蝶的梁山伯與祝英台，還想到了才氣逼人的晏小山與納蘭容若……這些都是千百年來流傳至今的傳奇，有華麗、有唯美、有惋惜、也有無奈，但都寄託了人們那些單純的願望。你知道你既沒有顯赫的地位，也沒有足以讓世人嫉妒的才華，你只是芸芸眾生中的一粒微塵，你可能直到死都沒有那麼多人關注。可是，一粒微塵也有自己的軌跡，有自己的感情，有自己存在的理由和價值。你相信，你的愛只要存在過，就不會隨著生和死的變遷而像窗外的樹一樣退去。

於是，你又想到了很多年以後……當你被裝進那個灰色的小盒子裡長埋在地下，當這個世界都變了，當所有的印記都被人淡忘時，人們或許還在傳唱著你的故事，還在念念不忘你曾那樣義無反顧地愛過她，還有很多人甚至會替你珍藏那個行李箱中的記憶，那時他們才發現——它真的是太小了，都不夠用來刻畫你的臉……

天漸漸亮了，你第一次在火車上看到日出，真美，就像她的臉一樣絢爛。火車到站了，你終於回來了。

是的，你終於回來了——拖著沉重的行李和疲憊的軀殼。可是，你並未停下你的腳步，你急切地想見到她——歸心似箭只為了這一個理由……

你終於看到了她——韓思菱——在那片廣闊的廣場中，那黑壓壓的人群中，你看到了她——韓思菱。你一點都不奇怪自己為什麼能在人海中尋覓到她，彷彿這是宿命一般。你以前不相信這些的，哪怕信也更傾向於「緣分」，你寧可相信緣聚緣散，讓自己輕鬆坦然地面對。可是遇見她之後，你開始相信很多事情都冥冥中自有安排，她來到你身邊，是命中註定的。你的力量在人間是如此渺小，你違背不了天命——你更不願意違背這上天的好意與恩賜。

你遠遠看著她在人群中四處張望，尋找你的身影，你的眼前一片濕潤。韓思菱好像比以前瘦了，又好像沒有。你沒辦法將她與上次見面時對比，因為上次所有的記憶都在你這次看到她的那一刻退去了。眼前的她，佔據了你的整個腦海，甚至左右著你的理智。你把她從人群中拉出來，來到一個公園裡。

你們漫步在公園的小路上，你心無旁騖地看著她，彷彿下一秒她就要從你眼前消失一般。她的側臉有一種靜美，彷彿是沉浸了幾千年。她的靜美，洗淨了你多年沉積在心中的污濁。你是這樣地貪婪，想要記住她每一個表情，以便日後的回憶能更加清晰唯美，因為你不知道，這次之後，還要多久才能再見到她。

她沒有笑，只是那樣安靜地陪你走著。這樣真好！你想起泰戈爾的那句詩：「你微笑著，不說一句話，而我覺得，為了這一刻，我已經等了很久很久。」是啊！等了很久很久，追溯了幾千年，才來到她的身邊，你豈能不珍惜？

面對你貪婪的目光，她很不自然，不停地問你：「你怎麼啦？」而你竟無法表達這份沉醉與狂喜，只能回應她：「我沒事。」

你本來有很多話要向她說，你想說說這幾年漂泊的酸楚，你想告訴她這些年她的身影一直伴隨著你。你對她的思念，平靜時如山澗的泉，看不到源頭，也尋不到盡頭；激動時如困獸，始終難掩心中那份煎熬。你想把那些滿懷思念的詩給她看，可是那一刻，你又覺得所有的行為都很做作，你有點看不起自己。剎那間，你不知道自己還可以說什麼，你的頭腦裡一片空白，所有的語言都變得很遲鈍——甚至是蒼白，你唯有沉默地聽著自己的心跳，張弛有力。是啊！內心如海潮般的澎湃，你豈能在這一刻向她傾訴？

你們在路邊找了張石板凳坐下，路旁落滿了梧桐葉。你們就這樣近距離地坐著，有那麼一刻，你突然很想吻她，很想撫摸她的長髮。可你沒有這麼做，你可以找到很多理由去掩飾你的懦弱，你告訴自己，這樣是對她的尊重。可是，她需要你這份尊重嗎？

你閉上眼睛，聞到韓思菱髮間飄過的馨香——彷彿春天從你眼前走過。她說：「其他人都沒有像你這樣誇張。」你想說，那是因為其他人沒有機會這麼近距離地審視她的美。但你沒有這樣做，你沉浸在幸福中，但沒有必要去炫耀。

是的，你有著和你年齡極不相稱的成熟的外表，也有著和你經歷極不相稱的學識，你在很多人面前都可以表現得像個長者、智者，你的老成讓很多人都欽羨不已。可是，愛上韓思菱之後，面對著她，你就像一個孩子，是如此忐忑。你亦步亦趨、如履薄冰、如臨深淵，深怕越雷池半步那份美就會在瞬間破碎。對你而言，人生中最美的時刻，莫過於遠遠地、靜靜地看著她的那段時光。

你問她：「以前有多少人曾拜倒在妳的裙下？」

韓思菱反駁：「什麼啊？其實我是很普通的，好不好？」她看了看你，「你的眼睛裡有好多血絲啊！」

你說：「這很正常啊，在火車上一晚都沒睡。」

她反問：「那你回來之後為什麼不先休息一下？」

「急著下來見妳嘛！」

「……」

「見妳以前，本來想馬上就回去的，沒想到，我掌控不了局勢。」

「你靠在這裡睡一會兒吧。」

於是你便在她旁邊靠了一會兒。你夢見很多人，夢到很多事。很多人來了又走，在你腦海裡橫衝直撞。你夢見她離你遠去，你醒來，發現自己滿是淚光，你看到她依舊安靜地坐在身旁，翻看著那本《聖經》。突然間，你發現自己受過很多傷，原來是在那一片慌亂中，在傷痕累累的歲月裡，你遇見了她。她把你治好，然後，你知道你還要前行。

已經黃昏了，颳起了一陣風，捲起滿地的梧桐葉，在眼前飛舞。這個畫面，應該會在記憶裡留很久吧。縱使有再多的不捨，你終究還是要開口：「已經很晚了，我要回去了。」

她把你送到車站，看著你很吃力地提著行李上車。車要開動時，她向你揮手，可你不知道自己什麼時候還會再回來。

小艾曾對你說過：「並不是所有的美麗都適合你的眼睛。」他說得對，並不是所有的經歷都會有一個稱心如意的結局，總有避免不了的無奈，也許所有的情感都會有降溫的那一天吧！激情會冷卻，人也會變得現實，也會漸漸喪失很多對美的體悟。可是，那個微笑、那片飄舞的梧桐葉，還有這個背影，都會銘刻在記憶裡。然而，韓思菱會記得你嗎？你說，你愛過，就不要在乎那麼多了！

「只因為在人群中多看了你一眼。」

第十四章　紫若涵

雨滴在無人的地裡，濕潤來自那一片雲煙，濃霧的山林綠意朦朧，鳥聲如夢，雨一滴一滴……尋訪心後的綿綿止息，你不知是在哪裡，一條路側出許多路，你不知歸於何處。四季的草開始生長，眼前的樹木在這裡已有很多年，停留和徘徊，眼睛浸染這濕意的空，心何時能進入或者打開？

——小艾

一

坐在辦公室改完那些作文，你已經有點累了。你很失望，為什麼現在高中生的文筆會這麼稚嫩？稍微好一點的，也是一股泛著酸味的浮誇風：成群結隊的排比句、大量華麗而空洞的辭藻、見縫插針的典故和名人名言（人家都死了上千年了，何苦要從棺材里拉人家出來理論一番呢），洋洋灑灑上千字卻不知所云。不知道等幾年後他們回頭看自己寫的這些東西會不會臉紅啊？

同事都下班了，辦公室裡空蕩蕩的，沒有人願意與你分享這份孤獨。你點了根煙，真想把那堆厚厚的作文本也一併點燃了。你拉開抽屜，看到那張有點褶皺的明信片，在背面看到那個在你心裡住了好幾年的名字——紫若涵。

「紫若涵」便是她的名字——留在這張明信片上的落款，雋永俊秀——字如其人。明信片的背面還有幾句話：「祝夏老師教師節快樂，家庭和睦，桃李滿園。」很普通的幾句話，以前也有學生寫過、送過，卻不知道自己為什麼單獨把這張珍藏這麼久。

你的記憶再一次閃回到那段逝去的歲月。那一年，你剛結婚不久，在這所高中只教了兩年書，年少氣盛，對每個學生都有著十二分的熱忱，當然對懷孕八個月的妻子韓思菱也是如此。

然後有一天，你發現班長紫若涵竟然曠課了。而下午，紫若涵的父親便來學校找到了你，掏出一堆信：「是夏軍夏老師嗎？阿紫那孩子，早戀了。我今天早上在她房間裡發現了這堆信，全是男生寫給她的。」

你問他：「那你怎麼處理的？」

他說：「我找她談話，她便矢口否認，我有什麼辦法啊！她以前很誠實的，現在這孩子變壞了，都是那個小癟三給害的。他們都還這麼年輕，哪懂什麼情啊愛的，不是在瞎胡鬧嗎！這要真做出什麼出格的事情來，吃虧的還不是我那不懂事的女兒啊？」

「你這說的都是什麼話啊？紫若涵現在哪兒？」

他說：「我罵了她幾句，她反鎖在房間裡哭呢。真擔心她會出什麼事。沒辦法才來找你，死馬當活馬醫吧，希望你能幫幫我。」

「那你到底跟她說了什麼？」

「我……我也沒說什麼啊，就叫她跟那個癟三斷絕往來。」

你沒好氣地說：「要是我，我也會把自己關起來，跟你斷絕往來。你這辦的叫什麼事兒啊！」

你隨紫若涵的父親來到她家裡。她家深處鬧市，並不算富裕。聽到是你來了，紫若涵才開了門。你看到她滿臉淚痕，頓時心生憐惜。「妳怎麼把自己弄成這樣？」

「我沒事！」

「妳爸爸已經跟我說了妳和那個男生的事，妳放心，到現在我都還不知道他叫什麼名字，也不知道他是哪個班的。」

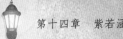

「其實告訴你也沒關係。他叫劉歆，就是我們班的學習委員。我爸是怎麼跟你說的？」

你把從她父親口中得到的資訊整理複述了一遍。「他……他是說過我有一雙清澈的眼睛。」

你這時才打量了她一下，她的雙瞳確實很深邃，讓人看不到盡頭。

最後，她問你：「你怎麼看這件事？」

你停了停說：「我在妳這樣的年紀也有過類似的經歷。人到青春期，對異性充滿好奇、相互吸引是很正常的事，我能理解你們的心情。不過我們那時候好像也沒你們現在這麼誇張，都是『止乎禮』……你們都還年輕，以後的路還很長，你們自己也不知道以後還會遇上什麼樣的人，我不想你們長大了後悔。退一萬步說，你們現在就算在一起了，也改變不了什麼。以前可能一起看書，現在也還是一起看書啊；以前可能一起回家，現在也還是一起回家啊；以前一起去釣魚、春遊，現在不也一樣嗎？既然都一樣，那幹嘛非得要是情侶關係啊？那些花前月下、風花雪月的玩意兒都是成年人的，你們現在也沒這個條件和精力。所以，我覺得你們的關係維持在友情和愛情之間就好了，不要去想太多。這樣的距離應該是最好的，沒準還能在學習上相互扶持，相互提高。」

紫若涵看著你：「這些話，要是他能聽到就好了。」

你說：「我可以對著劉歆再說一遍，不過，妳跟他說不是更好嗎？」

「你以老師的身份說會更有說服力一些……我也知道，其實他一直對我很好，我生病了他會給我買藥，每天下午都會在學校門口等我一起回家，買一些複習資料給我。我當班長，有時很忙，他便會拿他的筆記給我抄。」紫若涵笑了笑，「雖然他的字確實很難看……我們確實是『止乎禮』啊，一點出格的事都沒做，是那些大人想得太複雜了，總喜歡以小人之心度君子之腹。」

「妳怎麼可以這樣說妳父親？」

「他本來就是嘛，自己窮得要死還在外面花天酒地，每天回來都喝得爛醉，還經常打我媽！其實我和劉歆真的沒什麼的，他就是咬定了我有，就是不相信，我有什麼辦法？但我不能和劉歆斷絕往來，他太脆弱了，我不想傷害他，其實我知道怎麼跟他維持這種關係和距離，我也跟他說得很清楚了。只是有時候他控制不了自己的衝動……有一次和我一起回家，他想牽我的手，我當時就嚇得跑掉了。第二天我跟他說，他要是還敢不尊重我，我就不理他了。後來，他就再沒有做過類似的事情。」

「那些信是怎麼回事？」

「有一些確實是寫他怎麼怎麼喜歡我的，但更多的是談到他的家庭。那時他爸媽正在鬧離婚，那段時間他心情很不好，就給我寫了那些東西。他說他想不明白，為什麼他媽媽能這麼輕易就拋棄他。之後，他還問了我很多問題，我都答不上來。你如果不信，可以自己看啊。」

「我相信妳。不過……他都問妳些什麼啊？」

「你們大人的責任啊，婚姻裡面的義務啊什麼的，反正很亂，盡想那些現在不該想的！」

其實你也沒想到，眼前的這個紫若涵可以這麼懂事，卻又有著這麼倔強的脾氣：「也就是說，現在沒事了？」

「本來就沒什麼事啊！我生氣只是因為他們從來都不信任我。其實要擔心的應該是他們大人自己才對，自己的世界都一團糟，還在這裡瞎操心。」

「他們也是關心妳嘛，正所謂關心則亂，妳不會連這點也不能理解妳吧？妳知不知道，在老師眼裡，妳一直都是班上最出色的，我一直想把妳培養成一個可以獨當一面的人。」

紫若涵抬頭看了看你，將信將疑：「真的嗎？可是，你以前從來沒跟我說過。」

「現在說也不算遲啊！關在房間裡有一天了，妳餓不餓？我帶妳出去吃點東西。」

你帶紫若涵去學校附近的陳記麵館，她一口氣吃了兩碗手工拉麵。看著她狼吞虎嚥的樣子，你完全想像不出那就是平日在教室裡那個安分守己卻又有條有理的班長紫若涵。

之後，你沒有再過問紫若涵和劉歆的事，因為你信任她，就像信任她可以把這個班管理好一樣，你知道她可以把這件事處理得很恰當。你在學習老子的無為而治，與其施加壓力，還不如給予空間。你享受著「治大國若烹小鮮」的樂趣。

一個月後，你的兒子出生了，第一次做父親，你心裡有說不出的興奮。在班會課上，你忍不住向臺下的同學宣佈：「就在昨天，我做爸爸了。」

頓時，整個教室一片歡呼，掌聲雷鳴。你示意大家安靜，臺下漸漸平靜了的時候，你說：「因為我老婆要坐月子，所以最近可能家裡的事情會比較多一些，所以班上的事就拜託班長紫若涵和學習委員劉歆還有其他班委了。」

你看了看劉歆，他正望著紫若涵不知所措。你衝他笑了笑，發現他的眼神裡竟然露出一絲難得的恐慌。這是一種不經意間對愛情的遇見，你知道劉歆對紫若涵的這份愛和你對妻子韓思菱的不同，可到底區別在哪裡，你一時也說不上來。你更沒想到，只是這不經意的一瞥，在劉歆眼裡卻成了一場惡作劇。

你很忙的那段時間，紫若涵和劉歆會經常到醫院裡來看你們夫妻倆還有孩子。知道師娘喜歡吃蘋果，他們每次來都會提一袋蘋果，劉歆總是很主動地坐在床邊削蘋果，而紫若涵則經常幫師娘洗尿布。她超愛孩子，閒下來的時候總會抱抱你兒子。而你總會不自覺地問她：「班上的情況還好吧？我不在的時候有沒有鬧翻了天啊？你和劉歆罩不罩得住啊？」

紫若涵：「夏老師說話真有意思，感覺我們班跟黑社會似的。你要不當老師，出去混一定很快就會出位了。」

你試探性地問：「班上有沒有很多早戀的啊？」

紫若涵支支吾吾：「沒……沒有啊！我沒聽說。」

「哎！要是他們都像你這麼懂事，我這當班主任的也就省心了好多。」你這話裡另有深意，她又怎會聽不出來？

她看著懷裡的孩子，又看了看劉歆，笑了笑：「那倒是！怎麼說也是您老人家教出來的，再生父母嘛！」

「我還這麼年輕，哪當得了妳父母啊？妳別折我壽啊！」

二

你欣賞紫若涵，不僅僅是因為她在班務工作上出色的組織能力，也不是出於她對你生活的照顧，更多的是源自她的才華橫溢。作為班主任兼語文老師，你有很多機會讀到學生的心聲。她的週記、她的作文、她答卷的風格，你都有留心。你經常在週記裡讀到她寫的詩，那些都是朦朧詩，可意境悠遠、思想深邃，有泰戈爾的遺風。你發現，哪怕自己再修煉十幾年也到不了她的境界。

你不得不承認，在詩的國度裡，是要靠天賦的，而上帝給予你的肯定沒有給予她的那麼多。你很細心地批改她的每一篇作文，她感性、炙熱、尖銳、真切，言辭雖也華麗，行文卻如流水，沁人心脾，每一篇作文都讓你拍案叫絕。可同時也使你陷入困境，因為她總是潛意識地把你作為交流的對象，可是她的思考、她的疑問卻是憑你的經歷無法解答的，就像紫若涵自己無法回答劉歆信裡的問題一樣。

你鼓勵她往那些徵文大賽投稿，而她總是不夠自信，雖然最後還是捧回來一大堆的證書和獎狀。而你每次都把她文章的底稿收藏在辦公室的抽屜裡，對這些細節，她心存感激。於是，你早上來到辦公室上班，經常都會看到你的辦公桌上多出一個蘋果。那蘋果笑得很甜，完全不像她那個青澀的年紀。同事總會拿你的事打趣：「你的小甜心對你可真好！」而你總是拿著那個蘋果會心地笑一笑，並不搭理他們。這樣真好，大家都很年輕，還有機會享受生命中最美的那段時光。

有時候紫若涵也會問你一些莫名其妙的問題：「做父親是什麼樣的感覺啊？」

你的眼神停在半空中良久，說：「很新奇、很興奮，真的！比和我老婆戀愛時感覺還要好。」

「你是怎麼追到師娘的啊？費了些功夫吧？」

「還好吧！我們是在大學認識的，看到她的第一眼，她就虜獲了我。記得有一次，下好大的雪，我捧著玫瑰花在她寢室門口站了一下午，她才出來。後來，她寢室的人看不下去，逼她出來，等她裹著大衣出來的時候，玫瑰和我都凍僵了，我的牙齒直打顫，根本就說不出話來。之後，我就很幸運地發高燒住院了，在病房裡，我吻了她。」

「哇，酷斃了！好張揚啊！你怎麼這麼老練啊？」

「怎麼說話的？什麼叫老練？沒大沒小的，那可是人家的初戀好不好？」

「老師，你初戀那麼晚啊？看不出來……不過，這也說明夏老師有天賦，無師自通！」

「我們那時候可不比你們現在這麼張揚。我記得有一次，我坐了幾天幾夜的火車去看她。真的就只是為了看看她，什麼也沒做。我們坐在路邊的石板凳上，她看我眼裡有血絲，便叫我休息一下。我就靠在她旁邊上睡了一下午。醒來後，我就又踏上火車回去了……那時候，真是美好！」

劉歆：「啊！老師就是天生的情種。」

你臉紅了，任他們一唱一和，把你架在火爐中間烤。結婚後這些年來，你第一次臉紅，沒想到竟是這兩個後生給糊弄的。大意失荊州啊！沒想到會掉進他們的陷阱裡，一個個都鬼機靈。

「我不明白，你那麼愛師娘，為什麼還要說做父親的感覺比戀愛還要好啊？」

你說：「戀愛的時候啊，肯定會有功利心的，每次付出多少都要計算著對方會給你多少回報，會問自己誰愛誰多一點。而做父母就不同了，他們沒想過這麼多的。孩子生病了，自己會本能地急得團團轉，只想著他能快點好起來，根本就沒有心思去想他長大了會不會不孝順。有時候，看他握著拳頭睡得很安靜，我真的以為這就是整個世界。有了那個小傢伙之後，我才發現，原來我的潛能有這麼大！這些沒做過父母的人是體會不到的。等妳和劉歆結婚了，有了自己的孩子，妳就會知道我在說什麼了。」

紫若涵有點不好意思：「你怎麼又扯到我身上了，都說了我跟他沒什麼的，早知道這樣，那些事就不跟你說了。可是……你對你兒子的愛會一直這樣延續嗎？你確定你不會變成像我爸那樣自私的人？畢竟孩子的成長是個很漫長的過程，這其中會有很多問題的。萬一有一天你……」

「我也不知道。至少我現在是很愛他的，也愛我老婆。以後會怎樣的確很難預料啊！」你看了看紫若涵，突然意識到一些問題，「天吶，妳沒事都在想些什麼亂七八糟的啊？這些都是大人的事，妳未免操之過急了吧！」

「我……我只是不想重蹈覆轍。」

你拍了拍她的肩：「妳終究還是個孩子，要知道，一輩子那麼長，有些彎路是妳避免不了的。」

你走過多少彎路呢？也許連你自己也說不清吧。如果沒有立場，人生有很多事本無對錯；而當立場太鮮明，又容易讓自己陷入固執。

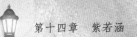

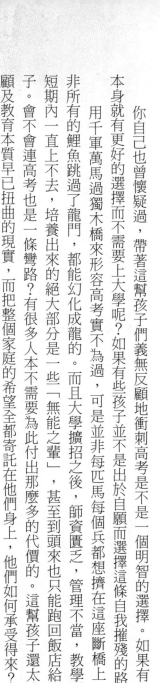

你自己也曾懷疑過，帶著這幫孩子們義無反顧地衝刺高考是不是一個明智的選擇。如果有些孩子本身就有更好的選擇而不需要上大學呢？如果有些孩子並不是出於自願而選擇這條自我摧殘的路呢？

用千軍萬馬過獨木橋來形容高考實不為過，可是並非每匹馬每個兵都想擠在這座斷橋上。也並非所有的鯉魚跳過了龍門，都能幻化成龍的。而且大學擴招之後，師資匱乏，管理不當，教學質量在短期內一直上不去，培養出來的絕大部分是一些「無能之輩」，甚至到頭來也只能跑回飯店給人端盤子。會不會連高考也是一條彎路？有很多人本不需要為此付出那麼多的代價的。這幫孩子還太小，不顧及教育本質早已扭曲的現實，而把整個家庭的希望全都寄託在他們身上，他們如何承受得來？

而你這樣一批一批地把那幫孩子往考場上送，這樣做到底對不對？你的熱心，你的敬業有沒有偏離自己的軌道？如果日後他們後悔，會不會連帶著埋怨你這個當老師的？你知道有些路，不管曲折與否，都應該讓他們自己選擇的。可是你又是這樣的忐忑，生怕有了這個念頭，就動搖了自己的決心，也使那幫孩子開始懷疑。

所幸的是，還沒來得及大家懷疑和動搖，高考就來了。

成績出來了，紫若涵考得非常好，雖然不是清華北大這樣的名校，但對她來說也算不錯了。從你手上接過錄取通知書的時候，她說：「謝謝夏老師這些年來對我的悉心照顧和培養。好想抱一下老師啊！」

她張開手臂迎上來的時候，你半開玩笑地拒絕了她：「還是不要了，最近風聲比較緊，傳出去不好，他們會說我亂搞男女關係的。」

紫若涵笑了笑，有些失望。

高中最後一次的同學聚會，紫若涵沒有去。身為一班之長都缺席，難免有點說不過去。你和劉歆都有點失落。你注意到劉歆一句話都不說，只是紅著臉低頭吃飯夾菜，突然想到很多年前的自己。在這樣一個青澀的年紀，所有的喜怒哀樂、失落惆悵都寫在臉上。

同學紛紛離去時，你拍拍劉歆的肩安慰道：「路還很長，『兩情若是久長時，又豈在朝朝暮暮』。一切都會好起來的。」

劉歆苦笑道：「謝謝夏老師！要是所有的老師都像你這麼開明就好了。」

其實，你並不開明，若不是這種時機，你也不敢說出這樣的話來。不過你很開心，你和他們的代溝還不算很深，亦師亦友並不是所有的老師都能做到的。

不久，紫若涵就去C市上大學了，而劉歆去了吉林。

三

現在你看著手中的這張明信片，才恍然記得那是紫若涵上大一時寄過來的，都已經有好些年了吧。你也不記得你自己上大一時的心情了，你只記得那一年，你遇見了你現在的妻子，你從朋友那裡才打聽出她叫韓思菱。

那年的韓思菱，青春活潑、楚楚動人。尤其是那雙眼睛，是那樣的深邃，你從不敢與她對視。大學的戀情和高中不同，高中時的紫若涵和劉歆是青澀的、隱晦的，愛情成了暗湧的「走私品」，似乎見不得光；而大學時的你和韓思菱，張揚、自由，可以隨心所欲地打情罵俏，情意纏綿。那段時光，是如此美好，如此讓你懷念！

畢業後，結婚時，你曾慶幸，大學有那麼多情侶，只有你們最後走進了婚姻的殿堂。只是，隨著時間的推移，你才發現，你高興得太早了，你一不小心被上帝閃了一下腰——你找的那根肋骨並不是當年上帝從你身上抽出來的。

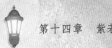

紫若涵那一屆走後，你又回到高一年級組，又迎來了一批新的學生。你看著這些陌生的面孔，竟有些恐慌。你在想：是不是我這一輩子就只能這樣？三年、三年，又三年，一個個輪迴，拿著同一堆教科書走上講臺，看著一屆又一屆的學生「飛黃騰達」，然後離開自己？你看著他們慢慢長大，然後自己就這樣慢慢老去。這樣的生活是你想要的嗎？

兒子也開始學講話了。他學到的第一個詞是「媽媽」，很奇怪，第二個卻不是「爸爸」。你問老婆為什麼會這樣，她沒好氣地說：「這能怪誰啊？你每次回家都板著臉，好像全世界都欠你錢似的，我看了都怕，更別說孩子了。哪敢靠近你啊？」

其實你又有什麼辦法，你有多少理由去笑啊？你的房貸還要十幾年才能還清，等你還了房貸了，兒子也該上大學了，你又要籌學費。你不敢生病、不敢進酒吧、不敢洗桑拿、不敢去應酬、不敢欠人情……你過得這樣拮据，只為有一個安穩的生活，只要稍微有動盪，你都不知道該怎麼辦。物價像老人的血壓一樣瘋狂上漲，工資卻不見上漲。班上學生的成績像蘋果落地一樣往下跌，可買福利彩票那個大獎卻怎麼也砸不到你頭上。你想體面地在人群中活著，可是背負了無數不可預知的重擔。

你教高二那年的十一黃金周，劉歆從吉林回來，順便拜訪你。他又長高了一點點，臉上的青春痘也不見了。他染了滿頭的黃頭髮。你問他：「在大學還好吧？還適應吧？」

「夏老師，我現在都大二了，再不適應就晚了。」

「哦，這樣啊。現在的大學都允許你們染髮啊？」

「這沒什麼啊！我們班上好多同學都染了，我女朋友也染頭髮了。」

「年輕的時候就是好啊，都追求個性！」這句話一出口的時候，你自己都感到有點酸。你突然想起兩年前在餐桌上的情景，而現在他的失落與惆悵早就尋不到了，「紫若涵還好吧？最近有沒有跟她聯繫啊？」

「她跟我不在同一個城市，不過在網上有聯繫的。這兩年她都沒來看你嗎？」

「有……偶爾會有。」

劉歆來過之後，有一天，你心血來潮，在一次作文課上找出紫若涵當年的那些文章在班上念給那幫孩子們聽。你讀得很動情，臺下很安靜。你看著臺下很多眼神投向你，你努力地搜尋，卻找不到紫若涵的影子。臺下響起一片掌聲，你的眼裡卻是一片濕潤。你走出教室，看著那一片天空，一陣風吹來，你打了個寒顫。

此後，你經常會向新一屆的學生提起紫若涵——那個對他們而言既遙遠又陌生的名字。可是，你從他們眼裡只讀到了惘然和疑惑，於是你選擇了沉默。

這一代的學生已經越來越輕浮了。不讀經典，不看名著，只知道搜羅網路上的那些「雷人語錄」，也不知道是哪個混蛋發明出那些「火星語」、「蝌蚪文」，經常閱卷時都弄得你滿頭霧水，有時候你也會破口大罵：「那麼有能耐，幹嘛不去研究甲骨文啊？刻龜殼刻死你們這幫小兔崽子！」。寫出來的文章就更不堪入目，幼稚到可憐，卻還要主張什麼「戀愛自由」、「性開放」。這些也是那種年紀該想的？

這一代的學生也越來越大膽了。紫若涵和劉歆當年連手都不敢牽，他們卻敢在教室裡肆無忌憚地接吻，叫他們約束一下，注意場合，他們卻說你OUT了。你發現你是越來越不懂他們了，這樣早熟的一代，那一副對什麼事情都躍躍欲試的樣子，看著都讓人擔憂。他們的青春期可能都推前到小學時光了吧？

漸漸地，你懷疑自己是不是得了妄想症，經常講課的時候，你好像都會看到紫若涵坐在第一排。她總是仰著頭，總是穿同樣的衣服，用那雙充滿渴望的眼睛看著你。你知道這是幻覺，可是你無法自拔，她成了你心裡的一個夢。

已經很晚了，你看著辦公室裡空蕩蕩的，只剩下你一個人，頓感莫名的孤獨。你把那些明信片放回抽屜裡，鎖了辦公室的門，在橘黃色的燈光下伴著落寞的身影下班回家。

剛回到家，韓思菱當頭怒喝：「你還知道回家啊！有種的繼續出去鬼混啊。兒子不用管了，家也不用管了，乾脆大家都別過了。」

你堅忍著，沒有多說什麼，從廚房裡端出吃剩的飯菜，硬咽入喉。飯菜都涼了，咽下去的時候，你的胸冰涼冰涼的。

晚上，你胃痛，實在扛不住，起來好幾次，吃了幾片斯達舒才勉強睡了幾個小時。

第二天，天還沒亮，你又跟往常一樣去上班了。走進教室，你剛好碰到一個上學遲到的學生，那學生一向吊兒郎當的，不用說考什麼名牌大學，不在班上興風作浪就算他祖宗積德了，此種貨色實屬害群之馬。很久以前你就想向教導處申請將其開除的，只是教導處礙於他是縣公安局長的兒子，一直到現在也沒個反應。

這一次，你決定治一治他。你興師問罪，他卻一副滿不在乎的樣子，趾高氣揚地盯著你。你再三詢問，他還是一句話都不說。終於，你爆發了，給了他兩巴掌，把他座位上的書全扔到教室外面了。「你跩什麼？公安局長的兒子了不起啊？滾，現在就給我滾，滾出我的教室。家裡人欺負我，學校欺負我，連你們也欺負我！！憑什麼？一群賤骨頭！」

教室裡頓時鴉雀無聲，幾十雙眼睛莫名其妙地刷向你。你的頭髮亂了，眼鏡也斜了，領帶也解了，一副要吃人的架勢，全然忘了「體面」二字。

那學生對著你喊了一句：「走就走！」然後就在你眼前了消失……

過了很久，你整理好自己，狼狽地回到辦公室，拉開抽屜，看著那些作文和明信片良久。你取出紙和筆，極力讓自己恢復平靜，終於寫了一封很長很長的信給紫若涵。

信寫好的時候已經是中午了，好多老師都下班回去吃飯了。你把信投到郵箱中，那一刻，心才漸漸平靜下來……

四

信寄出去之後，你又猶豫了。也許，你本不該寫這封信給紫若涵的，她只是你眾多學生中的一個，你從沒有想過她能否承受你那些沉重的喜怒哀樂，甚至都沒問過她願不願意去承擔——你又一次把自己的意識強加在她的思想裡。

可是，那一大缸的苦水，除了紫若涵，你還能向誰倒？你的妻子韓思菱？你那些勾心鬥角的同事？你那些不懂事的學生？還有多少人對你知根知底而又無所不談？你還有多少值得信任而又樂於信任的人在身邊？

生活把你推到這個境地，你已經沒多少可選擇的空間了。可你終究是不屈的、驕傲的，紫若涵是你唯一能抓住的稻草，哪怕是徒勞，哪怕終究擋不住這股寂寞的洪流，你也要奮力一搏。

學校為了平息這場風波，決定讓你休一段時間假，你的課就由其他的語文老師代上了。其實，學校也已經沒辦法了。一直以來，警員和流氓只有身份和名詞之別，其中一個掌握了話語權，另一個則被定性為邪惡者；其實兩者本質上是一樣的。警員對那些認為骯髒的行為「有選擇性地」罰款，流氓則在黑暗小巷裡收保護費。很遺憾，這次你比較不幸，得罪的是警員頭子，所以呢，接受到的待遇也是流氓性的。由於諸多利益關係的衡量，學校不可能正面與執法的流氓相抗衡，只好採取很迂迴的方式袒護你了。你現在才明白過來，正義有時候確實是美的象徵，只是美並不完全被有話語權的人認可——你的剛正不阿缺乏的是對現實的柔韌。

休假那段時間，你仍是沒有收到紫若涵的回信——你執著地以為她會回信的。

很不巧，你又和妻子吵架了。韓思菱總是喜歡拿一些瑣碎的事情來往你身上發洩，更難受的是，每次吵架，兒子都哭個不停，煩死了。

為了躲避嘈雜的世界，你鬼使神差地去了一趟C市。為什麼會朝著那個方向走？原來那裡有紫若涵所在的大學。在火車上，你一直在想去找她的理由，可甚至連藉口都找不到。

天亮的時候，你又看到了日出，那樣美，在視窗慢慢地向後退。很多年前，也是在火車上，上帝叫你要有寬容的智慧，而現在你只學會了逃避——幸虧你不是信徒，否則你要墜入怎樣的煉獄？

幾年以後的你再次見到紫若涵，發現她已經成熟了許多。她的臉比以前瘦了些，這種瘦，讓你覺得有些突兀。她以前烏黑的長髮也染成了紅棕色。看來劉歆說的沒錯，現在的年輕人都變了。

你站在大門口，看著她快步地朝你走來，突然感覺她時而陌生時而熟悉，是那樣的琢磨不定。你的心有些慌，可是已經沒有退路了，總不能現在就掉頭回去吧？

紫若涵看到你，喜出望外，很親切地叫了你一聲：「夏老師！有好幾年沒見你了，怎麼會想到來看我？」

你摸了摸鼻樑的眼鏡，淡淡地笑了笑說：「來這邊有些事……想起妳也在這邊讀書，就順便來看看妳。妳瘦了好多呢，這邊的食堂很變態嗎？」

「呵呵，是挺變態的！不過我一般不在食堂吃飯的，所以……做人要厚道，不要把責任推卸到食堂的人身上，他們也很無辜的。」

中午在餐廳吃飯的時候，你猶豫了好久，終於開口問道：「我寫給妳的信……妳……收到了沒有？」

紫若涵點點頭。

「我……我一直在等妳的回信呢！」

紫若涵不敢看你的眼睛，沉默了良久：「我……我還太年輕，好多事都沒經歷過，從來不知道一輩子會有那麼多的困境。我……不知道該怎麼回你的信。」

其實你明白，紫若涵還有些話沒有說出口，你是她的老師，從前是，現在還是，以後也一直會是。你在她心中，只能是不可懷疑的權威，是形象高大的榜樣，是摒棄一切欲念的精神導師。她從來沒想過：如果有一天，一個有血有肉，有情慾有困惑的夏軍站在她面前會是怎樣！

你想尋找一座躲避現實的孤島，你在呼喚一個值得傾訴的物件，可是她沒想過要做你的朋友。你們之間，可以是孔子和顏回的關係，卻不可能是鍾子期和俞伯牙的關係。她不是一艘船，承擔不起這些責任，無法化解你內心的蒼涼和孤獨，更不能渡你到彼岸。

也許你真的錯了，你本不該來的。可是，不來的話，你就會這樣一直錯下去！

飯吃到一半的時候，紫若涵接到一個電話。電話很短，紫若涵說了沒幾句就掛了。

「妳男朋友打來的？」其實是不是她男朋友打來的都沒什麼區別，你只想知道，是什麼使你們的關係這麼疏遠。

「不是，他才不會在這個時候打電話給我呢！是劉歆。」

「哦，劉歆啊，他之前有來看過我一次。他最近怎樣啊？」

「應該活得挺瀟灑的吧。不過在北方，好像是吉林，也不知道他受不受得了那邊的氣候。對了，聽說他有女朋友了，好像叫什麼來著……對了，想起來了，叫郝曉蕾。好像是那邊的本地人。上次上網還看到他們的相片來著，標準的美女，跟師娘有得一拼哦。」

你打趣道：「我還以為他現在還對妳念念不忘呢。」

紫若涵倒是表現得很坦然：「那時候大家不懂事嘛，您老就別死抓著不放了！再說也沒發生過什麼啊！不過，他現在說話的口音都變了，地道的東北腔——這都是郝曉蕾那妞兒調教得好啊！」

「妳呢？不介紹一下妳男朋友？」

「哦……他叫肖智企，是我學長，大一軍訓時認識的，人長得挺帥的。其實，我們正式交往還不到半年呢。哎……交往不到一個月就帶我去見他爸媽，弄得我騎虎難下，可苦了我了。而且……總感覺他愛音樂勝過於愛我。他太好玩了，沒什麼上進心，就為這，我們經常吵架。」

「我從大學出來也有些年月了，對於你們年輕人之間的感情糾葛，我也不太懂，不知道怎麼開導你們。」你是怎麼啦？開口就是「你們年輕人」，從什麼時候學會這麼容易就服老的？

「我知道。吃完飯，我帶你見見他，幫我把把關。」

接著，紫若涵打了個電話給智企：「你現在哪兒啊？過來一趟吧，我高中語文老師來了，想看看你……什麼叫跟你沒關係啊？！我連你爸媽都見了，你見一下我老師就會死啊？！我不管，反正你必須過來！」

半小時後，肖智企背著吉他滿頭大汗地趕過來了。他很禮貌地跟你握手：「老師好。阿紫經常跟我提起您，說您非常開明，善解人意。」

還不等你說什麼，肖智企便把吉他解下來，和紫若涵並排坐著：「剛到王昊的學校，回來的路上經過一個吉他店，妳不是說想跟我學吉他嗎？就順便給妳買了一把。」

不知道紫若涵是不自覺地泛起醋意，還是故意要在你面前考驗肖智企的忠誠。「你隔三差五就往王昊的學校跑，他到底是什麼人物值得你這麼重視？哼！什麼時候，我也要去會會他。」

「這個……等有時間再說吧。我……他太有魅力了，我怕他把妳拐跑咯。」

紫若涵只好無奈地笑笑。

你突然發現，眼前的這個肖智企，也會口是心非。只是，你不知道他到底藏了什麼秘密。你也不知道，為什麼紫若涵會選擇一個心不在焉的人。你莫名其妙地闖入了別人的故事，像一個影子，成了一個旁觀者。

你恍然想起，那一年的自己和韓思菱，是不是就像現在的肖智企和紫若涵呢？所有的幸福都是相似的，然後，各自由不同的路走向不幸的深淵……但願你不要看到紫若涵真的有這麼一天！

快到傍晚的時候，你說你要回去了。紫若涵一個人把你送到校門口。臨別前，紫若涵終於和你說：「關於那封信……我怕……擔心你最終還是會變成像我父親那樣的人。夏老師，是不是所有的人，無論他之前有多好，都會慢慢腐爛？」

你愣在她面前，不知道該說些什麼。這個問題太突然，你不知道該怎麼回答。不幸的是，等你再意識過來，她已經走了……

五

從C市回來後，你想了很多，也變了好多。你把紫若涵留下來的那些作文和明信片拿回了家，藏在了抽屜裡。你再也沒有在課上讀過那些文章了；你的意識，再也不會在空中停留；你在教室裡再也找不到紫若涵的影子；你一下班就回家，卻再也沒有任何心思跟韓思菱吵架；你再沒有發過脾氣，可惜的是，笑容也少了很多……

你不想最終變成紫若涵父親那樣的人，於是只好將自己的喜怒哀樂都隱藏於心……

日子就這樣波瀾不驚地過了幾年，兒子也到了上育兒園的年齡。學校給每個老師都配了一部手提電腦，家裡連上了互聯網，韓思菱也不可救藥地迷上了一種叫做QQ農場的遊戲。

每天早上，韓思菱起床穿上衣服做的第一件事便是偷菜，偷完菜之後才是洗臉刷牙。經常醒來，你看到的都是她坐在電腦面前不負責任地偷菜。

晚上睡覺前，你催她早點睡，她也總是說：「別催了，等我種完這些菜，我就睡！你說我是種點番茄好呢，還是養條狗啊？可是養狗我又沒那麼多錢。」

「孩子還小，別養了，怕傷著他。」

「這都哪兒跟哪兒啊！我是說我想養條狗，最近老有人偷我的菜，煩死了。你怎麼跟個鄉下人似的？什麼都不懂啊！」

到底誰是鄉下人？不會玩QQ農場就是鄉下人？我們好不容易才進入工業社會，結果就因為這該死的農場遊戲，一大片城市人又被培育成了「農民」。他們要真是繼承了農民那些樸實無華的品質倒也罷了，可惜的是，他們起早貪黑學到的只是偷雞摸狗。沒準有一天，連自家老婆也偷偷爬到別人床上了也說不定呢。

「妳沒日沒夜地玩這農場遊戲，不覺得無聊嗎？」

「要不玩才覺得無聊呢。我就這麼點追求，連這都不讓我玩，我活著還有什麼意思？」

在QQ農場的迷惑下，韓思菱忘了你還有正常的性需求，忘了自己已經是妻子是母親，也不再介意那些瑣碎的煩惱。她那游離於家庭之外的姿態，讓你嫉妒，更讓你無可奈何。

不過這樣也好，她似乎連月經週期都忘了，不再莫名其妙地找你吵架，不再沒完沒了地囉唆個不停。她離你越來越遠，你再也不會覺得煩了。家裡越來越平靜，越來越冷清，幸虧還有兒子，他無意中成了你和韓思菱之間的橋樑，也使這個家稍微鬧騰出了些人氣。

「我發現這段時間有個人經常在我農場裡種玫瑰，每天還給我的花澆水。奇怪了，他是幹什麼的，起得比我還早。」

「……」

這時的你躺在床上看報紙，報紙上說，日本軍艦又一次驅逐釣魚島上的中國漁船，中國外交部發言人又一次表示了強烈抗議。確實是該強烈抗議了，可不幸的是，我們都抗議過不知道多少次了！我們的政府是很擅長抗議的——自從美國轟炸我國大使館來就一直保持著這個優良傳統。可是你夏軍呢？以前是不敢抗議，現在是連抗議的心情都沒了。

「你到底聽沒聽到我說話啊？我說有人給我種玫瑰，有人給我澆花……」

韓思菱把「有人」那兩字喊得特別響，拖得特別長，可你還是沒什麼反應。

你把報紙放在床頭櫃上：「我先睡了，妳也早點睡吧。」

某個冬天的下午，你下班回到家。韓思菱怒氣衝衝地坐在沙發上一言不發，桌上放著那些作文和明信片。

韓思菱指了指桌上的東西：「這些是兒子今天下午在抽屜裡翻出來的。」見你沒什麼反應，她又提高了聲調，「他可真是調皮啊，這麼不懂事，翻什麼不好，偏要翻你不敢讓我看的東西……」

「哦……我去洗個澡，今天太累了。」

韓思菱本以為你會很緊張，本以為你會盡力去解釋些什麼，如果這些都進展得很順利，她就可以像以前那樣大吵大鬧一番。可是，沒想到你擺出一副蠻不在乎的樣子，這讓她頓時沒了主意，呆坐在沙發上不知該如何是好。

你進了浴室，她的腦海裡不斷重複著你剛進門時的畫面，她迷惑了，不確定你那從容不迫的神情是不是裝出來的。如果真是裝出來的，那這些年憑你的演技也足可以拿奧斯卡獎了。

其實，你又何必去裝呢？那只是一不小心帶回家來的幾篇作文、幾張明信片罷了。如果不是那不懂事的兒子翻了出來，你恐怕早已忘了它們在那個抽屜裡被冷落了有些年頭了。這些年過去了，時間終於強迫你認定一個事實：你心中的紫若涵無非是一廂情願的失落，是一場虛無的幻覺，一場本不該做的夢。

在浴室裡，你抬頭看著蓮蓬頭的熱水伴著霧氣不停地打在你身上，想到的卻是紫若涵，突然間，一種難以名狀的陌生感隨著流水撲面而來，讓你恐懼。這幾年過去了，不知道她怎麼樣了？你呢？這些年，你有沒有問過你自己又過得怎樣？

從浴室出來，你看到韓思菱還是坐在沙發上，眼淚一個勁地往下流。而那些東西，已經被她扔進樓道的垃圾箱裡了……

那天晚上，韓思菱沒有再玩QQ農場，也沒有再提到過那個幫她澆花的神秘人，而是早早地就上床睡覺了。

半夜，她的手在你下體游離摸索，一種久違了的溫柔和激情重現……你在迷夢中醒來，在一片黑暗中，你聽到她急促的呻吟。你伸過手，環抱著她的腰。她主動趴到你身上，摟著你的脖子……

就像兩隻寂寞的海豚，你們在黑暗中擁抱著對方，看不到對方的臉和表情，更看不到對方的心，只能讀懂彼此最迫切的需求。可是，你們還是不顧一切地摩擦，直到兩個寒冷的身體都開始燃燒——這是相互取暖最好的方法了……

第二天醒來，你發現韓思菱早走了，她提著行李回她娘家去了。這並不是她慣用的伎倆，她只是用這種方式在等一個答案。

沒多久，學校就放寒假了。兒子吵著要你在過年前買個新書包給他。他說幼稚園裡好多孩子都有了。你笑了笑，不知道什麼時候開始，連他也學會了攀比。

閒在家裡沒事，你只好帶著兒子上街（你是從什麼時候開始越來越害怕一個人待在家裡的？）。你帶兒子去商店挑書包，卻遇見一張熟悉的臉……

你看著眼前的這個女人，不知所措。她的臉已經有些浮腫，穿著一件粉紅色的孕婦裝。小腹隆起，估計已經到了預產期了。這還是紫若涵嗎？還是你在多年前教過的活力四射的紫若涵嗎？

這個孕婦對你微笑，你突然很恐慌，本能地退後了幾步，沒有說話，迅速轉身離開。你加快腳步逃離那個地方，過了一個又一個商店，一條又一條街，已經好遠了，你回頭，想確認她有沒有跟過來。你看到熙熙攘攘的人群在街上閒逛，再沒看到紫若涵……

這時，你突然想起自己把兒子落下了。你再次站在人群中不知所措，猶豫了好久，還是決定回去，你奔跑著，過了一條又一條街，一個又一個商店，已經好遠了，終於又回到了那個商店。

你看到兒子站在收銀台旁邊，捧著一大包零食在四處張望著。你牽過他的手：「這些零食誰買給你的？」

「一個大肚子的阿姨，剛剛走不久。」

「走吧，以後不要隨便拿陌生人給你的東西，知道嗎？」

「嗯……我有說謝謝的。書包我們不買了嗎？」

「買，只是……我們去別的商店買。」

大年三十那天，你去岳母家把韓思菱接回來，坐在車上，你想起和她戀愛時的情景。曾有那麼一年，你坐一天一夜的火車，只為了看韓思菱一眼，只為了和她坐在梧桐樹下感受一回夕陽。那時的韓思菱，那時的你，是那般純淨、清新。你曾從紫若涵身上看到過韓思菱的影子，而現在紫若涵永遠地消失了，不會再和你有任何交集了，往日的韓思菱又浮現出來。你想起那一年的《聖經》，那一年的日出……窗外不斷退後的風景是那麼美。難道這就是宿命？

從岳母家回來，吃完晚飯，你早早地就上床看報紙，留下妻子陪著兒子在客廳看春節晚會。報紙上和電視裡那些鋪天蓋地的過年話，好像有意針對你似的，盡是一副歡天喜地的模樣。為什麼沒人敢報導美國金融危機對中國經濟的衝擊？為什麼沒有人敢指責中國的樓價可以高到讓人直接跳樓？中國有多少人真正敢說實話？難道真要這樣潛伏一輩子？這個世界都變了！那些人你再也找不回來了。有團圓，卻未必都有喜慶。

趙本山的小品結束後，春晚便開始讓人覺得乏味了，韓思菱關了電視，回床睡覺。她掀起被子，看了看你，你像條死魚一樣沒一點反應。她很納悶：「怎麼啦？你最近有心事啊？」

「我能有什麼心事啊？睡吧，已經很晚了。」

大年初一清晨，你被窗外的鞭炮聲吵醒。太陽已經出來了，又是新的一年。你不禁覺得人類真的很聰明，知道了時間的無涯，為了戰勝這種恐慌，於是就規定了一個個輪迴，這樣便有了充分的理由拋棄過去、憧憬未來。

韓思菱在你旁邊睡得很香，你看著她很安詳的樣子像個嬰兒。你的動靜驚醒了她，她睜開眼，看了看你，又重新閉上眼睛。

人類有那麼漫長的歷史！在那麼漫長的歷史上，有那麼多的十字路口，有那多的人在十字路口上來了又走，也有那麼多人在你的生命中擦肩而過……可是，還有誰能像韓思菱那樣，睜開眼的那一刻看到你僵硬的表情，仍能毫無戒備地繼續閉上眼睡去？有一種看似平常的狀態，是時間和空間共同沉積下來的，你以前從沒發現這個事實吧？

沒有人強迫你屈服於現實、做生活的奴隸，但你可以時刻聞到那些飄蕩在空氣中的美！

你湊到她耳旁，想要開口，卻不知道該說什麼。

韓思菱感覺到你呼吸的急促，不過顯然誤會了你：「今天不要了，我不想做。」

你終於開口：「這些年來，對不起……我愛妳。」

說那句話之前，你想像不出她會有怎樣的反應，也想像不出這麼多年過去之後，你的表達能力竟退化了許多。

她再次睜開眼睛，看著你良久。突然，她掀開被子坐起來一把抱住你，趴在你肩上死命地哭：

「和你結婚以後，就再也沒聽過你說這些話了！」

一個男人想要清醒恐怕是很難的吧？你應該慶幸你做到了，所以，你應該好好抱抱她……

第十五章　無言花

一、初相識

文革結束後，承前啟後的三十多年就這樣走過來了……

這承載著巨變的三十多年，正如那些陳詞濫調的科教片和狂轟濫炸的媒體報導高唱的那樣：「改革開放以來，我國經濟飛速發展，國家日益強盛，生活水平顯著提高」。

但與此同時，大量的人也開始往城裡擠，城市規模也不停地在擴大。

C市和其他城市一樣，就像吃了催生素似的拼了命地膨脹。地產業的興起，道路交通的鋪張與完善，生產和生活方式的變革……使得這座聞名中外的歷史古城在短短三十年間就喪失了原來的模樣，它不再清新素雅，也不再給人以凝重滄桑的歷史沉澱，取而代之的是喧鬧，是浮華，是你追我趕的高速度。

城市變了，寄居在城市裡的人也換上了新的血液，恐怕唯一能讓我們看到凝結在古城上那些厚重的記憶的，便是那些聚集在公園和敬老院裡日暮西沉的老人了。其實，中國大部分新崛起的城市都是這番模樣，物質崛起了，文化卻隱退了，於是C市漸漸地成了座沒有靈魂的空城。

每年，這座喪失了靈魂的空城都會迎來一批批充滿朝氣的學生。

今年，在這批學生中，有一個叫王昊的人。之所以要提起他，是因為他的思緒總是游離在人群之外，游離在這座城市之外……他的「游離在外」彷彿讓人相信：他或許可以給予這個城市少許的改變。

其實，王昊也和其他很多人一樣，一直不喜歡C市，於是連帶著也就不喜歡自己就讀的這所大學了。軍訓剛結束，他就顯得很疲憊、很失落，不止一次地問自己，真的該來這裡嗎？是福是禍，他仍是不能把這周圍的人群看得清晰。

王昊的學校在C市的郊區。可能是受地域的影響，在他的世界裡，天空總是灰色的，夾雜著乳白色的霧，山就在校外的不遠處，可他總是看不到。走出校門，他總是會感到一陣恐慌。這裡的荒蕪，這裡的陌生，還有漂泊異鄉的孤獨，使他總有一種錯覺，好像自己犯下了不可饒恕的罪，被流放到了這裡。

他很少去市區，一方面是因為自己太窮，無力抵擋那些讓人心力交瘁的物質誘惑；另一方面是因為他厭倦城市的浮華與喧鬧。那些林立的大廈遮天蔽日，它們高大魁梧，總能把身材矮小的王昊給隱沒了。城市越大，穿梭在城市裡的人就越渺小，於是漂泊無根的靈魂也就越容易喪失安全感，像荒漠中的一隻爬蟲。王昊無心去追求那種速度，他只是想像小時候在老家那樣，尋一個安靜的地方，給自己開一扇窗，看一看藍天，看一看星星。可無奈，來到這裡之後，自己的世界就一直是灰色的。

被失落籠罩著的他，對周圍的人也是淡漠的。他很少和班上的同學說話，很少參與他們的活動，一個人沒事的時候，他就聽聽音樂、看看書、看看電影、練練字、上上網……

有時候太寂寞，便會跟他的高中同學章瑩聯繫。章瑩沒有上大學，她讀完初中以後就投身社會了。有時候，王昊會問她：「如果我當年像妳一樣，不走進這個封閉的象牙塔，不知道會怎樣啊？」

章瑩總是淡淡地說：「還能怎樣？跟我一樣唄！不過你長得那麼帥，出來以後應該會有很多女朋友的。」

當他聽到她說自己會有很多女朋友的時候，他覺得這是一個莫名其妙的諷刺，可到底這根刺紮在他那根神經上了，他自己也說不清楚。「有的時候，真想換一種生活。如果有一天，妳是我，而我是妳，該有多好？」

「嘚瑟！我還希望我是你呢！在大學裡安安分分的，什麼都不用想，錢花完了有家人會快馬加鞭地給寄過來，每個學期只要最後那十幾天應付一下考試就行了。你啊，天生就愛犯賤，身在福中不知福。行了，別想那麼多了，好好讀你的書吧。」

除了章瑩，他害怕有其他的異性向自己靠近，總不習慣看到別人穿得太暴露，甚至連正常的人際交流都讓他感到很吃力。有時候看著鏡子，他也會對眼前的那個影像感到恐懼，曾經的開朗、樂觀、積極、能言善辯都靈魂出竅了。他就這樣把自己封閉起來，像履行什麼使命似的，獨自完成一種懲戒和救贖。

是的，王昊是在懲戒，也是在救贖自己！他永遠都不明白，為什麼上帝要這樣，讓他不可自拔地愛上一個男人，於是他只能似這種尷尬而矛盾的方式存在著，也抗爭著內心的欲望和愛。

王昊愛上的這個男人叫肖智企，他們是在那年夏天的周年校慶上認識的。說來也很奇怪，為什麼那麼多人，偏偏就肖智企坐在自己的旁邊，偏偏就只有他會喋喋不休地提那麼多問題。

周年校慶那天很熱鬧，活動很多，很多所謂的兄弟院校的領導都很不情願地奔過來了，還有一些從這所大學走出去的校友也興致勃勃地跑回來了。當然，那都是有點事業成就的人才會在這個時候回來，算是揚眉吐氣吧，這麼多年了，總得在老同學面前炫耀一番！虛榮心是一個民族進步的動力嘛！春風得意，抬著頭看看生活了四年的老母校，滿足一下內心膨脹的優越感，也回味這麼多年來創業的艱辛。至於能否緬懷一下曾經單純的歲月，則要看他們記憶中到底存了多少可品味的故事了，這要看各自的造化，是強求不來的。

王昊不習慣這種熱鬧，這本是那幫老一輩人因為古怪的虛榮心而玩的無聊節目，要不是班裡組織了一定要來給這個開幕式捧場，他才不願多挪動一步呢。

那天，他只是坐在禮堂的角落裡安靜地看書，臺上的人在講什麼，他也不是沒聽進去，只是越聽越想犯罪。那些很官方很違心很肉麻的話其實不聽也罷，只是他始終想不明白：為什麼校長的開幕詞只是一個勁地說學校這些年的成就，難道大學辦了這麼多年，就沒有留下什麼遺憾？那麼多的成就，跟那些校友有什麼關係？跟臺下坐著的學生又有什麼關係？有多少人會因為這些成就而覺得自己有多光榮？又有多少人在乎過臺下這些學生正熱得要死，渴得要死？

謝天謝地，校長終於下臺了，你方唱罷我登場，又換了另一個人上來唧唧歪歪。書看到一半的時候，左邊兩個同學恐怕也是無聊得蛋疼。其中一個問：「臺上拿著稿子作報告的是誰啊？怎麼連普通話也說不標準？」

「哦！他以前也是從我們學校畢業的，叫肖凱軍。他是個心理學博士，之前是和他前妻一起在美國的大學任教的，典型的海歸。估計是在美國混不下去了，才回國來糊弄我們這幫沒出過國的孩子。連大名鼎鼎的肖凱軍你都不知道嗎？學校好像正準備要聘請他當教授吧。據說他的研究領域是跟同性戀有關的，你要有這方面的困惑，不妨找他談談。」

「切……你才有呢，你看我這麼強壯，這麼man，像是那種喜歡男人的男人嗎？」

「難說，聽專家說性取向跟體格和性格都沒多大關係的。」

「言歸正傳，弱弱地問一句，你從哪裡知道這些的？」

「學校網站都有啊！教學樓旁的宣傳欄上幾個月以前就貼滿了他的照片。這些你都沒看到嗎？」

「呵呵。我是桃花源中人，不知有漢！」

「哦！混進禮堂來充數的那種。」

「你不也是嗎？」

王昊本以為談話可以到此為止了，於是低下頭繼續看書。沒想到右邊有一個人竟和自己搭訕：

「我叫肖智企，你呢？」

王昊再次抬起頭，也許是上帝的旨意，這一次卻與以往不同。他看到那個叫肖智企的人身上全是斑駁的色彩。他也不知道為什麼，突然間覺得周圍的世界全是灰色的，唯獨眼前的這個人，色彩斑斕。王昊看著他良久，他笑得那麼自然，那麼陽光，像一個初生的天使，與自己完全不同。

肖智企身上的色彩漸漸蔓延開來，王昊的世界再次恢復了原貌：天是藍的，雲是白的，講臺上演講的教授也是聲情並茂的……

「我叫肖智企，你呢？」旁邊的他又重複了一遍。王昊回了一句：「我叫肖智企。」話一出口，他就臉紅了，趕忙改口：「我叫王昊。」

王昊又低下頭看書，可這次他的心不再平靜，而是像隻淘氣的松鼠在全身亂竄。他感到全身上下都很不自然，坐立不安。終於，他藉口去洗手間逃出了禮堂。逃脫那個世界的時候，王昊從沒想過還會遇到他，也從沒想過自己在這裡的生活會因這個突如其來的男人改變多少……

晚上，整個學校都在放煙花，燈火通明。王昊站在食堂門口，啃著麵包，仰頭感受著天空中失落的、虛幻的繁華，那一刻，他突然想起很多離去的人，原來王昊的孤獨是記憶造成的……

煙花放完了，田徑場上臨時搭建起來的露天舞臺亮了，那裡將要舉行一年一度的「搖滾之夜」。王昊這才有少許興奮：呵呵，這才是我想要的。

王昊趕到田徑場時，演出已經開始有一段時間了，臺下站滿了人，他好不容易才擠到了前排的位置。抬頭看到坐在麥克風前面的主唱，天啊，竟是上午在禮堂遇到的那個肖智企！

肖智企端坐在臺上，穿著印有切•格瓦拉頭像的T恤，披散著長髮，低著頭撫弄他腰間的那把吉他。他是那樣自信，冷峻的臉上只露出一絲淺淺的笑。他抬起頭，看到臺下的王昊，嘴角顯出得意的神色。

肖智企的第一首歌是Beyond的「喜歡你」，唱到高潮處，臺下台上都只剩下一個聲音：「喜歡你，那雙眼動人，笑聲更迷人，願再可，輕撫你，那可愛面容，挽手說夢話，像昨天，你共我。」

一曲終了，台上的肖智企打開一瓶礦泉水直接往頭上倒，他甩了甩長髮上的水，水滴落到臺下王昊的臉上，這種感覺真好。

臺下無數男生擁著自己的女友盡情地接吻。王昊不止一次嚮往過這種自由而壯觀的場面。他一直在壓縮著自己的生活空間，從未有過任何機會去釋放、去尋求解脫。現在，夢裡的場面就這樣和他不期而遇，他反倒有點措手不及了。

過了不久，觀眾一致要求肖智企再來一首。台上，肖智企面對著那一片歡呼聲，對著麥口風，面露難色：「本來是想再唱一首Beyond的「無盡空虛」的，可是剛才在這邊碰到一個老朋友，所以就……實在很對不起，下次一定滿足你們。」說完，他就解下吉他，退到後台去了。

接過吉他的是另一個人，他一上台就說：「接下來的這首歌是我原創的。」他指了指臺下，鎂光燈循著他的方向，一個長髮的女孩微笑著面對大家的目光。「獻給我臺下的女友，今天是她生日。」

頓時，臺下一致跳躍著歡呼「愛情萬歲！愛情萬歲！愛情萬歲！」

是啊！愛情萬歲，今晚本是為那些相愛的人準備的，王昊只是一不小心誤入了這個人群。他只是個觀眾，一個觀眾以外的觀眾。

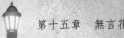

在一片歡呼聲中，王昊擠出了人群，在一片空曠的草地上坐下，孤零零地看著遠處明亮的燈光變幻著不同的色彩和形狀。他掏出手機，剛想給以前的同學打電話，不遠處卻傳來肖智企的聲音：「原來你在這裡啊。」

肖智企笑著走過來，坐下，遞了罐啤酒給王昊。王昊接過啤酒：「你不是見你老朋友去了嗎？」

肖智企笑了笑：「我的老朋友就是你啊！我在這田徑場找了你好久。」

「你找我幹嘛？我怎麼算你老朋友？我上午才認識你的。」

「你們這所大學的人說話都喜歡帶刺的嗎？」

王昊這才意識到自己的行為有點過激。「沒想到你還是樂隊的主唱。剛看你很投入的樣子……那個樂隊成立幾年了？」

「哪有幾年啊？三個月之前成立的。下學期就大四了，恐怕以後要再演出也比較困難了，所以趁畢業前多登幾次臺。」

「我記得有個藝人說過，搖滾是一種精神。其實……如果有條件的話，我也希望自己可以去嘗試一下。」

「玩音樂只需要有熱情就可以了，還要什麼附加的條件嗎？」

王昊突然覺得他的這個問題很天真，沒想到在臺上那麼自信灑脫的一個人，會有這麼稚嫩的一面。他大概是個富家子弟吧！「你大概沒有嘗過窮苦的滋味，所以自然不知道有什麼難處。」

這時候，該輪到肖智企沉默了。

一晚上，他們聊了很多，聊著聊著，他們就聊到了王昊剛結束的高考。

記得高三的時候，王昊的班主任當年曾跟他們說過：「沒有經歷過高考的人生是不完整的。」現在，王昊都經歷過了，可還是感覺不出自己的人生有多完整。一大批的人往前擠，自以為可以改變自己的人生，自以為以後的路可以更寬廣，卻發現反而越走越窄。

至今王昊還是會經常夢到自己高三時的情景：熟悉的人微笑著在教室外的過道上來來往往，他趴在桌上，眼前是一大堆沒做完的試卷，老師敲著教鞭把他叫醒，驚魂未定的他就這樣被推進考場。每次做到這樣的夢醒來的時候，他都會滿頭大汗，時空的置換使他很不適應。連他自己也分不清是更嚮往夢裡的高三還是現實中的大學。有一次，他竟然夢到自己落榜了，於是聯絡幾個同學養豬去了，也難怪，那年的豬肉那麼貴！

肖智企倒從未對大學賦予太多的責任。他是抱著玩的心態去的，在哪裡玩也是玩。他爸是肖凱軍，海歸的教授，生活還算富裕，所以也就不在乎那些了，所以他對高考的記憶也不可能有多深刻，再說都已經隔了三年了。肖智企並不是沒有能力，只是他的優越條件決定了他的能力不需要靠高考和大學去體現出來。他迫切要做的反而是擺脫父親肖凱軍的影響。只是，他的羽翼還不夠豐滿，灰心喪氣的他只有消極對抗，擺出一副玩世不恭的樣子。這樣毫無意義的對抗，已經持續了好幾年了。

而王昊不一樣，王昊的大學夢承載著一個家庭一代人甚至幾代人的希望，這就是一個農村的孩子肩上的責任。只是很少有人覺得，哪怕上了大學，改變一個家族的希望也是渺茫的。不合理的制度會傷害一批人，而那些沉積了幾代人的欲望則會使之雪上加霜。社會的不公平加劇了人和人之間的不平等，而很多人都只把改變這種不平等的希望寄託在下一代。這是一個時代釀成的悲劇，每次遇到這些大悲劇，買單的永遠是那些最底層最弱勢的人群。

王昊和肖智企本來就是不平等的兩個人，而只有在今晚這種環境裡，才有機會平等地坐在這塊草地上。

演出結束了，人群散去，王昊和肖智企交換了聯繫方式……

二、苦掙扎

演出結束，肖智企在後台整理音樂設備，肖凱軍走進來。其他人知道是他父親，便都一個個退了下去，只有王昊還傻愣愣地站在那裡。

肖凱軍對肖智企說：「我剛才在臺下看了你的演出。」

肖智企冷冷地回道：「哦。」

「音樂這東西……作為愛好就好了，不要沉迷太深。有時間還是要把心思多放在學業上。」

「我的事不用你管！」

「我不管你？！我不管你誰管你啊？」

「我管過你了嗎？在美國，你跟我媽媽吵架的時候，我管過你嗎？你經常不回家我管過你嗎？一聲不響地就跟我媽離婚，我管過你嗎？你一句話，說要回國，我就沒理由地跟你回國，你問過我願不願意嗎？你想想，你有哪一點像一個父親？」

「那你要我怎麼做才會安分一點？」

「你離我遠點就好了。來之前我不知道你會在這裡演講，要不然我就不來了。」

肖凱軍歎了聲氣：「智企……你……你怎麼會變成這個樣子？你這樣，我真的很痛心。」

肖智企知道父親說的「變成這個樣子」指的是什麼。但他還是狠狠地反駁了一句：「還不是拜你所賜？」

父親沒有再多說什麼，看了看肖智企，又看了看王昊，很無奈地走了。

肖智企：「真不好意思，初次見面就讓你看到這些東西。」

王昊：「我還不知道，原來你父親就是那個歸國的教授啊！」

肖智企顯然有點不太高興：「我是我！他是他！我跟他沒有太多瓜葛的，你現在認識的是我，不是他。」

王昊笑了笑：「對不起啊！」

肖智企：「沒關係，反正我早就習慣了。經常提起他的時候，都有人流露出很羨慕的表情。好像沒了他，我就活不下去一樣。」

「其實也沒什麼啊，現在兩代人之間有些代溝是很正常的事，多相互溝通一下就好了嘛。」

王昊說這句話的時候，表情是很輕鬆的，但是他心裡明白並不那麼簡單。大多數人成長的環境都是父母給的。它就像是一個容器，保護著我們也約束著我們。年少時，我們在這裡不斷積蓄力量、變得強壯……終於有一天，我們可以掙脫那個容器，脫離父母的束縛。可是掙脫之後，無論怎樣追求個性和自由，怎樣尋找屬於自己的路，卻還是保留了容器中那個固有的形態。而後來的成長和經歷，無非是將那個形態不斷膨脹和複製罷了。

就像眼前的肖智企一樣，他成長後對整個世界的印象，其實都籠罩在童年時父母的陰影下。

童年就像一瓶染色劑，長大以後，有些人帶著那些色彩在成年人的世界裡穿行，尋找和他相匹配的顏色；有些人費盡全力要洗掉那些印跡，卻染上了更多的色彩，於是變得斑斕，最後連自己也不敢多看自己一眼。

王昊看著肖智企，雖然他不知道他們父子之間曾發生過什麼，但他知道自己肯定是那個帶著原有的色彩穿行的人，而肖智企無疑是後者。但他又突然感到很悲哀，如果自己可以像肖智企一樣，有安逸的生活，不用在乎父母的難處和生計，不用為自己日後的生活苦惱，不用背負那麼多責任，他或許也可以放手去追求自己的夢。可惜，王昊已經忘了自己年少時的夢想了，又或者說，他已經不敢輕易談夢想了。

肖智企打斷王昊的遐想：「嘿，在想什麼呢？你跟人說話的時候經常都喜歡走神的嗎？」

王昊：「沒有啊！我還能想什麼？」

肖智企：「我們收拾完了準備去吃夜宵，你也跟我們一起去吧。」

王昊這才意識到已經很晚了，宿舍可能快要關門了。「不了，已經很晚了，我該回去了。不然被查寢的人發現很麻煩的。」——學校給這定罪為「夜不歸宿」。

肖智企：「那我什麼時候還能再見到你？」

王昊：「啊？什麼……什麼時候都可以啊！我不是給了你我的電話號碼嗎？」

王昊說完就跑回宿舍樓去了……

他說那句話雖是出於禮貌，可內心還是盼望著有一天肖智企真的會聯繫他的。可就這樣一日盼一日，一日少一日地過去了，肖智企還是沒有打給他。

王昊不願放棄這份矜持，可再這樣下去，他非得瘋了不可。等待是一件很煎熬的事情，特別是像王昊這種，明知道對方可能想起自己的概率是那麼小！更艱難的是，他的心裡不時地會冒出另一種聲音：「肖智企是個無拘無束的人，家境又那麼好，怎麼會想起你這麼一個鄉下土包子呢？那晚只是一場不該有的夢，醒醒吧！別再傻乎乎的了。那麼多女人你不喜歡，偏偏喜歡一個花心大少。」每當這些聲音冒出來的時候，他都要做一些其他的事來轉移注意力。看書、寫字、上網聊天、和室友下棋、玩網遊……能做的這些他都做了，很多人都說他比以前開朗多了，可內心的那份掙扎卻愈演愈烈。與此同時，肖智企給予他整個世界的色彩也漸漸被時間稀釋……

終於有一天，王昊還在上課的時候，安靜了那麼久的手機響了，掙扎了那麼久的心有了著落。肖智企在手機裡笑著說：「王昊，我現在公車上，等一下就到你學校了。」

還沒等王昊來得及說上半句話，電話就掛了。他第一次感到自己面對肖智企的時候，是那麼被動。快下課的時候，手機又響了。王昊迫不及待地說：「你現在哪裡？」

「我在食堂。你過這邊來吧，我請你吃飯。」

又是來不及讓王昊再說一句話，肖智企又掛了電話。

一下課，王昊三步並作兩步走，趕到食堂，深怕對方等不及，會一去不回頭。可遠遠地看到肖智企的時候，他又放慢了腳步，協調姿勢，調整呼吸，整理衣冠……

要有多大的勇氣，多漫長的守候，才能這樣從容地走向你？

肖智企微笑著看著王昊朝自己走來，他似乎天生就有虐待傾向，愛極了看對方略帶拘謹卻仍要極力佯裝出來的從容不迫的樣子。王昊走到他面前的時候，他從背後掏出一隻小籠子。「這個送給你！」

「烏龜？天吶，好可愛啊！」

「幫我好好養著它，可不許把它給弄死了啊！要像愛護我一樣地愛護它，知不知道？」

「聽說它很長壽的，連烏龜也有人能養死的嗎？」

肖智企哭笑不得：「這個很難說的。好了，我們吃飯去吧。」

餐桌上，王昊很好奇地問：「為什麼請我吃飯啊？還點這麼多菜？」

肖智企：「我在這個學校就認識兩個人，一個是你，還有一個就是我爸。一個人吃飯很孤單的，我不想找我爸，就只好找你了。」

王昊有些失望：「我就知道你今天過來肯定不只是來看我的，有別的事吧？」

肖智企得意地笑著：「當然，主要是來看你，順便向我爸要點生活費罷了。」

「呵呵！那天看你對他那麼橫，我還以為你經濟獨立了呢！」

肖智企聽到王昊這麼說，顯然有點不高興。一方面是他不願意外人評論自己和父親的關係，還有就是王昊的話點中了他的死穴：口口聲聲說要單飛，卻還在向父母伸手要錢，算什麼嘛！這不就像孩子一樣任性地耍小脾氣嗎？

不過，王昊的笑還暗示了另一層含義：像肖智企這樣的膏粱子弟其實比比皆是。年少時錦衣玉食、養尊處優慣了，要什麼父母便給什麼，也沒吃過什麼苦，自然沒體驗過生活的艱難。不過比起那些仗著父母富貴而橫行霸道的倒是好多了，前一段時間不是還有個惡少開車撞人之後還高喊著「我爸是李剛」的嗎？

王昊看著肖智企滿臉不自在的表情，他不禁慶幸對方的父親不是李剛。

肖智企很不情願地問王昊：「你是不是很瞧不起我啊？」

「沒有啊！你父親是歸國的教授，家裡有錢也是好事啊！這也算是在這個物欲橫流的社會中一個很突出的優勢吧。在這種弱肉強食的社會生活中，比的就是競爭力啊。況且，有怎樣的家庭就會有怎樣的生活，這不能全怪你的，也沒有人要求你非得像我們這些窮人一樣生活。只是，你有沒有好好利用這份優勢，我就不知道了。」

「從你的話裡，我還是感覺到你瞧不起我！」

「這麼跟你說吧。富人也有富人的優點，他們大方自信、視野廣闊、樂觀開朗，有些還富於同情心，敢於追求自己的理想，這些都是好的啊！」

「你是不是還想說有另一半呢？他們為富不仁、揮金如土、自視甚高、盛氣凌人……你看我像那樣的人嗎？」

面對肖智企的咄咄逼人，王昊沉默了。他雖然朝思暮想了對方很久，可總共也就只見過三次面，僅憑三面之緣就要對一個人下結論未免太難了一點。退一萬步說，即使王昊有答案，在這撲朔迷離的情境中，雲霧尚在，他也更願意把它埋在心裡。

肖智企：「算了，我們不吃了。你下午要不要上課？我帶你去市區吧，走啊。」

王昊：「怎麼就不吃了？還有這麼多菜沒吃完呢，多浪費啊！叫服務員打包回去吧。」

肖智企：「你怎麼這麼寒磣啊？吃不了他們自然會收拾的，還打什麼包啊？多丟人！」

當肖智企說出「多丟人」三個字的時候，王昊愣住了。吃不完打包就很丟人？吃一頓飯這麼鋪張浪費就不丟人？你都不知道一個鄉下人掙這一頓飯的錢要出賣多少血汗！你都不知道這茫茫中國還有多少人在忍受著貧窮！

可王昊還是跟肖智企出去了——顧不上再對他有任何的抱怨和責備！王昊明白，這是沒辦法的事情，人和人之間總是存在著這樣那樣的差異，對方沒有體會過那份貧窮，又如何讓他量入為出呢？

肖智企把王昊帶到了一個夜總會。他說：「這裡很自由的，你可以和他們一樣去跳舞，不想跳舞的話，去吧檯前喝幾杯也行。你不用那麼害羞，可以找個女孩子聊聊天什麼的，這裡隨你怎麼放縱都行，來這裡的人都很寂寞，無非是想找個伴而已。」

夜總會裡電子舞曲的聲音很大，王昊提高嗓門：「看來你以前經常來這裡。」

肖智企聳聳肩，一副無所謂的樣子：「這麼好的地方，為什麼不來？我可不想像你這樣，每天沉默寡言，只活在自己的世界裡。」

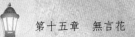

王昊反駁道：「我這樣很不好嗎？總不至於像你這樣飄忽不定！」

肖智企帶他來是尋樂的，無心展開一場辯論：「沒說你不好啊！好了，我要去跳舞了，你自便吧。」

他跟隨他，沒有方向，沒有目的，踏進這個陌生的世界裡，卻被遺棄在一個角落裡……

好吧，被遺棄就應該有被遺棄的樣子！既來之，則安之。無所事事的王昊在吧檯旁選了個人少的位置，要了一杯蘇打水，在震耳欲聾的音樂聲中玩弄著手裡的杯子。

一個打扮得很新潮的年輕女人在旁邊坐下，要了杯冰啤酒。王昊打量了一下這個女人，白皙的臉沒一點血色，暗黑的眼影，貼了那種修長的睫毛，深紅的口紅。上半身穿的是低胸露背裝，很省布。他能看到她透明的胸罩吊帶勒痕，乳溝深陷，一直延伸到衣服隔著的陰暗中，乳溝兩旁是隆起的半球，潔白鮮嫩，秀色可餐。下半身穿的是超短裙，修長的兩條腿上套上長長的絲襪，那絲襪延伸到短裙的深處，短裙深處若隱若現，有意無意地昭示著某種誘惑。其實，那黑暗深處用丁字褲包裹著的無非是兩塊尋常的皮肉，卻給人留下無限的遐想……

那女人喝了口酒，對王昊說：「你一個人？」

「我在等人！」非得要這樣嗎？像個動物一樣，每天都懸掛著一個生殖器行走？王昊看著眼前的這個向滿世界彰顯妖豔的女人，心裡湧起一陣無法言說的厭惡。

「等誰啊？你朋友在台上跳舞？」

「……」

那女人見王昊沒什麼反應，說了一句「其實，我也在等人」以緩解尷尬，就悻悻地走開了。

那個渾身掛著魅惑的女人走之後，吧檯的調酒師跟王昊說：「這女人挺性感的，難得她會主動跟人搭訕的，真想不通你怎麼會拒絕她？是不是你女朋友不讓你外出偷食？」

王昊很無奈地笑了笑，故作輕鬆地說：「也不是，我是嫌她髒，怕染病。我自己今晚還沒著落呢，怎麼敢輕易把她帶出去啊？」

調酒師調笑道：「來這裡不找樂子，那你來幹嘛啊？你這種男人啊，就是束縛太多了！男人和女人之間，說白了還不就那麼點事？」

王昊不知道該怎麼接上他的話茬，只好找個藉口逃之夭夭：「不好意思，我去趟洗手間。」

他推開廁所單間的門，剛要小便，卻聽到隔壁一個女人的呻吟聲：「啊……快點……按著我的陰蒂……對，就是這樣……快點啊！啊……加速……加速……我就要來了。」

王昊當然在色情電影裡聽過這種類似的聲音。只是沒想到會在現實中碰到，更沒想到這個女人如此放縱的聲音竟會闖進男廁所來……

過了好久，呻吟聲漸漸平息了，那女人開始說話了，是髒話：「操你大爺，有完沒完啊？哪有你這樣的？我內褲呢？媽的，我內褲被你扯破了，你叫我怎麼回去跟我老公交代啊？」

接下來是一個男人的聲音：「破了豈不是更好？空蕩蕩地回去，多涼快！」

王昊感到一陣噁心，胸口撲通撲通地跳，蹲在馬桶旁，不敢出來，生怕會迎面撞上這對肆無忌憚的男女，生怕從此以後他們的臉會在自己的腦海裡揮之不去……直到隔壁沒動靜了，王昊才躡手躡腳地回到那個光舞影亂的世界，好像剛才做那事的是他一樣，好像這所有的羞恥和罪惡都要由他去承擔一樣。

他像個迷了路的孩子，那樣恐慌，那樣無助，在一群不停扭動著軀殼的面目可憎的動物間穿梭、尋找。不知過了多久，他終於從那些陌生的面孔中辨認出了肖智企。可是，此刻的肖智企是酒神狄奧尼索斯的化身，他正搖頭晃腦地沉醉於迷亂而狂躁的音樂中……

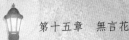

王昊乞求道：「智企，我們回去吧。我們回去好不好？」

迷醉的肖智企沒有察覺到王昊的情緒變化，或者說沒有接收到他的求救信號，或者說對他的求救拋之腦後，「回去？這麼晚了，我們回哪兒啊？」

王昊：「回哪兒都行！只要不在這裡！」

大概是磕了藥，肖智企開始語無倫次：「這裡挺好的啊……我不回去……我沒有家……要回去你自己回去吧！算了……我們都別回去了，陪我跳舞吧。」

王昊愣在那裡，近乎絕望，只是僵持地看著一臉滿不在乎的肖智企，他已經沒有別的辦法了。

肖智企面對他那淒婉的含恨的眼神，不知所措：「好了，怕了你了，我投降，走吧！」

三、意難平

此刻的王昊只穿了一條白色的內褲站在旅館房間的鏡子前，他的身形健美，反射在鏡子上的六塊腹肌彰顯出他的性感。

肖智企站在王昊背後，把臉貼近對方的耳根，從背後溫柔地環抱著他，雙手從他髖骨一直遊弋到胸口。頓時，肖智企的手掌明顯地感受到王昊急速的心跳……

面對肖智企背後緊貼著的體溫，王昊的內心激烈地掙扎著，想要抗拒這份肆意的侵略，可他的軀體卻不聽使喚，依然無動於衷。他唯有緩緩地閉上眼睛，感受鏡中的自己和肖智企一起消失在他的眼前……

聽很多哲學家說，靈魂和肉體是可以分離的，是涅槃還是羽化？這大概就是人們夢寐以求的自由吧！王昊是渴望自由的——他想為自己保存著靈魂的獨立。但他又渴望奉獻——為肖智企奉獻這充滿情慾的肉體。於是他盼望著將自己的靈魂從這沉重的肉體中剝離出來，一半留給自己，一半交給肖智企。這就是他要的完美！

可是那晚，他們並沒有做愛，只是相互脫光對方的衣服，然後相互撫摸，然後獨自燃燒。每一吋肌膚都充滿了血液，每一根神經都高度緊張，那是埋藏在人性深處的一觸即發的地雷，每一次引爆都指向另一個更高的沸點……

那是一艘船，搖晃著，眩暈著，在迷亂的霧氣中橫衝直撞……

那是一扇窗，窗外是一片晃動著的草地，鳥語花香，四季常青……

那是一條路，蜿蜒曲折，一旦深入便無法停留，身不由己，一直延伸到光芒的深處……

那是記憶中的一聲呼喚，那聲音像極了還在胎盤時聽到的父親的召喚，又像深夜裡母親的哭泣，又像童年某個夥伴的嘲弄或鼓勵……那聲音，被賦予了太多的意義，讓他的記憶更迷亂……

不！這裡什麼也沒有！沒有船、沒有窗、沒有路、沒有童年、沒有姓名、沒有性別、沒有歷史、沒有道德、沒有父母和責任、沒有壓迫與掙扎，也沒有愛和恨，只有赤裸裸的兩個人，只有活生生的有血有肉有情慾的兩個存在！尊重這份存在吧！享受這份存在吧！這是生命本質的體現與釋放。人生苦短，彼此坦誠，擺脫束縛，毫無顧忌地生活是何其勇敢和奢侈的一件事！

如果時間凝結在這一刻，把燃燒著的王昊和肖智企凍結在這張床上，我們便可以作為遊客的身份環繞在他們周圍，端詳這生命最自然的狀態，那將會是一種多麼美妙的享受與昇華！只可惜時間的輪軸沒法停下來，我們也無法拋棄世俗的成見，以一顆平和寧靜的心去體會這存在……

天漸漸亮了。肖智企迷迷糊糊地睜開眼睛，卻看到身邊的王昊在端詳著自己。

肖智企揉了揉眼睛：「怎麼啦？起床了還不趕緊穿衣服？」

王昊：「我問你一個問題，你要很嚴肅地回答我。」

「幹什麼啊？弄得這麼神經兮兮的。」

「你告訴我，是不是第一次見我的時候，你就覺得我是？」

「是什麼啊？」

王昊猶豫了一下，終於慢慢地從嘴裡擠出三個字：「同性戀！」然後他的心一下子沉到了谷底。清醒之後的他，最終還是沒辦法坦然地面對這個詞。

肖智企：「當然啦。你知道我們這種人，就像盲人一樣，不是用眼睛去感受事物的，而是用鼻子，用手，用耳朵！盲人的聽覺比常人要敏感很多，而我的嗅覺也比常人敏感得多。」肖智企笑了笑，湊到王昊的耳旁，自信而溫和地說，「我能嗅到你身上所有的氣味。」

沒想到王昊聽到對方這樣說，並沒有流露任何開心的表情出來。他是在懷疑自己嗎？還是心裡一直抗拒著，無法坦然地接受這個「扭曲」了的自己。可是，肖智企就赤裸裸地躺在這張床上，那些本不該發生的都已經發生了，雖然那記憶不是太清晰，可歷史的痕跡是沒辦法沖洗乾淨的。

王昊一臉陰沉：「也就是說，從一開始靠近我的時候，你就是有預謀的。那晚的演出，還有昨晚帶我去夜總會，把我一個人扔在吧檯，也都是你處心積慮計劃好的。是不是？」

「你想什麼啊？怎麼跟個女人似的？」

「在你眼裡，沒準我就是個女人的替代品吧？」

肖智企也急了：「你要這樣想，我有什麼辦法？但我告訴你，我不是你想的那種隨便在大街上拉個男人就能上的人，我不會跟我不喜歡的人上床的。」

無論是同性戀還是異性戀，如果不摻雜愛和精神的元素，在純粹的性方面，人都有著喜新厭舊的本性。肖智企的話其實只說了一半，他沒有告訴王昊他對一個人的喜歡可以維持多久。

「如果你真的喜歡我，你就會多少在乎我的感受，昨晚就不會把我帶進那個夜總會！」

「我只想讓你多認識些朋友，讓你變得開朗點，陽光點。誰知道你根本不適合那種場合啊？」

王昊被他頂得一時無語，沉默了良久，只得說：「已經不早了，起床我們去吃點東西吧。等一下我還要回學校呢。」

穿好衣服，他們在樓下的早點鋪要了幾籠小籠包，還要了兩杯豆漿。坐下來吃早餐的時候，肖智企很自豪地跟王昊說：「我記得我剛回中國那會兒，很鬱悶。有一天早上，實在憋得不行，為了發洩一下，我就跑到一個超市去，給售貨員一百塊，要了一個肉包子，等著售貨員找錢。然後，又拿一百塊，又要了一個肉包子，要售貨員找錢。就這樣反覆要了七八次。他們哪有那麼多零錢啊？最後把那個年輕的售貨員給急哭了。最後經理來了，趕緊給我賠不是，還送給我一箱牛奶。」

王昊放下筷子：「你為什麼要那樣做？」

肖智企一臉輕鬆，繼續喝豆漿：「煩嘛。那幾天做什麼事都不順心，就想找個人出氣。」

「煩？不順心？你可以去撞牆、跳樓、臥軌、投海啊，幹嘛非得要連累別人呢？你有沒有想過，你這樣一鬧，那個女售貨員可能就要失業了。她可能要靠那些工資給她父母看病，也可能她弟弟要上大學，也可能她還要攢錢結婚，還有那麼多種可能……可能就因為你貪圖一時痛快，想要發洩一下，就把別人的生活給毀了。你覺得這樣很好玩是嗎？很過癮是嗎？」

肖智企呆了，他本以為那是很自豪的一件事，卻沒想到被王昊罵得狗血噴頭。他看著王昊，只得吐出一句：「沒想到你這麼正直！」

「正直？在你眼裡我這就叫正直？在他們眼裡呢？你屬於什麼？」

肖智企努力緩和氣氛：「親愛的，我只是隨便說說而已，沒想過要惹你生氣的。」

「我糾正一下，我不是你親愛的，以後不要再這樣叫我。」

「怎麼啦？弄得這麼認真！」

王昊哼了一聲：「我只是擔心有一天我認真的時候，你還不認真。」

這時輪到肖智企沉默了……

吃完早餐，肖智企便把王昊送回學校了。計程車開到校門口，王昊下了車，回過頭對車後座的肖智企說：「你以後別再來找我了。」

肖智企聳聳肩，微笑著沒有多說什麼。接著，計程車掉頭，往C市市區開去……

那次從夜總會回來以後，王昊的生活似乎又回到了原點。同樣的宿舍，同樣的教室，同樣的圖書館，同樣的老師……偶爾也會在路上碰到那個叫肖凱軍的教授，只是這時他再難平靜。

把那一晚當做是一場夢吧！一場夢而已，是可以輕易就在記憶中抹掉的。或者就只是很投入地看了一場色情電影！一場電影而已，講的自然是別人的故事——而且還是虛構的。你以前又不是沒有看過這類電影！

什麼都沒有發生，什麼都可以就這樣輕易否定，然後若無其事地按部就班地過你的大學生活。可是王昊，你真的能做到嗎？這如火的情慾，是你能控制得了的嗎？就算你控制得了你自己，能控制肖智企嗎？

一個禮拜之後，肖智企又來了。這一次，王昊把他帶到了宿舍樓後面的那片樹林裡。肖智企掏出一個瓷杯。「這是我前幾天在景德鎮淘來的，送給你！」

王昊看都沒看：「我不要！」

「為什麼？」

「不是你的原因，是這個杯子。以前我有一個很要好的朋友也送過我一個瓷杯，後來我一不小心把蓋子打碎了，半年以後，我們就成了陌生人。這是一個詛咒。」

「也許這次會不一樣呢。」

「不會不一樣！我是一個宿命主義者，我不想再每天都提心吊膽地去保護一個杯子，這樣太辛苦，又沒有任何意義！」

「好吧，我收回好了。」

「你來找我有什麼事嗎？」

「沒事，就是來看看你。」

「我等一下還要去上課呢，沒時間陪你。」

「我也快要回去了。」

第二天，肖智企又來了。「這次是一個塑膠杯，你怎麼摔都摔不碎。」

王昊接過那個塑膠杯，哭笑不得。

肖智企開始有點語無倫次：「這一個禮拜，我想了很多。我以前一直都是一個人睡，從沒有跟人過夜的習慣。那晚，你一直睡在我旁邊，我突然感到很舒服，很……很享受。那種感覺，我也說不出來。我……我想跟你……我不知道你願不願意，我不想再像以前那樣，我們或許可以發展一段長期的關係。」

「你說的長期是什麼意思？一天？兩天？一個月？還是一年？」

「我……我也不知道，我們盡力而為，能走多遠就走多遠吧，直到你疲倦了，想喊停了，我們就停下來。」

「要是我這一輩子都不喊停呢？」

「只要你不嫌棄我，那我們就這樣一輩子！」

聽說夢是神給凡人的一種啟示，是人的靈魂和神對話時的一種通靈的狀態。沒想到那晚的那場夢，卻無端地把王昊引向這境地。迷霧漸漸散去，那場還沒有做完的夢正漸漸走向王昊的現實，他如何能抗拒？

王昊：「如果你哪天後悔了，我會像以前打碎的那個瓷杯詛咒我一樣地詛咒你！」

肖智企見他答應了，會心地笑了。就這樣，他們在一起了。

馬克思的唯物辯證法告訴人們：矛盾是事物相互對立的兩個方面相互依存、相互鬥爭的關係。它們永遠存在，而且又永遠在變化發展著。於是選擇愛一個人的時候，也要做好恨對方的準備，更要做好被對方恨的準備。對於王昊而言，他對肖智企從一開始就是愛恨交加的，他的愛越濃烈，這份糾結的恨也就越深刻。也許他恨的並不是肖智企，而是恨這種愛的狀態。他畢竟不是肖智企，沒辦法像肖智企那樣一副什麼都無所謂的樣子。肖智企任性、灑脫，只關注自己的情慾和快感，而身在塵世中的王昊沒那麼超脫，他有很多顧忌，他看不到彼此的未來。

王昊憂傷，也苦惱，也情緒化，也偶爾絕望，甚至免不了歇斯底里……和肖智企在一起之後，他總是經常會恐慌，總是感覺自己在大眾面前變得很渺小，彷彿別人輕輕一抬腳，就可以像踩死一隻螞蟻一樣踩死他。

有一天，肖智企試探性地跟王昊說：「要不，我們選擇一個日子出櫃吧？」

王昊：「出櫃？為什麼要出櫃？這只是我們兩個人的事，為什麼要讓旁人像看耍猴一樣地看著我們啊？」

肖智企：「這也沒什麼啊，我只是覺得，如果你出櫃了，我或許可以帶你去認識一些志同道合的朋友。」

王昊：「我為什麼要認識他們啊？我跟你不一樣，也跟他們不一樣，根本不可能志同道合。」

肖智企：「那我們就一直這樣？」

王昊：「不這樣還能怎樣？你想著讓我一夜之間成為學校的焦點？然後讓別人時不時地就拿我們的事冷嘲熱諷？然後讓我們的父母就這樣活活氣死？」

肖智企妥協：「好了好了。你用不著這麼激動嘛！不出就不出咯，我聽你的就是了。」

王昊說自己和肖智企不一樣，是因為他知道肖智企還有很多「朋友」，隨時都可以替代自己。而他呢？他只有肖智企一個人（他也不願有任何一個別的人插足），這使他隱隱感到一種由遠及近的危機感……他要捷足先登，捕捉一些只屬於他們兩人的記憶。

兩個月後，也就是肖智企和他的樂隊一次新的演出。他依然一臉陽光，依然穿著印有切・格瓦拉頭像的那件T恤，卻看到王昊舉著一個數碼攝影機在臺下很專注地看著他。面對那個攝像頭，肖智企第一次感覺到有點不自然……

演出結束後，肖智企搶過王昊手中的攝影機：「給我看看你拍的些什麼？啊……原來我唱歌的時候這麼難看啊！以後你還是不要拍了。」

「為什麼不拍啊？別人都能拍，憑什麼我就不行啊？」

「你實在要拍就拍吧。對了，你這個DV哪來的？該不會是賣身換來的吧？」

「你說話安分點會要你命啊？」

肖智企：「好吧。那你告訴我你怎麼會有這東西的？」

王昊：「我這幾個月做兼職攢下來的錢買的唄。」

肖智企：「你想買的話，跟我說一句就行了嘛。我送一個給你啊！何必要去做兼職呢？這麼累，還影響你學習。」

王昊態度很堅決：「不，我不要。」

肖智企：「你為什麼一定要這麼倔強呢？」

王昊：「我只是想獨立一點，有些事情我自己能做。」

這個學期考完之後，王昊就要回老家過寒假了。每年到了這個時候總是這樣，一票難求。以王昊的經濟能力，自然不可能坐飛機，只能和大家一樣擠火車。

肖智企送王昊到火車站。臨走時，肖智企在人群中抱著他，很溫柔地在他耳旁說：「到家了就發條短信給我。我知道你是長途加漫遊，發短信就夠了。」

「我路很遠，要坐一天一夜呢，你那麼懶，會有時間等我短信？」

肖智企很驕傲地笑了笑：「說不定我會呢。」

開始檢票了，肖智企微笑著看著王昊隨人流消失在入口……

王昊走了之後，他聳聳肩，點了根煙，轉身，很輕鬆地進了廁所。掏出東西撒尿的時候，肖智企在便池旁的牆上看到一串手機號碼，手機號碼的下面寫著八個字：「同性交友，非誠勿擾」。

沒法確認這樣的資訊是不是假的，也沒法確認這資訊留在這牆上有多久了，因為人射在這牆上的尿液會混淆它的歷史，唯一能確認的是，這是個男廁所，也就是說這資訊是個男人留下來的。

尿已經撒完了，肖智企拉上拉鍊，立在牆前猶豫了片刻，還是掏出手機撥通了那個號碼：「喂，你好，你現在有時間嗎……好的，好的……這附近有旅館的，我在火車站門口等你。」

第十六章　至少還有你

一

滿頭大汗之後，肖智企進浴室沖了個澡，回到床上穿上衣服。扣皮帶的時候，床上的那個男人拉住他：「幹嘛這麼急著走啊?還要趕另一場?」

「沒有啊!我只是不習慣和別人一起睡。你也穿上衣服吧，天不早了。」

「那你急什麼，坐下來陪我聊聊天吧。」

肖智企繼續扣他的襯衣。「你不用回家的嗎?」

「我老婆今天回娘家了。」

肖智企回過頭，重新打量了一下這個男人。從外貌和年齡來看，這個男人確實比肖智企稍微老一點，也成熟穩重得多。像他這樣的人，應該會有很多「志同道合」的朋友的，只是不明白為什麼還要跑出來覓食。

肖智企淡淡地問了一句：「你結婚了?」

那男人反問肖智企：「有問題嗎?」

「你結婚了還跑出來?」

男人笑了笑：「你不是明知故問嗎?人都會有寂寞的時候，生活這麼單調，總得要找點刺激的東西。你沒玩過嗎?」

肖智企有些不服氣：「當然玩過……我只是沒玩過已婚的男人。」

「婚姻只是一具外殼，人性才是最重要的。有很多人習慣了靠婚姻做護盾，最後傷痕累累的還不是自己？」

「你是不是想說，你只是把婚姻當面具，用來隱藏你自己？」

「對陌生人而言，我沒什麼需要隱藏的，因為他們也不會在乎。我要對我的家人隱藏，我有兄弟姐妹，還有父母，我對他們要有個交代。」

「你有沒有想過，面具戴久了，弄不好有一天就一直長在你臉上了，永遠也摘不下來了。那到時候該怎麼辦？」

「就讓它一直在那裡好了，幹嘛一定要摘下來？並不一定每個人都看真實的東西。要這樣，這個世界就沒有所謂的藝術了。藝術需要虛構，有時候生活更需要虛構。我找你也只是因為寂寞。」

肖智企略帶調侃道：「寂寞是一道治不好的傷啊！」

「其實，我以前也愛過一個人。只是後來，不知道為什麼，他就一聲不響地走了。其實他想走可以直接跟我說的，我也可以還他自由……」

那男人好像有一段說不完的陳年往事，沒等那段故事開頭，肖智企就打斷他：「我其實不是很有興趣聽你的故事。」

那男人還是自顧自地說下去：「有好幾年都沒有他的消息。後來才從朋友那裡得到他的死訊——他在怒江淹死了，都不知道他為什麼一定要跑到西南去。我想去見他最後一面，可是趕到的時候葬禮已經舉行完了，屍體早就火化了。」

「你可以換個角度想想，其實不見可能會更好。這樣你對他的記憶就會一直停留在很美好的那個階段——人總是要離開的。」

「可見不到那一面，我總是不甘心。」

「所以，每次上完床以後，你都要把這個故事反覆地跟人說一遍？這個故事這麼平淡，越說越枯燥，你不會覺得很煩嗎？」

「那也沒辦法，你還這麼年輕，不會理解我們這個年齡的人的。有時候，性也不是最重要的，它只是一個藉口而已，最根本的，是人的孤獨。」

肖智企彎下腰，熟練地穿好襪子，繫好鞋帶。「你其實不應該把那串電話號碼寫在牆上，你應該去老年人康樂中心，陪那幫人打打麻將，下下象棋。」

「我有那麼老嗎？」

「那你就去酒吧，隨便找個人，請他喝杯酒，這樣他沒準一整晚都會聽你胡侃。你要找的不應該是我，我時間很緊，只想找人做愛，不想跟人談心。」

肖智企突然感到很疲倦，很沒勁，一陣空洞的虛無感從他心中慢慢擴散開來。他覺得床上的這個男人很乏味，甚至有點噁心，像是在嚼一塊別人嚼剩下吐在地上的口香糖。他那種疲乏之後的無所適從，彷彿掉進一個黑暗的深淵，那黑暗像一堵牆，吞沒了所有的聲音，吞沒了時間和空間，最終也吞沒了他……

他以前也有過數不盡的一夜情——天亮之後便不再聯繫的那種，在美國有過，回國後也沒間斷過，可從來沒有過這種空虛，不知道是不是因為王昊回去了？他一直以為自己是獨立的，只想試試一段相對穩定的情感是怎麼回事，還能不能找回最初的那些感覺。他一直以為自己可以輕鬆地主宰所有情節的進程，卻沒想到無形中對王昊產生了這份依賴。

肖智企從旅館出來，天還沒亮，氣溫仍是很低，不遠處的火車站還燈火通明，一大群人裹得嚴嚴實實，呼著白氣，拖著大包小包在廣場上候車。

他打了個電話給王昊：「還在火車上嗎？擠不擠啊？」

「廢話，能不擠嗎？」

「這大冬天的，擠擠更健康。」

「站著說話不腰疼，你沒坐過火車，當然不知道什麼滋味！要不然你也上來擠擠。」

「什麼嘛！我陪你一起擠過公車的好不好？」

「天還沒亮呢，你這麼早就起來啦？」

「嗯，想你了嘛！打個電話看你到哪裡了。好了，不浪費你電話費了，長途加漫遊呢，我再睡會兒去。」肖智企很少說謊的，可是這次他撒了這個謊之後心裡反而踏實多了。以前和別人發生一夜情，從不覺得是件罪惡的事情，現在也開始慢慢內疚了，於是需要靠語言去撫平這份內疚。人就是這樣矛盾，這樣奇怪！對於肖智企而言，愛沒準就是一份束縛吧——束縛住他飄忽不定的自由。

「嗯，你先睡吧，掛了啊。拜拜！」

掛了電話，肖智企站在寒風中想，幸虧還有王昊，要不是他，自己是不是就會一直這樣下去？很多時候，王昊會對他發脾氣，會罵他，甚至有時候會忍不住動手，可這些看似一觸即發的矛盾背後，卻隱藏著一股約束他的力量，把他從軟綿綿的雲層上拉回到現實中來，教會他如何更穩重地生活！

二

終於回來了。從火車上下來，又坐了一個多小時的班車，王昊終於到家了。

回到家的時候，是第二天的早上九點多。王昊家的房子是家人自己規劃併建好的，兩層的平頂水泥房，是父親和叔叔這些年來外出辛苦打工掙來的錢蓋起來的。

王昊放下行李，看到父親在二樓的走廊上探頭看了看他，很平淡地說：「回來啦？」

王昊喘著氣：「嗯，回來了。您什麼時候回來的？我叔叔從福建回來了嗎？」

「我比你早幾天。你叔叔昨天剛回來。」

王昊的房間在二樓。他又得提著行李上二樓去。大廳裡，爺爺隔著電爐在看電視，是部很老的間諜片。

「爺爺，我回來了。」

「嗯。吃飯了沒有？叫你嬸嬸給你做飯去。」

「不了，我還不餓。」

王昊從行李中掏出鑰匙，開了房門。半年沒人進過這個房間了，都積滿了灰塵。他離開家去上大學的時候剛好是八月份——炎熱的夏天。床上的竹席還好好地攤在那裡，還有那把用過的折疊小扇子，還有沒有用完的山峰牌蚊香……除了那些多餘的灰塵，整個房間的風格和記憶都還保留著夏天的味道。

王昊放下行李箱，紮起圍裙，提了個桶，找了塊抹布，把整個房間的傢俱都仔細抹了一遍，又拖了一遍地，又把半年前扔在桌上凌亂的書整理了一遍……

那些書很多都是高三留下的學習資料，看著它們的時候，高三那段辛酸的歲月又在腦海裡浮現出來。一段歲月的記憶不在於它的長與短，而在於它的濃度。這時候王昊才恍惚感覺到，高三那一年，雖然單調而辛苦，但可以讓他回憶的東西真的還有很多。難怪以前在大學的時候經常會夢到高三的情景，特別是那些熟悉的考試，特別是那個熟悉的講臺，特別是那些曾經一起奮鬥過努力過、現在已經漸漸遠去的熟悉的同學！

把房間打掃完、重新整理好的時候，王昊鬆了口氣，環顧著自己的傑作，那份成就感油然而生，大概那時候他真的覺得自己是個守城之主吧！

他覺得這個時候才更像個家，才更讓他有一種歸宿感。這個家真正的意義不在於是否光鮮亮麗，而在於留下了他的印跡。家也像一個戀人，打掃和整理的過程就像是和戀人交流融合的過程。有了這個過程，才可真正做到「你中有我，我中有你」，才甘願不顧一切地傾注所有。

王昊上大學以前，一直沒有長時間地離開過家，對於家的依賴並不像現在那麼強烈和明顯。上大學半年後回來，他才感覺到家是如此的體貼和溫暖。人一輩子苦苦尋找的無非也就是一個安身之所，欲望大的人總是喜歡騎驢找馬，最後驢也死了，千里馬一匹匹從身邊閃過，也沒一匹是自己真正喜歡的。而王昊沒有太大的欲望，他就像一個遊子，走馬觀花地在C市看了一下世界另一端的風景之後，回到原點，才知道一直有這麼一個地方在等他。

無論你再怎麼渺小，再怎麼空虛，再怎麼無根漂泊，再怎麼沒處著落，這個世界總還有一個角落能收留你，總還有一群人會選擇善待你，這種感覺真好！

父親搬了一張電腦桌過來：「這是你去年就想要的電腦桌。放哪兒？」

「先擱這兒吧。」

王昊看著這張桌子，很感動，相隔一年還記得自己需要什麼的，也就只有這位慈愛的父親。以前王昊總覺得父親太威嚴，太不容易靠近，現在難免有些冤枉了他。也許是王昊也成長了，也許是是父親也老了些，大家都變了吧——變得更容易相互融合了。

王昊再看看這個房間，房間太充實，他已經不知道該將桌子擺哪兒了。一年前想要那張電腦桌，是因為他那時候還有較多的時間待在家裡，有那張桌子看書寫字上網都會方便些。現在呢？他從大學回來了，寒假也就一個多月，寒假之後他也就回學校了。接著是暑假，暑假有兩個月，可他沒準會去打暑期工……畢業以後呢？那個時候應該有很多時間和家人相聚吧。不，恰恰相反，父母為教育投入的高額成本告訴他：他不可以繼續留在農村，必須選擇去那些大城市工作，如果有可能還會在那些高聳入雲的樓層裡，和一個都市女人組成一個新家庭（礙於社會輿論的壓力，他大概沒多少機會可以和肖智企在一起），然後就在那裡「一條道走到黑」，這應該就叫順應時代，把自己也劃入浩浩蕩蕩的城市化進程中，成為汪洋中短暫漂浮過的一朵浪花。到那時候，他再回到這個家的機會就會越來越少了。

人一開始清晰地意識到自己的成長，就註定了要割裂掉從母親子宮裡遺留下來的許多東西，這樣好像就真的能輕鬆上路一樣。父親自然是望子成龍的，不然高中三年也不會這麼嚴厲地督促他學習。只是，這樣一味地把王昊送去更遠的地方，就真的合適嗎？

九百多年前的蘇軾深知高處不勝寒的道理，於是他沒有選擇乘風歸去，而是留在人間起舞弄清影。而如今的王昊呢？他將會走向哪裡？

在這個時代，似乎永遠存在著二元對立的兩個世界，城市和農村，富人和窮人，勞心者和勞力者，先進的生活資料和落後的生產工具……王昊和很多農村裡的孩子一樣，出生於一個勞力者的家庭，可人總是不安分（至少他的父母是不安分的），希望遠離農村，擺脫那些落後的生產工具，努力跳過那道龍門，最終在城市不顧一切地享受先進充裕的生活資料。

於是，不久的將來，會有千千萬萬個王昊在不同的城市組成一個新的群體，他們就是城市的新移民。這些新移民和湧進城的農民工不一樣，農民工在城市中只是短暫地停留，他們通過勞動獲取生活資料，結果卻將這些生活資料源源不斷地帶回農村——他們的歸宿仍是落後的農村。

而這些新移民因為付出過更沉重的教育代價：傾注一家幾代人的心血，絞盡腦汁，十幾年寒窗苦讀，終於培養出一個大學生。他們擁有知識，擁有技術，更重要的是，他們和地地道道的城市居民相比，早已克服了懶惰的習性，擁有更積極的進取心。他們註定了要給城市注入新鮮的血液，成為城市新興的動力。而且，他們將要紮根在這一片片的高樓大廈中，終老餘生！

這是一個群體的命運，也有可能只是王昊一個人的命運。然而，哪怕他真的有知識、有技術、有積極的進取心，變成一個十足的勞心者，將來在城市中，他就一定會活得那麼愜意嗎？

城市對農村的掠奪，不僅僅表現在土地和農產品上，它掠奪更多的是人，而且是人的歸宿！這一群人將要走向哪裡？這是一個終極關懷的問題，也是人如何自處的問題。如何安撫那些被遺棄的靈魂，這是時代留給我們的難題。

王昊看著這張不久就要廢棄不用的新電腦桌，百感交集。

這時，年邁的奶奶抱著厚厚的棉被進來了。她把棉被放在床上，從衣櫃裡取出床單和被套，和王昊一起把床鋪好，把棉被套好。

被子套好以後，已經中午了，也該吃午飯了。吃完午飯，早已疲憊不堪的王昊在新鋪好的床上美美地睡了一覺……

這種感覺真好！王昊不用再去想自己和肖智企的糾葛，回到家以後，感覺好像從來沒有認識過這樣一個人似的，心裡輕鬆了許多。同時，他也不用再去想以後的歸宿，是背井離鄉地跨進城市，還是胸無大志地留守農村，這一刻對他來說都不重要。活在當下的自由，讓他體會到了生命本該有的恬靜與安逸。

下午五點多的時候，有個從小一起長大的夥伴來找他：「我剛聽你爸說你回來了。起床啦！還睡！對了，明天王俊輝結婚，你去不去參加他的婚禮啊？」

「我怎麼沒聽說啊？嗨，他又沒請我，我還是不去算了。」其實王昊是不太願意走動，他也知道自己的性格本就不太適合參加這種熱鬧的場合。

「不去就算了，其實我也不太想去，但收到了請柬，礙不過情面。好了，起床吧！出來走走，老一個人悶在家裡有什麼意思？好多人都回來了，趁現在還年輕，還有僅存的幾個沒嫁出去，也該出去看看。」

「算了，我沒那心思。天都快黑了，又那麼冷！」

「你要是打一輩子光棍，可別到時候怪我沒事先給你創造機會啊！兄弟能做的就剩這些了。」

那人走了之後，王昊又蒙頭便睡。

回來的這幾天，家門口常有摩托車的轟鳴聲。聽著馬路邊的那些聲音，王昊知道很多年輕人回家過年都忙著走街串巷，探親訪友。當然，探親訪友只是個藉口，他們最終的目的都是想著相親娶老婆。這裡有家長的壓力，也涉及面子的問題，當然最本質的還是胯下那根生殖器憋得慌，需要找個洞穴透透氣。總之一句話：個個都不安分。

王昊沒什麼心思到處亂跑，只是在房間裡讀讀閒書，看看電視，上上網，在房間裡待膩了，就到田野裡散散步。散步回來困了就往床上一倒，他習慣了裸睡，那種沒有一絲束縛的自由狀態讓他迷醉。以前在學校裡住的是宿舍，人多眼雜沒這個條件。現在回到家了，被子那麼厚，被窩裡那麼暖和，又不用早起上課，家裡人也不會叫他忙這忙那，他想怎麼睡、睡多久都行。興致來了，還可以很縱情地手淫……

他知道，自己餘生還可以留在這個家裡的時間真的所剩無幾了，所以每一分每一秒都要格外享受才是。

三

這天，王昊散步回來，剛到房間不久，叔叔上樓說有人找他。他問是誰，叔叔也只說不認識。那時他心裡就有預感，一定是章瑩。王昊站在陽臺上往下望，只看到一輛電動車，沒看到人，原來她已經徑直上樓來了。似乎對這個家，她比王昊自己還熟悉，這樣真好。

他急忙跑過去，果真是她。興奮之情溢於言表，差點叫出聲來。她還是留著長髮，粉紅色的外套，黑色長褲，白色運動鞋。「天吶！我都有一年沒見妳了！」這一年，對於王昊來說卻是這樣長。一見到王昊，章瑩跟他握手。王昊有點不自然：「我們之間還用得著握手啊？」他轉過身，拍了拍她的後背，多年來，有些細節永遠不會變。

還沒進房間，她便噓寒問暖地問王昊什麼時候回來的。王昊說過小年的時候。

「剛才在幹嘛？不會是躲在房間裡做一些猥瑣的事吧？」

「什麼嘛！大白天的，誰幹那事兒？我本想打開電腦看電影的，妳就來了。」

她說：「怎麼你們都喜歡玩電腦啊？我哥也是，躺在床上看電視劇兩天都沒起來過。」

章瑩徑直走進王昊的臥室，四處看看，走走停停，像在遊覽動物園。

王昊關了電腦。章瑩從不見外：「你給我泡杯茶就行。」

然後王昊去廚房提熱水。茶泡好後，他又去搗騰出一些零食。她一看：「怎麼全是甜食，你知不知道這東西很填脂肪的？你怎麼跟女生一樣啊？」

王昊有點無辜：「這是我從學校那邊大包小包拎回來的。」

她打量了一下王昊，一年不見，並沒有什麼大變化，只是笑容少了很多：「這兩天回來了都在幹嘛呢？」

「回來後兩天都在家裡打掃房間，之後去了一趟縣城，以前的同學聚會。」

「看來你挺忙的，我估計你這個時候應該會在家，所以就來了。」

「妳要是早點來，我可能就不在家。我也是陪幾個老朋友散步剛回來。」

接著，她又問他為什麼沒有參加王俊輝的婚禮。他說：「跟妳說實話吧，我囊中羞澀，騰不出現金，我的錢都在銀聯卡裡，取不出來。」（其實，新郎可能知道王昊的難處，於是也就沒請他，他也就犯不著去湊這個熱鬧了。）

章瑩笑了笑，在腹部畫個圈，王昊頓時會意：「奉子成婚的那種。」（其實並不驚訝，以前的那些老同學有跟他講過新郎新娘的情形。）他們的默契是時間積累下來的。

恍惚中，有那麼一刻，肖智企的身影在他眼前一閃而過。

她說：「好像大年初三就要生了。」她指的是預產期。

王昊微笑著，沒有多說什麼，他不是對新生命不感興趣，只是杞人憂天地擔心起那對新婚夫妻日後的生活。

她談到王昊的眼鏡，說換了個鏡框好看多了。王昊說他回來之後才兩天就胖了好多，肚子突然間大了好多。

她想看看他的肚子，他笑著拒絕了：「又不是沒看過，有什麼好看的。」不過自己低頭一看的時候，確實很委屈的，感覺像個孕婦。會不會什麼時候，男人也有機會懷孕？

接著，她把手機裡一張相片給他看。相片上是一個男生，黑色的西裝下面套著一件白色的襯衫，笑得很陽光。

她說：「這是我現任男友——徐亮，我想跟他結婚的那種，現在餐廳當服務員，等攢夠了錢之後，我們想自己開一個小餐廳。你知道，像我們這種女人，要想靠自己的能力一個人去創業是很難的，只能找個人相互扶持著。」

王昊仔細看了看手機裡的那個人：「很好啊！你們連以後的路都規劃好了。」

她說：「可惜現在沒錢啊！我媽要價太狠了。五萬！她說只要給五萬就能把我帶走。」

「其實我一直覺得……」

王昊話還沒說出口，章瑩便搶過去：「我也反對這種形式，可我畢竟是她的女兒，不能向著外人啊。」

王昊有點氣憤：「這哪是嫁人啊！就是賣女兒嘛。」

章瑩也很無奈：「唉！有什麼辦法，這邊的風俗就是這樣。」

從談話中，王昊知道了那個男生的一些資訊。八十七年生的，比她高兩釐米左右，很紳士的那種，很多人誇他長得很帥，很會打扮，永遠是襯衫和西裝。她很喜歡看他笑的樣子。她經常催著他換衣服，所以他總是看起來很乾淨。她說他有點懶，在他那邊連早餐都沒得吃。她還說他有點怕她，每次都難得靠近。

王昊問她：「他是不是有色心沒色膽，每次都要妳主動？」

她很自然地笑了笑，她是個灑脫而又真性情的人，從不臉紅，從不掩飾內心的欲望，「這個倒不用！我經常跟他說，我們不談感情，只談生活，生活是什麼樣子的，我就給你什麼樣子。」

王昊聽到這句話，很詫異：「為什麼？」

大概是前一段感情經歷讓她太疲憊了吧，於是把視角都傾向於生活了。她說：「談感情太累。」

是啊！談感情太累，王昊又何嘗不累呢？他多想揮刀斬情絲，隔斷和肖智企的糾結情愫，可是刀在眼前，自己的雙手卻被肖智企在低眉信手間給束縛住了。

相比之下，章瑩就幸福多了。和之前交往的那個相比，她對現任的這個似乎比較滿意（王昊以前聽她談論之前的那個，經常是抱怨的話居多）。

王昊感覺她又成熟了許多，雖然這份成熟也夾雜著世俗的氣息，可是他反而覺得章瑩是堅韌而理性的。他多麼羨慕章瑩的那份世俗！如果自己也能世俗一點，也許就不會陷入肖智企的世界而不能自拔了，也許就能輕易地喜歡上一個女孩子，也許就可以在大街上自然地和她牽手、接吻、擁抱。

後來，章瑩又自顧自地說了很多，而王昊只是靜靜地聽著。她說她年初到過一次東北，看到了那邊一大片一大片的平原，看到了趙本山小品裡的熱炕頭和火牆。她說她最北到過漠河，還在那裡看到過極光。她說東北現在好多人都南下跑去北京、青島、煙臺、天津那邊打工了。她說東北話挺好聽的，東北人也熱忱，都很開朗很好交朋友，不像我們南方人，就是有時候意氣用事，愛打群架，而且打架也沒個分寸，操起什麼砸什麼。她說她就在大街上見過一次打群架的，那場面既壯觀又血腥。

王昊並不好鬥，對章瑩的那些描述沒什麼興趣，看著窗外好久，才說：「感覺妳每年都有很多新奇的經歷。」

她很自豪地笑著說：「多了去了呢。」

他很想跟她說：「我這半年在大學過得很平淡。」可他還是輕描淡寫地就過去了，因為他看得出她的幸福和興奮。他和肖智企的關係，從來就沒有想過要告訴任何人。不是害怕別人能不能接受，只是他覺得那是他和肖智企兩個人的世界，不想別人插足──他和章瑩不一樣。

王昊看著手機裡的相片，突然很想見一見佔據她世界裡的那個人：「他今年跟妳一起過來了嗎？」

她說：「沒有，他現在在市區上班，沒時間。我死活拉著他來都不肯。我一定要讓你見見他。」

「感覺你的每一任都要讓我看看。」

「哪有啊！其實也就才兩任嘛！」

王昊問她：「那妳準備什麼時候結婚？」

「再過兩年吧，跟我在一起之後，他的白頭髮多了好多，我給他的壓力太大了。」

「其實，只談生活，不談感情也有可能會輕鬆一點。因為只是過日子嘛，就不用想太多。」王昊不理解，其實過日子才是最難的。

「你知道嗎？他曾經和她前女友同居過一段時間，後來分手了。」

「呵呵！同居是很容易暴露出問題來，如果同居時能相處好，那結婚後應該也可以的。」

她喝口茶，「所以我想試婚啊！」

王昊並不反對她，在現今社會，摸著石頭過河可能走了些彎路，但也降低了風險，總比在婚後發現原來根本不合適要好。每個社會都需要有一群人去衝破那些思想束縛，而趨於一個更理性的方向。

坐了一段時間，天色漸暗。章瑩起身：「我要回去了，明天我再過來吧，一年沒見你了，有好多話想跟你說。」

「明天我有點事。大年二十九吧，二十九我有時間。」

章瑩走時，他看到那輛電動車：「過年後，我就可以開著這輛車到處溜達了。」

她很爽快地答應了：「好啊！反正每年都是我護送你。」

很長一段時間來，王昊都只知道設法去愛一個人（或者說「愛一群人」），把他（們）看得很重很重，於是自己就變得很低很輕了，低到迷失了自己，輕到感覺不到自己的重量。卑微地愛一個人是真的會很累的，也很痛苦。有怨言，有無奈，卻找不到出口……

章瑩離開以後，王昊想起曾經有個網友問他：「畢業論文答辯的時候，老師問我是選擇愛我的人還是我愛的人，我想都沒想就回答——愛我的人。你怎麼看？」當時王昊回答她時狡猾地偷換了概念。現在他在心裡的答案又不一樣了：「我希望選擇一個愛我的同時又我愛的人。如果兩者不可兼得，我會努力讓我愛的人愛上我。進？退？得之我幸，不得我命！」當然，「選擇」未必就是指婚姻，在中國，像他這樣的人，有權利向別人談及婚姻嗎？

人為什麼會需要朋友？

孔子說：「逝者如斯夫，不舍晝夜。」古希臘哲學家赫拉克利特又說：「人不能兩次走進同一條河流。」這兩者都持永恆運動的觀點。如果把生命也看做是一場永不停歇的運動，那麼所謂的「昨天」我們早已失去，而「明天」又遙不可及，於是只好捕捉這稍縱即逝的「今天」，以獲取片刻的存在和真實。可悲的是，就連這「今天」也短暫得可憐。於是，在這無涯的時間和空間中，我們徒然生出這許多的恐懼與寂寞與虛無。

幸虧還有朋友，他們那麼坦然，那麼真實，就像生活在某處的另一個自我。他們永不厭倦地向我們傾訴，分享各自不同的經歷，甚至是那些最不可言說的秘密……那些喜怒哀樂，那些看似不屬於我們自己的故事，那些遙遠的「昨天」和「明天」，卻讓我們從他們身上感受到一種獨立於自我存在之外的存在。單純一個人的世界無論走得再遠，也總還是有邊界，但因為有朋友——這種超越個體的存在，使我們間接地體驗到了自我之外的世界，給了我們無限的真實與溫暖，使我們不再孤立，使我們終於能坦然面對那些恐懼與寂寞、虛無。

也許有一天，王昊也會去看看章瑩走過的地方，一路北上去東北看看，去驗證那裡是不是跟她描述的一樣。當她的描述和自己的體驗重合的時候，那份真實和感動也一定會長久地埋在心中。這又是另一種遇見，不是單純用眼睛，而是用所有的人生經驗去和另一個人的世界完美地融合。

王昊想到這些時，突然發現，這幾年來，只有從章瑩身上，他才感覺到自己存在的印跡，才恍惚會覺得自己有多重要。這幾年來，也就只有她，一直把自己放在心上，把他看得這麼重，一直想把所有的經歷都和他分享。可是王昊呢？他還可以跟這個真誠的朋友分享些什麼？

她說：「朋友是一輩子的事。」這幾年來她一直在實踐著這句話。這個狀態，她一直沒變，這對王昊來說算是個慰藉，這是愛情永遠都給不了的。

第十七章　淒涼的母愛

傍晚，章瑩騎車從王昊那邊回到家。母親在廚房裡做飯，聽到外面電動車的聲音，便關切地問了句：「又到哪兒瘋去了，這麼晚才回來？」

「我現在哪還有時間瘋啊？我出去籌錢去了，好把自己賣出去。」章瑩所指的自然是那五萬塊。這突如其來的一句話刺痛了母親的心，她感到一陣淒涼。養了她這麼多年，怎麼敢為了一個男人就說出這樣的話來？

雖然這些年來為生活所累，可母親也是個好強的女人，聽到女兒這樣挑釁自己，也顧不得那些情分，自然要理論一番才算甘心：「妳這樣說什麼意思？！我是妳媽，從小把妳拉扯大，妳要嫁人，我要點錢有什麼不對？」

「在妳看來當然沒什麼不對！妳就是真把我賣了，也沒什麼不對，何況我現在還站在這裡呢，不是嗎？」

「在妳眼裡，我還不如那個男人？男人都會變的，始亂終棄的事妳還見得少嗎？」

「我的男人不會，我相信他！」愛一個人的時候，是需要這份堅定的信念的。這也跟賭博一樣，未來的事誰也沒有把握，可愛上徐亮的章瑩，就這樣義無反顧地把自己押了上去。

「妳憑什麼就相信他不會啊？一開始的時候，哪個男人不是那樣？信誓旦旦，天花亂墜，可是到頭來呢？妳最後能依靠的還不是我們這些做父母的？我要那些錢，也是為妳好，防著妳將來被人騙啊！」

「妳別說得這麼好聽。妳要那些錢，還不是為了能給我哥娶媳婦？我是妳生出來的，妳肚子裡的如意算盤想怎麼打，我還會不知道？可是，拆了東牆，妳就真的能補回西牆去嗎？」

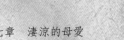

章瑩說這話確實也沒有錯，美其名曰為了她好，卻也有為她哥哥做打算的成分在裡頭。章瑩過了年才二十三，哥哥卻已經二十六了。在鄉下，一個奔三的男人還沒能娶媳婦兒，任是哪個做父母的都會乾著急啊！

至於那個「拆了東牆補西牆」，這確實觸到了母親的隱痛。按理來說，手心手背都是肉，偏愛哪一邊都不行，總會有怨言。可是，兒子是自己的，是要繼承祖宗香火的，而養大了的女兒總是要嫁出去的，終究要成為別人家的女人。古人說「嫁出去的女兒潑出去的水」，她現在都可以用這樣的態度對自己，嫁了以後呢？她還能回來嗎？就算能回來，會用怎樣的姿態回來？光鮮豔麗地回來，是告訴母親她當初沒有選錯男人，是間接地讓母親把說過的話反吞回去，這是逼著母親在眾人面前打碎了牙往肚子裡咽；垂頭喪氣地回來，自己的預言是靈驗了，可女兒也吃了很多苦、受了很多傷，這樣受盡男人的折騰，做母親的又於心何忍？總之，嫁出去的自然是自己的女兒，回來的卻未必還是那個女兒了，母親不得不有這一層顧慮。

除了這一層，母親顯然還有另一層顧慮，那便是他們養生葬死的問題。人從懂事起就會不自覺地探索死亡問題了，而中年以後，便要慢慢地為自己鋪好後路。中國自古就是一個典型的宗法社會，在儒家文化的影響下，看待死的問題有時候比生更重要（這裡不是說死後的世界，而是死的儀式）。延續香火的問題自然不用母親去操心了——她已經為章家生了個兒子，對得起章家的祖宗。至於兒子能不能繼續把這香火延續下去，則是他父親該操心的問題了。母親操心的另一個問題是自己晚年該怎麼體面地死。古人說：「謹始慎終」。從母親子宮裡生出來的這兩個孩子，自然沒什麼污點，既不是大惡人的後代，也不是草叢裡隨意種下的野種，「謹始」算是做到了。「質本潔來還潔去」，既然生得清白，死時也就應該體面慎重才是。這是立身出名的大原則，也是對歷史對祖宗的交代。

母親已過半百，這一輩子自然看過很多子女不孝的老人，那些人的晚年是相當悽愴的。屋宇破舊且不說吧，衣衫破爛且不說吧，風餐露宿且不說吧，有個病痛也沒人照看，最後連死在哪兒了都沒人在意，屍體發臭了也沒個有心人料理一下。母親當然不想自己落到這步田地，所以很多事情都要提前考慮，有些錢傍身上總能防個不測。

西方是很少存在這樣的問題，因為西方國家的老年人都是由國家贍養——他們有強大的社會福利基金。而在宗法思想的影響下，東方人老年問題更多地表現在家庭上，而不在國家義務上。我們國家也有弱小的養老扶助金（雖然是寒磣了點，可聊勝於無），但子女的「孝」仍是自己人生榮耀的一部分，這也是很多老年人都希望自己兒孫滿堂的原因——熱鬧體面地死總勝過於安靜淒涼地離開。無論章瑩怎麼說母親自私也好，無理取鬧也好，這其中的苦衷也只有等到她自己也熬成一個老人那一天才能體會到。

有這些想法的父母不計其數，特別是在物質相對匱乏的農村就更是如此。如果連自己的晚年生活都得不到保障，又怎麼去談道德和情義呢？只是，在其他的家庭，母女關係似乎都沒有像她們家那樣發展到劍拔弩張的地步。為什麼好端端的一份愛，會發展到這步田地呢？

這裡不得不再次提到馬克思唯物辯證法中的觀點：矛盾是事物相互對立的兩個方面相互依存、相互鬥爭的關係。它們永遠存在而且又永遠在變化發展著。於是選擇愛一個人的時候，也要做好恨對方的準備，更要做好被對方恨的準備。

章瑩剛誕生的時候，雖然沒有了初為人母（人父）的那份狂熱與期待，但父母仍沉浸在無限的欣喜之中。這份愛是最純粹的，那時的他們，從沒想過女兒以後要長大嫁人，從沒想過自己會慢慢衰老，從沒想過要從兒女那裡獲取多少回報……有的只是源自母性或父性本能的愛和對生命的敬畏。

章瑩慢慢長大了，上學了，身體開始發育了，像個粉紅的櫻桃，又像含苞的花蕾，急欲綻放，急欲擺脫父母的束縛，走向自由的世界。可在父母眼裡，她仍是個孩子，仍對她百般關懷。可是這份愛在女兒眼中卻顯得很多餘，她漸漸討厭母親的嘮叨，漸漸覺得老在她眼前晃來晃去的這個老女人很煩，她不會再對母親說心事，她們開始有代溝，偶爾也會爭吵一兩句，慢慢地也就有了裂痕。無論女兒對自己是怎樣的態度，覺得自己煩也好，懷有糾結的恨也好，可母親依然沒有變，依然堅持不懈地噓寒問暖，依然用她的愛包容著化解著這一切。

女兒初中畢業以後就沒再讀書了，走南闖北地到一些大城市工作，也開始談戀愛了，一年到頭也就只回來一兩次。至此，母親也開始意識到，這個女兒是留不住了。看著這個成熟起來的女兒，她那些漫長的歲月又在她的記憶中浮起，也讓她清醒地認識到，自己已經老了，於是便想起自己年輕時對兒女的那些付出……

人和人的關係很多種，也很複雜，有很多愛是可以選擇的。我們可以在人海中選擇一部分人做我們的朋友，一部分人做我們的同事，再選擇一部分人做我們的敵人，也可以選擇一個（或者若干個）情投意合的人做我們的愛人……但最初的那個家是沒法選擇的——因為親情之愛是命運賜予我們的。

愛的無法選擇，也預示著恨的無法避免。母親愛著這個女兒，在她出生時便做好了讓她恨自己的準備，這便是母愛的博大，她甘願忍受那些委屈，以呵護那個從自己子宮裡脫離出去的生命。而女兒會有怎樣的成長軌跡，自己是預測不了的，於是也做好了恨對方的準備，這是最壞的打算，可能在日後，面對著女兒的一去不回頭，她也只能在背後含淚目送著遠去。

很多人都在歌頌母愛的偉大與無私，這份女性本能之愛哺育著我們一代又一代，使得人類得以繁衍。而單純作為一個女人而言，她們又往往是最脆弱的。

廚房中的母親一想到這些便頓感淒涼，可淒涼又能怎樣？還不是一樣要給他們做飯？

晚飯已經做好了，章瑩沒吃幾口就上床睡覺了，整個家的氣氛都很尷尬。她甚至想，自己壓根就不應該回來過這個年。

吃過晚飯，父親終於開口勸母親了：「孩子的事，我們這些做父母的就少管些了，他們都那麼大了，自己也知道該怎麼辦。」

母親又開始嘮叨了：「前幾天，我到我姐姐家去過一趟，我姐哭得跟個淚人似的。她的那個養女，跟我們小瑩同年的，在外面打工，跟一個四川的男人好上了，死活要嫁過去，攔都攔不住。養二十多年一個女兒，嫁到那麼遠的地方，跟死了有什麼區別？誰還指望她以後能回來啊？」

父親：「孩子活得好不就行啦？你管她嫁到哪裡去了呢？難道我們能守著他們一輩子啊？」

母親：「真要活得好自然好啦，我們聽著也高興！可是前幾天我姐那養女打電話回來，說那邊窮山惡水的，連吃口肉都難。不久前生了個女兒，老公還經常打她，更別談讓她回家了。你有時間也去勸勸小瑩，她也不是我一個人的女兒，別讓她做傻事了，她遲早要吃苦頭的。我這麼做還不是為她好？」

「我怎麼勸啊？傍晚什麼話都被妳說光了，我還好說什麼。」

「我不管，你不去，就別上床來睡覺。」

父親沒辦法，來敲了幾次門，章瑩都藉口上床了沒開門。她知道懦弱的父親想說什麼，無非就是和稀泥，從中調解一番，說說母親的好話，再寬慰寬慰自己——有著一個強悍的母親，父親早就習慣了看報紙電視，在沉默中隱退了。可這有用嗎？他們會鬆口不要那些錢嗎？那五萬塊錢怎麼來？難道要自己賣身不成？這年頭，妓院都被政府取締半個多世紀了，上哪兒賣去啊？

大年三十那晚，徐亮打電話給章瑩。電話那頭的徐亮喝了點酒，語無倫次地說：「今年好多朋友都結婚了……就剩下我們了。如果今年有妳在，妳說該有多好？我好想要妳啊！現在就想要……」

章瑩也急了：「你要是有能耐一點，我們早結婚了！還用得著受這種苦？」

電話那頭的徐亮沒有再說話，只是一陣陣喘息聲。沒過多久，章瑩就把電話掛了。

事情的轉機發生在大年初三的早晨。天還沒完全亮，章瑩還在賴床，父親便急衝衝地跑來敲門：「小瑩，小瑩，快起來！快起來！妳媽好像生病了。我去妳哥房間找過了，那混小子也不知道跑哪兒鬼混了，昨晚到現在一直都沒回來。」

章瑩從床上爬起來，穿上衣服，趕緊往母親的房間裡跑。推開門，看到母親裹著被子躺在床上。臉色蒼白，大汗淋漓，四肢抽搐，床單上盡是血，母親似乎處於半昏迷狀態了。

這些年母親的身體一直很好，從沒什麼大病大痛，有個月經不調或感冒什麼的，扛幾天也就過去了。這突然來個這麼急的病，任是誰遇到了都會慌了神，何況父親又沒當過醫生，一時沒了主見也是很正常的。

章瑩看到母親這症狀，也一時沒了主意。轉身看了父親一眼，兩對茫然的眼睛就這樣對視著。章瑩趕緊跑過去，掀開被子，蹲下來，把母親背上，二話不說便往村衛生所的診所跑。父親也回過身來，緊跟其後。

章瑩回過頭對父親說：「你這麼急跟來做什麼，先拿點錢啊！」父親又急匆匆地往回跑。

把母親背到衛生所時，衛生所的大門還沒開。母親下體流出的血滴到章瑩的衣服上，濕濕的。一臉焦急的章瑩也顧不得腥臭味了，四處張望，她等不了，不知該如何是好。這時，剛好有輛運貨的小卡車從路邊經過，要送生豬肉到縣裡去。章瑩攔住那輛小卡車，把母親抱上了車。

上了車後，章瑩就這樣抱著母親，母親還在流血，還在出汗。章瑩用袖子不停地擦拭母親胯下冒出來的血，可好像怎麼擦也擦不完。汽車搖搖晃晃走了很遠，太陽從東方慢慢升起，可章瑩急得哭出聲來。

好不容易汽車在縣裡的醫院門口停下了。章瑩抱著母親急急忙忙下車，幾個護士和醫生見狀趕緊過來幫忙。她就這樣把母親抱進了急救室。

章瑩在走廊上徘徊，這才意識到自己腰上和背上都已經沾滿了血，但她心裡仍是焦急，不知道急救室裡面正在發生什麼，還要發生什麼。這個急救室以前也上演過很多相同的戲，送進過很多病人，抬出過很多屍體，也有些進去的人暫時逃過了死神的爪牙……

偉大的愛確實像空氣一樣，每個都飄浮在空氣中。呼吸著它的時候，是無需時刻都感受它的存在的，只在當有人把這些空氣都拿走的時候，我們才感覺到它有多重要，才會有那份窒息的焦慮。這些年來，母親一直都在，只是自己以前對這份愛沒這麼切身的體會罷了，有時候甚至爭吵多過了平靜融洽的相處。「和陌生人說心裡話，跟愛的人爭吵」，大概這就是當代人相處的真實寫照吧？對愛的人，我們尤其不妥協，尤其自私，尤其殘酷，總以為對方是在傷害自己，殊不知這樣想的時候就已經在傷害對方了。有愛就難免有傷害，我們怎麼在維護愛的基礎上規避這些傷害呢？

現在母親就這樣病倒了，猝不及防！章瑩才意識到，母親是有可能會在某一天離開自己的，而且是永遠地離開。如果就這一次，母親永遠離開了她，她會怎樣？她每天呼吸的空氣——那些賴以生存的存在，就要被抽走了。從此，她的心將一直流浪漂泊，一直漫無目的地尋找，再也沒有著落，再也找不到歸宿。原來她要的歸宿未必就真在某個男人身上，而是自孕育於母體時就一直根植在她靈魂中的那份包容和博大。不！她還有很多事情都沒有做，母親不可以這樣就離開……

終於渡過危險期了，但還要留院觀察。章瑩這才鬆了口氣。這時父親和哥哥也趕來了，在醫院門口交了醫藥費和住院費。

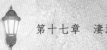

母親的病是長年累月積攢下來的，常言道：「病來如山倒，病去如抽絲。」這一病，母親的身體就開始走下坡路了，要想再回到以前是不太可能了。住院這幾天，花費很大，家裡的積蓄也花得差不多了，父親和哥哥都在四處奔波忙著借錢。家裡頭只要有人生一場大病，住個院，就跟古時候遇上官兵強盜一樣，總難免被洗劫一空。遇上無理的官兵強盜還能發個牢騷，而對於生病住院只能心甘情願地掏腰包——這也是生活！

很多人都很羨慕醫生，有些人是羨慕他們能治病救人，保存我們承載著這份愛的形體，不至於使我們在面對生命無常時太彷徨；而另外有些人是羨慕他們能在體制外名正言順地幹一些「趁火打劫」的勾當，從而雙手沾滿鮮血地享受著優越的生活。

可見，在大多數人眼裡，醫院其實就是人間的地獄，又或者是通往地獄的中轉站。人間紛紜複雜，確實有很多稀奇古怪的事在無聊地上演著，竟有那麼多人羨慕那些被牛鬼蛇神——他們的手術刀切斷的未必是某個人的生命，而是某些脆弱的群體的生活本身！人們會拍案而起，指責肥肉橫行的貪官，指責握手術刀的劊子手，指責為富不仁的商賈，指責仗勢欺人的太保……可也只是在受到這些壓迫時，他們才會想到指責，而平常的時候，更多的是羨慕吧！總希望自己有一天也像他們一樣，搖身一變，雞犬升天，凌駕於別人之上作威作福，一雪前恥。

就像現在的章瑩一樣，也只有在病房裡端著碗給母親餵粥的時候，看著母親憔悴的面容，她才會想到這些問題，才會想到愛的沉重和生的艱難，才會想到醫院在每個人心目中扮演著的不同角色……

住院已經五天了，開始那幾天，母親因為失血過多，臉色總是很蒼白，這幾天才漸漸有點血色。照顧母親的這幾天，章瑩看過病例，病史上寫的是母親這病是當年生她時落下的病根。二十多年前，分娩產下章瑩的時候，也出現過出血現象，當時止住了也就沒有太留意，坐月子時又下田涉水勞作，種下了隱患。這些隱患積壓了二十多年，加上這些年母親又處在更年期，身體本就開始衰弱，又受女兒這些氣，情緒自然又不太好。舊因未去，更添新亂，病邪早就蠢蠢欲動，正待此時趁虛而入，直搗黃龍，於是便釀成了那一幕。

章瑩看完那份病例之後，更內疚了。無論從哪個角度看，母親的病都和自己有密切的關係。如果那天母親真就這樣離開人世，她將背負道德的枷鎖，一輩子都成為個罪人！章瑩一想到這裡，就不寒而慄，端著粥的碗也不停地搖晃。

母親轉過頭看著章瑩：「怎麼啦？手抖得這麼厲害？」

章瑩把碗擱到床頭的桌上，整理了一下面容：「沒什麼啊！」

可是再怎麼克制，再怎麼若無其事地偽裝，心頭的那些情緒還是會像潮水般地湧上來……終於，章瑩趴在母親的病床上哭了起來。章瑩總是習慣了佯裝出很堅強的樣子，總是告訴自己已經長大了，不會再哭了。自從初中畢業離開家闖蕩，就再也沒在家人面前哭過了，在外面遇到了再大的委屈，也是一笑了之。可是這一次真的不行了，因為她遇到的不是委屈，而是囚禁了二十多年的洶湧的情感，就算築起再高的堤壩也攔不住了。那強大的向心力，牽引著海潮不斷地往前湧，一浪蓋過一浪，向母親的病床漫延過來，濕透了衣襟，濕透了床單，也濕透了往日的記憶……

可是，說「對不起」的反而是母親。大概是大病初愈的緣故，母親顯得很平靜，只是摸著章瑩的頭髮，一遍又一遍地說「對不起」。

為什麼要說對不起呢？做父母的有哪些地方對不起自己的兒女呢？兒女適時地感受到了親情之愛的沉重，做父母的何不乘機反思自己愛的方式呢？

愛應該是雙向的，「視若己出」這個詞實在是太尷尬了。身為父母，大概都會覺得兒女就是自己的附屬品吧！對於附屬品，自己自然可以百般挑剔，卻容不得別人說半點不好。可是，這個附屬品會長大，會漸漸有自己的意識，開始有獨立的人格——他們開始有別於自己了。這時候，作為父母又該怎樣看待這個不斷成長起來的孩子呢？該怎樣把那一片湛藍的天空還給他們呢？

有人說：「對愛的人是不需要說對不起的。」為什麼這樣說？就因為知道那些愛我們的人（或我們愛的人）會不離不棄，永遠守在我們身邊？就因為這個，我們可以不必在意那些傷害？我們的自信，我們的有恃無恐，來得未免也太輕鬆點了吧？

大概因為中國人的情感向來是含蓄委婉的，從小開始，面對生命中那些舉足輕重的人，我們總是羞於說「愛」。於是總要等到愛情來的時候，我們才需要反覆進行著這些「愛的發聲練習」，去修復那些我們從一開始就缺陷了的能力。可是「對不起」呢？犯了錯之後我們可以輕易地說出口，以尋求對方的原諒。可如果傷害了一個舉足輕重的人，我們該怎麼辦？在愛的人面前，我們永遠是脆弱的——而且，佯裝起來的堅強更脆弱！

現在，這兩個脆弱的女人，跨越時間和身份的鴻溝，終於也緊緊地擁抱在了一起。母親一直害怕自己會老會病，會沒有人贍養自己，會淒涼地離開人世，現在看到女兒這幾天一直都陪在病床邊照顧自己，看到她哭成這個樣子，心裡也寬慰了許多。而章瑩呢？她也終於明白，無論走得再遠，無論以後會不會組成一個新的家庭，她的心將一直牽掛著原來的那個家，因為那是她生命的源泉，她在那裡繼承了所有愛和生命的本質，沒有什麼比這個更能認識到自己的存在了！

或許這才是真正意義上的形而上學——建立在人性基礎上的形而上學。不用再去探討生命的起源、宇宙的起源，不要去尋找什麼萬物存在的根本依據，不要再問先有雞還是先有蛋……只要把那些拋向遠處的目光都收回來，安靜地反觀自我，真誠地找出這個隱藏在自我體內的本源就足夠了！在這個過程中，它將告訴我們一個我們常常忽略的真理：我們來自於母親的子宮。這個獨一無二的子宮賦予了我們生命所有的意義。它的包容和博大，自然包含了所有的愛和恨——或者說超越了所有的愛和恨。

守在母親病床旁邊的時候，章瑩接到徐亮的電話：「妳為什麼這些天都不聯繫我？難道我們就一直這樣耗下去嗎？」

章瑩：「這幾天家裡出了點事，我都快忙暈了。」也不知道是什麼原因，她並沒有把母親進醫院的事告訴他。

徐亮：「等妳忙完了，就過來吧。我想妳，想得都快瘋了。」

章瑩：「我真的走不開，你能不能成熟一點，不要這麼任性啊？」

手機那頭的徐亮歎了口氣，沒有再多說什麼，接著便把電話給掛了。

母親問：「是妳男朋友打來的吧？」

章瑩沒有否認：「有時候真感覺他是一點都長不大的樣子，真是急死人了。」

母親態度很溫和：「男人總是那樣的，有時候比我們女人還小氣，動不動就要小性子，以前妳爸就是那個樣子。所以啊，男人要多哄，哄哄就沒事了。」

章瑩不好意思地笑了笑，沒有多說什麼。

母親接著說：「妳想見他就去見吧，我不會反對你們的。結不結婚，跟誰結婚，什麼時候結婚，這都是你們孩子們的自由，我們做父母的也管不了那麼多。」

章瑩：「不見了。誰也不想見了，以後我就跟媽相依為命！」

母親：「傻孩子。就算我們相依為命也要帶他來見我啊！」

兩天以後，章瑩又接到徐亮的電話：「妳現在哪裡啊？我剛下火車。」

章瑩吃了一驚：「你是說，你跑來找我？你怎麼這麼傻啊？你知不知道現在春運啊？火車上那麼擠！來之前也不跟我說一下，這麼冒冒失失的。」

徐亮：「我沒想過那麼多，我就是想見妳！上次叫妳來，妳不來，我就想，既然妳不肯來，那我去妳那邊好了。」

最後，章瑩還是在縣裡的火車站接到了徐亮。天很冷，他一個人背著背包傻傻地站在出站口，見到章瑩迎面走來，不顧一切地抱住了她，一陣狂吻。這裡不比大城市，那場面不免引來周圍的人異樣的眼光，這些挑剔的目光讓章瑩既害羞又不自在。

由於母親還在住院，脫不開身，章瑩沒有直接把徐亮帶回家，而是在火車站附近找了間廉價的旅館。領了鑰匙，開了房門，徐亮就迫不及待了，一個勁地扯開章瑩的衣服。

章瑩抬起頭，看著頭頂晃動的白熾燈，心想這真是個心急的孩子。「你等等，等等。急什麼啊？我好幾天沒洗澡了，不怕我渾身髒嗎？」

徐亮的臉貼著章瑩的脖子，雙手開始往她胸口探索：「再怎麼髒也是我愛的女人，有什麼關係？我喜歡妳身上的氣味，那種讓我發瘋發狂的氣味。」

章瑩很滿足地笑了，順勢躺到了床上。一個女人最幸福的那一刻，或許就是感覺到自己被所愛之人需要的時候吧？這種「被需要」，無論是出於純粹的情感，還是出於狂熱的情慾，都能帶給女人無限的快樂。章瑩緊閉雙眼，感受著裹在身上的那些束縛被徐亮層層剝落。他的舌頭在她身上游走，走遍每一寸肌膚，直到她靈魂中隱藏著的情慾漸漸被喚醒……

女人！人們會怎樣去定義女人的屬性？《易經》坤卦卦辭上說：「地勢坤，君子以厚德載物。」如果非要以一種形象的事物去描繪女人，那「大地」該是最合適不過的了。「厚德載物」不正貼切地描繪了大地和女人的博大與包容嗎？大地無私地承載著蒼天的陽光和雨露；女人則無私地承載著男人的愛和激情……

現在，章瑩便是用這潔淨的胴體，承載著徐亮的愛和激情——如此無私地！他在她身上播種，他在她身上耕作，他在她身上收穫愛和希望，他在她身上感受著生命的繁衍不息，他在她身上看到一個個女性從遙遠的歷史長河中游來……她用她的溫柔與母性，溶解了男人悲涼的哀愁，溶解了男人滾燙的慾火，更溶解了男人魯莽的睿智……

她就這樣一直奉獻著，用她潔淨的身體承載著男人的污穢；用她堅韌的靈魂包容著男人的情慾。當章瑩張開懷抱，打開雙腿，迎接著徐亮的時候，她想起了她的母親。母親不就是這樣的嗎？她的子宮孕育了兒女的生命，她的胸懷包容著兒女的誤解與傷害。一代代的母親從子宮的深處走來，一代代的愛就這樣孕育和傳承過來，現在這個重擔終於落到了章瑩肩上。

她呼吸急促，看著徐亮在她身體上不停地探索、勤懇地耕作，心中生出一股感動，情不自禁地把他的頭攬向自己的胸前。她的雙乳高聳，汁液飽滿，她早已不再是一朵花蕾，不再是一個純情的小女孩兒，而是充滿母性的成熟的女人。這樣一個女人，將完全有能力孕育更多新的生命……

她清晰地感受到一股潮熱從小腹湧起，那陣熱流慢慢擴散開來，漸漸流遍全身，滾燙的淚從眼眶溢出……終於漸漸歸於平靜了，徐亮憐憫地擦乾了章瑩臉上晶瑩的淚水。

「妳怎麼啦？以前我們也做過，而且有時比這還激烈，怎麼這次突然就哭了呢？」徐亮會驚訝也很正常，章瑩一向是堅強的，在一起那麼久，她一直很開朗，很陽光，甚至是彪悍，從未在他面前流過一滴眼淚。只是他不知道，流淚不一定就代表哭。

章瑩拿起床邊的內褲，很迅速地套上：「沒什麼，只是感動。」

「感動什麼？」

「感動你這麼愛我，這麼需要我，而我不知道自己還有什麼可以給你了。」

徐亮撫摸著她的肩：「傻瓜，有妳陪在我身邊就夠了。我不要妳給別的什麼，我只要妳。」

「我聽朋友說，愛總是往下傳的。你覺得這句話對嗎？」

「我也說不太清楚。不過我確實沒看到有多少人能愛自己的父母勝過愛自己的孩子。大概是因為父愛或母愛都是源自於本能，是由內而外的，是生命繁衍的基礎；而孝敬父母更多地是出於感恩，是一種外在力或者是社會約束下的行為。內在的驅動總比外在的壓迫效率要高一些吧，妳說是不是？」

章瑩淡淡地笑了笑：「連你也這麼說，也難怪！」

章瑩下了床，對著鏡子穿好衣服，紮好頭髮。

「妳這麼快就要走嗎？」

「嗯，我媽住院了，我得回去照顧她。對了，你身上還有多少錢？」

「我身上沒帶多少錢，但我卡裡還有兩萬左右。」

「把那兩萬取出來吧，就當是你借我的，我以後一定會還給你。」

「妳要那些錢做什麼？那是我存起來娶妳用的。」

「給我媽交醫藥費，我爸和我哥在外面東籌西借，大概能找的人都找了，還差一截。我不能什麼事情都不做。」

徐亮二話不說，也穿好衣服，兩人到取款機前取了一萬五。把錢交給章瑩的時候，徐亮半開玩笑地說：「好不容易存了兩萬，以為離五萬不遠了……這下又不知該到什麼時候才能娶妳了。」

章瑩本想說那一萬五也算在裡面了，但她猶豫了一會兒，說：「你慢慢存，我還能等。只要你有出息，我以後一定會一直跟著你。」

「如果我一直都存不夠那五萬塊呢？」

「那你就別再來找我了，別再指望我會嫁給你……」章瑩的語氣很冷淡，她也很驚訝，為什麼自己會義無反顧地和母親站在同一個陣營上。

徐亮聽到章瑩突然態度堅決地說出這些話，一時間都懵了，半天說不出話來。

「你趕緊買票回去吧，我也要回醫院了……你放心，這些錢我一定會還給你的。」說完章瑩就走了……

時代的腳步永遠在向前匍匐著，我們生活的世界也在不斷地被改造，由農業社會向工業社會變遷的過程中，很多從祖先沿襲下來的傳統都被我們悄悄地淡忘了。那麼多西方的節日不斷地充斥著我們的生活，還有多少年輕人會真正地過一次端午節，中秋節或是重陽節？還有多少年輕人真正瞭解這些節日的由來？在他們眼中，這些日曆上標明的節日帶來的好處，無非是公司會發多少福利，或者是會放多少天假，使他們可以在工作之餘放鬆放鬆。除此之外呢？他們明白節日之於家庭團聚的意義嗎？有多少人，在這些日子問候過自己的家人？

在這種全新的環境下，如果我們再次提到中國傳統人倫中的「孝」字，該如何重新定義呢？

顯然，它不再是孔聖人口中那些空洞的教條，不是魏晉時期虛偽的治國方略和政治手段，也不是臥冰求鯉、割骨療親、嘗糞憂心、埋兒奉母等《二十四孝史》中的肉麻故事，更不是礙於社會輿論和情面的禮儀和逢場作戲，而是基於感恩之心的「反哺」精神，是對人性深層次的關懷。

這種反哺和關懷，是需要感同身受的。

母親出院時，章瑩站在醫院門口，不自覺地回頭看了看，到現在她還記得自己抱著母親在顛簸的車上的心情，那份焦急，是那麼刻骨銘心！當她再想起這些經歷的時候，她總是不自覺地回憶起小時候自己生病時，母親那同樣焦急的神態。那個時代因為物質的匱乏，生活壓力遠比現在大得多，父母既要撐起這個家，又要照顧兒女的病痛和生活起居。那時的父母，只盼著女兒能夠快點長大、少生病，何曾想過女兒長大之後是要嫁出去的？何曾想過自己也會老會病呢？

母親只折騰過自己一回，章瑩就這麼疲憊不堪了。相比之下，章瑩卻折騰了父母二十多年！可是這二十多年來，父母依然堅強地活著，依然看不到他們在自己面前流露過多少對生活的抱怨。也就只這一次，任性的章瑩終於把母親給折騰垮了。

當章瑩重複母親的話，向徐亮說湊足那五萬塊錢才肯嫁的時候，她的語氣是那麼堅決。她甚至都沒有想過要去解釋點什麼，只想快點把那些錢交給母親。這份堅決的背後，當然不僅僅是因為愧疚，做過兒女的人自然會明白那些含義！

母親出院後，章瑩又找過一次王昊。那時王昊的寒假也接近尾聲了，他都開始準備收拾行李回學校了。

章瑩問他：「在你眼裡，我算不算一個拜金女？或者說，就是那種很現實很勢利的女人。」

王昊意識到她問的問題很嚴肅：「不會啊！我們都活在俗世中，沒那些東西怎麼活啊？現在大氣污染嚴重，連西北風都很髒。」

「可能在他眼裡我就是這樣的一個女人吧！」

「發生什麼事了？」

章瑩便把那幾天發生的事告訴王昊。接著她又說：「我向他要那五萬塊錢，真的不是因為我有多麼的虛榮，我只想在出嫁之前好好孝敬我父母一次，嫁人之後，我陪在他們身邊的日子就越來越少了，那時候想再做一些事就越來越難了。其實我是很愛我男朋友的，我知道我的命，我不怕跟他過苦日子，再清貧的生活我都能熬得過去。我可以跟他一起去打工，我可以不要那些名牌服裝和化妝品，我可以和他擠在地下室住，這些都沒關係，誰叫我們天生就不是富二代呢？我只擔心他會因那五萬塊錢而誤解我！」

說完，章瑩的表情很凝重，陷入沉默。王昊看著她，不知該如何是好。這些年，他一直在學校裡，學校之外的好多事他都沒機會去接觸。他一直相信人和人之間，特別是相愛的兩個人之間，是可以溝通的。但當他遇見肖智企之後，他才發現因愛產生的鴻溝往往更難得到消融。

但出於好意，他還是說了些安慰章瑩的話：「妳不妨試著跟他解釋這些，他那麼愛妳，會明白妳的想法的。」

章瑩：「可是，我開不了口啊！」

是啊！開不了口。就像王昊幾次三番地想要告訴章瑩自己和肖智企的關係（哪怕他知道那麼多年的朋友應該接受得了那些事情），可還是開不了口一樣。「人生不如意事十常八九，可與語人無二三」，面對這麼交心的知己，他尚且還要有保留，何況章瑩面對的是愛人呢？這時，王昊和章瑩都同時體會到了壓抑在心頭的那些難言之隱。

他沒有多說什麼，只是走近她，輕輕地攬過她的肩膀，把她擁入懷裡……可是這一切，徐亮能看得到嗎？遠在C市的肖智企能看得到嗎？

第十八章　家的味道

有時候，在一段婚姻或一個家庭的不幸中受傷最大的，未必是夫妻雙方，而是那些還不太懂事的孩子。

孩子對家庭的意義是不同於成年人的。成年人可以跟不同的人結婚、離婚，然後相繼組成不同的家庭；而孩子眼中的家庭，只有一個母親，一個父親，一個家。一旦這個家庭破碎，他便會永遠地喪失這份歸屬感，從而籠罩上一層揮之不去的陰影——往往傷害我們最深的，偏偏是我們最愛的、最依賴的人。

肖智企的世界便是這樣。對於他來說，美國才是他的祖國和故鄉，而中國其實是異邦。他在那裡出生、成長，在那裡上學、交朋友、戀愛，在那裡和父母度過了人生中最快樂的時光……他所有童年的記憶都在那裡。只是，父母的離婚迫使他背井離鄉，這也是肖智企一直排斥父親的一個原因。無論他在中國有多開心，多麼受人歡迎，他始終希望自己有一天能回美國去。這不僅僅是肖智企一個人的情緒，也是很多二代三代以後的華裔隨父母回到中國後的態度。久而久之，他們會有一種彷徨和失落感，就像被流放之後無家可歸的孩子，無法在內心認定自己到底是中國人還是美國人。

帶著這種情緒，肖智企獨自回過一次美國。可回到家，再次看到母親的時候，他驚呆了。他沒想到年過半百的母親已經再婚了，更沒想到家裡還多了一個五歲的小女孩。而母親推開門看到他時一臉錯愕的表情，更讓他萬念俱灰。

姜玉：「智企，你不是在中國嗎？什麼時候回來的？」

「過幾天您生日，所以回來看看您。」

「不愧是我兒子，真有孝心。進來吧，這裡也是你的家啊，幹嘛在外面傻站著？」

肖智企看了看母親旁邊那個陌生的男人。姜玉會意：「忘了跟你介紹了，這是我丈夫保羅，他比你爸年輕，你可以叫他叔叔。這是朱莉，她對中文很感興趣的，最近進步很快。」

肖智企知道，這個所謂的朱莉自然不是母親的親生女兒，她和父親離婚還沒幾年，不可能生出這麼個女兒來。但從保羅同樣錯愕的表情中，他確信對方是她丈夫。

雖然母親相互介紹過了，可肖智企還是不知道該怎麼開口。他沒有幻想過母親離婚後會一直獨守著單身到死，可這一幕還是太意外了，突然就有這麼一個男人橫在自己的眼前，把自己在這個家所有的位置都佔據了，未免有些措手不及，沒想到回國一次竟要受這麼大的內傷。

母親還是很熱情，像招待客人一樣把肖智企拉進了家。肖智企看著這個熟悉的環境，童年的回憶全都被喚醒了。他曾在那個院子裡種過樹，現在那棵樹也長高了不少。他還記得，以前經常和父親一起在後院澆花，那些黃玫瑰很漂亮，現在整個院子都不種花了。這個房間也曾是他的，他曾在裡面看書、上網，也曾第一次和自己的男朋友在這裡做愛，可是現在這個房間裡所有的擺設都變了，書桌沒了，床也沒了，牆上的海報也沒了，取而代之的全是女生風格的東西——這個房間現在歸小朱莉了。

肖智企以前聽母親講過鳩占鵲巢這個故事，沒想到在這裡上演了一齣美國版的。這個家還在，可以前的那個味道卻再也找不回來了，因為它根本就不再屬於自己了。

晚餐是義大利麵，母親興致勃勃地端上一盤給肖智企：「你嚐嚐，這是我跟保羅學的，我最近跟他學到很多西式的菜肴。」

肖智企很勉強地吃了一些，他記得很久以前和父母一起吃飯，都是中餐多於西餐。而且，母親對西餐並不感興趣，卻不知道從什麼時候開始，她連飲食偏好都變了。會不會有一天，母親對自己的愛也會變質呢?興許早就變質了呢?

小朱莉、保羅和母親都對肖智企很熱情，使他感覺到自己在這個曾經熟悉的家裡真的只是個客人。看著母親一家人其樂融融的樣子，肖智企感到很累，這樣的一副鐵三角，任是自己怎樣努力，也很難插足的。他在這裡真的很多餘，不明白上帝為什麼要把他創造出來。沒有他，或許母親這個新組成的家庭會更和諧美滿。是的，肖智企被遺棄了，遺棄他的可能不是自己的祖國，卻一定是自己的母親。現在他才明白自己到底有多孤單，為什麼要回來?回來難道就是為了看這幅畫面嗎?

這個家已經沒有房間可以供他過夜了。吃完晚餐，母親帶著他出去找旅館……去旅館之前，他們在咖啡廳坐了一會兒。

姜玉：「你這次回來……肯定是和你爸爸鬧矛盾了吧?」

「……沒有啊!」其實肖智企和父親的矛盾一直都存在的。

「你是我兒子，有什麼事你瞞不過我的。」

「這些年，一直有一個問題困擾著我……以前也沒敢問。」

「我知道，你想問我為什麼會跟你爸離婚嘛……和你爸離婚那會兒，我們也曾試圖跟你解釋，但又怕你太年輕，不懂這些。於是我們在想，等日後你經歷多了，自然會想明白的。現在你大老遠跑回來，就為了問我這個問題，可見你還是有困惑。」

「我記得小時候，我們一家人很開心的。只是不懂，為什麼這種氛圍漸漸地就沒了?感覺一家人越走越遠了，我很害怕是我離間了你們。」

姜玉語重心長地說：「我和你爸之間確實存在很多問題，但那些問題都跟你無關，不是你造成的，你沒必要自責。當初是我執意要和他一起來美國的，我以為只要遠離了那個女人，你父親就屬於我了。但從他決定要回國那一刻起，我就知道，他心裡一直還惦記著那個女人，只是那麼多年來我們一直都沒有戳破而已。」

「哪個女人？為什麼這些年我從來沒聽你們說起過？」

「她叫何玉鳳，是你爸的初戀情人，青梅竹馬的那種，我也沒見過她長什麼樣？不過如果她沒死的話，應該還在中國……那些都是我和你父親的事，我們覺得沒必要讓你知道，而且你當時還小……」

「可跟我爸回國後，我也沒有見過那個女人，如果真像你說的那樣，我爸對她念念不忘，應該會去找她的啊！」

「這我就不知道了，可能是還沒找到吧。不過回頭想想，即使沒有那個女人，我和你爸也會離婚的，我們之間有太多不可調和的矛盾。但是孩子，不管我和你爸的婚姻怎樣，但有一點我是可以肯定的，那就是他很愛你。天下沒有哪個做父母不愛自己的孩子，最多也只是表達方式的問題。」

「……」肖智企沉默了，他最害怕的就是母親提到這個問題，卻不得不去觸碰它。

姜玉：「他愛你勝過於愛我——自你出生以來就是。一直以來，無論你需要什麼，他都想給你最好的。你父親是農村出生的，小時候在家裡吃過很多苦才有今天的成就，他經歷過那些辛酸，也就不想自己的兒子也跟他一樣吃那麼多的苦。他希望你比他更幸福，比他更有出息。他覺得，只有這樣才對得起以前拋棄的何玉鳳，對得起家鄉那麼多人對他的期待，對得起漂洋過海跟我一起跑來美國……可能是因為太愛你了，在你身上有太多的寄託，有點望子成龍，再加上這種方式又很傳統，使你很反感、很排斥。但如果你站在他的角度想想，你便會理解他的良苦用心了。他是個思想保守的人，確實是不太懂你們年輕人所宣揚的『自由、個性、人權』這些詞，所以，對你的愛也是那種很保守的方式，這應該是從他父輩那裡傳下來的。他也百思不得其解，為什麼到了你這一代，就傳不下去了呢，子不類父的確是件挺鬧心的事情啊！」

這時，肖智企也笑了。被母親這麼一說，他腦海中父親的形象好像突然變得可愛了很多。再慢慢地想起有關父親的點點滴滴，又突然有一種莫名的感動。只是，礙於面子，他沒有在母親面前流露出來，而是轉過來問她：「媽，那妳呢？妳還像以前一樣愛我嗎？」

姜玉看著肖智企——這個自己親手撫養大的兒子。智企已經不再像自己想像中的那麼年輕了，可他的思想還是這樣不成熟。她知道智企為什麼會這麼問。幾年後回來，發現母親已再婚，組成了一個新的家庭而將自己拋棄在外，任是怎樣堅定的信念，也難免有這樣的困惑。

她不知道該怎樣才能化解智企心中的困惑，過了很久，她才鼓起勇氣去擁抱這個從海外歸來的兒子，想起那些年和兒子之間的點點滴滴，眼淚不自覺地就往下滑：「智企，你這個傻孩子，你是我的兒子，是我身體裡掉下來的一塊肉。我怎麼會不愛你呢？你見過哪個做母親的不愛自己的兒子？無論你在哪裡，無論我過著怎樣的生活，我一直都在牽掛著你啊！只是，你現在長大了，有了自己的世界，我不能一直陪著你走那麼遠了。」

肖智企沒想到母親還會這樣抱著他。這個擁抱，使他感覺很溫暖很熟悉——小時候母親就是這樣抱著他的。但他還是問了句不該問的話：「那妳為什麼又還要結婚？我一直以為妳和父親只是像以前鬧鬧矛盾一樣，吵一架就過去了，我一直以為我們一家人還會在一起的。可是妳現在……」

姜玉：「大概是因為你吧。我真後悔當年沒有努力爭取，讓法院把你判給了你父親。你都不知道我有多愛你，你走後我才知道我身上有太多的母愛沒辦法施展。直到遇見了小朱莉……和保羅結婚，我想更多的是因為她吧。」

肖智企明白母親在說什麼，她是說她把對自己的愛，都轉移到了那個小朱莉身上。她有多愛小朱莉，就有多愛自己。

姜玉又說：「智企，你聽我說，你現在已經不是小孩子了。我們遲早有一天會離開你，你也遲早有一天要和另一個人組成你自己的家庭。」

肖智企：「我沒想過結婚。」

姜玉：「別這樣孩子氣，好不好？你現在回到中國去生活了。中國和美國有很大的不同，你不能再用原來的那些觀念在中國生活了。美國人是很自私的，他們關注的更多是自己，一心想要實現自己的價值……」她咽了口咖啡，「我知道在你心裡，肯定也認為我很自私……雖然我把監護權交給你爸，但並沒有不管你不愛你啊！我希望你明白這些……在中國生活，你要更多地去兼顧到他人的利益，多設身處地為別人去想一想，特別是你爸，他這麼老了，又一個人孤零零的，沒事就不要老惹他生氣了。人活在這個世界上是有責任的，你現在已經長大了，雖然現在還沒能力為社會做些什麼，但至少可以為家庭做一些事啊——你至少背負著一個家庭的責任！立身處世不是那麼簡單的，從你很小的時候開始，我和你爸就不斷地向你傳輸一些中國文化，跟你講孔子，講古詩，講宗法……為的是不讓你斷了根基，為的是提醒你，你是從哪裡來的，你的祖宗在哪裡，你怎樣才能對得起他們。你明白了這些之後，才會知道自己該背負怎樣的使命。這些事情，我和你爸都沒辦法替你去做，需要靠你自己清醒過來。」

肖智企：「我不知道自己可不可以做得到……」

姜玉：「你是我兒子，我不願意從你口中聽到那些喪氣的話。你一定要背起來，而且也一定可以背起來。你還年輕，可以慢慢去想，慢慢去規劃你的未來。我該回去了，小朱莉還等著我回去給她講故事呢！」

可能是晚上咖啡喝太多了，也可能是時差還沒倒過來，肖智企在旅館裡一晚上都睡不著，反覆想著母親的那些話。母親依然是愛他的，只是自己長大了，她也有了新的家庭，各自面臨的世界都不一樣了，於是這份愛呈現出來的形式也會不一樣。

反思母親的那些話，他感悟出一句話了，那就是：「人活著，不僅僅是為了自己，身邊還有很多人，還有很多責任。為了那些責任，有時要犧牲掉很多東西。」再回憶以前自己那些任性的做法，他羞愧難當。

後來，他想到了自己以前的那些「朋友」，不禁有些難過。和他們撲朔迷離的關係，有些也曾轟轟烈烈，有些只是用來填埋寂寞，而有些純粹是為了報復和洩憤……肖智企因家庭的破裂而對社會的仇恨和扭曲，讓他在很長一段時間內都喪失了理智。漸漸地，連他自己也分不清楚，和那些或陌生或熟悉的人發生的床笫之事，到底哪些是出於本心，哪些是流於浮華。這些年來悠悠蕩蕩，恍恍惚惚，到底在找些什麼？

可是王昊呢？肖智企又怎會體會不到王昊對自己是執著的？他們相識過，吵過，愛過，也相互傷害過，可越是這樣，王昊的手就握得越緊。王昊的這份執著，不是因為肖智企有多少錢，不是因為他從哪個國家回來，只是因為王昊認定了這個男人——哪怕對方身上集結了富家公子大部分的缺點！這也是最讓肖智企害怕的——他害怕一個人太過於認真，認真得連自己也無法再置身事外地游離！

「人活在這個世界上是有責任的。」再次想起母親的這句話時，肖智企才意識到，因為那些與生俱來的責任，自己是不可能和王昊廝守終生的。既然做不到，為何不早點放手？長痛不如短痛，何必耽誤人家一生，何必讓父親再對自己失望？王昊也有父母和家庭，他要背負的壓力肯定比自己多。如果早點結束，其實對大家都好……

天亮後，肖智企登上了回中國的飛機，連臨走時都沒有再跟母親說過隻字片語。他愛她，也恨她，只是各自占的比例有輕有重！同時他也知道自己是不會再回來了。這一次回來，已經葬送了他的童年，葬送了他記憶中的那個家……他不敢想像，下次如果再回來，會不會葬送自己的母親。

下了飛機，他猶豫了好久才打電話給王昊：「我說……我們分手吧。」

王昊：「決定了就好。」

「我以為你會問為什麼的，又或者挽留一下，沒想到你這麼平靜。」

「從那時認識你起，我就知道終有一天你會跟我提出分手，我知道我愛上的是一個怎樣的男人，也知道你不可能為我改變什麼的。雖然這樣，但我還是努力過，只是失敗了……一直以來，我都是很被動的。」

「不……不是你想的那樣。我……我的確愛過你。但……人活在這個世界上是有責任的，我們都有父母，我不想再讓他們失望了，也不想再這樣耽誤你。就當過眼雲煙吧……」

「我理解，那你保重啊！可以的話，去找個真正的女朋友。」

「嗯，你也要保重。」

和王昊分手以後，肖智企回家的次數也比以前多了，說話也不再像以前那麼橫了，開始會經常打電話問候父親了。肖凱軍看到兒子有這麼大的轉變，喜出望外。一份愛，如果一直很融洽，即使這份愛走得很遠，也很難有足夠的深度；矛盾之後達成的共識和諒解修復的這份愛，反而更讓人感到可貴。對肖凱軍而言，兒子的回歸，便是一份失而復得的喜悅。肖智企就是他懷抱裡的「香港和澳門」……

很快，肖智企便在學校裡交了一個女朋友，她便是紫若涵。

在肖智企的眼裡，紫若涵是個很開朗大方的女孩子，大大咧咧的，沒什麼心機，總是很愛笑，好像這輩子都沒遇到過一點不愉快的事。這樣的性格真好，面對她的時候，肖智企也可以不用再去想那些沉重的東西，不用再回憶起王昊。其實，他也沒多少機會去想了，因為紫若涵在他身邊總是有很多話要說。

「智企啊！我想去染頭髮，你說我該染什麼顏色好啊？紅棕色行嗎？」

「智企啊！我今天想去逛街買雙鞋，你陪我去好不好啊？」

「智企啊！我肚子痛，也不知道吃錯了什麼東西。」

「智企啊！我月經來了，可是明天要上游泳課，怎麼辦啊？最可惡的是，那個體育老師很色，經常摸女同學的大腿。」

「智企！你看那個女人，胸這麼平還穿成那樣，噁不噁心？我要是也穿成那樣，你會不會不喜歡我啊？」

「智企啊！聽他們說你以前有好多朋友的，為什麼感覺很多我都不認識啊？你怕我會在你面前丟臉嗎？還是嫌我長得醜？喂！肖智企，我在跟你說話呢，你能不能聽一回啊？老是走神，一點跟我談戀愛的樣子都沒有。」

肖智企突然很鄭重地跟她說：「誰說我沒在聽啊？明天來我家，我帶妳去見我爸。都見家長了，這下不能說我沒誠意了吧？」

紫若涵被他的話鎮住了：「見家長？可是……我們交往還不到一個月呢，這麼快就見家長，會不會太急了點啊！」

「誰規定了非得要多久才能見家長啊？況且，有很多情侶都是先見家長再交往的呢。」

「可我還是有點怕……」

「妳怕什麼？有我呢。我爸這個人很和藹的，我敢保證他不會吃妳，要吃也要留給我吃。」

「討厭啦，你壞死了。」

後來，肖智企真就把紫若涵帶回家了。稍微上了點年紀的肖凱軍眉開眼笑，對著眼前的紫若涵怎麼看怎麼順眼。也是啊！在他這個父親眼裡，總比帶回一個男人要好吧！

那晚，肖凱軍親自下廚，做了很多菜。吃飯的時候，他一個勁地給紫若涵夾菜，這讓肖智企看了多少有些彆扭。

肖凱軍看著智企和紫若涵相對而坐，偶爾相視而笑，提了很久的一顆心總算是放下來了。「這才像一個家嘛！家裡有個女人總還是好的。」他自言自語。

紫若涵不好意思地說：「伯父不要取笑我們啦。」

肖凱軍笑著說：「不取笑，不取笑。你們打算什麼時候結婚啊？」

肖智企放下碗：「啊？我們都還在讀書呢，這麼快就談結婚？」其實他知道父親怎麼想的，結了婚才能說明他和以前那些人徹底劃清界限了，父親才能真正放心！

「這有什麼關係，早做打算嘛，趁著我這老骨頭還能動彈，沒準能幫到你們。」

肖智企臉色都變了：「這都哪兒跟哪兒啊？你就好好地在大學裡教書吧，這種事情就用不著你操心了。」

氣氛頓時很僵，紫若涵夾在他們中間也不知該如何是好，只得一個勁地向肖智企使眼色，可他還是一點反應都沒有。

肖凱軍：「不說就先不說吧，沒事，反正你們都還年輕。」父親也認識到有些事急不得，畢竟智企還有塊心病。父母之難做，大概也就難在這裡，縱使托出一片赤誠之心，也總難免得隴望蜀，甚至是拿自己的熱臉去貼孩子們的冷屁股也在所不惜。

吃完飯，肖智企便把紫若涵帶回房間去了。

紫若涵：「你剛才怎麼對你爸那種態度啊？這樣多不好。」

聽她這麼一說，肖智企也有些過意不去。或許是因為之前有著太多的隔閡，畢竟橫在他心裡的那堵牆還沒有徹底被推倒，生活中殘留著很多慣性，想要在這麼短的時間內就像其他的父子那般融洽，是不太可能的。他也苦惱，也百般無奈，只得對紫若涵說：「我和他的事，妳不會明白的。」

紫若涵：「我也不知道你們之間以前發生過什麼，可他畢竟是你父親啊！而且他還對你那麼好。要是我爸也對我那麼好就好了。」

肖智企：「妳爸對妳很不好嗎？」

紫若涵：「別提啦，他就爛酒鬼一個。」

因為來的時候沒有想到自己會在肖智企家過夜，所以紫若涵也沒帶換洗的衣服。洗完澡之後，她只得裹著肖智企的睡衣。她很自然地掀開被子，躺上去。

這麼隨意的一個動作，卻被肖智企看得目瞪口呆。「妳睡在這裡，那我睡哪裡啊？」

紫若涵：「你睡我旁邊啊。有什麼不對的地方嗎？」

肖智企很想告訴她，自己這張床從來沒讓第二個人睡過。他還想告訴她，他早就習慣了一個人睡。他更想告訴她，他很難確定自己對女人還提不提得起性趣。

但是肖智企也從這個簡單的動作裡看到了另一層東西，那便是紫若涵「不分你我」的愛和親密。她就這麼隨意地躺在這張對她來說很陌生的床上，理所當然地叫眼前的這個男人睡在自己的旁邊，從未想過這個男人會對她做什麼。又或者，她知道接下來會發生什麼，但似乎並不抗拒，而是歡欣鼓舞地迎上來。這樣的順其自然，好像從一開始就註定了自己是屬於這個男人的一樣，這確實讓肖智企感動。可是越感動，他也就越內疚——內疚於自己心懷鬼胎從未真心付出過。這種複雜的情緒讓他進退兩難。

他有種強烈的衝動，想要解釋些什麼，可無從開口——他總是困守於自己的難言之隱。又或者，他更多的是不想將她拒之千里之外吧。面對這個毫不設防的女人，他沒有辦法，只得上了床……

這麼多年來，他從來沒碰過女人的身體。女人對他來說就像宇宙間的黑洞一樣神秘。這一刻，當他撫摸著紫若涵的肌膚時，他才感受到男人和女人的差異。男人的肌膚結實、粗糙、輪廓清晰，富於力量感。女人的肌膚柔軟、光滑、細膩，似乎能化解一切力量。肖智企的手觸碰到紫若涵的小腹，就像一艘漂泊已久的小船停留在柔軟的海面上，她因為撫摸的快感而不自覺地發出的呻吟，像盤旋在上空的海鷗鳴叫聲，又像一陣陣忽高忽低的潮汐。

從很小的時候，他就很想知道女人的小腹下面到底是怎樣的。但少時滿懷好奇進行的那些激進的探索，卻遭到父親的責備，被定義為心術不正，從此他便覺得那個地方孕育著邪惡和污濁，讓他恐慌，讓他不敢直視，好像稍不留心就會把他吞噬掉一樣！從此他便帶著一種扭曲的視角去看女人，看世界！現在，跨過紫若涵小腹下那層毛茸茸的三角區，他終於鼓起勇氣觸摸那個兒時不敢觸碰的地方。他做夢也不敢相信，這麼一個邪惡的地方，竟是那麼溫暖，那麼濕潤！

大概是因為太敏感，紫若涵夾緊了雙腿，肖智企的一隻手被夾在兩腿間動彈不得。紫若涵轉身抱著他，不停地蠕動著，扭轉著，纏繞著！是的，他能感覺到這份互動帶來的體驗，更溫暖了，更潮濕了！她的主動讓他措手不及，卻早已身不由己……

在這晚之前，他以為他這輩子都不會再碰女人了，他以為只要有男人就夠了……卻沒想到，自己封鎖了那麼多年的這扇大門，就這樣輕易地被紫若涵推開了。他可以不愛她，但他感激她！尤其是在這夜疲倦之後，他的感激使他把這個女人抱得更緊了。

早上醒來的時候，肖智企睜開眼看到紫若涵披散著頭髮坐在床頭，她上半身套了件白襯衫，下半身只穿了條內褲，目不轉睛地端詳著自己。「你這麼早就醒啦？」

「不早了，太陽都出來了。」

「妳怎麼穿起我的襯衫來了？不過挺好看的。」也許是他一直都喜歡這個中性的風格吧，男人和女人，剛強和陰柔的結合——就像昨晚那樣。

「好看嗎？好看你就把它送給我吧，以後我經常穿給你看。」

「我無所謂啦，妳喜歡就拿去吧。」

「你好大方啊！什麼都無所謂。」

聽到這幾個字，肖智企又突然想到了王昊，以前他也說過自己一副無所謂的樣子，那時的他說這句話，是愛多一點，還是恨多一點呢？

肖智企把紫若涵拉到床上。「再陪我睡會兒，陪我說說話。」

紫若涵很順從地躺下：「你今天怎麼啦？以前你老是一副心事重重的樣子，怎麼突然想到要跟我說話啊？」

可能從昨晚開始他就有很多話想對紫若涵說，只是那時太累了，還沒來得及說便已經睡著了。現在，終於有大把的時間讓他喋喋不休了。他跟紫若涵談起自己很小的時候在美國的一些事，比如和父親一起去瓦爾登湖釣魚，比如自己開始學吉他的情形，又比如父親如何嚴格地要求自己學漢語……那些故事很零碎，也很平淡，卻是他心裡最柔軟的地方——就像某個地方也是紫若涵身體裡最柔軟的地方一樣。對於這些朦朧的記憶，他甚至之前都沒有跟王昊說過，卻不知道為什麼願意跟紫若涵說。

紫若涵拖著下巴一直沉默著聽他自言自語，那些語言傳到她耳朵裡，重新變幻成新的影像，展現出一個色彩斑斕的新世界。就在這一刻，她才知道，原來眼前的肖智企竟還有這麼多故事！

從那平淡如水的語言裡，確實可以讀出肖智企是把紫若涵當朋友的。那麼知心，那麼渴望與她分享自己的經歷，這不正是朋友間的狀態嗎？

可說著說著，肖智企又突然停下來了。他突然想到在火車站旁的那個晚上。那晚，那個陌生的男人對自己不也是一樣嗎？完全不顧對方有沒有興趣聽，只自顧自地訴說。肖智企那時候覺得那個男人很可憐，因為似乎從來沒有人有興趣聽他那些陳穀子爛芝麻。而現在呢？如果沒有紫若涵，肖智企會跟那個男人一樣可憐！

原來，所有的難言之隱，所有的孤獨，其實都是同一種狀態！能被言說的早就已經說完了，剩下的那些也只好埋在心裡……他又忍不住抱了一下紫若涵。

紫若涵：「你怎麼啦？怎麼又停下來了。」

肖智企看看表：「沒事。不早了，我們趕緊穿衣服回學校吧。」

第十九章　沉默的夕陽

已經過去半年了。

這半年對王昊來說其實不算短，因為離開肖智企的這半年來，王昊做了很多事。他開始和其他的男生一樣，去打球，去游泳，和他們擠在一起看A片，並和他們分享一些下流笑話，並最終開始嘗試著去和女生戀愛。他要淡忘肖智企，永遠地忘掉他愛過肖智企這件事。

王昊不覺得自己愛上另一個男生是一種恥辱，只是太累了。他沒有自殘傾向，所以不需要讓自己往苦裡活，他應該輕鬆，應該開心，他的世界應該沒有肖智企。

漸漸地，他開始會用另一種眼神去看身邊的人。他開始發現，那些女生凹凸不平的身材有一種別樣的美，他開始會看她們的臉，她們的長髮，她們的胸，她們的腰，她們的臀部和腿……

漸漸地，他開始會夢見她們，夢裡的世界讓他覺得興奮，讓他突然感到夢或許是有色彩的……

他漸漸地明白這種朦朧的感覺，或許這就是他想要的吧。可是，他還是和她們走得很遠，這種遠是心裡的一種抗拒，也是一種隱性的堅守，這是他不自覺的！

「我已經忘了他了！」偶爾一個人的時候，他這樣對自己說，因為總是在這個時候，他最容易想起肖智企。回憶是美的，只是，停留在過去的回憶總是這樣讓人傷感。

每個人都有自己的軌道，王昊已經和肖智企分道揚鑣了，永遠不能回頭，他們的光芒對方不再可以看得見！王昊是這樣安慰自己的，漸漸地，他覺得自己是一個正常人。其實這個世界未必有常態和非常態之分，那只是一種狀態罷了，只是一種存在。可是王昊刻意很執著地區分開來，因為他不想再這樣放縱地生活下去了。

可是，就連他自己也不知道，這就是自己真正想要的嗎？他的這種快樂，是真實的嗎！還是他也只是在騙自己。只要發生過，任何事情都會在自己身上留下痕跡的，這就是歷史，是兩個男人之間刻骨銘心的歷史，輕易就抹得掉嗎？

可是，無論自己的決心再大，遺忘一個人的願望再迫切，都無法適應現實中的種種變數。起床的時候，他接到一個電話，是肖智企打來的：「我和我的女朋友在去你學校的車上，你準備好來接我們吧！」

電話只說了一句，就掛了。王昊有些賭氣，似乎肖智企算準了自己一定會搭理他一樣。可是，王昊似乎又找不到任何理由去拒絕肖智企。或許應該說，王昊不想找任何理由拒絕。他感到心中有股暗流，是一種喜悅，可自己不肯承認。他恨透了自己的這種狀態，恨透了自己對肖智企難以割捨的愛，恨透了肖智企玩世不恭的態度。

電話掛斷的那一刻，王昊的眼前想起了半年前他們分手時的情景，天很冷，風很大，肖智企站在路燈下，對著王昊橘紅色的臉說：「我有點膩了！不想再玩了，你以後不要再來找我了。」然後，肖智企給了王昊一個吻；然後，王昊便看到肖智企的背影漸行漸遠……

那一刻，王昊有沒有恨過肖智企，連他自己都記不起來了。半年來，有很多事情都從一個極端走向另一個極端：氣溫從寒冷變得溫暖，最後到炎熱；人們的衣服一件一件地減少，變得越來越短，越來越薄；樹木從枯黃到發芽開花，枝繁葉茂；白晝一天比一天更長！誰能說王昊對肖智企的感情不會從一個極端走向另一個極端呢？

王昊似乎找不到什麼可以恨肖智企的具體實物，便只好恨現在無孔不入的通訊。一個電話，便在他原本心靜如水的世界裡激起了無數波瀾。

肖智企和他女朋友在王昊校門口下車的時候，沒想到王昊真的在門口等。六月的太陽很毒，肖智企在很遠的地方就看到王昊額頭上的汗珠，他的心中有一絲不忍，有感動，但更多的是心疼。

他拉著他女友的手，走到王昊面前，故作鎮定地介紹：「這是我女朋友，紫若涵！這是我好哥們，王昊！」

紫若涵笑了笑，說：「肖智企經常在我面前提起你呢，說你以前一直很照顧他！」

王昊只是笑了笑，沒有多說什麼。分手時，他是曾漫不經心地跟肖智企說過讓他找個女朋友，沒想到真的就找了，更沒想到這一刻會出現在自己眼前。

肖智企看有點不對勁，對紫若涵說：「他就是那樣，一見到女生就憋不出什麼話來，臉紅得跟紅富士一樣，所以到現在一直沒女朋友，連我都替他著急。」

王昊依舊只是苦笑。肖智企看著這僵硬的苦笑，無所適從，尷尬的空氣在不同的溫度中沸騰。

這並不是肖智企第一次來王昊的學校。

以前肖智企一衝動就坐幾小時的車，奮不顧身地出現在王昊的眼前。看到王昊驚奇而感動的表情，肖智企的嘴角總會揚起得意的微笑，那種微笑，不止一次地讓他們的慾火，在彼此眼裡燃燒。湖邊，草地上，路燈下，王昊凌亂的床上，無人問津的昏暗角落，都見證過那段扭曲而又美好的時光。

因為愛，他們從不避諱旁人的眼神，那樣自然，像親兄弟。也因為愛，他們需要足夠的空間，不願被世俗的力量擠壓，所以他們所有的動作都是在「地下」完成的。

可是肖智企這一次來不一樣。不一樣的身份，不一樣的目的，不一樣的情感。他拉著紫若涵的手，只是在告訴王昊：他們真的就這樣成了兄弟。可是，當肖智企看到王昊那張僵硬的臉的時候，他的心彷彿被亂針刺過一般。

可是又有什麼辦法呢？人是會厭倦的，特別是這種處於邊緣的感情，他們都清楚，這種累，註定會拖垮對方。他們太需要庸俗的正常的生活了！

王昊和肖智企帶著紫若涵在校園裡逛了一圈後，已經是中午了，大家都餓了。他們決定吃午餐，便在學校的餐館裡找到一個雅間。

那是張長方形的桌子，可供四個人面對面坐著。無知無覺的紫若涵拉著肖智企的手坐在一起，對面坐著孤苦伶仃的王昊。

點完菜後，三人陷入了一陣短暫的沉默。紫若涵試圖打破這種尷尬，喋喋不休起來。

「今天真是熱死了。不過這個學校還是蠻漂亮的，智企，你以前經常來的就是這裡嗎？」

肖智企從一陣思緒中回過神來，「什麼？嗯……哦……其實也就是偶爾來看一下啦！也沒有經常來啊。有事我會打電話或者在網上聯繫他的！」

緊張的肖智企冒了一身冷汗，看了看王昊。他看到王昊臉上的不高興一晃而過，擠出一絲笑容。

「我還以為你經常來這裡呢！你們感情這麼好，也不經常見面啊！我就跟我那些死黨天天黏在一起，害得智企都有點吃醋了！」

肖智企想解釋點什麼，被王昊搶了先：「天氣熱嘛！這種天，誰都不願出外走動！」

紫若涵擦了擦額頭的汗，說：「也是！我今天就曬黑了，智企，明天你得陪我買防曬霜作為補償。」她見肖智企沒什麼反應，抬頭看了看，「這空調能不能調低點啊？我去一下洗手間。」

紫若涵轉身離開後，肖智企才敢抬頭看王昊。

肖智企看著王昊微微低下的頭，表情被掩蓋在一片長髮中，連眼神都顯得飄忽。半年不見，王昊的頭髮已經比較長了，鬍子也長了，凌亂地掛在臉上，把所有的表情都擠走了。王昊雙手緊握，他的手是很修長的那種，很白，流淌的青色靜脈血管在他的手背上環繞。肖智企突然覺得這樣的他很漂亮，就像當年肖智企第一次見到王昊一樣，是一種怦然心動的快感。那種美，是一種被喚醒的誘惑，是一些本不該被喚醒的罪惡！

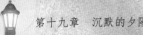

肖智企很想湊過臉去吻一下王昊，就像半年前一樣。突然之間，他好像忘了自己和女朋友來這裡的目的，他想把那半年的時間從他們的生活中抽掉，就像什麼事也沒有發生過一樣，就像一切都沒有改變。

肖智企：「我們……」

王昊搶斷他：「你今天本不該來……」

肖智企：「我們不該來，可是你還是來接我了！」

王昊：「你太殘忍了！」王昊知道，肖智企來，是想證明自己在對方心裡到底還有沒有一個位置。而他帶紫若涵來，則是想聲明另一件事。這是一個悖論，兩個難以融合的事實折射出肖智企的「貪心和自信」，可是王昊對此束手無策——因為愛！王昊對肖智企的愛也是束手無策的。

肖智企：「對不起，我……」

王昊：「我不要你的對不起。我只要你從此以後不要再來，不要再打亂我的生活。你已經有了一個女朋友，你可以像其他人一樣過普通人的生活，這或許不是你想要的，但這是你家人想要的。你心裡有責任，有愛，有義務，卻沒有我！你可以這樣，我也可以，我也可以去喜歡女生，我也可以和女生做愛，聽她們叫床的聲音。我為什麼要愛上你？為什麼要在心裡給你留一個位置？你有什麼好，我要這樣對你？」

不知不覺，王昊不爭氣的眼淚已經流到嘴角了。隔著桌子，王昊給了肖智企一巴掌，那一巴掌，充滿恨，但源於愛！

肖智企感覺臉上火辣辣的，他勇敢地抬頭看了看王昊！王昊淚流滿面，眼睛瞪得很大，從眼睛裡投射出來的光芒全落在肖智企身上。那光芒，像無數把劍朝肖智企飛來，使得肖智企的心糾結得厲害……

沒過多久，王昊看著肖智企臉上鮮紅的掌印，不禁伸出手去撫摸。他心痛，可他更心疼。恢復理智的王昊忍不住問肖智企：「痛嗎？」王昊是懦弱的，他愛得深刻，卻無法恨得徹底。

肖智企：「沒事！這都是應得的。」

王昊：「你真傻，連躲都不躲一下。我沒想過真打你！」

肖智企：「如果躲過了這一次，我想我這一輩子都會後悔。有些責任，我有必要背起來！」

王昊：「你別傻了。我沒有想過要你為我做什麼。以前你能做的都做了，現在我們已經不再需要對方了。」

肖智企：「你還在生我的氣？可是我還愛你啊！」

王昊：「你不要再這麼天真了。我們的生活是不一樣的，光有愛是不夠的！這半年來，我想得很清楚，我沒勇氣去過那樣的生活！我早就決定放手了，就像你半年前離開一樣。」

肖智企很驚訝，為甚麼王昊會說出這樣的話來，王昊以前不是這樣的。肖智企沒有想到，只是半年，王昊就變成了一個陌生人，一個多少還有點愛自己的陌生人。可是肖智企還是不甘心。

肖智企站起身，把頭湊到王昊的眼前，凝視良久，他兩手撫摸著王昊的臉，凌亂的鬍鬚有點紮人，可肖智企感覺很舒服。他閉上眼睛，給了王昊一個深長的吻。

起初，王昊只是掙扎。可是，那種掙扎，若不是出於自己的意願，又能堅持多久呢？終於，他們的舌頭相隔半年，再一次纏繞在一起。王昊半年來所有的努力都功虧一簣，他的防線被徹底攻破，這場戰爭他已無城可守，他敗得一塌糊塗。他自己也不知道，他是敗給這個意味深長的吻，還是敗給心中久久不能放下的那段依戀！

很不幸地，當他們陶醉在舌戰當中時，紫若涵從洗手間回來。推開門的那一剎那，三個人的表情都異常驚恐，有人如夢初醒，也有人感到晴天霹靂！

三個人站在那裡很久，地轉星移，動靜皆風雲！沒有人有勇氣打破這種沉默。紫若涵在等，等自己某一刻能夠清醒；如果永遠都醒不過來，永遠都沒辦法證明自己看到的是幻覺，或許她可以等肖智企對自己解釋些什麼！

可是，依舊沉默！餐館外頭的嘈雜讓這邊的空氣顯得浮躁了許多。

直到服務員來上菜，示意紫若涵擋住了過道，她才如夢初醒。

她終於絕望地承認，她是真的擋住了他們的道。她轉身，離開，飛奔的速度讓她的長髮在空中飄蕩了很久，一直飄到校門口的公交站。

她頭也沒回，上了公車……

餐館裡，肖智企看著紫若涵離去的背影，不知所措！

王昊替他拿了主意：「你去吧！」

肖智企看看王昊，不知道該說什麼好，其實又有什麼好說的呢，人是他帶來的，沒理由讓她一個人回去的啊。可是自古就很少有兩全其美的事，他註定了要辜負其中一個。

肖智企思考了一會兒，說：「你給我一點時間，我向紫若涵解釋清楚就回來找你！」說完，肖智企想再一次吻王昊。

王昊推開他，細聲說：「去吧！不要再來找我了！」那聲音細得讓王昊不敢相信是出自他自己的口中。

肖智企追到校門口的時候，那輛公車剛好開走。他看著紫若涵坐在車窗口，沒有回頭。

肖智企沒有追上去，只是安靜地在站牌附近等下一趟公車。另一趟公車來的時候，他猶豫了幾秒鐘，然後上了車。

坐在車上，肖智企看著窗外不斷向後退的風景，他這才發現，雖然自己以前經常來這邊，卻從來沒看清楚這邊的任何一棵樹。他突然覺得王昊說得很對，他心裡有愛，有自己，卻未必在乎過別人的感受。

這半年來，他一直和紫若涵在一起，或許只是為了減輕自己心中的罪惡感。他想像正常人一樣地生活，他想證明給自己看，他並不是一個天生的同性戀者，有些事他可以改變的。可是，他卻忘了，紫若涵願意跟他在一起，是因為她愛他。而一直以來，他卻無視這份愛的存在。

也許是因為自己心裡還或多或少地對王昊有依戀吧，他情不自禁地來找王昊，卻沒想到事情會發展成這樣——他嚮往的本是一種平靜，可是內心的澎湃又有誰能阻擋得了？

半路上，肖智企下了車。他來到公園的河邊，在河岸上走了很久。看著岸邊那些垂頭喪氣的楊柳，他突然想做一棵樹，只要有陽光雨露就可以存活，也許就沒有那些不必要的煩惱。

天氣很熱，肖智企找到一片樹蔭，在附近的長板凳坐下，沒想到，到最後，還要這些毫不相干的楊柳幫他解圍。他點了根煙，匆匆抽完，又點了另一根……

直到傍晚，夕陽把他的背影拉得很長很長時，他才決定回去。

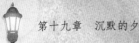

回到學校的紫若涵把自己關在宿舍裡很久。她強忍著眼淚，拿出紙和筆，寫了封信給肖智企。信寫完的時候，已經快傍晚了，夕陽從窗子照進來，顯得格外溫馨！她看了看窗外燃燒的雲，終於，她的眼淚決堤了，淚珠打在信封上，所有的情感和文字一起，被浸透，被皺折！

肖智企回到學校的時候碰見了他的室友。「剛才你的女朋友來找過你，見你不在，就留下一封信給你。」

肖智企只是疲憊地淡淡地說了一聲：「知道了！」

肖智企回到寢室，倒了杯水，平靜地拆開那封信……

智企：

你好！今天坐在公車上的時候，我想了很久。

我突然明白一件事，這半年來，可能我從來就不瞭解你。我不瞭解你的世界，不瞭解你的取向，不瞭解為什麼這半年來你一直不開心，不瞭解你為什麼對我的身體忽冷忽熱，甚至覺得可有可無，不瞭解你為什麼很少在乎我的感受。曾經，我很委屈，為什麼你不可以像其他的戀人一樣，多愛我一點，多投入一點！

直到今天中午看到你在餐館做的那一幕，我終於明白了。我終於認識了一個真實的你，全面的你。並不醜陋，卻很……（對不起，我無法用一個合適的詞來形容現在的你。）

站在門前包間的那一刻，我突然發現，我眼前的你不存在了，破碎了，然後從那個破碎了的空間裡，長出一個新的你，還是一樣的相貌，卻讓我感覺那是一個陌生人。我以為是我打碎的，但很久以後，我才回過神來，才告訴我自己，你沒有碎，你一直在那裡，只是你有很多面，我沒有看到而已。

我不知道如果有一天，你發現那個你深愛著的人本就不是他的時候，你心裡是一種什麼感覺，反正我是很痛——痛到骨髓裡。

開始的時候，我是有點恨你，恨你是個騙子，恨你心中藏著另一個我意想不到的人。我沒想到會是這樣，所以我一直在看著你，一直在等你的解釋，可是你一直沉默。所以，我又開始恨你的懦弱，恨你無休止的沉默。

這半年來，我一直在問自己一個莫名其妙的問題，「你愛過我嗎？」以前你給的答案就很模糊，現在，就顯得更模糊了。不過現在好像都沒什麼意義了。

可是，我是愛著你的——直到今天為止，並且全身心地愛著！這半年來，雖然你對我忽冷忽熱，可我都只覺得那是你的性格使然。直到那一刻到來之前，我依然相信，我們可以牽著手走很遠，我們可以去看雪，去看海，去看時間刻在我們臉上的傷痕，去一起寫我們的故事！可是現在，我已經沒有勇氣去相信了。

我現在才明白，這半年來，我扮演的角色，或許只是你通往正常生活的一個視窗；又或許，只是你對外界的一個幌子，一塊彩色的布，可以讓你包裹住自己內心的這個秘密！你一直在利用我，對嗎？

不過，這些都沒有關係了，我現在要告訴你的是，無論你愛著的是誰，愛不是一種羞恥，更不要讓它成為一種罪惡！你有權使自己活得更開心——和你相愛的人一起活得更開心。

我曾經愛過你，所以我希望你可以一直往前走，不要回頭；我希望你勇敢地選擇自己想要的生活；我更希望你可以擁有一份真實的快樂——我一直都知道，和我在一起，你並不開心！忘了我吧！你不需要記得我，更不需要內疚！

我給你的愛雖是錯誤的，卻是心甘情願的，所以你無需為我承擔任何責任——如果真的有傷害，你也承擔不起！我愛過你，更不希望你活在內疚中。

信給你寫到這裡的時候，我看到窗外的夕陽。這一天就要過去，新的一天很快就會來，我也要選擇一種新的生活了。

我會懷念今天的夕陽，也會懷念現在對你的這份心情，不過，以後我們應該不會再見面了吧！因為過了今天，你對我而言就只是陌生人了。

紫若涵

看完信的時候，天已經黑了，肖智企看著天花板良久，不知所措！不錯，他對紫若涵是有內疚，不過不是因為道德上的，而是因為他對紫若涵不完整的愛——因為從不完整，所以內疚！

而現在她走了，永遠地離肖智企遠去了，他才發現，原來在自己的心裡，有一個漸漸重要的人，漸漸重要，可是當他後知後覺的時候，那個人就像一隻驚弓的鳥，飛向了不知名的遠方……。

肖智企還可以做些什麼呢？他現在唯一能做的，或許就是遵照紫若涵的意願去生活。

肖智企坐在寢室想了很久，還是撥通了那個號碼。

肖智企：「王昊！我跟紫若涵結束了。」

王昊：「……」電話那頭的王昊一直很沉默，讓肖智企只能聽到他的呼吸聲。

肖智企：「我想，不如我們……我是說我們，重新……來過……」

王昊：「對不起……我真的累了……」

接著肖智企聽到了對方掛機的聲音，那個聲音一直在寢室裡回蕩，像是索命的哀樂……

第二十章　從頭到尾

這個十月沒有了肖智企，空氣像死水一樣平靜，雖然和認識他以前一樣，往年的十月也沒有他，可對王昊來說，卻又不一樣了。夏天的氣息還沒完全退去，天依然很熱，戀戀不捨，纏綿不絕，意猶未盡！

王昊還在睡夢中的時候，一個電話把他拉回了現實。他睡覺從不關機，他不怕被吵醒，只害怕突如其來的寂寞。

「你起床了嗎？」電話那頭是章瑩的聲音！

「剛起不久。」他連眼睛都睜不開，卻本能地知道該怎麼說謊。

要是換成其他人，王昊可能一聽到聲音就掛斷，然後繼續倒頭睡下！然而她不一樣，他知道，如果不是真的很重要的事，章瑩不會打電話來找他，更不會在這個時候。

至今仍沒有人能確定他們的關係，在他們心裡，本不需要任何世俗的名詞去定義這樣一種關係。因為連他們自己都不在乎，也就不會有人再去在意了。

他和章瑩之間，沒有愛，卻又相互依託！或許應該用另一句話形容：超越一切愛！

「我不知道該怎麼說，我懷孕了……是意外！」

王昊聽到電話那頭硬咽的聲音，心頭一驚。一陣沉默過後，他問：「那他知道嗎？」

「我昨天已經跟他說了！」

「他什麼反應？」

「他也很慌，不知道該怎麼辦。我們都是第一次遇上這樣的事，突然間就束手無策了！」

「妳想留下他嗎？」

「我不知道！腦袋裡一片空白。」

「我不主張妳拿掉他，你們其實已經到了談婚論嫁的年齡了。既然來都來了，幹嘛不順水推舟，你們都已經不小了，需要為自己的將來做打算。」

「不，如果他沒有勇氣，我不想逼他！」章瑩當然想結婚，這種渴望比任何人都迫切。如果不是因為母親那執著的五萬塊，她就不會有這些擔憂和恐慌。而且，就算結婚了，他們也還撫養這個孩子啊！

「流產對身體傷害很大，弄不好以後會喪失生育能力的，我希望妳考慮清楚！」

「我也不知道！現在好亂。有時間你幫我上網查一下，選擇哪種方式會好一點？」

「他現在妳身邊嗎？」

「不，他在別的城市！這件事我一個人可以搞定！」

「妳說得簡單，妳一個人可以搞定。妳別忘了，這不是去看感冒，妳肚子裡的是一個孩子，一個生命。如果這次他不在妳身邊，哪怕以後你們最終走在了一起，妳心裡總還是會有疙瘩！我不喜歡選擇逃避的男人。妳希望就這樣依靠一個男人一輩子嗎？」

「我也不知道，我只是不想給他太大的壓力，為了那些錢，他四處奔走，已經很累了！」

「這種事是註定要兩個人一起去承擔的，不管結局怎樣，他至少要和妳一起去面對，妳至少也要給他一個機會讓他和妳去面對，這樣，你們才不會有遺憾。如果他愛妳，他應該明白這一點。妳把他的電話號碼給我！」

章瑩在電話那頭報了一串數字，然後就掛了！

他坐在床上看著這串號碼，良久，才回過神來。

撥通了那個號碼，對面那個男人的聲音和他一樣，都顯得有些疲憊。這是他第一次聽到那個男人的聲音。突然他想到，如果對面的那人是自己，會怎麼做？想到這裡，他的頭上冒出一陣冷汗。

到底跟那個男人說了些什麼，王昊自己也忘了。他唯一記得的是那個男人最後的一句話：「我會去找她的！你放心。」

接下來的那幾天，王昊一直在上網查資料。哪家醫院會好一點，人流好還是藥流好一點，流產後該注意哪些問題……他把這些資料傳給她看。

他叫她去做人流，這樣會比較徹底，以免日後刮宮。可是她選擇了藥流，因為醫生跟她說第一次一般都選擇用藥，而且受孕的時間不是很長，不會有很大的問題。

幾天後，她說：「這幾天下面一直在流血。我這才知道，真的好累！從沒想過會這麼辛苦。」他沒有說什麼，只是一陣沉默。她的累，她的痛，在遠處的他一直都是束手無策，再牽掛都是徒然。

幾天後，她又說：「你不用擔心我了。我沒事了，真的。我沒想到你會一直陪著我走過，謝謝你！」他似乎忘了自己做過什麼，回過頭看看那幾天自己匆匆忙忙，卻什麼都沒做。

那段時間，他就好像自己也做了一回女人，親手拿掉了自己肚子中的一塊肉！那樣痛，那樣累，那樣不捨，卻又那樣無奈！

平靜的四個月就這樣過去了！對於王昊來說，四個月和四年似乎沒什麼區別。他的生活一直這樣安靜，安靜到可怕，波瀾不驚！他到現在為止還是很少在人前笑，也不知道如何展示痛苦的表情。低著頭走路，外面的世界對他來說就像天上的月亮，可以看，卻觸不到，來去只是一個個輪迴，看過一遍，便等於看到了時間長河中的那一粒流沙！

十二月剛來，一場突如其來的雪壓倒了所有不安分的夢，連夜空都閃爍著銀白色的光亮。王昊站在窗外，看著那些時隱時現的光芒，他彷彿看到了另一個世界。

第二天起來吃完早餐的時候，他接到了她的電話。

「我在你的宿舍樓下，你準備用什麼方式迎接我？」

聽到那句話的時候，他愣了很久，是章瑩！然後，他拖著一雙破拖鞋，飛跑著下樓，連外套都忘了穿。

看到章瑩的時候，王昊停了下來，他想仔細看看眼前的這個人。生活如一潭死水，他太需要這樣一顆石子激起半點漣漪，哪怕是最終歸於平靜，哪怕是徒然！他也曾經幻想過突然有一天，她重新出現在他的視線中的情景。不過，他沒想到是今天，更沒想到，是她一個人！

厚厚的黑色外衣把單薄的她包裹得只能看到半個頭。不時有遠處的雪飄到她的肩上，頃刻消失不見了。

風塵僕僕的她依舊微笑著，口中的白氣隨風消逝。

她張開翅膀，他本能地跑過去擁抱她，可是全身不停地抖動著。

因為沒穿外套，他顯得好像比她小很多。

「我沒法確定你是因為冷還是因為激動而抖得這麼厲害！」

「都有！」隔著厚厚的外衣，王昊仍能感受到章瑩的溫暖，一直流到心裡。

他開了門，兩人進屋！房間有點簡陋，在她眼裡至少是這樣。可是對於他來說，這已經足夠了。

他有欲望，卻未必是表現在這裡。

王昊開始有點手忙腳亂，又有點不知所措，雙手時而會在空中定格少許，但還是很順利地倒了杯熱水給章瑩。她脫下外套，掛在牆上。沒有了外套的她，和幾年前比，顯然瘦了很多。

她顯然有點激動：「來之前，沒想到你們這邊在下雪。來了才知道，原來這麼冷！不過，我好幾年都沒看過雪了，也算沒白來！」

「這場雪也是突如其來的，我還納悶呢，怎麼突然就下起雪來了，原來是妳要來啊！怎麼事先不跟我說一聲？」

「我是走到這裡才想到要過來看你的。」

「哦，是這樣啊！」他顯然有些失望，可是不知道自己在等什麼答案，已經沒有什麼答案可以讓他真正滿意了。

她感覺得出自己說錯了話，像個犯了錯的孩子，環顧周圍，看著還未疊的被子，問道：「你一個人？一直都是？」

他點點頭，沒有多說一句！似乎很多事情都不需要解釋。這種生活是他選擇的，其中的滋味只有他自己知道。可是他已經不想再多做改變了。

她看著他，生出一絲憐憫。「我記得你說過，你不喜歡選擇逃避的男人。為什麼到最後你自己卻變成這樣的人呢？我不知道你曾經發生過什麼事，到底是誰，可以讓你甘願這樣生活，我只知道一件事，那就是，守著過去的人，永遠不會有未來！」

他低下頭：「我不是在逃避誰！」

「你當然不是在逃避某個具體的人，你逃避的是你本應該擁有的生活。你害怕責任，你畏懼世俗生活的繁雜。你以為這樣就是超凡脫俗嗎？沒有勇氣承擔就只好選擇退讓，這樣就真的很好嗎？」

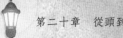

「妳千里迢迢跑到這裡來，就是為了跟我說這些嗎？我知道什麼樣的生活最適合我！」

「以前一直不知道你的生活到底是怎麼樣的，來到這裡之後，才漸漸地明白你痛苦的原因了！你不應該這樣的。」

「我不痛苦！」他是倔強的。

章瑩沒有再多說什麼，喝了口杯中的熱水。她突然想起他們倆很多年前長夜無眠，促膝夜談的日子。那時的月亮那麼圓，兩人就那樣相擁在草地上直到天亮……

她的眼睛被杯中的熱水熏得紅潤。

牆上的掛鐘搖擺著，一秒一秒地數著他們的心跳。

他選擇了打破沉默：「他怎麼樣？那天他陪妳到醫院去了嗎？」

「去了！後來他臨時有事，只在那裡坐了一會兒就走了。」

「有什麼事會比那件事更重要？妳為他犧牲了那麼多，他怎麼可以在中途就把妳撇下呢？妳當時為什麼不跟我說？我真想過去給他兩巴掌！」他是憤怒的。

「我沒有辦法。」

「那你們分手了嗎？」

「沒有那個必要！」

「什麼意思？」

「我還在乎他，沒有必要因為這個就一拍兩散。再說了，在我們這種人的生活中，愛情已經變得微不足道，可有可無了！我沒有勇氣去選擇另一種生活。所以，很多事情都可以將就著過，人要現實一點。你有沒有試過這樣愛一個人，無論他對你做錯了什麼，你就是割捨不掉他？」

「我沒有！我只嘗試過另一種方式：無論他身邊有誰，我就是割捨不掉對他的牽掛！」

她知道，他說的那個人不是自己！很久以前，她想知道那個人是誰，現在卻覺得沒意義了。所以她沉默。

他問她：「為什麼一個人來？」

她沒有回答他，只是安靜地解開自己衣領的扣子。

他注視著她的動作，抱緊她，呼吸急促！

她吻他的臉，他的嘴，他的耳朵，他的脖子……

脫掉自己第一層衣服的時候，王昊突然停下來，看著她良久。

沒有愛！沒有愛王昊什麼都做不了，他是想像過和某個人水乳交融，甚至一起走向死亡的情形，可惜不是章瑩。他寂寞，他需要她，卻未必是這種方式。他停下來，為難，內疚！急促的呼吸漸漸歸於平靜……

她看著他良久，好像在問：「你以前都可以的，為什麼現在就不行了？」

他的眼神沒有給她明確的答覆，但聰明的她也不再詢問原因，扣回已經解開的扣子，起身，穿上大衣。

「這麼久了你一直都是一個人，我以為你需要……」她停頓了一會兒，「……所以就……我沒有別的意思，真的！」她不想尷尬，所以試圖解釋什麼。

「對不起！」他體會得了她的一片苦心，可是他知道，他需要的不是憐憫，也不是施捨。

「我快要結婚了。」

王昊聽到這個消息的時候，高興地抱了抱章瑩。他深信，雖然有一種幸福跟自己無緣，但他至少可以看到章瑩奮不顧身地投入其中，因為這幸福跟她有關，自己也就跟著開心。「恭喜妳啊！等了那麼久，終於修成正果了。」

「嗯，就要修成正果了。」

眼前的世界已經開始變得模糊，她及時轉過身，走向窗戶，仰天看著漫天飄雪，害怕自己會不爭氣：「外面的雪下得好大！能陪我去看看嗎？」

突如其來的寒冬和雪凍結了整個湖面！一塊石頭被人遺落在湖中央，砸出一個洞。石頭湮沒在湖底，隨即冰塊破裂的聲音跟隨冷風傳到湖邊。白茫茫的岸上，一串零星的腳印壓在雪地上，像一道多情的傷疤，劃過這銀裝素裹的世界。

章瑩上了車，倔強的她，沒有回頭去看車外的王昊，堅持不讓自己的任何一滴眼淚留在這個陌生的地方。

王昊看著章瑩上了車，汽車在鋪滿雪的白色公路上留下一串婉轉的黑色平行線。漸行漸遠，直到那平行線消失在視線的盡頭。

送走章瑩之後，王昊的心像被某個人挖空了似的，沒有了重量，飄忽不定。他知道，她以後不會再來，也不會再有人來。

他把手機扔向雪地裡，砸出一個凹陷的黑點，很快，那個黑點就這樣被雪湮沒。

他回到房間，看著桌上安放著的已經退了溫的水杯，點了根煙，安靜地癱坐在地板上，直到燃紅的煙蒂燙傷了他的手指……

從頭到尾，沒人想過有沒有！

第二十一章　錯位

真愛在語言之內，隱沒之處，卻又總覺嬉戲於語言之外，思之憂心，生活無措。天地復返，秋夜難眠，每念佳人，細細成歎。無言中失卻淚水，徒親如花的傷痕。

——小艾

一

那個暑假結束後，郝筱蕾重新回到學校，卻失戀了。開學的第二天，男友劉歆把她約到籃球場，那是他們最初認識的地方，劉歆低下頭，沒有勇氣看筱蕾的臉：「我們分手吧！以後妳要開心點。」

郝筱蕾仰著頭，看著頭頂的太陽。吉林這個城市的緯度太高，哪怕是在晴朗的夏天，也感覺不到多少溫暖。這年頭，連太陽都學會了虛偽。「為啥？」

「我……我們的愛已經走到盡頭了，燒完了。」

「你愛上別人了？那個狐狸精叫什麼名字？」

「妳別叫她狐狸精，這跟她沒關係，即使沒有她，我們註定還是會分手。」

郝筱蕾聽著他極力維護那個新歡時的語氣，心頓時涼了半截：「那該叫什麼？小三？你們啥時候開始的？」

「暑假的時候，她說她失戀了。剛好那時我想去杭州，我怕她太難過會想不開，就順便帶她去散散心……對不起！」

「你怕她難過，就不管我會不會傷心？是不是那個叫紫若涵的女人？她比我長得俊，是不？我就真的那麼磕磣？」

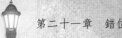

「……」劉歆只是低著頭，過了好久才說，「這妳就別管了。」

「我憑什麼不能管！」

「當時我有叫妳跟我一起去的，是妳自己不肯，我有什麼辦法？」

「這麼說還是我給你們創造的機會咯？你真行啊，明明是自己見異思遷，還硬要把責任推到我身上來。你為啥選擇她，她有比我更愛你嗎？還是她比我更遷就你？」

「我……我不知道！」

「你們做過了？」

劉歆有些不耐煩：「這很重要嗎？」

郝筱蕾有些固執：「有沒有做過？你回答我！回答我啊！！」

劉歆扔下一句「不可理喻」，轉身離開了那個操場。

郝筱蕾孤零零地癱坐在球場上，抱著膝蓋，渾身顫抖……

秋天很快就要來了，可是郝筱蕾的記憶卻永遠停留在夏天。北方的夏天談不上撕心裂肺的那種炎熱，可漫長的白晝讓人亢奮，也讓人疲憊。

郝筱蕾的記憶是倒敘式的，從她們分手的那個球場，一直往前推移。她記得劉歆出發去杭州旅遊時在電話裡跟她告別。她還記得上個學期結束時劉歆環抱著她，在她耳邊問：「暑假這麼長，我想妳了怎麼辦啊？」。她還記得他第一次吃醋的情景，她得意地仰著頭微笑，看著劉歆一臉緊張的表情。她還記得她們的第一次接吻，那個晚上，她們兩人躲在空蕩蕩的教室裡上自習，彼此的舌頭在對方的口腔中遨遊的期間，一個陌生人不合時宜地闖進教室，情急之中，郝筱蕾一把推開劉歆，卻把他的嘴唇咬出血來。她還記得劉歆說過她的眼睛很迷人，清澈如明鏡，又深邃得讓人想到很多往事，她一直以為這是個很高的評價……

記憶無限延伸，回到那個球場。那是一年前的一個下午，郝筱蕾從球場經過，空中飛來的籃球不偏不倚地砸到她的頭上。郝筱蕾失聲尖叫，摸摸額頭上鼓起的包，疼得眼淚直打轉。劉歆從遠處跑過來，郝筱蕾框中的眼淚使劉歆的輪廓變得模糊……

這些是分手後的郝筱蕾經常夢到的影像。記憶停留在夢中，不斷地掙扎、扭曲，卻由不得自己。夢裡的世界是美的，美得像七彩的玻璃那樣易碎。可每次從夢中醒來，她都彷彿跌落到了深淵，空洞、失落，記憶與現實的落差總讓她無所適從。

她一直以為他們會走很遠，怎麼也想不通為什麼劉歆在這個時候就把自己撇下了。想到一輩子還那麼長，而自己的身邊便再沒有劉歆陪伴，她便感到陣陣恐懼鑽進了自己的骨髓裡。沒有了劉歆，她的整個世界都變成了冷色調。這是多麼漫長的寂寞啊，她一個弱女子又怎麼能背得起？

幾天下來，郝筱蕾的眼睛已經哭腫了。直到有一天晚上，她打電話給劉歆：「九月二十一日是我的生日。只要你能在我生日之前回到我的身邊，你之前做的事我都可以原諒，沒啥大不了的，我們可以接著處。但是，過了九月二十一日，我們的愛就會過期，我將不再回頭了。」

電話那頭只有微弱的呼吸聲，郝筱蕾等了很久，想聽劉歆的回應，哪怕是一句簡單的「哦！知道了」也好。可惜，最終郝筱蕾只好失望地掛斷了電話。

二

黎昕已經很久沒有寫日記了。很多年來，他一直有寫日記的習慣，他常借此理清自己的思緒，也會在記錄的時候，不小心掉進某種莫名的情緒中。可是最近，不知從什麼時候開始，他把這個習慣遺落了。

人的精神世界和電腦、房間一樣，是需要定期清理的。在黎昕忘記了整理的這段時間裡，他的世界一團糟。他在這個南方城市待的時間太長了，總感覺自己似乎馬上就要發黴了。儘管他有時沉迷於這種渾渾噩噩的墮落中。

黎昕唯一沒有退化的習慣是定期去公共浴室洗澡，他經常在水柱下站很久，讓後來的人看著他疲軟的陰莖在旁邊等到不耐煩。有時候，他會突然間吼幾聲，直到聲帶支撐不住，嗓子開始沙啞才停下來。不瞭解他的人以為他是個神經病，而他自己也從來沒覺得自己正常過。

在那個炎熱的夏天，黎昕愛上了林欣雨，是真的。林欣雨和黎昕不在同一所大學。只因為有一些共同的朋友，在慌亂中，他遇見了她。

黎昕曾經把在他生命中出現過的很多人都看得太重，可並沒有多少人把他的這些珍重當回事，所以他總是很受傷，早已心灰意冷。本以為自己就要孤獨一生，沒想到因為與林欣雨的相遇，使他平靜了許久的心再度激起漣漪。他的心因為林欣雨而悸動，他幻想著她的容顏和聲音，甚至急切地想見到她。這份愛來得太突然，連黎昕自己也沒有準備好。

直到現在，黎昕還記得她當年的那一句：「你……能幫我解決愛情的問題嗎？」

黎昕只是笑了笑說：「好啊！只是，我怕我會愛上妳！」

沒想到，現在就真的愛上了。

可是，愛上林欣雨的黎昕是自卑的，這種卑微無聲無息，飄落到塵埃裡，沒人察覺。林欣雨是美麗的，甚至是聖潔的。有太多的人喜歡她，更何況她還有一個很有錢的男友——而更滑稽的是，黎昕的錢包裡從來不裝錢。黎昕知道，他的愛，最終會在這個擁擠的世界被湮沒，像一朵渺小的浪花消失在廣闊的沙灘上，自己是否存在過似乎並不重要。

他愛林欣雨，從一開始的時候就喜歡，可是他並沒有告訴她。林欣雨對黎昕毫無芥蒂，跟他講很多事，講她的愛情，她的感受和困惑。黎昕知道，面對這樣一個純真到可以交付真心的人，只能做朋友，而沒辦法做情人。人與人之間的關係也存在著一種難以跨越的侷限，再怎麼一見如故，渴望靠近，他們之間也橫著一條暗流。黎昕很清楚自己的能耐，他跨不過這條暗流。可因為那份飄忽不定的愛，他心中還是存有絲絲幻想，安靜地等待轉機。

黎昕一直有一個固執的念頭：愛是不長久的，是多變的。此刻的他愛著林欣雨，可是他不知道這份愛可以維持多久，也許很快就會變得平淡吧，就像他之前遇到的那些女生一樣，現在不也一樣沒有感覺了嗎？林欣雨或許並沒有自己想像中的那麼特別。

黎昕很明確地知道，即使有愛也不能改變什麼。且不說林欣雨會不會接受他，單是他們的軌跡就不同。黎昕從來沒嚮往過婚姻，因為生活中的很多原因，他從來沒有想過要有哪個女人陪自己走一輩子。可是林欣雨卻在處心積慮地在謀劃著和某人舉行一場華麗的婚禮。這是他們不同的信念和人生意向，如果黎昕的愛沒有積累到足以衝破一切阻力，去打破他心裡這份固執的堅守，那麼他們註定了只能相交，然後遙望各自的背影，離去。

所以，黎昕始終壓抑著這份感情，他在等自己的這份感覺歸於平淡的一天。也許在林欣雨還沒有察覺的時候，它就夭折在搖籃裡了。

三

漫長的等待對郝筱蕾來說是個可怕的煎熬，天氣開始變得有些涼。時間越是接近那一天，她就越感到希望渺茫。所謂的「最後期限」，或許只是郝筱蕾的緩兵之計罷了。

在球場的那天，分手來得太突然，她需要時間去接受這個現實，也需要時間化解傷痛，但她更需要給跌落低谷的自己一點光芒。

可是這一天很快就要來了，都已經九月二十日了，劉歆仍是半點回應都沒有。郝筱蕾的心很慌，整個上午都魂不守舍，坐立不安。其實，如果劉歆想過要回頭，他應該早就會主動聯繫郝筱蕾的，何必等到今天？這一切的痛苦都只是因為郝筱蕾自己太固執罷了。那些人為製造出來的自欺欺人的希望終是短暫的，免不了要破滅。

郝筱蕾終於忍不住了，放棄矜持，慌亂中撥了劉歆的號碼，卻沒人接。情急之中，她像以前一樣來到劉歆的寢室找他。

她疲憊地敲開劉歆寢室的門，開門的是劉歆的室友。室友淡淡地說了一句：「劉歆不在！」

「那我在這裡等他。」

劉歆的床很亂，以前劉歆的床鋪都是郝筱蕾幫他整理的。他的新女朋友應該從來不知道怎麼幫他整理床鋪吧？郝筱蕾看到桌上劉歆的手機，看來他真的是沒帶手機就出去了，並不是有意不接她的電話要避開她的。

劉歆的室友在一旁玩電腦遊戲，把郝筱蕾當成空氣。對於她的出現，寢室裡的人早已經習以為常了。大家都知道郝筱蕾的處境，或許可以施捨微薄的一點同情，卻沒有人願意跟她搭訕，也沒有人知道該怎麼拉開話匣子。

郝筱蕾只得沉默著，坐在劉歆的床上等他回來。長久的安靜使她變得很疲倦，她有點睏了，便在劉歆床上睡著了。她聞著被子裡熟悉的氣息，漸漸進入夢鄉。

恍惚中，郝筱蕾好像看到劉歆回寢室了。劉歆看到她睡在床上，頓生憐憫，用手親撫著她的臉。她睜開眼睛，微笑著，洋溢著幸福。劉歆湊過頭去吻她，她閉上眼睛迎上去，全然不顧寢室裡其他人的存在……

這時，寢室的門開了，郝筱蕾的意識回到殘酷的現實中。劉歆並沒有回來，進來的是另一個室友。那個室友看到她睡在劉歆的床上，一臉愕然，站在門口足足停了十幾秒鐘。

郝筱蕾這才意識到自己的失禮，趕忙坐起來，卻感覺到自己的狼狽。她的眼睛又腫了些，頭髮也亂蓬蓬的。但她顧不得這些，依舊坐在寢室裡等他。

原先那個室友回過頭：「要不妳先回去吧，等他回來了我叫他去找妳。」

她依舊是很有修養：「沒關係的，我還是就在這裡等吧。反正我現在這個樣子，回去也做不了別的事。寢室裡的人看到我，又要數落我了。」

郝筱蕾再次環顧了一下這個寢室，這是她以前經常來的地方，可這一刻，她卻感到無所適從。她走到那個剛回來的男生身邊，說：「我和劉歆的事情，想必你也知道了吧？」

男生點點頭：「聽說了一些。」

郝筱蕾：「我和劉歆就要分手了，以後我就不會再來你們寢室了。」

男生一臉愕然，想不出什麼理由，為什麼她會突然跟他講這些。平時，他和郝筱蕾的交情可並不深吶。

郝筱蕾好像突然想起什麼：「就像你以前說的，我長得又不漂亮！」

男生好像犯了什麼錯誤一樣，他實在是記不起自己什麼時候說過這個不相干的女人不漂亮了。

他支支吾吾，不知該如何是好：「我……我…我不是那個意思。」過了好久，他才擠出一句話，「其實，分手這種事，也不能全從自己身上找原因，這樣只會讓自己更難過，妳……不防試試從他身上找原因，他可能也沒妳說的那麼好。」

郝筱蕾：「我知道，我跟他這麼久了，他對我的感情早就淡了，現在只剩下責任了。」

男生：「那個……我……我沒談過戀愛，也不知道你們是怎麼回事。不過……前段時間，我有一個高中同學，也遇到和妳差不多的情況……可能，我是說可能啊，感情這種事都差不多是這麼個規律吧，就像一杯茶，開始泡的時候是很濃，可是多泡幾次就很難說了。要保持那個濃度確實是很難的一件事。我……我也不太懂怎麼勸妳！」

郝筱蕾突然好像醒過來，自己為什麼要跟他講這麼多啊？他只是一個不相干的人。

劉歆一直都沒有回來，她最終還是回自己寢室去了。她不知道劉歆是有意躲開她，還是真的很忙，忙到一整天都沒時間回寢室。這兩個猜想對郝筱蕾來說都是不利的。如果是有意躲避，則說明劉歆已經厭惡她了；如果是真的很忙，則說明他和那個新歡正打得火熱呢！

這一天，郝筱蕾終於明白，她是在自討沒趣！一個女人，在愛一個人的時候，所謂的臉面、尊嚴又算得了什麼？她拋棄一切，卻還是喚不回一個浪子的心。

當你為自己所做的事情感到臉紅、覺得丟臉的時候，就說明你已經開始動搖了。

四

黎昕是在九月二十日晚上認識郝筱蕾的。那年的九月，H1N1流感病毒在全國流竄，很多高校都封校了，黎昕的學校雖然還沒封，可他只得被困在寢室上網，每天早晚還得量體溫。

困在學校的黎昕越來越想見林欣雨，百無聊賴的他對著電腦無所事事，只能看一些空洞的電影打發時間。那晚，來自東北的室友跟他說：「介紹一個網友給你認識吧。」

黎昕半開玩笑地說：「不會是芙蓉姐姐那種類型的吧？」

室友有點不高興：「拉倒吧，你咋這麼膈應人呢？我還芙蓉妹妹呢！告訴你吧，俺們東北的女的，沒有長得磕磣的。」

黎昕拗不過：「那你把她的QQ給我吧。」

室友：「本來她是想和我處的，我告訴她我已經有女朋友了。她就說你給我介紹一個吧！這不，讓你撿了個大便宜。」

加了她的QQ之後，黎昕看到對方是用手機上的，便繼續看電影了。

每個男人心裡都有隱性的不安分，想要一場不折不扣的豔遇。黎昕也不例外，何況現在的他被寂寞環繞著。黎昕沒有主動找她，可能有很多原因，是掙扎還是遲疑都很難說。他向來不太願意主動認識陌生人，這次算是例外。可哪怕自己再寂寞，他也只能點到為止。

最終還是郝筱蕾打破了沉默。「你叫什麼名字？」

「黎昕，妳呢？妳叫什麼名字，是哪裡人啊？」

「郝筱蕾。我是吉林本地人，我家離學校不遠的。感覺我們的氣氛好嚴肅啊！」

「有嗎？」

「你都不說話。」

「沒有啊！我剛才在看電影。」

「哦！你是不是很內向啊？」

「我內向？不算吧。這要看對誰，有些人我不太喜歡，就很少搭理他們。還有我不開心的時候，也很少說話。」

「這還不算內向啊？你是不是不喜歡我啊？」

「啊？怎麼這麼說？」

「給你發信息，你每次都要好久才回我。對了，明天是我生日。」

「那提前祝妳生日快樂。」

「你討不討厭？對人家這麼好！」

郝筱蕾把資訊發出去的那一刻，心裡涼涼的。為什麼今年第一個祝自己生日快樂的不是劉歆，而是一個陌生人？

黎昕看著螢幕，不知所措。他只是順著對方的話題，卻沒想到惹出這麼一句突兀的話來。他只好做一些很無聊的猜測：「妳是不是失戀了？」

「沒有啊！」

「妳不該這樣的。失戀了可以用很多方式排解，不要找一個陌生人。萬一我是壞人的話，妳豈不是很危險？」

郝筱蕾握著手機，眼淚都快急出來了。「我真的沒有啊！」她怎麼可以承認自己失戀？怎麼可以承認自己就這樣被拋棄？

「我把我的手機號碼給妳吧，妳難過的時候可以找我。」黎昕自己也不清楚為什麼要貿然地把號碼給一個陌生人。是單純寂寞，還是動了惻隱之心？

郝筱蕾在手機電話薄裡找到劉歆，換上那個號碼，可姓名欄裡還是劉歆。「嗯……你為什麼會猜我是失戀了啊？」

「不會有什麼女生這麼直接找陌生男生聊天的，要不就是懲罰別人，要不就是懲罰自己。但這樣做受傷的一定是妳。」

「你說得有道理。」郝筱蕾突然發現，原來自己的心事，竟然逃不出一個陌生人的眼睛，「那，就借你一個肩膀哭吧。」

「可惜我在很遠的地方。」

「唉，你這人怎麼這麼現實？真是的！」

「快十一點了，我們寢室要斷網了。我要下了。」

五

九月二十一日，黎昕在上課的時候收到一條陌生人發來的短信：「你喜歡吃哪種麵條？」

黎昕對著這個陌生號碼想了半天，才突然想起來，可能是郝筱蕾的。他發了一條短信過去：「郝筱蕾？」

「討厭不？叫得這麼親切！快說啊，你喜歡哪種麵條，我就要到食堂了。」

「排骨麵算不算啊？」

中午放學後，黎昕給郝筱蕾打了個電話。

「啥事？幹啥打電話給我啊？你不知道長途很貴的？」

「今天妳生日嘛，所以破例打個電話祝妳生日快樂，不礙事！」

「那你給我唱生日快樂歌吧？」

「啊？可是……我從來沒在別人面前唱過歌啊！」黎昕又犯難了，自討苦吃的那種「難」！

「我不管，我就要你唱！」

「……」黎昕騎虎難下！

「算了，不為難你了。掛了吧，你打電話也挺貴的。」

其實黎昕打電話給郝筱蕾並不是誠心要祝她生日快樂，那只是一個藉口。他有一個很鄙夷的目的，就是要確定對方是男是女，畢竟網路世界是虛構的，他可不想最後才發現對方是個男的，到時候把自己給噁心死。

郝筱蕾確實沒想到自己會接到黎昕的電話，對於黎昕那些不為人知的動機，她自然是不知道的。雖然不是自己最想聽到的那個聲音，可這個電話也還是讓她感到少許欣慰和溫暖。

晚上，郝筱蕾上床睡覺前跟黎昕說：「我們處一處吧？」

郝筱蕾有太多的愛需要釋放。和劉歆在一起的時候，郝筱蕾可以把所有的愛和關懷都投注在他身上。可是，現在劉歆走了，郝筱蕾卻還沒來得及學會怎麼愛自己。她所有的愛都落空了，再沒辦法投身在某個實體上。於是她病急亂投醫，在慌亂中找到了黎昕。她不在乎自己是不是瞭解這個人，甚至沒想過對方會以一個怎樣的方式拒絕自己，她只是想找一個人度過這段「青黃不接」的歲月。

黎昕看到那行字，最先想到的卻是林欣雨。他知道自己對林欣雨的愛是沒有任何希望的，卻仍是幻想著她能像郝筱蕾一樣跟自己說：「不如我們交往吧。」他自嘲式地笑了笑，為什麼總有那麼多的陰差陽錯？

他驚異於郝筱蕾的勇敢和率直（這是北方人特有的豪氣），卻深深苦惱於自己的隱忍不得發。

雖然它來得有些突然，可黎昕還是沒有拒絕，他根本就沒有學會拒絕。一個不懂得拒絕的人是可悲的，因為他總是臣服於寂寞。當然，黎昕不拒絕，除了寂寞，還有就是他壓根就沒把這件事當真。他對待事物的態度一直是游離的（哪怕面對他心愛著的林欣雨），此刻的郝筱蕾在黎昕的心裡只是一個符號罷了。她就像是一個永遠都觸碰不到的原始程式碼，隨時可以被解釋成很多具體的實物，有時甚至是林欣雨。

黎昕答應郝筱蕾的時候，提出兩個條件。第一，她不能干涉他的生活；第二，如果他在現實生活中交了女朋友，她必須無條件退出。

這兩個條件郝筱蕾都很爽快地答應了。

可是，黎昕又說：「可是，我怕萬一到時候，我對妳有感情了，怎麼辦？」

郝筱蕾：「切，我有那麼優秀嗎？還有這種可能？你和你們班女生接觸了三年都沒感情，還能一下子就能愛上我啦？傻瓜！」

黎昕：「這種事很難說的，再說妳那麼好。」

郝筱蕾：「愛吧！讓你愛。嘿嘿，你總誇我，討厭不？」

黎昕：「可是我有想法了怎麼辦啊？」

郝筱蕾：「我也不知道怎麼辦啊？你想怎麼辦啊？」

黎昕：「妳天高皇帝遠，遠水解不了近渴。」

郝筱蕾握著手機，賤賤地笑了笑：「你渴啊？」

黎昕：「我是說性饑渴。就是我想做愛了怎麼辦啊？」

郝筱蕾躺在床上，可能是被子太厚了，臉上泛出一絲紅潤：「討厭！」

黎昕笑了笑：「跟我處，妳就放一百個心好了，我鐵定不是什麼好人！」

郝筱蕾：「不理你了，壞人！你好惡劣……」

六

那晚沒過多久，郝筱蕾就忍不住了。「你在幹嘛呢？」

「做作業，明天要交的。」

「那你做吧，我等你。」

「嗯！做完了我告訴妳。」

郝筱蕾那邊安靜了之後，黎昕打了個電話給林欣雨。很巧，林欣雨也在做作業。沒說多少句話，他便掛了。

二十二時四十五分。

「你做完了沒啊？就快斷網了，如果還要很久，我就不等了。」

「還沒呢，要不妳先睡吧。」

「我睡不著，你做完了就告訴我吧。」

二十三時三十分。

「我終於做完了。剛打印完電子稿，明天早上起床抄一下就交上去。」

「那你明天豈不是要很早就起床？」

「嗯！大概吧。我都不知道起不起得來呢，睡慣了懶覺。」

「那……明天我叫你起床吧！」

〇時十分。黎昕在迷糊中聽到短信聲，打開手機一看，原來是林欣雨的。遇見林欣雨之後，他就很少關機，因為她總是會在深夜找他。深夜是唯一屬於他們共同的時光。

林欣雨的短信上說：「我終於做完了我的作業。」真奇怪，今天她也那麼多作業。

「妳總是喜歡熬夜，這真讓人心疼呀！」短信發過去之後，黎昕一直在想這樣說會不會太突兀了一點。

第二天早上，黎昕被電話吵醒，是郝筱蕾打來的，黎昕還沒接對方就掛了。接著他看到手機上郝筱蕾的短信：「老公，起床了，太陽都曬到屁股上了。該起來抄作業了，再不就要遲到了。」

太突然了，這一切都太突然，太快了。這是黎昕有生以來第一次聽到有人叫他「老公」，而他根本就沒準備好！

他不得不佩服對方，郝筱蕾太輕易就進入角色，這讓他措手不及。可是，既然對方都提前出發了，他也就只好加快腳步跟上去。

起床看到短信的那一刻，黎昕是感動的，第一次有人等他到深夜，也是第一次有人在很遠的地方叫他起床。也許生活就是這樣的吧，由一些點點滴滴的小幸福累積而成。可是，眼前的郝筱蕾是真實的嗎？或許他本不該這樣叫勁，寂寞的人，需要的只是一份感覺罷了。

「老婆，我起床了。現在去洗漱。」

郝筱蕾收到短信，又滿足地睡去了。熬夜、早起並不是她的強項。況且現在北方晝短夜長，她的生理鐘還沒有隨著黎昕的出現而調整過來。

中午上課的時候，郝筱蕾趴在桌上睡著了。她又夢見劉歆了，醒來的時候，她的頭髮很亂，靠在桌面上的那一側臉已經紅了。她發了條短信給黎昕：「你在幹嘛呢？我沒意思了。」郝筱蕾說的「沒意思」就是無聊。

「我在上課呢！我也很無聊。好想蹺課啊。」

「不要，蹺課不是好孩子。我不喜歡。」

「那等我回來再陪妳聊吧。」

「嗯……親愛的，麼。」

「麼是什麼意思啊？」

「傻瓜，就是親你啊！」

黎昕看著短信，笑了笑！講台上老師講什麼自己完全沒聽進去。那一刻的他，只想去看看林欣雨，他都快瘋了，這種壓抑的情緒讓他欲罷不能。

七

一連幾天下來，黎昕和郝筱蕾頻繁地在網上碰面。漸漸地，黎昕發現郝筱蕾的脾氣似乎有點壞，還有點難纏。

開始的那幾天，黎昕只是把QQ掛在那裡，除非有什麼重要的事，否則他很少主動找人聊天——畢竟他已經不再是當年那個傻傻的小青年了。但是郝筱蕾只要一上線，她總會質問黎昕：「你為什麼不跟我說話？」

「我……我有其他的事要做。我剛在看電影。」

「那你看吧！以後別再找我了。」

這個時候，黎昕總會本能地去哄她。哄女生又似乎是男生的天性，哪怕是對著一個自己並不喜歡的人。

郝筱蕾總是很輕易地就發脾氣。她發脾氣最厲害的一次是她把自己的相片傳給黎昕看時，黎昕跟她說：「我室友覺得妳很漂亮。」

黎昕原本只是想誇她，哄她開心而已，沒想到她會大發雷霆：「王八蛋，你怎麼可以這樣？是不是我們做什麼事都要有觀眾啊？你覺著這樣很有意思，是嗎？我告訴你，你對我怎麼的不認真，我也就以牙還牙。」

「我……本來我以為妳會開心的，沒想到妳不喜歡，大不了以後我不讓他們看到就好了嘛！」

黎昕煞費苦心才平息郝筱蕾的怒火。

漸漸地，黎昕也厭倦了，索性就不理她。可是沒過多久，她又會發資訊過來：「你幹嘛呢？連吵架都這麼不專心。」這弄得黎昕哭笑不得。

郝筱蕾同普遍的女生一樣，是任性的。她天真地以為，遠方的這個黎昕可以像之前的劉歆一樣愛她，包容她。所以，她總是在不經意間表現出感性的一面。有一個人心疼自己是一種幸福，她要的或許只是這種不真實的安全感吧。

可是黎昕呢？他和郝筱蕾的交流越多，他心中對林欣雨的衝動就越強烈。

九月二十五日，黎昕清晨起來，想到今天只有兩節課，突然很想去林欣雨的學校看一看她。整個早上，他都在猶豫著，下不了決心。內心的衝動與具體行動之間總有一段微妙的距離。他掙扎著，最終還是在上完第一節課之後發短信給林欣雨：「我今天想過去看妳，妳有時間？」

林欣雨：「可以啊！我們下午有體育課，你可以和我們一起踢球。」

下了第二節課，黎昕便出發了，他向來不喜歡走動，這是開學以來他第一次走出校門。他在那個封閉的環境裡蝸居太久了，不僅僅是動作，連思想都變得麻木和遲鈍了。

坐在公車上，看著路邊熟悉的荒蕪的風景，他突然想起自己的鬍子已經很長了而且還沒刮，還穿著一條很隨意的沙灘褲，這樣很不得體。黎昕在自閉的環境裡養成了懶散的惰性，積重難返，他已經很難在短時間內從原來頹廢的生活境況中轉變過來了。以前他一直認為，一個人（特別是男性）的衣著和外表很難代表什麼。他關注內心勝過一切，不願做一個徒有其表的人。事實上，他從沒對自己的外貌有過一絲自信，索性也就破罐子破摔，從不理會他人對自己衣著的指責。可是，去見林欣雨，對黎昕而言，就像兩國領導人正式會面一樣隆重，本應該嚴肅對待，而他這般隨意，黎昕自己也認識到失策了。

愛上一個人的時候，他才會注意對方眼中的自己是怎樣的。黎昕本有義務把自信、陽光的一面呈現在林欣雨面前（雖然林欣雨可能並不在意），卻不知道該怎麼做，他突然發現他要學的東西實在是太多，倉促上陣著實犯了兵家大忌。

在公車上，黎昕給林欣雨發了一條短信：「我現在路上，可是我今天的狀態不是很好，鬍子都很長了，穿得也很隨便。到時候不會嚇到妳吧？」

林欣雨：「沒這麼誇張吧？沒事的！我還有一節課呢。」

黎昕：「估計妳下課的時候，我也就到了。」

八

而那天，在遙遠的東三省，西伯利亞寒流來襲，又下雪了。這場大雪比往年來得早，飄飄灑灑，沒多久，大地就銀裝素裹了。

郝筱蕾天還沒亮就醒來了，她是被肚子痛鬧騰醒的，醒來後的她躺在床上幾乎動彈不得。快上課了，室友見她還遲遲不肯起床，象徵性地關懷了幾句：「妳怎麼啦？還不起床？馬上就要上課了，又蹺課啊？」

郝筱蕾面露苦色：「我痛經，去不了了。」

「沒事，拿熱水袋暖一暖就好了。我們先去上課了啊。妳在寢室好好躺著吧。」

整個上午，郝筱蕾獨自躺在床上，小腹的隱隱作痛讓她翻來覆去，久久不能平靜。淚珠在眼眶不停地打轉。人在忍受病痛的時候，無論情感還是身體，都是既脆弱又單薄的，這時的淚腺便尤為發達。郝筱蕾渴望一份溫暖，極力地需要一份關懷，卻放不下固守已久的矜持。她終於明白，堅強要付出的代價便是內心的孤寂與淒涼。

終於郝筱蕾還是忍不住給黎昕發了條短信：「老公，你在幹嘛？我想你了。」

黎昕收到短信的時候，他正在公車上。他遲疑了好久，才回郝筱蕾：「我在去市區的路上，等我回來再跟妳說吧。」

郝筱蕾很失望，為什麼在這個時候，竟是沒有一個人在乎自己的感受？那一刻，她突然好想回家，好想像小時候那樣躲在姐姐懷裡好好哭一回。可是她還是對黎昕說：「好吧，你忙去吧！」

黎昕到達林欣雨的學校時，她還沒下課。黎昕獨自在學校裡逛了一圈，走累了，便在湖邊坐了一會兒。冷冷的石板凳、湖邊的楊柳、湖裡的鯉魚，他盡情地想像著和林欣雨坐在這湖邊的感覺……

大概中午十二點半的時候，他接到林欣雨的電話：「我等一下就下來。你在哪裡？」

「我在湖邊，我在這裡等妳吧！」

過了沒多久，他看到林欣雨從湖的對面走過來，用手掩著嘴微笑。黎昕急切地迎上去，可是，就要走近她的時候，他卻不自覺地四處張望起來。他緊張，他拘謹，他所有的動作和表情似乎都是那麼蹩腳和僵硬。他似乎有預感，他今後要花很長一段時間才能忘了這歷史性的時刻，就像初次見到她時的情景一樣，甚至更強烈。

從上次看到林欣雨至今，已經有一年多了。一年多以來，他經常會想起那次見到她的情景。她的熱情，她的笑容，她說話時溫柔的語調，都讓他留戀。那次，是他們第一次正式的會面，他從沒想到，僅第一次，他們就像在很久以前就認識了一樣。

那年，他驚奇地問：「妳怎麼認識我的？」

林欣雨說：「我當然記得，我有幾個朋友經常在我面前提起你。」

起初，他只是淡淡地回想那個畫面，那種感覺並不算太強烈。可最近的幾個月，當他無可救藥地喜歡上林欣雨的時候，有關她的資訊如洪水猛獸般侵襲而來，他欣然陶醉，卻也招架不住。

原來一晃眼，這條路輾轉間竟是走了一年多。這次，林欣雨從包裡取出兩個蘋果：「大的給我，小的給你。你放心，洗過了的，雖然我的包不一定很乾淨。」

黎昕接過蘋果，端詳了很久……

「情到濃時轉成薄」，來之前，黎昕腹中有千言萬語，可面對著林欣雨時，他的千言萬語都化成了雲霧，呼之欲出，卻又無形無色，只剩下陣陣哀歎。

林欣雨：「你怎麼老是唉聲歎氣的啊？」

黎昕：「沒……沒事！」

林欣雨：「其實，你應該開心點的，老是這樣會活得很累的。」

黎昕：「嗯……關於這個問題，我想，可能是大家對我有誤解的原因吧。其實我遠沒你們想像的那麼慘。那句話怎麼說來著，想當年我也是一顆多情的種子，因為發一場大水給淹死了，就剩下現在的我了。」

林欣雨：「你怎麼變得這麼痞了？你不應該是這樣子的。」

黎昕：「那我應該是怎麼樣的？這一年多來，我們只見過一面，嚴格意義上來說，我們相互認識也才幾個月。」

林欣雨：「可是，一直以來，我都挺敬畏你的，有時候遇到一些困惑，我總會想，要是你，你會怎麼做。我覺得你是個純粹的人，也許這算是我對你的誤解吧，我畢竟不是很瞭解你。」

黎昕：「其實我遠沒妳想的那麼神秘。我跟溫總理一樣，都挺平易近人的，我不希望我的朋友和我有距離，而且現在的我挺快樂的。」

林欣雨：「你開心就好。」

九

下午，郝筱蕾的痛經已經緩解了很多。她勉強起床，想換衛生巾，發現抽屜裡的衛生巾已經快用完了。郝筱蕾只好披上外套，拖著疲憊的身體去超市。

宿舍樓外的雪很厚，踩上去輕易就沒了腳。郝筱蕾艱難地從超市回到寢室的時候，鞋子都被滲進襪子裡的雪給浸濕了。郝筱蕾把鞋子脫下來，看著腳上的蒸汽慢慢被烘乾，她的心裡湧起一陣悽楚的空虛。

她開始抱怨自己的神經大條，為什麼連自己的例假都會忘記，一個從不知道怎麼愛惜自己的人，又怎麼會不受傷呢？她狠狠地對自己說：「郝筱蕾，妳現在的措手不及都是罪有應得！」

她忍著眼淚給黎昕發了條短信：「你在幹嘛？回學校了嗎？」

黎昕收到短信的時候，他正坐在綠茵場邊的樹蔭下看林欣雨上體育課。他的運動細胞向來就不是很強，並沒有和那些人去踢足球。

他遠遠地看著林欣雨——這個今後永遠都不可能和自己有交點的女孩，生出一絲惆悵。

黎昕回了郝筱蕾：「我還在市區呢。今天給我一個老同學過生日，等一下一起吃飯，估計要晚點回學校。」這是黎昕第一次對郝筱蕾撒謊。

郝筱蕾像當年詢問劉歆一般：「男的還是女的啊？」

黎昕：「男的，怎麼啦？」

郝筱蕾：「那……陪你一起吃飯的是男的還是女的啊？」

黎昕：「有男的，也有女的。等我回學校再跟妳說吧。」

郝筱蕾：「那好吧。」

林欣雨上完體育課後，陪黎昕在學校裡走了一圈。走累了的時候，他們在草地上坐下來。有那麼一刻，黎昕竟是有一種錯覺，彷彿他們就是一對久別重逢的情侶。他知道自己夠猥瑣，卻禁止不了這種臆想。

林欣雨跟黎昕講起她的男友。林欣雨並不是一個頭腦清醒的人，可是有關她男友的現狀以及一切回憶，她都毫無保留地告訴了黎昕。

黎昕跟林欣雨談起自己第一次見到她時的情景——那些林欣雨的腦海中根本就不存在的記憶。

黎昕看著林欣雨仰起頭吸氣的動作：「我特別喜歡妳這個表情，就像張玉華的「原諒」裡唱的『空氣裡有幸福的灰塵』。妳看妳好貪心的樣子，把所有的幸福都吸走了，也不記得分一點給我。」

林欣雨笑了笑：「是嗎？那我就多吸一點。」黎昕看著她的笑容，沉迷於一種不自覺的感傷中。

愛一個人，永遠是淡淡的快樂伴著隱隱的悵惘。黎昕的心情和其他人不一樣的地方，僅在於他沒有看到任何希望，這種渺茫不是「我們沒有明天」，而是他知道彼此將在各自的軌道上將對方遺忘，於是他少了那份患得患失的彷徨，只剩下心中無法言說的哀愁。

黎昕是在傍晚的時候回到自己學校的，冬令時南方的傍晚在北方已經是黑夜了。

黎昕剛打開電腦不久，郝筱蕾的資訊就發過來了：「你今天又欺負我！你這個壞人！」

黎昕：「哪有啊？我這不回來了嗎？」

郝筱蕾：「你今晚幹什麼去了？這麼晚了才回來？」

黎昕：「不是跟妳說了嗎，我去給一個老同學過生日了，不相信我？妳今天下午怎麼啦？」

郝筱蕾：「我下午到買衛生巾，這邊下好大的雪，腳都給凍傷了，難受死了。」

黎昕：「啊？妳月經來啦？難怪妳前段時間經常發脾氣！」

郝筱蕾：「我有經常發脾氣嗎？」

黎昕：「還好啦！我還接受得了。」

郝筱蕾：「為什麼啊？你為什麼接受得了啊？」

黎昕：「一般人只會對自己在乎的人發脾氣。妳衝我發脾氣，這是我享受的特權，別人還沒這個資格呢。」

郝筱蕾：「老公……麼！」

黎昕：「麼！老婆，我要和同學去自習了。」

郝筱蕾：「你去吧！注意安全，多穿件衣服，外面冷，別凍著了！」

黎昕：「小傻瓜，我這是南方，不冷的。」

郝筱蕾這才緩過神來，原來他在南方，並不在自己的身邊。遠方的這個人是感受不到這邊的雪，以及這邊漫長的黑夜和寒冷的。

黎昕在去自習的路上給林欣雨發了條短信：「今天，我終於完成了幾個月來的一個心願。」

林欣雨：「什麼心願啊？」

黎昕：「就是見妳啊！」

林欣雨：「這也算心願啊？」

黎昕：「怎麼不算？我的快樂一直都是源自於一些很微小的事情。」

十一

九月二十六日早上，黎昕一起床便收到郝筱蕾的短信：「嗚……老公，今天倒楣死了。我一向都在晚上用兩片短的，昨晚挑戰了一下，只用一片長的夜用的，沒想到，早上起來就發現漏了。老埋汰了，真討厭！」

黎昕看到短信，傻眼了，琢磨了好久，才知道「埋汰」就是髒的意思！南北語系的差異，讓他生出許多錯覺。可是，郝筱蕾怎麼把這種事也告訴自己？我們認識才幾天啊？

黎昕壓根就不知道衛生巾還分夜用和晝用的兩種。當然，這些想法他沒有告訴郝筱蕾，只是問她：「滴到褲子上了嗎？」

「嗯！臭臭的，腥死了。好倒楣啊！」

「那趕緊洗一洗吧，要不妳一整天都會不舒服的。我剛起床，等一下去上課。」

郝筱蕾的短信並非是想發給黎昕。起床後，發現自己不小心漏了的那一刻，她第一個想到的其實是劉歆。可是，人總是習慣於掩飾自己最直接最強烈的那份衝動，這些潛意識的產物就在一念之間被郝筱蕾扭曲成現在這模樣。黎昕在完全不知情中成為一個替代品。可他替代的並不是劉歆在郝筱蕾心中的位置，他只是取代了郝筱蕾對應在劉歆身上的所有行為。郝筱蕾知道，她已經不再是劉歆的什麼人了，再沒有資格像往日那樣去做一些事了。她第一次感覺到，有時一個名分真的很重要，於是她自私地用黎昕延續了一段早已塵埃落定的愛。

可是，黎昕又何嘗不是如此呢？他把所有的欲望和衝動，都從林欣雨的身上，轉移到了觸碰不到的郝筱蕾那裡。他深愛著林欣雨，卻和陌生的郝筱蕾維持著荒唐的關係。

黎昕每天對著郝筱蕾說著他一直不敢對林欣雨說的話。有時候，他的心裡也會有少許內疚，他不知道這算是對林欣雨的背叛，還是對郝筱蕾的欺騙。但是，很快他又說服了自己，林欣雨根本就不在乎自己，又何來背叛？而對郝筱蕾，從一開始就不存在真實，又何來欺騙？

有時候，黎昕也會產生錯覺。難道這就是戀愛？畢竟，他已經有太久沒有談過戀愛了，恍惚間好像忘了那是什麼滋味了，一切都顯得那麼陌生。

如果這就是戀愛，那麼黎昕對林欣雨的那份悸動可能就並不那麼值得期待。他好像突然明白，即使林欣雨接受了他，他們之間最多也只能像他和郝筱蕾現在的狀態那樣相處。而他並沒有在和郝筱蕾的關係中獲得多少快樂，更不用談精神和靈魂上的依託了。

面對郝筱蕾，唯一值得黎昕欣慰的就是他覺得自己是個天才。他輕易地就融入環境和角色，可以言不由衷地說一些無關痛癢的情話，無師自通地哄她開心，告訴郝筱蕾自己有多麼愛她，總是知道怎樣為自己無故消失而找藉口……他雖然游離在這一切之外，幾乎是沒用心（與其說不用心，倒不如說是他壓根就不願在郝筱蕾身上用心）卻又處理得得心應手，活像一個天生情場的老手。

有時，他會自嘲地跟朋友說：「如果以後混不下去了，憑我的天賦，我興許會去當個政客。」

黎昕在幾天之內就領悟到，其實一個情聖和一個出色的政客本質上是同一副嘴臉，只是各自披上了不同的外衣，在不同的領域裡嶄露頭角、嘩眾取寵罷了！他開始知道，一個男人，本身該具備的，或許並不是真誠。男人只需要具備「情調」——那些可以充分調動女性荷爾蒙無限分泌的「術」。

其實，郝筱蕾又何嘗不知道那些情話是假的呢？那把火是郝筱蕾自己點燃的，黎昕只是火上澆油罷了。

郝筱蕾根本不在乎那些情話是真是假、是誰說的，她要的只是那些情話本身。她刻意製造出一種幻覺，讓自己開心。她知道這些情話遲早會幻滅，只希望可以慢一點，起碼讓自己有時間去接受去適應。

十二

國慶假前的那幾天，黎昕一直都沒有跟郝筱蕾聯繫，因為他家出事了。黎昕的外公外婆都生病進醫院了，他只好決定在國慶假回老家一趟。

黎昕是在買好火車票後才告訴郝筱蕾他要回家的。那晚郝筱蕾很生氣，一來因為好幾天都沒他的消息；二來是他身邊發生了什麼事，他都從沒想過要告訴自己。

那晚，黎昕跟郝筱蕾講了他家裡的很多事，講他的童年，講他對外公外婆那份深厚的親情。連黎昕自己都不知道他為什麼突然要跟她講這麼多——郝筱蕾由始至終都只是一個不相干的人。

也許是他太累了吧，身體困守在一個地方，內心卻長久地漂泊，不由地讓他想找個「地方」落腳。又或者現在郝筱蕾是唯一可以坐聽他講故事的人吧。從前的他，從來不懂得如何向人敞開心扉講訴自己的過去，也不知道還有誰願意聽他講這些瑣事。而現在，他感覺到郝筱蕾聽得入神，才恍然感覺到自己的存在還有人感知。這是一種微弱的幸福感，雖然帶有一種淡淡的哀愁，卻還是溫暖的。

郝筱蕾聽著黎昕喋喋不休地講訴著那段往事的那一刻，她感覺手機背後的這個人的影像漸漸清晰了許多。在那之前，黎昕或許只是一個影子、一個符號。而現在，在郝筱蕾的想像中，他變得立體了，她似乎能夠觸碰到黎昕的溫度。

郝筱蕾突然覺得，如果她和黎昕之間最初沒有那些強人所難的關係，沒有彼此的顧慮，如果他們能再近一點，再走近一點，或許他們可以成為相互遙望的朋友，而不是一廂情願地慰藉傷痛和寂寞。

郝筱蕾：「你……還喜歡我嗎？」這一次，她的態度或許比以前認真一些，純粹一些。

黎昕：「我不喜歡妳，我愛妳！」

郝筱蕾：「你沒騙我？」

黎昕：「妳給我一個騙妳的理由先！」

郝筱蕾：「那你給我一個愛我的理由先！」

黎昕：「愛妳需要理由嗎？」

那是因為他根本就不愛，也就犯不著找理由。如果他愛，一定是有一萬個理由，他也還是覺得不夠的。黎昕總是很擅長用一個謊言去圓另一個謊言，而對於自己內心真實的感受，卻一直回避著，隱藏著。

可是單純的郝筱蕾卻沉浸在那份喜悅中：「老公，老公，老公！」

黎昕：「妳又發情啊？」

郝筱蕾：「人家喜歡這樣叫你，怎啦？不行啊？」

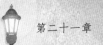

黎昕：「行，你愛叫多少遍就叫多少遍吧，反正妳這樣叫我心裡也舒坦。好了，我要去洗澡了。待會兒我洗乾淨了在床上等著妳！」

郝筱蕾：「去吧，壞人！等你回來，我抱著你睡。」

那晚，郝筱蕾做了一個夢。她夢見自己走在一片很廣闊的平原上，平原上開滿了花，處處是薰衣草的芬芳。突然，天地變得昏暗。郝筱蕾莫名地恐慌，在一片黑暗的世界裡無助地哭泣。過了很久，遠方出現一道微弱的光，她起身朝光的方向走去，光越來越強烈。她看到光的世界裡有個人走向自己，卻看不清那人是誰。她拼命往前跑，她恍惚感覺到那一定是劉歆。郝筱蕾抱住那個人，緊緊地抱著久久不肯鬆開。可是，當她終於抬頭，看到的卻是黎昕的臉。

郝筱蕾醒來的時候，發現自己抱著的卻是自己生日那天室友送她的布娃娃。那個布娃娃很大，身高足有一米四，每天抱著，就彷彿身邊真的睡著一個劉歆一樣。

醒來後的郝筱蕾內心久久不能平靜，她發現自己的臉燙得厲害，胸中一陣煩悶，心跳也快了很多，乳房隱隱發脹，私處瘙癢難忍。她伸手摸了摸內褲，發現早已濕了一半。

郝筱蕾嚇了一跳。當然，這種事情在她身上並不是第一次發生。與劉歆熱戀時，郝筱蕾就不止一次地夢見自己與他水乳交融的情景，當時的反應甚至比現在還要強烈。只是，黎昕那張臉的出現，卻是第一次，這未免有些突然。

難道我是一個見異思遷、水性楊花的女人？郝筱蕾在心裡反覆地這樣問，終是忐忑不安。接著，她又否認這種疑問。

可是為什麼我又對黎昕產生性幻想？她試圖在心裡說服自己：這只是一種幻覺，一場夢而已，做不得數的。

可什麼是真的，什麼是假的？現實世界的欺騙難道會比夢更真實？夢至少能反映心裡的那份衝動，而現實在道德的掩蓋下所露出的偽善面孔卻是這般觸目驚心，讓人傷痕累累。

郝筱蕾越想越混亂。一個漸漸失去立場的人，又怎麼能理清自己的思緒呢？她總是能不斷地站在對立面推翻自己的結論，她知道這樣是不對的，但又無法面對，所以只能選擇回避。不去想，便不會有煩惱。快樂的人，永遠是那些簡單而純粹的人。

十三

寒流來時快，去得也快。雪後沒幾天，太陽就出來了，天氣變得暖和起來，雪很快就化了。

下午，郝筱蕾經過籃球場的時候，不自覺地停下來。她在球場邊站了很久，看著一群陽光帥氣的男生在球場上那樣投入，卻始終沒找到劉歆的身影。她突然想起來，雖然自己和劉歆一起一年多，卻從來沒有耐心地在一旁看他打一次球。郝筱蕾不得不承認自己是任性的，永遠以自我為中心。

長期受到來自家庭的溺愛，讓她以為所有人對她的關懷都是天經地義的。郝筱蕾就這樣理直氣壯地依偎著劉歆，以為他會一直由著自己的性子陪她走到老。

直到劉歆提出分手的那天，郝筱蕾仍是沒有及時醒過來，一味地守著那些甜蜜的回憶，抱怨劉歆的始亂終棄，覺得自己受了天大的委屈：為什麼自己這麼好，劉歆仍是要轉身走向別的女人？卻從未想過自己哪裡出了問題。

現在，郝筱蕾回過頭去想想，她似乎領悟到：有時候，失戀是必要的。雖然這是必須要付出代價的，可是因為它，郝筱蕾才認識到自身人格的弱點，才知道如何從困境中走出來。也是因為它，她才意識到自己有必要學著如何去愛身邊值得珍惜的人。

如果找不到可以推動自己不斷往前走的力量，那麼就讓它伴著自己成長吧！

郝筱蕾想到了黎昕，他明天就要坐火車回家了。她掏出手機，給黎昕發了條短信：「老公，你的行李都收拾好了嗎？記得去超市買些水果啊，到時候在車上吃。你在學校裡一定很少吃水果吧？」這樣的關懷顯得很突兀也很粗糙，純屬想當然，可是對郝筱蕾來說，至少可以算是一個好的開始。

黎昕收到短信的時候，他正在上網跟林欣雨講回家的事。林欣雨顯然沒有像郝筱蕾一樣對這件事報以多大的關注。林欣雨的學校因為流感病毒被封校了，國慶期間也沒假放，還得守在學校上課，這件事一直讓她鬱悶得不行。

過了很久，黎昕才回郝筱蕾：「全收拾好了。老婆，妳放心啦，妳老公我的生命力很頑強，不會餓死在車上的。」

郝筱蕾：「那你自己要注意安全啊！」

黎昕：「妳不是說我就是壞人嗎？難道還有人動我不成？對了，我回家這段時間就不上網了，有事妳發我短信就好了。」

郝筱蕾：「嗯！我國慶也回家的，不過我只要坐幾趟公車就到了。你回家了會想我嗎？」

黎昕不假思索：「會啊！」

郝筱蕾：「麼！親愛的，那你什麼時候回啊？」

黎昕：「看完我外公外婆，我就回來。」

郝筱蕾：「那我等你回來。」

黎昕是坐九月三十日晚上的火車回家的。那時他身上根本就沒什麼錢，除了返程的車費，他早已所剩無幾了。

晚上十一點多的時候，郝筱蕾告訴黎昕，她已經回到家了，問他現在哪裡。

黎昕告訴她自己正在火車上啃蘋果，其實他根本就沒有買任何可以充饑的東西，隨身只帶了幾件可換洗的衣服。一連幾個小時，他站在車廂的過道上，忍受著饑餓，挨到火車到站。

火車到站時已經是次日凌晨一點多，普天歡慶的祖國六十華誕在這一夜拉開了序幕。

那是一個小縣城，黎昕餓得渾身乏力，他沒錢住旅館，只好躺在車站廣場的草地上看星星。

這是這麼多年來，黎昕對貧窮的力量體會最深的一次。童年時，他也曾挨過餓、受過凍，可那時有父母在身邊，所有的事情都輪不到自己去擔憂，那時候的他不可能體驗到生存的嚴肅性。現在人長大了，看著口袋裡有限的幾百塊錢要掰成好幾份，捨不得吃，顧不上住，彷彿天地之間都容不下他這一號人。他知道自己必將被命運遺棄，就像一個孩子厭倦了某個玩具，隨手丟在路邊一樣，沒有摻雜任何不捨的情緒。

黎昕看著天上零落的星星，想到了林欣雨。可是，他現在的處境，又有什麼資格談及愛？生存的困境早已壓倒了他，連他自己都沒準是個沒有明天的人，又憑什麼要大言不慚地想要給別人以明天？何況，即使他想給，別人還不一定稀罕呢！

那晚，黎昕覺得天很冷，衣著單薄的他蜷縮著，漸漸在星空下睡去……

十四

黎昕醒來的時候是凌晨四點半，天還沒亮，他是被凍醒的。黎昕在這個熟悉的小縣城裡走了一圈，來到汽車站。候車廳裡已經坐著幾個人了，學生、有從遠方回鄉的農民工，也有本地人。他們和黎昕一樣，都是半夜從火車站下來的。

生命是分好多個等級的，在這晚，黎昕被劃分到了最卑微的那個區域。

黎昕回家的車要等到早上六點才出發，他只得拖著虛弱而疲憊的身軀癱坐在候車廳繼續等。他的頭有點暈，眼睛很乾澀、很痛，很睏卻睡不著；他的頭髮很凌亂，身上還有一些露天睡覺時黏上的枯草。這個時候的黎昕，顧不上體面、顧不上尊嚴、更顧不上自己的愛和思想。人處在極限環境下，會不顧一切地拋棄那些不切實際的裝飾，留下實用的東西——那就是人性，就是生存的本能。

所幸的是，黎昕並沒有完全地喪失理智。他的理念中仍有一些東西在他看來比生命更重要，所以他甘願忍受黑暗、寒冷和饑餓。

黎昕回到家的時候，已經快9點了。家裡人都出去了，他直奔廚房，像條餓狗慌亂地找東西吃。

吃完飯，他打開電視等閱兵儀式。胡錦濤從天安門出來的時候，黎昕給林欣雨發了條短信：「閱兵式啊！裡面好多帥哥哥的。」

林欣雨：「嗯，我在看呢，可是我現在已經不喜歡兵哥哥了。」

看著看著，黎昕就躺在板凳上睡著了。

傍晚的時候，黎昕在迷糊中被郝筱蕾的短信吵醒。「老公，你到家了沒啊？我在家裡無聊死了，好想你啊！」

「上午到的。」

「你到了為什麼不發條短信告訴我？你知不知道人家很擔心你啊？」

黎昕看到短信覺得很滑稽，他從來沒有想過到底還有誰會擔心自己。一直以來，他都生活在一個人的世界裡。沒人走得近他，他也沒有想過要走出自己苦心經營的牢籠。他是渴望愛的，卻也知道，沒人可以填補他內心的孤獨。在慌亂中遇見林欣雨的那一刻，他有幻想過要走近她，卻沒想過要讓林欣雨走進自己的生活。

愛上林欣雨的黎昕，無時無刻不感到自己是輕的，能輕易地浮在空中，要飄到哪裡由不得自己做主。他感到莫名的悲哀，為什麼心裡那點可憐的重量，竟是由郝筱蕾賦予的。在他的心中，他和郝筱蕾的感情從來都只有形式而不具備內容。這個世界總是這樣荒唐，連上帝都不願按常理出牌。

可是，黎昕所有的悲哀和對自身處境的抱怨都只能隱藏。他沒勇氣告訴郝筱蕾，自己並不愛對方；也似乎找不到理由告訴她自己對林欣雨的欲罷不能。

黎昕是寂寞的，他不確定萬一郝筱蕾淡出他的世界後，只剩下自己一個人時，他還有沒有能力去抗拒這份寂寞。黎昕也是保守的，從不願意做一個激進的冒險主義者，他厭倦了無休止地估算代價。他習慣了讓生活維持現狀，於是只能拼命地找藉口掩飾。「我……我回來的時候太睏了，一看到床就倒頭睡下了。」

郝筱蕾：「假吧！你就連給我發條短信報平安的時間和精力都沒有嗎？你是不是已經不喜歡我了，還是你從來就沒在乎過我？」

郝筱蕾像其他任何女人一樣，是敏感的。她的心一經觸碰便會反射性地收縮。有些話，她本不應該問的，其實她又何嘗不知道自己和黎昕之間只是游離在形式之外呢？如果把這些面具都拋棄了，這場戲也就演不下去了。只是，倔強的她，因為太投入，已經到了戲我難分的地步，所以仍是要問一問。她太需要聽覺上帶來的安全感，太需要有一個人能夠心甘情願地去欺騙她。

黎昕：「我……我怎麼跟妳說好呢。認識妳之後，我的確改變了很多。我是個不善言辭的人，從來不知道怎麼表達愛，更不知道怎麼抒發內心的感受，很多事都只能藏在心裡。妳的出現，讓我更明白語言的重要性，讓我學會怎麼說『我愛你』。妳改變了我對生活的一些態度，也糾正了我的一些生活方式。」

黎昕說的這些話是真誠的，甚至比對林欣雨說的話還要真。一直以來，黎昕都沒有遵照自己的意願去生活。其實他有很多內心話想說，可他只能這樣掩飾自己，從未敢在世俗面前以自我示人。這個世界沒有欠他什麼，可他把自己偽裝得很不正經，一副玩世不恭的態度，用一種消極的態度去對抗他內心的憤慨，卻漸漸地失去了自我。

這是黎昕少有的一次流露自己的真誠，只是這種誠實是不觸及真相的。郝筱蕾確實改變了他，可他沒有告訴郝筱蕾自己苦苦隱藏在心裡的感受到底是怎樣的，更沒有告訴她，其實「我愛你」三個字是想對林欣雨說的。

這個世界上，最可怕的便是用那些無法觸及真相的誠實編織出來的謊言。因為謊言的「批量生產者」是心知肚明的，而「購買者」往往將其投射到自己身上，心生虛幻的狂喜，卻付出慘痛的代價。郝筱蕾便不可避免地犯了這個錯誤。

黎昕的真誠太動聽，像空中不斷上升的絢麗煙花，使郝筱蕾的心在想像的世界中狂奔亂竄。「老公……老公，我愛你！」

黎昕並沒有像往常一樣正面回應郝筱蕾的呼喚。「你要在家覺得無聊，就看電影吧。有時間看一下那部《觸不到的戀人》，感覺它講的就像是現在的我們。」

黎昕喜歡《觸不到的戀人》，最直接的原因是他喜歡電影裡屹立在湖邊的一棟房子，它個性張揚，完全是用玻璃建成的。站在外面看，室內的一切都一目了然。黎昕希望有一天，自己的心可以像這棟房子那樣，是透明的，可以不用再掩飾、偽裝，不用再忐忑不安地思量著怎樣保護自己，怎樣取暖。他太累了，他厭倦了這種不可終日的生活。

至於那句「感覺它講的就像現在的我們」完全只是借題發揮罷了。

十五

可能是太累了，也可能是家的安逸太讓人依戀。那晚，郝筱蕾很早就睡了。半夜，她極不情願地醒來，很久都沒有像今天這樣肆無忌憚地失眠了。漫長的寂靜的夜，她在黑暗中輾轉反側，守候黎明的到來。

黑夜是對有限空間的無限延伸。伸手不見五指，眼前一片混沌，也自然不知道這片黑暗到底有多廣闊。處在這片黑暗中的人，會顯得很渺小，可思緒可以天馬行空，飄到很遠，甚至永不回頭。

這晚的郝筱蕾想起了很多事。童年的郝筱蕾是一個恬靜而害羞的小女孩，唯一的玩伴就是比自己年長十歲的姐姐。姐姐不在身邊的時候，她經常可以拿著一本漫畫書或一個芭比娃娃一坐就是大半天。其他人都在院子裡打雪仗的時候，她卻躲在房間裡自娛自樂。見了陌生人她也會緊張得哭起來。她是出了名的乖乖女，浸泡在幸福的空氣中卻不自知。

可是，自從姐姐去世後，她就變了很多：任性，極其張揚，渴望愛，卻害怕失去愛。也因為害怕失去而不自主地抗拒，像一個頹廢的落魄貴族。我為什麼會變成這樣?她討厭這樣的自己。意識到自己的成長以來，她就陷入隱隱的憂傷。她看著身邊的人漸漸遠去，看著自己簡單而平靜的生活漸漸地只剩下回憶，卻阻擋不了，不禁埋怨。既然註定了要有離散，又為何要有歡聚，讓往日的歡愉去喚起今時的感傷?

她突然開始幻想自己有一份恬淡的生活，渴望一份平靜的愛情，不用走遍萬水千山，不用忍受思念的煎熬，沒有讓人精疲力竭的離散，只想相擁著看細水長流，享受一份平淡的滿足。

郝筱蕾從床上坐起來，開了檯燈，走到書桌前，想記錄下一些東西。拉開抽屜的時候卻看到了一封信。

那是劉歆剛到杭州時寫給她的。信雖然有點長，可郝筱蕾收到這封信的時候，卻只讀了一半。重新看到這封信，郝筱蕾百感交集，卻又忍不住地從頭讀了一遍。

親愛的筱蕾：

妳好，坐了一天一夜的車，我昨晚已經到杭州了。早上剛剛打電話到妳家，沒人接，很想妳，卻聽不到妳的聲音。

傍晚時分，我和幾個朋友遊了一次西湖。西湖的水很清澈，一如妳那雙美麗動人的眼睛。這邊的氣溫很高，可西湖的蓮花開得很嬌豔，楊柳低眉，這次總算是走進了畫中的江南了，有一種讓人窒息的美。

朋友們都玩得很開心，可是我卻想起了妳，所以享受這份美景的同時也有少許失落。如果妳在身邊就好了，我們可以牽著手，在這湖邊看夕陽。我到現在都想不明白妳為什麼不願和我結伴同行。難道妳心裡到現在還在徘徊、彷徨？妳這樣舉棋不定折磨的是我！

或許妳從來不知道我對家庭有多渴望！真希望在未來的某一天，我可以在這湖邊和妳一起安個家。我們結婚、生子、育兒，然後看著我們的孩子走出家門去經歷風雨，然後我終於可以牽著妳佈滿皺紋的手漫步在這湖邊，然後我們會在某個黃昏悄然長逝。

我不知道這算不算妳理想中的誓言，但我確實想給妳幸福。妳一直說我不懂妳，並不瞭解妳，我想我可以等，一直等到妳認為我們可以坦誠相對，一直等到妳認可我和妳廝守到老為止！

沒有妳，再美的景都只是陳設。希望有一天，妳可以和我一起，出現在畫中，讓西湖點綴我們的幸福。

愛妳的劉歆

信的背面是劉歆畫的一個笑臉。如今，信還在，而人早已不知去向。一封當年未讀完的信，現在翻開來讀，郝筱蕾才倍感時間賦予情感的蒼涼是如此殘忍。

郝筱蕾想，如果當時自己答應和劉歆一起南下杭州，也許結局就會不一樣吧！可惜這種已成定局的事，現在也只能想想罷了——甚至連想都不應該多想。

郝筱蕾忍著眼淚環顧這個熟悉的房間，卻發現這裡處處都是劉歆留下的痕跡。門口的風鈴是劉歆送的；桌上的書是劉歆喜歡的作家的作品，郝筱蕾瞞著他偷偷買回來讀，只是為了和他聊天的時候可以有一些共同的話題；還有那些搖滾唱片、球衣、運動鞋、圍巾、三九感冒靈顆粒、維C銀翹片、德芙巧克力包裝盒、咖啡豆……

她還記得自己第一次帶劉歆來這個房間的情形。

那時的劉歆，看到掛在牆上的相片，仰頭凝視良久。

郝筱蕾跟他解釋道：「這是我媽媽，叫程穆。聽我爸說，她是在生我的時候難產死的。所以，我從小就沒見過她，家裡只留下一些她的相片。」

劉歆沉下臉：「其實……我也有很久沒見過我媽了，有時候……沒準沒見過比見過要好一些呢。」他又打量了一下那張相片，「妳媽當時挺著大肚子呢。那肚子裡的應該就是妳吧？」

「不是啊！那是我姐姐，她比我大十歲呢。我姐姐很疼我的，可惜在我上高中的時候，被人殺了，兇手據說是她男朋友，現在逃到國外去了……」

劉歆走過來，摟著郝筱蕾的肩：「對不起，我不該問妳那些事的。」

郝筱蕾滿眼淚光：「沒事，就算你不問，我也遲早會告訴你的……我以前看那個男人挺好的，也不知道他怎麼會做出這麼極端的事情來。所以，現在我爸爸特在乎我，生怕我會在外面交錯朋友。」

「那妳還敢把我領回家來？妳就不怕我也是那種殺人不眨眼的魔頭？」

「那有什麼好怕的，你又打不過我！再說，要殺你早殺了，何必等到現在？聽我爸說，其實我們老家不是東北這邊的，好像是在C市，也不知道後來怎麼就遷到這邊來了。」

「我還以為妳是正統的吉林人呢，沒想到也是假冒偽劣的。」

「什麼嘛，我家人遷過來的時候，這個世界還沒有我呢！人家的確是吉林土生土長的，但我姐姐是和我爸媽一起從C市遷過來的，可惜她那麼年輕就去世了。」

「C市？對了，我有一個同學叫紫若涵，好像也在C市上大學。」

「還紫若涵呢，叫得這麼親切！是不是你以前的女朋友啊？記這麼清楚！從實招來！要不然我就把你趕出去，以後都別想再見到我了。」

「哪……哪有啊，人家有女朋友的好不好！你們女生總是這樣，聽到風就是雨。像你們這種偵察型人才，國家真應該把你們納入安全局。」

「沒有就沒有嘛，用得著這樣嗎？我說一句你頂三句，巧舌如簧啊！」郝筱蕾停了停，又說，「其實姐姐從小就對我很好的，我媽去世以後，我爸也沒有再婚，姐姐就像我媽一樣照顧我。現在姐姐走了，只剩下我和爸爸相依為命了。」

「傻瓜，這不還有我嗎？」

郝筱蕾聽到這句話的時候，感動得趴在劉歆的懷裡哭了起來。一個女人，一輩子所求的也無非就是男人的一句承諾。在她的心裡，劉歆不經意說出的一句「傻瓜，這不還有我嗎」，遠比那些天花亂墜的情話要真摯，動聽！

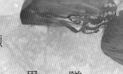

可也就是因為這句話，她把自己的靈與肉都交給了這個男人，卻沒想到最後換來的是這種結果……

現在，郝筱蕾看著橫在眼前的那張床，她還清晰地記得自己身上的衣服一件件被劉歆褪去的情景，那時的害羞，那時的心跳，那時的不知所措，那時的任他擺佈，那時被扔滿地的貼身衣物，那時溫暖的充實和疼痛，那時鮮豔的紅，那時天旋地轉的潮熱，到如今餘韻猶存……

現在那張床上還有劉歆殘留的氣味嗎？但很快，郝筱蕾就意識到：這些對我而言已經沒有用了。她不想靠劉歆留下來的氣息苟延殘喘地活著，她想結束這一切。

郝筱蕾把那些東西連同這封信一起裝進一個紙箱裡，然後用透明膠牢牢封死，擱置在角落裡。然後，她又換上了新的床單，費勁力氣倔強地把床換了個位置……

所有這些都弄完的時候，郝筱蕾發現整個房間整潔了、空闊了。她又仰頭看了看那張相片，相片中的母親也微笑著看她。郝筱蕾把牆上的相片取下來，看著看著就哭了：「媽，姐姐，你們在哪兒啊？你們告訴我，我到底該怎麼辦？我快撐不下去了……」

這時，窗簾的縫隙裡透出一道橘紅色的陽光，剛好照在媽媽的臉上。郝筱蕾喜出望外，拉開窗簾，看到天的盡頭一輪巨大的紅日冒出來，淡淡的溫暖覆蓋著她，天亮了……

十六

十月四日晚上，黎昕因為喝了點酒，很早便睡了。深夜，他被林欣雨打來的電話吵醒。他很少在半夜接過電話，但他並不介意林欣雨的冒失，這反而讓他感到溫暖。可是他在迷糊中按錯鍵，把電話給掛了。

他看到手機裡的短信，是半小時前林欣雨發的，短信裡只有兩個字：「分了」。

黎昕遲疑了一會兒，撥通了林欣雨的號碼。「妳……沒事吧？」

電話那頭很平靜：「還好啊！」

黎昕：「是妳提出來的，還是他？」

林欣雨：「我。」

黎昕：「那他有什麼反應？」

林欣雨：「他說好，具體的我記不清了。」

黎昕想問她這次是不是下定決心分了，他停頓了一會兒，猶豫著，卻只是說：「……這幾天妳要有什麼事就找我吧，除了充電的時候，我的手機一直都開著。」他是個無趣的人，無法給林欣雨帶來快樂，所以只能希望自己可以分擔她的痛苦——如果她真的感到痛苦的話。

林欣雨：「嗯……你去看你外公外婆沒啊？」

黎昕：「去了。我二號去的，當天就回來了。他們都出院了，好多了，只是……」

林欣雨：「只是什麼？」

黎昕：「感覺他們都老了。我有好幾年都沒去看他們了，沒想到這一去，他們的變化那麼大，我外公的頭髮又白了很多。」

「沒什麼的，生老病死是人之常情。」林欣雨停了停，覺得這話太冷漠，「我這樣說你會不會覺得我很不近人情啊？」

黎昕：「不算吧。我們看待不相干的人離開總是很麻木，而當這種事降臨到身邊那些在乎的人時，總是難以釋懷。前段時間我看了一部電影《死神的精準度》，裡面有一句台詞我很喜歡——死亡並不特別，卻很重要。」

林欣雨：「他們對你而言，一定很重要吧？」

黎昕：「自打小時候起，外公一直就是我的精神領袖。他教會了我很多東西，特別是對生活的態度。」

林欣雨：「你會懼怕死嗎？」

黎昕：「我不知道，人在對這個世界有愛，有牽掛的時候才會懼怕死。」黎昕很想告訴林欣雨，他愛上了她，所以無比依戀著這個世界。因為她，黎昕捨不得死。

林欣雨：「那你的牽掛呢？」

黎昕：「我……怎麼跟妳說呢？那天，我去看望他們的時候，我外公坐在門口抽煙。我看到他表情很平淡，那是第一次我發現天空那麼藍，那麼清晰。」

林欣雨：「你覺得他現在可以很坦然地面對自己的生死嗎？」

黎昕：「應該是的。只是，像他那樣平靜，我不知道要有多少生活的經歷才可以做到。我外婆跟我說，她那幾天看到好多孩子從她家門口經過，她就在想，什麼時候我會去看她，沒想到我真的就去了。其實，他們一直很牽掛我，只是一直以來，我都在回避這份牽掛。」

林欣雨：「你為什麼要回避？有時候，我覺得這樣做多少有些自私。」

黎昕：「太沉重了，我承擔不起！我想把世事都看得淡一些，我還這麼年輕，我不想背負太多，這樣的我太累了。」

林欣雨：「我能理解你。就像我跟我男朋友一樣，有時候他對我越好，我就越內疚，我不知道什麼時候可以把這份感情還給他。他給我的壓力太大了，讓我很為難，也很困惑。有時候感覺自己就這麼老了，被折磨老了。」

黎昕：「老了？不至於吧！或許，我們都把問題看簡單一點就好了。吃飯的時候，外公跟我說，幸福的標準是什麼，就是走得動、吃得下、拉得出、睡得香。以前我還從來沒聽他把問題說得這麼直接。」

林欣雨：「呵呵，感覺跟范偉大叔的小品似的！」

黎昕笑了笑：「是啊！以前外婆老說他一天到晚在那裡吹牛，回味自己的光輝歷史。現在看他，感覺他更像一個平靜的智者。」

林欣雨：「你什麼時候回來啊？」

黎昕：「過幾天吧。我也想早點回來，可是票已經買好了，沒辦法啊！妳一個人要開心點，我先掛了。」

十七

掛了電話，黎昕莫名地亢奮。他並非為林欣雨和男友分手這件事而幸災樂禍。他很清醒地知道，就算林欣雨沒有選擇她男友，也不可能選擇自己。何況他從不願看到林欣雨不開心。

他欣喜，只是因為林欣雨在深夜打電話給自己，只是因為林欣雨可以和自己交流內心的感受——林欣雨的失戀，黎昕對生死的體悟。

黎昕全身燃燒著一股強烈的衝動，他從來沒有像現在這樣難以壓抑自己的欲望。空氣中瀰漫著林欣雨的氣息，她的聲音、她昔日的笑容、想像中發生在她身上所有的故事……都縈繞著黎昕。

他去浴室洗了個澡，企圖像往常一樣凍結這團無名火。

水很冷，卻仍是沒有辦法使黎昕平靜下來。黎昕顫抖著回到臥室，赤裸著身子給郝筱蕾發了條短信：「老婆，真想色妳一下。」

黎昕沒想到這麼晚了郝筱蕾還沒有睡：「我想吻妳！」

郝筱蕾：「嗯，麼！讓你色。那你想怎麼色我呀？」

郝筱蕾：「嗯，你親吧。親我哪裡好呢？」

黎昕：「舌頭、嘴唇、耳朵、脖子、胸……全身我都想親。」

郝筱蕾：「啊？你真壞，好貪心啊你！可是我現在穿著衣服呢，怎麼辦啊？」

黎昕：「那妳就脫了嘛！」

郝筱蕾：「不要，我這邊好冷呢！我……我要你幫我脫。」

黎昕：「嗯，我幫妳脫完以後，就給妳蓋上被子，這樣妳就不冷了。」

郝筱蕾：「不要，我要像以前一樣，抱著你睡。麼！」

黎昕：「讓妳抱，妳想抱多久都行。親愛的，我要幫妳脫上衣了。」

郝筱蕾：「已經脫掉了呢。麼！」

黎昕：「那我要幫妳解胸罩了。」

郝筱蕾：「……」

黎昕：「哇！妳的胸好漂亮啊！」

郝筱蕾：「討厭，你總是這樣壞壞的。」

黎昕：「妳不喜歡我這樣壞壞的樣子嗎？」

郝筱蕾：「我……我不知道。」

黎昕：「嘿嘿……那我現在要幫妳脫褲子咯！」

郝筱蕾：「好老公！人家現在只剩下一條小內褲了，羞死了，人家不要嘛！」

黎昕：「沒事，有老公我呢，不用怕。妳的小內褲好可愛啊！」

郝筱蕾：「討厭，不要這樣看人家那裡嘛，你弄得人家感覺怪怪的，好癢啊！對了，我把它送給你穿，你想要不？」

黎昕：「我穿不了啊，你們女生的內褲太小了。我要開始吻妳了。」

郝筱蕾：「你吻吧。」

黎昕：「我……我想要妳，可以嗎？」

郝筱蕾故意傻傻的樣子：「你想要我什麼呀？」

黎昕：「真是一個可愛的小傻瓜，我想要進妳那裡。可以嗎？」

郝筱蕾：「討厭，這麼壞。你想進就進來吧，我就躺在床上呢，衣服都已經被你脫光了，你想怎樣就怎樣啦。」

黎昕：「哈哈，那我就進來了……啊……老婆，妳那裡濕濕的感覺真好。老婆……我愛妳！」

郝筱蕾：「我…我也愛你！老公，麼！我都讓你色了，以後你要對我負責啊！你看，我們的孩子都出生了。」

黎昕：「啊？這麼快就出生啦？」

郝筱蕾：「是啊！好快呢。」

黎昕看到這句話，突然覺得遠方的郝筱蕾是多麼頑皮，甚至是可笑。她就像小孩子過家家一樣應付著自己那些不可言說的衝動。可是，想著想著，黎昕又覺得真正可笑的其實是自己。他不止可笑，而且猥瑣，無理取鬧地為自己壓抑不住的欲望尋找一個出口。

那晚，黎昕手淫了。膽小如鼠的黎昕握著自己發脹的陰莖，對著郝筱蕾說著那些不著邊際的話，眼前浮現的卻是林欣雨的臉……第二天早上，他發現自己感冒了。在家裡躺了幾天之後，他回學校了。

十八

國慶假結束回到學校後，郝筱蕾比以前開心了許多，對身邊的人也友善了。她突然發現寢室的其他成員都戀愛了，真是奇怪，一個短假回來就換了一片天地了。她發現自己突然愛上這個寢室了。

有時候，她會想，自己是應該感謝劉歆給了她一段刻骨銘心的經歷，還是應該感謝黎昕陪自己度過了一段灰色的時光。現在，劉歆已經和她再沒有任何關係了，而黎昕只是一個不相干的人。因為不相干，所以這段關係也很安全，不用計較風險代價，也知道自己永遠不會陷進去，只是在寂寞的時候擁抱著相互取暖。

大概過了半個月之後的一個早晨，郝筱蕾躺在床上給黎昕發短信：「今天好難受，胸好疼啊！」

黎昕：「誰啊？是誰這麼不知天高地厚，連我的老婆也敢欺負？告訴老公！」

郝筱蕾：「討厭，不是啦！是我昨晚太睏了，睡覺前忘了解下胸罩，今天早上起來的時候壓得很不舒服。」

黎昕：「啊？這樣啊。妳平時睡覺都不戴胸罩的嗎？」

郝筱蕾：「不戴啊！晚上戴胸罩，裡面的鋼絲會留下勒痕，很痛的，一點都不舒服。」

黎昕：「不戴也好，這樣對乳房發育更好。妳一般用多大的胸罩啊？」

郝筱蕾：「35，B罩的。幹嘛問這個啊？」

黎昕：「哇，我就說妳的胸很漂亮嘛！」

郝筱蕾：「什麼嘛！又胡亂誇人家。你怎麼知道好不好啊？」

黎昕：「我說的是實話嘛！35剛剛好啊，不算太大，也不會小，B罩杯的剛剛適合妳，太大了很誇張，太小了又沒感覺，像妳這樣就很得體呀。」

郝筱蕾：「老……公，我突然感覺好幸福啊！你說，如果我變得很胖，你還會不會喜歡我啊？」

黎昕：「當然會啦！我們言歸正傳，以後妳睡覺時不要再戴胸罩了，或者乾脆就買那種沒有吊帶的。」

郝筱蕾：「討厭，知道啦！對了，昨晚我上網做了個愛情測試，上面說我這輩子要經歷七次戀愛才能結婚。」

黎昕：「那妳現在談過多少次戀愛啦？」

郝筱蕾：「就你一個啊！」

黎昕不愧是無師自通的天才：「我……我想剩下那六次，我都陪妳一起好了。妳說我是不是很貪心啊？」

郝筱蕾猶豫了很久，她差一點就要相信這句話了：「也不算啊！還好吧！」

黎昕以為她會很感動，以為她會再一次喚自己的名字，沒想到她的反應這麼平靜。他意識到是時候自己慢慢抽身出來了。「其實，這麼長時間以來，一上網就找妳聊天、關注妳的消息已經漸漸成了我的一個習慣了。」

郝筱蕾：「你是不是真的愛上我了？」

黎昕知道這一次，她問得很認真。他知道郝筱蕾誤解了自己的意思。他只是想說，他需要擺脫這種習慣，回到最初過自己平靜的生活，卻被對方誤解為表白。可是，面對郝筱蕾的問題，面對她的真誠與善良，黎昕還是有一些感動，到了喉間的話總是沒有說出口，換成了一句：「我……我不知道！妳以後別再問我了，這些事妳不該問的。」

郝筱蕾：「不問就不問吧。怎麼說呢，有時候感覺你壞壞的，有時候又覺得你這個人挺好的，讓人覺得很安全，很有上進心，好像經歷了很多。」

黎昕：「壞壞的？是男人都壞壞的啊，我也沒什麼特別的呀！」

郝筱蕾：「討厭，人家說正經的呢，不僅僅是指那個，我是說，你長得就壞壞的。」

黎昕：「啊？一個人的好壞還能從長相裡看出來啊？告訴妳吧，我年輕的時候確實挺帥的。」

郝筱蕾：「切！你年輕的時候我又不認識你，我怎麼知道啊？」

黎昕：「那妳現在就認識我嗎？我在其他人面前可不是這樣的，有些表情只能在妳面前才會表現出來。」

郝筱蕾：「為什麼啊？」

黎昕：「可能是因為在妳面前我不必偽裝吧！我知道我說什麼，妳都不會指責我，所以不用裝得很嚴肅，很正人君子，只要真實就行了。」

郝筱蕾：「那是因為你根本就不在乎我的指責！」

黎昕的心被震了一下，他痛恨這種被人看穿的感覺，卻又無可奈何：「我……我不知道！」

從那以後，黎昕認識到，自己有必要疏遠郝筱蕾了。也許是良心發現，也許是不想再依賴這種方式擺脫寂寞，也許是不想只把她當做一個忽遠忽近的影子，他決定不再騙她。

幾乎每天晚上，黎昕都跟郝筱蕾說他去上自習了。他不想騙她，他知道，就算自己真的騙她，她也未必發現得了，只是出於心安理得，他並不想這麼做。於是他就真的找到一個同伴去教室自習了，每天都很晚才回來。

十九

告別某種習慣並不是一件簡單的事，那是要付出代價的。和郝筱蕾的聯繫漸漸變得稀少的那段時間，黎昕對林欣雨的感覺反而越來越強烈，卻再也不能如願地找到一個出口。他隔三差五地給林欣雨打電話，可每次把電話掛斷之後，他的心就越難平靜。天氣已經變得很涼了，他不可能再像以前那樣去把自己凍結。於是他去跑步，去練拳，一次次把自己弄得很疲憊。

終於，黎昕還是沒能控制住自己。有一天，他問林欣雨：「我經常給妳打電話，妳會不會覺得我很煩啊？」

林欣雨：「不會啊！怎麼會呢？」

黎昕：「其實真的很怕你妳會覺得我很煩，所以有時候我想聯繫妳的時候，還是會打消這個念頭。比如說昨天，我就想聯繫妳的，想到前天在電話裡跟妳聊了很久，於是就算了。」

林欣雨：「你為什麼要這樣啊？我從來不覺得這樣有什麼不妥啊！」

黎昕：「我不知道。有時候我會考驗自己，看我到底可以忍受幾天不打電話給妳！」

林欣雨：「你不該這樣的，壓抑只會讓情感更強烈！」

最終，黎昕還是沒有告訴她「我喜歡妳！」有些事，看起來太像是一個機會。黎昕是清醒的理性的，他甚至恨透了這種後退式的理性。

他想到一個在遠方的朋友小艾，很長一段時間以來，他們一直保持著很密切的聯繫。

有一天，黎昕問小艾：「為什麼有時候我們可以很輕易地對一個自己不愛的人說『我愛你』，而面對心裡的那個人時，卻怎麼也說不出口？」

小艾說：「也許是因為寂寞和責任吧！」

黎昕：「對，應該就是寂寞和責任，你實在是太聰明了。因為寂寞，我們才會違心地說一些自己都聽不懂的話。因為責任，我們始終無法勇敢地把心中的愛說出口。以前我一直以為行為比語言更持久、更真實、更具有說服力，現在才認識到語言有時候也真的很重要。有些話你不說出來，別人就永遠不會知道，可是說了又不知道要面對怎樣的結局和未來。」

小艾：「你到底怎麼啦？為什麼突然會有這樣的感慨？」

黎昕：「我愛上了一個人，可沒有從中看到任何的希望。我們的軌跡不同，取向也不同。有太多人喜歡她，她不可能注意到我。我想，也許只有寂寞的人才會選擇暗戀，而暗戀又會使一個人更加寂寞！」

小艾反問他：「你願意讓她過得幸福嗎？不管別人如何愛她，你不覺得她幸福嗎？她開心，你需要佔有嗎？先不言結果，你在追求你的幸福，能讓她現在快樂就好！」

小艾是個詩人，向來是崇尚浪漫和博大的，他跟黎昕說的話也像詩一樣優美。這一直是黎昕既敬仰又嫉妒的。可黎昕又知道，自己永遠都不可能像他那樣活得如此純粹、乾淨。每個人的境界和能力是有限的，這是黎昕在他那個朋友面前折射出來的侷限。這讓他無比慚愧。

黎昕：「如果有一天，我能有你這樣的胸懷和智慧就好了。就如你說的，只要她快樂就好，不必在乎這份快樂是不是我自己給的。我相信，能被你愛的女生，一定擁有不平凡的魅力。可是，處在我這種狀態的人，內心的那份悸動要怎麼才能妥善安置呢？」

小艾：「很正常，真正的愛總是藏於心底，無法釋懷的是希望是愛。不是佔有，而是給予一顆心。真正會讓你們結合的是對幸福的共同追求，不是固執，不是自欺。我的愛情更像是女性的，很溫柔，也易受傷，在迷霧中淚流。不是所有的美麗都適合你的眼睛，朋友亦可相依，但誠然的追求獨一無二。」

黎昕看著最後那句「朋友亦可相依，但誠然的追求獨一無二」沉思了很久。也許他和林欣雨之間做朋友也挺好的吧！只是，他對林欣雨的愛是真的無法割捨、無法取代的。

黎昕：「縱使無法取代，可是，於我恐怕再沒有愛的能力和可能了。」

小艾：「愛情似是一種相依，其中有自我的夢，還有無限精神的付出，無言的寄託。我最愛梁祝，生命之愛融於傾慕和堅實。呵呵……其實你也不必強言自己無法戀愛，不如留藏一份真誠的期待，相信你可以給她幸福，無法邁出自我的人總是徒生苦惱的。愛或許本無須承諾。」

黎昕雖然沒有小艾那種澄淨的智慧，但他自然也知道該如何選擇愛的方式和內容。他是希望林欣雨快樂的。只要她快樂，黎昕不在乎這份快樂是誰給的。當林欣雨需要他的時候，他會出現。當她開心的時候，當他認為自己不再被需要的時候，他自然也可以隱沒。

這或許算不得偉大，每個人其實都是傾向於實用和現實的，只是因為這種傾向無法如願，才會無奈地去選擇偉大。這就是最隱忍的寂寞。

黎昕突然想到了郝筱蕾。郝筱蕾是給過自己一些快樂的，這曾經一度讓他覺得自己是幸福的。只是他仍是無法釋然，無法把她看做是具有一個立體意義的「人」。有些事，有就是有，沒有就是沒有。如果一開始就是假的，可能會給人以假亂真的感覺，但永遠不可能是真的。

二十

十月二十四日，郝筱蕾所在的城市又下雪了。那天下午，她在學校禮堂裡遇到劉歆。他們已經有將近兩個月沒有見面，也沒有聯繫了。這兩個月或許很短，可是對郝筱蕾而言，就像經歷了兩個世紀。每個人都會變，何況經歷了兩個世紀。兩個世紀過去後，他們都已經不再是昨天的自己了。

劉歆笑了笑，向郝筱蕾介紹：「這是我女朋友。」接著又對他現在的女朋友說，「這就是我以前跟妳談起過的，我前女友。」

劉歆的這個新女友自然不是紫若涵，只不過，她的那雙大眼睛和紫若涵的一模一樣——至少劉歆是這麼認為的，只是郝曉蕾不知道罷了。郝曉蕾記得的，只是他說過自己的眼睛很迷人，清澈如明鏡，又深邃得讓人想到很多往事……沒想到，郝曉蕾最終還是敗給了一雙新的眼睛。

郝筱蕾向他的女友笑了笑，對方也很有禮貌地回報以微笑。郝筱蕾突然想起以前，劉歆也是這樣向他的朋友介紹自己的。

劉歆：「妳……現在還好吧？」

郝筱蕾：「我很好啊！你對象長得真俊，她的眼睛很清澈。這麼快就跟她在一起，不怕你的紫若涵會吃醋啊？」

劉歆並沒有正面回答她的問題：「這兩個月來，我一直沒聯繫妳……對不起。」

郝筱蕾：「為什麼要說對不起？我……已經沒事了！是真的。」

她說完轉身就走了。這一次是郝筱蕾先選擇離開，沒有理會背後那兩個人是什麼表情，但她聽到他新一任的女朋友在質問劉歆：「哪個紫若涵啊？我怎麼從來沒聽你說過啊？你老實告訴我，除了我之外，你還有多少個女人？你到底還有多少見不得人的事在瞞著我？」

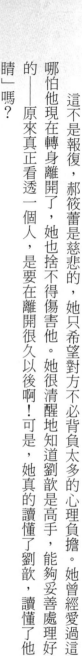

這不是報復，郝筱蕾是慈悲的，她只希望對方不必背負太多的心理負擔。她曾經愛過這個男人，哪怕他現在轉身離開了，她也捨不得傷害他。她很清醒地知道劉歆是高手，能夠妥善處理好這些問題的——原來真正看透一個人，是要在離開很久以後啊！可是，她真的讀懂了劉歆，讀懂了他那雙「眼睛」嗎？

回到寢室，郝筱蕾跟黎昕說：「我們分手吧，我不想處了！」

黎昕本能地問了句：「為什麼？」

郝筱蕾：「沒什麼，有點累了，不想再玩了。」

黎昕：「那……妳以後開心點！」

郝筱蕾以為黎昕會像往常一樣挽留，沒想到會這麼順利：「我會的，這段時間……謝謝你！」

黎昕突然不知道該說什麼好，終於結束了，他以為自己會很開心，卻沒想到心裡空蕩蕩的，他要再一次告別某種習慣，但他還是很有風度地跟郝筱蕾說了句：「其實我也應該謝謝妳才是。」

郝筱蕾：「有時候，感覺自己真是傻得可笑！」

黎昕：「為什麼這麼說？妳覺得這樣很荒唐？」

郝筱蕾：「不是！不是指你，沒什麼！真的沒什麼。」

那晚，郝筱蕾的情緒很低落，很早就上床準備睡覺。她躺在床上，想起這幾天月經就要來了，從床上爬起來，打開抽屜，抽出一片夜用加長版的衛生巾套進內褲。剛想要再鑽進被窩的時候，她又突然停下來，從內褲裡抽出那片衛生巾，重新從抽屜裡拿了兩片晝用的短的。她知道，如果明天早上起來的時候又漏了，她都不知道該找誰訴苦了。

躺在床上，抱著被子，郝筱蕾感受到一股溫暖，她發現自己越來越喜歡蜷著睡覺，不是因為冷，而是因為這個姿勢很有安全感。對於將要發生的一切，她都已經準備好了，所以沒有煩惱，也不必畏懼突如其來的「老朋友」。

人想要不受傷，或許並不一定要強迫自己割捨某段情感，只要預先設想最壞的結局，給自己吃一顆「定心丸」就夠了。那晚，郝筱蕾睡得格外安穩……

而在千里之外的江南，那晚的黎昕突然覺得很餓。關了電腦，他來到食堂，要了一份排骨麵。人很多，他站在玻璃窗前等了很久。食堂很吵，旁人雜亂的交談聲滲透了黎昕每一個細胞，他感到一陣眩暈，幾乎要支撐不住了。

排骨麵終於上來了，量不是很多，他還來不及仔細品嘗便吃完了。既然來也匆匆去也匆匆，為何還要賠上這漫長的等待？黎昕終於明白，有些東西註定只能用來充饑，而無法細細品味。看著剩下的半碗湯，他突然覺得自己是個粗人——雖然他長得並不魁梧。

黎昕出了食堂，一陣風飄過，他打了個寒顫，天又變涼了許多。回到寢室，黎昕重新打開電腦。他突然記起自己確實已經很久沒有寫日記了，是該寫些什麼了。於是他點擊了word文檔……

可當黎昕看著眼前頻閃的螢幕，腦子裡卻一片空白。他丟了什麼？他要找回什麼？時間已經失去了行走的意義，他呆呆地坐在電腦面前，像一尊硬化了的蠟像……報應啊！

第二十二章　同情

我是一個作家。我是沒有在大學進修過跟文學有關的專業，中國文聯、作協也沒有給我頒發過任何有效的證件以證明我作家這個神聖不可侵犯的身份，甚至我投出去的文稿全都石沉大海，但我在心裡依然認定自己就是一個作家。

但這個作家是落魄的。當然，落魄的作家和藝術家比比皆是……梵谷當年拿他的畫換麵包，不是也有人不屑一顧嗎？卡夫卡的作品在他生前不也沒受到重視嗎？偉大的曹雪芹晚年不也食不果腹嗎？普希金、褚威格、米蘭・昆德拉生前不也曾被放逐過嗎？只是，我的落魄和他們相比，有著和他們那個時代不同的烙印罷了。

我的父親是農民出身，雖然很早就進城打工，但因為傳統的龐大的家庭帶來的負擔，也沒有給我留下多少積蓄。而我自己呢，也沒有郭敬明和韓寒那樣的勇氣和機遇，沒有在適當的時候一舉成名，大撈一把。於是，我就一直這樣落魄著，只能從一個城市漂泊到另一個城市，投出去的稿子有些被恭恭敬敬地退回來，剩下一些就像肉包子打狗——有去無回。這種落魄最直接的結果便是，我沒有女朋友，也嫖不起妓。

這種最深切最揪心的體會源於那次在星河苑洗浴中心的經歷。那一年，我剛參加工作，漂泊到了北國，在一個國慶，和朋友出去玩，他臨時有事，便帶我去了那個洗浴中心，順便請我做足部按摩。然後，他自己就走了，只留下一句話，叫我在那裡等他。

那是我第一次進洗浴中心。我發現在我的宿命中有一種怪異的元素，有很多出現在我夢裡的景象，都會在現實中重現。我不止一次地夢到自己赤裸裸地站在一大堆人群中，我固然是個坦誠的人，可是夢到這種場面，我還是感到很恐慌很不自然。沒想到，在浴室的時候，夢裡的那些場面還是不可避免地重現了——一大群男人裸露著平時最隱蔽的部分，坦然地在這個澡堂中悠閒地享受著溫暖的雨露。

我很驚奇地看到一個老人，他小腹下、兩腿間的陰毛都白了。雖然因為年老，陰莖早已萎縮（估計也廢棄不用了），可是那些灰白色的陰毛卻依然精神抖擻。是啊，哪怕沒有了性欲，哪怕生活早已喪失了某種樂趣，我們都還要頑強地活下去！一兩篇稿子被拒絕有什麼大不了的，我還這麼年輕，我的生命還沒有到廢棄不用的地步。

剛進去的時候我的心裡還很忐忑，我怕夢裡那些恐慌和不安又會重現。不知道為什麼，看到這種場面，我突然就不再懼怕裸露了。如果每個人都選擇坦誠和袒露，那麼，偽裝和包裹就會讓人感到彆扭和慚愧。這些和亞當夏娃們的羞恥心無關，問心無愧的人是不需要遮羞布的，只是不同的環境造成了社會大眾不同的道德約束和心理狀態而已。

接著，搓澡工把我全身上下折騰了個遍。躺在那張搓板上的時候，我突然想到兩句話：「庖丁解牛，遊刃有餘」「人為刀俎，我為魚肉」。那個搓澡工的技術自然是庖丁級別的，確實在我身上遊刃有餘，也很敬業，連腋下和陰囊都沒放過。慶幸的是，我沒有成為魚肉，沒有在搓板上被機械地切割，不過，他還是熟練地在我身上刮下了一層厚厚的死皮。起身的時候，看到搓板上那一層污垢，我驚訝極了——以前從來沒發現自己竟會這麼髒⋯⋯

搓完澡之後，我便去隔壁房間捏腳。男更衣室和足浴室之間只隔著一塊簾布。掀開簾布，我看到的卻是幾個穿著睡裙的女人。那種場面對我來說很陌生，可是很奇怪，在那些赤裸裸的人群面前，我都沒有半點兒不自然，在這裡我反而顯得很怯懦。

我問：「是在這裡做足療嗎？」其實，剛進來的時候，看到那種場景，我就知道，這裡是不可能有專業的足療的。

一個穿著短裙的約莫30多歲的女人走過來，我看到她眼角的魚尾紋以及塗得很濃的眉毛。「是啊！你要做全套嗎？去隔壁房間加100塊錢就可以做全套。」

我雖然一直躲在閣樓裡創作，涉世未深，但還是知道她說的「全套」是什麼意思。「不要了，我還這麼年輕，用不著那個。」

「你算什麼年輕啊？人家15歲的還來呢。看你留著這個小鬍子，肯定不止15歲吧。都快入土為安的人了。」

「入土為安？我有這麼糟糕嗎？」我不能原諒她。也許是因為習慣，她對很多客人都是這樣說的——「你都快入土為安了，還不趕緊享樂？」也許是因為她的腦海裡只能搜索出「入土為安」這個詞，她畢竟不是我，不可能像我這樣滿腹經綸，可以長篇大論、縱橫捭闔……我必須找出一大堆的理由來「原諒」她的冒失。

她似乎察覺到我的不愉快，轉身給其他的客人捏腳去了。她蹲在我面前，我看到她裸露的黑色蕾絲內褲，感到一陣噁心。

我半躺在沙發上看電視，另一個稍年輕的、穿著白色睡衣的女人前來給我捏腳。我的腳很小，跟封建時代的裹腳女人差不多大小。那個年輕的女人握著我的腳，笑著跟其他幾個小姐說：「你們看他的腳，好小啊！」

當然，我並沒有感到有多大的羞辱，我的腳小是一個不爭的事實，我也沒有因為腳小而在生活中有什麼不便。只是，她不應該就這樣滿世界地叫，唯恐別人不知道我這點小小的差異。

我抬起頭，看到她睡衣下裸露出來的黑色蕾絲胸罩，總算是讓我找到一個反攻的機會了：「妳應該去豐胸的。妳戴的是B罩杯的吧？有沒有34啊？」

我以為她會生氣，我以為她會反駁，沒想到她一臉無辜地問我：「怎麼豐啊？我不知道啊？」

「吃木瓜吧。純天然的，安全，沒有副作用。」

「怎麼吃啊？」

「怎麼吃都行，妳可以當水果生吃，也可以當菜煮著吃。」

「我不會煮。怎麼辦啊？」

「那妳吃山藥吧，山藥容易些。」其實，我也不知道吃山藥能不能豐胸。

「也是生吃嗎？」

「那哪能生吃啊？煮一下，當菜吃就行了。」

「我沒有鍋嘛！」

「妳家裡怎麼可能連鍋都沒有？」

她抬起頭：「我沒有家。」

我深信，這是妓女們慣用的伎倆。在這個和平年代，能有多少人是連家都沒有的？「那妳就每天在睡前把胸罩解了，然後自己揉一揉，一段時間後就會見效的。」

「怎麼揉嘛，我不會啊！你教教我啊。」

我不知道該怎麼回答她，到了這個地步，根本就不需要什麼多餘的回答。

後來，捏腳這道程式結束了，我以為她會離開，沒想到她卻坐在旁邊的沙發上，不停地叫我幫她揉胸。

我知道她什麼意思，無非是想叫我去隔壁開個房間，和她雲雨一番，然後她就能拿點回扣。我說：「我今天不想做，我是來等人的。」說這話的時候，我感覺我真的像個裹腳女人。只是，我裹住的不是腳，而是那些不可告人的欲望。

她當然不信這些，以為我只是放不開。一個自信的女人，一個道行高深的妓女，是不相信會有她勾引不了的男人的，在她們的眼中，男人只是一個個掛著碩大生殖器的動物罷了。所以她還是不依不饒，起先只是拉我的手，這我還能忍受，接著就越來越過分，不時地在我胯下摸索。可我還是無動於衷，極力克制……一開始，我也以為自己是張愛玲筆下的振保，是坐懷不亂的柳下惠，能夠像修行得道的高僧一樣摒棄一切外界的幻象和誘惑。後來我才意識到我心裡顧慮最多的其實只有兩件事情：她和那麼多男人上過床，身上有沒有病；上了她之後，我還有沒有錢出去。我不知道是不是其他男人也這樣，也許有比我更清高的，也有比我更坦然放縱的，但我知道我是卑劣的，若不是生活的困窘，我恐怕也不屑於去維持那份既做作又無聊的風度——我畢竟只是個落魄的作家，飽暖尚未滿足，如何思淫欲？

最後，她起身趴在我身上，摟著我的脖子，整個胸都壓在了我身上。是的，我勃起了，但我更惱怒。我羞愧於這一刻自己竟然勃起了，更羞愧於竟在這一刻，那根不聽話的東西竟是這樣貼在了她的兩腿之間——只隔了一層薄薄的紗布。我把這份羞愧和惱怒轉嫁到她身上，漲紅了臉，狠狠地推了她一把。

接著我聽到一聲尖叫——她癱坐在地上，扭到了腳踝。有另外幾個女人朝這邊看，我不知所措，像個犯了錯的孩子——是的，我的確是自討苦吃，我本就不該來，更不應該糾纏這麼久。你是作家嘛，不鎖在閣樓裡寫你那些無人問津的破書，你跑來在這裡幹什麼？這都是那些大款、貪污犯、富二代們該來的地方，也不瞧瞧自己一臉落魄的樣子，你哪玩得起這個？

看著她癱坐在地上，雙手撐地，出於本能，我趕緊起身前去。她說腳很疼，我蹲下來，端起她的腳，有一塊地方已經紅了。不知道為什麼，我竟是不自覺地幫她揉起了腳。她的腳很修長，應該是整個身體最性感的部位了。

我抬起頭，看了看她。她俯視著我，表情很複雜。我趕緊低下頭，一邊握著她的腳，一邊回憶那個稍縱即逝的複雜的表情，始終沒有從中讀出任何寓意。我不確定她流露出來的是覺醒還是內疚。

其實，我和她又何嘗不是一樣呢？為了生活，為了那不到一百塊錢的回扣，她不遺餘力地纏著我，一點尊嚴都沒有。為了生活，為了那不到7％的可憐稿稅，我不遺餘力地纏著出版社；為了市場，為了那幾本可憐的銷量，我不顧原則地刪改自己的作品，也同樣是一點尊嚴都沒有。

其實，又何止我一個人跟她一樣呢？不知道有多少自稱是作家的人，為了纏住讀者，不遺餘力地炒作，良心喪盡、醜聞迭出！有多少自稱是女大學生的人，為了纏住大款、貪官，「性」高采烈地住進洋房別墅中休養生息！有多少自稱是公僕的人，為了升職，不遺餘力地巴結上司，賠了夫人又折兵，最後只得把包養的二奶都拱手相讓（那些藏在金屋中的小女人們萬萬沒有想到，原來自己也是可以被無償轉讓的）！有多少自稱是警員的人，頻繁出入於娛樂場所，美其名曰「掃黃打非」，其實只是為了合法地收保護費！我一直很敬佩他們，小姐們賣肉掙來的血汗錢，那些正直嚴明的執法者，竟也可以花得心安理得，真是修到一定境界，可以超然物外了。

其實，我們都和她一樣可憐、可悲！在這個被權錢主宰的不平等社會中，在這個價值真空、道德淪喪的時代，所謂的人格尊嚴其實只是精神上的奢侈品。是的，就像她短裙下不時故意裸露出來的內褲一樣，我們一眼就能看到她肆意暴露的輕浮、淫賤和自甘墮落。可是我們呢？我們只是在另一個相對隱蔽的領域，以一種不易察覺的方式輕浮、淫賤和自暴自棄罷了。我們和她相比，只是多了另一種酸腐的品質——人類可愛的虛偽。這種品質讓我們學會了偽裝，學會了妥協……發展到一定的境界，便是道貌岸然！

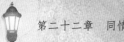

看著她那複雜的表情，我突然想起「同情」這個詞，我習慣於把它拆開來理解，那便是對陌生人感同身受的情愫，這是白居易的「同是天涯淪落人，相逢何必曾相識」，也是佛家普度深陷苦難眾生的悲憫。愛無等差，是因為人即使有身份的區別，但在生命本質上無貴賤優劣之分。

她的腳揉好之後，我又躺在沙發上睡了一會兒。她可能也明白過來：我真的是勾引不來的（並不是因為我真的不想做，只是我真的囊中羞澀）。於是她也就打消了那些念頭，沒有再纏著我，只是失落地坐在一旁看電視。

過了很久，我都沒有等到我朋友，就回去了。

回去之後，見到朋友，他很悠閒地坐在房間裡看電視。我質問道：「你怎麼不告訴我，做足療的地方還給人提供那種服務？」

朋友故意裝傻：「哪種服務？」

「特殊服務——性服務！大白天都有幹這個的，太匪夷所思了。」

「現在哪家洗浴中心不提供這些啊？有什麼可大驚小怪的！」

「不是說查得很緊嗎，怎麼還會有？前段時間我記得『天上人間』被一鍋端了，她們現在就敢這樣頂風作案，真是不要命了！」

朋友關了電視，笑著跟我說：「你還是太年輕，社會閱歷不足，又是個作家，空抱著那些虛幻的東西，想法總是太單純。無論你肯不肯接受這個事實：這個世界上，只要還有男人，就一定有妓院的存在。社會主義改造時取締了很多妓院，於是乎遍地開花，處處都是紅燈區，暗娼橫行。公安機關象徵性地進軍掃蕩的風頭一過，她們就又露出水面了。再說了，警員的掃蕩跟她們的月經一樣，都是有規律有預兆的，很容易就躲過了。再加上這幾年受金融風暴的影響，好多工廠都倒閉了，經濟這麼不景氣，你叫她們上哪兒找那麼多正當的工作啊？不賣淫，你叫她們怎麼活啊？她們還有弟弟妹妹要上大學，還有高堂老母要養。不是每個人都有幸像你這樣，父母也用不著你擔心，妹妹也有自己的工作，可以盡情地過著那種沒心沒肺的生活，安心地當你的作家。」

被他這麼一說，我面紅耳赤，想反駁他，卻又無從開口。是啊！我落魄，我的落魄只是我一個人的事，和她們相比算得了什麼？她們的生活牽涉到一個龐大的家庭。

晚上，閒來無事，我便翻看床邊的那本《聖經》。可能是受白天的事的影響，我對耶穌和妓女的那個故事感觸特別深。

《聖經》裡講，有一天，耶穌在講道時，幾個法力賽人帶了一個女人前來，問他：「這個女人在行淫時被抓到。摩西法律規定，這樣的女人應該用石頭打死。你認為怎樣？」耶穌彎著身子，用指頭在地上畫字。那幾個人不停地問，他便直起身來，說：「你們當中誰沒有犯過罪，誰就可以先拿石頭打她。」說了這話，他又彎下身在地上畫字。所有的人都溜走了，最後，只剩下了耶穌和那個女人。這時候，耶穌就站起來，問她：「婦人，他們都哪裡去了？沒有人留下來定妳的罪嗎？」

女人說：「沒有，先生。」

耶穌便說：「好，我也不定妳的罪。去吧，別再犯罪。」

我知道我只是個作家，做不了耶穌，不可能在眾人面前赦免白天那個女人的罪惡，更不可能喚醒全社會的反思。可是，她的那個表情一直在我腦海裡揮之不去。

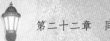

那晚，我凌晨四點就醒來了，房間裡一片漆黑。我躺在床上，一直在猜測耶穌在地上畫的到底是什麼字。

天漸漸亮了，朋友從迷夢中醒來。我跟他說：「你身上還有多少錢？我想去『星河苑洗浴中心』找那個女人。」

他揉了揉眼睛，在我面前豎起食指，晃動著跟我說：「你還是太年輕，不經世故。你只是她接待過的諸多客人中的……一個。一個，你懂我意思嗎？用不著太認真的。」

我說：「我知道，也許對她來說這算不得什麼，在她印象中，我只是再平常不過的一個人。可如果這次不去，我想我一輩子都會有陰影。她認不認真我不管，我只想真真正正地做一回男人。」

朋友見我這次是較上勁了，只得妥協：「好吧，要不我陪你去吧。」

走在街上，我突然停下來：「壞了，我沒帶套！」

朋友環顧周圍的人群，低聲跟我說：「你傻啊，你見過哪個人嫖娼還自己帶套的？」

我很無辜地笑了笑，我畢竟還太年輕，很不幸，又剛好是個作家！

在洗浴中心的收銀台旁，朋友幫我付了錢。這時，剛好碰見那個女人從房間裡出來。她很自然地跟我打招呼：「你又來了，賣內衣的。」

我故作自然：「是啊！」我什麼時候變成賣內衣的了？

再次走進那個公共浴室，可能是時間不對，浴室裡的人沒有昨天那麼多。可同樣是赤身裸體，面對著他們的時候，我卻感到很不自然，每一個動作都不對勁。蓮蓬頭的熱水從我頭上流過的時候，我的心跳開始加快，都快堵到胸口了……我來這裡，是真的為了找她，還是因為我昨天沒釋放的欲望？

沒想到，我連自己都騙！

搓澡工給我搓背的時候，我躺在搓板上，竟會感到羞愧，他的手一觸到我的肌膚，我就不自覺地抖擻起來。

搓澡工的手在我身上漫無目的地遊蕩，而我在心裡不停地喊：「讓這該死的程式快點結束吧。」原來，懷抱著某種目的去做另一件事的時候，世界的色彩也會隨之改變，我突如其來的緊張，遍佈全身的敏感，在那種場合顯得尤為可笑。我想逃，卻不自覺地掀開了那道簾布……

她坐在沙發上，看到我進來：「怎麼樣，今天有沒有戲？」

我說：「先做完足療再說吧。」

做足療的時候，電視上正在放著《壹周立波秀》，我喜歡看周立波西裝革履地站在台上裝腔作勢，偶爾還講些下流笑話，這是典型的南方人的幽默。

《壹周立波秀》還沒放完，足療就做完了，她問我什麼時候去隔壁房間做全套，我說：「等我看完這個節目吧。」

她不耐煩：「你到這裡來又不是來看電視的。」

是啊！我花錢到這裡來，當然不能只滿足於看電視。可是，我到底幹什麼來了？我反駁不了她，只得跟著她到隔壁房間去。

進了包廂，我躺在床上，她好像很趕時間似的，迫不及待地給我脫睡袍。我說：「我昨天晚上想了很久，覺得還是應該過來，要不然我這一輩子都有陰影。」

她說：「我知道啊！我先幫你把衣服脫了。」那一刻，我才突然明白，她才不在乎我心裡有沒有陰影呢。

她就這樣脫了我的睡袍，我赤身裸體地躺在一個陌生女人面前。接著，她很自然很熟練地在我面前脫了白色睡裙，解了黑色胸罩，褪了紅色內褲。

她趴在我身上，開始撫弄我的下體……我翻過身，把她壓在下面：「這次讓我來，其實……我也可以為妳服務。」

我看到她小腹有一道幾寸寬的疤痕。我問她：「妳做過剖腹產？」

她說：「沒有啊！我做過宮外孕手術。剖腹產的切口不在那裡的。」

我像熟練的搓澡工一樣在她身上游離，她習慣性地發出呻吟，一副看似很陶醉的樣子。「沒想到你還挺會調情啊！」

我知道她並不是真的有感覺，那只是她的職業技能罷了，一時半會兒還改不過來，她不自覺地為一部無聲電影配音，為的只是給對方增加點信心。她做這行太久了，怎樣的人沒見過？自然知道怎麼應付我。她只是不知道，我未必真的喜歡她的這些呻吟……

完事之後，她取出紙巾擦乾自己的下體。我跟她說：「我能再抱抱妳嗎？我很久都沒有像這樣抱過一個人了。」

她沒有拒絕，我把頭埋進她的胸中，她的乳房很軟，我聽到她的呼吸很有節律。那一刻，我突然很想喊另一個埋在心裡很久的女人的名字，可還是忍住了，於是，空氣中就剩下她的呼吸以及空調的聲音……

「妳叫什麼名字啊？」

「小雲。」

好吧，我就姑且叫她小雲吧。「小雲……我也不知道自己為什麼會回來找妳，更不知道自己要在妳身上找什麼，我不是一個只懂得發洩的人。我漂泊到這個城市，走到哪裡都碰壁，也很多次被人拒絕過。我知道那種感覺很難受，所以……」

「……」她在我耳旁的呼吸很有力。

「妳這一行做不久的，頂多也就做到40歲，那時候妳早就人老色衰了。這一行競爭很激烈的，還不到30歲，就會有新一批的年輕的姑娘取代你們。妳知道的，現在好多女大學生就已經跑出去做援交了。如果可以，還是要想著早點出去才好。妳還這麼年輕，人又漂亮，外面還有很多機會的。」

「出去？我也想啊，你給我錢啊？我想買好多的衣服，好多的化妝品，我想換一部好一點的手機……算了，不說這些了，這裡太悶了，我們去大廳看電視聊天吧。」

「我只想多抱抱妳！」

「要不，下次你多出幾百塊錢包夜吧，我可以讓你抱到天亮啊。」

「算了，妳去大廳吧，我想一個人睡會兒。」

小雲穿上紅色內褲，戴上黑色胸罩，套上白色睡裙，又恢復到剛進這個房間時的樣子。我突然聯想到，一天之內，這套動作她不知道要重複多少次，她會不會覺得很乏味？在她心裡，我可能真的只是她接待過的眾多客人中的一個。而在我心裡，只有在她熟練地脫下我褲子的那一刻，才把她當做一個妓女看待——只有妓女才會在別人毫無心理準備的情況下褪去他的防備。

小雲拎起裝滿安全套和紙巾的手提包出去了，留下我在房間裡一陣恐慌。沒想到，我竟是這麼髒，身上的污垢這麼多……

如果有一天，我不再落魄了，可以改變小雲的生活境況了，是不是就能改變無數個「小雲」的境況呢？

如果有一天，我不再落魄了，可以改變她們的生活境況了，她們是不是就會欣然接受這種改變？哪怕我真的就此改變了她們的生活，我就能改變那麼多女人貪慕虛榮的本性嗎？

我畢竟只是個作家，這個作家既天真又落魄，還不自量力、異想天開。我只配同情我自己，只配躲在閣樓裡寫一兩篇無人問津的無關痛癢的所謂的文章；耶穌的工作，我想我真的做不來……

第二十三章　浮生

在這個寫書的人多於看書的人的時代，我，很尷尬地，是一個作家！

作家的門檻其實很低，只要你能寫一兩篇文章，無論這文章的水準怎樣，無論你有沒有在核心書刊上發表過，哪怕是病句一大堆也好，漏洞百出也好，詞不達意也好，為賦新詞強說愁也好，你都能在別人面前炫耀一下：你是一個作家。而且，如果你能修煉得更不要臉一點，你還可以自詡司馬相如、曹雪芹、村上春樹這樣的文士名流，退一步說，如果實在難登大雅之堂，你也可以說你想效仿王朔，在文壇扮個痞子，做做鬼臉。就像現在娛樂圈裡的歌手和演員一樣，只要你不啞，只要唱片公司對你還有點興趣（這興趣倒未必是對你的聲音而言，沒準是老總對你身上散發的荷爾蒙感興趣），那麼無論你懂不懂五線譜，找不找得到調，都能成為一個歌手。而且，如果你能修煉得更不要臉一點，你也可以自詡諾拉・瓊斯、劉歡之流，實在曲高和寡，你也可以嘲弄一下小瀋陽。做演員就更是了，看看有多少人，拋妻棄子從別的行業跨過來當演員的！有的還美其名曰「唱而優則演」。那演而優呢？如果實在沒處可去，豈不是要早登極樂？當然，他們留戀凡塵，沒心思早登極樂，而電影院裡有些善男信女卻因為那些爛片直接被抬去火葬場了！

時代迷亂的時候，娛樂之風便很容易盛行到令人髮指的地步。林子大了，什麼生物都可能有，沒準還會蹦出一兩個異形，所以純粹的歌手和純粹的演員都還是大有人在的。對於這一點，我們無需過分地失望。

可是純粹的作家就很難找了。我說的純粹的作家，並不是指文化局給他立了多少塊牌坊，或者是文聯、作協給他頒發多少證件或獎狀的那一種，而是指那些把寫作當做自己生命一部分的人。

很多作家都覺得，如果想單純依靠寫書養活自己，不餓死也得凍死，要不就讓口水給淹死。這確實是一個很淒涼的事實。先不問自己有沒有驚世駭俗的天分，只問大眾需不需要你這樣癡心地拋頭顱灑熱血，如果這一臉盆的熱血被人當做狗血塗在道符上裝神弄鬼，那豈不是更尷尬？而且，人類文明發展到如今這樣的時代，因為印刷書籍而用去的樹，都能填補好幾個沙漠了，還有誰會缺一兩本非讀不可的書？何必非得淌這渾水？

況且他們也不是左思，能使洛陽紙貴；也不是曹雪芹，能靜下心來十年磨一劍；更不是韓寒和郭敬明，書一出來就有人擠破門檻哭著瘋搶。如果沒有鶴立雞群的才華，沒有堅韌不拔的意志，沒有改變自己的機遇，選擇當作家是註定了要默默無聞的，因為更多的作家只是生活在我們身邊的平凡人。

他可能剛剛做父親，經常得半夜起床給女兒餵奶、換尿布，閒下來的時候才有心思抒發一下自己做父親的喜悅，或者是總結一下換尿布的技巧和心得。他可能還有高堂老母臥病在床，每天都要端茶送水，往返與家和醫院之間，無奈時才緬懷一下年少時感受到的母愛。他可能只是一個大公司裡的小職員，受盡了同事排擠、上司責備，忍無可忍時才寫兩篇小說變相地詛咒他們一番。他可能是個年少懵懂的孩子，對鄰家女孩愛慕已久，情難自禁時才像我這樣提筆寫一兩封不敢送出去的情書。他可能是搬運工、農民、流浪者、礦工、學生、教授、學者、藝術家、導演、同性戀、歌手、企業家、律師、工程師、罪犯……總之，只要他打開電腦或者提起筆，坦誠地寫下了自己的生活和感受，他就是一個作家。

作家除了有傾訴的需要，有時也有記錄的本能。大家都在努力記錄著，只是記錄的方向和主題不同罷了。芸芸眾生者，記錄的是他個人的歷史和情感；佼佼者則能站在更高的位置，記錄下時代的脈搏以預測發展的方向。人類文明發展到現在，已經是一個相對寬容的時代，而作家——排除政治權力

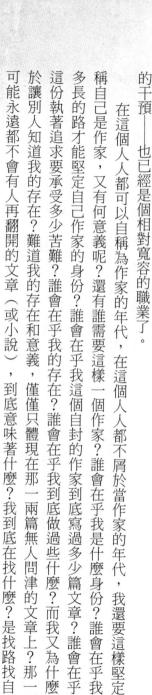

的干預——也已經是個相對寬容的職業了。

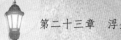

在這個人人都可以自稱為作家的年代，在這個人人都不屑於當作家的年代，我還要這樣堅定地宣稱自己是作家，又有何意義呢？還有誰需要這樣一個作家？誰會在乎我是什麼身份？誰會在乎我要走多長的路才能堅定自己作家的身份？誰會在乎我這個自封的作家到底寫過多少篇文章？誰會在乎我的這份執著追求要承受多少苦難？誰會在乎我的存在？誰會在乎我到底做過些什麼？而我又為什麼要急於讓別人知道我的存在？難道我的存在和意義，僅僅只體現在那一兩篇無人問津的文章上？那一兩篇可能永遠都不會有人再翻開的文章（或小說），到底意味著什麼？我到底在找什麼？是找路找自己還是在找位置？又或者是在找存在本身？

但如果我又不是個作家，如果我的人生和這個職業無關呢？這些問題就不會再有嗎？人該怎麼活，是去尋找路還是創造路？用哪一個身份去活？作家可以在他的意念裡創造不同的角色和身份，哪個才是他自己最想要的？又有哪個作家創造了我和我的生活？

背著這些困惑，我從南國一路向北，來到了北國。我幻想著用一段經歷去化解我內心對作家，對生活，對存在的種種疑問，重新尋找我自身的意義和使命！

我初到北國之時，正是寒冬。凌晨五點從火車站出來，寒冷和黑暗在頃刻間把我湮沒。久居南國的我，才深切地體會到什麼叫冷。

人生地不熟的我，為了在北國找個地方落腳，便拜託朋友幫我找了份工作——在網吧當網管。網管分兩種，一種是服務網管，一種是技術網管。我不是電腦專業出身的，自然只能當服務網管了。

我的工作其實很簡單，打掃一下網吧內的衛生，機器有些小故障的時候弄一弄，幫玩家們買買飲料，泡幾碗泡麵……

隻身漂泊在北國，剛開始的那段時間總是很艱難。頭一個月並沒有假期，每天都要上十二小時的班，然後用八個小時睡覺，最後剩下的四個小時則儘量擠出來寫作。

半個月換一次班。白班是早上八點到晚上八點。白班上網的人比較少，拖完地擦完桌椅之後一般都很閒，可以有很多時間用來看書。夜班是晚上八點到第二天早上八點。夜班期間，經理規定凌晨三點至六點可以上網。可以碰電腦的這段時間，我基本上用來寫作。六點以後便要打掃衛生了，一直要忙到下班。在這種環境下，我能用來讀書和寫作的時間其實很有限。

頭一個月，我總是很沉默，在陌生的環境裡，很難跟同事交流。但我並不孤獨，我知道我有很多事要做，我並不想將太多的時間用在同人閒聊上。

那段時間，也有一些朋友很關心我，打電話或是網上聊天的時候，會問我在北國做什麼工作。我半開玩笑地跟他們說：「我現在是網管，以後是作家。」

每天在網吧裡來回遊蕩，我漸漸地也瞭解那些顧客的大致情況。

他們中大部分人都在玩遊戲：夢幻西遊，卡丁車，穿越火線，魔獸世界，龍之谷，仙途，天龍八部，創世，極品飛車……除了大部分單槍匹馬地跑到網吧裡來玩的，有些還兩夫妻一起玩（我在網吧裡已經看到好幾對了），也有組團作戰的。在人造的多維空間裡，他們不遺餘力地敲擊鍵盤，縱情廝殺，快意恩仇，死過去又活過來……

也有一些人在聊QQ，還有些在看電影，只有極少數人是為著那些嚴肅目的而來的。

上網是一件很容易讓人疲勞的事情，需要手、耳、眼協調合作，所以無論男女，他們總是很喜歡吸煙，把網吧弄得雲霧嫋嫋、滿地煙頭，餓了便要一碗泡麵或幾根香腸，渴了便要幾瓶飲料，無聊了也有一大堆零食在等著他們。北國的夜，無論空調開得再高，也還是會覺得冷，總沒有裹在被子裡那麼舒服。可我不明白為什麼還是有那麼多人，寧願選擇通宵達旦地守在冰冷的網吧裡乾耗著，也不願回被窩裡和愛人擁抱。

我曾經有過這樣的體會，年少時也經常出入於網吧。曾有一次，凌晨，當我從網吧中走出來，極度疲憊和空虛的我，看著眼前的世界，頓感格外陌生，那時竟萌生了自殺的念頭。

是什麼使我們墜入這樣的深淵？網路世界和迷亂的都市一樣，都是區別於自我本身的外向世界。越來越多的人沉溺於外向世界中，也就會有越來越多的人在現實中找不到歸宿感，也就會有越來越多的人忽略了要花多一點時間去關注自己。

越來越少的人會選擇安靜地看一本書了。他們寧願熬夜玩網遊，寧願和陌生人聊QQ，寧願去看一些或惡搞或離奇的視頻，寧願看一些不堪入目的圖片，也不願多花一點心思去反思自己的狀態。結果呢？也只有像當年的我一樣，在極度狂歡和疲勞之後，徒留一副空虛的軀殼。

很多時候，站在玻璃牆前，看著路邊光禿禿的樹和牆裡沉浸在虛擬世界的人們，我總會產生一些感想：上帝已經不要我們了，作家們很快就要被社會、被大眾給拋棄了。一個嚴肅的作家更是會在人潮中隱沒。這個時代或衰弱或逆轉，總會有它自己的方式，我們沒辦法中流砥柱，我們挽留不了這個即將消逝的時代。人們願意選擇怎樣的生活，我們干涉不了，更引導不了。那我們為什麼還要堅持去寫？還要堅持去思考？堅持去記錄？我們為什麼還要替古人擔憂？我們又該怎麼在這驚濤駭浪中堅守自己？

我記得我當時是帶著一連串的疑問北上的，可橫在我面前的問題不但沒有得到解答，反而滋生出了更多的問題。我想起出發前四姐跟我說，不要去深圳，不要迷失了自己。她對我有這樣的忠告，是因為她曾經歷過那些苦難和煎熬，於是涅槃出了超脫的智慧。可是，我有嗎？我能像她那樣嗎？

有一天，我在上班，大概下午一點半的時候，看到一個六十多歲的老人，左手提著一個旅行包，右手挎著一個麻袋，一瘸一拐地在過道上走來走去，東張西望，似乎在找人。他來回走了好幾圈，其他網管都視而不見，沒辦法，我只好走上前詢問。靠近他的時候，我聞到他身上散發出的淡淡的酒精味和藥味，看到他眼角有塊疤，已經結了痂了，仔細一瞧，他肩上挎著的原來是一個熱水壺，還有一條毛巾和幾件換洗的衣服。

他說他是來找人的。

他說他要找的那個人之前把他打傷了，他就住院了，現在醫藥費不夠，他就被醫院給趕出來了。

他說那個人是黑道上混的，之前他不知道，給那個人當了幾個月的保安，誰想到不給錢。於是他就上前討工資，誰想到就這麼被打了。

他說那個人每天中午十二點起就會去網吧上網，大概兩點的時候回去。於是他就在這附近一個網吧一個網吧地找。

他說他以前是軍人，在東北守過邊疆，退役後便回老家種田了。

他的地方口音很重，說的很多話我都聽不懂，我只能看著他的眼睛，連聽帶猜才知道他到底想說什麼。他問我有沒有水喝，他說他已經一天沒喝水了。考慮到天寒，又在外面走了那麼久，我去吧檯給他買了杯奶茶泡給他，讓他坐在吧檯旁的沙發上慢慢喝。

握著那杯奶茶的時候，可能是因為冷熱交加，他的手在微微發抖。他喝了口熱奶茶，掏出煙袋，卷了根煙，給自己點上。我看到他的臉被外面的冷風吹得很紅，還有那些像被刀刻過的皺紋，溝壑清晰。看著那些皺紋，我突然想到了遠在家鄉的爺爺，我的爺爺和眼前這個老人一樣，都有著滿臉的皺紋，都飽經生活的滄桑……

家鄉的爺爺現在大概也在卷著煙絲吧？跟他說了很多遍，他總是戒不了。我爺爺或許比眼前的這位老人要幸運，因為他不用跑到這天寒地凍的北國來謀生活，不用在風燭殘年之時還被人打，不用逢人便訴說自己的不幸以尋求公道……

我看著眼前的這位老人，看著他在我面前喋喋不休，我的咽喉梗塞，終於說不出話來，眼睛漸漸濕潤。我努力擠出一句話：「你等我一下。」

我去經理辦公室，跟經理說：「經理，我能不能先預領幾百塊錢工資啊？」

他說：「可以啊！可是我現在正忙，等一下你再過來吧。」

出於自己的懦弱，我沒有再說什麼，退出了辦公室。

出了辦公室，同事指著那位老人問我：「那是你親戚？」

我說：「不是啊！我不認識他。」

同事沒好氣地說：「不認識？那你還對他那麼好？跟他說，網吧不讓閒雜人等逗留的。」

我說：「我知道了。」

我走到老人面前，問道：「那個人要給你多少醫藥費啊？」

老人說：「上次給了六百，還差四百多。」

「那他應該給你多少工資啊？」

老人說：「一千二。」

我記得好多來網吧上網的人，他們的會員卡裡面都有好幾千塊錢。他們寧願把錢砸到網吧裡，也不願給一個老人開工資付醫藥費。

我跟他說：「我不能讓你在這裡待太久的，這樣吧，你先等到外面等一下我。」

他沒有立刻就起身要走的意思，而是從他包裡掏出一大把的花生遞給我，說這是他從老家帶過來的，他說自己種的花生特別大。

我看著老人那雙粗糙的手，不知該如何是好。我老家也種花生，爺爺奶奶把收穫的花生洗乾淨曬乾之後，弄去大部分用來榨油的同時，總會留下一些用來吃，可我總是很少吃——我很少有吃零食的習慣。雖然我知道花生的生命力很強，大江南北都能種，但我莫名地對老人手上捧著的那些花生萌生出強烈的親切感——這是類似於我家鄉的氣息。

他就那樣捧給我，可不知道為什麼，我還是不敢伸手去接，不知道這算不算是一種軟弱……

我把老人領到門口，就回去做事了。過了十幾分鐘，當我再看門口的時候，發現他已經走了。我悵然若失，心裡不停地埋怨著經理的不通人情，又懊惱於自己的軟弱。如果我再上前一步就好了，我就可以把那幾百塊錢給他。

賈樟柯說：「當一個社會匆匆忙忙往前趕路的時候，不能因為要往前走，就忽視那個被你撞倒的人。」我們總是會忘了我們撞倒了多少人，我們經常都沒拿正眼瞧過他們。他們從貧瘠的農村中走來，和我一樣走進這座城市，卻發現有很多地方都是他們的禁區：他們不能進會場，不能進商城，不能進商業大廈，不能進星級旅館，不能進博物館，不能進賽馬場，不能進高爾夫球場，不能進娛樂場……他們已經有那麼多的地方不能進了，卻還要被我這個小小的網吧網管給擋在門外！

我為什麼會這樣？我跟他有什麼不同？

半個小時後，那位老人又回來了，被經理攔在了門外。我跑過去，跟經理說我認識這個人。他說他是來告訴我他要回去了。

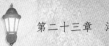

他說給我添了這麼多麻煩很不好意思。

我問他有沒有找到那個人。

他說還沒有，又問我是哪裡人。我說我是江西人。

他說：「江西好啊！是毛主席發家的地方，有很多革命根據地呢。」

他又問我姓什麼，我說我姓張。

他又說他是山東人，我想起我的祖輩在很久以前也是從山東南遷的。他說這幾天兒子一直叫他回去，我又想起我父親一直打電話給我，要我在外面好好照顧自己。

我把老人送到街上，臨走時，我跟他說：「如果找到了那個人，拿到了醫藥費，就趕緊回家去吧。北方太冷了，不適合您。」

他一邊走，還一邊跟我說他之前還在其他幾家公司當過保安，也還沒拿到工資，他要把那些工資都要回來才能回去。

沒想到這個老人活了大半輩子，卻比我還天真，竟真的相信會有那麼多天道公理。他轉身走時還在用山東口音喋喋不休，可那些話都被冷風吹走了，我聽不懂。

他走後，整整一個下午，我的心情都很沉重，我在一片迷亂的情緒中熬到了下班……

為了擺脫這些情緒，下班的時候，我一個人跑到過街天橋，站在高空中，俯視著那些穿梭於高聳的大廈之間的車輛和人群……

從這樣一個角度看去，那些大廈和樓房就像一個個樹樁，公路就像纏繞著它們的蛇，蜿蜒著伸向遠處……在這樣的高空下，被俯視著的人群，其實早已不再具備個體的意義。他們每一個人都一樣，為生活忙碌奔波，來回於一個個「樹樁」之間。人類改造了這個世界，在荒野或樹叢中建起了一個個部落，而後又建立起了一個個村莊，而後又由村莊改建成了一個個城市！然後人們又像最初穿梭於叢林中那樣，穿梭於一個個城市之間，然後一個個城市又開始膨脹……

我不禁在想，什麼才叫城市，無非就是一個人堆人的世界——只是中間多了一層鋼筋水泥做的隔板罷了！文明！文明一直在發展，卻使我們心甘情願被堆在一個狹小的空間裡。如果文明的發展不能使我們生活得更從容，那我們為什麼又要苦心推著它往前走呢？

浮生！浮生一代代在繁衍，卻不得不視之如草芥！

我又想起了那個老人，他明知道這個城市可能堆不下他，他為什麼還要堅持走進來呢？我又想起了我自己，我明知道這個時代已經不再需要更多的作家了，為什麼還要擠進來呢？

幾年以後，我終於有機會和朋友去了一次齊魯之地、孔孟之鄉——山東。吉普車沿著高速路和國道，晃晃悠悠地走過臨沂、棗莊、濟寧、菏澤、聊城。

來到這裡之前，我只知道山東是個很有故事的地方，是一個歷史淵源久遠的存在。周武王封姜太公於齊，封周公於魯。及至後來的孔子「刪詩書，定禮樂，修春秋，序易傳」，保留了大部分周朝的禮制和文化，山東也便成了後來儒家學說的發源地。

除了孔子、孟子和他們創立的儒教，得益於施耐庵的才華和現代影視工業的發展，給大眾印象最深的，恐怕莫過於《水滸傳》和水泊梁山了。北宋時那場轟轟烈烈的農民起義，就是在今天的濟寧市梁山縣發起的。當時的規模到底有多大，經過怎樣的發展，我並未太深入地考察過。只是在看到這片土地的時候，我才會想到施耐庵賦予了《水滸傳》和那一百零八條好漢們太多的情懷。他書寫的「替天行道」「除暴安良」，才是真正站在農民的立場發出的聲音！這些聲音，遠比孔子的下跪請命和孟子的殿堂雄辯親切得多，真實得多。天下無道，有壓迫有殘暴，才會有反抗，而不是忍氣吞聲、苦心經營那些尊卑有序的禮制。只是深受儒家說教的影響，背負著叛上作亂的道德枷鎖，一心想著要登堂入室的宋江，卻葬送了那個美夢！大概也只有在那個動亂的時代，只有在這片蒼勁的土地上，才能誕生那樣盪氣迴腸的農民運動吧。這是時代醞釀出來的奇葩，也受於時代的侷限而淒婉地凋零！

於是我又想到了明末清初的蒲松齡，出生於山東淄博，是位文筆尖銳、才華橫溢卻被科舉制度毒害的窮困潦倒的知識份子。對於當時的讀書人來說，擠破門檻想要走仕途的恐怕也不在少數，蒲松齡的生活處境也只是那個時代下知識份子群體的一個社會縮影，就跟現在很多人拼了半條命也要考大學、考公務員一樣。他「寫鬼寫妖高人一等，刺貪刺虐入骨三分」，如此通透圓融的智慧，敢於直面生活和社會的真相，卻無奈跨不過自己那道坎，連畫個像都套一身本不屬於他自己的官服！到了那個時代，哪怕再怎麼困窘，這群「國之棟樑」也沒想過反抗！被聖賢之書誅了心的人，最是可憐！

吉普車開得太快，大概是因為行路匆忙，我對於幾千年前一脈相承遺留下來的周朝禮制和文化倒是沒有太深切的體會，也沒有看到蒲松齡筆下那些惟妙惟肖的狐妖鬼怪，看到的卻是觸手可及的貧窮，光禿的石山，龜裂的土地，簡陋的房舍，塵土飛揚的公路，暴露在外的高粱垛……沿途經過的大部分是平原，因為是深秋，路邊的楊樹林基本上都是光禿禿的，經常可以看到樹杈上孤零零地立著一個偌大的烏鴉窩。「枯藤老樹昏鴉」就這樣從書中走向了現實，只是缺了「小橋流水人家」。

看一些歷史書，裡面都會記載到山東經常鬧旱災。生在南方的我，總是感覺不到乾旱的具體意義。現在路邊看到的那些龜裂的土地，便是對那些記載最好的佐證了。除了旱災，便是洪災了，黃河地處中原，水流可能並不大，只是因為它河床高，又夾著那麼多的黃土淤泥，才變得很難對付。有災害，便往往會釀出人禍。於是在一些影視劇裡面，總能看到一些官逼民反的場面。貪官中飽私囊，魚肉百姓，災民餓殍遍野，流離失所，白髮老人便只有駝著背、拿著破碗、領著小孩，四處討飯……這些貧窮，這些生之艱難，總是讓人觸目驚心。

是啊！這裡是中原，比不得山清水秀的江南，就連貧窮也是赤裸裸的，就像那一座座突兀的石山，只零星地點綴著些蒼勁的松樹。我久居江南，自然體驗過南方的貧窮。南方的貧窮是隱晦的，在那密密匝匝的大樹下，在那鬱鬱蔥蔥的竹林下，隱藏著一群閒適的農民。因為有著這層天然的覆蓋和保護，遠離了肆虐的疾風勁雨，這份貧窮也就多了一份詩意的隱逸的美感。

以前也曾聽說過山東是一個經濟大省，它的經濟總量甚至有望超過三十多年來一躍而起的廣東省，卻沒想到也遍佈著這一大片的貧瘠。山東省尚且如此，不知道其他地區又會怎樣？

看到這些貧窮，我又想到了很多人。從那些過往的歷史來看，人們最熱衷於討論的，恐怕也不外乎唐朝，那一個龐大的帝國，雍容華貴，氣象萬千，充滿著富貴之氣。盛唐之景早已隨著安史之亂而歸於平靜了，而人們還停留在憧憬和懷念中。我又想到了《紅樓夢》，那麼多紅學家鑽進大觀園之後就沒再出來過，為什麼？我想大部分原因是裡面極盡奢靡地描繪了一個富二代的生活吧。那個用封建圍牆圈禁起來的烏托邦世界，成了眾多紅學家們夢中的天堂！（是不是到了年老就只有發夢的天賦了？）再看看現今的文學和影視……那些被稱之為藝術的東西，無非是郎才女貌再配上紙醉金迷，金碧輝煌的殿堂，一擲千金的氣魄，王子和灰姑娘的結局。原來，無論時代再怎麼變，人們追逐的無非還是富貴和虛榮。他們的眼中看到的是被燈光照亮的城市，是那束之高閣的虛假的盆景，誰會真正直面那片廣袤的貧窮的農村？誰會在意生活在農村的那些人有著怎樣的遭遇？

而我呢？我應該也是將要被遺棄的那種吧！我沒有能力寫富貴，也不屑於粉飾富貴，我扛不起那些「責任」，沒辦法滿足他們那些不切實際的意願，去幫他們構建那些色彩迷亂的夢。我只想發出屬於我自己的聲音，只想記錄自己看到的、聽到的以及想到的！我害怕取悅人，害怕在取悅人的過程中迷失自己！

吉普車開了很久，我和朋友都有點餓了。在路邊看到一個簡陋的飯店，於是我們迫不及待地停下來。在那個飯店停下來的一個很直接的原因，是我們看到一隻羊——它實際上已經被宰了。羊倒掛在木制的支架上，羊腿上還能看到一些沒被剝下來的皮和毛，羊的一些內臟卻被隨意地扔在路邊的地上，招來成群的蒼蠅。羊頭還在滴血，地上的那攤羊血早已凝結，開始顯出黑色。很難看，很腥臭，連野狗都對它們沒興趣，只圍著那只倒掛的死羊轉來轉去。

我們看了看那隻羊的軀殼，走進飯店，掀開門簾，老闆站在吧檯，滿腔的山東口音。

朋友問：「這裡有什麼比較特色的菜嗎？」

老闆指了指門外：「烤全羊啊！」

我們都沒有吃過所謂的烤全羊，為了嘗嘗鮮，就要了一份。接著，廚房後面出來一個穿著白大褂的廚子拿著把厚重的菜刀，端著一個臉盆往倒掛著的死羊走去。

等飯開鍋的那些時間很無聊，很難打發，我們便看著廚師怎麼剖羊。他的刀法很細膩，羊肉一片一片地被剖到臉盆上，只剩下那些帶有血的肋骨架。這套動作，他應該做了很多年，也許從他祖先那時起，就早已熟練地掌握了這些刀法——就像我們一出生就知道該怎麼吮吸乳汁一樣。貧窮代代相傳，建立在貧窮基礎上的生活和技能也代代相傳，於是一種蒼勁的文化便流傳到了現代。剖完後，他砍了幾根肋骨，扔給野狗。野狗搖著尾巴，玩命地啃著……

半盆烤全羊端上來的時候，因為客人少，也因為我們是外地人，老闆跟我們侃侃而談。談得盡興，我們讓老闆端個凳子一起吃，他也樂得高興，在吧檯開了瓶金六福，與我們共飲。

借著醉意，聽著他那滿口的山東話，我又想起了我在北方時遇到的那位老人。恍惚才意識到，這幾年間，我會跑到山東來，大概潛意識裡也是在尋找當年那位老人的背影吧。

很多時候，我都會想，他那麼老了，為什麼還要跑到北方去，難道也跟我一樣，只是為了尋找某個答案嗎？很多人都曾經和我一樣，以為在那裡能找到屬於自己的位置，卻忘了這樣一個事實：城市，無非就是一個人堆人的地方！堆著堆著，便把一些人拋向了九霄雲外，任其自生自滅。

可是那位老人應該和我不一樣啊！他當過兵，守過邊疆，經歷過那麼多，哪裡最適合他，他會不知道嗎？而對於我呢？他那個背影卻一直烙在我心裡。

確實，我不是耶穌，耶穌的工作我做不來——我拯救不了任何人。但如果那次，我真的把那些錢領出來，給了那老人了，又會怎樣？雖然改變不了他的命運，但他或許就能交上醫藥費，不去交醫藥費至少也可以買車票回家。如果我這樣做了，至少能讓他感受到陌生人給他的溫暖。更重要的是，我也就成全了我自己。

我由此想到了自己的寫作，想到自己顛沛流離的生活。也許這個世界並不是非你不可，也許這個時代真的不再需要我以及我的文字了，也許就連它也不能夠逆流挽舟。但我依然堅持寫，依然堅持用嚴肅的姿態去生活。這一次，不再是為了讓誰接受自己，不再是想讓喧鬧浮躁的世界寧靜下來，只是努力地成全我自己。

現在，如果有人還會問我的職業是什麼，我依然會毫不猶豫地告訴他：我是一個作家，而且還是一個職業作家。很多人都看不起一個職業作家，只是因為他們對這個詞的定義太狹隘！

我作為一個作家的使命便是記錄生命的過程。這些記錄下來的文字未必會有其他人看得到，但我堅持寫，便看得清我自己的歷史，看得清我來自哪裡，現在哪裡，將要去哪裡。

半盆烤羊肉就著金六福，快吃完的時候，我和朋友又要上路了。飯店老闆掀開簾子，走到門口送我們。在吉普車上，看著他站在門口熱情地朝我們揮手道別，我好像又看到了兩年前的那位老人。流血的羊頭依然倒掛著，就像古時候祭祀用的牲畜，隱喻著我尷尬的處境……

一頭羊犧牲了自己，填飽了我們的肚子；一大群羊犧牲了自己，又填飽了誰呢？我又會被誰吞下肚呢？還有那些和我有著相似遭遇的人，又將何去何從？還有和那位老人有著相似遭遇的人，又將何去何從？我們會在哪一站相逢？

第二十四章　遠遠在一起

素顏：

今天天氣開始轉涼了，不知道妳感覺到了沒有？

在家總難免有點無所事事！生活的空洞容易讓人感覺到寂寞。我沒有去打聽妳的消息，是不想破壞彼此心裡的平靜。有時想想自己的懦弱，確實很後悔。但是，我們都好像明白，這一切都過去了。有沒有什麼留在妳心中我不知道，但它一直在我的回憶裡。

有人說：「我們習慣於懷念過去，也許並不是因為我們有多麼捨不得，而是念念不忘過去那份純真的感覺！」

其實，我是很捨不得的，也正因為這份捨不得，才生出許多無奈！現在時間已經推移到很遠了，妳不在身邊時的那份失落感已經沒有了，我已經習慣了這樣的一種平靜，可是對妳的懷念卻還是會若隱若現！

很想見妳，有時卻不知道該怎樣面對妳。這種矛盾不同於妳不知道怎麼樣面對我！妳在妳的生活軌道上前行，那條路上沒有我！而我，卻始終把關於你的回憶帶在身上！

回家以後，看到很多以前的同學都成家了。這樣的一個資訊使我看到了自己成長的步伐！我們都要面對一些現實，這些責任是我們逃脫不了的！

成長和責任迫使我們要失去一些生命中寶貴的東西。我知道妳是冷靜的，所以妳選擇了冷靜地離開我！

而我，似乎還停留在那一個點上！

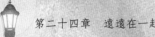

妳是一個好女人！因為妳，我知道了怎樣去看其他的女人，看她們身上的光芒和缺點。我終於明白：不是我不能離開妳，而是，再沒有比妳更好的了！

子墨

張子墨在火車站的候車室上看完這封自己寫於十年前的信的時候，已經是凌晨三點了。他抬起頭，感到一陣眩暈，隨即又恢復過來，於是習慣性地點了根煙，抽了起來……

這樣的深夜，候車室裡總是死氣沉沉的，掛在牆上的電視也只有圖像沒有聲音，商店的服務員也趴在櫃檯上睡著了。張子墨看著一張張陌生的面孔呆坐著不說一句話，十年前的點點滴滴又在眼前浮現，他的眼眶再次濕潤……

火車晚點，凌晨四點半才到。張子墨突然意識過來，自己的這次出走算不算是晚點呢？

檢票，上車，找座位，放行李，折騰了好長一段時間，張子墨才算可以鬆一口氣，他想，他應該睡一覺……

「請問，這個座位有人嗎？」

沉睡中的張子墨感覺有人拍他的肩，他抬起頭一看，是一個學生模樣的女孩，頭戴著鴨舌帽，背著一把碩大的吉他，拎著一個紅色背包，站在他面前。

張子墨看了看旁邊的座位，空落落的，剛上車的時候還有人的，怎麼就不見了？再看看窗外，太陽早就出來了，看來睡了有些時候了。

那個女孩又說話了：「拜託你！我從杭州站到這裡，都站了好幾個小時了。」

張子墨這才意識過來：「妳坐吧。」

女孩微笑著從張子墨身邊擠過，長髮的餘香轉進他的鼻孔，讓他產生一絲錯覺，那種香味，以前夢琪身上也有過。

「你看起來像剛睡醒的樣子，去車廂那頭洗把臉吧，這樣就清醒點。」女孩很熱心。

張子墨摘下眼鏡，從旅行包裡取出毛巾，便去洗臉了……

火車微微搖晃著，張子墨托著濕淋淋的毛巾，看到鏡子中自己的臉在不停地晃動著，有一種不真實感。

洗完臉回來，張子墨發現那個女孩竟然拿出吉他在自彈自唱，車廂裡的遊客都聚精會神地圍著她。巧合的是，張子墨竟然聽過這首歌，那是老狼的「流浪歌手的情人」，以前素顏也經常聽這首歌來著。

不知道是不是這首歌的原因，剎那間，張子墨覺得眼前的這個女孩很有親切感。他端詳著這個女孩唱歌的神情，她是那樣陶醉，沉浸在自己營造的氛圍中，忘了周圍還有無數雙驚羨的眼睛在注視著她。張子墨突然覺得，眼前的這個女孩，應該是在很久以前就認識的，只是不知道為什麼，有關她的記憶，竟是一點都想不起來了……

一曲終了，車廂裡掌聲雷鳴，她低下頭，害羞地笑了笑，鴨舌帽遮住了她緋紅的臉。

「妳是學生吧？」張子墨開始不自覺地想要瞭解有關她的一些細節，但又不知道怎麼拉開話匣子，畢竟自己離那個年紀有一段長度了。

「嗯。」

「『流浪歌手的情人』，沒想到老狼的歌一個女孩子唱起來也這麼有味道。」

「過獎了，我以前的男朋友教我的，他說學吉他的話，用這首歌入門會比較容易些。你也很喜歡這首歌？」

「不是，是我以前一個朋友很喜歡。」

「女朋友？」

張子墨看著窗外，陽光斜照在臉上，遠處的山在緩緩移動：「不知道還算不算……介不介意我問一下，妳叫什麼名字啊？」

「紫若涵。你呢？」

「我？我叫張子墨，以前是一個內科醫生。你從杭州上來的？」

紫若涵摘下鴨舌帽：「嗯，和一個高中同學到那邊散心。」

「遇到不順心的事？」

「算是吧。」

「那……現在好點沒？」

「不知道……也不知道要到什麼時候才算真正地好了。」

這時候，張子墨也不知該說什麼好，只好象徵性地回了一句：「年輕的時候，都差不多的，總難免有些感情糾葛。」

紫若涵從包裡拿出一本書，那是蘇童的《肉聯廠的春天》。

在車上消磨時間太煎熬，張子墨必須找個人來擺脫寂寞。「妳看蘇童的書？」

「在杭州的時候買的。」

「我以前也看過他的幾部，記得好像是《離婚指南》和《妻妾成群》。」

「哦，後來張藝謀不是把他的《妻妾成群》改編成電影了嗎？」

「《大紅燈籠高高掛》！」張子墨搶先回答。

「對！」紫若涵眼裡閃著光芒。

「真沒想到，妳年紀輕輕的，那麼久遠的東西都知道！現在恐怕沒有多少年輕人喜歡這類電影了吧。」

「每個時代都有它自己的文化取向，沒準那些死了幾千年的古人也要求我們像他們那樣生活呢。什麼恪守婦道安心守寡啦，三綱五常啦，文死諫、武死戰啦，甘心做奴才啦，你說我們幹嗎？」

「那倒也是。」

後來他們由蘇童聊到莫言、高行健，又由高行健聊到川端康成、三島由紀夫、泰戈爾，又由泰戈爾聊到徐志摩、顧城、北島，又由北島聊到海明威、巴爾扎克、馬塞爾・普魯斯特、詹姆斯・喬伊絲、卡夫卡、瑪格麗特・杜拉斯，又由瑪格麗特・杜拉斯聊到《廣島之戀》……

後來，又由《廣島之戀》聊到電影，由《羅馬假日》到《戲夢巴黎》、《午夜巴賽隆納》，由《暖》到《甜蜜蜜》，由《阿甘正傳》到《扶桑花女孩》、《立春》、《岡拉美朵》，由《英雄本色》到《臥虎藏龍》，再由《臥虎藏龍》到《斷背山》，由《斷背山》到《春光乍泄》……

轉了一大圈，終於，從《春光乍泄》那裡，紫若涵找到了通向她內心無限疑惑的入口。她問張子墨：「你怎麼看同性戀的問題？」

張子墨想了好久「其實……這個問題離我挺遠的。一來我不是同性戀，還有就是……我身邊也沒發現有這樣的人，而且我工作的領域也和他們沒多大關係。」

「我只是想聽聽你的看法……如果，我是說如果啊，如果你身邊有一個人正好是同性戀，你會怎麼看他？」

「嗯……其實我也不知道，以前覺得那種關係很髒，但是看了《春光乍泄》之後，我發現其實同性戀之間的生活和我們也沒有太多的不同啊。你看何寶榮和黎耀輝之間，壓根就像一對正常的男女情侶嘛。他們經常也會鬧彆扭，也會吵架，也有分分合合，也很細膩很溫馨的。只是，因為這種邊緣化的身份，他們比一般人要孤獨，那種飄零感比我們這些異性戀要強烈得多。因為到現在為止，社會上普遍還是不太認可他們的。」

「沒辦法啊。不過，如果社會認可他們了，不對他們歧視了，也許就會不同了。」

「其實，同性戀在中國自古就有啊，古人取了個很風雅的名字，叫「男風」！不過他們很多都是以捧戲子為幌子，古人稱之為伶人。這種遊戲，大多只有富貴閒人才玩得起！我記得《聊齋志異》裡就講了一個混帳官員捧了一個年輕的男戲子，到後來發現，竟是自己的私生子，真是噁心死了！對了，《紅樓夢》裡賈寶玉也喜歡上了兩個戲子，秦鐘和蔣玉菡，恰好這兩個戲子北靜王也喜歡。就因為這個，賈寶玉才被他父親打了一頓。」

「賈寶玉對他們的迷戀，只是短暫的，有點像富二代因為無聊而跑出去嚐嚐鮮的感覺，他想的更多的還是天上掉下來的那個林妹妹吧。不過我感覺，那類題材的電影反映的都是精神層面更多一些，像《斷背山》，拍的那麼唯美，簡直就是一段愛情絕唱，只是主角換成了兩個男人罷了。還有《霸王別姬》，那種關係純粹是柏拉圖式的。」

「藝術作品嘛，自然要有高雅一些的情調，這也是為了告訴觀眾，不要歧視他們，他們的關係有時候比我們更乾淨，至少他們很堅定，也沒有那層銅臭味。有很多同性情侶確實也是這樣的，他們選擇在一起生活也不在乎對方有沒有豪宅，有沒有存款和名車，他們想要的就只是眼前的這個人。只是，我們的社會不太寬容，總愛以自己的好惡決定別人的審美，以至於排斥異類。」

「要接受一個與我們不太相同的人真的就那麼難嗎？」

「這個……我也說不上來。我覺得……這關鍵得看我們的意識中是先有愛還是先有性別。如果是先有愛，那麼這份愛就可以超越性別的侷限。如果先有性別，那麼你的愛情也就只能在異性之間產生，更忍受不了別人有超越性別的行為和趨向。社會生活最大的難處就是無法完全地統一，我們既不能強迫那些把愛看成第一性的人去服從嚴格的性別約束，也不能強迫那些把性別看成第一性的人去接受愛情至上的觀點；而放任自流又會導致兩種人群的疏離和誤解，甚至於激化矛盾！這樣的問題，是不能交給道德法庭審判的，只能交給時間，希望日後時代的進步會找到一個合適的模式去處理這些問題吧。」

紫若涵：「你這種說法，是不是可以解釋為什麼現在中國還沒有在法律上肯定同性戀婚姻？」

「也不能完全這麼說吧。其實我個人是希望國家快點走向這一步的。因為我覺得，法律有一部分的精神應該是維護自由——給予各種人以合適的充足的生存空間。可是，給予這些空間的同時，也有人會誤解為是一種宣導。就拿同性戀婚姻合法化來說，如果我們國家開了禁，就會有很多衛道士會誤解為國家是在提倡這種生活方式，他們就又會悲天蹌地，大呼人心不古、世風日下啊什麼的。所以，妳看，中國那麼古老、那麼複雜，要做一些進步的、創新的改革是步履維艱的，好多利益衝突交織在一起，它的阻力實在太大了。我個人覺得，如果同性戀婚姻合法化，也只能說明國家允許這樣的婚姻存在，並不代表就一定是提倡啊！就像《婚姻法》裡面也有一部分內容是有關離婚的，難道就是提倡公民結婚後趕緊離婚？這不扯淡嗎！」

紫若涵：「國家這些大政方針我不懂的，不過我想起來了，好像有個叫林奕華的編劇，他就是同性戀。有一次訪談中，見他談到這個問題，好坦然的樣子，真佩服他！」

張子墨：「如果能坦然地面對自己，悅納自己，哪還有什麼阻力讓你不敢面對大眾啊？很多心結都是我們自己打上去的。對了，以前拍《阮玲玉》和《紅玫瑰與白玫瑰》的那個導演，關錦鵬，好像也是同性戀呢。」

張子墨自己也驚了，什麼時候自己開始這麼八卦的？突然之間，他發現自己好像在這短短幾個小時內說的話，比過去十年說的還多。他的話突然像開了閘的洪水猛獸，一瀉千里，縱橫馳騁……

「對了，你怎麼突然對同性戀的話題這麼感興趣啊？」

紫若涵停了停，看了看車廂上陌生而盲目的眼神：「沒什麼啊，只是想更多地瞭解一下他們的世界。」

很快，火車就到終點站了。出了車廂，看著擁擠的旅客托著行李四處奔走，張子墨再次迷失在人群中……

第二十五章 Wind of change

素顏：

在寫這封信給妳的同時，我在聽蠍子樂隊的一首歌。很難確定為什麼，我聽到這首歌的時候，腦海裡總是會浮現有關於妳的一切。

第一次聽到這首歌的時候，很激動！我知道妳很喜歡蠍子樂隊。所以有時候，在我的意識中，蠍子樂隊的這首歌，就是妳的一種象徵。

我知道，我瞭解的只是妳的一面，並不是全部（我也不可能完全地瞭解妳）！所以也只能從這些很微小的東西裡去感受妳的氣息。

今天想和妳談的是關於因和果的問題。

佛教有句話說：「佛祖只關注當下的因和果。」我覺得這句話說得很好。

我一直是一個活在過去的人。對童年的懷念，對妳的戀戀不捨。不敢釋放回憶的人總是要背負很多東西的。所以不瞞妳說，我一直以來都活得比較累。而這裡面的累，有很多原因都是我自找的。有人會高興，說認識到了自身問題的存在就好了，那樣就可以「自救」了！其實，遠遠沒有那麼簡單。我們認識到了，卻未必能勇敢地克服它。

對於過去，我無法完全釋放。對於未來，我也沒有太多樂觀的想法。因為現實的原因，我不能幻想。

現在，像我這樣心態的人，其實最單純的願望是能有一份快樂。小的時候，期盼自己快點長大，幻想著做一些大人可以做的事情。現在長大了，單純的心境早已不再了，反而希望回到最初的那段時光。我曾經很看重朋友，因為各自所背負的責任不同，現在身邊的人也一個個漸漸離開。我曾經很相信愛情，直到看到那個脆弱的泡沫破裂的時候，我才發現，再單純的夢想，都抵不過現實的力量。

佛祖只關注當下的因和果。

所以，我也渴望擁有當下的快樂，不必執著於過往和將來。但更多的時候，很多事情只是想想罷了，這種快樂只是短暫地存在，而自身的痛苦則是長久相伴的。

希望妳過得比我好。「祝福」這個詞和「理想」一樣，原本就是空洞的、無意義的。但懷著單純願望的人，總會比喪失希望的人會好些吧？所以我一直希望妳能快樂，希望妳能伴著這長久的快樂，走妳想走的路！

子墨

這時的張子墨在火車站旁的一家肯德基店，他點了幾個雞塊和一份玉米沙拉，就安靜地在坐在角落裡看信。喧鬧而狹小的空間裡，彷彿縈繞著素顏當年的笑聲。夕陽從窗外斜照進來，他沒有察覺。

紫若涵推門進來，一眼就認出了角落裡的張子墨：「嘿！沒想到又在這裡遇到你。」

張子墨趕緊把信折好，笑了笑：「我進來吃點東西，等下一趟火車。妳的吉他呢？怎麼沒見妳背過來？」

「哦……我把它郵寄回家了，我去弄點吃的。」

紫若涵到櫃檯前點了份果汁和香辣雞塊。可是當她拿出信用卡想要刷卡的時候，服務員跟她說，這裡只收現金。紫若涵有點無奈，在口袋裡摸索著，卻發現錢不夠……

這時，張子墨走過來，幫她付了賬，又轉身坐到角落裡。紫若涵很尷尬地笑了笑，向他表示謝意。

幾分鐘之後，紫若涵端著果汁和雞塊坐到張子墨對面。「你剛才在看什麼呢？」

「信，十年前寫的。」

「你這人真奇怪，十年前的信，到現在還看。那個人對你來說，很重要吧？」

「這些是我自己寫的。」

「哦。介意給我看一下嗎？」紫若涵意識到自己可能失了分寸，「算了，還是不要了。」

張子墨猶豫了一下，還是給了她。

紫若涵看信的時候很安靜，看完信後，她沉默了很久。張子墨看著她的臉良久，始終沒有從她多變的表情裡讀出答案，於是他又習慣性地點了根煙。可是，紫若涵聞到那股煙味，臉上頓時流露出很複雜的表情，張子墨只好很不情願地熄滅了它。

「這真的是你十年前寫的？」

「是啊！為什麼要騙妳啊？」

「可能是時代不同吧，沒想到那時的你就已經那麼成熟了。我們這個時代的人如果在你當時那個歲數，恐怕還在和家長鬧脾氣呢。」

「沒辦法，90後這一代，有很多都是過著錦衣玉食的生活，沒吃過什麼苦，也就只好折磨一下父母——讓父母吃苦了。」

紫若涵表現出很動情的樣子，問道：「你真的那麼愛她嗎？我是說你信裡的素顏……你真的會把所有的想法都和她分享嗎？」

「以前是的……」

「現在呢？現在有什麼不一樣嗎？」

「她走了，走了很多年了。這些年我以為我可以走過來，沒想到……」

「所以你就決定出去找她？」

張子墨點點頭。

「知道她住哪兒嗎？或者現在還有什麼朋友？」

「不知道了。這些年來，我都生活在一個陌生的城市，也很少和以前的那些朋友有聯繫。」

「那你怎麼找？就憑著這些發黃的信？」

「試試吧。也許根本就找不到也說不定。哪怕找到了，也不知道該怎麼面對她了，畢竟都這麼多年了。」

紫若涵把信遞回給張子墨。「你信裡提到蠍子樂隊，我以前的男朋友也很喜歡的。他常說那是一個很純粹的樂隊。趁時間還早，我們去找一下那個樂隊的唱片吧？」

「不要了，現在哪兒還能找到啊？大部分人都習慣了在網上下載，好多唱片商店都關門大吉了。而且蠍子樂隊所屬的年代那麼久遠，就算還有人賣唱片，也不一定輪得到他們。」

「你不試一下怎麼知道？走吧！」

張子墨還沒反應過來，就被紫若涵拉出了肯德基，他驚呆了，看著和自己相連接的紫若涵的手，突然很感動，他之前從來沒和一個陌生人有過這麼近的距離。是的，他的確曾和夢琪同床共枕過，赤裸裸地擁抱、纏綿，甚至相互舔舐對方的寂寞。可是，紫若涵手中傳遞給張子墨的溫暖，夢琪從來沒有給過。原來那四年只是一段可有可無的空白。

張子墨沒有拒絕。從傍晚到深夜，太陽下山了月亮便偷偷溜出來，街上穿行的車輛從越來越多到越來越少，霓虹散佈在大街小巷，開了又關，曾經浮躁而喧鬧的城市最終又歸於寂寞和寧靜……

走了一夜的路，從一個商城轉悠到另一個商城，從一條街遊蕩到另一條街，紫若涵的筋骨都快散架了，而張子墨一直揹著行李跟在她後面。終於，紫若涵意識到自己是真的累得走不動了，於是他們在一間旅館裡住下。

放下行李，滿頭大汗的張子墨笑著說：「其實，妳可以直接一點的，直接跟我說妳想我陪妳逛街豈不是更好？非要尋什麼藉口說是要去找蠍子樂隊的唱片！」

紫若涵癱坐在床上，脫了高跟鞋，使勁地揉自己酸痛的小腿。「什麼嘛！好心當做驢肝肺，人家確實是想幫你找的嘛。」

「可是……走了那麼多的商城，我發現妳只是看看衣服、電器、化妝品、首飾什麼的，哪有一點像是在找唱片的樣子啊？再說了，像那種唱片，去那種商城能找到嗎？」

「我……我只是順便去看看衣服和化妝品嘛！再說了，你明知道那種大商場裡不可能有得賣，為什麼當時不提醒我啊？」

「我……」張子墨開不了口告訴她，自己是心甘情願地這麼做。

「我先去洗個澡。」

張子墨看著紫若涵抱著衣服走進浴室時的背影，心裡一陣恍惚。離開夢琪，背上行李出發之前，他從沒想過會有一個女人用這種方式闖進自己的世界。是啊！人不勇敢地往外走，永遠都不可能知道將會有怎樣新奇的經歷在等著自己。雖然和紫若涵的遇見在常人眼中算不得新奇，可是，她這扇門才剛打開，裡面的世界還未可知，誰能過早地下這個結論呢？

沒過多久，紫若涵換了一件單薄的襯衫從浴室出來，由於沒戴胸罩，高聳的乳房和凸起的乳頭貼在襯衫上，散發出獨特的女性氣息。

「怎麼又是一屋子的煙味啊？你的煙癮真有那麼大嗎？」

「沒辦法，抽了好些年了，早就習慣了。習慣這種東西最難戒了。」

「誰說戒不掉啊！我教你一個方法，很快就戒掉了。我以前就是這麼教我男朋友戒煙的：當你想抽煙的時候，你就往自己嘴裡含一根棒棒糖，這樣過了一段時間，你聞到別人吸煙，就會特反感，然後呢，自己也就不吸了。」

「拜託，小妹妹。我都快30歲的人了，還整天含著一根棒棒糖，還不被人笑話死！」

「笑是笑不死人的，但是煙可以把人熏死。算了，累了一天了，你也去洗洗吧，晚上睡覺舒服些。」

張子墨從行李包中拿出換洗的衣服，在進入浴室前，他回過頭問紫若涵：「是不是你們女人都這樣啊？」

「啊？什麼？」

「算了，當我沒問過。」

張子墨洗完澡從浴室出來，他以為紫若涵早就睡了，沒想到她半躺著在床上看那本《肉聯廠的春天》。

「又是《肉聯廠的春天》！」

紫若涵合上書，看著眼前的這個男人，突然覺得他有點像書中的那個徐克祥，只是少了那件中山裝罷了。「其實這本書我已經看了三遍了。」

「一部小說也能讓妳琢磨三遍，挺不容易的。」

「我以前的男朋友很喜歡這本書，他說從書中金橋這個角色看到了他自己的影子。其實，直到分手，我還是不太瞭解他。可惜現在已經沒機會了，所以……只好通過這本書，從一個側面看看他——就像你反覆聽著蠍子樂隊的那首〈Wind of change〉一樣。」

「呵呵，那妳讀出什麼來了沒？」

「書裡講金橋的夢想是做個正直的叱吒風雲的外交家，可最終他被分配到了一個肉聯廠，所以他一直想用正當的手段擺脫肉聯廠的工作。他是個愛乾淨的人，討厭面對那些既油膩又骯髒噁心的豬肉，那個環境讓他透不過氣來。他三番兩次地去找廠長徐克祥，都沒有得到批准——因為在那個時代是有編制的。最終，徐克祥理解了他，批准了他的辭職，兩人卻在臨走時不幸凍死在了冷藏庫——直到死，金橋也沒有走出那個肉聯廠。他那滿腹經綸、幽默睿智、舌戰群儒的外交才華到死也沒有派上用場。」

張子墨沉思了一會兒，說：「其實，每個人都有擺脫現實的欲望，我們總是因為那些夢想而不滿於現狀，而真正能走出去的，也只有少數的一些人，這就是社會的殘酷。適者生存，可是生存下來的卻未必是最好的。」

「不，我前男友不一樣。不知道我有沒有告訴過你，他叫肖智企，是個沒出櫃的同性戀。」

「同性戀？同性戀怎麼會和妳談戀愛？」

「我是直到分手前才知道他是的，他可能只是把我當炮灰吧。我以前一直不知道他的世界是怎樣的，看完《肉聯廠的春天》時，才感覺到他擺脫現實的欲望是那麼強烈。」

張子墨在地板上鋪好床單：「怪不得在火車上談起同性戀的時候，妳會興趣高漲，我起初還以為妳是呢。」

「其實，智企的世界一直很艱難，比書中的金橋還要難。東方人的思想大多很保守，這個社會容不下他這樣的人，他自己一時也接受不了這樣的自己，可他又不知道該逃到哪裡去。智企也是個有才華的人，他的才華不同於小說中的金橋，金橋只有兩下嘴皮子功夫，智企在音樂上的天賦是無與倫比的。」

張子墨躺在臨時鋪好的床上，摘下眼鏡：「那是因為妳偏愛他，才會這麼覺得的。」

紫若涵看了看躺在床邊的張子墨，這個世界就是這樣，用局外人的身份看問題的時候，總是這樣冷峻。「就算是吧。剛開始的時候，我怎麼也接受不了那個事實，一想到兩個男人赤裸裸地躺在一張床上，就覺得噁心。剛分手那段時間我很難過，朋友提議出去走走，於是我就和他們去了趟杭州。我以為只要一味地遠走，就可以把有關肖智企的一切都拋在腦後……」

「於是，就在回來的路上遇見了我？」

「這是個偶然。」

「嗯，是偶然。建立在必然基礎上的偶然——即使不遇見我，你也會遇到別人的。」

「這本小說最後描寫了肉聯廠外春天的情景，那一片鳥語花香，不知道現在的肖智企看到了沒有？」

「妳可以自己去問問他啊！」

「不要了，他應該有他自己的世界的。我只希望他以後能快樂起來。有一次他跟我說，他終於找到了現實中能理解他處境的徐克祥，我以為他說的是我，那時候我興奮得要死。後來……沒想到是王昊——就是他的那個情人。不過後來我挺同情王昊的，既要做愛人，又要做知己，總是很累的吧？」

「先做愛人再做知己確實很難，因為愛是自私的，人總是難以克服嫉妒。愛著你的時候，因為考慮到對方的嫉妒和獨佔欲望，他也就無法對你完全地坦誠，畢竟斯巴達的時代已經過去了。我們中的大多數人是先做知己再做愛人，先瞭解和同情一個人，再漸漸愛上那個坦誠的對方，那樣的關係或許會長久一些。」

「也許，我跟他只能做知己，沒法做愛人。」

「這就是人和人之間的侷限，就像你必須面對肖智企是個同性戀的事實一樣——他是同性戀，就沒辦法愛上你。」

「也就只能這樣了……」

那一夜，他們聊著聊著，不知不覺就睡著了。早上醒來的時候，張子墨發現紫若涵正趴在自己身上，她的手摟著他的脖子，臉貼著臉，蓬亂的長髮蓋著他的鼻子和嘴。他輕輕地推開她，逕自去洗手間洗漱。

紫若涵從後面進來：「昨晚……你記不記得我是什麼時候從床上掉下來的？」

張子墨滿口泡沫：「啊？我睡得太死了，不知道啊！」

「要不……我跟你一起去吧，一起去找你的那個素顏。」

第二十六章　解脱

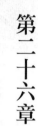

徐亮在這個名叫「鳳來儀」的餐館當服務員已經有些日子了，和章瑩的愛情滋潤著他，精神上的催化，使得他的工作比以前還要出色，現在他已經當上小組的領班了。

隨著南非世界盃的到來，餐館的生意也日益紅火起來，服務員也就越來越不夠用了，於是又招了一批人進來。

徐亮是領班，自然要帶幾個生手，熟悉環境。他一眼就看中了站在排頭那個留著長髮的年輕人。年輕人雙手靠背，低著頭，留著凌亂的鬍子。

徐亮指著年輕人說：「你叫什麼名字？以後你就進我這個組了。」

年輕人抬起頭，說：「我？肖智企。」

「肖智企……一臉心不在焉的樣子！回去之後好好刮一下你的鬍子，當服務員可容不得你玩深沉，工作要用點心才行。」

肖智企點點頭：「哦！」

「大學畢業剛出來吧？沒事，剛進入社會都是這樣的，以後慢慢地就適應了。這個社會，做什麼工作不重要，重要的是你有沒有下定決心把它做到最好。做好了，你走到哪裡都是人才。」

肖智企還是點點頭：「嗯。」

徐亮帶著肖智企去宿舍，幫他選了個靠窗的位置。「看你的手這麼修長白淨，以前肯定也沒吃過什麼苦吧？也沒什麼，現在的年輕人，吃過苦的沒多少個。」

其實，徐亮的年紀和肖智企差不多，只是他高中一畢業就出來工作了，社會經驗豐富些，所以看到同齡人，也覺得他們比自己年輕了一大截。

肖智企當然沒吃過什麼苦，畢業前，他的生活一直是安逸的，於是可以玩世不恭。畢業後，他沒有選擇和自己專業相關的工作，也沒有再玩音樂。這時的他已經玩不起音樂了，因為他決心要脫離父親的約束，於是便獨自來到這個城市，來到這個小餐館當服務員。

只是，這個社會並不是那麼好混的，他在工作中常常出錯，不是摔破餐具就是點錯菜報錯價……他遊走在餐桌之間，像失了魂的走獸。

肖智企永遠都不會忘記那個傍晚，電話那頭的王昊說：「對不起……我真的累了……」那句話一直在大廳裡回蕩，像是索命的哀樂……

肖智企還記得自己來到這個城市前，給王昊打了個電話，電話那頭沒有聲音，他只得自言自語：「我看你是真的累了。對不起，因為我，你背負了太多。我從來不知道，你根本就不是天生的同性戀，你只是愛上了我，而我剛好又是個男人。現在，離開我的你終於自由了，而我也要去尋找屬於我的自由。」

徐亮終於失去了耐心：「你這段時間到底在搞什麼啊？不想做，你可以辭職啊！以你這種狀態，沒哪個地方敢要你。」

肖智企：「我……」

肖智企也很想解釋什麼，可是怎麼解釋，跟徐亮說自己是個同性戀？說自己整日整夜地想著一個剛分手的男人？何必要強迫別人去接受一個真實的自己呢？在這個世界裡，他永遠只是個異類，他永遠只能將那個真實的自己鎖在櫃中隱藏起來。他要尋找的那個寬容的世界，只能存在於心中。

於是他只得說：「我以後會努力的。」

後來的肖智企在工作上確實有進步，也很少出錯了。只是，徐亮很少看到他臉上露出過笑容。

肖智企每天看著大廳裡觥籌交錯，歡聲笑語，他經常會想到，其實很久以前，自己也是那個樣子的：輕蔑地指使服務員做這做那，挑剔地指著哪道菜炒得不夠火候，點一大堆的菜，吃不到幾口就撤了……

在鳳來儀當了服務員之後，肖智企才體會到原來這就是生活。有人拿著那些東西挑剔、浪費以彰顯自己所謂的品位和地位，而有人只能恭恭敬敬地站在餐桌旁邊饑腸轆轆卻遙不可及。每次清理餐桌，當他忍痛把那一盤一盤所謂的山珍海味倒進垃圾桶時，都免不了想起離去的王昊。當年不顧一切地驕奢淫逸難道只是為了折磨深愛著自己的父親？

而當肖智企把這一切罪惡實施到王昊身上的時候，他有沒有想過王昊過的是怎樣的生活？肖智企從來都不知道，只有不用為生活煩惱的人才有資格玩個性，才有資格追求所謂的真愛，才有資格跟別人談論自己所謂的寂寞、孤獨，才有資格渴望別人的同情和理解……肖智企從來不知道，從前的王昊一直沉默著，是因為他們之間一直存在著一份他察覺不到的距離。

而現在，肖智企終於知道了，他現在體會到的痛，也正是王昊和自己相愛時經歷的。於是，他不得不複製王昊的生活。

他的性格變得和王昊一樣孤僻。下了班，沒有事的時候他便一個人躺在宿舍看書，很少跟同事說話，也不再上網去找那些所謂的「朋友」，手機也設置了呼入限制，再沒有人能聯繫上他。他就這樣躲在櫃中，把自己隱藏在陰暗的角落……

鳳來儀的對面便是星河苑洗浴中心，每天晚上，霓虹燈都會透過窗戶照到肖智企的床鋪。其他人適應不了，但是，肖智企卻感覺那種光很舒服，讓他感到很溫暖、很明亮。他在那個陰暗的角落裡待了太久，太需要這份明亮的溫暖了。

這個城市的氣候很無常，沒人知道什麼時候會下雨，也沒人知道什麼時候有陽光，電視台的天氣預報就像政客們的說辭，從耳邊飄過就算了，只有神經病才會拿它們當真。

半夜，天下起雨的時候，躺在床上的肖智企可以聽到樓下的漏水聲，那樣富有節奏感。透過「星河苑」的霓虹燈，他可以看到陸陸續續有男人從洗浴中心進進出出，那些身影和面孔，有熟悉的，也有陌生的。那時候的肖智企，總是特別羨慕他們，他們可以輕易地進去把一身的污垢清洗乾淨，然後泰然自若地出來重新做人。可是，肖智企呢？那澡堂真的能把他的罪孽洗乾淨嗎？

凌晨，星河苑快關門的時候，肖智企經常會看到一個穿短裙的女人出來。這樣的情景一開始並沒有引起他的注意，只是後來他才從同事那裡知道，那個年輕女人叫小雲，在星河苑工作已經有一段時間了。

同事說：「你別看她從大門口出來的時候一臉正經樣兒，這騷娘們兒可帶勁了，等發了工資你可以去試試，老銷魂了。」

這時候的肖智企只是笑笑，然後很嚴肅地說：「我對性工作者不感興趣。」令他銷魂的，肯定不是某個女人，更不可能是從星河苑出來的小雲。當年紫若涵都沒能完成的任務，小雲也未必做得到！

他很想跑到樓下去淋一場雨，卻沒有衝破宿舍那道門的勇氣！

他很想發條短信或打個電話給紫若涵，告訴她自己很寂寞，很無助。可是他又放棄了，他給紫若涵造成的陰影已經夠深了，他不想再拖累她，也不想再拖累其他任何人。

他突然發現自己想做的任何事都做不了，於是只得就這樣躺著，聽著樓下漸漸稀疏的滴水聲，看著碩大的「星河苑」招牌下人來人往，苦等到天明……

可是，徐亮是個古道熱腸的人，他身上有燒不完的激情。他自然見不得眼前有個情緒低落的人，像個討厭的幽靈。他覺得自己有義務開導這個頹廢的肖智企。他是領班嘛，怎麼說也算半個領導。是領導，就不僅要監管工作上的問題，更要深入到基層的生活中，這就叫「體察民情」——我們國家的官僚體制中，自古以來就有這種引以為傲的居高臨下的風氣。

有一天，徐亮看到肖智企拿著一張相片躺在床上發呆：「在看誰呢？你女朋友？」肖智企好像受驚的小鳥，趕緊把相片收起來，放進錢包裡：「沒有啊！不是。」

徐亮總是善於把握機會，他覺得是時候和肖智企好好談談了。「雖然你最近工作不怎麼出錯了，但我還是有些話要說。我看你這段時間一直不怎麼開心，也不愛說話，是不是失戀了？」

「沒有啊！」

「是也沒關係，年輕的時候哪能沒有一兩回感情挫折呢？跨過去就好了。」

「我真的沒有。」

「好，好，沒有就沒有嘛，這麼認真幹嘛？我說幾句話你別不愛聽啊……其實，你應該學著讓自己融入這個工作環境中去，只有融入了，我們的工作才好開展嘛，才知道該怎麼相互協助嘛。你畢竟出社會來了，很多情緒都要收斂些才好。」

「……」

徐亮見肖智企沒什麼反應，拿出手機，給他看了看螢幕上的相片，想以身說教：「這是我女朋友，她叫章瑩。我現在也跟她分隔兩地啊。本來我們早就結婚了的，她媽媽要五萬塊錢的禮金，我籌不夠錢，只好一拖再拖！不過還好，她現在很支持我，說可以一直等我。我一直認為：一個男人，如果不能讓你心愛的人在你身上看到希望，那你就是失敗的。所以為了報答她對我的信任，我一直都很努力。你也應該多出外面走走，多和那些女孩子說說話啊什麼的。只要有了愛情，你的眼前就會有新的方向，整個世界都煥然一新，就不用每天都躺在床上對著那些枯燥的書了。」徐亮停了停又說，「我以前也做過很多對不起她的事，她為我墮胎我竟然無動於衷。不過現在好了，我已經痛改前非、重新做人了。其實，只要你振作起來，你也可以的，我相信你。」

肖智企象徵性地笑了笑：「嗯！謝謝你，我會的。」

其實，肖智企還是很感激徐亮的，因為只有徐亮，會在這個陌生的城市給予他少許關懷。只是感激歸感激，任徐亮怎麼苦口婆心，肖智企也無力改變自己的局面。

有一天，肖智企在休班的時候，因為無聊偶爾瞄了一眼電視，裡面有一則娛樂新聞，是香港藝人張敬軒對外宣稱和關智斌的同志關係的消息。

肖智企想起當年張敬軒的那首「斷點」，那麼和緩的抒情，沒想到這個藝人竟隱藏得那麼深。

當然，還有拉丁王子瑞奇・馬丁，也在不久前承認自己是同性戀。瑞奇・馬丁說：「之所以一直都沒站出來承認，是因為考慮到自己的公眾形象。」什麼狗屁形象！難道同性戀就那麼丟人嗎？難道同性戀就註定了找不到屬於自己的空間嗎？肖智企在心裡狠狠地罵道。

還好，有另兩個藝人，黃耀明和蔡康永都表現得很坦然……

沒過多久，徐亮興高采烈地跑過來跟肖智企說：「告訴你一個好消息，我十月十號就要和章瑩結婚了！」

肖智企：「為什麼選十月十號？」

「取十全十美、雙喜臨門、舉案齊眉之意嘛！」

肖智企終於笑了：「恭喜你啊！十全十美，努力了那麼久，終於修成正果了。」

「謝謝……你有計劃過什麼時候結婚嗎？」

「沒呢！像我這種人，以後可能沒機會結婚吧。」

「為什麼沒機會？誰都有機會啊！同性戀在國外還有機會呢。丹麥和英國不是允許嗎？在美國也有些州允許了。何況你又不是同性戀！」徐亮啊！你憑什麼就認定人家不是啊？你只是希望人家不是罷了。

「沒什麼，只是我不想罷了。別的國家怎樣是他們的事。」

「那你父母怎麼辦？就讓他們一直這樣擔心你嗎？要知道在中國，不孝有三，無後乃大啊！不結婚，家裡人會很擔心的。」

「我想，以後我應該會離開他們獨自生活吧。」

傳統而保守的徐亮驚訝不已：「天吶！你怎麼會有這種想法？你太自私了。」

其實，肖智企也想過不那麼「自私」地生活，只是，最後卻無意間傷害了紫若涵……

這樣孤寂的生活持續了一段時間，終於有一天，肖智企走進了鳳來儀對面那個星河苑洗浴中心，要了個套浴。他想要把自己從頭到腳都洗乾淨，他想來時不著一物，去時也應該不沾半點人間污垢……

在澡堂裡，他看著一群赤身裸體的男人，已經不再有興奮感了。搓澡工在他身上胡亂折騰，反而使他倍感舒暢。躺在搓板上，他開始幻想即將進入的那個世界會是怎樣的？如果運氣好，那裡應該會很寬容吧？像卡夫卡筆下的城堡那樣讓人嚮往，還是像柏拉圖意念中的理想國那樣樸素？

捏完腳，肖智企去修指甲。修完指甲，小雲領著他進了隔壁套間。

肖智企說：「我以前就在對面的鳳來儀工作，每天下班後，我經常會看到妳從星河苑出來。他們說妳技術很好。」

小雲皮笑肉不笑：「沒辦法，我是幹這一行的嘛。」

「妳這一行也不錯啊！可以接觸到很多形形色色的男人吧？」

肖智企並沒有侮辱她的意思，相反，他是羨慕小雲有這樣的條件。不過，這些話讓小雲聽了卻覺得很逆耳。幹這一行這麼久了，她並不是沒被人羞辱過，再難聽的話她都可以充耳不聞。只是這一次，不知道是經期提前來了，還是神經搭錯了，她突然很想拎起包砸肖智企的頭。對啊！我是公車，誰都可以上！人盡可夫怎麼啦？有種你買輛私家車去啊，還用得著在這裡擠？我人盡可夫我為了誰啊？你以為這個世界上誰都像你這麼命好，想糟踐誰就糟踐誰啊？

進了套間，小雲很不情願地幫肖智企脫衣服。肖智企說：「算了，我不想做。妳幫我按摩按摩吧，等一下我還要走很長一段路，我怕半路累著，堅持不下去。」

小雲這時來脾氣了：「我賣身不賣藝，不會按摩，只會做愛。你愛做不做，不做拉倒！你以為我很喜歡每天對著你們這些酒囊飯袋啊？」接著，她便拎著包衝了出去，看都沒多看他一眼，卻順手牽羊把他的錢包牽走了。要是平時，她絕不做這種有違職業道德的事，只是今天氣不順，全當肖智企倒楣好了。

套間裡只留下孤零零的肖智企，他也沒有計較什麼，自己被遺棄的次數還少嗎？還在乎臨終時這一次兩次的？況且馬上就要走了，心態自然也就變得寬容了許多。他整理好衣服，乘電梯上樓，接著爬上了那棟樓的天台……

從樓上縱身一躍，肖智企不知道在空中飄了多久。他很清晰地感覺到自己的胸中很悶，睜開眼，看到那一片湛藍的天，一隻散發著光芒的白鴿在陽光下飛過，越過他的頭頂。它的羽翼豐滿有力，一定可以飛很遠吧？那一刻，肖智企從它身上看到同樣健美的王昊——生命真美，不知道它要飛向哪裡呢？緊接著便是天昏地暗——那隻白鴿，成了肖智企生命中最後看到的影像……

第二十七章　日食

肖智企從樓上飄下來的時候，小雲剛從套間裡出來，到收銀台來了。倒楣事一樁接著一樁，這時員警來突擊檢查，這要擱以前，是不可能在大白天發生的。無奈的小雲只好應付著。

「身份證！」

「沒帶！」

「沒帶？那妳來幹嘛的？」

「我來洗澡不行嗎？有哪條治安條例規定了沒帶身份證就不能去澡堂洗澡嗎？」

當然，警員也不是吃素的，面對這樣的質問，他們自然也有狠招。只是，今天比較反常，狠招還沒能施展，突然整個世界就天昏地暗了。黑暗中，他們都聽到一聲巨響……

重見天日的時候，小雲「啊」地驚聲尖叫起來，手不聽使喚地指了指街上，眾人循著她所指的方向，看到一個滿身是血的人躺在門口，那便是肖智企。他從樓上縱身一躍，剛好砸中了星河苑的招牌，那三個大字，被他砸得支離破碎。那些破碎的玻璃屑伴著鮮血像一朵朵花瓣灑滿他全身，一些電線纏著他，一根鋼杆從他的胸部穿插過去，傷口開始噴血，可以聞到一股噁心的血腥味。被電線纏住的肖智企並不老實，看起來像是在掙扎的樣子，其實這是經受電擊和震盪後神經不受控制，肌肉和關節不停地抽搐時的反應。

眾人花了好幾秒鐘才反應過來。有個警員說：「還不趕緊打110報警？」急救車來的時候，肖智企的周圍已經聚集了好多人，把整條街道都給堵住了，他生前還從來沒有受到如此多的關注——對街頭新聞的好奇，足以使那些街坊戰勝對死亡和血腥的恐懼。

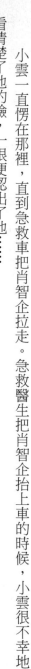

小雲一直愣在那裡，直到急救車把肖智企拉走。急救醫生把肖智企抬上車的時候，小雲很不幸地看清楚了他的臉，一眼便認出了他……

沒過多久，便有新聞媒體聞風而來。圍觀的人七嘴八舌，都說自己親眼看到那個全身血污的男人從樓上砸下來，各個版本風格不一，但他們都想在攝像頭面前體體面面地露一下臉……最後，新聞記者走了，人們才依依不捨地相繼散去……

下午，那個一向死氣沉沉的城市很反常地下起暴雨來。雨水沖刷了留在街上的血污，街上又似乎什麼事都沒有發生過一樣，沒有人談論上午的日食，也沒有人再談論有誰從樓上砸下來……

在這個城市裡，唯一還把這件事放在心上的，恐怕只有小雲吧！她整個下午都坐在房間裡，盯著那個錢包，一直不敢打開。

她腦海裡一直回想著上午的那幾句話：「我以前就在對面的鳳來儀工作，每天下班後，我經常會看到妳從星河苑出來。他們說妳技術很好」「妳這一行也不錯啊！可以接觸到很多形形色色的男人吧」……這些話，要擱在平時，並沒什麼特別，只是眼前的那個人突然就這樣從樓上砸下來，生死未卜，於是所有毫不相干的事情都會被聯繫上的。想到這裡，小雲便毛骨悚然！

晚上，她終於做了個決定，把那個錢包交給公安局。

據說，後來警方以偷竊的罪名，依法拘留了她幾天後（警方最初本想罰些款了事的，可怎麼也等不到有人拿錢去贖，也就只好作罷）就放了她。據說，她從拘留所出來以後，就再也沒有回過星河苑了，至於她之後去了哪裡，我就不知道了。有多少人會真正在意一個妓女的去向呢？何況我還是個潔身自好的作家！

肖智企從樓上飄下來的時候，我正在鳳來儀餐館吃飯。我點的菜還沒上來，為了打發時間，我取出一本隨身攜帶的《廣島之戀》來讀，那是杜拉斯在很多年前寫的一個劇本。為了謀生，我決定拓寬思路，不要只寫小說，我開始嘗試一些電影劇本的創作。當然，這也是一廂情願的事，根本沒有哪個人知道我在寫劇本，即使知道了，也不會有誰在意的。

在這個社會，擠破腦袋想往前擠的人太多了，地球雖然廣袤無垠，宇宙雖然浩瀚無窮，可供我生活的空間並不大，所以為了保全自己，我必須無限制地縮小我的體積，以供他人無限制地膨脹！

書看到一半的時候，我接到朋友的電話。「出版社的人說了，你的那篇小說……寫得很不錯，文筆很老練，只是文章結構有些散亂，有些內容太敏感，而且考慮到市場……」

我打斷他：「我知道你的意思了，還是謝謝你幫了我這麼多忙。」拒絕一個人的時候，他們總是能從你的文字裡挑出一籮筐的骨頭來，曹雪芹的書還有一大堆的毛病呢！說白了，他們無非是不想為一個無名小卒承擔風險罷了！

「你等等……你先別掛嘛！他們說，只要你把那些批判社會現實的內容刪了，或者稍作改動，他們或許能考慮……」

「刪了那些內容，你看看，還有多少字了？一個作家是要有社會責任心的，我不會給那些社會權貴說過年話！如果真要為誰說話，我也只會為弱勢人群說話。」

「你要社會責任感？你現在連房租都快交不起了，你還在這裡跟我談什麼社會責任感？你要為弱勢人群說話？我看你還是先為你自己說話吧！我就沒見過像你這樣迂腐的、不自量力的傢伙！」說完他便掛了！

接著，便是天昏地暗，我聽到大廳裡一陣騷動……

重見天日的時候，服務員把菜端到我面前，我開始狼吞虎嚥起來。飯吃到一半的時候，透過玻璃，我看到街對面的星河苑門口圍了一群人。不久，我便聽到救護車的聲音由遠及近地傳來。這時，大廳裡很多客人都放下筷子，跑出去看熱鬧了，偌大的餐廳只剩下寥落的幾個人——大廳的幾個服務員也跑過去了……

沒過幾分鐘，一個服務員帶著消息跑回來：「死人啦！死人啦！一個男人從樓上砸下來了，血肉模糊，那樣子實在是太難看了！」

「誰啊！誰砸下來了？你看清楚是誰了嗎？」

從現場跑回來的服務員很無辜：「沒看清，人太多了，擠不進去。」

「沒看到還說什麼血肉模糊！扯淡！這不信口開河嗎？」

「他們說的嘛！」

吃完飯，把《廣島之戀》裝進包裡，我就離開鳳來儀了。我是個作家，我有很多事情要做，我還有很多小說要寫，還有很多劇本要編，才沒心思去關注一個血肉模糊的陌生人呢！

肖智企從樓上飄下來的時候，夢琪正在醫院急救科值班。急救科是處理突發事件的，沒有需要急救的病人的時候，大家都很閒。

這時的夢琪，正在用手機瀏覽網頁，反覆查看最新公佈的胡潤富豪榜。她首先關注的自然是那些富豪們的資產，然後才是婚姻狀況，最後才是年齡，至於國籍、相貌、身高、愛好、品行、行業……這些都不在她的考慮範圍之內。是的，夢琪在心裡盤算著應該嫁給榜上的哪個富豪才最合適。自從離開張子墨之後，她心裡的那個執念又死灰復燃：只有握在手中的金錢才能給女人十足的安全感！

很可惜，綜合所有的因素，夢琪衡量出來的那個最佳人選已經結婚了。不過很快，她又想開了，不能嫁給他，也可以做他的情婦啊！只要給他生個一兒半女的，還怕繼承不了財產嗎？確實，她這輩子吃虧就吃在錢上。

這時，有個醫生從背後拍了拍她的肩膀：「別看了，瞧瞧妳，眼睛都直了！還做白日夢呢，妳也不想想，那些富豪們都和妳隔著好幾個太平洋呢，他們知道這個世界上有一個叫『夢琪』的人存在嗎？」

夢琪很執著：「知道的，一定會知道的！對了，問你一個問題，他們平時聊QQ嗎？有沒有什麼方法把他們的QQ弄到手啊？」

醫生哭笑不得。但轉念想想，現在這種拜金女還少嗎？放眼望去，跟她相比有過之而無不及的女人多如牛毛。經濟這麼蕭條，世態炎涼、禮崩樂壞，社會又不公，一個女人想要靠自身努力而出人頭地畢竟太難了，而且在這個物質充裕的時代，每個人都變得浮躁了，都等不及要提前享受那份浮華了，又何必只怪夢琪一個人呢？

只是這個醫生還有些熱情：「有錢未必能換來愛情的，即使換來了，也不長久。」

夢琪問：「難道就沒一個既有錢又愛我的人嗎？」

這回那個醫生真的沉默了。他在心裡罵道：妳也不掂量一下自己幾斤幾兩，憑什麼人家就一定要看上妳？醫生的無奈大抵在於此，治得了一個人生理的病，卻未必治得了一個人的心病；治得了一個人的心病，也無力治癒一個社會的病態。更何況拜金的病態，並不僅僅是當今時代的產物，有私有制就會有貧富差異，有貧富差異就會點燃欲望和虛榮，有欲望和虛榮就會滋生這種拜金的風氣，其所由來者漸矣！

只是為什麼離開張子墨之後的夢琪會變成這副模樣？

這時，整個世界天昏地暗。面對這突如其來的黑暗，醫生和夢琪都還沒反應過來，也不知道該怎麼辦。

重見天日的時候，警鈴響了，夢琪只好隨醫生們出勤。

幾分鐘之後，當他們趕到星河苑現場的時候，那裡已經圍滿了人。還好，人還活著，至於能活多久，那就只有天知道了……

救護車到醫院門口的時候，肖智企斷氣了，任怎麼電擊，他都再沒醒過來。夢琪和醫生們的救護成了徒勞，不過這種情形他們經歷多了，也就不足為憾了。

比較棘手的是，在他身上沒有找到任何物件能證明他的身份——連個錢包或身份證都沒有。這樣，那些醫藥費該由誰交就成了困擾他們的難題。難道那些血醫院白輸啦？那些生脈注射液醫院白打了嗎？

夢琪看著這具冰涼的不能證明身份的屍體，心裡突然害怕起來。「不，我不能做情婦！我長得也還可以，憑什麼只能做情婦啊？這樣名不正言不順的，算個什麼嘛！我無論如何也要弄個名分，我可不想死的時候連醫藥費都沒人出！」這世道，怎麼就沒人肯站出來提醒她一下：她現在連情婦都還不是呢！

第二天早上，公安局的人來了，而且還是帶著那具屍體的身份證明來了——被小雲偷去的那個錢包。醫院的人喜出望外。

肖智企從樓上飄下來的時候，徐亮已經請假去章瑩所在的城市籌辦婚禮了。這時的他們，正在一家攝影樓試婚紗。章瑩穿著潔白的婚紗站在鏡子前，臉上洋溢著幸福。徐亮看著潔白的妻子光彩照人的樣子，忍不住從背後抱起了她，一陣熱吻！

「不要！有人！」其實章瑩是怕他餓虎撲食的樣子會把婚紗給弄壞──女人一輩子沒多少機會穿婚紗的，當然，可以只穿一次那就最好了！

徐亮回頭看到攝影師就站在背後，一臉尷尬。

就在這時，天昏地暗。黑暗中，章瑩聽到徐亮的聲音：「嘿嘿……這下沒人看得到我們了吧。」

「你討厭！今天……今天不行……這……這裡不行……不要……不要……停……不要停。」

重見天日的時候，那個攝影師已經不在房間裡了……

過了一段時間，徐亮才拎著一包喜糖回到鳳來儀上班。這時，他才聽說肖智企跳樓自殺了。聽到這個消息的時候，他的心裡咯噔了一下：「我走的時候他還好好的，怎麼就自殺了呢？」當然，這個問題同事們也沒法回答他。因為長期以來，和肖智企走得最近的，也就只有徐亮了。如果連徐亮都不知道，別人怎麼好厚著臉皮多嘴呢？

不知道為什麼，剛回來上班那幾天，徐亮總感覺有哪裡不對勁，琢磨了很久才發現，原來是因為肖智企不見了。

以前肖智企還在的時候，因為他太安靜太孤僻，沒多少人會注意到他──他就像空氣，可有可無！可是現在肖智企走了，他再也聽不到打碎碗碟的聲音了，再也看不到有人把被子疊成豆腐塊形狀了，再也看不到有誰的床上會整齊地擺那麼多的書了，再也看不到有個人安靜地躲在角落看書了，再也不知道該向誰宣傳他那些積極樂觀的人生計劃了……這時的徐亮才有悵然若失的感覺。

這就是存在的意義，不是為自己，而是為那些不幸存活下來了的人有個念想……

肖智企從樓上飄下來的時候，王昊正在午睡。天昏地暗的那一刻，他感覺天旋地轉，從床上滾下來。他睜開眼睛卻發現眼前一片黑暗，驚慌失措的他以為自己失明了，摸索著爬上床。

重見天日的時候，他才鬆了口氣，原來是虛驚一場。可是，真的是虛驚一場嗎？為什麼只有你會在這一刻感到天旋地轉？

那天晚上，王昊和朋友們聚餐，他們在飯店看電視時看到了那則新聞。當然不可能拍到肖智企從樓上飄下來的動作，也不可能知道飄下來的那個人就是肖智企（直到小雲把錢包交給公安局，才確定死者就是肖智企）。電視畫面上只是出現了星河苑門口的玻璃碎片和一灘血漬以及圍觀人群的七嘴八舌、指手畫腳，真正的主角——生死未卜的肖智企早已撤離。當然，驚魂未定的小雲也在電視上短暫地出現過（這可能是她一生中唯一一次出鏡）。記者採訪她的時候，她掉了魂似的，支支吾吾沒說半句話。

面對這則新聞，王昊的朋友們開始議論了。議論是他們與生俱來的權利，就像胡說八道也是媒體與生俱來的權利一樣，一群閒著無聊的天之驕子們正宣洩著呢。

「真搞不懂，就這種新聞也值得報導？中國那麼多人，有一兩個自殺的，算得了什麼？多死幾個才好呢，緩解一下我們的人口壓力。那些記者是不是真的沒新聞可挖了，盡報導一些雞毛蒜皮的小事。要真沒新聞可挖，可以給我做個專訪啊。當然，前提得看我有沒有心情。」

「無恥到你這境界，也算是極品了。就你還看有沒有心情？只要有記者找你，你肯定是啥時候都有心情！你那六塊腹肌練了那麼久，我猜就為了那場合吧？當然，前提得看他們有沒有心情。不過，話又說回來，中國的自殺率其實並不高，和日本相比，我們其實是偏低了好多的。」

「切！我們能跟日本人比嗎？人家日本的經濟發展水準那麼高了，都到了滯漲時期了，自殺率高一點那是理所當然的。我們的經濟才剛起步，根本就沒有可比性嘛！」

「漢奸，漢奸！長他人志氣，滅自己威風！拖出去槍斃十分鐘外加鞭屍都不足以慰藉全國同胞對你的刻骨仇恨！就像印度堅信總有一天他們國家的人口會趕上我們國家一樣，我們也要堅定不移地相信：總有一天，我們國家的自殺率會趕上小日本的。不過，現在的媒體確實比以前更無法無天了，連自殺這種醜聞都敢報，這不是給我們的政府抹黑嗎？簡直就是缺心眼兒嘛！天天都在喊和諧社會，老報導這些東西，這和諧社會還怎麼建設啊？我看，就應該封殺他們。黨的『喉舌』讓他們當成這樣，真是丟臉丟盡了。」

「這有什麼不敢的？連豔照門他們都報導得津津有味，不厭其煩地舊事重提，生怕當事人忘了，還怕報這個？只要能吸引眼球，沒有新聞，製造新聞也要報，哪管別人死活啊？等一下，等一下，電視上說什麼……他們說這是自殺？還沒定案呢，連死的是誰都不知道，他們怎麼就認定這是自殺啊？說不定是謀殺呢！」

「這人都死了，多一事不如少一事，還較什麼真啊？當記者、當警員的也不容易，跟我們應付考試一樣，能蒙混過去就蒙混過去。萬一順藤摸瓜，摸到了老虎屁股，這不是自討沒趣嗎？」

「難怪啊！現在的新聞，永遠只有真實沒有真相，跟飛機播種似的！」

「你就知足吧，有些連真實都沒有。那些假新聞你還看得少嗎？」

「那倒是，從小我爺爺就喜歡拿『新聞聯播』給我說事兒。」

「王昊，你怎麼啦？怎麼一句話不說？有心事啊？是不是又在盤算著勾搭哪個無辜少女啊？」

王昊笑了笑：「今天有點累，提不起精神來。」

其實，王昊倒不是真的累了，他只是念念不忘中午那次短暫的「失明」。他總覺得，電視上那個男人的死，和自己的「失明」有某些他參不透的聯繫。

王昊沒有把自己的這種直覺跟朋友們講——外界的冷漠和他的懷疑是如此格格不入……菜上來了，他們迅速地把注意力從電視螢幕轉向餐桌上，剛才看到了什麼、說過什麼，早就煙消雲散了。看著這個熱鬧的場面，王昊在夾菜的時候感到有點力不從心……

肖智企從樓上飄下來的時候，黎昕托著一個大麻袋，正被幾個城管窮追不捨。

前段時間，迫於生計，他蹺課從海南那邊進了一些貝類裝飾品回來，在校外的街道旁擺了個地攤。涉世未深的他，因為沒有孝敬那些地頭蛇，一群執法嚴明的城管們便聞風而來。不知道算不算天意，在逃跑的途中，整個世界突然天昏地暗，城管們頓時找不到黎昕的蹤影，只得作鳥獸散……

重見天日的時候，黎昕從拐角處的垃圾堆裡爬出來。這時的他，突然很想給誰打個電話。哪怕一丁點兒的問候，這個時候都能救他！

給外公？外公外婆的病還不知道有沒有好，要是我忍不住哭出來，他們豈不是更擔心？

給父母？父母一定會問，是不是又沒錢花了。可是，我該怎麼告訴他們，我現在正努力靠自己掙錢呢？

給林欣雨？我從來沒有在她面前流露過自己脆弱的一面，何況她現在和她男朋友復合了，我又怎麼會再讓她為我的事分心？

給郝曉蕾吧！對，就打給郝曉蕾。雖然很久沒聯繫了，你們畢竟還是朋友。

黎昕急切地找到郝曉蕾的號碼，按下一下撥號鍵，卻聽到另一個聲音：「您好，您撥打的號碼已註銷。」

黎昕，你到底該怎麼辦，趕緊想辦法啊……

肖智企從樓上飄下來的時候，林欣雨正在另一個城市和男朋友逛街，分分合合鬧了這麼久，最後還是和以前一樣——再一次和好了。在一個服裝店，他們又為該買哪件衣服吵了起來。林欣雨一直想買一件中性一點的籃球服給自己，而她男朋友還是覺得她應該穿裙子，這樣更有女人味。

吵到不可開交的時候，林欣雨又脫口而出：「與其這樣煎熬，那不如分手吧！」

這時，天昏地暗，林欣雨眼前的這個男人在瞬間就被黑暗吞噬了，她驚慌失措，不停地喊對方的名字。黑暗中，一雙強有力的手把她擁入寬闊的臂彎中……

重見天日的時候，林欣雨看到他不經意流下的淚。如果不是這場日食，她或許都不知道該怎樣珍惜一個肯為自己流淚的男人！

達爾文的進化論說人是由其他物種緩慢地進化過來，才漸漸走向地球上物種鏈條的頂端。從最初的雌雄同體、陰陽和合演變到雌雄異體、陰陽分離，就註定了人都是有缺陷的，無論是宗教還是科學，都無法完全彌補這層缺陷帶來的感傷，於是我們極其需要愛，需要從我們的愛人中彌補自身早已缺失的部分。可是，也因為人是有缺陷的，也就註定了愛是有瓶頸的，它最終會走向頂端，停滯不前。就像登山，登上了珠穆朗瑪峰之後，我們還能踏向海拔更高的土地嗎？這時站在珠穆朗瑪峰上的戀人們該怎麼做呢？

也許在天地昏暗的那一刻，林欣雨就意識到，她和男朋友的愛已經走到山窮水盡了，再不會有更美的風景了。這是一個三岔口或者說是分水嶺，他們面臨著一個巨大的考驗。他們要麼將這份愛昇華，從那人性的瓶頸中超越出來、釋放出來；要麼眼睜睜地看著它走下坡路，最後因愛生恨或者是終成陌路。

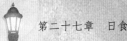

林欣雨當然是希望將這份愛昇華的（又何止是她，每個陷入愛欲中的人都這麼渴望著），她總是這樣幻想著：跨過那個瓶頸便是幸福的開端，便能從心所欲，永享太平。只是，陷入情愛中的女人都容易喪失理智，做出南轅北轍的事情來，因此她也逃脫不了這個宿命……

於是吵鬧，於是掙扎，於是自虐，於是相互折磨……有愛，卻最終不知該怎麼相愛。一杯茶泡過幾遍之後，就漸漸歸於平淡了。一段感情，多折騰幾回，雙方也就都疲乏了。只是疲乏之後的他們，還有力氣突破那個瓶頸，走向愛的出口嗎？更讓他們迷惑的是，真正的出口又在哪裡呢？

他們能找到這個出口嗎？

作為旁觀者的我們呢？就讓我們雙手合十，虔誠地為他們祈禱吧！祈禱他們早日獲得愛的光明，祈禱他們早日找到愛的出口，祈禱他們不要輕言放棄，早日突破橫在眼前的瓶頸，從心所欲地享受著幸福。

為什麼我們要為他們祈禱？因為虔誠地為他們祈禱的同時，也是在為我們自己祈禱！因為每個人都一樣，想要有長久的愛，就必然會面臨這樣的困境，必然要跋山涉水，義無反顧地往前走。塵世就是一個用欲望堆砌起來的煉獄，刀山火海走遍，才能看到彼岸花開，浴火涅槃！

肖智企從樓上飄下來的時候，劉歆正和他的新任女朋友在做愛，他的下體正緩緩地在她的入口處蠕動，氣喘吁吁的他正專注地看著她的眼睛。她的眼睛很迷人，清澈如明鏡，又深邃得讓人想到很多往事……

類似這樣清澈的眼睛，劉歆第一次讀到，是從他母親身上。母親和父親在高中時離婚之後，他便由父親撫養，母親離開以後，他就一直在尋找那雙眼睛……

高中時，他偶然從紫若涵的眼睛裡讀到了那份清澈。可惜那份清澈還沒在他心裡乾枯，他們就畢業了，從此兩人分隔異地。

大學時，他又偶然從郝曉蕾的眼睛裡讀到那份清澈。只是，和紫若涵去了一次杭州後，他看到紫若涵的性情已經變了很多，她沉鬱、寧靜，已經很少流露出在高中時那樣爽朗和獨當一面的性格了。他知道她有心事，他知道她可能遇到了過不去的坎，只是她不說，他也不知道該怎麼開口——從高中起，或許是紫若涵有意為之，他們的距離就一直存在著。就這樣短短幾天，略顯柔弱的紫若涵便讓劉歆頓生憐憫，又把早已遺失的那份清澈還給了她。

他無意再欺騙任何人，於是在開學初便急著和郝筱蕾分手了，這也算是快刀斬亂麻吧，只是斬斷了人物關係的混亂，卻斬不斷他內心的迷亂。和郝筱蕾分手後的某年某月的某一天，他邂逅了現在的這個女朋友，也是偶然讀到這份清澈，於是他迫不及待地把這份清澈帶到了床上。

現在，劉歆碩大的陽物還在她體內不停地摩擦的時候，突然天昏地暗。面對這種突如其來的黑暗，她無所適從，趕緊抱住了劉歆。她的汗水一滴一滴落在他的肩上……

重見天日的時候，她鬆開了。劉歆終於可以重新專注她的眼睛，可惜已經乾枯了……

劉歆每次都很投入，無論是對紫若涵還是郝曉蕾，又或者是現在的這個女人，他都奉獻自己的靈與肉，去尋找和維持那份清澈。可是最終他發現：激情之後，往往只剩下空虛。可悲的是，他停不下來……

不知道下一雙清澈的眼睛會在哪裡？

肖智企從樓上飄下來的時候，四姐依然端坐在水果店的門口抽煙。學生們放學了，他們成群結隊地從四姐的店門口經過，好不熱鬧。

在這條街上坐了這麼些年，四姐總覺得那些孩子，一個個地永遠都長不大似的，總還是豆蔻年華。可自己呢，往這裡一坐，竟是坐老了，轉眼間連兒子都略顯滄桑了。

不知道張子墨現在哪裡？過得怎樣了？年輕人總有一個自由的靈魂，總希望天涯海角走遍，卻把刻骨的牽掛丟給身後的父母。可是，四姐，妳還能做什麼呢，他要飛就讓他飛吧，年輕人的天地再廣，他總還是會有疲憊的一天，家的溫暖才是張子墨一生尋找的歸宿。

可是他什麼時候能回來呢？可是四姐等的那個人什麼時候能回來呢？

肖智企從樓上飄下來的時候，張魏民正在看守所剪草，南方的太陽在這個時候還是很毒。在太陽底下蹲了太久，年邁的張魏民都有點吃不消了。他起身，抬起頭擦乾額頭的汗水，卻發現自己下半身都麻了，接著便是一陣天昏地暗……

日食來的時候，他剛好昏過去了。重見天日的時候，他還是躺在雜草地上。巨大的太陽底下，他看到一隻白鴿從高高的圍牆外飛過。它的羽翼豐滿有力，一定可以飛很遠吧？生命真美，不知道它要飛到哪裡去呢？

在白鴿的召喚下，張魏民又從雜草地上爬起來，繼續托著那具僵硬的筋骨頑強地剪草。因為再過一個月，他就要出獄了。從最初的死緩，減到十五年，再減到十年，張魏民一直在朝著這個方向走，他一直堅信可以憑著自己的努力追求到夢寐以求的自由。於是這麼多年來，他一直安分守己，認真地剪草，認真地洗廁所，認真地寫改造報告……他像一隻蜷縮的刺蝟，唯唯諾諾地做人。

前段時間，看守所的所長找他談過一次話，問了他一些問題。

「出去以後，家裡還有沒有親人？」親人倒是有，只是親人早就不當他存在了，也就不知道還有沒有家了。父母興許過世都有好些年了吧；那些兄妹有跟沒有一個樣，從來沒來看過他；前妻何玉鳳這十幾年來也只看過自己一回；張子墨呢，也不知道在哪裡。

「出去以後，如果沒有親人，有沒有想過靠什麼謀生啊？」靠什麼謀生？都這把老骨頭了，還有什麼是自己可以做的，無非就是賣命唄。再說，這一晃都已經十幾年了，他哪知道外面的世界變成什麼樣子了，賣命都不知道別人要不要了。

「出去以後，需不需要黨和政府的關心啊？」這不廢話嗎？誰不需要？！只是現在受苦受難的人那麼多，他們關心得過來嗎？再說骨頭都這麼老了，對社會而言也沒什麼用了，一個有罪之人哪敢拖累黨和政府啊？

最後，所長給了他一張名片：「你出去以後，生活上要是遇到什麼困難，就來找我，能幫到的，我一定幫你。我在外面好歹也是個有頭有臉的人。」

張魏民點點頭，接下了那張名片。

出獄前的那個晚上，宿舍裡的人在黑暗中給張魏民開了個歡送會。

「老張啊！平時呢，我看你老實，老是欺負你，您大人有大量，別放在心上，出獄後好好生活，別給我們丟臉，有志不在年高嘛，老黃忠六十歲才跟劉備呢！」

「好了好了，終於輪到我了。張師傅，別的話我也不多說了，我就給你唱歌。唱什麼好呢，就唱

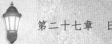

「大約在冬季」吧。」這時，全宿舍的人都高唱：「沒有我的日子裡，你要自己搞自己！沒有你的日子裡，我會自己搞自己。」

「張魏民同志，好好保管著所長給你的那張名片，不管有用沒用，也好留個念想，出去以後，我們也不圖你給我們捎什麼東西進來，記得時刻想著我們就是了。」

「這麼快就輪到我了？我……我也不知道該說什麼，我……我好想哭！」

這時，張魏民說話了：「你別哭，你這一哭，我都不想出去了。」

「呸，呸，呸，別說這種喪氣話。你傻啊？能出去誰不想出去？外面那麼多女人！時間也不早了，早點睡吧。睡足了，明天精神煥發、光明正大地出去！」

這時，全場都安靜了。宿舍裡的人漸漸睡去了，半夜，有人聽到被窩裡有哭聲，誰都不知道是張魏民還是那個「想哭的人」發出的……

第二天，大家起床的時候，發現張魏民的被子早就疊得整整齊齊。有人笑了：「這個張魏民啊！昨晚還說不想出去呢，今天起得比誰都早。」

「人之常情，人之常情！」張魏民確實沒有出去，後半夜他借著月光整理好床鋪之後，就到廁所，用藏了好幾年的破碗片割腕了……

他曾經很想出去，他想著改過自新，想著出去以後好好補償何玉鳳和張子墨。可是這些年來，他們都沒再來看過自己了，也許他們早就把他給忘了。對於他們而言，對於外面的世界而言，他可能真的只是個累贅——就像以前覺得他們也是個累贅一樣。也許在這監獄裡面才能感覺到那份存在和被需要吧。張魏民追尋了那麼多年的自由，卻在就要到手的那一刻，才恍然醒悟過來，原來這麼多年過去了，外面的世界早已成了另一個牢籠。他太怕牢獄生活了，他不想第二次入獄……

血柱飛濺的時候，張魏民的眼前又出現了那隻從高牆外飛過的白鴿，它的羽翼豐滿有力，一定可以飛很遠吧？自由的生命真美，不知道它會飛到哪裡去呢？

當然，並不是每個人都有幸看到日食這種難得一見的奇觀。肖智企從樓上飄下來的時候，何老爹已經安靜地躺在這座荒山上有些年月了。他的墳前已經長滿了雜草，把他墓碑上的遺像都擋去了。

他終於如願地與這座沉默的山為伴了，可是，他想要的那份清淨還是難求。偶爾，還是會有一些野狗在他的土丘上撒歡；一些不懂事的放牛娃經常會在墳墓旁邊玩耍，沒人的時候還會偷偷在上面拉屎撒尿；一隻雌田鼠在他墓碑旁挖了個洞，和另一隻雄田鼠生了一窩鼠仔；晚上也沒得安寧，蟋蟀發出聒噪的叫聲，野兔、野雞亂躥，飛蛾蚊蟲漫天飛舞……

肖智企從樓上飄下來那天，何老爹這邊天朗氣清，長空蔚藍如海洋，一隻白鴿從遠方飛來，落在何老爹的墓碑上。白鴿的羽翼豐滿有力，一定飛了很遠吧？

很多很多年前，也有一群白鴿從那片樹林飛走；之後，也有一群白鴿從那些遙遠的地方飛回來。落在何老爹墓碑上的這隻，大概就是在群體裡落單的那隻吧？沒想到轉眼間它便被遺落了三十多年！

生命是一個短暫的存在，無論有沒有迷路，有沒有愛，執不執著，自不自由，快不快樂，熱不熱鬧，高不高尚……都最終會飛向這裡。唯一不寂寞的，竟是和荒山為伴的何老爹！

肖智企從樓上飄下來的時候，偉大的思想家、政治家、軍事家、革命家、浪漫主義詩人、領袖、導師、舵手——毛澤東同志的遺體正安靜地躺在玻璃館中接受眾人的瞻仰。「一將功成萬骨枯」，萬骨都枯了，於是有了他尊名前面那麼多的頭銜；別人的萬骨都枯了，他的遺體卻完好無損地安放在這裡，不容易啊！

可是今天，這位與世長辭的偉人很倒楣，很多人都跑到廣場上看日食去了，他的身邊頓時沒有了那麼多注視著他的眼神，館中人走茶涼，連看守他的工作人員都有怠忽職守的，這使得他躺在這裡很不舒服。歷史總是這樣冷漠，他帶領著一支人民軍隊解救了四萬萬人口，他掀起了轟轟烈烈的文化大革命，他折騰了中國大半個世紀，最後卻因為一次偶然的日食而遭到這樣的冷落！

不過轉念想想，都與世長辭了嘛，幹嘛還要留戀凡塵呢？他自己都說過：「世界是我們的，也是你們的，但歸根到底是你們的。」

肖智企從樓上飄下來的時候，台灣問題還是沒有解決，西藏達賴還是流亡在外，中國大陸還是沒有哪個作家拿了諾貝爾文學獎；索馬利亞海盜依然猖獗；六方會談跟馬拉松戀愛似的，都不知道第幾輪了，還是在沒完沒了地談；地球高空上的人造衛星還是不厭其煩地轉播會談上的那些畫面，一個個肥頭大耳的像個豬頭……

與此同時，全球資訊依然氾濫，就僅中國而言，自豔照門一出，廁所門、車震門、電梯門、秋千門等「門事件」如雨後春筍，爭先恐後地往高空中躥，一時間百花爭鳴，裸照全往人們的手機和電腦裡鑽，何其壯觀……

與此同時，比爾．蓋茲等巨富還在努力做慈善，他們竟跑來中國設鴻門宴，天真地想拉中國的富豪們下水——這可能是比爾．蓋茲等人有史以來在中國做的最沒水準的事，高瞻遠矚的中國富豪們怎麼可能上當呢？他們的財富雖然帶不進棺材，但總要確保「子子孫孫無窮盡也」，他們哪有心思去搭理路邊的凍死骨？

與此同時，非洲依然有無數的饑民，愛滋病依然在蔓延，地球依然充滿戰亂，奧巴馬依然西裝革履地端坐在白宮和他的智囊們談笑風生……

與此同時，依然有很多人往耶路撒冷朝聖，依然有很多神父拿著《聖經》在主持婚禮；我們的孔子也終於有幸走出國門，《論語》漂洋過海，被好多國家的大學收藏在圖書館，只是突然有人發現，其實在很久以前，很多著名的老外也提出過類似《論語》裡的主張。這時，中國的「國老們」急得臉都紅了：「就那幫蠻夷，他們也配？」這時，躺在墳墓裡的孔子也臉紅了，只可惜他動彈不得。他要是能爬起來，不知道是想揍老外呢，還是先揍那幫「國老們」，又或者扇自己兩個大嘴巴？

其實，肖智企從樓上飄下來的時候，世界還是老樣子，並沒有因為他的「羽化登仙」而改變多少。單純一個平民的死，就像平靜的湖面被激起的漣漪，掀不起驚濤駭浪的——哪怕是驚濤駭浪也會很快歸於平靜。

肖智企從樓上飄下來的時候，地球還是在繞著太陽轉，月球還是在繞著地球轉，唯一的偶然便是，地球、月球和太陽這三點一不小心連成了一線——他們說這都是月亮惹的禍——因為調皮的月亮老闖禍！

難道肖智企的死真的和這個「三點一線」有什麼聯繫？是肖智企的死引發了這次日食，還是不期而至的日食讓肖智企莫名其妙地死了？

可惜司馬遷死得早，鑒於漢高祖和漢武帝的出生被他寫得這麼具有傳奇色彩，他一定會利用這個素材，寫某個新皇帝出生的時候，有一個叫肖智企的英俊少年從樓上飄下來，而且頓時天昏地暗，重見天日的時候，天子降臨人間，一束強光照在襁褓中的天子身上。（西方人看了，肯定會興奮地尖叫：「這寫的不就是耶穌嗎？我們的主終於到達神秘的東方了。」）

不過，活下來的我們也用不著情緒太低落，司馬遷雖然死了，美國不是還有李洪志嗎？（我們很不幸地征服了開放的西方）江湖上不是還有一大批料事如神的算命先生嗎？大學裡不是還有成群結隊的玄學家嗎？我相信，集結這些所謂的精英們，他們應該能解開這個未解之謎的——如果他們的壽命，真如他們自己宣稱的那樣，足以做萬年龜的話。

不過，大學裡那些玄學家們我建議你們就別找了，他們有一大堆的會要開，又要和行政領導們吃飯，又要寫一大堆的論文拿去評職稱，還要在百忙中為女大學生們排憂解難，恐怕沒時間處理你們這種小事。再說了，肖智企這根蔥，都不知道從哪個旮旯裡冒出來的，他們根本連聽都沒聽過。德高望重的他們，怎麼會屈尊去研究一個連見多識廣的他們都沒聽過的人呢？

第二十八章　像風一樣自由

肖智企從星河苑的樓上飄下來的時候，紫若涵和張子墨正在一列火車上。車上的人很少，紫若涵可以很專注地讀張子墨寫給素顏的信。

素顏：

有一段時間，我曾經聯想過，如果知道自己大限將至了，我會怎麼做。後來，我問過阿福同樣的問題，他說他要寫一封很長很長的遺書。

我可能也會寫這樣一封很長的遺書吧！我一直以為自己是再沒有太多的牽掛了的，面對死亡的時候，我才發現自己承載得太多，我仍有很多事情，即使是死也再難放下的。

其實，人都要死了，寫再多的遺書又有什麼意義呢？而且，我生前已經說得很多了！後來想想遺書並不是對將死之人而言的，它針對的是那些將要送我走的依舊活著的人。我活著的時候，他們陪過我、愛過我。一路上，他們使我在面對孤獨的時候不再恐懼。所以，我得對他們有一個交代。這個世界是美好的，他們是美好的，妳也是！

除了遺書，我最想做的，是北上來看妳最後一眼。我可能不會讓妳看見我，如果掩藏得不夠好，還是遇上了，我不會告訴妳我將死的消息。那一眼過後，我將安心地安靜地離開。

以前很想去遠處走走，到一些陌生的地方，可現在我已經不再有這種欲望了。

原來，只有面臨死亡的時候，我才能放下一切，用足夠的勇氣去做我曾經幻想過卻一直不敢做的事情。原來死亡有時候也是一種勇氣的化身。

可惜的是，現在的我，畢竟沒有這個膽量，把所有的事情都當做是世界末日來做。我可以不那麼理智地愛妳，卻不敢不顧一切地為妳做任何事。所以只有找一個藉口說妳根本就不需要我。

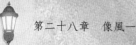

妳是真的不需要我。

子墨

信剛看完的時候，突然天昏地暗，車廂的人都以為是進入隧道了，卻沒有聽到往常入隧道時應有的轟鳴聲，那時，他們才反應過來——日食來了，可惜已經晚了——很快又重見天日。

重見天日的時候，張子墨看到窗外有一隻白鴿飛過。那隻白鴿羽翼豐滿有力，一定可以飛很遠吧？生命真美，不知道它會飛到哪裡去呢？有些人早就到達了，有些人卻還在追尋。他轉過頭，不自覺地端詳了一下紫若涵，張子墨突然發現眼前的紫若涵和曠野外的那隻白鴿一樣美。

紫若涵發現張子墨在注視自己，有點不自然。她努力尋找話題，以化解這種尷尬的氣氛，於是他們開始討論她手中的那封信——那時的紫若涵並不知道肖智企的生命就這樣被日食給帶走了。

「你會怕死嗎？」

「怕也沒辦法，又免不了。我在醫院工作了那麼多年，對這些事情也看開了。有些事情，我也改變不了的。」

「是不是每個醫生都這麼冷漠啊？」

「怎麼能這麼說呢？其實我們一直都在努力啊。生命是個過程，每個過程都會有終結的時候，就像看電影，進場之前就要想到肯定有散場的時候。醫生的職責就只是適當地延長這個過程，延長不了的時候，我們就只能儘量提高他們的生活品質。其實，一個醫生能做的，真的很有限，要不然魯迅先生也不會棄醫從文。」

「那封遺書，你寫好了嗎？」

「沒有。那時的我雖然很失落，但還沒想到死。我一直以為自己可以活很長的，所以一直都沒寫。還有另一個原因，我怕在遺書裡會落下某個很重要的人，又或者當時覺得很重要的人，而真正到死的那一天又和自己毫無瓜葛了。生命無常，充滿變數，我不想留下這麼多的遺憾，我總得給自己一個交代。」

「可是，萬一有一天，在某個毫無準備的情況下，你就……就死於非命了呢。」

張子墨沉默了一會兒：「也有可能吧。人有旦夕禍福嘛！」

紫若涵看著車窗外：「不知道有一天，肖智企走的時候，遺書裡會不會有我的名字呢？」

「妳想多了。」

「你有沒有聽過切・格瓦拉？」

「就是那個阿根廷的革命家？古巴革命的核心人物？好像他和當年的古巴導彈危機有關吧？」

「對啊！就是他。肖智企一直很崇拜他的，經常都穿印有他頭像的衣服，好像這樣就能靈魂附體一樣。他說，只有切・格瓦拉才是最能代表搖滾精神的人。貧窮、饑餓、革命、吶喊、自由、叛逆、信仰、犧牲……那些能夠代表搖滾、代表自我解放的詞，都在切・格瓦拉身上得到了最完美的體現和融合。他說，他每次看著切・格瓦拉那堅毅的眼神，都由衷地生出一股力量——就像當年的紅衛兵去北京朝見毛主席一樣。他說，希望有一天自己可以像切・格瓦拉那樣死。」

「人年輕的時候有一兩個偶像作為自己的精神嚮導，這是好事啊，可以為自己塑造人格提供有一個參照。可惜，現在的好多年輕人都膜拜歌星影星去了，於是春哥、曾哥滿地橫行。切・格瓦拉……他早年好像也是個醫生呢，呵呵，跟我一樣。據說，他曾騎著一輛摩托車和朋友環游南美洲，他現在要還活著，跑中國來遊歷的話，恐怕早就卡死在收費站了。」

「哈哈……有部電影叫《摩托車日記》，講的就是他環遊南美洲的事吧。肖智企和他一樣，都是極具浪漫主義精神的人。我有一種預感，總覺得有一天，肖智企會像切・格瓦拉一樣，為了自己的信仰而死。這樣的人如果選擇死，恐怕連遺書都不屑於寫吧。」

「我總感覺有時候妳比我還悲觀。一些小事都能讓妳想那麼多，幹嘛非得為信仰而死呢，為信仰而活不是更好？」

「我真的有很悲觀嗎？可是我每天都有說有笑的啊！跟我在一起，你不是也開朗了許多嗎？」

「妳骨子裡的悲觀，跟妳的性格沒關係。」

「你覺不覺得我們兩個真的很像？喜歡相同的電影，看相同的書，時常有相同的想法，都有一些擺脫不掉的舊事……」

「這個世界有那麼多人，要找到兩個相似的人其實並不難的。再說了，人的內涵那麼豐富，要在兩個人之間尋找到一些共同點也很容易啊！」

「那你和素顏的共同點是什麼啊？」

張子墨的表情有點不自然：「我……我不知道。」

「不知道？肖智企能從切・格瓦拉身上找到他們之間的共同點，我能從你身上找到我們之間的共同點，你怎麼可能找不到你和素顏之間的共同點？」

「我們都是人類，都是中國人，這樣算不算？」

紫若涵哭笑不得！

張子墨在口袋裡摸索著，發現那包只抽了一根的軟中華不見了，卻從口袋裡摸出一個阿爾卑斯棒棒糖。這該死的紫若涵，肯定是在我昨晚睡著的時候做了手腳，什麼事都喜歡自作主張！他把棒棒糖放在桌上轉來轉去，瞪著紫若涵良久。

而紫若涵呢，起先是一言不發，一副春風得意的樣子；後來見他瞪得久了，怕他患上鬥雞眼，便回了他一句：「你瞪著我幹什麼？讓你戒煙，這是為你好，這才剛開始呢，瞧把你急的。好好好，反正煙在上車前就被我扔了，是不可能還給你了，你就這樣一直瞪到火車到站吧，還有好幾個小時呢。你要有這股毅力啊，早把煙給戒了。」

火車到站的時候，已經接近傍晚了。張子墨和紫若涵乘車去了那個城市郊區的一所大學。

「為什麼要來這裡？你們那時就是在這裡上的大學？」

「嗯。你不是想知道我和她的共同點是什麼嗎？我在火車上想了很久，可能那裡會有一個比較合適的答案吧。來吧，跟我走，帶妳去一個地方，趁天還沒黑！」

張子墨把紫若涵帶到一棟陳舊的教學樓的天台上，他指著不遠處的一根柱子。紫若涵走近一看，上面斑駁地刻著一行字——要快樂，要開朗，要堅韌，要溫暖，這和性格無關！落款是素顏和張子墨。

「當年，我和素顏，還有阿福——對了，阿福是我和她共有的朋友，我們三個人經常來這上面看鳥的。」張子墨指了指遠方的一群建築，「那時候，那邊還是一片樹林，根本沒什麼建築。快入冬的時候，會有很多麻雀飛來這邊覓食的。校外還有一戶人家養了很多鴿子，全是純白色的，飛起來的時候好漂亮。」

紫若涵指了指西方的火燒雲：「當然，還有夕陽可看。」

張子墨微笑著：「每次那群白鴿從那邊飛過來的時候，素顏也會跟著張開翅膀！我和阿福就這樣坐在後面看著她。」

「張開翅膀？」

張子墨看著那片夕陽，又想起火車上看到的那隻白鴿。「嗯！張開翅膀。她說，總有一天她會拋下我們飛走的。於是……」

「於是，她真的飛走了，還在那根柱子上刻下了那些字？」

「嗯。不過，那個落款是我在半夜加上去的，我故意沒加阿福的名字。現在想想，我還是太狹隘了點。也許，那時候的她，早就預見了我會有現在這種低沉迷惑的狀態吧，所以才寫那些話。」

「你不覺得她很自私嗎？」

「也不算吧，她有她自己的選擇。妳知道嗎？出發前的那個晚上，我夢見她真的隨著那群鴿子飛走了。可惜，夢裡的我不會飛……」

「傻瓜，現實中的你也不會啊！」紫若涵走到張子墨身後，夕陽照出了他的光環，此刻的他在她眼中才是那樣的真實！

「妳不是想知道我跟她的共同點嗎？我想，那便是：我們都像風一樣自由。她可以自由地選擇不愛我，拋棄我，我也可以自由地選擇去追隨她的足跡。」

張子墨轉過頭，看到紫若涵眼中晶瑩的淚在夕陽的照射下格外珍貴……

在細葉的戰慄中，我看見空氣隱約地舞動著；在閃動的微光中，我看見了天空秘密的心跳。
無論你去何處，我的心追尋你的蹤影，你落在地上的每一個足印，都會使我淚流不已。

——泰戈爾

第二十九章　絕望的卡夫卡

肖智企從星河苑的樓上飄下來的時候，他的父親——肖凱軍，正在大學圖書館的禮堂裡開講座，報告他在同性戀心理領域的最新研究成果。

這種內容的講座在中國本該是沒多少個人會參加的，一方面是因為這種話題如果放在生活中閒聊，倒可以作為調侃或戲弄的物件，作為一種學術研究，則是很枯燥乏味的；另一方面，中國的主流文化是宣導陰陽調和的，對同性戀行為向來報以敵對或歧視態度，哪怕真有人懷著這種莫大的興趣想去研究，礙於社會和家庭的壓力，深怕自己的性取向被誤解，也避而遠之了。

但肖凱軍畢竟是歸國華僑，中國人雖然排斥同性戀，但因自卑情緒作怪，總以為外國的月亮都要比中國圓，對喝過洋墨水吃過洋麵包的人總是關愛有加的。再加上他多年修煉出來的風趣幽默，講座現場還是吸引了許多人。

這場講座開了很長時間，這倒並不是說他作報告的時間有多長，而是講座的最後階段，臺下的聽眾提了太多的問題。當然，他們提的有些問題確實很傻很天真，但肖凱軍還是很耐心地一一作了回答。唯獨當有人問到他的性取向和對同性戀問題的立場的時候，他含糊其辭：「作為一個研究者，最好是不要把個人的傾向和立場帶到自己的工作中，這樣才能確保自我的獨立和研究的客觀性，我正努力朝這個方向走。」

肖凱軍是在第二天早上才收到肖智企的死訊的，公安局的人打電話給他的時候，他正準備去教室給學生上課。

接到那個噩耗後，他的眼前一暗，差點從樓梯裡滾下來。可是，緊接著，他就向學校請假，訂飛機票去了肖智企出事的那個城市……

可能是因為悲慟過度，在冰冷的停屍房看到滿臉蒼白、身上遍佈傷口的兒子時，肖凱軍的臉上一點表情都沒有。他確實是想說「這不是我兒子」，可是，肖智企的屍體就這樣直愣愣地擺在那裡，還散發著寒氣。他知道他必須要面對這個現實。

對於肖智企的死，據說，警方最終的調查結果是自殺。在中國這種魚龍混雜的地方，有一兩個人自殺並不稀奇——只要警方能夠給出合理的解釋。神通廣大的他們解釋過躲貓貓死、洗臉死、興奮死、越獄死、恐懼死、失足死、強姦死等其他一系列匪夷所思的案件，要解釋自殺死，那是再容易不過的事情了。要知道，自殺死在中國非正常死亡裡頭也是上了榜的，僅次於傷天害理死、貪污受賄死、吸毒嫖娼死，光榮地名列第四名（為此，那些神秘的有關部門正向更神秘的有關部門申請，把自殺死列入正常死亡行列）。更何況，警方還在小雲上交的錢包裡發現了一封遺書。

「謝謝你，王昊，是你喚醒了我。對不起，紫若涵，我並不是有意把妳捲進來的，其實，我們本可以是很好的朋友，卻因為我的自私而毀了這段友情，給妳帶來那麼多的傷害。對不起，父親，我讓您失望了，我終究沒能成為你想要的那個兒子。有時間替我問候媽媽，她在美國一直很牽掛我。

當你們看到這封信的時候，我應該已經離開了。又或者，該換一種說法：我應該已經徹底地被這個世界拋棄了。儘管被拋棄，但我還是感激你們對我的關愛。我其實一直很努力地想要融入這個世界，想要和你們一樣，坦然地享受造物主賜給我們的一切，可最終發現仍是徒勞。

我還記得，在《斷背山》中，埃尼斯蹲在牆角，抱著傑克生前留下的那件血衣在哭；在《春光乍泄》中，黎耀輝走後，何寶榮面對著那個空蕩蕩的房間，看到檯燈上印著的南美洲大瀑布，情不自禁地哭了。

我知道，當你們看到我這封信的時候也可能會哭，但我不希望你們僅僅是哭。你們要在這個世界上好好地活著，你們要繼續走我未走完的路。在這個世界，我累了。但我仍要追隨切・格瓦拉，繼續在用新的方式尋找我夢中的世界。王昊，我終於為你改變了一些，但不知道夠不夠？我想，總會有一個地方容得下我吧。

最後說一句：『Love is a force of nature』，永別了。」

肖智企說的沒錯，肖凱軍從警方手中接過那些遺物，看到這封遺書的時候，確實是哭了。那是他這麼多年來第一次老淚縱橫。

肖凱軍在錢包中找到兩張相片，其中一張是很多年前他們一家人在美國拍的全家福。拍這張相片的時候，肖智企還是個高中生，陽光帥氣，像初升的太陽。那時候肖凱軍還沒和姜玉離婚，雙雙在美國的一所大學執教。另一張相片是肖智企和王昊的合影，兩人肩挽著肩活像兩兄弟，任誰也不會想到他們是情人。

肖凱軍仔細打量著智企旁邊的這個男人，只覺得眼熟，過了好久才想起自己曾在那所任教過的大學見過他——原來就是他——那所大學的學生！

兩天後，肖智企的母親——姜玉，從美國趕回來了。一見到肖凱軍，她便哭鬧著：「你，你把兒子還給我！他在美國的時候還好好的，這麼年紀輕輕的，怎麼在你手上就會死了呢？你把兒子還給我。是你逼死他的，你個殺人犯，你會不得好死！」

肖凱軍：「我怎麼知道？那次他去美國看妳回來之後，整個人都變了，還把新交的女朋友帶回家來給我看……我以為他沒事了，早知道會這樣，我不如……」

「你不是心理學教授嗎？連這個都看不出來？你騙誰啊？你口口聲聲說自己很關心他，現在好了，讓你給關心沒了，你還我兒子啊！」

「我……」肖凱軍沒有再多解釋什麼，任憑姜玉在他面前鬧。對他來說，人都死了，再怎麼解釋也活不過來了。

女人的感情宣洩永遠比男人來得容易、直接，其實得知兒子死訊後的肖凱軍過得並不比她好。這兩天他都夜不能寐，他迷迷糊糊地想了很多，頭髮已經白了一半，整個人在轉眼間就老了好幾年，往日的幽默風趣、意氣風發一去不復返，反而哮喘倒是復發了。

肖智企的屍體被火化後，肖凱軍和前妻一起，帶著骨灰和遺物回到大學。經打聽，他們終於找到了相片中的王昊。把遺書複印一份交給王昊看的時候，他們看到王昊哭得比誰都傷心——在那之前，他們從沒見過一個男生會像那樣哭！

「我不應該離開你的，我不應該離開你的。」才短短幾個月的時間，夏末到冬初，肖智企就這樣走了。王昊當初選擇放手，無非是想讓雙方都好過點，卻沒想到對方會這樣極端地輕生。

姜玉給了王昊一個相冊和一本日記本：「這本相冊裡大多數相片都是他以前拍的，還有這本日記，我和他父親在他房間裡找到的。我們想，你應該比我們更有權利保存它們。全當留個紀念吧。」

王昊摸著那本厚厚的日記本：「謝謝，謝謝你們！」

「我明天有個講座，是和智企有關的。我和他母親都希望你能過來聽聽。關於你們的事……我做長輩的，要在這裡跟你說聲對不起。」接著，肖凱軍在王昊面前深深地鞠了一躬。

驚魂未定的王昊措手不及：「我……我……他的死，我也有責任……我……我不該離開他的。」

第二天，肖凱軍的講座在大學裡舉行，王昊帶著那本日記第一個入場，可是沒多久便座無虛席。

肖凱軍在鎂光燈的照射下，神情憔悴地走上檯。檯旁的三架直播攝影機立馬就位。檯下的掌聲讓他感到眩暈，他搖晃了幾步，終於緩過神來。檯下有人笑了：「這老教授，在這種場合還是這麼貪玩！肯定是在美國自由慣了。」

女士們、先生們、同學們：

咳咳……咳咳，實在對不起，這兩天我哮喘又復發了。今天的講座我也不知道會持續多久，但這可能是我有生以來做得最認真的一次了。

在開始這場講座之前，我想讓大家先看看大螢幕上的這幾組相片。

你們現在看到的這個嬰兒，就是我的兒子肖智企，這是他剛出生時我在醫院拍的。生命的誕生是個偉大的奇跡，感謝上帝給我們夫妻一件那麼貴重的禮物，在他的成長過程中，雖然給我們帶來了很多麻煩，但更多的是快樂。

至於這張，是他在剛會走路的時候拍下的，你們看他哭的時候好可愛啊！孩子就是這樣，吃喝拉撒在大人眼中都能成為一種樂趣。

還有這幾張，是他六歲時他媽媽教他寫漢字時拍下的。他媽媽在美國是個漢語老師。他從小在美國長大，可是我和他母親都是地地道道的中國人，我們總希望他也不要丟掉了我們中國人的魂，於是努力地讓他說一口流利的漢語，寫一手漂亮的漢字，儘量多接觸一些東方人的傳統和文化。學得很煩的時候，他常常很無辜地問我們，為什麼其他的孩子都不用學這些，而他要。我說，因為你是中國人。現在想想，這個理由可能真的有些霸道，我從來都沒關心過他有沒有興趣學這些東西。

他十二歲的時候，有一天跟我說，班上有個女生見他會說一口流利的中國話，很崇拜他。那時候，我意識到，他早戀了。當然，在美國，並不存在早戀這個概念，有很多家庭都鼓勵自己的孩子多交一些朋友。但因為我的保守和狹隘，總認為和異性間的交往應該是成年人的事，於是嚴厲地斥責了他，並要他保證和那個女孩子斷絕往來。

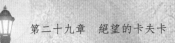

還有這幾張，這是他十五歲時我和他在瓦爾登湖釣魚時拍下的。那次，我記得我們釣到的一條魚有足足十公斤。哦，對了，你們看，他好像開始長鬍子了。那時的他抱著這條魚，笑得真陽光！多美好的一個生命啊！

至於這幾張，是他十六歲時，學吉他的情景。不過這幾張相片不是我拍的，是他一個所謂的「朋友」拍的。我一直反對他學這些無聊的東西——玩物喪志。

我的兒子，一直到十六歲，都是在很健康很陽光地成長、生活。他的生活沒有遇到太多的挫折，也沒有什麼突發事故改變他這些陽光的氣質和開朗的性格。而我和他媽媽也天真地以為他會就這樣開心地活一輩子，沒想到最後，他會用那種方式離開我們。

後來，我和他媽媽離婚了，法院把他判給了我撫養。再後來，我發現他是同性戀時驚呆了。我是做這方面研究的，我自然知道同性戀是怎麼回事。但研究歸研究，我能接受一個陌生人是同性戀，卻沒法接受自己的兒子是同性戀。我一直認為他的問題是我造成的，是我那時對他的管束太嚴，使他在青春期成長時發生了性格扭曲，以至於喪失了正常的性取向。

直到現在，我也不能確定，把他從美國帶回來是不是太武斷了。我一直認為，他的同性戀問題，除了有我的責任，還有一方面是環境因素。美國那種地方太自由，世界上各種文化都集中在那裡，難免會使他誤入歧途。我想，把他帶回中國這個單純而古老的國家來，這種樸素的環境對他的約束，或許能改變他。

卻沒想到，我就這樣把他引向了一條絕路。前些天警方告訴我他自殺的時候，我怎麼也不相信。我的兒子，雖然是叛逆了點，可他那麼陽光、那麼積極樂觀，怎麼會想到輕生呢？看了他的遺書之後，我不得不相信，那是他自己選擇的結果。

這些天，我想了很多。我的兒子——肖智企，那麼年輕，那麼光鮮亮麗的生命，就這樣沒了。從此以後，他再也不會寫漢字、說漢語了，再也不會彈吉他了，再也不會頂撞我了。

從此以後，人們會漸漸地淡忘他這個名字。可是，留在我和他母親心裡的痛，將會伴隨我們一直到死。

直到把他的骨灰盒交給他母親的時候，我才突然意識過來：我的兒子就這樣沒了，他是不是同性戀又有什麼可介意的呢？他是我兒子，無論他有怎樣的興趣，選擇怎樣的路，他終究還是我兒子。

可這次，卻因為我的狹隘，永遠地失去了他。

一直以來，我都沒有在公眾面前表明我在同性戀問題上的立場。我雖然也呼籲過要對同性戀者報以包容的態度，不要有任何歧視。可是，我兒子死後，我才意識到，我的包容是虛偽的——連自己的兒子都接受不了，又談何真正地接受別人呢？

站在我兒子的角度看也是這樣，如果連自己的家庭、親人都把他拒之門外，又何談讓社會讓公眾接受他們呢？

以前也有人問我說：「肖教授，你作為一個異性戀者，真的就瞭解他們的世界嗎？」現在我想反問一句，他們的世界真的就那麼光怪陸離嗎？即使真是這樣，有很多色彩，也是靠我們的想像強加進去的。

但其實，我們有很多證據去證明同性戀的合理性。比如說，我們的身體都會分泌激素，也就是荷爾蒙。而且，我們每個人身上是會同時分泌出男性荷爾蒙和女性荷爾蒙的，這也能解釋為什麼有些女性會長鬍子，而有些男性乳房會發育。因為我們的性徵、性取向的表現，很大情況下取決於我們分泌出的男性荷爾蒙和女性荷爾蒙的比例。而當這種比例異於常人時，很有可能就是同性戀開始的時候。這只是純粹從生理角度上去解釋同性戀。當然，他們的形成還有很多社會因素、家庭因素、心理因素……但起初，無論是心理學界還是醫學界，都是把它當做一種病態來研究的。

正因為學術界對他們這種帶有權威式的偏見，才使他們的內心更充滿負罪感，也使大眾漸漸疏遠甚至排斥他們。加上愛滋病在同性戀生活中的傳播，更使他們日益邊緣化……過了許多年，我們才取消這種說法，摒棄偏見，而只把它當做一種社會現象去研究，去探討他們被排斥的根源。我們都不得不承認，在這個過程中，我們走了很多彎路。而且，單就我個人而言，也走了很多彎路。這條彎路最沉重的代價，便是我從此失去了我摯愛的兒子——肖智企。

我兒子去世後，我一直在想：我們對他們排斥，難道真就因為他們有別於我們？

但其實，同性行為在其他動物群體裡也能看到，比如說猴子、猩猩、狒狒等近親動物。

何況，有別於我們的事物太多了。我們是人類，很不幸地，地球上還有動物、植物和無生命特徵的物體。更不幸的是，地球上每個人與他人之間還存在著那麼多的差別！我們的生理結構、社會閱歷、文化內涵、種族血統都不盡相同。最最不幸的是，我們每個人在地球上都是獨一無二的。如果僅僅因為這種差異而產生歧視和排斥，在現在的我看來，是何等的狹隘和偏執。

我們對動物和植物尚且包容，為什麼就不能夠包容他們呢？

或許有人會說，我一直都很包容他們啊，根本就沒歧視過。

真的是這樣嗎？我們真的是在以一顆平常心去看待他們嗎？我們在談論他們的時候，從來沒有附帶任何新奇的神情？從來都沒有覺得他是異類？從來都沒有覺得他們的世界是如此陌生？從來都沒覺得他們可能會有愛滋病？從來都沒覺得他們可能有心理問題？從來都沒有覺得他們的生活方式匪夷所思，讓自己接受不了？從來都沒有像觀賞動物那樣去探測他們？從來都沒有覺得他們可能會有某些見不得光的事情？

可見，我們所說的包容，並不是發自內心的。真正發自內心的包容，應該是從他們身上找到和我們有關的共同點，然後去愛這些我們共有的部分。比如，他們和我們一樣，都有情感，都需要社會和家庭的關愛，都希望得到肯定，於是，我們便給與他們這些溫暖與肯定；比如，他們和我們一樣，都需要自由和尊重，於是，我們便給予他們寬容的空間和自由以及尊嚴；又比如，他們和我們一樣，偶爾也會犯錯誤，也會給社會造成不良影響，於是我們像往常一樣，該寬容時便寬容，該責罰時便責罰……

我們只有不斷地去尋找那些共同點，才能用愛去化解那些因差異帶來的歧視。就像我的兒子，他是我的孩子，就如同千千萬萬的父母也有屬於自己的孩子一樣，父母之愛的本質是共通的，和身份無關。我不希望再有像我這樣的父親，因為自己的狹隘而喪失施展父愛的權利。

幾年前，我兒子讀過一本書，是卡夫卡的《城堡》，讀到一半的時候他問我：「小說中的主人公最後進那個城堡了嗎？」我敷衍了一句：「應該進去了吧。」過了些時候，他跟我說，卡夫卡在生前沒有寫完這部小說，也不知道主人公有沒有進去。但是他查了一些資料，卡夫卡的朋友透露，構想中小說的結局應該是主人公一直到死都沒有進入那個城堡。他當時跟我說，這部小說有些悲涼，人生的結局不應該是這樣的。

現在再聯想起那件事，我才發現，其實我兒子在活著的時候，也沒有找到那座城堡。所以，他才會在遺書裡說：「你們要在這個世界上好好地活著，你們要繼續走我未走完的路。」

正如他自己說的，人生的結局不應該是這樣的，這個世界也不應該是這樣的。他用生命開啟了那扇門，把新的使命交給我們這些不幸存活下來了的人。我們該怎麼做？卡夫卡可以絕望，但我不能讓我深愛的兒子失望。在我餘下的生命裡，我會繼續我的研究，同時極力呼籲社會對同性戀者的包容，以及對其他所謂「異類」的包容——我們不能讓他們一直這樣孤獨下去。正是因為每個事物都自由而完整地保存自我的個性，才有了這個絢麗多彩的世界。單調是乏味的，也不可能有美的存在。希望有一天，我們最終能建成我兒子心中那個充滿寬容和愛的城堡。

我要說的就是這些，謝謝大家的聆聽！

這場不太正規的講座宣告結束時，肖凱軍站在台上久久動彈不得，眼前的世界一片模糊。同時，他也已經有些耳鳴了，聽不太清楚臺下持久的掌聲。陸陸續續有人上台來跟他握手、獻花，可惜他的淚眼看不清楚。有個女人上前給了他一個擁抱。女人的頭靠在肖凱軍的肩上時，他聞到對方身上有一股很熟悉的氣息，過了一段時間，他才反應過來——那是他的前妻……

幾天以後，姜玉帶著肖智企的骨灰回美國去了……

第三十章　尋訪

素顏：

已經有一段時間沒有給妳寫信了，同時也有一段時間沒有記錄我的心情了。

前幾天，我看了一下妳最近的相片。依舊是那件黑色的外套，那條牛仔褲，從妳的笑容中，我卻感覺妳已經變了很多，甚至有些陌生。妳已經從一個女孩蛻變成了一個女生，將來，你還要從一個女生蛻變成一個女人！而我對妳的記憶，仍舊是停留在幾年前的那張臉上。只是一觸碰到這份陌生，我還是有些恐慌。

現在，社會發展的速度那麼快，資訊技術那麼發達，如果願意，連地球都可以變得很小，但不知道為什麼，我們之間卻越來越遠了？

妳說過，「感情有很多種，真實的只有一種。」我不知道妳心裡嚮往的真實的感情是哪種。不過都已經無所謂了。

朋友曾告訴我一句話：「不一定要刻意忘記！只是它在那個時候發生了，留在你記憶裡了，就這樣！」只是它發生了！

你還說過：「有些感情像頭髮，像指甲。剪斷了可以再長。而有些感情像牙齒，脫落了就永遠不能被取代！」我想說的是，即使是脫落了，我也從來沒有想過要用誰把妳取代。

前段時間，有個女同學生病了。那個神態和情形，竟和妳那次生病時的情態有些許相似！有那麼一刻我竟是動了惻隱之心！就像孟子看到那個掉在井裡的女人，忍不住要伸出手去拉一把。可我什麼也沒做，經過妳的事，我已經很明白我的命數！有很多事都不應該由我去做，有很多東西都是我命裡不該有的。或者應該這樣說：有很多東西，我都只能用不同於常人的方式去擁有——存在記憶中，存在若隱若現的距離中。相似的場景在重演，只是為了喚醒曾經的那些記憶，徒增傷感！

最近阿福也已經重新戀愛了。聽到這個消息的時候，我突然想起他曾對我說，他看到我和妳走在街上心裡有說不出的痛！現在都已經物似人非了。他說他為那個女孩狂喜，也難免憂傷。大抵感情都是這樣的吧，有快樂就有痛苦，生存和死亡永遠相隨！也希望他的幸福能多一點真實感，哲學家的愛情與許是不一樣的吧，至少比我等凡夫俗子要深邃、唯美！

最近的他情緒很狂躁，也很失落。我把妳的那句話送給了他：「要快樂，要開朗，要堅韌，要溫暖，這和性格無關！」

這真的和性格無關！我也會銘記！

希望妳可以快樂、開朗、堅韌、溫暖！我也只能「希望」，卻做不了什麼，其實妳也不再需要我做什麼！

我也會試著去接受身邊的人，試著去融入這個荒唐的世界，強迫自己快樂、開朗、堅韌、溫暖！因為我曾經就是這樣快樂、開朗、堅韌、溫暖！人不能回到過去，於是便只好複製過去！

子墨

這時的張子墨，口中很彆扭地含著一根阿爾卑斯，看來，他被紫若涵調教得還算不錯。他把信收好，對紫若涵說：「寫這封信的時候，素顏離開我已經有些日子了。」

「這封信裡又出現了阿福，那個叫阿福的到底是誰啊？他也一定很愛素顏吧？」

「至少比我更愛她。」

「那為什麼他還是愛上了別人呢？」

「可能，正因為愛得更深刻，放棄的時候也就更徹底吧！」

「真羨慕素顏，能遇見你們兩個人。一個女人，能同時被兩個男人視若珍寶，也不枉此生啊！也很羨慕你們倆，能保持這麼純粹的友誼。」

「素顏的生命是自由的，就像那一群白鴿，我和阿福都只能遇見她的飛翔，而不能與之廝守。她的羽翼豐滿有力，還要飛很遠，是不可能成為籠中的麻雀的。」

「我突然很想見見阿福。你知道他現在哪裡嗎？」

「我已經有好些年沒跟以前那些朋友聯繫了，不知道能不能找得到他。」

「我記得匈牙利作家弗裡奇斯・卡林思在一部短篇小說提過，他說兩個陌生人之間的距離只有五個人。通過這五個人，我與許可以認識奧巴馬，認識妮可・吉德曼，認識馬拉多納……我跟好多的路人甲之所以會成為陌生人，就是因為缺少這五個人作橋樑。現在，我只要通過你就能認識阿福，天賜良機啊！你就給我這個機會嘛！」

雖然紫若涵把妮可・吉德曼和六度空間理論都搬出來了，可張子墨還是含著阿爾卑斯呆坐著，無動於衷。「阿福有什麼好看的，估計現在也和我差不多，老男人一個！」

「那再好不過了，我就喜歡大叔，大叔容易被推到！」

「跟妳說實話吧，我……我不知道怎麼面對他。有好多事情，不是妳想像的那樣。」

「那些事都過去那麼多年了，你總該去面對啊！為什麼素顏你都敢去面對，而輪到阿福卻不敢呢？」最後，紫若涵只好使出殺手鐧，「沒準，在阿福那裡還能找到一些素顏的線索呢，不去豈不可惜了？」

「好吧，我試試。不過，萬一見到他的時候妳很失望，妳可別怪我啊！」

「不會的啦！不會的啦！」

尋訪阿福的路確實比紫若涵想像中的要艱難了一點點。張子墨和紫若涵下了火車後，又轉乘大巴。大巴沿著國道一路向西走了五六個小時……

這五六個小時的路程中，他們經歷了一場罕見的大霧，能見度不足十米。車窗上爬滿了水珠，窗外是一片乳白色的朦朧世界。這一路上，張子墨和紫若涵都不知道自己走到哪裡了，也不知道下一站在哪裡、還有多遠。整個車上，只有司機還有清晰的方向感。

因為霧太大，半路上開始堵車。被堵的車輛排成幾公里的長龍，這一堵就是幾個小時。每個人都會有迷失的時候，沒想到張子墨和紫若涵卻在不經意間，迷失在了一個前不著村後不著店的鬼地方。

在車上憋得太久，清晨，紫若涵終於決定下車走走。打開車門，她感到一陣濕淋淋的寒氣撲面而來。國道上除了一眼望不到盡頭的車輛，便是纖柔的楊柳。楊柳之外，便是一片田野。興許那一片田野上，有村莊、草垛，有嫋嫋炊煙，有一片沉默的遠山……可惜霧太大，田野之外的世界就這樣被隱沒了，只停留在她的想像中。

紫若涵眼前的世界，楊柳依次佇立在煙霧中，清晨的涼風掠過，它們輕舞飛揚，像一群歡笑著的長髮少女。她突然想起自己在杭州的情景，想起劉歆一晃而過的深情的眼神。紫若涵的世界並不缺乏愛，只是，她不願自己像張子墨一樣，帶著傷疤過一輩子；更不忍看到劉歆帶著傷疤的樣子……

可惜這裡沒有湖，沒有船，也沒有槳，要不然她可以回到李清照的時代，和車上的「趙明誠」一道去「驚起一灘鷗鷺」！

張子墨從車上下來，在紫若涵的肩上披了一件外套。紫若涵恍地想起，以前的肖智企從來沒有這麼做過。她不自覺地打了噴嚏。

「瞧，這麼大意，感冒了吧？」

「沒事。在車上還好好的，沒想到一出來竟這麼冷。」

「沒事就好。等到站了，我陪妳去藥店買點藥吧。」

「嗯！好吧。跟我聊聊阿福吧，我很想知道關於他的一些事。」

「他？他這個人，長得不高，性格有些內向，但在我和素顏面前總是表現得很開朗。在大學的時候，他有兩大愛好：讀書和繪畫。他可以在圖書館待上一整天，也可以一個人背上畫夾、騎著自行車跑到郊外去寫生，有時候也會偷偷畫一兩張素顏的畫。有一次，我問他，你這麼喜歡畫畫，為什麼還來醫學院啊？他說，因為我好色嘛！」

紫若涵笑了笑：「你不好色的嗎？不好色的話，前幾個晚上你能表現得那麼好？」

張子墨很尷尬：「這個……我……我是個健全的人，健全的人就意味著有七情六欲的嘛。」

「他應該不是這一帶的人吧？為什麼跑到這麼偏遠的地方來啊？學陶淵明啊？」

「誰知道他想幹嘛？快畢業的那段時間他的情緒很低落，經常發脾氣，說一些莫名其妙的話。有一次，我眼睜睜看著他把好多畫都給燒了，他一張一張地投進火盆裡，然後就蹲在旁邊哭。那段時間，他常說，一切都是虛空，都是徒勞。愛是徒勞，恨也是徒勞。他曾一度想過要出家，但因家人的反對，最終打消了那個念頭。那時候，我以為是畢業前的壓力太大、前途未卜使他恐慌；又或者因為即將要離開素顏，讓他這麼消極低沉。我沒多去管他，畢竟那時候大家都在為前途奔波，都很忙，無暇照顧自己以外的人。沒想到，過了不到半年，我們便斷了聯繫。現在這個地址雖然也是費了九牛二虎之力才打聽出來的，但是說實話，我也沒有很大的把握能找到他。」

「是不是你們男人都要經歷那種彷徨期呀？就是有一段時間，特迷惘、特無助，沒有一點方向感，感覺全世界都是灰色的，人生沒有一點意義那樣。」

「那些念頭也確實曾在我的腦海中一閃而過，只不過沒有阿福那麼強烈就是。怎麼說呢，正因為男人容易彷徨、迷惘，才需要女人的溫柔和堅韌啊。這個世界，總歸是一物降一物的……但我能確定的是，阿福的那些想法跟那些富家子弟無所事事折騰出來的空虛寂寞是有本質區別的。」

不知道過了多久，擁堵的車輛終於疏通了，張子墨和紫若涵上車重新出發。

汽車衝破那道迷霧之後，告別兩旁的楊柳，窗外的世界開始變得很清晰，中國潑墨山水畫中的「小橋流水人家」伴著連綿的青山和自由漂泊的白雲鋪在他們的眼前。這輛沾滿灰塵的大巴，就這樣肆意地在這畫卷中穿行……

可能是因為堵車時霧氣太重著涼了，這一路上，紫若涵暈暈沉沉的，總是頭疼、想吐。不過，一看到窗外鋪開來的世外桃源，她還是異常興奮：「我想，我終於知道阿福為什麼會選擇這裡了，這麼好的地方，就算待一輩子也是值得的。誰說他消極悲觀了，我猜他才是最懂生活的人。」

「他是畫家嘛，不但會用自己的方式補捉美，實在投入的時候，恐怕也不惜讓自己活在這畫裡。」

幾個小時之後，車到站了。他們在一個小縣城下車，那時已是傍晚。

紫若涵以為在這裡就能找到阿福，可張子墨告訴她：「我們必須在這個縣城裡住一晚，因為明天才有去阿福那裡的車。在找旅館之前，我先帶妳去找個藥店。妳這樣暈暈乎乎的樣子，真讓人心疼。」

紫若涵很挑逗地問他：「你心疼我啊？」

張子墨笑了笑：「怎麼啦？我不配啊？嫌我老啊？走吧，別慢騰騰的。」

他們終於找到一個藥店。這時，紫若涵搶先一步：「我進去就好了，你別跟進來了。」

「我是醫生，妳該吃什麼藥我最清楚了。」

紫若涵輕輕地推了一下張子墨：「可我才是病人，我身體什麼狀況我自己最清楚了。」

張子墨這才恍然領悟過來，女人有些秘密是不太願意讓男人知道的——雖然這些專屬於女人的小細節在醫生眼裡根本就談不上什麼秘密。既然她執意要為自己保留那點空間，張子墨自然也通情達理，站在藥店門口等就是了。

晚上，在旅館裡。紫若涵躺在床上不停地咳嗽，張子墨緊挨著她，輾轉反側。

紫若涵咳嗽的時候，張子墨總是會輕輕地撫著她的後背。這樣細膩的動作對咳嗽起不了緩解作用，卻讓紫若涵感到很溫暖。這份溫暖，讓她很感動。

「你也睡不著嗎？對不起，我老咳嗽，你會不會覺得很煩啊？」

「不會啊！我白天在車上睡足了覺，沒事的。那些藥妳都吃了嗎？」

「吃了一些，應該快好了。睡不著的話，陪我聊會兒天吧。」

張子墨側過身，從後面環抱著紫若涵，讓自己的胸貼著她的背和長髮，這樣她或許可以暖和一點。「好啊！轉移下注意力，妳就不會咳得那麼厲害了。」

「你有想過要一個自己的孩子嗎？」

「怎麼突然問這種問題？」

「沒……沒什麼，只是突然好奇，隨便問問。」

張子墨關了檯燈，黑暗中只有他們倆的聲音。「我……我也不知道。有時候，我也很想撫養一個孩子，嘗嘗做父親的感覺。但我好像更願意去領養一個，而不希望那孩子是我親生的。」

「你這種想法好怪異啊！別人都希望那個孩子是自己親生的，而你這麼排斥。你為什麼會有這種奇怪的想法呢？」

「在我的意識裡，孩子意味著無休止的責任，只要他出生了，我這一輩子就註定了到死都要扮演父親這個角色。在我還沒有做好充分的準備之前，我是不敢輕易地扛起這份責任的。如果我把他帶到這個世上來，但不能確保他擁有一個快樂的童年，不能讓他很健康地成長，更不能確保當他成年後不痛恨我，那我為什麼要這樣做呢？難道就是為了折磨他？有好多父母，連自己的問題都還沒處理好，就興致勃勃地要教育孩子，這樣其實是在間接地破壞社會。」

「那領養的呢？你不忍心傷害親生的孩子，卻忍心去傷害一個陌生人的孩子？」

「我……我不知道。可能因為不是親生的，內心的責任和對未來的恐懼就會減弱一些吧。」

「說白了，你這是投鼠忌器。其實，你是個典型的逃避主義者，像你這麼害怕責任的人，童年一定有些陰影吧？」可能是因為太激動，紫若涵比之前咳得更厲害了，肩膀不停地聳動，張子墨從後面輕輕地抱住了她。

「我也不知道那算不算得上是陰影。小時候，我生活在一個還算富裕的家庭，可是家裡大人們的爭鬥卻從來都沒有少過。每次他們吵架的時候，我就感覺我像空氣一樣，他們根本就感覺不到我的存在，又幾時在乎過我心裡在想什麼？所以每到那時候，我就跑出去，去河邊，去山上，去沒有人能找得到我的地方。可是，天快黑的時候，我還是會害怕，我還是得回去。可一回到家裡，看到那些被砸得七零八碎的場面，我就感覺我又死過一回了。後來，我爸坐牢了……再後來，我媽突然跟我說，我其實不是他們親生的。那時我才明白，我原來是被遺棄的。」

「那你當時問過關於你親生父母的事嗎？」

「我親生母親的事，大概在幾年後聽我媽提過一些；至於我的親生父親，我問過幾回，她也答不上來。」

「就因為這些，你一直害怕家庭，害怕那些責任？」

「可能是吧。」

「如果現在有一個孩子，是你親生的，你敢要嗎？」

「歷史總是很容易重演的，我很擔心我的孩子日後也會像我那樣成長，我真的害怕把他帶到這個世上來卻只是無休止地折磨他。更重要的是，我……我不知道什麼時候才能從那些陰影中走出來！」

張子墨的手慢慢地從紫若涵的腰中鬆開了。

紫若涵轉過身，摸了摸張子墨的臉：「可憐的孩子，會有機會的，等你找到你想要的生活的時候，你就會有衝破一切的勇氣了。」

第三十一章　南國的孩子

第二天早上，張子墨醒來，紫若涵還在旁邊熟睡，咳了一夜，確實有點委屈了她。

在洗手間刷牙的時候，張子墨發現垃圾桶裡竟然有一根用過了的測孕棒。出於好奇，他撿起來一看，上面顯示的是陽性。

難怪昨天紫若涵在車上會吐得那麼厲害，難怪在藥店門口的時候她會阻止他進去，難怪她會突然問他想不想要一個孩子，原來她是懷孕了！可是，為什麼她不直接告訴他呢？她還在猶豫什麼？

張子墨拿著那根「早早孕」愣了半天，一頭的問號，卻不知該從哪裡問起。這一切都來得太突然了，他甚至還沒學會怎麼去接受紫若涵，又突然冒出一個孩子！

這時，紫若涵推開門走了進來。他趕緊把那根染過尿的測孕棒藏到背後，可還是沒有逃過紫若涵的眼睛。「你都知道啦？」

「為什麼昨晚不敢告訴我？妳擔心我不配做父親？」

「不是……不是的。我肚子裡的孩子，不是你的……是智企的。其實，和你發生關係之前，我就已經停經有一段時間了，那時我就感覺自己可能懷孕了，昨晚去藥店買驗孕棒只是想確認一下。」

「妳嚇了我一跳。」張子墨鬆了半口氣——原來他顧慮最多的還是自己。

「這些天我也在猶豫要不要留下這個孩子。你知道，我還只是個學生，我也不能確定現在這種狀態的我能給他怎樣的成長環境。而且，我並不打算讓肖智企知道他的存在，所以，他出生後，還要面對沒有父親的事實。我們國家和西方國家不一樣，單親家庭的孩子在社會上會受到很多歧視的……還有很多問題我都要考慮，我不能太草率。」

「我大概也算是在破碎家庭裡長大的，每次填學籍表，填到坐牢的父親時，我都感覺見不得人，總有一種自卑感和負罪感，那時我會想，我為什麼會有這樣一個父親。這種陰影會一直伴隨很長時間的。如果哪天妳決定好了要把孩子打掉，可以跟我說，我在醫院認識一些很有經驗的婦產科醫生，他們應該能給妳一些比較專業的建議。」

「嗯，我會的。你先刷牙吧，看你滿嘴的泡沫。趕緊地，你洗完了我還要用洗手間呢。」

洗漱完，在樓下吃完早餐，他們又繼續出發了。他們上了一輛破舊的班車，班車上很擁擠，魚龍混雜，有年輕的學生，有戴著眼鏡的小職員，也有手上長滿老繭的農民……車上散發出一種奇怪的味道，和汽車尾氣交織在一起，讓張子墨和紫若涵都想吐，可車上其他人似乎早已習慣了這種味道，面無表情，泰然自若。

一路上，汽車走走停停，不斷有乘客上上下下。而且路況很差，車在公路上走八卦步，車裡面的人便左搖右擺，跳起了太空舞。紫若涵依偎在張子墨懷裡，臉色蒼白，她連咳嗽的精力都沒有了，真讓人心疼；而張子墨則習慣性地從口袋裡摸索出一根阿爾卑斯，旁若無人地把它送進嘴裡。

這時，一個老農挑著兩籮筐的雞上車來了。那群雞就放在張子墨的旁邊，他的拳頭一直握得緊緊的，就這樣忍耐著，忍耐著，不知過了多久……

車搖搖晃晃進入一個峽谷。這邊的山是環形的，像一個偌大的口袋，而這個峽谷便是口袋的入口。穿過峽谷，這輛破舊不堪的班車闖入了一個小平原，這應該是多年前的河流形成的沖積平原，歲月流逝，如今那條河應該已經乾枯或者改道了。

平原上是一大片油菜花。那一片漫無邊際的金黃，在陽光下閃爍著耀眼的光芒。色彩斑斕的蝴蝶沉浸在百花叢中，迷失了方向，蜜蜂們卻在辛勤地勞作。它們的生命短暫，卻無怨無悔。

車在油菜地中央停了下來，張子墨和紫若涵拖著疲憊的軀殼和沉重的行李下了車……

張子墨和紫若涵被遺棄在這裡，看著茫茫的油菜地，一臉的茫然。又走了一些路，他們好不容易找到在湖邊的一戶人家，家門口放著幾百個蜂箱，原來原野上那些蜜蜂都是從這裡出來的啊！

張子墨喜出望外，興奮地拿著那張寫著阿福住址的紙上前問路，他找到一個正在整理蜂箱的人。為了防止被不要命的蜜蜂螫得全身是包，那人把自己包裹得嚴嚴實實，就像楊利偉從太空中回來時的模樣。透過玻璃面罩，張子墨只看得到對方的眼珠子在轉。

在這種唐突的環境下問路其實很不合適，可是，這幾十里地就他一戶人家，這戶人家中，張子墨就只找到他一個人，不問他問誰去啊？

張子墨遠遠地看著這個「太空人」，忐忑不安地向他靠近：「你好，你好，請問這個地方往哪裡走啊？」

「太空人」轉過身，隔著手套接過那張紙，看了看地址，又盯著張子墨看了好久，才喊出三個字：「張子墨。」

因為有玻璃面罩，「太空人」那激昂的聲音傳到張子墨耳膜時已經很微弱了，可張子墨還是捕捉到了。他報之以同樣的驚呼：「阿福！」

紫若涵遠遠地看到那兩個人抱在了一起，便快步地跑過去。

阿福解下頭罩，裡面的頭髮和絡腮鬍子都濕淋淋的。「你沒怎麼變嘛！還是這樣。」

「確實，為了來看你，我還是跟以前一樣帥。你鬍子怎麼留這麼長，都不刮的啊？」

「我不太習慣自己刮了鬍子的樣子。你自己不也一樣嗎，五十步笑百步。對了，你旁邊這位是……」

紫若涵搶先一步：「我叫紫若涵，是張子墨的朋友。」

「紫若涵……這個名字挺特別的。妳是他女朋友吧？」

這時，輪到張子墨搶先一步：「不，只是朋友。」說話間，他瞥到紫若涵臉上一閃而過的不悅。

「別在這裡光站著了，都進屋裡來吧，進屋裡來。這外面蜜蜂多，見著陌生人它們就不安分，當心別螫著你們。」

說話間，阿福便一瘸一拐地把張子墨和紫若涵領進了屋裡。脫了那件裹得嚴嚴實實的衣服，阿福開始手忙腳亂地張羅著端茶倒水。

「你們吃過早飯沒，要不要先吃點東西？我老婆去集市了，也不知道什麼時候能回來，離吃午飯還有好幾個鐘頭呢。」阿福環顧了一下客廳，不知所措，「算了，我還是先打個電話給她吧。」

接著阿福撥了個電話過去：「老婆啊！妳今天在集市上買點菜早點回來吧，我朋友來了，我又不會做飯。哎呀……妳別問這麼多了，趕緊地回來就是了。」掛了電話，他又對張子墨說，「好多年都沒人來看過我了，突然遇到這種場面，我一時半會兒還真招架不住。在這房間裡轉來轉去，也不知道該幹嘛！」

「算了，你就別忙活了，我們又不生分！」張子墨看到桌上的一張相片，阿福的右邊是一個年紀相仿的女人。「你成家啦？」

阿福一瘸一拐地走上前：「這不廢話嗎？你看到那上面不是有我嗎？這是我老婆，叫侯明月。她可是一個道道地地的蒙古草原上的女人，不過留著一半漢族人的血——當年文革知識青年下鄉時的產物。」

「一個內蒙古人能跟著你跑到這種地方來，也不容易啊！這些年，你音訊全無，我都不知道你結婚了。」

「不知道就不知道唄，知道了我也不會多出一個老婆來。你呢？你成家了沒？」

張子墨笑著說：「我？我還早著呢！」

「你看看你，都多大了，還早呢？是不是素顏還沒嫁，你就終身不娶啊？」

張子墨不知道該說什麼好。

這時，紫若涵抵抗不住好奇問阿福：「你的腿怎麼會這樣的？」

阿福低頭看了看自己的腿，笑著說：「這個嘛，瘸了唄。至於怎麼瘸的呢，那就說來話長了。什麼時候妳有興趣的話，我把我老婆支開，慢慢講給妳聽。」

紫若涵本想說「我現在就有興趣」的，可她琢磨了好久才領會阿福的言外之意，緊接著便是一陣羞愧。

張子墨：「你比以前開朗多了。」

「真的嗎？我在大學那會兒是不是很難相處啊？」

「我個人感覺倒不會，至於別人有沒有這麼覺得，那我就不知道了。」

阿福狠狠地拍了一下張子墨的肩：「嗯！我喜歡坦率的人。」他們回到桌上，「怎麼會想到來看我的？」

張子墨這才想起來，打開旅行箱，取出一本朱光潛的《西方美學史》以及一套精緻的畫筆。阿福看到這些，眼前一亮，趕緊搶過來，抱在懷裡，生怕有人奪了去：「哈哈，生我者，父母；知我者，子墨也。我看看，讓我看看你那箱子裡面還藏了什麼寶貝？」

張子墨趕緊蓋上旅行箱：「沒有啦，沒有啦。我沒想到你都成家了，要不然就帶幾盒人參和鹿茸來給你補補。」

不幸的是，在他蓋上旅行箱的那一瞬間，阿福無意中瞥到箱子裡素顏的相片和那堆信。「沒有就算了，你們走了有一天了吧，在這裡好好休息吧，這裡有好幾個臥室，你們隨便去哪個房間都行。要是覺得無聊了，就隨便看看電視，上上網都行，我書房裡有電腦。我先去搗騰那些蜜蜂了，等一下我弄些新鮮的蜂蜜來給你們嘗嘗。我這裡的蜂蜜可是最純的，獨一無二的，你們在外面是吃不到的。」

張子墨取笑道：「行，你忙你的去吧。不過，冒昧地問一句，你什麼時候成古墓派的弟子了？」

阿福故意仰著頭想了想：「嗯……遇見小龍女的那會兒唄！」說完，他又套上那件連體衣服，「太空人」就這樣笨重地工作去了。

閒著無聊，張子墨和紫若涵便逕自參觀阿福的書房去了。推開房門的那一刻，張子墨目瞪口呆，滿屋子整整齊齊，擺的全是書，簡直就是一個小型的藏經閣。

門對面開著一扇窗，窗前有一個不大不小的書桌，桌上放著一部聯想筆記型電腦，旁邊還凌亂地放著幾本書。窗戶旁邊的牆上還掛著幾幅畫，有水彩，有油畫，也有單純的素描。只因為窗外的光太強烈，加上距離太遠，張子墨和紫若涵都看不清畫的內容。

從門到窗戶，張子墨和紫若涵一路走過去，目不暇接……

佛洛依德的《本體心理學》、《夢的解析》；高行健的《靈山》、《一個人的聖經》、《絕對信號》；大江健三郎的《個人的體驗》、《廣島劄記》；清少納言的《枕草子》；紫氏部的《源氏物語》；羅素的《幸福之路》、《我的哲學思想的發展》、《西方智慧》；劉曉楓的《詩化哲學》；卡夫卡的《審判》；尼采的《查拉斯圖拉如是說》；米蘭・昆德拉的《生命中不能承受之輕》、《被背叛的遺囑》；柏拉圖的《理想國》；亞里斯多德的《形而上學》；馬塞爾・普魯斯特的《追憶似水年華》；陀思妥耶夫斯基的《罪與罰》；張潮的《幽夢影》；吳敬梓的《儒林外史》；張岱的《陶庵夢憶》；劉勰的《文心雕龍》……

紫若涵：「天啊，這一趟可真沒白來！」

聽著紫若涵那膜拜的聲音，張子墨顯然有些嫉妒：「別驚訝得太早，他可能只是喜歡收藏，這麼多的書未必都看過。」可再怎麼嫉妒，他還是忍不住驚歎，「這該死的阿福，原來這些年他就躲在這裡啊！」

走近窗前，張子墨終於看清了牆上那幾張畫。他一眼就認出來了，其中一張畫的便是素顏——這一回，非嫉妒不可了。

畫中的背景是門前那片廣袤的油菜地，素顏站在那一片金黃上，張開翅膀，一群白鴿從她頭頂飛過……

憑什麼這舉世無雙的繪畫天賦是在阿福的身上，而不是我張子墨？憑什麼在阿福的世界裡，素顏可以一直這樣年輕、自由，而我張子墨就不行？憑什麼我張子墨就註定了要一直尋找，而你阿福可以躲在這裡？

慶幸的是，這些邪惡的念頭只是一閃而過。在張子墨心中的那顆毒瘤是沒有機會開花結果的，否則，他和阿福之間，後果不堪設想。

張子墨走上前去，輕輕推開那扇窗，映入眼前的是一個不大不小的人工湖，湖邊有一群純白色的鴨子。

紫若涵：「真羨慕阿福這樣的生活，他可是新時代的陶淵明啊！」

張子墨：「不，他應該是嵇康。他的內心深處其實一直都還是個孩子——南國的孩子。」

這時，另一個女人的聲音從門外傳來。「老公，聽說家裡來客人了，人呢？」

張子墨和紫若涵走出書房，看到阿福的妻子提著大包小包的東西站在門口，估計是剛從集市回來……

沒想到這個侯明月這麼好客，阿福打電話給她說有朋友來了之後，就從集市弄了一箱酒回來。一個出色的妻子，她最大的舞台是廚房，其次是臥室，最後才是在廳堂。晚飯很豐盛，跟過年似的——這是侯明月難得的表現機會。

席間，侯明月拿出一個郵件包裹。「老公，猜猜這個是什麼？」

阿福盯著那個包裹良久：「我猜不出來。」

「那你就拆開來看看。」

阿福接過那個包裹，拆開一看。「啊！羅素的《西方哲學史》，老婆，妳太好了，妳怎麼知道我想買這本書的。」

「你忘了嗎？我說過的，我是你肚子裡的蛔蟲。我上個禮拜在網上訂的，今天去集市，剛從郵局領回來的。」

張子墨恍然大悟：「原來書房裡那麼多的書，都是妳給幫他買的啊。」

阿福有點慚愧：「基本上是。我一般很少去集市，那裡太吵太髒，人又多，挺討厭的。」

紫若涵：「真羨慕你有一個這麼好的老婆，相比之下，我們的張子墨就慘多了，他到現在還在找素顏呢。」

這時，四人個都沉默了，紫若涵才察覺出自己說錯了話。

侯明月：「素顏是誰啊？」

紫若涵支支吾吾：「是他……哥哥的女兒，幾年前失蹤了。」

侯明月：「我們也很想要孩子的，可惜我肚子不爭氣，總是落不下一個種……來，喝酒！難得你們能來看我們，今天敞開了喝。」

阿福看著侯明月舉杯一飲而盡，一陣心酸。來到這個地方這麼多年來，這是她第一次流露出北方人的豪爽習性。她有多少年沒有過那種大塊吃肉、大口喝酒的日子了？

而紫若涵呢？她恐怕只能眼睜睜地看著桌上三個人在鬥酒，自己卻舉棋不定。

侯明月：「妳怎麼啦？不會喝酒嗎？沒關係，稍微喝一點，慢慢地就學會了。」

張子墨：「這酒太烈了，她懷孕了，恐怕喝不了。」

阿福和侯明月羨慕道：「恭喜啊！恭喜，懷孕了真好。」

紫若涵：「我也吃得差不多了，我看我還是先去休息吧，免得擾了你們的興致。」

張子墨：「覺得無聊的話，就去書房上上網吧。先聲明，我們可沒冷落妳啊！」

「切，你冷落得了我嗎？」接著，紫若涵就去書房了。

觥籌交錯，杯盤狼藉之時已經是凌晨兩點了。那一晚，他們說了很多，也回憶了很多。關於他們大學生活的點點滴滴，關於素顏留在各自心裡的印記，關於他們那時單純的理想（雖然他們早已過了談理想的年紀了），關於同學間各自的前途……

侯明月滿臉通紅，撲倒在桌上：「你……你以為我真的……真的就不知道素顏……是誰嗎？我不只一次地聽到你……你在夢裡叫她的名字。」

張子墨看了看阿福，他想起夢琪也曾說過自己會在夢裡叫素顏的名字。哎！原來不只自己會做這樣的傻事啊！

侯明月：「老公，我告訴你……你娶了我，心裡就……就不能有別的女人了，你是屬於我一個人的。」

三個人的空氣中有一陣凝滯的沉默……

阿福：「妳喝醉了，我扶妳上床休息吧。」

「我不要……我……我還沒醉，我們蒙古人很能喝的，哪像你們南方人？老公……跟你說啊……這酒一點也不好喝……還是我們草原上的馬奶酒過癮。」

「是，我知道妳很能喝，也知道馬奶酒好喝，下次我們就回大草原上喝個夠。」說話間，阿福扶起侯明月朝臥室走去。

「你……你說話要算數啊！不准騙我。」

「傻女人，妳老公什麼時候騙過妳啊？」

張子墨看他一瘸一拐，很吃力的樣子。「要不要我幫忙？」

「不用，她是我的女人，別人不能碰的。」

張子墨搖搖晃晃地跟著阿福進了臥室。

阿福把侯明月放到床上，倒了杯水在床頭，又給她蓋好被子，接著，他坐在床邊端詳著這個醉態的女人。

張子墨：「你這腿是怎麼回事？」

「畢業後，我去了一次呼倫貝爾，在草原上開車給摔的。不過，要不是那次事故，我也不會認識侯明月，恐怕也就不會有現在的生活。那時的她，真是個好姑娘！為了養這條殘腿，我在蒙古包住了三個月，她就無微不至地照顧了我三個月。後來，我要南下，她就不顧家人的反對跟著我南下。我說，妳過慣了草原生活，到了南方妳會不適應這邊的文化的。她說，雄鷹的家就在這一片天空下，只要你還在這片天空下，我就一直追隨著你。現在想想這句話，我還是覺得很溫暖。」

「現在呢？」

「現在她是個好女人，好妻子。這個家都是她在經營著，無論是「內政」還是「外交」，她都處理得井井有條。這種女人是適合用來生活的，娶了她，我真的不覺得有什麼遺憾。要不是她，我哪有那麼多的時間安靜地躲在書房看書，哪有精力跑到外面寫生啊？她才是真正的隱居者，嫁給我之後，她基本上就把自己隱退了，整個世界都圍著我在轉。」

說話間，阿福憐惜地摸了摸侯明月發燙的臉，捋了捋她的頭髮。

張子墨還是不甘心：「為什麼要躲在這裡，你就真的厭倦了外面的世界嗎？」

「我躲在這裡，不是害怕被打擾，而是不想再打擾別人了。」

「為什麼？就因為你這條腿？」

「也不全是。你知道，快大學畢業那會兒，我曾有過一段很強烈的掙扎。我一度懷疑過自己存在的意義，我以前也跟你說過，我想過去出家，想過去流浪，甚至還想過自殺。我本該是個被社會遺棄的人，我總覺得，對別人而言，自己是個累贅。我不知道你在那個年紀有沒有類似的經歷，可那段時間，恐怕是我人生中最黑暗的一個時期。後來，我一個人開車去了趟內蒙古，走出學校，沿途發生了很多事，經歷了那麼多，才發現世界豁然開朗。」

張子墨重新打量了一下躺在床上的那個女人：「是因為侯明月嗎？」

「不知道算不算，但我覺得更多的是我的觀念在那時有些改變。那年在呼倫貝爾，看到那一片大草原，還有那一片荒漠，我才發現世界其實可以很大。我那時就在想，那麼大的世界，總能找到一個屬於自己的位置讓我安身立命吧？無論我們怎麼懷疑自己、否定自己，只要時間還在不停地往前推移，我們就停不下來。」

「可你為什麼要躲那麼遠呢？」

「我不想再和外面世界的人有任何瓜葛了，他們每個人的存在都會翻開我那段歷史。我想浴火重生，我想重新做人，我想徹底擺脫以前的那個自己，我希望自己一直就這樣年輕下去，哪怕是做個孩子也行。侯明月的出現，讓我能更專注地往前看，而不再是沉溺於回憶。」

「這麼說，這次我本不該來。」

「不，我應該謝謝你。你來了，雖然使我想起了很多以前的事，但也算是解脫了吧。在此之前，我心裡並沒有獲得真正的寧靜，時常還會夢到那些場面。你來了之後，我才有機會重新審視那段經歷，才讓我更珍視現在的生活。」

張子墨內心一陣失落：「看來你是再也回不去了。」

「這裡就是我家啊。人一輩子最重要的事就是能找到一個家，我已經有一個歸宿了，你還能讓我回哪兒啊？行了，已經不早了，去書房看看你的紫若涵睡了沒，早點去休息吧。」

第三十二章　傳承

張子墨從阿福的臥室出來，推開書房的門，卻看到紫若涵蹲在窗前的角落裡，拿著手機狂按。他開了燈，走上前，發現她已經哭得像個淚人似的。

「怎麼啦？到底發生什麼事了？」張子墨以為是孕期綜合症，女人在懷孕時情緒很不穩定的。

紫若涵抬起頭，追問道：「你說，你說，他的電話怎麼就打不通了啊？怎麼可以一直都打不通啊？」

「誰啊？誰的電話打不通？妳是說那個肖智企嗎？」

紫若涵點點頭，把手機遞給張子墨。張子墨接過手機，擴音器裡傳來「您撥打的號碼是空號。」

紫若涵抱著膝蓋，又哇的哭了起來：「智企他……他死了。」

「到底怎麼回事啊？妳別急啊！慢慢跟我說……別慌！」

她指了指桌上的電腦。張子墨走過去，電腦螢幕上正播放肖凱軍悼念自己兒子的那場講座。那場講座的視頻被上傳到網上，才幾天，點擊率就一路飆升，已經頂到排行榜第一名了，而紫若涵和張子墨直到今晚才知道。

「妳別急嘛！這個世界同名同姓的人有很多啊，未必是他。」

「不！不！我認識那個教授，我認得他，他就是智企的父親，智企帶我去見過他的。」

這麼說，肖智企的死在紫若涵心裡是確認了的。可是對於張子墨而言，肖智企只是一個陌生人。他只是從紫若涵口中聽過有關這個人的點點滴滴。語言的力量是那樣微弱，所以，當張子墨聽到這個陌生人的死訊時，並沒有很大的觸動。可是，紫若涵的悲痛卻近在眼前——張子墨這時才體會到肖智企在她生命中有多重要。

張子墨之前沒有遇到過這樣的場面，不知道該說些什麼話給予紫若涵以安慰。又或者，任何安慰的話都是多餘的吧。他只能把這個哭得一塌糊塗的女人擁入懷裡：「沒事的，這些都會過去的，會過去的。」

那晚，紫若涵在張子墨懷裡哭了很久，也反覆說了很多。她又反覆唱起那首「流浪歌手的情人」，反覆提起那把吉他，提起切・格瓦拉，提起搖滾，提起王昊，提起蘇童的《肉聯廠的春天》，提起他們分手的情形……直到眼淚哭乾了，人也沒力氣再說話了，兩人才相擁著漸漸睡去……

第二天清晨，朝陽從窗外照進來，停在那一排排書架上時，阿福推開書房的門：「你們怎麼睡這裡啊？隔壁不是還有個房間嗎？」

張子墨和紫若涵這才醒來。

「你們趕緊起來洗臉刷牙吧，快吃早飯了。吃完早飯我帶你們出去走走。」

阿福走後，張子墨扶起紫若涵。「妳沒事吧？」

紫若涵勉強笑了笑：「我沒事了。」可是再次看到那個黑屏的電腦螢幕，她又笑不出來。這電腦昨晚一直沒關，她知道，自己只要動一下滑鼠，那個畫面又會重現。

吃完早飯，阿福便帶著紫若涵和張子墨去了那片廣袤的油菜地散步了，可紫若涵在張子墨旁邊還是一言不發。

阿福：「經常沒事的時候，我都會一個人來這裡走走，這裡空氣那麼好，視野那麼遼闊，風景又那麼美。來到這裡，人的心情也就舒暢了許多！」

在阿福面前，張子墨就難免顯得俗不可耐了：「有這麼大一塊油菜地，你一年釀蜜也能掙很多錢吧？」

阿福：「哪能夠啊！別看這片油菜地是挺大的，可真要靠養蜂掙多少錢，是不太現實的，它們的產量並不高。一來是因為花期很短，過了這盛花期，那些蜜蜂基本上就不產蜜了。還有就是受氣候影響很大，萬一碰上長期的陰雨天氣，那些工蜂就沒法出去採花粉了，那些蜜蜂就成片成片地餓死凍死。而且，照顧那些蜜蜂也是一件很累人的工作，要不停地造王台，又要防寒，還要驅逐那些老鼠、馬蜂什麼的。最麻煩的是，它們還會經常生病——照顧它們就跟照顧姥姥似的。」

「可是，我看你小日子過得挺滋潤的啊！」

「那是因為我們不只是養養小蜜蜂，在那個湖裡，我們還養了一批甲魚。湖邊，我們養了一大群鴨子……反正呢，我們做的還有很多。」

「那你們豈不是一年四季都很忙？」

「是有點！不過，大部分工作都是侯明月在打理。可能明年我們就不養鴨子了，那東西太髒了。對了，紫若涵，妳不是懷孕了嗎？甲魚很補的，妳走的時候，妳帶幾隻回去吧！」

神遊在外的紫若涵聽到阿福叫自己，過了好久才反應過來：「哦！不用了，我還沒想好要不要把他生下來呢。」

阿福很驚訝：「啊？他好不容易才來到這世上，怎麼能說不要就不要呢？這樣做你們以後肯定會後悔的。你們知道嗎？我和侯明月就一直想要有個自己的孩子，可因為我們的染色體不吻合，一直都沒機會……我知道現在外面很流行無痛人流啊什麼的，可你們別做傻事啊！」

張子墨：「你就別給她壓力了，每個人對待孩子的態度都不一樣的，讓她自己慢慢想清楚吧。何況，現在孩子的父親已經不在了。」

阿福的驚訝一波三折：「孩子的父親不在了？張子墨，這麼說那肚子裡的種不是你落下的？」

張子墨很無辜地反問道：「我幾時跟你說過是我的啊？」

「那今天早上我還看到你們在書房……難怪你會一臉滿不在乎的樣子，事不關己，自然就高高掛起，人之常情。」

張子墨委屈得連話都說不上來，還是紫若涵給解了圍：「孩子在我肚子裡，要不要生自然是我的事，他一個不相干的人，想管也管不了啊！」

可這話裡的刺，還是讓張子墨很不舒服。算了，就姑且原諒她吧。她現在滿腦子都是肖智企的死，都是那個該死的視頻。

這時，一大群蜜蜂從油菜地上飛來，停留在他們上空舞蹈。這種舞蹈，職業的養蜂人自然是洞若觀火的。阿福很興奮：「看，婚飛啊！是婚飛啊！你們知道什麼是婚飛嗎？就是當蜂王想要交配時，她便會從蜂巢裡飛出來，蜂群中的雄蜂都會跑出來追逐，整個追逐的過程，就叫婚飛。你們看，這陣勢多壯觀！但是那麼多的雄蜂，只有最後勝利的那隻才有機會跟蜂王交配。交配完，那隻雄蜂的生殖器就會落在蜂王的身體裡面，而這時，牠自己也就死了，因為每隻雄蜂的使命就只是交配。」

張子墨：「這種繁殖方式，倒有點像黑寡婦蜘蛛。不同的是，黑寡婦是在交配後把雄蜘蛛給吃了，以供養肚子裡的孩子。」

阿福：「我還沒說完呢。至於那些沒能交配而回巢的雄蜂，就會慢慢地被工蜂們驅逐出巢，然後淒涼地死去。對於我們這些養蜂人而言，考慮到那些沒用的雄蜂每天只會消耗蜂蜜，我們也會將它們人道處理。過些時候，我就要做這項工作了。」

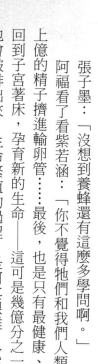

張子墨：「沒想到養蜂還有這麼多學問啊。」

阿福看了看紫若涵：「你不覺得牠們和我們人類的繁衍也很相似嗎？我們人類，男歡女愛之後，上億的精子擠進輸卵管……最後，也是只有最健康、最強勁的那個精子才能和卵子結合，然後順利地回到子宮著床，孕育新的生命——這可是幾億分之一的機會啊！而那些沒能與卵子結合的精子，最終也會被排出來。生命繁殖的過程，是何其艱難，它其實是一個不斷淘汰的過程。可是，無論怎樣艱難，那些本質，那些高貴的精神，還是被無數新的生命傳承了下來……每個生命體都有一個天賜的職責，那就是繁衍新的生命，那就是傳承。那些沒能履行或者不願履行這項職能的生命，是會被同類唾棄的，他們最終的結局只能是淒涼地死去。」

紫若涵抬頭仰望著那一片藍天，她看到肖智企的笑容深藏在不斷變換著姿態的蜂群中。那一刻，張子墨看到她終於笑了。他們的笑容和乾淨的藍天、明媚的陽光、金黃的油菜花相映成輝……

吃晚飯期間，侯明月停下來跟紫若涵說：「我老公說，妳還沒想好要不要肚子裡那個孩子……我……我想說，妳無論如何都要把那個孩子生下來。如果……我是說如果妳不想要的話，我們可以領養他，是男孩女孩都沒關係。」

阿福也停下來看著紫若涵：「這件事我和我老婆都商量過了，妳不妨考慮一下，我們是很有誠意的。」

侯明月放下筷子，情不自禁地哭出聲來：「也許妳從來沒有體會過，做一個妻子卻無法做母親是什麼滋味——我們真的很想要一個孩子。求求妳！」

張子墨見紫若涵猶豫不決，拍了拍她的肩：「你們讓她好好想想吧，這畢竟不是件小事。」

侯明月：「這些年跟著他，我都沒怕過別的，只是不想這個家一直這樣冷冷清清的，不想他一到晚上就躲到書房裡看書。他再怎麼愛我，再怎麼對我好，可總還是覺得少了點什麼。如果有個孩子，就不一樣了，整個家都會圍著他轉，也就會增添點人氣兒。妳放心，把他交給我們，我們一定會好好撫養他。我們會給他最充足的營養、最和諧的家庭、最優良的教育、最適合的環境……我們絕對會是稱職的父母，合適的時候，我們還會帶他來看妳的。等他慢慢長大了，我們還可以帶著他四處走走，到外面的世界去看看……」

終於，紫若涵發話了：「給我點時間想想吧。」

吃完晚飯，張子墨在書房看到紫若涵又在看肖凱軍的那段視頻，不過這次她比之前平靜了許多。

「還看呢，人死不能復生，節哀吧！」

紫若涵盯著電腦螢幕：「那個教授反覆說，我的兒子就這樣沒了。其實智企在我心裡也是一樣，就這樣沒了。」

張子墨：「人一輩子這麼長，總會遇到一些措手不及的事。經歷多了，人也就會變得堅強了。」

紫若涵關了電腦：「算了，我已經沒事了，不提他了。今晚月色挺好的，陪我出去走走吧。」

屋外是一片寧靜的天地，月光如霜，給這天地灑下一片淒清與寒涼。不要忽視這份寧靜，這是大自然的賜予，是浮躁喧囂的人造城市永遠都不可能擁有的氣質；更不要輕視這份淒清與寒涼，它能讓心存悲慟的人歸於平靜，重新思考前方的路。

漫步在小路上的張子墨和紫若涵，借著淡淡的朦朧的月色，能夠看清彼此的身影，卻看不到對方的表情。於是，在這一片寧靜中，他們的聲音顯得尤為珍貴。

紫若涵：「說說你的素顏吧，一路上只是看你寫的那些信，很少聽你形容過她。」

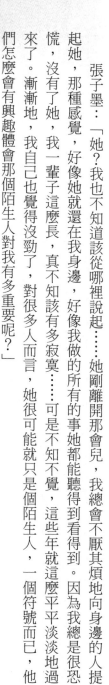

張子墨：「她？我也不知道該從哪裡說起……她剛離開那會兒，我總會不厭其煩地向身邊的人提起她，那種感覺，好像她就還在我身邊，好像我做的所有的事她都能聽得到看得到。因為我總是很恐慌，沒有了她，我一輩子這麼長，真不知該有多寂寞……可是不知不覺，這些年就這麼平平淡淡地過來了。漸漸地，我自己也覺得沒勁了，對很多人而言，她很可能就只是個陌生人，一個符號而已，他們怎麼會有興趣體會那個陌生人對我有多重要呢？」

紫若涵：「也可能是你們相隔的時間遠了，你對她的感情也漸漸歸於平淡了。」

張子墨：「也不全是吧。其實，遇見她之後我總是很自卑。她看過的書很多我都沒看過，她走過的地方我基本上沒走過，她自由高潔的靈魂也讓我感覺自己是那麼卑微。她出現以後，我甚至輕視其他一切女性，也輕視我自己……在她面前，我總感覺自己是殘缺不全的。」

「感覺她好神聖的樣子。」

「其實，我未必想過要跟她長相廝守，但我愛她，總希望可以不斷地完善我自己，這樣才對得起這份愛，這樣才更有資格去愛她。可有時候我也會感到很累，感覺自己永遠追不上她的腳步。就好像是跟著她爬一座很高很高的山，我爬到半山腰的時候，發現她已經到了山頂，可等我好不容易到了山頂的時候，她又到了另一個更高的山頭。但內心的那份執著，一直驅動著我，我停不下來。」

紫若涵：「你對她，更像是一種仰望，而不是愛。愛是要靈與肉相互交融的，你對她只有精神上的仰望，而拋棄了欲望的層面，至少算不上是完整的愛吧！」

「那又怎樣？蘇格拉底也說過，因為靈魂的高尚而傾慕一個人是件難能可貴的事！」

「可是再怎麼難能可貴，它還是會過去啊！就像我和肖智企……他終究還是離開了我們。」

張子墨：「是啊，總會過去！這也是最無奈的地方。以前，我也以為我對她的愛是崇高的，當有一次我無意中看到一張相片，看到她的肩可以那麼自然地向另一個男人傾斜的時候，我發現原來我也會嫉妒。那時候我就在想，她有多久沒有像對別人那樣對我笑過了，憑什麼站在她身邊的那個人不是我？在我心中，她永遠是不可取代的，可她輕易地把我給替代了。」

紫若涵：「可能你根本就不應該遇見她，因愛生恨是最不願看到的結局了。」

張子墨：「我沒有恨啊！不過有時候確實也會想，如果那時候我退學了就好了，我就不會遇見她，也就不會形成我現在的性格，也就不會讓我深陷孤獨……遇見一個人，也會漸漸地把自己的生活給束縛起來。」

紫若涵：「你為什麼不反過來想呢？如果不遇見她，你就不會發現這個世界有多大，你就不會知道有蠍子樂隊，也就不會喜歡上搖滾；如果不遇見她，你就不可能體會到一個人的靈魂可以這樣純粹高潔，也就不會知道愛的力量可以這樣持久；如果不遇見她，你恐怕也不會再跑來找阿福，也不會看到原來人還可以有另一種生活；更重要的是，如果不遇見她，你就不會有這次出走，也就不會遇到我啊……」

張子墨忍不住笑了：「我想知道妳為什麼可以自戀到這種境界？」

紫若涵倒是不介意：「本來就是這樣嘛！就拿我和智企來說，如果我沒遇見他，便不知道蘇童的《肉聯廠的春天》，也不知道切・格瓦拉這個人；如果我沒遇見他，便不會彈吉他，也不會去杭州，更沒機會看到一路上這麼多的風景；如果我沒遇見他，也就不會在火車上遇見你，更不會看你寫的那些信，更不會知道這世上還有一個人叫素顏；如果我沒遇見他，也不會認識阿福，也不會知道養蜂是件這麼麻煩的事，更不會知道一個人可以收藏這麼多的書，可以生活得這麼充實。更重要的是，如果我沒遇見他，也就不會知道同性戀的世界是怎樣的，也就不會學著怎樣去體諒人，寬容人……」

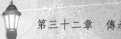

張子墨陷入了沉默，大概是為她的冷靜而折服吧，得知肖智企的死訊剛過了一天，她就可以這麼理性！

紫若涵抬頭望著天上的月亮，又看看月色中這一片油菜地：「記不記得我跟你提起過的，兩個陌生人之間只有五個人的距離。這句話裡面也有另一層意思，那就是我們每個人都承載著很多故事，那些故事裡不斷地穿插著很多人，將我們同那些素不相識的人緊緊聯繫在一起。而有幸遇見一個人，有時候就像是在心裡打開了一扇窗，陽光照進來的時候，我們的世界也豁然開朗！所以，每個人都很重要，因為少了他，將會有很多故事變得殘缺不全，將會有很多人深陷黑暗之中。因此，我們才不斷地傾訴，不斷地和身邊的人分享，為的是把這些故事都傳承下去，為的是讓別人的世界變得更寬敞。生命有限，總有一天我們會老會死，可是那些故事——也就是我們在世界上留下那些的痕跡，永遠不會被死亡帶走！這也是我從智企的死得到的啟示。」

女人的情感宣洩得容易，意味著她復原得也快一些。不過紫若涵復原的速度讓張子墨有些吃驚。

「我或許可以這樣理解，就像妳肚子裡的孩子一樣，他還沒有出生就已經註定要傳承妳和肖智企的故事了。」張子墨打量了一下她的腰，「哦！對了，妳現在肚子已經慢慢見形了，過些日子要拿掉的話，恐怕就不是那麼容易了，現在有沒有想好怎麼辦？妳不妨考慮一下侯明月的建議吧，我看她確實想要一個孩子的。而且，我認識阿福這麼多年，他是個信得過的人。孩子如果在這個家庭成長，應該會幸福的。」

「我剛才又看了一遍那視頻，我在想，現在智企死了，我還能為他做些什麼呢？當然，我不可能像他父親那樣去做那些公益事業，恐怕我能做的也只能是一些極個人的事！替我謝謝阿福夫妻倆的好意吧！」

「也好，這些事還是我去說比較方便些，怎麼著也不能讓一個女人『拋頭露面』，行使『外交職能』……天也挺涼的，我們早點回去吧。」

張子墨摸摸口袋，發現裡面又是空空的。紫若涵很默契地掏出一根阿爾卑斯：「吶，給你吧。」

「我還是覺得口袋裡裝一堆阿爾卑斯很不舒服！」

紫若涵看著他一臉孩子氣的樣子：「有什麼不合適的？慢慢適應了就好了。」

張子墨和紫若涵離開時，阿福把他們送到縣城的汽車站。

臨別前，阿福取出一張相片給張子墨。裡面的背景是一個湖，湖後面是一座山，山上有座寺廟，素顏側身站在湖上，安靜地眺望遠方的那座寺廟。

阿福：「這張相片是五年前我從朋友那裡拿來的，也許會對你有幫助吧！我知道你這次到這裡來，肯定不只是來看我的。如果有一天你真的找到她，記得替我向她問好。真佩服你，過了這麼多年還有勇氣做這些。有些事我做不了了，也就只好把希望寄託在你身上了。」

張子墨：「過了這麼多年才決定出來找她，也不知道會不會太晚。你會不會覺得我很傻啊？」

阿福：「人這一輩子這麼長，難免要做一兩件傻事。如果不去做，這個影子就會藏在你心裡一輩子。就像我上次去內蒙古一樣，走過了，我才能更好地認識到自己的侷限。沒什麼傻不傻的，旁人的看法左右不了你的感情和執著。你只要相信：和素顏的遇見，是我們這輩子看到的最美時光。對了，還有這幅畫也一併交給你吧。」

張子墨打開一看，正是阿福書房窗邊的那幅，素顏的笑容依然那麼燦爛，並沒有因歲月流逝而有絲毫黯淡之色。「這應該是你最喜歡的一幅，把它給了我，你怎麼辦啊？」

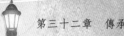

阿福笑著說：「你是不是豬頭肉吃多了，要不怎麼會笨成這樣？我有侯明月的嘛！把這幅畫傳給你，是因為我知道，也只有你才懂得它的價值，也只有你才會像我之前那樣珍視它。我對素顏的感情，也將隨著這幅畫傳承給你。從此以後，她就和我再沒關係了，我也就真正平靜了。但最後我還是要跟你說一句，那些遺憾和執著，留在記憶裡就好了，不一定要把它帶到生活中來的。」

張子墨：「現在感覺你不像個藝術家，倒更像個哲學家了。」

「那是因為藝術上升到一定境界，最終都會向哲學靠攏。這是學術界的事，你不懂的。」

「切……德行！」

「不管怎樣，還是謝謝你們來看我，世界這麼大，可能以後都沒有機會再見到你們了。對了，紫若涵，送本書給妳吧，我能送得出手的，恐怕也就只有書了。羅素的《幸福之路》，希望妳會喜歡。本來想給妳弄幾盒蜂蜜的，但轉念想想，蜂蜜吃完就沒了，遠沒有一本好書的影響那麼持久。」

紫若涵拿著那本《幸福之路》，欣喜若狂。「謝謝！謝謝！阿福，你真是太好了。」

「那是！要不怎麼會有那麼多女孩子喜歡我呢？再說了，臨別之際，總不能折幾根柳條送給妳吧，這樣太寒磣了。對了，孩子的事，妳別放在心上，大不了我和侯明月去領養一個。」

紫若涵有點內疚：「我……我都不知該說些什麼好了。」

「那就別說了，做人要灑脫點嘛！趕緊上車吧，我也該回去了。你們一路上保重啊！」

汽車出發了，它進入國道，穿過那片迷霧……重新看到路旁熟悉的楊柳時，紫若涵才恍然想起什麼來：「子墨，那個……阿福原名叫什麼啊？」

「啊？這個啊！在大學那幾年一直叫他阿福來著，畢業後也是這樣叫的，時間久了，大家都叫習慣了，反倒忘了他原名叫什麼了，一時間我還真想不起來了。」

紫若涵有些激動：「你們怎麼這樣啊？這麼好的一個人，連人家叫什麼你們都能忘了！這世道！這人心！」

張子墨一臉委屈：「我……要不妳現在就返回去問問？」

「還是算了吧！其實名字也不是很重要，一個代號而已！他可以叫阿福，別人也可以。沒準什麼時候，他還可以叫張子墨呢！」

「張子墨可不是誰都可以叫的，聽我媽說，這個名字可是很有來頭的。」

「我知道……你身世坎坷，來頭大嘛。」

張子墨和紫若涵到達火車站時，天已經黑了。

紫若涵突然心血來潮：「子墨，我突然好想吃大餐啊！我們去吃大餐吧。」

張子墨：「可是……車站附近的餐廳一般都很貴的，也找不到什麼好吃的。」

紫若涵：「沒事啦！就這麼一次，管它是在哪裡呢！小潘陽說的，人活著不能太在乎錢。」

張子墨感到很奇怪，為什麼她突然變得這麼任性了，這根本不像她的性格。可是他沒這個勇氣問——偶爾遷就她一兩回並沒什麼大不了！

不知道紫若涵是真的很餓了，還是肚子裡的孩子在一天天成長，她在餐廳裡狼吞虎嚥的樣子著實把張子墨嚇了一跳。

「幹嘛這麼看著我？人家是真的餓了嘛！」

張子墨放下筷子，喝了口水：「沒事，妳吃吧，不用管我。只是第一次看到妳這樣子，有點驚訝罷了。」

「對了，有個問題一直想問你。我在你印象中是怎樣的啊？」

「妳？很好啊！很活潑，很開朗，每天都很開心的樣子，這樣的性格，遇到傷心的事也會很快就過去了。如果我也能像妳這樣一直很積極就好了。」

「你也不錯啊！雖然不太愛說話，但這一路上你一直很體貼，很懂得照顧人，應該是個理想的結婚對象，只是有時候太敏感了。」

張子墨笑了笑：「不知道妳這話算不算諷刺，一個最不想結婚的人，卻成了別人眼中理想的結婚對象。」

「不是啊！我知道，你不想結婚是因為你把婚姻和責任看得太重，所以才不願去觸碰。這說明你是個有責任感的男人，女人在社會中畢竟是弱者，她一生要找的也無非是個有責任感的男人。」紫若涵抽出一張餐巾紙擦乾嘴角的油漬。隔著玻璃，她看到餐廳窗外一個路人匆忙地經過，心裡一陣失落，「只是……你的機緣還沒到，無心留意路邊的風景罷了。」

無論紫若涵分析得對不對，這畢竟是個沉重的話題，是張子墨不想觸碰的禁區，要不然他很可能早就和夢琪結婚了，也就不會有這次旅行。「吃完了，我們走吧。時間已經不早了。」

在火車站候車室，紫若涵突然緊緊地抱著張子墨。他感覺到對方的腹部有一塊凸起的東西隱隱地貼在了自己的身上——那便是紫若涵肚子裡的孩子，一個嶄新的生命。他以為她只是想要瞬間的親密，卻沒想到這個擁抱在擁擠的人群中停滯了那麼久。張子墨體貼地撫摸著紫若涵的肩膀：「怎麼啦？身體不舒服嗎？」

周圍的聲音很吵，可是紫若涵在張子墨耳邊的呼吸那麼清晰。「不是……我……我決定把孩子生下來。」

張子墨對她這個決定並不驚訝，只是考慮到年輕的紫若涵還有那麼長的路要走，不免擔心。「可是……他畢竟……我是說，肖智企已經死了。妳沒必要為一個已經離開的人付出這麼多的。」

「你不也是一樣嗎？素顏早就離開你了，你還在不停地找。阿福說的沒錯，我們都有一個使命，那就是傳承一種精神。我決定把孩子生下來，把他撫養成人，也算是對肖智企的一種傳承，有些事我和他畢竟發生過。這也算是我為他做的最後一件事吧。沒準……我會給孩子找一個稱職的父親。」

張子墨這時才感到心裡有一種莫名的失落（原來他還是會失落啊），可是他又能強求什麼呢？「既然……妳已經決定了，我也不方便說什麼。」

「接下來的那幾站，我不能陪你去了。我要回學校辦休學手續，然後回家養胎。」

紫若涵鬆開手，這最後一個短暫的擁抱就這樣結束了。他這時才看到紫若涵的臉，看到她眼中閃爍的淚珠不斷地從臉頰滑下。可是，張子墨沉默著，可能是因為突然間想說的話太多，一時間竟不知該從哪兒說起了。於是，他只好看看周圍陌生的旅人。是不是有一天，紫若涵也會像那些人一樣變得陌生？

接下來的那幾站那麼長，沒有了紫若涵，他該有多寂寞！這種情緒和多年前素顏離開時的悲涼重疊在一起時，張子墨才發現，原來歷史真的會重演。有些情感，註定了稍縱即逝！

紫若涵：「其實，你一直都是個很優秀的旅行伴侶。一路上，我們都很開心，我們相互傾訴，分享了很多故事。只是，我們現在有了不同的方向了，於是註定了我們只能陪著對方走一段路程，而不是全程。而且我知道，你要找的是素顏，是不可能為我改變軌跡的。即使你現在停下來了，你心裡也永遠不可能真正地安定下來。」

張子墨：「我以後還可以聯繫妳嗎？」

紫若涵擦乾眼淚：「當然可以，我昨晚就把地址放在你旅行包裡了。你也可以寫信給我的——就像你以前寫給素顏那樣寫給我，我也可以是你朋友啊！只是我希望那些信，你可以寄過來讓我看到。我知道這些年你一直過得不怎麼開心，但我希望你以後可以變得快樂，不再那麼孤獨。你可以做得到的，像我這樣。」

張子墨：「很少有人像妳這樣在乎過我……」

紫若涵：「以後沒準還有很多人比我更在乎你。時間快到了，你趕緊上車去吧。」

張子墨進入剪票口的時候，回頭看了看紫若涵。人群爭先恐後地朝張子墨湧來，而紫若涵像頑石，依然在那道激流中巍然不動！只是她那關切的目光，仍是追隨著張子墨離去的方向……

那一刻，張子墨突然想起了他母親。出發前，他母親也是這樣目送著自己遠走的。

第三十三章　寬恕

四姐看到張魏民的屍體的一剎那，她突然感覺眼前的這個人很陌生。

入獄之前，四姐眼中的張魏民還有著運籌帷幄的自信，春光滿面。直到手銬戴在他手上，還不知所以，叫囂不停。可躺在眼前的這具屍體，冰冷、蒼老，全身的肌肉早已下癱，額頭也只剩伶仃的幾根短髮……

是的，他曾經是自己的丈夫，是孩子的父親；他曾經是那樣不負責任，整日花天酒地；他曾經是那般殘暴乖戾……

那麼多年，他們吵過、鬧過、打過，也恨過。她曾以為自己會恨他一輩子，以為自己會先他一步離開人世，卻沒想到世事反轉。

現在，站在這具屍體前的四姐已經不再恨張魏民了，但這並不代表她原諒了他，而是因為他老了、死了。一個老了死了的人，是可憐的——兔死狐悲。時間可以沖淡糾結的感情，愛可以化解刻骨的仇恨，其實憐憫也可以，關鍵是看你有沒有這樣的勇氣。

歲月讓獄中的張魏民老了死了，也讓圍牆外的四姐飽嘗了塵世這杯苦酒。對於張魏民，該懲罰的也早就懲罰完了，而現在只留下那副空洞的軀殼。這副早已被挖空的脆弱的軀殼，自然承載不了四姐這些年的苦難和記憶，但它在不知不覺中化解了這些年的仇恨。

也許四姐的平靜並不意味著她寬恕了張魏民這個人，而是意味著她淡漠了自己和張魏民有關的那段經歷。「淡漠」有時候意味著放下，意味著釋懷，意味著不在乎，甚至意味著輕視。由輕視張魏民演變到輕視和他有關的一切經歷，人的冷漠和殘忍也由此開始——原來四姐從來就沒拿正眼瞧過他！

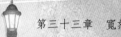

她是在張魏民下葬以後才認識到這一點的。那天她去監獄領取張魏民的遺物，值班的中年獄警低頭看著案卷問她：「妳是犯人張魏民的什麼人啊？」

四姐一時不知道該怎麼回答那個看似很常規的問題，在腦海裡搜尋了好久，也找不到一個合適的身份去對應她和張魏民的關係，直到最後，她才支支吾吾地說：「我……我是他朋友。」

「妳不是他家屬啊？那我不能把那些東西交給妳。」獄警抬頭打量了她幾眼，顯然是對她有了少許防備。

四姐這才有點著急：「不……不，我是他……我是他妻子。」

「奇怪！妳是他妻子？為什麼這麼多年從來沒見妳來看過他？有妳這樣當人家老婆的嗎？」

「我們……我們在他入獄之前就離婚了。」

「是前妻啊？」

四姐羞愧難當：「算是吧。」

獄警起身，帶她去儲藏室。一路上，他喋喋不休，本是無心的一些話，傳到四姐的耳朵裡卻是那般刺耳。「老張這個人，可憐啊！他在這裡這麼多年，也沒見有誰來看看他。他那麼老實的一個人，任勞任怨，監獄裡那些傢伙沒一個忍心欺負他的。現在，沒想到竟落得這個下場，真不知道他在外面造了什麼孽啊！」

張魏民是個任勞任怨的老實人？四姐聽到獄警這麼說的時候，只覺得好笑，他說的是我曾經認識的張魏民嗎？

「我們見他和其他的犯人不一樣，思想覺悟還是挺高的，經常都鼓勵他，要他好好改造，等有一天出去後重新做人。誰想到，他竟這麼膽怯……外面有什麼不好啊，他非要這樣……唉！」

在那條長廊上，四姐始終沒有說一句話，一邊跟著獄警往長廊的盡頭走，一邊低著頭聽他不停地嘮叨。這其實是一場姍姍來遲的審判，但這場審判沒有裁判官，沒有觀眾席，有的只是隱藏著的道德壓迫力──長廊昏暗而凝滯的空氣使她焦躁得透不過氣來。

現在，那個獄警成了不折不扣的畫家，他的語言就是畫筆，一筆一筆地在四姐的眼前勾畫出一個新的張魏民的形象。在獄警的言語中，張魏民栩栩如生地在那條時間軸上跳躍著，鮮亮的顏色刺痛了四姐的眼睛，讓她渾身不自在……

遺物終於取來了。是張魏民入獄前穿的幾件簡單的衣服和幾本佛經：《妙法蓮華經》、《大方廣佛華嚴經》、《大佛頂首楞嚴經》。

四姐還記得那些衣服，那是張魏民被警員拷上警車時穿的。他被推上車的背影，這麼多年一直印在她的腦海裡。在當年而言，這件衣服的款式是相當時髦的了，是一種金錢、地位以及虛榮的象徵；世事輪轉，時尚之風瞬息萬變，現在那些衣服看起來卻老土得不行。沒想到這些年，人和服飾的變化都是那麼讓人措手不及。

至於那幾本佛經，扉頁破爛，書身發黃，推算其年代，估計比他們兩個人加起來的年齡還要長。在四姐的記憶中，張魏民本不是個喜歡讀書的人。如果他肯多讀些書，也許就不會有這麼些年的牢獄之災了。

四姐自然不知道這些書是從哪裡來的，怎麼會流入監獄，流到張魏民手中。她也想不出這些年來還有誰會跑來看他，而且單單只送幾本佛經。張魏民生前確實和很多看似朋友的人有往來，可時隔這麼多年，那些人早就在他和四姐的生活中銷聲匿跡了，四姐自然也就記不起那麼多了。

每一個死人都會帶著無數生前的秘密入土，這是活人的侷限，有些秘密永遠無法去探究，更何況是張魏民呢？

四姐翻開其中一本，裡面除了印刷的經文，還擠滿了密密麻麻的手寫字，從字跡看，卻不是出自同一個人之手。可四姐還是認出了其中張魏民的筆跡。從那些不太工整的字跡中，四姐隱約猜測出張魏民在監獄的這些歲月是怎麼走過來的……

其實，在時間與空間的荒野中，還有什麼罪惡是不可原諒的呢？

圍牆裡的世界，反覆、單調，一片寧靜，轉瞬間就白了少年頭；圍牆外的世界，雖然流光溢彩，卻也戰火紛飛，片刻不得安寧。而「罪惡」這個詞，本就是一個很混沌的概念，而只有牆，才是一種可觸摸的存在！

監獄的牆是別人建的，心裡的那道牆卻往往是自己建的，這大概就是作繭自縛吧。只是，它們何時才能被推倒呢？

張魏民或許是幸運的，他走進了監獄那道牆，卻在裡面拆除了心裡那道圍牆。時間和空間的意義早已融入了無垠的死亡中，輕重自知！

而四姐呢？

黃昏時分，四姐抱著張魏民留下的衣物和佛經離開。現在輪到她了，在天黑之後，黎明之前，她要自己打開那把鎖，她要走出自己建築的那道牆，完成那份救贖……

不知道是死後的張魏民有意安排，還是註定了幾十年前的那段緣沒有就此了結。後來，四姐還是遇見了肖凱軍。肖凱軍看到四姐的時候，她坐在店門口看張魏民留下的佛經。

可能是一到年老，淚腺就不聽使喚了，肖凱軍看到她的時候，老淚縱橫。他想喊出那一句「玉鳳……」，卻不知怎麼回事，一口痰梗在喉間堵住了多年藏在心裡的聲音。

深藏在肖凱軍記憶中的何玉鳳應該是這樣的：她紮著兩個小辮子，穿著花布格子的上衣；雙唇飽滿紅潤，兩頰粉嫩嬌羞，笑起來像那成群的映山紅；她的聲音婉轉靈動，像山澗流過的清泉；她的身姿矯健優美，像翩翩起舞的彩蝶……

可是，歲月悄悄帶走了肖凱軍夢中的那個何玉鳳，偷樑換柱，把一個叫做四姐的、臉上刻滿往事的女人推到了他眼前。

四姐看到肖凱軍的時候也愣了好久，可她並沒有像肖凱軍那樣沒出息——半天連話都說不出來。她很從容地問道：「你什麼時候回國的？」

肖凱軍的耳朵也可能不太靈敏了。「玉鳳，是妳嗎？真的是妳嗎？回國後我一直都有在找妳。」

四姐的語氣很平淡：「現在已經沒多少人叫我何玉鳳了，大家都叫我四姐。」

肖凱軍恢復理智，聽到四姐的聲音，卻不知道為什麼她可以這樣平靜，這種平靜讓他有點害怕，但還是笑著說：「妳年齡比我小，我總不能也叫妳四姐吧，我還是叫妳玉鳳好了。」

四姐又重複了一遍：「你什麼時候回國的？」

「回來挺長時間了，這段時間我一直有在打聽妳。妳有沒有時間，陪我去坐坐吧？」

四姐推托不過，和肖凱軍進了一個咖啡廳，其實她已經有很多年沒再喝咖啡了——她的世界只要有煙就夠了。

「回來以後，我發現好多東西都變了，一切都好陌生，都找不到原來的感覺了，這才知道古人說的『近鄉情更怯』是什麼意思。」

「這些年，國家的變化確實挺大的，生活水準也提高了很多，很多地方都是拆了又建，建了又拆。別說你了，就連我有時候都適應不了。」

「是啊！我們都變了很多呢。這些年妳過得好不好？」

「有什麼好不好的，還不就是那樣過唄。」

肖凱軍想起離開中國前，在籬笆牆外最後見到她的場景，她懷裡的那個孩子，她鋒利的仇恨的目光……現在，玉鳳的目光已經柔和多了。「這些年有沒有找過男人？一個女人帶著一個孩子肯定挺不容易吧？」

「說不難那肯定是假的，所以後來也結過一次婚，嫁給了一個有錢人，沒想到他進監獄了。現在想想……這婚，還不如不結得好。你呢？你和當年那個城裡的姑娘怎麼樣了？」

「我知道妳肯定很恨我……其實這些年我心裡也不好受。」

四姐點了根煙：「你走了之後不久，我買了張世界地圖。攤開地圖一看，天啊，美國那麼遠，隔著那麼大一片海洋，那海洋在地圖上好藍，跟天一樣藍，那可是世界的另一頭啊！那時候我真是心如死灰。如果不是因為當時懷裡還抱著年幼的張子墨，我可能就真的一死了之了，當時只想快點把那個孩子養大，做夢都沒想到自己會活這麼久……你呢？你在美國那邊過得怎樣？當年城裡的那個姑娘，現在陪你回來了嗎？」

「我和她已經離婚好些年了，幾年前她好像又嫁給了一個外國人吧。」

四姐笑了，笑得那麼不自然：「我還不知道她叫什麼名字呢，當年也只是聽村裡人提起你在C市有這麼一個人。」

肖凱軍不想把責任全都推給姜玉，但還是說：「當年，她瞞著我扣下了很多妳寫給我的信，我也是到了美國才知道的……如果我當年留下來，妳也就不會吃這麼多苦了。」

「別說傻話了，如果當年我把你留下來，陪著我過那種平平淡淡的日子，你一樣會後悔。你既然夢想著要飛過去，我又怎麼能攔得住你呢？你的心已經飄到那麼遠的地方去了，我又跟不上你的腳步，硬要把你困在我身邊，對我來說也是種煎熬。」

「其實，即使是在美國，我的心也安定不下來。」

「我知道你的心會不安，可我也只能讓你走，你不去外面的世界看看，就不會知道哪裡才會真正有你的位置。所以，我也只能盼著有一天，你還能從大洋的那一頭回來……」

「我回來了，可惜大家都老了。生命中最好的那段時光都被我們錯過了。」

「哪有那麼多十全十美的事？現在這樣也不錯啊，遇見了還可以一起坐在這裡喝喝咖啡、聊聊天。我們都不再年輕了，以前的那些事過去了就讓它過去吧，反正這一輩子也不能重頭再來了。」

「確實是不能重頭再來了。」肖凱軍說著這句話的時候，想起了自己的兒子肖智企，如果真能重來，他絕不會讓自己的兒子再有機會自殺。

「前段時間，我前夫在監獄裡自殺了。我曾經也是很恨他的，可是看到他屍體的時候，我好像又對他沒什麼感覺了。無論是愛也好恨也好，再怎麼刻骨銘心的感情都會敗給時間的，一到人死了，就什麼都沒了。最重要的是，活著的時候努力讓自己過好。」

「妳現在比以前平淡多了。」

「到了我們這年紀，子女都快成家了，生活大概是什麼滋味，該嘗的自然也都嘗過了。」

「妳的心態比我還老呢！我也這把年紀了，現在還埋頭在學校搞研究、做學問，我記得妳比我年輕好幾歲呢，怎麼就開始不停地總結經驗了？」

「大家的經歷不一樣嘛！你在外面跑過那麼多個地方，又要接觸那麼多不同的學問，看到的很多東西都是新的，心態自然年輕些；我這些年都守著那個水果店，『鐵打的軍營，流水的兵』，那些顧客就像這流水的兵，我每天都在那個角落裡面對同樣的陌生人，看到的都是舊的，閒著的時候想得就多了。」

「自從我兒子去世後，我也感覺自己確實老了很多。只是，有些事還是得要有人去做才行。」

四姐很驚訝：「你兒子死了？怎麼死的？」

「跟妳丈夫一樣，也是自殺死的。沒想到連我也要白髮人送黑髮人，真是前世造孽啊！前不久，他母親把他的骨灰帶回美國去了。雖然他留下來的東西也沒多少，但我還是想給他造個衣冠塚。」

「現在辦得怎麼樣了？節哀吧，我們這把老骨頭還得撐好些年呢。」

「快弄好了……不節哀還能怎樣？總不能跟著他一起去吧。有時候我也想不通，年紀輕輕的怎麼就這麼輕生了呢？說死就死，他倒是解脫了，也不管管我們這些做父母的孤零零地留在這世上是什麼感受。」

如果是年輕的時候，四姐聽到他遭遇了這些不幸，一定會很開心很興奮很解恨。可是，當她看著眼前的這個老人一臉淒涼的樣子，她突然有些同情。「看開些吧。兒女長大了總是要離開自己的，只是你兒子有點不同，走得遠了點。其實我跟你還不是一樣，我那兒子……唉！都快三十的人，一點定性都沒有，背個包就往外跑。打個電話回來也不跟我說在哪裡。他不說也罷了，這麼大的人了，應該懂得怎麼照顧自己。」

「是啊！就像妳說的，兒女長大了總是要離開自己的。人都說『養兒防老，積穀防饑』，現在這年頭是養兒防不了老，積穀也防不了饑。到老該淒涼的還是淒涼，該餓死的還不一樣餓死？」

「你老想這些幹嘛？年輕人總還是要去闖闖的，當年你不也一闖就闖到美國去了嗎？就像我兒子張子墨一樣，那些事情沒弄明白，他是不會回來的。我們年輕的時候不也一樣嗎？」

「妳倒還好，妳總有盼到妳兒子回來的一天，我兒子就真的回不來了。」

「你要覺得以後的生活很難熬的話，有空的時候也可以經常找我聊聊天啊！雖然相隔這麼多年，可我們畢竟還是朋友。」

遇見四姐之後，肖凱軍心裡的那個結總算是解開了。過了這些年，好多事情再怎麼解釋都沒什麼意義了，還能遇見就已經是上天的眷顧了。時間已經幫他們抹平了那些掙扎與積怨，至於其他的事，就只好退而求其次了……

肖智企在C市的那個衣冠塚被建好之後，肖凱軍經常會看到一個年輕男人捧著菊花在墳前，那男人面容憔悴，每次看到他都是戴著墨鏡，但肖凱軍還是認出了那就是王昊。

過了一段時間，肖凱軍在學校找到王昊：「我想請你做我的助教，不知你意下如何？」

「是因為智企才選我的嗎？」

「就算是吧！我想為你們做些什麼，就當是贖罪吧。再說，畢業後留校對你的前途也有幫助的。」

「你讓我想想。」

最終，王昊還是答應了肖凱軍。工作之餘，他們都會不自覺地提到肖智企，有關他在他們記憶中的點點滴滴。那時候他們才發現，肖智企生前的世界，無論是對王昊還是對肖凱軍而言，都存在著一個他們無法觸碰到的盲點。而這個盲點，恰好就在對方身上。王昊終於明白智企為什麼會拋下自己選擇回到父親身邊——其實遠不止所謂的「責任」那麼簡單。肖凱軍也終於明白他為什麼選擇自殺，為什麼寫那份遺書。他不是無所顧忌，不是走投無路，他只是被王昊喚醒了。他知道死對他來說並不是終點，所以才敢往前踏上那一步……

那年的中秋，肖凱軍是和王昊一起過的。這個傳統的節日本是為一家人團聚而準備的，而今晚他們只有對月思人的份。吃完飯，王昊拿出他的DV，連在電視機上播放以前和智企拍的那些錄影。

每放一段，王昊都會自言自語地解釋一下。

「這是我們在海邊的時候拍的，當時風很大，相機都很難拿得穩，所以你看到的他也是這樣搖搖晃晃的，好像喝醉了酒一樣。呵呵……好可愛。」

「這是我們去登山時拍的，看他累得氣喘吁吁的樣子……」

「這是我們吃燒烤的時候拍的，記得那次好多東西都被他燒糊了，他什麼都不會，真是氣死人了……」

「這是有一次他和樂隊演出時我拍下的。那時檯下太吵，角度又不好，我被他們擠得動彈不得。」

對肖凱軍來說，那些畫面他都是第一次看到。年輕人的風花雪月本和他無關，也不存在新不新奇，只是因為裡面有他的兒子，那些畫面才會顯得格外珍貴。兒子在裡面說的一句話，做的一個表情，一個簡單的動作都會讓他產生很多複雜的情緒。

對王昊而言，那些畫面他早已反覆地看了很多次了。它就像毒品一樣，明知道不好，可一旦染上了就戒不掉。這些早已過濾掉掙扎和陰暗的片段，最後只留下笑聲和溫暖，使王昊每次溫習的時候，都像做了一個很長很長的美夢。

錄影放完了，電視上呈現的是一片迷亂的雪花，王昊的夢也醒了。醒來之後，他和往常一樣沒有看到智企，卻看到智企的父親。

王昊：「和智企分手的時候，我那時候不停地告訴自己：就當他死了，就當這個世界再沒這個人了，就當什麼也沒發生過，就當……可是當他真的死了，離開我了，我才發現：我根本沒辦法將他從我的身體裡拿掉。」

肖凱軍：「對不起……我的罪過大了。」

王昊：「一開始聽說他自殺的時候，我是真的很恨你。如果不是你，他也就不會死，也就不會扔下我一個人在這個世上。可是，那天在禮堂裡看你哭得那麼傷心，我又恨不起來了……我能感覺得出，你也是愛他的，甚至比我更愛他，他現在離開了，其實你比我更傷心。將心比心，我也就沒理由恨你。」

肖凱軍：「你恨不恨我都沒關係，我罪有應得，但前段時間看你一蹶不振的樣子，我真擔心你會尋短見。」

「我的身體是一座墳墓，裡面埋葬了我跟他所有的回憶，我不會輕易尋死的。」

肖凱軍聽到這句話，也沉默了。

那晚他們喝了很多酒，最後，肖凱軍只得把王昊領到智企的房間去睡。他像多年前照顧年少的兒子一樣，很小心地幫王昊脫了鞋，蓋上毛毯，在床頭放了一杯水，然後輕輕地退出房間，關上門。

後半夜，頭昏腦脹的王昊醒了，隨手喝了床頭的那杯水。漸漸清醒之後，他開了燈，起身巡視這個房間。這個房間很整潔，就好像一直都有人住一樣，但王昊能感覺出這就是肖智企的房間。

他不斷地回想起老家那個只屬於自己的房間……

他反覆地想像著智企在這個房間的情景……

他慌亂地搜索著智企生前留下的點滴印跡……

他打開書桌上的音響，放的是他們相識第一天智企唱的那首「喜歡你」，只是這一次是Beyond的原版。緩緩的音樂從裡面流出來，充盈著整個房間，把他的靈魂慢慢托起在空中。靈魂脫離肉身，失去了重量，跟隨著初相識的那首「喜歡你」在房間裡遊蕩……

靈魂遊蕩到衣架上，他看到那件印有切．格瓦拉的T恤，每次智企登台演唱時都要穿這件衣服的。王昊的靈魂重新回到肉身，自告奮勇地穿上了T恤……

如果我是你，如果我依然活著，如果我也可以自由地遊蕩在這個房間裡，如果我也可以從容地活著在這個世界上，如果我從世界的那一端回來，你會不會再一次欣然地接受我？

王昊的肉身穿著那件T恤重新躺在床上——那是智企躺過的地方。他的思緒裡不斷地呈現出他們水乳交融的畫面，智企在他背後的每一次呼吸，每一次撫摸都讓他迷醉。是的，這一刻，他們終於完美地融合了，像兩塊不同的金屬在高溫下相互滲透——你中有我，我中有你……

可是，當他睜開眼睛，卻無奈地看到一根棕紅色的長髮。他當然知道智企留了一頭長髮，可是他看到的這根太長，肯定不是智企的。他斷定這一定是那個叫紫若涵的女人的。

這張床上還睡過其他的女人——這是個殘酷的事實，他過了很久才被迫無奈地接受。是的，智企也可以和女人水乳交融，可以和女人在高溫下相互滲透……你，可憐的王昊，是可以被取代的。

可是，我親愛的智企，你的死怎麼解釋？難道不是因為我？

王昊又看到床頭的那個玻璃杯。剛醒來的時候，他只一心想要喝水，卻忘了裝滿水的杯子。現在水被喝光了，而杯子孤零零地擺在這個顯眼的地方——卻仍是免不了被遺忘。

他恍然明白肖凱軍迫切的動機。可是，肖智企是不可以被取代的，無論是在王昊心中，還是在肖凱軍心中，他都應該是獨一無二、無可挑剔的……

第二天早晨，肖凱軍推開智企的房門，發現王昊已經走了。書桌上只留下他的DV，下面壓著一張字條：

「謝謝您，肖教授。謝謝您和我分享了那麼多智企生前的故事。但是我不會成為第二個智企，也不希望做您的智企。咱們都沒有因為智企而失去什麼，所以你也沒有什麼需要補償我們的。用我的DV換那件T恤可以嗎？我走了，我需要去選擇自己新的生活，您不用擔心我。」

看到王昊留下的字條，肖凱軍才感覺到這個人確實不簡單。王昊的細膩與執著，都讓他肅然起敬。可是，無論再執著，王昊也不會為智企守活寡的——智企也不希望他這麼做。「後生可畏，焉知來者之不如今？」肖凱軍騙過了自己，卻沒法騙過敏感的王昊……

王昊走之後，肖凱軍又孑然一身了。

不知道是不是年老的緣故，他總是反覆地做夢。重陽節那晚，他孤零零地坐在空蕩蕩的房間看電視，枯燥的間諜電視劇讓他昏昏欲睡，可躺到床上他又睡不著，於是他就這樣一直熬著，睏著……迷亂中，他飄回到了那個兒時的村莊，帶著那顆蒼老的心，拖著一副行將就木的軀殼，在那一片熟悉的村落中游走。眼前是一條山路，肖凱軍迷迷糊糊中記得當年踏上這條路的情景，他滿懷興奮與憧憬，沿著這條路走出山村，按照程穆的指示尋找那個所謂的屬於自己的世界……

如今，他又沿著這條路一直往回走，沿路盡是那些自己曾想躲避的記憶，現在它們都錯亂地排列著，企圖喚起他埋藏在谷底的鄉愁。山路蜿蜒曲折，把他引進了一片樹林，再把他引到一條小河前。那是少年懵懂時和程穆一起嬉戲過的那條河。

他看到程穆依然站在河的對岸。她依然那樣年輕，歲月似乎怎麼也洗不盡她身上瀰散的女性的誘惑，這份誘惑至今依然吸引著對岸的肖凱軍。她好像剛從河裡起來，全身赤裸著，滿頭長髮濕淋淋的，水一滴一滴掉到她高聳而白皙的乳房上。這一次，他終於有勇氣把目光從程穆的上身往下移。他看到她胯下稀疏的茸毛。那忽隱忽現的一團黑，是他多少年來無法擺脫的依戀……他確實想擁抱她，但他清醒地意識到，他不會再像以前那樣急於跨過這條河了。如果程穆是可以補捉得到的，那麼她應該會主動跨過那條河，用她赤裸的身軀和女性的柔情容納他，撫慰他！

就這樣反覆思索了很久，打量了很久，他看到河面上有一個晃動的倒影，起初不甚清晰……他死死地注視著，才漸漸原形畢露。

不！不可能！怎麼可能是肖智企？這水中的倒影，怎麼可能是我的兒子？它應該是程穆！如果不是，那也應該是我肖凱軍，怎麼也輪不到我的兒子啊？

他不敢相信自己的眼睛，再次抬起頭，河岸上站著的確實是程穆？他又低下頭，水面上的倒影也確實是自己的兒子。他看到水中的智企在朝他微笑。他心頭一驚，不知該如何是好……

肖智企慢慢地從水裡浮出來，站在靜靜流淌著的河面上，渾身沒有一顆水滴。他欣喜若狂，不斷地叫喚著自己的兒子，可是河面上的智企似乎並沒有聽見，也沒有回頭看他這個蒼老的父親。赤裸的程穆緩緩地走過去，牽起智企的手。在天空的某一個角落，一道光射來，劃破了這片寧靜的樹林，籠罩著河面上的程穆和智企。光開出一條路，引向一個不知名的遠方。智企彷彿意識到，那道光的盡頭，他永遠也到不了。

程穆和智企回頭看了看他，微笑著沿著光慢慢遠走，漸漸消失在一片刺眼的光芒中……

永遠都是這樣，他還沒來得及和他們說上幾句話就遠走了。少年時的程穆是這樣；妻子姜玉是這樣；現在的智企和王昊也是這樣。剛重逢的何玉鳳日後會不會也是這樣？還有多少人會消失在這一片光芒中？

光越來越強，由一條路，一根線慢慢擴展成了一個面，再由一個面慢慢充斥著整個宇宙空間。肖凱軍就這樣湮沒在一個強光的世界裡，只剩下漫無邊際的白……

強光又慢慢退去，他又恢復了視覺，可是這失而復得的視覺又有何用？山路沒有了，樹林沒有了，小河沒有了，那些埋藏的記憶也沒有了，一切都沒有了，無所謂愛和恨，無所謂逃避與面對，無所謂虛無與存在，無所謂掙扎與享受，眼前只剩下一片荒漠，黃沙漫天，荒無人煙……從沒有過什麼啟蒙，從沒有過什麼程穆，也沒遇到什麼姜玉，你沒有兒子，也不曾創造過智企這個人。一切只是個符號，甚至連符號都是虛空，甚至連這虛空也不存在，於是，你知道，你終於不用再苦苦追尋那個本不存在的世界。你置身在漫無邊際的空虛，漫無邊際的寂寞和恐懼中，而這空虛、寂寞和恐懼又從你心中萌芽、生長，隨血液慢慢灌輸到你全身……於是，你和這個荒蕪的世界融合了，只有耳邊的風聽得見你在訴說……

是四姐的電話，把肖凱軍從那漫長的虛無的夢中喚回到現實中來的。醒來接電話時，他還分不清哪個是夢，哪個是現實。

「這麼晚打電話過來，沒打擾你吧？」

「不會，怎麼會呢？妳能打電話給我，我高興還來不及呢。剛才一個人在客廳看電視，看著看著就睡著了。」

「今天可是重陽節啊！怎麼還一個人躲在家裡看電視啊？」

「都這麼老的人了，再過幾年就退休了。什麼日子還不都一樣過嗎？妳回過老家嗎？」

「有些年沒回去了。怎麼突然問這個？」

「最近也不知怎麼回事，老是想起一些以前的事，那些回憶還越來越清晰，有好幾次還夢到我們小時候的情景。弄不好這是老年癡呆症的前兆。」

「別想那麼多，你大概是一個人太寂寞了。有時間就出去活動活動吧，去公園走走，跳跳舞，下下棋，享受享受生活，換一種活法，不要一下班就一個人待在家裡。大風大浪都過來了，反而享受不了平靜？」

「妳說的句句都在理。可在其位，就要謀其政，有很多事我一時還沒辦法撒手不管啊！現在那些年輕人都還太嫩，我不放心交給他們。」

肖凱軍又開始說起他工作上的事。他說，總感覺中國的大學不倫不類的。作為教授來說，學校最大的問題便是行政權力膨脹得太快，以致干預到學術自由。在這種環境下，行政官員百般刁難，很多教授必須要放棄自己的獨立人格，才有條件做自己的研究。

「學校又不是政壇，不應該過多地把政治的東西攪進來。如果大家都在玩弄權術，爭著評職稱，相互中傷陷害，總想著給對方設路障，這還像個學校嗎？」

「這麼多年過來了，你還是那麼單純。生活就是政治，政治也是生活。跑到哪裡都逃不出去這個定律，單位裡不能避免，學校就更不能置身事外。可能是你在國外生活太久了，還不太適應這裡的環境吧。」

「我自然也知道人心險惡。中國人太多，到處都擠得厲害，總想把別人都擠開，給自己多留一些空間。可是，太寬鬆了有些教授自己又不爭氣，急功近利，浮躁得不行，不是圍著錢轉就是圍著女大學生轉，把一個學校弄得烏煙瘴氣的。我們老一輩的倒沒事，什麼都見過了，也就見怪不怪了。可是那些年輕人呢？年輕人怎麼辦？難道也讓他們和我們一樣？總要變一變吧。」

「年輕人的世界由他們自己做主，我們操心不來的。是好是壞他們自己會負責。自從我丈夫死後，我也開始信佛了。我也覺得什麼事情都是講因果的。」

「因果？」肖凱軍停了停，「那妳覺得我們的前世是什麼？是牛還是馬？或者是作威作福的達官貴人？」

四姐點了一根煙：「我說的不一定是所謂的報應，而是說，無論別人對我們做過什麼，或者是我們對別人做過什麼，總有些印跡會留在自己或別人身上的，所以，我們做什麼事都要慎重……這些年，我坐在店門口看著那群孩子活蹦亂跳地從街門前經過，經常會問自己，我到底做錯了什麼，我兒子要這樣對我？我現在才明白，是我和張魏民都沒能給他一個健康的童年。」

「放心吧，總有一天他會回來的。其實，妳應該慶幸，你們都還活著，還有時間去彌補。」

「是啊，咱們都該慶幸自己還活著，還有很多時間可以去彌補……時間不早了，你早點睡吧，明天還要去學校講課吧？」

「嗯。晚安！」

掛了電話後，肖凱軍心裡也寬鬆多了。其實他沒有太多的欲望，只是想該有個人陪自己說說話就挺好。他慶幸多年以後還有個四姐——這個他曾經親切地喚做玉鳳的女人陪伴。原來有些人是註定了一直會站在你生命中的某個地方的，就像夢中的程穆站在河對岸那樣！她不一定是在等你，就只是駐紮在那裡而已——不可見，不可觸，只可用心體會。

走了這麼多年，跨越了那麼多個時區，忍受了那麼多年的孤獨與鄉愁，肖教授直到現在才意識到，年少時程穆對自己說的那個「屬於自己的世界」到底在哪裡……

其實這個老人也挺可憐的，享受過那麼多年的高等教育，到過世界上最先進的超級大國，又在高等學府裡教育了那麼多人，自認為是絕頂聰明的人了，可那個簡單得連鄉野村夫都懂的道理，他卻要歷經這麼多年的波折才領悟得到，真是造化弄人啊！可見，他充其量也不過就是天下一等一的愚人罷了——而且還愚得可憐！

第三十四章　最後一站

是青色，是藍色，是思念的情懷，博如天，淵似海，寒雲綿綿，夜滴到，那一片花開。而你，眉鎖妝台，雪白的雪，焉然而寂寞，你，不在春歸處，會在哪裡？

——小艾

這是張子墨的最後一站，從擁擠的火車上下來的時候，已經是凌晨五點了。

其實無論是在幾點，車站都總是熱鬧的，離愁別緒是屬於人內心的，和這裡喧囂的環境無關。張子墨一眼望去，遍地都是交錯而陌生的人群在湧動著，每個人都在這裡奔向不同的地方……

當然，除了來去匆匆的遊客，也有寄居在車站的人。他們以車站為據點，展開了一副漫長的、波瀾起伏的生活畫卷。

那些以流浪為生的乞丐，頭髮凌亂，裹著厚厚的棉被蜷縮在車站的角落……如果你只是一個提著行李匆匆走過的遊客，你不會注意到這一片斑斕的顏色下面還藏著若干個人——興許即使你看見了，也不會將「人」的概念投影在他們身上。雖然他們也極需陽光，可他們並不是犬儒學派的繼承者。可這世間的巧合就像歐・亨利的小說一樣——正是他們——極端排斥犬儒學派的人，極端盼望享受物質文明成果的人——在實踐著狄奧根尼的主張——「像狗一樣地生活」。

那些從各個簡陋的旅館裡派來招攬住客的人，舉著寫有「住宿」二字的牌子，整日地遊蕩在車站的出口處。遊客迎面而來，他們會報以微笑，然後很熱情地問：「住宿嗎？有熱水，有空調，可以上網，還有特殊服務，就在附近不遠，走幾步路就到了。」他們甚至還會上前幫你提行李，當遊客搖搖頭，面無表情地與他擦肩而過時，他又在尋著下一位迎面而來的人……

過了出口處，便是廣場，這裡有賣小吃的、賣速食的、賣水果的、賣報紙的、賣地圖的……他們長年累月地在這裡，不避雨露，不懼風霜，看著陌生的面孔川流不息，看著廣場上空的大螢幕變換著「毀人不倦」的廣告，唯獨這個車站依舊在這裡……

有很多人和張子墨一樣，來這裡，只是因為一場不可避免的路過——那是他們必然要經歷的一個站。也有很多人和張子墨不一樣，他們以車站為生，以這些陌生的遊客為生，車站成了他們堅守生活的陣地。

就只是這麼一個小小的車站，卻上演了無數旅人的生離死別，也記載著那些「寄居者」的悲苦與希望。這就是歷史，而且還是屬於芸芸眾生的歷史。它們不會被某個記者熱心地報導而引起廣泛的關注（當然，當有媚俗的政客在春節期間假惺惺地跑去視察或問候時，沒準會有意外），也不可能被哪個飽讀經書的史學家輸入電腦、歸入檔案，更不可能化作鉛字讓我們在陽光下閱讀……

那麼，這段歷史的歸宿在哪裡呢？在旅人無聊時閱讀的報紙裡，在那熱騰騰的飯盒裡，在那些洗得乾乾淨淨的水果上，在裝著地圖的背包裡，在清晨醒來的旅館裡，在那一段段生著鐵銹的火車軌道上……

那些軌道伸向四面八方，天涯海角……軌道走過的地方，便是這段歷史走過的地方。

而張子墨在這段歷史裡，只是千千萬萬個書寫者中的一員。他像一隻卑微的螞蟻，在這一片昏暗的迷宮中徘徊。他的世界還沒有見到徹底的光明，這時的街道上只是一片冷清，廣場週邊的欄杆成了他和熱鬧的車站之間人為的分界線。太陽還沒出來，但隱隱約約可以看到東邊黎明的光在升起，城市的霓虹燈累了一夜，也相繼休息了……

張子墨獨自在車站門口的餐廳裡吃完早餐時，天已經漸漸亮了。可是去那個寺廟的車還要等好久，為了打發無聊的等待，他隨便踏進了一輛空蕩蕩的公車。他需要靜靜地打量一下這個城市，就像很多年前靜靜地看著素顏一樣……

這座陌生的城市正漸漸地甦醒，車上的人也漸漸地多了起來。張子墨看著車窗外的這個城市，心生一陣感慨。

和他到過的其他城市一樣，這座城並沒有什麼特別之處，沿路望去，同樣是平凡不奇的建築，同樣是面無表情的陌生人，同樣是橫衝直撞的車輛，同樣是四通八達的交通，同樣是無孔不入的平面廣告，同樣是安然肅穆的路牌，同樣是不斷退後的楊樹……

只是，當張子墨想到素顏也曾在這個城市游走過時，他才對這個城市有少許親切感。也許，她也曾到這個餐館吃過飯吧；也許，她曾向眼前這個陌生人問過路呢；也許，她也曾坐在這輛公車上，用同樣的角度，安靜地看窗外的風景；也許，她也曾站在這個站牌下，焦急地等候某一輛車；也許，路旁那個和這輛公車擦肩而過的女人就是素顏呢——她的背影，讓張子墨眼前的世界變得模糊……

我們迷戀一個遠方的城市，有時候未必是因為那裡有迷人的風景、可口的美食、深厚的文化、巧奪天工的建築……很可能只是因為那裡藏有我們嚮往的故事或是刻骨銘心的故人。

這一刻，帶著尋覓的心情，遊走在這個城市的張子墨，才恍惚感覺到，他心中的素顏已經不僅僅是一個凝固的軀體。她是空氣，瀰散在這座城市裡。她的氣息，使得這座平凡不奇的城市變得如水般靈動。他呼吸著她，直到現在才感覺到這份存在。

是的，素顏是空氣！她早已在多年前化作一縷青煙，瀰散在他的靈魂中，瀰散在他所有的人生經歷中，瀰散在他走過的每一個分岔路口，每一個陰暗角落……她的氣息，使得彷徨不定的他變得如山般堅定，從不甘於隨波逐流。這些年來，他時刻呼吸著她，卻從未感覺到這份存在。

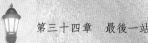

很多年前，張子墨以為，當自己和這份久違的親切感重逢的時候，他會因激動而痛哭流淚。沒想到，真正這一刻來臨的時候，他的心裡會這麼平靜，像寒冬中凍結的湖面。

公車很快就到了終點站了，張子墨在一個公園門口下車……

在這麼一個千瘡百孔的國度，也許只有在劇院或公園這類形象性的場合，才能看到真正意義上的和諧。張子墨閒逛著的這個公園就像一個遊園會，鳥語花香、楊柳依依、歌舞昇平……應有盡有。每個人都精力充沛，眉開眼笑，誰都不願把生活深處的煩惱帶到這裡來，真道是千百年來追求的「大同世界」了。

湖上，有些家長帶著孩子在划船；湖邊，楊柳樹下，有年輕的情侶坐在路旁的板凳上，雙雙沐浴在愛的陽光中；松樹下，有不少老人在打太極；橋上，有拿著灰太狼氣球的孩子們；林蔭道上，有不少人在跑步；廣場上，一群白鴿在啄食……

張子墨遊蕩到一個涼亭旁，他看到一個年輕貌美的女孩正端坐在涼亭裡，很認真地填寫入職簡歷。這是整個熱鬧的場景中難得的安靜畫面。這女孩就要步入社會了吧？往後的路那麼多坎坷，不知道幾年後，她會變成什麼樣子？

他突然想到了夢琪——那個積極進取，懷抱著巨大抱負與野心的女人。只是一不小心，她把這份抱負與野心寄託在了張子墨的身上。可誰曾想，他們之間的方向並不一致。於是，只得不歡而散。

可是，張子墨的方向到底在哪兒呢？他眼前的公園裡永遠是喜氣洋洋的，每個人都很投入地在享受著造物主賜予的陽光和歡樂，看不出有半點愁容，就連那個填簡歷的女孩也是躊躇滿志的樣子。

有多久沒有體會過這種場面了？為什麼每個人都可以獲得的東西而我沒有？

是的，每隻白鴿都會飛向那個終點，可是，正因為它們飛行的路程各不一樣，才有了這個世界的喧鬧與非凡。我們不能左右生命的起點和終點，但可以選擇擁有一個怎樣的過程。像眼前這個女孩那樣對未來充滿希望，像夢琪那樣積極投入，像素顏那樣自由高潔，像紫若涵那樣敢於承擔，像阿福那樣理性堅韌而沉醉，像他母親那樣泰然寧靜而篤守……

那些或熟悉或陌生的人，都可以成為張子墨的導師，他們的人生都值得借鑑，但不能被複製。因為他的軌跡是一種內心的趨向，他能清晰地聽到那個聲音一直在召喚著……

涼亭的另一端飄來了京胡的聲音。那聲音清脆悅耳，抑揚頓挫，充滿了穿透力。它穿過迷霧、穿過竹林、穿過陽光、穿過張子墨的耳膜，一直闖進他的心裡。

尋著那聲音，張子墨看見有幾個老年人圍坐在長廊上，中間站著一位年過半百的婦人，應該是京劇票友吧——道具齊全。

那婦人唱的是「貴妃醉酒」的選段，楊貴妃醉後的孤寂、百無聊賴與顧影自憐全都呈現在她那張印有魚尾紋的臉上。她的眉目間散發出身處舞台中央獨有的光芒；她移動蘭花指如春風撫柳，柔美之極；她婉轉的唱腔與周圍的伴樂完美地融合在一起，使張子墨眼前的世界彷彿回到了唐朝那雍容華貴的年代……

這個小舞台中央的「楊貴妃」，她的美，是超越時代和年齡的侷限的。雖然身上沒有穿上華麗的唐服，頭上沒有戴上耀眼的鳳冠，臉上也沒有塗半點胭脂水粉，可是那一刻，她早已貴妃附體，讓眾星捧月的伴奏者們驚羨不已。那一刻，有多少人會想起她早已年過半百?

一曲終了，那婦人退下，換上另一個老人上場唱「定軍山」。那婦人坐在旁邊喝水潤嗓子之際，張子墨瞟了她一眼。此時，她身上的光芒早已消失殆盡，還原成了一位老婦人，和常人無異，甚至還有些醜陋。

怪不得那麼多人爭著搶著要成為焦點，怪不得那麼多人都沉醉於眾人仰望的目光中，怪不得那麼多人都在追逐榮譽、地位以及權力，怪不得那麼多人可以肆無忌憚地張揚個性、表現自戀，怪不得那麼多男人熱衷於西裝革履，怪不得那麼多女人嚮往著披上潔白的婚紗……原來，身處舞台中央時才有自己最光鮮豔麗的一面。在人生這個大舞台上，原來每個人都不甘寂寞，都在尋找屬於自己的位置和角色，以填補那份虛榮和恐慌。

只是，有多少人願意承受退場時的平淡、淒涼與落寞？於是，連那一場場風光的葬禮都成了鬧劇——那是人生最後一幕戲，是我們不甘心黯淡退場時最後的掙扎。

張子墨不願看著這個婦人垂死掙扎，於是迅速離開了。他的舞台還很廣，他還有很多地方要去……

他找到一張長板凳坐下，在旁看著一群老人在跳交際舞，他們是那樣活力四射，一點也不輸給年輕人。這時的張子墨突然很想找個人說會兒話，剛要開口，才意識到紫若涵已經離開自己有好幾天了。

是啊！每個人都太匆忙，都在努力趕路，什麼時候曾像這樣，安靜地坐下來，充當一個觀眾，心平氣和地去旁觀別人的人生？什麼時候曾像這樣，留意到自己或許也需要一個人在身邊，聽自己說說話？他摸摸口袋，發現沒有煙，也沒有棒棒糖，才頓感一陣失落。

他起身來到公園門口的一個小賣部前，櫃檯裡擺著各種牌子的煙，七匹狼、紅塔山、軟中華、將軍……櫃檯上面擺著一打的棒棒糖。他掏出五塊錢，拿了十根阿爾卑斯糖。

「你買這麼多的棒棒糖，是給你兒子嗎？」這多嘴的售貨員。

轉身的那一刻，張子墨聽到這句話，才意識到這個細節代表的含義，佛洛依德是不會錯的，他的選擇已經很明顯地昭示了他內心的傾向。

我們遇見一個人，難免會染上一種氣味，這種氣味可能在她離開很久以後仍然保留著。但有一天，當我們遇見另一個足以改變自己的人時，她也能輕易地把那氣味拿掉。紫若涵拿掉了素顏留在張子墨身上的煙味，卻在他心裡留下了一道痕跡。時間的力量最是善變，它可以塑造一個人，也可以改變一個人，只是，張子墨何時才能正視自己這些不自覺的變化呢？

張子墨笑著對那個售貨員說：「不是，這是給我戒煙用的。」

紫若涵走了之後，他有多久沒有學著去關心一個人了？他掏出手機，撥通了他母親的電話：「喂，媽。起床了嗎？」

「剛起來不久，正吃早餐呢，等一下去店裡。你呢？現在哪兒，吃過早餐沒？你那邊冷不冷，記得多穿些衣服啊。」

「我這邊還好啊，妳不用擔心我了。店裡的生意怎樣？」

「差不多，夠繳租金的，你什麼時候回來啊？」

「我……我現在還說不定。妳沒事就少抽些煙，對身體不好。我爸……他估計也快出獄了吧？」

人在異鄉時，才會嚮往家的溫暖，才會在夢裡呼喚親人。

「他……死了，在監獄裡割腕自殺了。」

怎麼又是自殺，最近怎麼這麼多人喜歡鬧自殺啊？紫若涵的男朋友跳樓，自己的父親割腕，難道這種情緒也能傳染？大概是吧，要不然富士康也不可能在短時間內完成那完美的「十連跳」，這可是創吉尼斯記錄的偉業啊！

「怎麼回事？自殺？他怎麼可以這麼不負責任？」是啊！他怎麼可以自殺？你還沒來得及徹底地

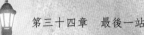

原諒他，他怎麼就可以這麼輕易地離開？這種事，最終還是落到了張子墨頭上，可也只有落到他頭上的時候，他才能更好地體會紫若涵得知肖智企離去時的心情。

「我也不清楚啊！大概是怕面對這外面的世界吧。沒事的，這邊的事我已經處理好了，你用不著分心。」

張子墨拿著電話站在廣場上不知所措，他的眼前突然浮現出很多年前小翼被水沖走的情景，江水洶湧、黯淡，流向記憶的盡頭……現在，他也算半個孤兒了吧？

終於，張子墨背著行李來到那座山腳下，距離阿福給的相片上的那個地方只有咫尺之遙了，只是這時的他，早已筋疲力盡了。走了這麼遠的路，素顏的容貌在他的記憶中早就漸漸模糊，留下的只是多年以來的執念。可是望著山頂的那座廟，他又再一次堅持著往前走，卻忘了問自己為什麼執意要完成這份堅持。

通往山頂的路是由數不盡的石階組成的，由於年代太久，有很多石階都已經破損了，比較陰暗的地方也長了一些苔蘚。路很曲折，就像他這次輾轉的旅程，更像一場顛沛流離的人生，值得慶幸的是，它終是有一個方向，終能通向張子墨想要的那個寺廟。

他直到現在才算突然明白，自己的出走，只是在尋找一個答案，只是想更清晰地看到自己的內心，看到素顏留在自己靈魂中的痕跡究竟有多少。

張子墨爬到半山腰處，看到石階旁有一個供遊人休息的涼亭，涼亭旁是一個清澈的小石潭。山上的清泉彙集於此，形成了這個小石潭，然後又從這小石潭流向山腳。大汗淋漓的張子墨來到石潭邊，他需要這潭清水，需要這份清涼。他放下背包，取出毛巾，想要好好洗把臉。

只是，在他取出毛巾的一剎那，突然刮起一陣狂風，背包裡的信、相片和阿福送的畫全都被刮到了石潭中。張子墨手忙腳亂，跳進石潭想要把它們拾起來，沒想到轉眼間它們就全沉到了潭底。信裡的那些字漸漸模糊，畫中的人也變得渾濁，相片也隨水流飄走了。張子墨把手伸向潭底，想做最後的掙扎。他小心翼翼地把信和畫都捧起來，可它們都這麼不爭氣，還沒脫離水面就都碎了……

張子墨惱羞成怒，發了瘋似的胡亂拍打著潭裡的水。可水的聚散並不以他的意志而改變，任你怎麼拍打也是徒勞，它仍是那個姿態——以靜制動。絕望的張子墨終於癱坐在冰冷的譚水中，他仰著頭，看著天空。天空很藍，白雲漸漸退去，一隻白鴿從他頭頂飛過。它的羽翼豐滿有力，一定飛了很遠吧？

白鴿飛過之後很久，水面才漸漸平靜下來，而那些信、畫和相片早已支離破碎地漂到山腳下了。張子墨終於平靜下來，低下頭，看到自己在水中的倒影。潭底清澈如洗，而他的倒影隨著波紋晃動不安，像極了自己搖擺不定的心。

這時，山頂寺廟裡的鐘聲響了。那鐘聲清脆有力，響徹三界，打破了這座山的寧靜。那鐘聲能斷一切法，能斷世間煩惱，牽引著人們尋找智慧之彼岸……

鐘聲隨著山澗的清泉一直流到張子墨的耳畔，他突然想起出發前徐老太爺在廣場上寫下的那段話：「一切有為法，如夢幻泡影，如露亦如電，應作如是觀。」原來有些話一直就在那裡，可惜那時的張子墨並未發現。

過了好久，張子墨才起身收拾行李。他沒有再繼續朝那個寺廟走，而是下山了……

那次回來後，張子墨可能是受石潭中冷水的影響，大病了一場。我是從四姐那裡得知他生病的消息的，幾個月後，我順便回去看望了他一次。

看到他的時候，他正在後院學畫畫，對著斷臂維納斯的石膏像一臉專注的樣子，很是可愛。他瘦了一些，也蒼老了許多，但笑容比以前多了。

他微笑著跟我說：「你看她多美！」

我附和道：「是啊！一種殘缺的美。」

「聽說有很多自以為是的藝術家都想把她那斷臂接上去，設計了很多種方案，最終都失敗了。真搞笑！」

我說：「你別這麼憤世嫉俗了，那些事總要有人去做吧，試過了才知道行不行啊！」

「其實，無論是藝術還是人生，都註定了要承受那份殘缺的。就像這維納斯，有殘缺才會有想像，才會有無限種可能，才能在這無限的『可能』中體會圓滿。」

我只得奉承他：「你畢竟不是凡人，能像你這樣把自己的人生雕刻成藝術品的人恐怕也沒幾個啊。」

經我這麼一誇，他很靦腆地笑了笑，好像突然來了興致，跟我聊起那次在山裡的事。

我問他：「你離你想要找的地方只一步之遙了，為什麼又突然放棄了呢？」

他說：「我覺得……這也不算是一種放棄吧。是的，自從她離開後，我心中一直存有疑問，不知道她當初為什麼會做出那樣的選擇，不知道我在她心中是怎樣的一個位置和形態，我也想著像觸碰真理一樣地去瞭解她，深入她。於是，我一路去尋找答案。可是，當那些畫、信還有相片……沉到石潭底下，最後被水沖走的時候，我突然才明白，其實那早已不重要了。十年過去了，我們都不一樣了，彼此有了各自的生活，有了不同的軌跡與方向……我堅守的只是過去。要知道，過去是永遠獨守不住的。心裡的執念如果退去了，也就不存在所謂的答案了。」

我說：「其實，你已經找到答案了，因為答案就藏在你尋找的那個過程中。有些人是因為記憶的負累，有些人是因為現實的困境，還有些人是因為辨不清方向，而更多的人是受欲望的驅使……所以每個人都很容易陷入泥沼，因此我們時刻都需要去尋找一種叫做『解脫』的智慧。記得幾年前我去北方的時候，你母親跟我說『去哪裡都行，千萬別去深圳，那裡最容易迷失自我』，我說『沒有哪個地方能讓我迷失的』。幾年後再想想自己當年的這句話，未免有些大言不慚。身處凡塵，使我們迷失的不僅僅是某個具體的地方，更是我們內心執著的欲望。正視欲望是件很困難的事情，可是，只有當我們駕馭欲望、拋棄執念，我們才能把自己、把對方、把世界看得更清晰。」

張子墨又習慣性地掏出一根阿爾卑斯：「我不知道自己算不算清晰，只是在石潭裡看著自己在水裡的倒影的時候，我才意識到，大千世界，茫茫人海，最難找的恐怕並不是素顏，而是我自己吧！我念念不忘的，恐怕也是那個早已過去了的我吧。」

我說：「你有這份認識，應該是清晰了，因為只有在清晰之後，才能有那份從容和坦然，才能真誠地面對你的靈魂。使人迷失自我的往往不是哪一個具體的地方……所以，每個人都需要這樣一個『尋找』的過程，只為在尋找中解脫，在經歷中昇華自己。舉個例子說吧，以前的你，如果也是這樣旁若無人地含著一根棒棒糖，難道不覺得很滑稽嗎？而現在，你卻可以這樣坦然自若。」

他說：「這就叫心不為形役，不為物役，不為情役。」

我們終於相視一笑，這麼多年來，難得有一次，我們的觀念達成了一致。他笑著問我：「感覺這些年，你成熟了不少，是不是有什麼特殊的經歷啊？還是你們當作家的都喜歡這樣？」

我說：「其實這幾年，我確實也走了不少地方，也想了很多。現在我已經不再執著地把自己定義為一個作家了。」

張子墨：「君子不器？」

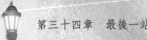

我興奮之極：「還是你瞭解我。人的路很長，我可以做的也還很多啊！讓一個稱謂就把自己給限定死，是很吃虧的事情。以前也有些人羨慕我，說我可以拋開一切去為自己的理想奮鬥，其實我哪有什麼理想啊，我無非是想遵從生命的本質，按照我自己的意願從容地生活罷了。」

張子墨停下來想了想，看著我說：「遵從生命的本質。這看起來似乎很難，在這個社會，如果真能做到就很了不起了，比成為一個遠近聞名的作家更了不起。」

我說：「每個人都有不同的志向，排除雜念，傾聽內心的聲音，按照那個志向去生活，就是遵從生命的本質，這並不難啊！時代怎麼變是時代的事，人應該要有自己的形態和位置。」

「從你這個角度來看，好像真的不難啊！你我都能做得到的。」

我問張子墨：「你呢？你做到了嗎？遵從生命的本質。」

他反問我：「什麼？你指哪方面？」

我說：「你決定什麼時候去見紫若涵——那個讓你能旁若無人地含阿爾卑斯的女人？」

張子墨先是笑，接著是沉默，過了好久才對我說：「我……我還是有些……那個世界……太……太陌生，我不知道會是怎麼樣的，我還沒準備好。」

「你不踏出那一步，怎麼知道前面是什麼樣子啊？這個世界並不是非你不可，很多機會都要靠自己去爭取。你這麼弱小，生命中承擔不起那麼多的遺憾，紫若涵不應該成為第二個素顏的。如果你真正找到答案了，就應該有勇氣去做這個決定。」

過了好久，張子墨好像突然明白了什麼，從錢包裡摸索出那個寫有紫若函家地址的紙條，然後又打電話：「你好，是航空公司嗎？我想訂明天的機票……」

呵呵，蒼天有眼，我總算是贏了他一回，不容易啊！

當那個地址和真實的地方相重合的時候，張子墨按響了門鈴。開門的是紫若涵，她懷裡抱著一個三個月大的嬰兒。看到張子墨，她喜出望外。

張子墨看著紫若涵懷裡的孩子，心生狂喜，忍不住摸了摸她嬌嫩的小臉蛋。「生了？」

「嗯，是個女兒。我以為你會寫信過來的，沒想到你親自來了。」

張子墨看了看紫若涵懷裡的孩子。「親自來方便些，我能不能抱抱她？」

紫若涵看著張子墨抱著孩子時忐忑不安的表情，忍不住想笑。他以前應該從來沒有抱過孩子吧？真是可憐，活到近三十的人了，竟沒體驗過這些俗世的快樂。「找到素顏了嗎？」

「找到了。不過……我今天是專程來找妳的，妳不請我進去坐坐？」

進了屋，張子墨看到桌上放著阿福送的那本《幸福之路》。「妳還在看這本書啊？」

「在家裡閒著沒事的時候翻翻，都快看完了。我覺得這本書寫得挺好的，能夠糾正人很多消極的想法。」

張子墨千里迢迢來找紫若涵，可不是專程來討論這本書的，但他踟躕了好久，還是不懂得該怎麼開口：「真想有個乾女兒啊！」

「不，我不要，你能不能直接一點……做她父親吧！」

「看來，為了這女兒，我以後還真得徹底戒煙了。」

「當然，還得刮鬍子。」

張子墨看著這個漸漸熟睡過去的女兒，百感交集：「我媽常說，我小時候老是動不動就哭，沒少折磨她，她差點兒沒把我給恨死。不知道這個孩子將來是不是也喜歡折磨我們啊？」

「哪個孩子不是呢？我們都這麼大了，還經常喜歡折磨上帝呢！」

一個人在另一個人身上尋找的，不是他失去的那部分，而是同他靈魂相聯結的真理。

——柏拉圖

國家圖書館出版品預行編目資料

尋找素顏 / 張天福著

--初版-- 臺北市：博客思出版事業網：2014.12

ISBN：978-986-5789-34-3（平裝）

857.7　　　　　　　　　103015944

當代文學 01

尋找素顏

作　　者：張天福
編　　輯：張加君
美　　編：林育雯
封面設計：諶家玲
出 版 者：博客思出版事業網
發　　行：博客思出版事業網
地　　址：台北市中正區重慶南路1段121號8樓之14
電　　話：(02)2331-1675或(02)2331-1691
傳　　真：(02)2382-6225
E—MAIL：books5w@yahoo.com.tw或books5w@gmail.com
網路書店：http://www.bookstv.com.tw 、華文網路書店、三民書局
http://store.pchome.com.tw/yesbooks/
博客來網路書店 http://www.books.com.tw
總 經 銷：成信文化事業股份有限公司
劃撥戶名：蘭臺出版社　帳號：18995335
香港代理：香港聯合零售有限公司
地　　址：香港新界大蒲汀麗路36號中華商務印刷大樓
C&C Building, 36,Ting, Lai, Road, Tai,Po, New,Territories
電　　話：(852)2150-2100　　傳真：(852)2356-0735
總 經 銷：廈門外圖集團有限公司
地　　址：廈門市湖裡區悦華路8號4樓
電　　話：86-592-2230177　　傳 真：86-592-5365089
出版日期：2014年12月 初版
定　　價：新臺幣430元整（平裝）
ISBN：978-986-5789-34-3

寫給素顏

文/小艾

不知不覺，喪失了語言
字句如遺書，一棵古木
　素顏，只有你還記得
家在這裡，孩子在家裡
一丘一壑，他們是空氣
　作者讀者早已不在

隔斷時間，誰突然告訴
不知道的定要再寫下來
復活，每天都有一種復活術
　變化銘記，天然相信
走向痛苦失敗的深處

我出去了，上班，田野
下一個還是柴米油鹽
素顏，等著我，出現
——好嗎？我太需要
一本書，合上心靈

阿福，追慕你的伴侶
現實原有無盡的詩句
從始至終索然而憧憬
　永恆，初見和重讀